उखड़े हुए लोग

[उपन्यास]

उखड़े हुए लोग

राजेन्द्र यादव

राधाकृष्ण प्रकाशन

बारह साल के बनवास के बाद

आख़िर बारह साल बाद फिर 'उखड़े हुए लोग' के दिन फिरे हैं, यानी नया संस्करण होने जा रहा है। उपन्यास 'पेपरबैक' में नहीं आया। हार्डबैक में भी जिसके सैंतीस साल में बारह-पन्द्रह संस्करण होने चाहिए थे, वह बहुत टूट-टूट कर पाठकों के सामने आता रहा है। सन् 53 से 54-55 के बीच मैंने इसे लिखा—'सारा आकाश' के डेढ़-दो साल बाद। कलकत्ता में पुनर्लेखन, संशोधन किया। फिर प्रकाशकों के यहाँ घूमा। कभी हिन्दी-प्रचारक, तो कभी भारती-भंडार। किसी की शर्तें मुझे मंजूर नहीं थीं तो किसी को इस मोटाई के उपन्यास के लिए 'समय' चाहिए था। आख़िर 'राजकमल' से 56-57 में आया। पुनर्मुद्रण में देर लग रही थी तो इसे 'साहित्य-सदन' देहरादून को (1964) दे दिया। तीसरे संस्करण (1972) से 'अक्षर' के साथ रहा। 'नाई अपनी हजामत ही सबसे बाद में करता है' के अन्तर्गत 'अक्षर' से इसके हर संस्करण के बीच चार-छः वर्षों का अन्तराल तो हमेशा ही रहा; मगर इधर महँगाई और मोटाई का षड्यन्त्र ऐसा विकट हुआ कि छठे संस्करण (1981) के बाद पुस्तक लगभग दस-बारह वर्ष अनुपलब्ध रही। 'राधाकृष्ण' आगे क्या लीला करते हैं, वक़्त बताएगा। हाँ, दो बार स्वयं संक्षिप्त करके जो पांडुलिपियाँ तैयार की थीं—उनका अलग इतिहास है। 'लोकभारती' के दिनेश-रमेश कहते हैं कि यह काम हमें करने दीजिए और फिर मज़ा देखिए। अपने लिखे पर इलाहाबादियों के मज़े लेने से हमेशा डर ही लगता रहा है।

पाठकों का सचमुच ही कृतज्ञ हूँ, जिन्होंने मेरे हर लिखे को इतना मान दिया है।

15.5.93
दिल्ली

राजेन्द्र यादव

बयान-इकबाली

(प्रथम संस्करण की भूमिका)

गुनहगार हूँ कि नहीं जानता 'सत्य' क्या है, कहाँ रहता है, और कैसा है ? इसीलिए :

अपराधी हूँ कि 'सत्य की खोज' के इस युग में ऐसी कहानी सुनाने बैठा हूँ, जिसका 'सत्य' से कोई लेना-देना नहीं है; 'सत्य' पाने और 'सत्य-दर्शन' का जिसे कोई दावा या मुग़ालता भी नहीं; हर पात्र काल्पनिक और हर घटना गढ़ी हुई—वार्तालाप और कथानक सब हवाई ! इसलिए प्रार्थना करूँगा कि वास्तविकता से प्रस्तुत कहानी की थोड़ी भी समानता या तुलना को आकस्मिक ही समझें। फ़ैंटेसी जैसी नक़्क़ाशी भी इसमें नहीं है; हवाई दुनिया में भटकते-भटकते आप कहीं झुँझला न उठें, इस दृष्टि से कहीं-कहीं कुछ सत्य नामों और घटनाओं की ओर इंगित है; विश्वास करें, 'सत्य' की भ्रान्ति या इल्यूज़न बनाए रखने के अतिरिक्त उसमें मेरा क़तई कोई बुरा उद्‌देश्य नहीं है। 'इनडोरसैट्स' में कभी-कभी जिस तरह सचमुच की चीज़ों का उपयोग किया जाता है, ठीक वही उपयोग उनका यहाँ है—इससे अधिक ज़रा भी नहीं। पाठक के साथ हाथ की यह सफ़ाई दिखाने के लिए पुनः लज्जित हूँ। क्या करूँ, आदत पुरानी है और 'छूटती नहीं है, काफ़िर मुँह से लगी हुई...'

शर्मिन्दा हूँ अपनी सीमित सामर्थ्य पर कि—'अधिक उत्पादन बढ़ाओ' के नारों की छाया में भी ज़्यादा नहीं लिख पाता, और जो कुछ लिखता हूँ, उसे लेकर भी बहुत आश्वस्त नहीं हूँ। कभी-कभी विश्वास अपनी मेहनत पर होने लगता है, शायद यह भ्रम भी दूर हो जाए...उपन्यास के कथानक की पृष्ठभूमि प्रथम चुनाव से पहले की है और इसे '54-55' के पूरे दो वर्ष प्रतिदिन लिखा और सँवारा गया है, अतः मोह होना स्वाभाविक है कि अपने पाठकों की राय जानूँ; लेकिन उपन्यास की अन्तिम पंक्ति से पहले ही जिनका धैर्य छूट या टूट जाए, उनसे मेरी विनम्र प्रार्थना है कि वे उपन्यास पर कोई राय न दें। उनकी यही राय मेरे लिए कम लाभप्रद नहीं है कि वे इसे पूरा नहीं पढ़ पाए।

स्वीकार करता हूँ कि कलकत्ता में दो साल रहकर अगर मुझे घृणा किसी से हुई तो दो आदमियों से। शुक्र है कि वे 'प्रथम वन्दनीय' दो ही हैं, वरना हम जैसे सन्तों का जीना दूभर हो जाता ! ज्ञानियों ने कहा है कि मनुष्य को अपनी कमज़ोरियों से घृणा करनी चाहिए, दूसरे उन्हें चाहे जो भी कहें...मुझे भी मनमोहन ठाकौर और कृष्णाचार्यजी

से घृणा है। वैसे इस सूची में पहला नाम मुंशी भाई का होना चाहिए...मतभेदों के बावजूद जिन्हें पता है कि उनके मैटर का दुरुपयोग नहीं हुआ है। और सचमुच कृतज्ञ हूँ आदरणीय भाई भँवरमल सिंघी और श्री भगवतीप्रसाद खेतान का।

आमीन !

–राजेन्द्र यादव

हैड-टेल

शरद ने उठकर खिड़की चढ़ा दी। इस समय गाड़ी बड़े सुन्दर पहाड़ी 'लैंडस्केप' से होकर गुज़र रही थी। पीछे और आगे पहाड़ थे और फ़ारसी अक्षर 'फ़े' के आकार में निरन्तर ऊपर उठता हुआ हरियाली का समुद्र दूर आसमान तक लहराता चला गया था। सामनेवाले क्षितिज पर घुमड़ते चले आते बादलों से चौड़ी धारों की पट्टी बरस रही थी और ऐसा लगता था जैसे जल-चादर लहरा रही हो। बारिश यहाँ भी हो रही थी, लेकिन बौछारों का रुख़ अभी तक उधर नहीं था। काँतर-सी सरकती गाड़ी ने जैसे ही मोड़ लिया अचानक बूँदे भीतर आने लगीं।

कल्पना में दो उँगलियों के नीचे अँगूठा लगाकर चाँदी के रुपए से 'हैड' और 'टेल' करता हुआ दृश्य बिखर गया और आँखों की उत्सुकता दबाए, अपलक देखती जया का चेहरा हरियाली के लहरीले सागर में घुल गया।

खिड़की के काँच से बूँदें टकरातीं और धार बनकर बह पड़तीं। फिर उस बहाव को नई धारों से बल मिलता रहता। भीतर काँच सील रहा था। शरद बड़ी देर तक काँच से नाक और होंठ अड़ाए, ठंडे काँच और बूँदों के बहाव का काल्पनिक आनन्द लेता हुआ बाहर का दृश्य देखने की कोशिश करता रहा। बूँदों के निरन्तर पड़ने से खिड़की के नीचे का पानी सीट की ओर तो बह ही रहा था—काँच भी बुरी तरह धुँधला पड़ गया था। शरद को धीरे-धीरे अपना दम घुटता-सा महसूस हुआ। उसके बिलकुल सामने खिड़की के सहारे जो उसी की तरह की एक आदमी के बैठने की सीट थी, उस पर बैठे एक सज्जन बुरी तरह बीड़ी का धुआँ छोड़ रहे थे। बिना फ़ीते के फ़ुल-बूट, घुटनों तक मोज़े, नेकर, उसमें ठुँसी हुई क़मीज़, निहायत गन्दे दाँत, काला रंग, हाथों पर बड़े-बड़े बाल, सिर पर खड़े हुए दो-दो इंच के खिचड़ी बाल, तीन दिन की बढ़ी दाढ़ी, ऊँघती-सी मैल-भरी आँखें, जिनके कनपटियोंवाले कोनों पर सफ़ेद कीचड़ की बूँदें लटकी थीं। यह आदमी देखने में सख़्त बेवक़ूफ़ और उजबक-सा लगता था। शरद ने बड़ी नम्रता से कहा—"भाई साहब, डिब्बे में बड़ी घुटन है, तकलीफ़ न हो तो बीड़ी उधर जाकर पी लीजिए" उसने डिब्बे के दूसरी दिशावाली खिड़की की ओर संकेत किया। अनजाने ही उसकी निगाह ऊपर, अलार्म-चेन के नीचे, लिखे इस वाक्य पर पड़ गई, 'अगर किसी मुसाफ़िर को एतराज़ हो तो बीड़ी-सिगरेट वगैरह न पीजिए।'

तभी लम्बी सीट के ऊपरवाली सीट से कोई गरजा—"सैम, बीड़ी बुझा, क्यों नहीं

देता !" स्वर में ऐसी हिक़ारत और झिड़क थी जैसे कोई कुत्ते को डाँट रहा हो।

डिब्बा आमने-सामने सीटों के जोड़े लगाकर कुछ हिस्सों में बाँट दिया गया था। एक पतली-सी गैलरी सब हिस्सों को मिलाती थी। जिस हिस्से में शरद बैठा था, उसके दोनों ओर की लम्बी ऊपर-नीचे की सीटों को घेरकर एक ईसाई-परिवार जमा था। सामनेवाले सैम भी उन्हीं लोगों में से थे। बड़ा विचित्र था यह परिवार।

पिछले स्टेशन पर जैसे ही गाड़ी खड़ी हुई, मुसाफ़िरों के उतरने से पहले ही खिड़कियों के ज़रिए, अटैची, बिस्तरबन्द, डिब्बे-डिब्बियाँ आ-आकर गिरने लगे। और कुछ ही क्षणों में ऊपर-नीचे की चारों सीटें इन्होंने घेर लीं। साँवले रंग का छः फ़ीट का आदमी, ख़ाकी पैंट और क़मीज़ में। छींट के फ्रॉक में ठिगनी-सी लगनेवाली इसी वर्ण की स्त्री, दो लड़कियाँ, एक लड़का। लड़का दस-बारह साल का, छोटी लड़की भी लगभग इसी उम्र की, बड़ी लड़की सोलह-सत्रह की। बच्चों का रंग साफ़ था और बड़ी लड़की की आँखें कुछ नीलापन लिए हुए थीं। साथ ही यह सैम भी। जिस रौब से यह सज्जन—अर्थात् परिवार के मालिक, कुलियों से बात कर रहे थे या इधर-उधर के मुसाफ़िरों को जिस तुच्छता से देख रहे थे, उससे शरद को यही लगा कि ये कहीं छोटे-मोटे अफ़सर हैं। सीटों पर बिस्तरे लग गए—सामान ऊपर या नीचे इधर-उधर रख दिया गया। कुलियों को पैसे देने के बाद जताकर दो-दो आने 'बख़्शीश' दी गई और उनके सलाम की ओर से ऐसा उपेक्षा का भाव दिखाकर, जैसे इसकी न तो उन्हें आवश्यकता है और न आकांक्षा, इस सबके वे बहुत अभ्यस्त हैं—वे ऊपर छोटे-छोटे डिब्बे सँभालने में लग गए। बच्चे और परिवार के लोग केवल अंग्रेज़ी में ही बातें करते थे।

दोनों छोटे बच्चे ऊपर चले गए थे, बड़ी लड़की शरद की ओर सिर करके सीट पर चित लेट गई थी, और किसी के द्वारा कई बार पढ़ी गई एक अंग्रेज़ी-अमेरिकन पत्रिका पढ़ रही थी। पति-पत्नी सामने बैठ गए थे। यह लड़की भी फ्रॉक ही पहने थी और वह कमर के ऊपर से इतना चुस्त था कि छातियों का गोलाकार उभार दो लखनवी खरबूज़ों की तरह अलग ही दिखाई देता था। बार-बार न चाहने पर भी निगाह वहीं पहुँचकर रुक जाती थी। शरद सोचने लगा था—शायद अभी ही इन्होंने धर्म-परिवर्तन किया है, और जो वे सब नहीं थे, वही बनने की महत्त्वाकांक्षाएँ उनके इस व्यवहार की जड़ हैं। सच पूछा जाए तो ईसाई-धर्म उसे बुरा नहीं लगता, बल्कि दो-एक ईसाई तो उसके बहुत ही अच्छे मित्र थे। लेकिन इन लोगों को देखकर उसे कुछ अजब-अजब लग रहा था। उनके व्यवहार इत्यादि से उसे लगा शायद ये लोग बहुत निचले-वर्ग से आए हैं और ईसाई होने के बाद ही एकदम साहबी गुण ग्रहण करके अपने को ऊपरवालों में गिनाना चाहते हैं। मान लें, यह ठीक है, तो क्या केवल नाम और धर्म-परिवर्तन से ही इनके सारे संस्कार और परम्पराओं का मोह बिजली के स्विच की तरह ऑफ़ और ऑन किया जा सकता है ? वह सब पिछला क्या एक रात में ही समाप्त हो जाता है ?—सकता है ? सामने बैठे लड़की के माँ-बाप क्या यह अनुभव नहीं कर रहे कि हर

दर्शक की निगाह उनकी लड़की के कुँआरे वक्षों के उभार पर ही पड़ती है ? और ख़ासतौर से जिस तरह वह लेटकर पढ़ रही है उससे तो फ्रॉक की गले की काट से झाँकती गोलाइयाँ दूर तक साफ़ दीख रही हैं। लड़की यदि अपने प्रेमी के साथ सामने बैठी होती तब भी शायद इन माँ-बाप को अधिक झिझक नहीं होती। पिछले संस्कार एकदम इस तरह कैसे धुल जाते हैं ? और विशेष रूप से इन बेचारों का आगे भविष्य क्या है ? यह लोग तो ख़ैर 'साहब' बनने का (धर्म-परिवर्तन करके) विशेषाधिकार पा चुके हैं, लेकिन और लोगों के साथ भी तो यही बात है। उसे अपने परिचित कई व्यक्तियों का ध्यान आया। पीछे से कटे हुए और आगे से शून्य, यह लोग ज़िन्दगी को जितना ही धकेल ले जाएँ, वही इनकी यात्रा है। कोई लक्ष्य नहीं, कोई गति नहीं। और यह लड़की अपने घने-काले बालोंवाली दो चोटियों में से एक को, पढ़ते हुए ही अपनी छाती के ऊपर ताने हुए इस तरह झुला रही है जैसे पढ़ने में वह बुरी तरह डूबी है—और यह सब अनजान में हो रहा है...जब हाथ एक तरफ़ हो जाता है तो शरीर की गुराई चमक उठती है...और फिर काले बादलों में ढक जाती है...तभी शरद चौंका। साहब दाँत भींचकर गुर्रा कर कह रहा था—"सैम, पानी ले आ।" सैम सुराही उठाकर चल दिया। स्वर में ज़रा भी परिवर्तन लाए बिना साहब ने फिर आवाज़ दी—"जल्दी आना।" सैम कुछ अजब बीमार-सा आदमी था। चलते समय उसके दोनों पाँव लड़खड़ाते थे।

सैम के जाते ही मैम-साहिबा ने पता नहीं कहाँ से डबलरोटी के कटे हुए बहुत-से स्लाइस निकाल लिए और सामने प्लेट में उनका ढेर लगाने लगीं। शायद कुछ सिके हुए टोस्ट भी थे। साहब ऊपर बैठे बच्चों को हाथ बढ़ा-बढ़ाकर देने लगा और मैम एक डिब्बे में से छुरी से मक्खन, निकाल-निकालकर लगाने लगी। फिर एक जैम की शीशी में से जैम दिया गया, थर्मस से उँड़ेलकर तामचीनी के मगों में चाय दी गई। शरद चुपचाप जैसे उदासीन बनकर भी देखता रहा। पढ़ना छोड़कर लड़की सीधी बैठ गई। सैम पानी ले आया। फिर चुपचाप गर्दन झुकाए शरद के सामनेवाली सीट पर आ बैठा। तभी मैम ने दो-चार किनारे की ओरवाले डबलरोटी के टुकड़े उठाकर सैम को दे देने का इशारा करके अपनी पुत्री की ओर बढ़ाए।

"मामा, ये ले लो।" लड़की ने निहायत लापरवाही से उन्हें बैठे-बैठे सैम की ओर बढ़ा दिया।

शरद चौंका—तो सैम नौकर नहीं है। और अचानक उसे इन सभी लोगों के प्रति प्रबल घृणा अनुभव हुई। कैसा भी भाई हो, वह बहन कैसी है जो सामने मक्खन और जैम लगाकर खुद खा रही है और बिलकुल सूखे टुकड़े उसे दे रही है ? तभी और सुना—"इसे और ले लो" कहकर चाय का मग लड़की ने और बढ़ा दिया।

"सो रहा है ?" साहब ने जैसे फिर दाँत पीसकर डाँटा। सैम सिटपिटा गया और झट उसने मग ले लिया।

गाड़ी चल पड़ी थी। शरद व्यस्त होकर खिड़की से बाहर देखने लगा, कैसे हैं ये लोग ? कोई उससे सीधे-मुँह बात ही नहीं करता। लगता ऐसा है शायद इनके साथ

जबर्दस्ती चला आया है। हुँह, सूरत-शक्ल से बैरों-से लगते हैं, और हर बात में साहबी छाँट रहे हैं।

वे लोग सब अपने में ही व्यस्त थे। शायद किसी और को अपने स्तर और वर्ग का नहीं समझ रहे थे। शरद का संस्कारगत दम्भ जाग उठा। उनकी ओर अत्यन्त उपेक्षा का भाव दिखाकर वह और भी ध्यान से अपने हाथ में लगी अपनी सर्टिफ़िकेटों की फ़ाइल देखने लगा—सेक्रेटरी फ़ॉर डिबेट, कॉलेज यूनियन—बैस्ट स्टूडेंट ऑफ़ द कॉलेज—प्रेसीडेंट ऑफ़ कॉलेज यूनियन—प्रिंसिपल के हस्ताक्षरों को घूरता वह मन-ही-मन बोला—'चाहे सारी ज़िन्दगी सफ़ाई करते बीती हो, लेकिन साले, साहबी छाँटे बग़ैर नहीं मानेंगे। गुलाम ! नक़लची।'

वह मन-ही-मन उनकी साहबी को गालियाँ देता हुआ उनके भूत और भविष्य की विचित्र-विचित्र कल्पनाएँ करने लगा—जहाँ केवल शून्य-ही-शून्य हो और जैसे अनजान दिशा की ओर बहती हुई धार पर पेड़ से टूटी शाखा चली जा रही हो। बीसियों बार देखे सर्टिफ़िकेट, देखने में उसका मन नहीं लग रहा था। खा-पी चुकने के बाद एक ओर की सीट पर साहब ऊपर जा लेटा था, और मैम तथा मिस साहिबा नीचे लेट गई थीं। नया आनेवाला महिलाओं को तो उठा ही नहीं सकेगा—शायद यही सोचकर। लड़की के कुच दूर तक दिखाई दे रहे थे। शरद ने झटककर खिड़की चढ़ा दी। नसों का रक्त सनसनाने लगा और उसकी उँगलियों ने फ़ाइल को जकड़कर पकड़ लिया। वह सिर बाहर निकालकर देखने लगा। नाचते आसमान में बादल घिरे थे। बादल कैसे झुके-झुके लटक आए हैं। पानी बरसने-बरसने को हो रहा है। उसे झुँझलाहट आ रही थी—यह लड़की इस तरह क्यों लेटी है ? कमबख़्त, बेशर्म ! दूसरी ओर सिर करके क्यों नहीं लेटती ? चली आती हैं यों दूसरों के धैर्य की परीक्षा लेने !

लेकिन यह सब उसे अब नहीं सोचना चाहिए। अब वह प्रतिश्रुत है !

मन दूसरी ओर मोड़ने के लिए उसने जेब से तार का लिफ़ाफ़ा निकाल लिया और दसियों बार पढ़े हुए तार को फिर पढ़ा, टाइप की हुई पतली-सी चिट लगी थी, 'फ़ौरन चले आओ। बाक़ी बातें यहाँ होंगी। देशबन्धु'। देशबन्धुजी ने उसे क्यों बुलाया है ? साफ़ है, कोई नौकरी उनकी निगाह में आ गई है। लेकिन यह बात तो छः-सात महीने पहले की है—तभी उसने देशबन्धुजी को लिखा था कि मैंने एल-एल.बी. कर लिया है। आई.ए.एस. की तैयारी के लायक़ घर की हालत नहीं है, और वक़ालत की लाइन इतनी ज़लालत, फ़रेब और धोखे से भरी हुई है कि उसमें जाने को आत्मा गवारा नहीं करती। वे साधन-सम्पन्न व्यक्ति हैं, यदि कोई सम्मान और रुचि का काम बता सकें तो वह विशेष कृतज्ञ होगा। वैसे वे इतने परिचय और पहुँच के व्यक्ति हैं कि यदि सचमुच चाहेंगे तो ऐसी कोई भी नौकरी तलाश कर देने में उन्हें ज़रा भी दिक़्क़त नहीं होगी। और जैसी उसे उम्मीद थी, व्यस्तता के कारण या किसी अन्य वजह से, उस पत्र का कोई उत्तर शरद को नहीं मिला। छः-सात महीने बीत गए और इधर-उधर काफ़ी रुपया एप्लीकेशनों और इन्टरव्युओं में ख़राब करके भी जब कोई जगह उसे नहीं मिली तो अन्त में उसने

फ़ैसला कर लिया कि जैसे भी हो वह धीरे-धीरे कम्पटीशन की तैयारी करेगा ही। कैरियर उसका बहुत ब्रिलिएंट रहा ही है, शायद तुक्का लग जाए। तब तक घरवालों को चुप रखने के लिए अपने पिता के परम मित्र, नगर के प्रसिद्ध वकील शिवकुमार झा के साथ ट्रेनिंग प्राप्त करेगा। देशबन्धुजी की बात को वह लगभग यह समझकर भूल ही चुका था कि बड़े आदमी हैं, बीस झंझट हैं, इतनी ज़रा-सी बात उन्हें क्या याद रही होगी। लेकिन एक दिन सन्ध्या को जब वह बैडमिंटन का रैकेट घुमाता हुआ क्लब से लौटा तो मेज़ पर तार मिला। यह तो वह समझ गया था कि तार नौकरी के सम्बन्ध में है, लेकिन इस बीच में उसने अपनी मानसिकता को जिस प्रकार सुव्यवस्थित कर लिया था वह सब इस तार से हिल गई। कैसी नौकरी है ? क्या-क्या करना होगा ? और क्या वह सचमुच इस लायक़ है कि उसके लिए अपने इस प्रोग्राम को छोड़ दिया जाए ? पता नहीं क्या बात है ?—देशबन्धुजी एम.पी. हैं। इस राज्य-सभा चुनाव के बाद निश्चित रूप से कहीं न कहीं मिनिस्टर हो जाने की सम्भावना है। वैसे अभी ही क्या कम प्रभाव और पहुँच है ? अपने प्रान्त के बड़े नेताओं में से हैं। हो सकता है, कोई बहुत अच्छी नौकरी आ गई हो सामने। वे इसी की राह देख रहे हों। तत्काल उत्तर न पाने के कारण उनको और कांग्रेस को लेकर उसने जो कुछ उल्टा-सीधा सोचा था या आलोचना की थी, वह सब उसे अपनी जल्दबाज़ी लगी। भाई, बड़े आदमी हैं, बीस काम होते हैं। एकदम नहीं भी होती नौकरी हाथ में; निगाह रखी, अब कोई सामने आ गई, भेज दिया तार। उसे इतनी जल्दी किसी के विषय में ग़लत राय क़ायम कर लेने की अपनी आदत पर बड़ी झुँझलाहट और खीझ भी आई।

लेकिन पता नहीं नौकरी कैसी है ? हो सकता है कोई और ही काम हो, नौकरी हो ही नहीं। कुछ तो लिखना ही चाहिए था। अब इससे तो कुछ भी अनुमान नहीं लगाया जा सकता। यह एक लाइन एक ओर तो बड़ी अस्पष्ट और अस्थिर स्थिति का संकेत करती है, दूसरी ओर इससे यह भी प्रकट होता है कि हर चीज़ तैयार है। पता नहीं !

और अब तो उसका यों उठकर कहीं भी चल देना पूरी तरह उसके हाथ में भी तो नहीं है। अब तो एक 'और' का जीवन भी तो उसके साथ बँध गया है...

"मामा, हमारे पैर नहीं फैलते हैं, इस बास्केट को नीचे रख दो।" लड़की ने पढ़ना छोड़ दिया था और कुहनियों के बल आधी उठते हुए एक बार शरद के हाथ के तार की ओर, एक बार मामा की ओर देखकर कह रही थी। सफ़ेद मोज़ों और सफ़ेद ही किरमिच के जूतों में सजे पाँव, सामने खिड़की के सहारे लगी बाँस की बास्केट के कारण उठे हुए थे और वह अपने पाँव इस तरह हिला रही थी जैसे तैर रही हो। मोज़ों से लेकर लापरवाही से पड़े फ्रॉक के घेर तक, उसके घुटनों के मोड़ तक पाँव खुल गए थे और पुष्ट-पिंडलियों की पेशियाँ उसके पाँव हिलाने से थिरक-सी जाती थीं। शरद ने दाँत पीसकर मन-ही-मन कहा, 'कमबख़्त, बड़ी भूखी है। बाँस की हलकी-सी सन्दूकची है, उसे ख़ुद उठाकर नहीं रखा जाता, ज़्यादा-से-ज़्यादा उसमें शीशी-कंघा होगा। मिस...

साहब...मिस...'

गोली-खाई चिड़िया की तरह मामा की गर्दन एक ओर लटककर रेल की गति की ताल पर उसके कन्धों पर इधर-उधर लुढ़क रही थी। उसके होंठों के कोने से लार की हलकी-सी धार सरक आई थी। आवाज़ सुनकर वह एकदम चिहुँका और सड़ाके से सारी लार की धार को मुँह में वापस खींचकर प्रश्न-दृष्टि से लड़की की ओर देखा, फिर ज़रा डरते-से साहब की ओर। साहब सो गए थे।

"मामा, तुमसे कब से कह रहे हैं, हमारे पैर नहीं फैलते। इसे हटा दो।" लड़की ने सन्दूक के ढक्कन पर जूते से हलके-हलके ठोककर, अर्थात् मामा को संकेत से बताकर कहा। फिर शरद को देखती रही, क्योंकि वह तार को घूरे जा रहा था। लेकिन लड़की की, कहना चाहिए इस साहब-परिवार की हर हरकत पर, उसका ध्यान था। वह साहस करके लड़की की ओर देख नहीं पा रहा था, लेकिन उसकी एक छाया-सी उसके अवचेतन मन के आगे नाच रही थी। देखनेवाले क्या कहेंगे, इस तार में पागलों की तरह न जाने क्या घूर रहा है, सोचकर शरद ने तह करके तार को जेब में रख लिया। लड़खड़ाते सैम ने बास्केट नीचे रख दी थी। और एक कुहनी पर टिके हुए ही लड़की, सैम को मुड़कर बास्केट उठाते हुए देख रही थी। इस पोज़ में उसका सीना ज़रा आगे निकल आया था।

उठकर शरद ने ज़ोर से आधी खुली खिड़की को पूरा चढ़ा लिया। नहीं, अब उसे इधर-उधर नहीं भटकना चाहिए। वह जया का पति है ! जया का पति ! और उसके होंठों पर एक विद्रूपमय मुस्कराहट की रेखा खिंच आई। पति ? यह भी ख़ूब अजब बेवक़ूफ़ी का मज़ाक रहा ! दो दिन रेल में बैठे और शादी हो गई। सचमुच क्या उन लोगों ने जो कुछ किया है उसे 'विवाह' का नाम दिया जा सकेगा ? वह विवाह था भी नहीं...बिलकुल ऐसा लगता है जैसे सपना हो; न गाना, न बजाना, न क़हक़हे, पार्टियाँ, भेटें, लजाता-घूँघट, माँग की रेखा, चमकती अँगूठी, फूलों भरा झालरदार मुकुट, चेहरे पर गोदना, सालियों-सहेलियों का हँसी-मज़ाक़, कुछ भी नहीं और शादी हो गई ? एक दिन मस्ती में चले आए और अपने दोस्तों में ख़बर दे दी कि मैंने शादी कर ली है ! और क्या जया भी सचमुच ऐसा ही अनुभव करती है ? पता नहीं....न जाने कितनी होती हैं ऐसी शादियाँ बचपन में। जो भी हो, रहा यह मज़ाक़ ही ! कैसे डरते-से रेल में आते थे, डाइनिंग-कार में आकर बैठते थे...डाइनिंग कार तो इसमें भी होगी न...शरद के गालों पर एक मुस्कराहट आई और आँखें फिर दूर खो गईं...

...बैरा पास आकर खड़ा हो गया था।

शरद के माथे पर पसीने की बूँदें उग आई थीं और जया भी काफ़ी घबरा रही थी। गाड़ी रुकते ही डाइनिंग-कार में एक दरवाज़े से जया, दूसरे से शरद घुसे थे। कई ख़ाली मेज़ें देखते हुए जब वे अपेक्षाकृत कोने में पड़नेवाली मेज़-कुर्सी पर आकर बैठे थे, उनकी

शंकित निगाहों और आने के ढंग से साफ़ था कि लोगों की नज़रों से बचकर यहाँ आए हैं।

नीला हाथ का बुना पूरी-बाँहों का पुलोवर, गहरी-कत्थई टाई और बढ़िया कार्डरॉय की गहरी-चाकलेटी पैंट पहने शरद अपने आपको काफ़ी निश्चिन्त दिखाने की कोशिश कर रहा था। सिनेमाओं में ऐसे अवसरों के दृश्य उसके दिमाग़ में आ रहे थे। जया क्रीम-कलर का चैस्टर पहने थी, कन्धे पर वैनिटी-बैग था, दो लम्बी-चोटियाँ और हाथ में सिर्फ़ रिस्टवाच। पतला-लम्बा चेहरा और खुलता-गेहुँआ रंग, तीखे नक़्श। उसके कुर्सी पर बैठते ही सर को ढँक रखनेवाला साड़ी का वह हिस्सा जो टोपा-सा बाहर निकला था, चैस्टर पर खिसक आया।

बैरे को खड़ा देखकर शरद ने जल्दी से जेब से रूमाल निकालकर मुँह पोंछते हुए कहा "कॉफ़ी !" फिर जया को देखकर पूछा—"और...?"

"बस !" फिर उन लोगों ने एक बार पूरे डिब्बे में निगाह घुमाई।

"तो तुम कल की बात का बहुत बुरा मान गई थीं ?" बैरे के चले जाने के बाद शरद ने पूछा था।

"कल की क्या बात ? मुझे तो याद भी नहीं है ?" जया ने काँच पर नाख़ून से धीरे-धीरे ठोकना छोड़कर शरद की ओर पलकें उठाईं। शरद ने लक्ष्य किया कि जया ने उसका इशारा समझ लिया है, पर जैसे एकदम सबको टालकर कहा—"हुँःह, छोड़िए भी ! हज़ारों बातें हैं—हज़ारों बात आती हैं। किस-किस बात का बुरा माना जाए ? फिर आप जैसे ढीले बातूनी का !" उसने होंठ भींचकर मुँह को हलका झटका दिया।

"अच्छा जी ! हम ढीले बातूनी हैं ?" शरद ने बनावटी बुरा मानकर कहा था। फिर गहरी साँस लेकर बोला—"ख़ैर, दे लो सन्तोष, वैसे बात तो ठीक ही थी। लेकिन यह हुआ ख़ूब ! किस क़िस्मतवर के भाग्य फूटे ? बेचारे को मास्टरनी मिली है, यों बैठो, यों उठो, यों खाओ, यों पढ़ो...मज़ा ख़ूब रहेगा !" वह हँस पड़ा। उसे सन्तोष हुआ कि कल की बात के प्रभाव को उसने दूर कर दिया है। कल बात भी तो उसने कड़ी ही कह दी थी।

कल अचानक जब वे लोग सड़क चलते मिल गए तो पारस्परिक आक्षेपों और उलाहनों के बाद कुछ देर चुपचाप चलते-चलते अचानक जया बोली थी, "दादा, तुम तो जैसे सब कुछ भूल-भाल गए। हद हो गई कि एक ही शहर में रहनेवाले चार-चार, छः-छः महीनों बाद मिलें। आपसे एक ज़रूरी बात कहने के लिए हम तो न जाने कब से तड़प रहे हैं। कुछ सीरियस बातें करनी हैं।" वह उसी तरह कहीं दूर देखती रही थी।

"तुम्हारा और सीरियस बातों का क्या सम्बन्ध ? सो भी मुझसे, ऐसी क्या सीरियसता ?" वह चौंका। मन-ही-मन वह अपनी नव-परिचिता शकुन और इसकी तुलना कर रहा था।

"कुछ करनी हैं।" ज़रा ज़ोर देकर वह बोली। फिर ज़रा अन्यमनस्क-सी कहती रही, "हमें तो अब किसी बात के लिए समय ही नहीं मिलता। बड़ी मुश्किल से भाग-दौड़

कर तैयारी कर पाते हैं। वह तो कहिए मिसेज दास अच्छी हैं, वरना पता नहीं अब तक क्या हो चुका होता। हमें लड़कियाँ भी तो ऐसी कूढ़-मग़ज़ मिली हैं कि ज़रा-ज़रा-सी देर बाद, 'बहनजी, यह बात, बहनजी, वह बात !' मार दिमाग़ खा जाती हैं ! और शाम को दिन-भर की थकान और काम के मारे इतने चूर-चूर हो जाते हैं कि मन होता है, बस, जाकर पड़ जाएँ। आज कुछ काम नहीं था, फिर भी चलते-चलते मिस क्रेन से भी झड़प हो गई। बड़ी मुसीबत है..."

"आख़िर तुम्हारी वह सीरियस बात भी तो पता चले।" यह देखकर कि वह लम्बी-कथा ले बैठी है, शरद ने बीच में ही टोका—"यह कथा छोड़ो !"

"भई, सीरियस बातें कहीं ऐसे चलते-चलते बताने की होती हैं ?" वह मुस्कराई थी।

"ऐसी क्या बात है आख़िर ? कहीं शादी-ब्याह हो रहा है क्या ?" पहले वह नीचे देखकर रास्ता चल रहा था, अब उत्सुकता से उसने जया के चेहरे को देखा।

"ऐसा ही समझिए।" दूसरे फ़ुटपाथ पर जानेवाले एक सिख युवक और पंजाबी युवती को देखकर वह सोचती-सी बोली थी।

"ओः गुड !" एकदम पुलककर बड़े उत्साह से अभ्यासवश हाथ मिलाने को उसने पतलून की जेब से हाथ निकाला, लेकिन सहसा याद आया कि साथवाली लड़की है। हाथ जेब में वहीं पहुँच गया। वह उसी जोश में बोला—"हमने तो हज़ारों बार कहा था कि कर लो शादी, फिर बुड्ढी हो जाओगी तो कोई नहीं पूछेगा। बड़ी-बड़ी ख़ूबसूरत घूमती हैं यों ही। रोओगी फिर।"

जया ने कुछ नहीं कहा। वह यों ही सिर झुकाए चलती रही। शरद को उसी समय लगा कि हँसी-हँसी में उसने चुभनेवाली बात कह दी है। उसे यह कहना नहीं चाहिए था। एकदम इस बात से उसका ध्यान हटाने को वह बोला—"वही है न, जहाँ से बात चल रही थी ?"

"हाँ ऽऽ"

स्वर से लगा कि जया ने उसे 'फ़ील' किया है। शरद जानता था कि हँसी-हँसी में उन दोनों में हज़ारों ही उल्टी-सीधी बातें होती हैं, जिन्हें दूसरे ही क्षण कोई भी याद नहीं रखता। लेकिन इधर उसने मार्क किया कि अपनी बढ़ती उम्र का संकेत जया को उदास बना देता है। बात का प्रभाव धोने को वह अपनी ही ओर से बोला—"अगर वास्तव में कोई ऐसी ही बात हो तो जहाँ तुम कहो मैं आ जाऊँगा।"

जया शायद अनुभव करती है कि उसकी उम्र की रेल एक-एक क्षण पर सरकती चली जा रही है, और उस क्षण को वह लौटा नहीं सकती, यह विवशता उसे उदास बना देती है। अचानक उसे ध्यान आया। बोला—"अच्छा, मैं बताऊँ, तूफ़ान पर मैं कल आ जाऊँगा। रुकता-रुकता वह इस शहर के आख़िरी स्टेशन तक एक घंटा ले लेता है। वहाँ से तुम्हारा स्कूल भी पास है। बस, वहाँ से तुम स्कूल चली जाना।"

"अच्छा।" उसने सर हिलाया।

और सन्ध्या को जब शरद घूमकर आया तो बार-बार यही बात उसे कचोट रही थी कि क्यों उसने हँसी-हँसी में ही सही, ऐसी बात कह दी। जया जिस वातावरण में पली है वहाँ सोलह-सत्रह के बाद ही लड़कियों की उम्र निकलने लगती है, तूफ़ान आने लगते हैं, और वह 'पहाड़', 'घोड़ी', 'हथिनी', 'धींगड़ी' इत्यादि न जाने किन-किन शुभ-नामों से जानी जाने लगती हैं। एक-एक दिन में हज़ार-हज़ार बार विभिन्न मुखों से लगातार यह सुनकर कि—'इतनी बड़ी तो कर ली, अब कब शादी करोगी ?' शायद जया भी अपनी इस इक्कीस-बाईस की उम्र में ही यह अनुभव करने लगी है कि वह अपराधिनी है, कुछ निन्दनीय कर रही है; कि सचमुच चिकने साँप-सी उसकी उम्र पकड़ से निकली जा रही है, और धीरे-धीरे सारी निकल जाएगी। रह जाएगी सिर्फ़ एक मरोड़दार रेखा, एक केंचुली, उसका वह क्या करेगी ? लहरें सरक जाएँगी तो तट की कीचड़ का क्या होगा ? एक लड़की की स्थिति वास्तव में कितनी दयनीय होती है जब उसकी हर धड़कन हथौड़े की चोट की तरह उसकी छाती पर पड़कर यह कहती भागी जाती हो—'देख, मैं यह चली ! पकड़ सके तो पकड़। यह क्षण फिर नहीं आएगा।' जाते-जाते मुँह मोड़कर देखते उस क्षण को लड़की कैसी याचना की आँखों से देखती होगी।

तब दिन-भर शरद को ऐसा लग रहा था, जैसे वह धक्के से किसी बच्चे को गिराकर बिना उसकी ओर देखे वह साइकिल भगा लाया हो। बड़ा उचाट-सा मन रहा दिनभर। अब इस समय सचमुच ही उसे बड़ा सन्तोष हुआ कि जया ने उस बात को दरगुज़र कर दिया है।

जया उसकी बात का जवाब दे रही थी—"जो भी होगा, वह आपसे अच्छा होगा।" वह उसके मज़ाक़ पर हँसी नहीं थी, बस तीखी आँखों से उधर देखा भर था।

बाहर गार्ड की सीटी गूँज उठी। बैरा ने प्याले और पॉट ला-रखे।

"ज़रूर, ज़रूर।" प्यालों को अपनी और उसकी ओर खिसकाता हुआ शरद बोला—"आख़िर कुमारी जया वर्मा, बी.ए., बी.टी. के होनेवाले हस्बैंड और फटीचर-राज शरद कुमार वशिष्ठ में फ़र्क़ तो होना ही चाहिए न ?" गाड़ी खिसकी और शरद खुलकर हँस पड़ा।

बैरा ने पूछा—"कुछ और सा'ब।"

"बस," कहकर शरद ज़रा तनकर बैठ गया। खींचकर कॉलर ठीक किए और तेज़ी से गुज़रते प्लेटफ़ॉर्म को देखने लगा। जया ने कॉफ़ी प्यालों में डालने को हाथ बढ़ाया तो उसने रोक दिया और पूछा, "हाँ, आपको कितनी चीनी ?"

"आप दादा, सच, बहुत ही बेशरम हैं। बैरा क्या सोचता होगा ? देखो वह काला चश्मा चढ़ाए सीधे-सादे-से लगनेवाले साहब किताब पढ़ने के बहाने हमारी ही बातें सुन रहे हैं। हाय देखो, चश्मे से घूर-घूरकर देख रहा है वह तो।"

"बैरा सोचता क्या होगा ? तुम्हारे लिए भले ही नया हो, उसे तो रोज़ ही एक-दो ऐसे दृश्य देखने को मिलते होंगे। हाँ, फिर तुम्हारे लिए भी नया क्यों होने लगा...!"

"क्या मतलब ?"

"भई, ऐसे ज़िन्दादिल मुसाफ़िरों से मतलब था।" अभी जिस बात की ओर उसने संकेत किया था उसी के साथ उसे शकुन—उस पंजाबी लड़की का भी ध्यान आया।

"अच्छा, आप चुप रहिए।"

प्यालों में कॉफ़ी ढाली गई।

"अब चुप रहूँ, या तुम अपनी सीरियस बात शुरू कर रही हो ? आधा वक़्त तो बेकार की बातों में गुज़ार दिया।" शकुन का ध्यान आते ही उसे अपनी यह बातें बड़ी बचकानी लगीं। वह गम्भीर हो गया। बोला—"हाँ तो, तुम्हारी शादी हो रही है। कहिए, मैं उसमें क्या मदद कर सकता हूँ ?"

"मदद क्या, मिठाइयों का ठेका आपको देना है। टेंडर दीजिए।" फिर देखकर कि शरद एकदम गम्भीर है, वह चुप हो गई। उसने कॉफ़ी 'सिप' की, फिर प्याला रखकर थोड़ा दूध डाला, उसे चलाकर फिर एक घूँट ली, फिर एक चम्मच में ज़रा-सी चीनी लेकर कप में हिलाते हुए गला साफ़ करके बोली—"आपको मालूम है मैंने क्यों नहीं अभी तक शादी की ?"

"जो कुछ मैं सोचता हूँ वह बताऊँ या जो कुछ तुम कहती हो वह ?" शरद ने पूछा।

"अपनी ही बात बताइए।" जया शीशे के पार देखने लगी। गाड़ी दूसरे स्टेशन पर आ रही थी।

"तो सुनो, इस शिक्षा ने तुम्हें ज़रूरत से ज़्यादा स्वतन्त्र कर दिया है। तुम यह जानती हो कि शादी या विवाहित जीवन का जो नक़्शा तुम्हारे दिमाग़ में है वह अच्छा चाहे जितना हो, आसान ज़रा भी नहीं है। इसके अलावा तुम यह भी जानती हो कि जहाँ भी तुम्हारा विवाह होगा, या जहाँ भी तुम जाओगी, वहाँ की स्थिति में और तुम्हारे सपनों में कोई संगति नहीं होगी। सीधे-सादे शब्दों में तुम बने-बनाए सपने चाहती हो, उन्हें बनाना नहीं। और उसी बनाने से डरती हो।" शरद ने इधर-उधर देखकर कि उन लोगों की बातों में कौन-कौन रुचि ले रहा है, कहा—"यह तो है मेरा विचार, और जो दिन-रात तुम कहती हो—मेरा मतलब आज की लड़की से है—कि मैं शादी नहीं करूँगी, आजन्म यों ही रहूँगी, यह सब झूठ है, ग़लत है। इस बात को तुम खुद जानती हो। वैसे भी यह सम्भव नहीं है। इस झूठ और धोखे को पालते हुए जो भी समय तुम्हारा बीता जा रहा है उसका खुद तुम्हें कम अफ़सोस नहीं है। बोलो, मैं ग़लत कह रहा हूँ ?"

"ग़लत न भी सही—" गाड़ी के रुकने से प्लेटफ़ॉर्म की ओर देखकर जया बोली—"लेकिन क्या वे सपने इतने ग़लत या अनुचित हैं कि सच हो ही नहीं सकते ?"

"यह तो मैंने नहीं कहा। मैं तो कहता हूँ बने-बनाए सपने नहीं, बनाने का धैर्य और प्रयत्न उनसे ज़्यादा ज़रूरी है। सपने दूकानों पर नहीं बिकते कि गए और रेडीमेड ले आए। उन्हें तो उगाना पड़ता है। पता है, बाँहें जब पसीने के मोती बोती हैं तब सपनों की फ़सल होती है ?"

"कविता छोड़िए, अगर पसीने के मोती से आपका तात्पर्य परिश्रम से है तो..." जया ने कप रखकर उसके ऊपर हथेली ढँकते हुए कहा—"तो क्या आप कह सकते हैं कि मैं या हम परिश्रम से डरते हैं ? यह सुबह से शाम तक की भागदौड़, यह छः-छः घंटे लगातार क्लास में खड़े होकर भौंकना, कॉपियाँ देखना, खुद तैयारी करना—और इस सबके अलावा घर की जो भी देखभाल होती है वह तो करनी ही पड़ती है। आख़िर आदमी से आप कितना परिश्रम चाहते हैं ? दस घंटे, बारह घंटे, सोलह घंटे—हाँ, परिश्रम में सिर्फ़ चौका-बरतन, झाड़ू-बुहारी, चूल्हा-चक्की और सास की डाँट-फटकार, सेवा-टहल को ही आप मानते हों, और इसके अलावा किसी काम को मेहनत न मानते हों, तब तो फिर कुछ कहना ही नहीं है। मैं कहती हूँ यह सब भी परिश्रम है, लेकिन केवल इसे ही परिश्रम मानना हो तो दिमाग़ और बौद्धिक-विकास के लिए यह सब लिखाने-पढ़ाने की ज़रूरत क्या है ? फिर तो आप वही मानिए कि लड़कियों को इतना पढ़ाना चाहिए कि पतिदेव के पत्रों का जवाब दे सकें। जहाँ उनकी अन्य सारी दुनिया पतिदेव तक है—वहाँ दिमाग़ भी।" जया का स्वर तेज़ हो गया। वह एक क्षण यों ही देखती रही। फिर बोली—"किसी ज़माने में डॉक्टरनी और मास्टरनी बनना भले ही फ़ैशन की बात रही हो, लेकिन आज वह ज़रूरत है। घर में एक कमानेवाला है और दस खानेवाले हैं। कुछ लोगों की जो अच्छे खाते-पीते हैं बात छोड़िए, लेकिन 99 से अधिक प्रतिशत लोगों की ज़िन्दगी बद से बदतर होती जा रही है।"

"हाँ, सो तो ठीक ही है।" शरद बोला—"आज संघर्ष—जीवित रहने का संघर्ष इतना तेज़ है कि आदमी खुद अकेला जीवित रह ले, यही काफ़ी है—आधी दुनिया को वह कहाँ से बैठाकर खिला सकता है ? और सचमुच इससे बड़ा मज़ाक़ हो भी क्या सकता है कि आधी दुनिया लड़े-मरे, ख़ून-पसीना एक करे और आधी दुनिया मज़े में घर में बैठी श्रृंगार करे और खाए ! इस समय यदि स्त्री पुरुष की मदद नहीं करती है तो स्त्री-पुरुष के सम्बन्धों में सचमुच बड़ा संकट उपस्थित हो जाएगा।"

"संकट की बात नहीं"—जया ने बात आगे बढ़ाई—"बिना पढ़ी या घर की नई या पुरानी चहारदीवारी में बन्द स्त्री की बात छोड़िए, लेकिन सारी दुनिया की स्त्रियों को आप 'अबला' या 'फ़ेयरसैक्स' कह-कहकर हमेशा नहीं बहकाए रख सकते। लाख बुरी और अनुपयुक्त होते हुए भी आज की शिक्षा स्त्री में राजनीति, इतिहास, विज्ञान और कला के प्रति समझ और आकर्षण उत्पन्न करती है। फिर आप क्या यह चाहते हैं कि स्त्री को यह जानने की ज़रा भी ज़रूरत नहीं है कि विज्ञान में कब, कहाँ, क्या होता है ? उसे बढ़ते हुए राजनीतिक खिंचाव या पैंतरों से जानकारी रखने की ज़रा भी ज़रूरत नहीं है ? कला और साहित्य के क्या संकट हैं, इससे उसे कोई मतलब नहीं

है ? शिक्षा का अर्थ क्या इतना ही है कि औरत जान ले कि शहर के किस हिस्से में डबलरोटी क्या हिसाब मिलती है ? ज़रा सुन्दर और साफ़ ढंग से कपड़े पहनना सीख ले, बच्चों को पहना दे–? और पतिदेव के मित्रों के बीच में बैठकर चाय बना दे–नए-नए फ़ैशनों की चर्चा और प्रदर्शन करती रहे ?''

''लेकिन भैया, मैंने यह सब कहा कहाँ ?''

जया अपनी उत्तेजना पर थोड़ा झेंप गई, बोली–''मैं तो एक बात कहती हूँ।''

''लेकिन क्या शिक्षा, यानी दिमाग़ी जागरूकता में और इस तरह के परिश्रम में कोई विरोध है ?'' उँगलियाँ चटखाते हुए शरद ने पूछा।

''ज़रा भी नहीं।'' जया तेज़ी से बोली–''लेकिन इन दोनों में से कौन-सा श्रेष्ठ है, यह भी तो देखना होगा। श्रेष्ठ से मेरा मतलब यह भी है कि किस पर आपका अधिकार है ? आपने ज़िन्दगी-भर तैयार तो किया है अपने आपको दिमाग़ी परिश्रम के लिए, या कहना चाहिए दिमाग़ी परिश्रम को प्रमुख रखकर ही आपने सारा हाथ-पाँव का परिश्रम किया है और फिर आपकी सारी दुनिया–ध्यान दीजिए, मैं कह रही हूँ सारी दुनिया–क़ैद कर दी जाती है शारीरिक परिश्रम में, इसके लिए कौन बेवकूफ़ तैयार होगी ? यह तो ऐसा ही हुआ कि कुत्ते को खिला-पिलाकर आपने तगड़ा किया और फिर ले जाकर जोत दिया गाड़ी में...।''

''लेकिन आप मुझे यह तो बताइए''–बात काटकर शरद बोला–''दोनों ही बाहर मुँह कर लेंगे तो घर को कौन देखेगा ?''

''जी नहीं, 'स्त्री घर की रानी है', 'उसकी दुनिया चहारदीवारी के भीतर है' इन या ऐसे ही वाक्यों को आप पुरानी संस्कृति के रट्टू तोतों के लिए छोड़ दीजिए। कैसा सुन्दर वाक्य है–'घर की रानी' ''–जया ने मुँह बनाकर कहा–''इसका सीधा अर्थ तो यह हुआ न, प्रमुख कार्य करनेवाला पुरुष, और स्त्री केवल गति बनाए रखने के लिए 'मोबिल-ऑइल'। फ़र्क़ क्या रहा, कल वह चरखे का तेल थी आज मोटर का मोबिल-ऑइल हो गई ? लेबिल बदल गया है, उपयोग वही रहा। स्त्री को सन्तोष मिल गया–चलो बड़ी भारी क्रान्ति कर ली।'' जया ने ऐसे तीखेपन से सारी बातें कहीं, जैसे ऐसी बातें सुनते-सुनते वह आजिज़ आ गई है। एक घूँट में शेष सारी कॉफ़ी समाप्त करके वह बोली–''आज के ज़माने में आप आख़िर शादी का अर्थ क्या समझते हैं ?''

''शादी का अर्थ ?'' बात के इस तोड़ के लिए शरद तैयार नहीं था, अचकचा गया। पीछे से गर्दन खुजाई। दोनों ख़ाली जेबों में हाथ डालकर कुछ फेंका, फिर दूसरी बार प्याले भरे, बोला–''यह तो मुझे आपसे पूछना चाहिए ?''

''मुझसे ही पूछना चाहिए तो आपकी इस वक़्त ज़रूरत क्या थी ?'' जया मुस्कराई।

''यों कुछ बना-बनाया जवाब तो मेरे पास नहीं है।'' शरद सोचते हुए बोला–''लेकिन सुनी-पढ़ी-देखी बातों के आधार पर मैं कोशिश करूँगा। वैसे टाइम बहुत कम रह गया है। बात आधी रह जाएगी।'' उसे गार्ड की सीटी सुनाई दी।

"नहीं, कोई बात नहीं," जया ने कहा—"शुरू तो कीजिए, पूरी फिर कभी हो जाएगी, या फिर कल इसी डिब्बे में हो जाएगी।"

शरद गम्भीर होकर सोच रहा था, उसकी यह बात सुनकर मुस्कराए बिना न रह सका—"अच्छा ! बड़ी हिम्मत आती जा रही है ?"

"क्या करें, आप लोगों के भरोसे कब तक सड़ें—?" धृष्टता से जया ने कहा—"और शायद आप ही ने बताया था कि इस 'को-एजूकेशन' ने पुरुषों को ज़नाना और स्त्रियों को मर्दाना बना दिया है। पुरुष स्त्रियों की तरह नज़ाकत और शृंगारप्रिय हो गए हैं और स्त्रियाँ पुरुषों की तरह दुस्साहसी !"

दोनों ज़ोर से हँस पड़े थे।

हँसते वक़्त जया के चेहरे की सारी रूप-रेखाएँ, उसके सामने साकार हो आईं और वह जैसे उस ईसाई-परिवार, सैम या औंधी होकर पढ़नेवाली लड़की, सबके अस्तित्व को बिलकुल ही भूल गया। पता नहीं, वह कब तक मुस्कराता रहा। किस तरह उसके बाद उन लोगों में बातें और हुईं, लगातार एक अभ्यस्त भाषणकर्ता की तरह उसने जया को विवाह पर भाषण दिए। और उसी रेल के तीन दिन के भाषणों में उसने स्त्री की प्रारम्भ से लेकर आज तक की सामाजिक-स्थिति का विश्लेषण करके यह बताया था कि विवाह की कहानी स्त्री की गुलामी की कहानी है। 'पतिव्रता' का जो मध्यकालीन नक़्शा हमारे दिमाग़ में भर दिया है, वह वास्तव में स्त्री के दिमाग़ को कुन्द करने का एक संगठित और परम्परागत प्रयत्न रहा है। इसके माध्यम से वास्तव में पुरुष ने अपने विशेषाधिकारों को क़ायम रखा है। पुरुष की अधिकार-लिप्सा तो यहाँ तक थी कि अपने मर जाने के बाद भी वह नहीं सह सकता था कि स्त्री जीवित भी रहे, इसलिए 'सती' के नाम पर उसे भी साथ ही जलवा देता था। बाद में आख़िर उसने स्त्री से ही इसे उसके 'सौभाग्य' का परम-चिह्न मानकर उसकी इस सामाजिक-प्रतिष्ठा को आदर्श घोषित किया। राजा और सामन्तों की अन्य सम्पत्ति में स्त्री या स्त्रियाँ भी एक सम्पत्ति थीं। इस काल में जिस चीज़ को बलपूर्वक कुचला गया वह स्त्री या 'सम्पत्ति' की 'स्वतन्त्र' इच्छा थी। किन्तु इस महाजनी-युग में जब इच्छा को स्वतन्त्रता मिल गई है, समस्या कुछ दूसरे रूप में आ गई है। पहले जिसके पास शक्ति थी वह इच्छा, पर अपना 'शासन' रखता था। आज जिसके पास धन है वह इच्छा को 'ख़रीद' लेता है। इच्छा की स्वतन्त्रता का आज यही अर्थ है कि वह बिकने में स्वतन्त्र है, अर्थात् किस मोल को स्वीकार करके बिके। असल में नकेलें जिनके हाथ में हैं 'इच्छा' भी उन्हीं के साथ है। ऐसी स्थिति में विवाह का जो रूप वास्तव में स्त्री की गरिमा और इज़्ज़त को सुरक्षित रखेगा वह तो तब तक सम्भव नहीं है जब तक कि 'इच्छा' और 'अर्थ' दोनों दृष्टियों से नारी को बराबर का स्थान न मिले। आज तो नारी के श्रम का उचित मूल्य ही नहीं आँका जाता और शरीर को खिलौना बना दिया गया है। और यह रूप तो आर्थिक-समानता के ही युग में सम्भव है कि स्त्री-पुरुष अपनी वास्तविक स्वतन्त्र इच्छाओं को महत्त्व देकर ही विवाह के बन्धन में बँधें। दोस्ती दो समान व्यक्तियों में होती है। या उसी समय उसमें हार्दिकता आ पाती

है जब उन दोनों में कहीं-न-कहीं समानता हो। अर्थात नारी, पुरुष की आश्रिता न हो। प्रेयसी, पत्नी की अपेक्षा शायद इसीलिए अधिक प्रिय होती है कि वह आर्थिक रूप से पर-निर्भरता की स्थिति तक नहीं आ पाती।

और अपने उन तीन दिन के लगातार दिए गए लैक्चरों को याद करके शरद हँसता रहा। कैसी गम्भीरता से वह क्रमशः लैक्चर दिए जा रहा था। कभी-कभी सुनती जया की एकाग्रता उसे विचलित कर देती थी। लेकिन इसके आगे जो कुछ हुआ उसकी तो कल्पना भी नहीं की थी। तीसरे दिन की बात है। आज उसने अपना भाषण समाप्त कर डाला था, और जया की प्रतिक्रिया चाहता था। इस बीच में उसके भीतर भी कुछ ऐसा होता रहा था जिसे वह निश्चित शब्द देने में असमर्थ था।

झटके से रेलगाड़ी रुक गई थी, और बिल के पैसे रखकर आगे-आगे शरद और पीछे जया गाड़ी से उतर आए। उतरते हुए जया ने कहा—"दादा, आप क्यों इस वकालत के चक्कर में पड़े हैं, कहीं नेतागीरी कीजिए और मौज में भाषण झाड़िए।"

शरद ज़ोर से हँस पड़ा, "सचमुच लगता तो मुझे भी बहुत बुरा है। और अभी क्या है, अभी तो वकीलों के पीछे लगे कोर्ट की इमारतों के चक्कर काटो। अभी तो ट्रेनिंग-पीरियड यानी 'एपरैंटिसशिप' चल रही है, पता नहीं वकालत करने लगूँगा तो चलेगी भी या नहीं।"

जब दोनों अलग होने लगे तो जया ने प्रार्थना के स्वर में कहा—"दादा, कल और !"

"अब कल क्या ?"

"अभी मैंने अपनी बात तो कुछ कही ही नहीं !"

"अच्छा !" शरद मुस्करा दिया।

फिर अगले दिन।

जया बोली, "विवाह का जो आपने यह सैद्धान्तिक पक्ष बतलाया, मैं इससे हर्फ़-ब-हर्फ़ सहमत हूँ, लेकिन इससे तो निराशा और बढ़ती है। जानना मैं यह चाहती हूँ कि आज विवाह का प्रैक्टीकल रूप, सम्भव क्या है ?"

"प्रैक्टीकल से क्या मतलब ?" शरद ने पूछा। दिन-भर वह तरह-तरह के विचारों में डूबा रहा था। उसने हर-क्षण अनुभव किया, जैसे कल की बातों ने जया की आँखों के आगे एक नई दुनिया के पर्दे हटा दिए हों और इस दृष्टिकोण से देखी गई विवाह की इस दुनिया को वह चकित और विस्फारित आँखों से देख रही हो।

"आज के दिन सम्भव क्या है ?" आज जया एक स्वेटर ले आई थी। चाय जब तक नहीं आई उसकी उँगलियाँ उन सलाइयों पर खेलती रहीं। वह आँखें नीची करके फन्दों और बुनाई को देख रही थी; लेकिन उसकी हर चेष्टा से व्यक्त हो रहा था कि वह शरद की बात सुन रही है। कभी-कभी वह पलकें ऊँची करके उधर देख लेती।

"सम्भव ?" शरद बोला—"आज हमारे समाज या हम सभी पर, सामन्तवाद के ध्वंसावशेषों की राख छाई है और दूसरी ओर महाजनी-समाज की ह्रासकालीन छाप

अपने 'गुणों' के साथ गहरी पड़ती जा रही है। इस विचित्र किस्म की संक्रान्ति के दौर से गुज़रना हमारे समाज की एक ट्रेजेडी है। हमारे सपनों को एक से नहीं, दो व्यवस्थाओं से लड़ना है। इन दोनों बोझों के नीचे हमारी आत्मा कराह रही है।"

"यह तो आप फिर भाषण की शैली में आ गए।" जया ने झुँझलाकर कहा। जब वह अपनी झुँझलाहट को व्यक्त करना चाहती है तो नाक के स्वर में बोलने लगती है। नाक के स्वर में ही उसने कहा–"यह तो भाई, मैं आपकी बात समझ गई कि जब तक यह समाज नहीं बदलेगा हमारी आत्मा इन छापों से मुक्त हो भी नहीं सकती। लेकिन जब तक नहीं बदलता तब तक क्या करें ?"

"रास्ता तो खोजने से ही निकलेगा। किसी ऐसे रास्ते की खोज करो जहाँ दोनों के व्यक्तित्व एक-दूसरे पर लदें नहीं, एक-दूसरे से दबें नहीं और एक-दूसरे को खा न जाएँ; और जब दोनों के व्यक्तित्व इतने मुक्त रहेंगे कि एक दूसरे के बनने में, उसे मानसिक बल देने में समर्थ हो सकें, तभी तो एक का प्यार दूसरे को उठाएगा और आत्मा-आत्मा का सच्चा प्यार निखरकर आएगा।" फिर शरद ने ग़ौर से उसकी चलती सलाइयों और गहरे पीले ऊन के छल्ले को देखकर कहा–"मुझे अगर दुनिया में सबसे बुरा काम लगता है तो यही, कि बैठे-बैठे मक्खियाँ-सी मारा करो।"

"और स्वेटर पहनना ? बुरा लगता है तो आप देखते ही क्यों हैं इधर ?" जया मुस्करा पड़ी। शरद की इस आदत को वह जानती थी। लेकिन अपनी बात पर आकर बोली–"फिर भी उसका रास्ता आख़िर क्या हो ?"

"तुमने तो नाक में दम कर दिया ! इतना भाषण तो मैंने कभी नहीं दिया। और अब एक के बाद एक प्रश्न करके मेरी खोपड़ी खाए जा रही हो।" हलकी-सी अँगड़ाई लेकर उसने टालते हुए कहा–"अरे भाई, बिलकुल सीधी-सी बात है : तुम टीचर हो ही, वह भी कहीं नौकरी कर-करा ले–चलो छुट्टी हुई। हाँ, इसमें परम्परागत रूप में देखने में ज़रूर यह लग सकता है कि जब दोनों ही नौकर होंगे तो पतिराम पत्नी का भरण-पोषण भी नहीं करेंगे; तब शास्त्रों में दिए 'भर्ता' शब्द को कैसे सार्थक किया जाएगा और ऐसी शादी से लाभ ?"–जब बैरा प्याले इत्यादि रख गया तो उन्हें अपने अनुसार लगाकर शरद बोला, "जब तक युग-युग के संस्कारों से पीछा नहीं छुड़ाया जाएगा नई बातें सोचना भी व्यर्थ है। फिर तो किसी भी बूढ़े-खूँसट की लिखी हुई 'आदर्श-गृहस्थी' जैसी कोई किताब ले लो और बैठकर घोटो !"

"हूँ..." जया गम्भीर हो गई, बोली–"चाय ज़रा आप ही बना लीजिए, न, बस, ये दो फन्दे रह गए हैं ज़रा।"

"मैं आपका नौकर लगा हूँ !" शरद कहने ही वाला था कि जया की इस गम्भीरता से सहम-सा गया। चुपचाप ध्यान से प्यालों में चाय डालते हुए बोला–"कल से सारा भेजा तुमने चाट डाला; लेकिन उस कमबख़्त के बारे में ज़रा भी नहीं बताया, कौन है ? क्या करता है ? कहाँ रहता है ?"

जब काफ़ी देर तक उसे जया की ओर से कोई जवाब नहीं मिला तो उसने चाय

बनाने के बीच में ही उधर देखा और देखते ही जैसे चौंक गया। जया की उँगलियाँ मशीन की तरह चली जा रही थीं—उनकी ओर झुकी पलकों पर क्रम-क्रम से पानी की चमकदार बूँदें आतीं और चुपचाप स्वेटर पर टपक पड़तीं। शरद की समझ में नहीं आया कि क्या करे ! वह जैसे घबरा गया। उसने हड़बड़ाकर इधर-उधर देखा, कोई उनकी तरफ़ देख तो नहीं रहा। ऐसी आख़िर बात क्या हो गई, मैंने तो कुछ कहा नहीं। कोई देखे तो क्या कहे। उसके मुँह से निकल गया—"अरे !" उसकी समझ में नहीं आया क्या करके स्थिति को सँभाले। फिर उसने मेज़ के नीचे जया के घुटने को अपने घुटने से धक्का देकर गला भींचकर बड़े आहिस्ते, लेकिन डाँट के स्वर में कहा—"जया, जया ! यह क्या बेवक़ूफ़ी है ?...कोई देखे तो क्या कहे ? कुछ तो बताओ...आख़िर बात भी हो कुछ ? मैंने अगर कुछ कह भी दिया हो तो यहाँ से चलकर मुझे डाँट लेना...मैं माफ़ी माँग लेता हूँ...सुनती हो कि नहीं ?...देखो, पीछेवाला वह आदमी हमें उसी तरह घूर रहा है। यह अच्छा हमारे पीछे पड़ा है कमबख़्त। रोज़ इसी गाड़ी में मिल जाता है, और हमारी बातें सुनने की कोशिश करता है...ये और लोग देखेंगे तो क्या कहेंगे ?..."

एक बार तो ऐसा लगा कि जैसे धार तेज़ हो गई, लेकिन फिर धीरे-धीरे आँसू धीमे पड़ गए। खिड़की का शीशा उठाकर जया ने नाक साफ़ की। लाल पड़े हुए नथुने फड़क रहे थे। पर्स से रूमाल निकालकर उसने ज़ोर से मुँह-नाक और आँखों पर मला, और सिर झुकाए चुपचाप चाय पीने लगी। शरद की जैसे जान में जान आ गई। शंकित दृष्टि से उसने फिर इधर-उधर देखा—यह जया भी कितनी बड़ी मूर्खा है ! थोड़ी देर में स्वस्थ होने पर वह बोला—"किसी ने सच कहा है, बन्दर और स्त्री के साथ का कोई विश्वास नहीं। कुछ नहीं तो बैठकर आँसू ही बहाने लगी।"

जया ने मुँह उठाकर देखा और आँखें मिलते ही अपनी बेवक़ूफ़ी पर मुस्करा उठी—जैसे वर्षा से भीगे पल्लवों पर किरणें चमक उठीं...

शरद कहे जा रहा था—"आख़िर रो पड़ने की कोई बात भी तो हो ? उसके बारे में कुछ बताना नहीं चाहती थीं ? या कुछ और !" शरद की आँखों में झिड़की स्पष्ट थी।

थोड़ी देर की चुप्पी के बाद जया ने कहा, जैसे स्वर बड़ा घुटा-घुटा था ?, "दादा, वहाँ की बात सुनकर रूह क़ब्ज़ होती है। वे मुंशी लोग हैं। वही जन्म-जन्मान्तर के पुराने रूढ़िवादी संस्कार—टिपीकल मुंशी जैसे वे ख़ुद। उस घुटन और सड़ांध का ध्यान करके बेतहाशा रो पड़ने को मन करता है।"

"फिर वही बात ! अपनी तरफ़ भी तो देखो। शादी आप आख़िर किससे करेंगी ? और आख़िर कब करेंगी ?" शरद ने ज़रा तेज़ स्वर में कहा—"मुझे तुम्हारा यही ढिलमिलपना ही तो पसन्द नहीं है। या तो यह निश्चय करो कि विवाहित जीवन तुम चाहती हो, या यह कि नहीं। तुम्हारे दिमाग़ में साफ़ तो है नहीं कि तुम चाहती क्या हो ?" जया की इस मूर्खता पर शरद खीझ उठा। इसी मूर्खता ने तो घरवालों को यह कहने का मौक़ा दिया कि इतनी उम्र बढ़ा ली है और जल्दी भी चाहती है, साहस भी

नहीं है। और आख़िर उम्र भी क्या ऐसी बढ़ गई है कि यों मरी जा रही है ? तभी उसे शकुन का ध्यान हो आया। पता नहीं वह कैसी होगी और दिन-रात क्या सोचती रहती होगी। कहीं उसके दिमाग़ में भी तो इसी प्रकार के कम्प्लैक्स नहीं पैदा होने लगे ? माना वह जया से ज़्यादा ख़ूबसूरत है, ज़्यादा मैनरली और कल्चर्ड है...लेकिन वह उसके बारे में और तो कुछ जानता ही नहीं कि यूनीवर्सिटी कन्वोकेशन में दीदी की क्लास-फ़ैलो होने के नाते वह उन्हीं के साथ आकर ठहरी थी और बाद में जो अपना पर्स भूल गई, उसी को लेकर उन लोगों में कुछ पत्र-व्यवहार हुआ। लेकिन यही सारा परिचय तो ऐसे सम्बन्धों के लिए पर्याप्त नहीं है...

"आप मेरी परिस्थिति में अपने को रखकर देखिए, मैं आख़िर क्या करूँ ?"—जया कह रही थी। धीरे-से प्याला उसने मेज़ पर रख दिया।

अचानक बड़ा झिझकता हुआ सकुचाता-सा शरद का हाथ उसके हाथ पर पड़ा—काँपते स्वर में उसने कहा—"क्या हम लोग आपस में सम्मिलित जीवन पर विचार कर लें ?" अगली कुछ भी बात कहने से पहले वह सहसा चुप होकर बात के औचित्य पर विचार करने लगा।

जया ने कोई जवाब नहीं दिया और स्वेटर बुनती रही। शरद अपने कान उधर लगाए गाड़ी में इधर-उधर लगे देश के प्रसिद्ध स्थानों के चित्र देखता रहा। जया बड़े धीरे से बोली—"हमारे घरवाले जो हैं !" फिर उसने एक गहरी साँस ली। एक बार पलकें ऊँची करके शरद को देखा।

"सोच लो !"

शरद चुपचाप डायरी में कुछ लिखता रहा था।

और जब थोड़ी देर बाद वे उठे तो एक दूसरे से आँखें नहीं मिल पा रही थीं। जया के गालों पर मुस्कराहटों के भँवर नाच रहे थे और दोनों के होंठों से सलज्ज उल्लास झरा पड़ता था। चलते हुए शरद ने जया को वह अपना लिखा हुआ पढ़ने को दिया था। जल्दी-जल्दी में उसने पढ़ा :

"हम लोग सम्मिलित जीवन बिताने का आज निश्चय कर रहे हैं। प्रकृति को अनिवार्य मानकर दो इकाइयों के सामूहिक जीवन की सामाजिक-स्वीकृति का नाम विवाह है। परिवर्तित सामाजिक रूपों में व्यक्तियों—स्त्री-पुरुष—के बीच की यह अंडरस्टैंडिंग भी बदलनी चाहिए। विवाह के सम्बन्ध में मैं हर टीम-टाम के विरुद्ध हूँ। सामन्तों की तरह फौज-फाँटा लेकर लड़कीवालों के घर पर चढ़ दौड़ने और चौथ वसूलने के ऐतिहासिक दौर से हम लोग गुज़र आए हैं। उसकी नक़ल की भी ज़रूरत नहीं रह गई है। यह सब जब होता था, तब होता था। आग जलाकर एक मृत और साधारणतः दुर्बोध भाषा में, कुछ जाहिलों को बीच में डालकर अर्थहीन वाक्यों को दुहरा-भर लेना, हद दर्जे की जहालत और अन्धविश्वास है। दोस्तों को दिखाकर फ़ोटो अख़बारों में छपाकर यह घोषित करने के भी मैं पक्ष में नहीं हूँ कि सारा संसार गवाह रहे—हमने विवाह किया है, सनद रहे और वक़्त ज़रूरत काम आए। विवाह सामाजिक धरातल पर

एक व्यक्तिगत मसला है—लेकिन आज का सामाजिक रूढ़ि-जर्जर मिटता हुआ रूप, व्यक्ति के अनुकूल ही नहीं उसके विकास में सबसे बड़ा बाधक है। किन्हीं भी कारणों से जब तक समाज का यह रूप नहीं बदलता, तब तक व्यक्ति को पूरी स्वतन्त्रता है कि इस मसले को भविष्य के समाज की दृष्टि से, आज शुद्ध व्यक्तिगत स्तर पर ही हल करे। आज विवाह एक समझौता है, और इसके सिवा कुछ हो भी नहीं सकता। जब आपस में यह गुंजाइश नहीं रहेगी कि इसे चलाया जा सके या इस पर स्थिर रहा जा सके तो यह समझौता टूट जाएगा। आज से हम ल़ोग एक-दूसरे के प्रति ईमानदार रहने का प्रयत्न करेंगे। मानवीय भावनाएँ और सम्भावनाएँ मनुष्य के हर क़दम की मापदंड होती हैं—इस वक़्त भी वे हमारे सामने हैं, तब भी होंगी।''

उसे अच्छी तरह याद है इसे पढ़कर जया बुद्धिमानी से मुस्कराई थी—कैसी हवाई और भावुकता की बातें हैं...!—कहीं यह टूटता होगा !

यह जया उसकी हर बात को इतनी सहजता और अगम्भीरता से लेती है कि उसे कभी-कभी तो बहुत ही ग़ुस्सा आ जाता है। जैसे ख़ुद बहुत बड़ी-बूढ़ी हो न। चाहे कुछ कहो, पढ़ाने में एक अप्राकृतिक किस्म की गम्भीरता काफ़ी छोटी उम्र में आ जाती है। अपने से कम उम्र के या कम पढ़े-लिखे लोगों के बीच में हर वक़्त रहने से आदमी अपने को ज़रूरत से ज़्यादा गम्भीर समझने लगता है। धीरे-धीरे यहाँ के लिए चलने से पहले का सारा दृश्य उसके सामने उभरने लगा—हैड-टेल के लिए टॉस करते रुपए का चित्र उसे इस तरह दिखाई देने लगा जैसे अभी-अभी वह सैम के साथ ही यह खेल कर रहा है...

''अच्छा, तो मैं टॉस करता हूँ, हैड आया तो देशबन्धुजी के तार पर जाऊँगा नहीं तो...''

''नहीं तो क्या...? नहीं जी, साफ़ सुन लीजिए, ज़िंदगी को हैड-टेल के जुए से नापना हमें पसन्द नहीं है...''

''तब भी भाई, आख़िर कहीं सैटिल तो होना ही है न ! यों आख़िर कब तक यह कोर्टिंग चलेगी...!''

''कोर्टिंग—? व्हॉट डू यू मीन...?''

''तो नहीं जाऊँ ? भई, जैसा कहो वैसा कर डालूँ। मेरा तो दिमाग़ काम नहीं कर रहा।''

''मेरे ऊपर क्यों डालते हैं—जो मन हो सो कर डालिए।''

''अच्छा तो लो।'' और खनखनाता हुआ चमकदार रुपया उछला और चौड़ी हथेली पर हैड आ गिरा। रुपए को एक बार उछालकर दोनों हाथों की मुट्ठी में बन्द करते हुए उसने कहा—

''तो जब तक मैं आऊँ, आप अपने दिमाग़ को हर अप्रत्याशित बात के लिए तैयार रखेंगी। हो सकता है कुछ न हो, हो सकता है सब कुछ हो जाए।''

जया ने कुछ भी नहीं कहा था, लेकिन वह जानता था कि इस तार को पाकर

यों चल खड़े होने में बहुत बड़ा हाथ जया का भी है : आख़िर अबं हमें कहीं सैटिल होना है !...लेकिन यह मज़ाक़ है न ख़ूब ! वह बाहर देखने लगा...सब कैसी आसानी से हो गया।

वर्षा समाप्त हो गई थी। सीली हवा के झोंके बड़े अच्छे लग रहे थे। बहुत दूर हरियाले पेड़ों के झुंड में घुली-मिली चिमनी और माथे पर सलीब उठाए गिरजाघर की चोटी दीख रही थी–यही तो वह शहर है–अरे, सपनों में वह बिलकुल ही भूल गया था। निगाह घड़ी पर गई, ग्यारह बजने में आठ मिनट हैं–ठीक ग्यारह पर गाड़ी स्टेशन पर पहुँचेगी। भीगी तारकोल की सड़क के पुल से गाड़ी गुज़री।

और बर्मा-शैल के लेटे हुए भारी रुपहले पीपे पीछे छूट गए। क्वार्टर इधर-उधर निकल रहे थे। इंजन ने ज़ोर की 'घों' की आवाज़ की और पास से एक सिगनल गुज़रा। ट्रेन पटरियाँ छोड़ने लगी। दोनों ओर इधर-उधर लावारिस-से मालगाड़ियों के डिब्बे खड़े थे। शरद उठ खड़ा हुआ। उसने अटैची उठाई और अपनी ख़ाली सीट पर रख दी, फिर झुका हुआ झाँककर इस अपरिचित नगर को देखने लगा। रेलवे सीमा की बाड़ के पार एक सड़क और सामने दूकानों की लाइन चल रही थी। अचानक केबिन आया, टंकी आई और रेल से सटा हुआ प्लेटफ़ॉर्म दौड़ने लगा। जगह-जगह शतरंज की बिसात पर रखे हुए मोहरों की तरह सीमेंट की चौकियों से बने प्लेटफ़ॉर्म पर कुली और मुसाफ़िर एकदम झपट पड़ने को स्थिर साँस रोके ताक रहे थे। अभी बारिश होकर चुकी थी–प्लेटफ़ॉर्म भीगा था। झटके से गाड़ी खड़ी हो गई। शरद दरवाज़े की ओर बढ़ा। एक बार फिर साहब-परिवार की ओर दृष्टि डाली। साहब पलकें मिचमिचाकर आँखें खोल रहा था। मैम दीवार की ओर मुँह करके बेख़बर सोई पड़ी थी। लड़की बाँह पर माथा रखकर बिलकुल औंधी सो गई थी। दो चोटयों में बँटे ढीले बाल गर्दन पर इस तरह बिखर गए थे जैसे चौड़े फ़व्वारे से धारें नीचे बह-बहकर आ रही हों। उसकी मांसल बाँह पर रखा हुआ सिर और अबोध लापरवाही से बिखरे बाल ! शरद के मन में प्रबल इच्छा हुई कि चलते-चलते हाथ से लड़की के बिखरे बालों को शरारती बच्चे की तरह अस्त-व्यस्त कर दे। लेकिन वह मुड़ पड़ा–ये बेचारे छिन्न-मूल भविष्यहीन लोग ! स्टेशन पर भीड़ आकर जगह न घेर ले, इसीलिए साहब-परिवार साँस रोके पड़ा था।

शरद ने जैसे ही प्लेटफ़ॉर्म पर पाँव रखा, उसे कुलियों ने घेर लिया। अटैची हलकी थी, लापरवाही से उन्हें मना करता, भीगे फ़र्श पर क्रेप के जूते फिसल न जाएँ, इस डर से पाँव जमाता हुआ गेट की ओर बढ़ा।

टिकट देकर जब वह स्टेशन से बाहर आया तो उसका हृदय इस जगह के नएपन के कारण धड़क रहा था। स्टेशन के सामने रिक्शे, ताँगों इत्यादि के लिए काफ़ी चौड़ी सड़कें बीच में बने हरियाली के एक चौड़े गोले के चारों ओर घूमकर गई थीं और दूर पर एक अपेक्षाकृत ऊँची बिल्डिंग पर ऊपर से नीचे की ओर एक-एक अक्षर की खड़ी लाइन में अंग्रेज़ी में लिखा था, 'होटल-डी पैरिस !' एक बार तो मन में आया कि यहाँ

सामान रख दे और तब मिलने चला जाए। नई जगह है, पता नहीं कैसे लोग हैं, कैसी जगह है। शहर कैसा है। वह सोचने लगा, पता नहीं यहाँ उसका मन लगेगा भी या नहीं—कहीं ऐसा उजाड़ तो नहीं है कि जया कहे, कहाँ काले कोसों ला पटका। जया को यहाँ लाने और स्वतन्त्र रूप से पति-पत्नी के रूप में रहने की कल्पना से उसका हृदय एक विचित्र मादक फुरहरी से रोमांचित हो आया। तभी झटके से वह सचेत हो गया, क्योंकि उसकी अटैची को लेकर दो रिक्शेवाले आपस में एक-दूसरे को अपनी 'प्यार की शब्दावली' में सम्बोधित करने लगे थे।

'बाबूजी, आपणे जाणा कित्थे ऐ जी !'' आख़िर एक पंजाबी ने अपने नम्बर का अधिकार जताकर अटैची शरद के हाथों से लगभग छीन ली, और रिक्शे में रखता हुआ बोला।

''भाई, देशबन्धुजी हैं एक ? पटेल रोड पर 'स्वदेश महल' है कोई ?''—इस सबसे कुछ थककर और क़दरे-परेशान होकर उसने कहा, और जब देखा कि रिक्शेवाला तब भी नहीं समझ पाया है तो और भी सोचकर बोला—''कांग्रेस के बहुत बड़े नेता हैं...''

''नेता भैया ?'' रिक्शेवाला 'नेता' शब्द को लपककर बोला। और अपने एक साथी को सम्बोधित करके पूछा—''यह पटेल रोड किद्रों पड़ती है, साँई ?'' जिससे पूछा था वह सिन्धी था।

''कच्हैरीवाली सड़क पर तो नहीं...?'' वह दिमाग़ कुरेदकर बोला—''कांग्रेस के लोग तो वही जाते हैं...वहीं तो है न, एक पिरैस है ?''

''हाँ...हाँ—'' एकदम शरद बोला। देशबन्धुजी एक पत्र के सम्पादक-संचालक हैं इस बात को वह जानता था; लेकिन पत्र का नाम मौक़े पर याद नहीं आया। वह आराम से रिक्शे में बैठकर बोला—''वहीं ले चलो, न होगा तो पता तो लग ही जाएगा।''

रिक्शा सड़क के गड्ढ़ों के पानी को उछालता हुआ तारकोल की सड़क पर स्टेशन की बरसाती के सामनेवाले हरियाली के उस बड़े गोले का चक्कर लगाकर चल पड़ा। शरद ने रूमाल निकालकर मुँह पर फेरा, बालों को हाथ फेरकर अनुमान से ही सँवारा, कोट का कालर झटककर उसकी सिकुड़नें ठीक कीं, सामने ज़रा सँवारा, और फिर पैंट की क्रीज़ को पकड़कर ठीक किया। जूते पर आ पड़ी कीचड़ की कुछ बूँदें हाथों से हटाकर रूमाल से पोंछा। यद्यपि अपनी थोड़ी सँवार स्टेशन आने से पहले संडास में जाकर वह कर आया था फिर भी 'इन्टरव्यू' का नाम बुरा होता है, नए आदमी के आगे ऐसे ही तो कोई जा नहीं खड़ा होता। पता नहीं क्या बात आँखों में अटक जाए। एक तरफ़ तनकर जेब में रूमाल रखते हुए उसने व्यस्तता से पूछा—''यहाँ यह बारिश कब से हो रही है ?''

''अजी कोई ठीक है ! ये कोई बारिश के दिन हैं। आज तीन दिन हो गए। ज़रा-सी देर को खुल जाता है, फिर टपर-टपर। बड़ी मुसीबत है। एक दिन और बरसा तो सारी फ़सल चौपट हो जाएगी। एक तो वैसे ही जान निकली जा रही है महँगाई के मारे...।'' रिक्शेवाले ने ज़रा-सा सूत्र पाकर अपनी झुँझलाहट व्यक्त करना शुरू कर दिया।

सड़क के दोनों ओर गुज़रनेवाले बँगलों और मकानों को देखकर शरद सोच रहा था, शहर तो बुरा नहीं लगता। जीवन ने तो बिलकुल ऐसा ख़ाका खींचा था जैसे बिलकुल रेगिस्तान या उजड़ा ही हो—हुँःह, जीवन 'साहब' ठहरे, बम्बइया प्राणी, उन्हें तो अपना शहर भी क़स्बे-सा ही लगता है, तब तो यह ज़रूर उजाड़ लगेगा।...कैसे शुरू होगा उसका और जया का सम्मिलित-जीवन...? नए सिरे से हरेक चीज़ शुरू करनी होगी...हुँह...मैं तो बहुत दूर की बात सोचने लगा, पहले तो उसका यहाँ आने को तैयार होना ही मुश्किल है। वैसे है तो हिम्मती लड़की, शायद कर जाए हिम्मत...जो भी हो, आना तो चुपचाप ही पड़ेगा...पर उसके चले आने पर पीछे तूफ़ान मच जाएगा। जो भी जिसके जी में आएगा, सो कहेगा। बड़े सीधे लगते थे—भाग गए न ! ख़ूब चरित्र पर लांछन लगाए जाएँगे। होगा...यह तो हमेशा ही होता रहा है...भोंक-भाँककर लोग चुप हो जाते हैं, फिर सभी कुछ ठीक-ठाक चलने लगता है। लोग स्वाभाविकता से ग्रहण करने लगते हैं—पहले यहाँ आ तो जाऊँ। पता नहीं यहाँ क्या तय होगा ?

''बाबूजी, आप इस शहर में नवें हैं ?'' रिक्शेवाला अपना भाषण समाप्त करके पूछ रहा था। बड़े-से चौराहे पर बाएँ हाथ को मोड़ लेते ही सामने कुछ घने-से सफ़ेदी किए मकानों का समूह दिखाई दे रहा था। उसने पूछा—''किस शहर से आए हैं।''

''आगरे से !'' बड़ी जल्दी में उसने कहा और पत्थर पर सड़क का नाम पढ़कर बोला—''सरदार पटेल रोड तो यही है।''

''हाँ जी, वो कोठी रही नेता भैया की, वो जिस पर झंडा लगा है।'' रिक्शेवाला फिर नए आदमी को परिचय देने के दृष्टिकोण से बोला—''बड़ा लम्बा-चौड़ा कारबार है इनका, गाँव है, जमीन-जैजात है, दो-दो मिलें हैं। पर सा'ब आदमी भौत ही भले हैं, एकदम शरीफ़। हमेशा मुस्कराते ही रहते हैं, और बिना हाथ जोड़े बात नहीं करते। तभी तो इतनी बरक्कत है। रुपया आदमी के पास हो तो उसे चाहिए, हमेशा नबकर चले—यह नहीं कि घड़ी में तोला घड़ी में माशा...''

लेकिन एक लम्बी-चौड़ी लहरदार पीली-सफ़ेद पुती बाउंड्री से घिरी कोठी को देखते ही शरद घबरा-सा गया था। उसका दिल फिर बुरी तरह धड़क उठा। पता नहीं अब कैसे मुलाक़ात हो—क्या नतीजा निकले। घड़ी के फ़ीते के सिरे को छल्ले में दबाया, और सहमी-डरी निगाहों से उस कोठी को देखा। रिक्शेवाले के इस धारा-प्रवाह लैक्चर को बन्द करने के लिए उसने झुँझलाकर कहा—''अब क्या पता है, यही हैं या दूसरे।''

''कोई हों, पता तो इनसे लग ही जाएगा। ये तो भौत रसूख़ के आदमी हैं—हज्जारों आदमी आते रहते हैं। कोई कलकत्ते से, कोई बम्बई से। चौबीस घंटे टेलीफ़ोन किलल-किलल करता ही रहता है। एक कान पै टेलीफोन रख लिया, दूसरे से आपकी बात सुनेंगे...''

और सचमुच चिट के जवाब में जैसे ही नौकर के साथ उसने एक बीच का ग़लीचे-बिछा

कमरा पार करके दूसरे द्वार में प्रवेश किया कि उत्साह के कारण टेलीफ़ोन कान से चिपकाए ही कमरे के दरवाज़े तक वे निकल आए। सफ़ेद कुर्ता, टखनों तक धोती, सादा-सी चप्पल, स्वस्थ शरीर, गौर रंग, आँखों पर चश्मा, चौड़ा माथा जो इधर-उधर के दो पंखे-से छोड़कर ऊपर चाँद की गंज से जाकर मिल गया। लगभग पैंतालीस की उम्र, पतले-पतले होंठों पर मधुर मुस्कान, क्लीनशेव्ड, फ़ोन की डोरी को उसकी पूरी लम्बाई तक ताने हुए, चोंगा कान से चिपकाए—शरद को उनका व्यक्तित्व बड़ा ही भव्य और प्रभावशाली लगा। यों उसने उन्हें देखा पहले भी था; लेकिन पता नहीं कैसे कल्पना ने उनके पुराने चित्र में कुछ फेर-फार कर लिया था। श्रद्धा से विगलित विवश-सा होकर उसने लपककर उनके चरण छू लिए। इससे जैसे बहुत ही अस्त-व्यस्त और गद्‌गद्-सा अनुभव करते हुए उन्होंने उसे एक बाँह में भर लिया, फिर बड़े दुलार से बोले—"सीधे स्टेशन से ही आ रहे हो न ? अरे भले आदमी, तार ही दे दिया होता—गाड़ी भेज देते। बारिश में वैसे ही दिक़्क़त होती है। रास्ते में कोई तकलीफ़ तो नहीं हुई न ?"

"जी नहीं, मुझे तो यहाँ तक रिक्शेवाला अपने आप ले आया।" उनकी बग़ल से लगे शरद ने इस आत्मीयता के बोझ से झुककर बहुत ही नम्र-स्वर में कहा।

"हाँ...हाँ...जी नहीं, मैं ख़ुद गाड़ी लेकर आऊँगा...नाराज क्यों होती हो माया बहन...?" टेलीफ़ोन का उत्तर देकर देशबन्धुजी ने शरद से कहा—"अच्छा शरद बाबू, अब तो आ ही गए हो, आराम से बातें करेंगे, तुम थके-थकाए आए हो। ज़रा सुस्ताओ, नहाओ, कपड़े-अपड़े बदल लो...जिस चीज़ की ज़रूरत हो, निःसंकोच माँग लो। सन्ध्या को किसी भी वक़्त बैठ जाएँगे...कोई ख़ास बात तो करनी ही नहीं है...और बैठना क्या, हमने तो तुम्हें पूरी तरह ही बुलाया था...कोई ख़ास जल्दी तो है नहीं न...?"

"जी नहीं, मुझे जल्दी काहे की...?" कृतज्ञता के बोझ से शरद के शब्द नहीं निकल रहे थे, उसका हृदय पुलक आया था।

"अच्छा, पद्मा से कहना चाचा को सब सुनाना पड़ेगा...नहीं...कोई बहाना नहीं चलेगा...हाँ, सो तो है ही...हाँ-हाँ...।" वे फ़ोन की किसी बात पर बड़े ज़ोर से हँस पड़े, फिर शरद से कहा—"मेरे एक बड़े पुराने मित्र की पत्नी यहाँ आ रही हैं—साथ में उनकी लड़की भी है—एम.ए. के बाद बाहर कहीं संगीत का कोई कोर्स पूरा करने चली गई थी...अब लौट आई है—सन्ध्या को स्टेशन जाना होगा मुझे, उन्हें लेने...! हाँ, केशवजी, भैया को सम्पादकजी के बग़लवाला कमरा ठीक कर दो, और देखो नहाने-धोने का, गरम ठंडा जैसा कहें, इन्तज़ाम कर दो, नहाने-धोने में कोई तकलीफ़ नहीं हो—यह अब यहीं रहेंगे, समझ लेना। शरद बाबू, आप इनके साथ चले जाइए।" पीठ थपथपाकर वे बोले।

शरद ने मुड़कर देखा तो केशव पीछे खड़ा था। इसी व्यक्ति ने उसकी अटैची ली थी। वह बोला—"आइए।"

ऊब और हस्त-रेखा विज्ञान

"आइए, आइए !" शरद ने बड़े उत्साह से उन सज्जन को बुलाया। यह महाशय बहुत पुराना गैबर्डीन का पैंट और कोट पहने थे। बुरी तरह हाथ पैंट की जेबों में ठूँसे हुए, नीचा सर किए, आँखें अपने जूतों या ज़मीन पर गड़ाए एक-एक क़दम इस अन्दाज़ से तोल-तोलकर रखते हुए टहल रहे थे जैसे अपने क़दमों से उस स्थान की दूरी नाप रहे हों। स्पष्ट था कि वे बहुत अधिक चिन्तामग्न होकर किसी गहरी समस्या के ताने-बाने उधेड़े दे रहे थे क्योंकि कभी-कभी वह स्वयं ही अपनी गर्दन को ऐसे झटक देते थे जैसे किसी बात को अस्वीकार कर रहे हों।

खाना खाकर अपनी अटैची से पीठ अड़ाए अध-लेटा शरद अपने हाथ के पंजे मिलाकर सर को उन पर इस तरह टेके था कि दोनों कुहनियाँ कनपटियों के दोनों तरफ़ सामने की ओर निकल आई थीं। दिमाग़ उस समय घुड़दौड़ का मैदान था। कल वह इसी समय रेल पर बैठने के लिए अपने नगर के स्टेशन पर था और जया के साथ हुए वार्तालाप का जादू एक मीठी गन्ध की तरह उसके सिर में लहरा रहा था।

लेकिन कुछ होगा, इसका जया को विश्वास नहीं था। यहाँ अधिक-से-अधिक दो-तीन दिन लग जाएँगे, जब वह उसे एकदम बताएगा तो जया चकित रह जाएगी। देशबन्धुजी ने तो बड़े विश्वासपूर्वक कह ही दिया है। कैसे स्नेहपूर्वक बात करते हैं। तो क्या फिर सचमुच यहाँ आना निश्चित है ? जब वह जया से कहेगा कि 'चलो', तो क्या वह बिना किसी आपत्ति के चली आएगी ? शायद नहीं। स्कूल की नौकरी है, पता नहीं एकदम छोड़ने को कमबख़्त तैयार भी होगी या नहीं। अब जो भी हो,? जब उन्होंने 'सम्मिलित जीवन' बिताने को निश्चित क़दम उठा ही लिया है, तो आख़िर कभी-न-कभी उसे शुरू करना ही है। और तो जो है सो है ही, लेकिन यह नाटक हुआ ख़ूब ! जया उसकी जीवन-संगिनी बने, या कभी बन जाएगी, इस बात को तो उसने सोचा भी नहीं था। उन दिनों तो उसके विचारों में बसा हुआ था वह पंजाबी सौन्दर्य। निश्चित रूप से 'वह' जया से अधिक ख़ूबसूरत थी, अधिक कल्चर्ड और अधिक नारी-सुलभ स्नेह से परिपूर्ण ! सब कुछ होते हुए भी जया में एक ऐसा बौद्धिक तीखापन, या कहिए रूखापन है जो उसके स्त्रीत्व को उभरने नहीं देता। शकुन उससे दो-एक साल भी तो उम्र में बड़ी, अर्थात् छोटी नहीं है, इस बात को न जाने क्यों उमा दीदी ने सूचित कर देना आवश्यक समझा था। एक पत्र में वह दीदी को शकुन के पर्स

की बात या उसके सीधेपन की प्रशंसा में कुछ लिख गया था तो फ़ौरन ही उमा ने बड़े व्यंग्य-पूर्ण लहजे में लिखा था—"शरदजी, अपनी हैसियत देखिए, शकुन मेरी सहेली है।" उमा दीदी उसके साथ बहुत खुली हैं, ऐसे मज़ाक़ तो अक्सर उनमें बहुत खुलकर होते हैं—लेकिन यह सांकेतिक लाइन जैसे मज़ाक़ नहीं, अपराध का आरोप थी। यदि अवसर आए (जो उसके लिए अप्रत्याशित ही होगा) तो वह शकुन से विवाह के विषय पर सोच सकेगा या नहीं, इस सम्बन्ध में उसके दिमाग़ में कुछ भी साफ़ नहीं था। बिलकुल अस्वीकार वह इसलिए नहीं कर सकता कि शकुन उसे पसन्द आई थी, और सबसे अधिक विचित्र बात जो उसे पसन्द आई थी वह थी बिलकुल उमा दीदी की टोन में उसी ढंग का उसके साथ व्यवहार !—लेकिन उनसे भी अधिक स्निग्ध, अधिक सुसंस्कृत और उसमें कुछ ऐसी सरस सम-भावना थी जो उमा दीदी के व्यवहार में नहीं थी। और यही वह चीज़ थी जिसने उसे बाँध लिया था। उसके जैसे लापरवाह या दुनियादारी में अयोग्य व्यक्ति को एक ऐसा ही साथ तो चाहिए था जो उसका पूरक हो—लेकिन वह व्यक्ति शकुन ही है, यह स्वीकार करने का उसमें साहस नहीं था ! ख़ैर, जो हुआ सो ठीक ही हुआ...

शरद ने एक गहरी साँस ली। अगर यहीं रहना पड़े तो शायद यही जगह भी मिलेगी। 'आउट-हाउस' के नाम पर जो भी बना हो, इस समय तो दो क्वार्टरों का रूप दे दिया गया है और उसमें से एक में शरद बैठा था।

यह कमरा लगभग 16×18 फ़ीट का होगा। भीतर वह खुलता है एक छोटे-से बरामदे में। कमरे के बग़ल में जो छोटा-सा पौलीनुमा कमरा है उसका दरवाज़ा भी इसी बरामदे में खुलता है। बरामदे के एक ओर रसोई, दूसरी ओर ग़ुसलख़ाना है, क्योंकि पास ही बरामदे से नीचे उतरकर एक छोटे से सीमेंट के चबूतरे पर नल है। छोटा-सा चौक है जो चारों ओर दस-दस फ़ीट ऊँची दीवारों से घिरा हुआ है। इसी आँगन के एक कोने में पाख़ाना है, वहीं चौक या मकान का पिछला दरवाज़ा। शरद को यह आँगन बड़ा घुटा-घुटा-सा लगा। यदि व्यक्ति चौक में खाट डालकर लेट जाए तो एक चौकोर आसमान का टुकड़ा ही ऊपर दिखाई दे पाएगा; जिसके एक ओर अवांछित अजनबी की तरह झाँकता मकान के बाहर खड़ा जामुन का पेड़, और फिर उसके पीछे ही देशबन्धुजी की विशाल कोठी की बाउंड्री है। शरद सोच रहा था कि पता नहीं जया इस सबको पसन्द भी कर पाएगी या नहीं—पहले तो उसे भी बड़ा घुटा-सा और 'डल' लगेगा, यहाँ तो कोई 'कम्पनी' भी नहीं है उसकी, कुछ साथ के होते तो मन लगा रहता। यद्यपि देशबन्धुजी की बातचीत और स्वागत के ढंग से पूर्ण रूप से निश्चित था कि उसे यहीं रहना है, फिर भी वह सहसा अपने इस शेख़चिल्ली-स्वप्नों पर झुँझला उठा—इस बात का क्या निश्चय कि वह यहीं रहेगा ? और मान लो यहीं रहा तो उसे यही क्वार्टर मिलेगा ? इसके अलावा एक चीज़ उसने और भी मार्क की कि वह हर चीज़ को जया के दृष्टिकोण से ही देख रहा है—हर चीज़, यहाँ तक कि रास्ते के दृश्यों को भी उसने जया की ही आँखों और पसन्द से देखा है, जया को कैसा लगेगा, जया पसन्द करेगी

या नहीं ! जया ! जया ! जैसे जया यहाँ आ रही हो—या उसका अपना कोई दृष्टिकोण ही नहीं...इन लड़कियों का क्या ठीक है ! न कर पाई हिम्मत !

तभी उन महाशय का उसके खुले दरवाज़े के सामने ज़रा ठिठकते हुए तीसरा चक्कर लगा। अभी तक वह सूनी आँखों से ऊपर देख रहा था, अब उसका ध्यान उधर खिंचा। उसने निश्चय किया, अगर इस बार वे सामने से आएँगे तो वह ज़रूर उन्हें बुला लेगा—दो बजे हैं, आख़िर वह करे भी क्या ? वैसे भी वह यहाँ के बारे में इतना कुछ जानना चाहता है, कि उसके लिए कोई सूत्र मिलता ही नहीं दिखाई देता। यह सब, यहाँ का वातावरण उसे बड़ा आश्चर्य-जनक लग रहा था जैसे किसी अकेले द्वीप में लाकर छोड़ दिया गया हो, जहाँ की हर चीज़ को जितना प्रयत्न करके जान पाता है; बस उतना ही जान लेता है—आगे एक पग नहीं। लेकिन नए आदमी को अचानक क्या कहकर पुकारे—उसके मन में बड़ी झिझक हुई। वे महाशय दरवाज़े के सामने से दो-एक बार और चहल-क़दमी कर गए। एक बार उसने सोचा कि इस बार आएँगे तो वह ज़रूर ही बुला लेगा, लेकिन नहीं बुला सका। आख़िर इस बार जैसे ही वे सामने आए उसने बड़े आग्रह से पुकारा—"आइए ! आइए ! भीतर आइए न।" और वह 'झपाक' से उठ बैठा। ज़ोर से दोनों जूते फ़र्श पर बजे।

वे महाशय जैसे इसकी प्रतीक्षा ही कर रहे थे। जेब से हाथ निकालकर टाई की गाँठ इधर-उधर झटककर बीच में लाते हुए भीतर आ गए। बोले—"नहीं, नहीं, आप लेटिए। खाने के बाद ज़रा यों ही चलह-क़दमी...सोचा आप डिस्टर्ब होंगे। बादल छाए हैं, ज़रा अच्छा-अच्छा लग रहा है। फिर कभी फ़ुरसत में बैठेंगे। सूरज में यही तो बात अच्छी है कि वह अपने आपको किसी पर ज़बरदस्ती लादता नहीं है...और आप मानेंगे, यह है भी ठीक। आख़िर दूसरे की भी सुविधा का ध्यान रखना चाहिए... ।"

"ये सूरज कौन हैं ?" शरद खड़ा हो गया—उत्सुकता से पूछा।

बड़े अन्दाज़ से छाती पर हाथ रखकर थोड़ा झुकते हुए वे बोले—"बन्दे का नाम सूरज है...यहाँ देशबन्धुजी के साप्ताहिक-पत्र 'बिगुल' की देखभाल करता हूँ...अच्छा फिर कभी आऊँगा... ।" कहकर वे बड़े इत्मीनान से खाट पर बैठ गए, सिर ऊँचा करके खड़े हुए शरद को देखकर बोले—"बैठिए, बैठिए, देखिए सूरज तकल्लुफ़बाज़ी के ख़िलाफ़ है।"

"ओः" शरद ने परिचय के जवाब में नमस्कार करके उनके पाँयताने बैठते हुए कहा—"मुझे यह तो मालूम था कि देशबन्धुजी के यहाँ से कोई पत्र निकलता है, लेकिन नाम नहीं याद था...'बिगुल' तो बहुत ही प्रसिद्ध पत्र रहा है। आपसे मिलकर बड़ी प्रसन्नता हुई।" वह मन-ही-मन हँसा। अपने विषय में अन्य-पुरुष सर्वनाम लगाना उसे कुछ अजब-सा लगा।

उन्होंने जेब से एक चौकोर-सी पान की डिबिया निकालकर खोली और लाल गीले कपड़े को इधर-उधर करके उसकी ओर बढ़ाकर बोले—"लीजिए, शौक़ कीजिए।"

"नहीं, मैं तो पान खाता नहीं हूँ।" लेकिन खाने के बाद पान खा लेने में उसने

कोई हर्ज़ नहीं समझ एक उठा लिया, और शिष्टता से माथे तक ले जाकर मुँह में रख लिया; उसमें सुपारी इत्यादि कुछ भी नहीं थी।

खुद दो पानों को मुँह में रखकर उन्होंने डिबिया कोट की जेब में डाली। दूसरी जेब से एक लाल-से मख़मल का बटुआ निकालकर खोलते हुए शरद की ओर बढ़ा दिया, और बोले—"आपके बारे में मैंने कुछ सुना तो था, लेकिन..."

"जी, मेरा नाम शरद कुमार है।" कुछ सुपारी और इलायची उसने उठा लीं। वे छोटी-छोटी शीशियों-डिबियों में से न जाने क्या-क्या निकाल-निकालकर मुँह में भरते रहे। शरद को तम्बाकू की खुशबू बड़ी मधुर लगी—"इसी साल एल-एल.बी. किया है, अब यहाँ देशबन्धुजी ने..."

"ओः आई शी, बहुट अच्छा किया, टो आप डेशबन्ढुजी को पहले शे जानटे होंगे...!" उन्होंने अपना पान की पीक से भरा हुआ मुँह ऊपर उठाकर तुतलाकर कहा—जैसे कोई ऊँट मुँह ऊपर करके गिलबिला रहा हो।

शरद से उधर बिना देखे नहीं रहा गया, गेहुँआ रंग, पतली निकली हुई नाक, पिचके हुए गाल—कुछ-कुछ झुर्रियाँ लिए हुए, इकहरा पतला-दुबला शरीर—हलके नीले-से शेड के काँचोंवाला चश्मा, टाई की गाँठ से ऊपर काफ़ी निकला हुआ टेंटुआ। कमीज़, कपड़े सब साफ़, बाईं ओर की माँग निकालकर कुछ पीछे झोक लिए हुए बाल, उम्र कोई तीस-पैंतीस साल। तो यही हैं सम्पादकजी ! 'सम्पादकजी' का जो शुद्ध देशी वेश-भूषा में एक पंडितनुमा व्यक्ति का चित्र उसके दिमाग़ में था, उसे इससे बड़ा धक्का लगा। शरद की बड़ी प्रबल इच्छा हुई कि इसी तुतलाहट में उनकी बात का जवाब दे; लेकिन मुस्कान दबाकर उसने बड़े सँभलकर कहा—

"हमारे वकील साहब थे न, झा साहब, जिनके अंडर में ही तो मैं ट्रेनिंग ले रहा हूँ, देशबन्धुजी उन्हीं के यहाँ आए थे। शायद कोई मीटिंग थी। तभी झा साहब ने मेरा इनसे परिचय करा दिया। मुझे बड़े ही अच्छे लगे थे। कॉलेज में हमने एक भाषण भी रखवा दिया। तभी से शायद मुझसे खुश थे, खुद ही पूछा था—कॉलेज छोड़ने के बाद क्या करोगे ?' मैंने वकील साहब को देखकर कह दिया, 'जो चाचाजी सजेस्ट करें।' इन्होंने कहा—'हमें लिखना।' बस, इतनी ही बात थी। मैंने इन्हें लिख दिया..."

"ओः, आई शी, शरड बाबू, आप यहाँ आ जाइए, बड़ा अच्छा रहेगा।" फिर वे पीक को घूँट भर पी गए। आनन्द के उद्‌घोष स्वरूप ज़ोर से गला साफ़ करके बोले—"यहाँ अकेले मन उकता जाता है।"

"अकेले की क्या बात है ?" शरद ने उनके चश्मे में खुले दरवाज़े और दूर पर स्वदेश महल की बिल्डिंग इत्यादि की परछाईं को देखते हुए ज़रा रुचि और आश्चर्य से पूछा—"मुझे तो इस लम्बी-चौड़ी कोठी में पूरा मुहल्ला बसा दिखाई देता है, शायद इधर नौकरों की कोठरियाँ हैं, सामने प्रेस और 'बिगुल' ऑफ़िस है, यह गैस्ट-हाउस है..."

"गैस्ट-हाउस नहीं, आउट-हाउस कहिए।" सूरजजी शरद को इस स्थान के सम्बन्ध में परिचय देकर विद्वत्ता से मुस्कराए और सुधारकर बोले—गैस्ट-हाउस उधर ही है, कोठी

के ऊपर के हिस्से में...''

''हाँ,-हाँ, सभी तो हैं। फिर कैसे आप अकेलेपन की बात कहते हैं ?'' बड़े झिझकते स्वर में शरद ने पूछा—''फ़ैमिली नहीं है ?'' इस प्रश्न के अवचेतन में भी जया की कम्पनी के विषय में जानने की भावना थी; लेकिन फिर एकदम इस प्रश्न के उजड्डपने से बचने के लिए वह बोला—''और अपना ठीक ही क्या है कि आ ही जाएँगे।''

''अजी, क्या बात कही है आपने ?'' अपने मुँह के पास मक्खी उड़ाने की तरह हाथ झटकारकर वे बोले—''सूरज की आदत नहीं है इधर-उधर मारे-मारे फिरने की। जिस साले को गरज़ हो खुद आ जाए,...हाँ और आपने क्या पूछा ?'' उन्होंने उँगली माथे पर टिकाकर एक क्षण सोचा फिर बोले—''फ़ैमिली-वैमिली अपने कुछ नहीं है, पता नहीं, भगवान ने यहाँ भेज कैसे दिया दुनिया में—''

''आप किस ओर के हैं ?'' असल में शरद पूछना चाहता था कि किस जाति, प्रान्त या प्रदेश और वर्ग के हैं, लेकिन इतना सीधा प्रश्न पूछने की उसकी हिम्मत नहीं पड़ी। उसने झिझककर पूछा और फ़ौरन ही अपनी ओर से दुबारा बोला, ''तो अब अपना ही क्या ठीक है, क्या हो ?'' लेकिन देशबन्धुजी के व्यवहार को याद करके उसे बड़ी गुदगुदी-सी दिल में महसूस हुई।

''अब तो आप आ ही गए, अब क्या होना-हवाना है ? सुना शरद बाबू ?'' लापरवाही और कुछ स्नेह से उसके कन्धे पर हाथ रखकर वे बोले, शरद को लगा पहली बात उन्होंने टाल दी।

''हाँऽऽ।'' शरद फिर जैसे चिन्ता में पड़ गया—''मुझे यह भी तो नहीं मालूम कि करना क्या होगा ?''

''ख़ैर, करना जो भी हो, अब आप निश्चिन्त रहिए कि आ ही गए।'' फिर कुछ सोचकर बोले—''अभी बातें तो हुई नहीं होंगी न...''

''न, मैं तो अभी आया हूँ, नहाया-धोया, नौकर खाना दे गया था, सो बस खाकर ही चुका हूँ। सन्ध्या को शायद बातें हों। आज कोई और भी तो आ रही हैं न...''

''कौन ?'' फिर ख़ुद ही बोले—''हाँऽऽ, वे आ रही हैं देशबन्धुजी की एक मित्रा, और उनकी लड़की।'' अत्यन्त अरुचिकर विषय की तरह 'हाँ' को कुछ खींचकर सूरजजी ने बताया, फिर जल्दी से बोले—''जब आप आए थे तो मैं ऑफ़िस में था...'' शरीर को कुछ आराम देने के लिए उन्होंने अपने दोनों हाथ पीछे पाटी पर टिका लिए और उन पर ज़रा-से झूल आए। पीक का रस लेकर बोले—''कुछ लिखा टो होगा...।''

'मित्रा' शब्द शरद के दिमाग़ में टकराया, लेकिन उसके पीछे यह प्रश्न ऐसा था जिसका जवाब देना ज़रूरी था—''नहीं, बस तार दिया...।'' यह मित्रा मित्र की...?

''आई सी...कोई बात नहीं, सब हो जाएगा...'' उन्होंने फिर पिछली बात पर कोई ध्यान ही नहीं दिया—किसी अदृश्य बिन्दु पर दृष्टि केन्द्रित करके भौंहें सिकोड़कर पूछा—''पे-वे के बारे में कुछ भी नहीं लिखा है ?'' पीक सटकने में उनका टेंटुआ ऊपर-नीचे गया।

उनका कुछ बातों को चबा जाना, कुछ को पूछना, बात करने का ढंग, मुद्राएँ सब शरद को बड़े अजब-से लगे। उसने कहा—"मैंने बताया न, कि ख़ाली तार था...।" शरद को लगा कि क्या एक ही बात को वे लोग घसीट रहे हैं। उसने विषय बदलकर कहा—"यह 'बिगुल' तो बड़ा ही मशहूर पेपर है; लेकिन इधर तो कुछ...पता नहीं शायद हमारी तरफ़ ही न जाता हो।"

"हाँ, वैसे इधर तो यह चलता ही है।" सूरजजी बहुत गहरे डूब गए।

"आप तो इसमें बहुत शुरू से होंगे..."

"हाँऽआँ—छोड़िए, क्या रखा है इन बातों में। अपना होना न होना बराबर है। सब चलता है।" सूरजजी ने टाल दिया।

"तो अब आपके ही हाथ में है ?" शरद ने उत्सुकता से पूछा।

"अरे साहब, अपने ही हाथ में होता तो रोना क्या था ? क्यों यह एक-डेढ़ हज़ार रुपए का घाटा देता ?" इस बार सूरजजी जोश में आ गए। वे सीधे बैठ गए।

"अभी तो आपने कहा कि इधर तो ख़ूब चलता है।" शरद इस आदमी की बातचीत देखकर चकित हो रहा था।

सूरजजी ख़ूब ज़ोर से हँस पड़े—"अभी आप अख़बारी दुनिया से बिलकुल ही अपरिचित मालूम होते हैं...लीजिए, मैंने अभी एक नया क़िस्सा पढ़ा है, उसे सुनाए देता हूँ। एक बार एक बहुत बड़ा भक्त भगवान से वरदान माँगने जा पहुँचा। और आप जानते हैं, भगवान का भी आख़िर मूड ही तो था। हो गई होगी लक्ष्मीजी से कुछ कहा-सुनी, सो ज़रा ऑफ़ मूड में बैठे थे। उन्होंने निश्चय कर लिया था कि आज जो भी वरदान माँगने आएगा उसे भयंकर अभिशाप दे देंगे। सो उन्होंने एक काग़ज़ पहले ही लिखकर रख लिया था—उसमें अभिशाप लिखा था। भगवान के पास जब वरदान माँगने की चिट भक्त ने पहुँचवाई तो उसमें लिखा था—"हे भगवान, मुझे पत्रकार बना।" लेकिन अभिशाप पहले ही लिखा था। आप जानते हैं वह क्या था ?" उन्होंने दो-तीन बार मुँह चलाकर और यह देखकर कि वह उत्सुकतापूर्वक बात सुन रहा है, स्वयं उत्तर दिया—"भगवान ने लिख रखा था—'जा तू पत्रकार बनेगा' !" बात समाप्त करके सूरजजी ख़ूब ज़ोर से हँस पड़े। शरद ने भी साथ दिया, फिर अपनी कहानी का निष्कर्ष निकालते हुए उन्होंने हँसने की क्रिया जारी रखते ही कहा—"सो भाई साहब, पत्रकारिता बहुत बड़ा अभिशाप है, बहुत बड़ा वरदान है। और पता नहीं, कमबख़्त सूरज को वह वरदान बनेगा भी या नहीं, अभी तक तो है नहीं।"

"क्यों ?" शरद उसके कथा कहने के ढंग से प्रसन्न हो गया था, अतः कुछ सहानुभूति से बोला।

"अब इसमें 'क्यों' क्या ?"—एकदम सीधे बैठकर झुँझलाहट में दोनों हाथ ज़ोर से अपनी जाँधों पर पटककर बोले—"बारह पन्नों का तो वह साप्ताहिक पत्र है बेचारा। अब आप उसमें हर बार एक भाषण भर देंगे, एडीटोरियल अलग उनसे पूछकर आओ, कि यह जाएगा। फिर पूरे अख़बार में यह भरा हो कि फ़लाने मन्त्री ने यह कहा, फ़लाने

नेता ने यह भाषण दिया, उसने वहाँ शिलान्यास किया, उसने यहाँ उद्घाटन किया—तो आप ही बताइए, इन सब बातों से कहीं अख़बार चलते हैं ? आप सूरज की यह बात गाँठ बाँध लीजिए—वे ज़माने लद गए जब एक आदमी की सनक, व्यक्तित्व और उसके अपने ही विचारों से अख़बार चला करते थे। वन मेन्स शो !—दुनिया का कोई अच्छा अख़बार आज वन मेन्स शो नहीं रह गया है। आज तो जब तक लोगों की अपनी बात नहीं कहेंगे कोई अख़बार चल ही नहीं सकता—क्यों ख़रीदें वे आपका अख़बार ?" उत्तेजना से सूरजजी की नाक के नथुने फड़कने लगे। कुछ देर दीवार पर आँखें गड़ाए रहने के बाद वे बोले—"अब सूरज क्या उसमें अपना सर झोंक दे ? अपने आप अख़बार घाटे में चलेगा। हम तो कहें, साला बन्द हो जाएगा। और बन्द हो भी तो, बवाल कटे, ज़िन्दगी झोंक दी और..." किसी भाव को छिपाने या घृणा व्यक्त करने के लिए उन्होंने होंठों को झटके से दाईं ओर खींचकर उपेक्षा से गर्दन झटक दी।

इस बार शरद थोड़ा चौंका। सामने बैठा व्यक्ति यह सब देशबन्धुजी के बारे में कह रहा है ? तो यह बात है ! लेकिन उसने फ़ौरन ही इस विचार को दिमाग़ से इसलिए निकाल दिया कि हो सकता है देशबन्धुजी के इससे कोई ख़ास सम्बन्ध हों ! दूसरे की बातें सुनकर अपना आइडिया क्यों बिगाड़ा जाए ? नहीं, यह आदमी काफ़ी भरा बैठा है। ज़रा-सा इशारा भर किया कि शायद और भी बहुत कुछ उगल दे। वह यहाँ के वातावरण इत्यादि के बारे में अधिक-से-अधिक जान लेना चाहता था। उसने उनकी हाँ में हाँ मिलाई, "हाँ, तब तो मुश्किल ही है। वैसे ये आपको देते क्या हैं ?"

"अजी देते हैं अपना सर ! क्या बात कही है आपने भी।" सूरजजी ने उसकी बुद्धि पर तरस खाकर कहा—"और सा'ब, सूरज की ज़रा भी ख़्वाहिश नहीं है कि सम्पादक या सह-सम्पादक की जगह उसका नाम जाए, या ऐसा कोई पुछल्ला लगे; आप उसे क्लर्क कहिए, लेकिन कहिए तो खुलकर।" जोश में आकर उन्होंने फिर तम्बाकू की डिबिया में से तम्बाकू निकाली और फुर्ती से चुटकी भरकर मुँह में झोंक ली। फिर जीभ घुमाकर उसे इधर-उधर करने लगे।

शरद बैठा गम्भीरतापूर्वक सोचता रहा। वह पीठ झुकाकर जाँघ पर कुहनी रखे, हाथ अभी प्रयत्न और परिश्रम से बनाई शेव पर धीरे-धीरे घुमाता रहा। यह सब सुनकर उसके मुँह से निकल गया—"पता नहीं, हमें क्यों बुलाया है ?"

सूरजजी एकदम अप्रत्याशित रूप से उठकर खड़े हो गए और पुराने आत्मीय की तरह उसका हाथ पकड़कर उठाते हुए बोले—"अरे, सब बुलाया ही होगा ! एक बात शरद बाबू, बहुत साफ़ सुन लीजिए। मेरी बातों से ज़रा भी किसी के बारे में प्रैजूडिस्ड होने की ज़रूरत नहीं है, समझे। अच्छा आइए, चलें ज़रा खाने के बाद थोड़ा घूम-घाम लिया जाए। यों बैठे-बैठे तो जड़ हो जाएँगे। बादल छाए हैं, मौसम भी ज़रा अच्छा है।" कोई गीत या शेर गुनगुनाते शरद के कन्धे पर हाथ रखकर थपथपाते हुए वह बोले—"आइए, कहीं चाय-कॉफ़ी पिएँगे। न हो तो, बग़ल में ही अपना कमरा है, यहीं बना लेंगे, दूध रखा होगा। कभी सूरज के हाथ की कॉफ़ी पीजिए, न मान जाएँ तो

कहिए।"

"चलिए, घूमेंगे कहीं। फिर लौटकर देखा जाएगा।" पैंट को ऊपर खिसकाता हुआ शरद उठ खड़ा हुआ। मुस्कराकर मज़ाक़ के लहजे में बोला—"हम आपको वैसे ही माने ले रहे हैं...।"

सूरजजी खुलकर हँसे।

लेकिन सन्ध्या को जब वह लौटा तो बहुत अधिक उद्विग्न था। उस समय सन्ध्या के लगभग छः बजे थे, और बादलों के बावजूद, पश्चिम का आसमान लाल पड़ गया था। बादलों को फोड़कर एकाध जगह किरणों का फ़व्वारा बड़ा ही सुन्दर दिखाई दे रहा था। बहुत दूर क्षितिज में एक धुँधली चिक-सा कुछ लहरा रहा था जिसे चलते-चलते सूरजजी ने बताया कि कहीं पानी बरस रहा है, और अन्यमनस्क-सा वह सुन रहा था। मन-ही-मन कभी वह झुँझला भी उठता था।

असल में वह समझ नहीं पाया था कि सूरजजी के रूप में उसका कैसे आदमी से पाला पड़ा है। जिस समय ये लोग कोठी के बाहर निकले तो मन-ही-मन शरद इन सूरजजी पर काफ़ी खीझ उठा था। पहले ज़रूर उनकी बातें उसे रुचिकर और मनोरंजक लगीं, फिर तो धीरे-धीरे उसके मन में आने लगा, यह आदमी ख़ासा 'बोर' है। लौटकर आते समय तो उसकी यह् धारणा इतनी दृढ़ हो गई थी कि उससे वह काफ़ी उद्विग्न और आन्दोलित-सा हो उठा। लेकिन यह तो सब था ही, पर वातावरण और घटनाएँ कुछ इस रूप में जुड़ गए थे कि वह इस समय सच्चे अर्थों में बेचैन ही हो उठा था। वह जया के सिवा कुछ सोच ही नहीं पाता था। उसके सोचने का दूसरा केन्द्र था, पद्मा पुरी...

कोठी की बनावट, हरियाली क्यारियों इत्यादि को देखते हुए उसने ज्यों ही साथ चलते सूरजजी से पूछा—"क्यों सूरजजी, वैसे यह शायद आपकी व्यक्तिगत बात हो, फिर भी मुझे जानने की उत्सुकता तो है ही कि क्या यह आपका उपनाम है ?"

कोठी के फाटक के एक ओर खड़े होकर उन्होंने सीधा हाथ छाती पर रखा और ज़रा-सा झुककर रास्ते में खाए हुए पान का ढेर-सी पीक का 'पिच्' से कुल्ला करके वे आसमान की ओर मुँह करके खिलखिलाकर हँस पड़े—"शरद बाबू हर नया आदमी मुझसे यह सवाल पूछता है। लोग यह समझते हैं कि मैं बड़ा भारी कवि हूँ या लिखता हूँ। बाई द वे, क्या मैं आपसे पूछ सकता हूँ कि आप भी क्या कविता-कहानी में—मेरा मतलब किसी फ़ाइन आर्ट में इन्टैरेस्टेड हैं ?"

"नहीं !" शरद ने फ़ौरन ही उत्तर दिया और उसके उत्तर से स्पष्ट ध्वनित होता था कि न तो वह किसी ऐसी चीज़ में रुचि रखता है और न उस जैसे व्यक्ति से ऐसी उम्मीद करने की धृष्टता करनी चाहिए। पर फिर जैसे अपने उत्तर की उजड्डता को

होंगे... ।'' शरद कॉलेज के दिनों में डूब गया—''हम लोग भी सा'ब, बहुत ही तंग करते थे इन लोगों को। इनमें एक लड़की थी सन्याल, सुषमा सन्याल। इतनी शोख़ और चंचल कि आफ़त।'' क्लास की बातों की याद करके वह पुलकफर हँस पड़ा—''हम लोगों ने उसका नाम रख लिया था, तमंचा। ऐसे महीन आरकंडी के ब्लाउज़ पहनकर आती कि बस। एक और थी ईसाई, क्या नाम था उसका ? डिसिल्वा। वैसी बेशर्म लड़की तो देखी नहीं। ये चार लड़कियाँ थीं हमारी क्लास में—पुरी, सन्याल, डिसिल्वा और खन्ना। हम लोग क्या करते थे, कभी कौंच (खुजलीवाली) की फलियाँ लाकर इनकी डेस्कों पर छिड़क देते कभी इनकी सूरतें ब्लैकबोर्ड पर बना देते, और कभी तो ऐसी अजब और भद्‌दी बात लिख देते थे कि बस...लड़के भी सूजरजी, बड़े बदमाश होते हैं, कॉलेज के।'' शरद का चेहरा खिल उठा—''और बदमाश क्या, वो दिन ही कुछ अजब मस्तियों के होते हैं ! माँ-बाप का पैसा होता है, चिन्ता किसी की होती नहीं है, हुँह, देखा जाएगा। लॉर्ड का जीवन होता है... ।'' प्लेटफ़ॉर्म पर आते-जाते मुसाफ़िरों, कुलियों और अन्य लोगों से बच-बचकर चलते हुए शरद कहे जा रहा था और सूरजजी उसका हाथ पकड़े, चाय के स्टॉल की तरफ़ ले जा रहे थे। स्टॉल पर रुकते ही उसने पूछा—''आपने कभी कॉलेज लाइफ़ एनजॉय की है ?''

''अजी, कहाँ की कॉलेज लाइफ़ ! सूरज की क़िस्मत में यह सब कहाँ रहा है ? अपना तो कॉलेज या यूनीवर्सिटी, यही प्लेटफ़ॉर्म है, सो कभी-कभी घूमने चले आते हैं। यही अपनी ज़िन्दगी का एनजॉयमेंट समझिए, वरना इस साले शहर में रखा ही क्या है ? वही दो-चार सिनेमाघर हैं—उनमें वही घिसे-पिटे उन्नीसवीं सदी के पिक्चर, सस्तेवाले अंग्रेज़ी स्टंट; कोई अच्छा रेस्तराँ नहीं, कोई घूमने-फिरनेवाली जगह नहीं। किसी रेस्तराँ में जाकर बैठो तो टूटपूँजिए अकेले बैठे मक्खियाँ मारा करो। कुछ अजीब मैंटेलिटी है लोगों की। न हँसेंगे, न बोलेंगे, वही मुँह लटकाए चले जाएँगे। बोलो, ज़िन्दगी के दो दिन मिले हैं, उसमें भी तुम बना लोगे मुहर्रमी सूरत, जिओगे क्या ख़ाक ! कहीं इस समय लखनऊ में होते, अपने हजरतगंज में...च्च्‌ आहा ! चहक रहा होता... ।'' सूरजजी के भाषण को तोड़ा स्टालवाले ने यह पूछकर कि—''बाबूजी कोल्ड या हॉट ?''

''दो चाय, स्पेशल, कुछ केक-टोस्ट खाओगे, शरद बाबू ?'' उन्होंने पूछा।

''नहीं बस, चाय ही बहुत है, धन्यवाद !'' शरद दाहिने हाथ की तर्जनी को धीरे-धीरे होंठ पर पटकते हुए फिर चुप होकर कुछ सोचने लगा था। प्लेटफ़ॉर्म पर एक और गाड़ी आनेवाली थी, इसलिए चहल-पहल बढ़ गई थी। शरद सोच रहा था—तो ये पद्माजी थीं, जिसके बारे में देशबन्धुजी बातें कर रहे थे, साथ में क्या उनकी माँ थी ? उन्हें तो कभी देखा नहीं। शायद अभी तो कुछ दिन यहाँ रहेंगी। संगीत सीख आई हैं। पता नहीं ठीक से मिलेंगी भी या नहीं ? पहचान तो लेंगी ही। नोट्‌सवाली बात भी याद होगी। उसे भूली थोड़े ही होंगी। उस दिन भी क्या अजब बेवकूफ़ी हुई...लेकिन सब बदमाशी उसी साले वर्मा की थी...

सूरजजी कहे जा रहे थे—''एनजॉयमेंट शब्द तो सूरज ने सीखा ही नहीं, शरद बाबू,

अपनी ज़िन्दगी भी कोई ज़िन्दगी है।" संगमरमर के काउंटर पर एक प्याला शरद की ओर और एक अपनी ओर खिसकाते हुए उन्होंने कहा, फिर एक ज़ोर का सड़ाकेदार 'सिप' भर के बोले—"हमारे जीने का तो इतिहास यह रहा है कि 'तिफ़ली गई, अलामते पीरी अयाँ हुई, हम मुन्तज़िर ही रह गए अहले शबाब के'..."

लेकिन शरद जो चुप हुआ तो रास्ते-भर चुप ही रहा। उसके दिमाग़ में पद्मा छाई रही, और उसे ऐसा लगता रहा, जैसे न चाहने पर भी एक प्रश्न रह-रहकर उसके दिमाग़ में उठ आता है—जया से विवाह करके क्या उसने जल्दबाज़ी की ? वह धीरे-धीरे उदास होता चला गया, और उसकी इस उदास मनःस्थिति में और अधिक उद्विग्नता भर देते सूरजजी के यह निर्बाध भाषण। कई बार सर पर पाँव रखकर उस जगह से भाग जाने की उसकी प्रबल इच्छा होती, और कई बार यह सोचकर अपने को समझा लेता कि इस एकरस और रूखी जगह में शायद पहली बार उन्हें एक धैर्यशील श्रोता मिला है। वह जैसे स्वप्न की-सी स्थिति में उनकी बातों पर हाँ-हूँ करता चला आया।

"आप बुरा न मानें तो, एक बात कहूँ..." सूरजजी की इस बात पर शरद एकदम सजग हो उठा। उसने उनकी हर बात को सचेत बने रहकर सुनते चले आने का नाट्य करते हुए कहा—"कहिए।"

"आप बहुत अधिक सैल्फ़सेन्टर्ड हैं, यानी अपने में ही मस्त आदमी हैं।"

"मैं समझा नहीं..." शरद अचकचा उठा कि किस सिलसिले में यह बात कही जा रही है।

"मैं समझता हूँ, असल में आप या तो भूतकाल में जीते हैं, या भविष्य में। वर्तमान में रहते ही नहीं। और सबसे मज़ेदार चीज़ है इसका कारण, कि आप वर्तमान से इस बुरी तरह चिपके हैं कि बस उसे ही नहीं देख पाते, आगे-पीछे ख़ूब दूर तक देख लेते हैं। शायद वर्तमान की विभीषिका भी उसे न देखने देती हो। यहीं सूरज का दूसरा सिद्धान्त है, लगातार भविष्य के सपने देखना अन्धविश्वास है; हवाई उड़ान है। लगातार पीछे देखना पलायनवाद है। वह दोनों में क़तई विश्वास नहीं रखता और भाई, वर्तमान हमारा है भी इतना कटु कि उसे सह नहीं सकते। अतः उसके जिस क्षण को जीते हैं, उसे ही ग़नीमत समझते हैं। हँस-खेलकर जी लेना चाहते हैं। लिव इन दा मोमेंट—क्षण में जियो, जो क्षण सामने है, उसका बैस्ट यूज़ करो, एनजॉय करो। सूरज में और दूसरे क्षणवादियों में यही तो फ़र्क है। मैं दुख को पास नहीं फटकने देता। अरे, जो क्षण है, उसे हँस-खेलकर ख़त्म करो, और होगा अपने हिसाब में, और मिलेगा, वरना अफ़सोस तो नहीं होगा। और यही वजह है कि मैं इतना झक्की और मस्त हूँ, वरना जैसी हालतों में मैं रहा हूँ, कोई दूसरा होता तो मर जाता, मर ! आपको सुनाऊँगा किसी दिन, आपके रोंगटे खड़े हो जाएँगे, आप थर्रा उठेंगे कि यह पागल-सा दिखाई देनेवाला सूरज, यह ज़िन्दगी भी देख चुका है। महीनों मैंने बम्बई में डॉक्स पर कुलीगीरी की है, दिनों भूखा रहा हूँ, लेकिन यह क्षण में रहने की मस्ती है, जो मुझे ज़िन्दा रखे हुए है। आपने एक पद्माजी की बात सुनी और तीन घंटे से सोचने में लगे हैं...यहाँ ज़िन्दगी बरबाद हो

गई...'' फिर जैसे एकदम बहाव में ब्रेक लगाते हुए बोले—''आप जानते हैं, निराशावादी और आशावादी में फ़र्क़ क्या है ?''

अपने मनोविज्ञान का विश्लेषण कर डालनेवाले इस अप्रत्याशित भाषण से शरद हतबुद्धि-सा रह गया। उसकी बिलकुल भी समझ में नहीं आया उसने क्या सुना और वह विश्लेषण उसका था या सूरजजी का अपना ? किवाड़ खोलने को बढ़ा हुआ उसका हाथ रुक गया, और उसने सूरजजी की ओर मुँह घुमाकर नकारात्मक सर हिलाया—''नहीं...''

''हाँ।'' बड़े अन्दाज़ से सूरजजी ने ऐसे कहा जैसे वे युगों पहले से जानते थे कि इस अन्तर को शरद नहीं जानता होगा—''निराशावादी और आशावादी में बड़ा फ़र्क़ है : निराशावादी उसे कहते हैं जो भविष्य के बारे में जानता तो कुछ नहीं है—और कोई नहीं जानता—लेकिन वह भूत-भविष्य के विषय में तरह-तरह की बातें लेकर दिन-रात चिन्तित और उदास रहता है। और आशावादी वह है जो निराशावादी की तरह भविष्य के विषय में कुछ नहीं जानता, लेकिन उसे उसकी ओर से बिलकुल निश्चिन्तता रहती है। और भाई, ज़िन्दा रहने का तो सिद्धान्त ही यह है कि पेड़ के नीचे हो या पलंग पर, रहो बिलकुल निश्चिन्त !'' फिर अत्यन्त ही आत्मीयता से उसके दोनों हाथ अपने हाथों में पकड़ते हुए बोले, ''अच्छा, आज का भाषण समाप्त। सचमुच शरदजी आपको बहुत बोर किया, इसके लिए मैं माफ़ी चाहता हूँ। क्या करूँ, आदत से लाचार हूँ। अकेले बैठे-बैठे मन नहीं लगता, इसलिए इधर आ गया था। अब जाकर देखूँ, देशबन्धुजी ने क्या आज्ञाएँ भेजी हैं हमारे लिए, एडीटोरियल घसीटना है। लेकिन आपसे मिलकर सचमुच बहुत ख़ुशी हुई। आप सचमुच आ जाइए, 'ख़ूब गुज़रेगी जब मिल बैठेंगे दीवाने दो।' अब आप बैठिए और पद्माजी के विषय में चिन्तन कीजिए। औरत जब दिमाग़ पर छा जाती है तब यही होता है।'' रटी हुई बातों की तरह सूरजजी कह गए, इसी सिलसिले में बोले—''नारी ? नारी बड़ी डॉमीनेटिंग होती है, बड़ी क्रूअल। इसके सम्पर्क में आने पर आदमी की बरबादी को कोई रोक नहीं सकता, और इसके सम्पर्क से वंचित आदमी सड़ जाता है और विकास नहीं कर सकता—कर ही नहीं पाता। बहरहाल, सोचिए और मस्त रहना सीखिए, ये बातें तो ज़िन्दगी में आती हैं और चली जाती हैं, अच्छा टा-टा ! अब अगर आप रहें तो कल दोपहर बाद ही मुलाक़ात होगी—परसों अख़बार निकालना है। कल तो बहुत सुबह ही चला जाना है। न हो तो इधर आइए, घूमते हुए ही। यहाँ पड़े-पड़े क्या करेंगे...? अच्छा तो फिर विदा—'' और सूरजजी बड़े लखनवी ढंग से अबाउट टर्न होकर गुनगुनाते चले गए—''तरी झूलती रहे लहर पर, यह भी एक समाँ कैसा ! डाँड तोड़, पतवार छोड़कर कवि तू निर्भय गान करे...कश्ती को तोड़ दूँ, लंगर को छोड़ दूँ...''

कमरे में अँधेरा-सा था। लेकिन शरद बिना बत्ती की चिन्ता किए ही जैसे बहुत थका हो, खाट पर जा पड़ा। खाट ज़ोर से चरमरा उठी। अन्दाज़ से अटैची खींचकर सिरहाने रख ली। ''हुँह !'' नाक से ज़ोर की साँस फेंककर उसने मुँह टेढ़ा करके

कहा—"दुनिया में भी कैसे-कैसे क्रैक भरे पड़े हैं, आप माँगिए, न माँगिए, अपनी राय देने लगेंगे। बने हैं मस्त कहीं के। दिमाग़ चाट गया। इनकी तो इच्छा है कि सुने जाए चुपचाप, नहीं तो निराशावादी..." उसी क्षण शरद को निश्चय हो गया कि चाहे जिस रूप में भी उसे यहाँ रहना हो, इस व्यक्ति से उसकी पटने की नहीं है।

उसकी उद्विग्नता और उदासी बढ़ती रही। दूर कहीं बादल गरजा—और यह गरज ध्वनित-प्रतिध्वनित होती हुई-सी दूर—बहुत दूर लुढ़कती चली गई—जैसे दिल के पर्दों के पार एक हलकी-सी टीस सरकती चली जाए...जया इस समय क्या कर रही होगी...?

पता नहीं शरद कब सो गया। केशव की आवाज़ से जागकर उठा।

"बाबूजी, आपको नेता भैया ने याद किया है।" वह दरवाज़े में खड़ा कह रहा था। पूरी तरह अँधेरा हो चुका था। झपटकर कलाई आँखों के सामने की—रेडियम की सुइयाँ साढ़े आठ पर झिलमिला रही थीं।"

ज़रा बाल-वाल ठीक करने के लिए फुर्ती से उठकर उसने इधर-उधर स्विच टटोला तो पता चला कमरे में बिजली नहीं है। उसने नौकर से कहा—"चलो, आते हैं।"

तीन कोनोंवाला रहस्य

"कहो, दिनभर मन लग गया न ?" बिलकुल सीधे कुर्सी पर बैठे, सामने की मेज़ पर रखे काग़ज़ को धीरे-धीरे पेंसिल से ठोकते हुए देशबन्धुजी ने कभी शरद को कभी पेंसिल को देखकर स्निग्ध स्वर में पूछा।

"जी, सूरजजी के साथ ज़रा घूमने चला गया था। अभी थोड़ी देर पहले आया, वैसे मौसम भी तो आज ज़रा अच्छा था।" इतने बड़े आदमी होकर वे उस जैसे तुच्छ व्यक्ति से, उसके अपने विषय में पूछ रहे हैं—इस कृतज्ञता से झुककर उसने कहा। वह मन-ही-मन अपने अन्य इन्टरव्युओं के चित्र दुहरा रहा था और लगभग उसी तरह के प्रश्नों के लिए बने-बनाए उत्तर तैयार कर रहा था। बाएँ हाथ की फैली हुई हथेली पर दाहिने हाथ की तर्जनी से सर झुकाए व्यर्थ ही त्रिभुज और चतुर्भुज बनाता रहा। एक बार मेज़ पर रखी अपने प्रमाणपत्रों, डिग्रियों और फ़ाइल की ओर देखा।

दो नम्बरों के मिले हुए कटावदार शीशोंवाले चश्मे के पीछे से एक बार उसके चेहरे की ओर देखकर वे मुँह उठाकर ज़ोर से, लेकिन अत्यन्त ही संयत भाव से हँस पड़े, बोले—"वाह, साथी तो तुम्हें ख़ूब मिला, तब तो सारी थकान दूर हो ही गई होगी। आदमी सूरजजी ख़ूब मज़े के हैं। बस, दो ही बातें हैं, एक तो ज़रा मुँहफट हैं, दूसरे ज़रा झक्की हैं। उनसे मिलते ही आप अपने दोनों कान उनके हवाले कर दीजिए और आनन्द से दो-चार घंटे बिता दीजिए।"

"मुझे तो बड़े मनोरंजक आदमी लगे।" हिन्दी उन्हें अधिक प्रिय होगी, यह सोचकर उसने शुद्ध उच्चारण में एक बार पलकें ऊँची उठाकर उनकी ओर ज़रा ग़ौर से देखते हुए कहा। यहाँ आने से पहले उसका दिल बुरी तरह धड़क रहा था। वह जानता था कि इस समय एक-एक हरकत, एक-एक वाक्य महत्त्व रखता है। औपचारिक इंटरव्यू से पहले यह भी एक तरह का उसका इंटरव्यू ही तो लिया जा रहा है। इसलिए वह बहुत सावधान था। देशबन्धुजी के चेहरे की हलकी-से-हलकी रेखा—प्रतिक्रिया को वह भाँप लेना चाहता था।

"हाँ, सो तो है ही !" हाथ की पेंसिल को बड़े आहिस्ते-से सामने रखे साफ़ सुन्दर क़लमदान में अटकाते हुए वे बोले। फिर दोनों हाथ ऊँचे उठाकर पंजे फँसाए हुए हलकी अँगड़ाई ली और मुस्कराए, बोले—"थक गया हूँ। इस कुर्सी पर मुझे एक-एक बार में आठ-आठ घंटे बैठना पड़ता है। हालाँकि इस उम्र में यह कोई ज़्यादा नहीं है, फिर भी

इस देश के काम ने किसी लायक़...।" फिर हँसे—"और देश का क्या, अपना ही कहो। कोई डंडा लेकर तो पीछे, पड़ता नहीं है, अपना सन्तोष ही तो है। न कीजिए कोई काम, आत्मा है, रो-पीटकर चुप हो जाएगी। अपनी आत्मा के सन्तोष के लिए ही तो यह सब दिखावे हम करते हैं—इससे ज़्यादा स्वार्थ और क्या होगा ?"

"तो भी अपने स्वास्थ्य को तो ध्यान में रखना ही चाहिए।" आत्मा और स्वास्थ्य में से शरद ने स्वास्थ्य पर ही अपनी राय देना उचित समझा—"जब आप पिछली बार आए थे, तब से स्वास्थ्य काफ़ी गिर गया है।"

"हाँऽऽ ! सब चलता है भाई...।" बड़ी लापरवाही से उन्होंने ऐसे कहा जैसे यह कोई ख़ास बात नहीं है, फिर उसकी ओर ग़ौर से देखकर बोले—"हाथ का काम भी तो नहीं छोड़ा जाता। फिर इस सबको आख़िर करे कौन ? शरद बाबू, मेरा तो अपना चौवालीस साल, सात महीने का अनुभव यह है कि काम से बढ़कर आनन्द देनेवाली कोई चीज़ नहीं है। मैं तो जब तक कुल मिलाकर अठारह घंटे काम नहीं कर लेता—मन में बड़ा अजब-अजब-सा लगता रहता है।" फिर उस 'अजबपने' को उन्होंने समझाया—"कभी-कभी ऐसा लगता है न, कि आप जैसे मुफ़्त की खा रहे हैं, कुछ काम नहीं कर रहे—आत्मा पर बड़ा बोझ-सा...।"

"अट्ठारह घंटे !" अथाह आश्चर्य का भाव दिखाकर मुँह पर प्रशंसा की चिकनाहट लाते हुए शरद ने दुहराया। उसके मन में बड़ी श्रद्धा हुई।

"क्यों ?" निहायत सीधेपन से उसकी आँखों में देखकर उन्होंने कहा—"अठारह घंटे कोई ख़ास तो नहीं हैं। यह तो यहाँ की बात मैं कहता हूँ। बाहर तो कभी-कभी दो-दो तीन-तीन दिन तक सोना नसीब नहीं होता। अब आप ही ख़ुद सोचिए, किस-किस काम को आदमी छोड़े ? यह तो ज़िन्दगी ही ऐसी है भाई, कि अपना आराम तो है ही नहीं। एक कॉज़, लक्ष्य के साथ अपने को एकाकार कर देना पड़ता है। अब बकनेवालों का क्या है..."

"ख़ैर उनके मुँह में तो लगाम ही नहीं होती। कुछ लोगों का तो बकना पेशा ही हो गया है।" शरद ने बात पूरी की।

"न्न !" एकदम दाँतों से उन्होंने जीभ काट ली, जैसे पश्चात्ताप कर रहे हों," ऐसा नहीं कहना चाहिए किसी को। भाई, हर आदमी को सोचने-समझने और सभी को अपनी बात कहने का अधिकार है।" उन्होंने शीशे की सतहवाली मेज़ पर रखी उँगलियों को सरगम निकालने की तरह उठा-गिराकर कहा। फिर ज़रा मुस्कराकर बोले—"क्या, अठारह घंटे की बात सुनकर तुम्हें बड़ा ताज्जुब हुआ ? तुम कितनी देर काम कर लेते हो ?"

"मैं...?" शरद ज़रा मन-ही-मन सचेत हुआ—"छः घंटे से ज़्यादा एक साथ बैठा ही नहीं जाता।"

"काफ़ी है।" प्रोत्साहनपूर्ण स्वर में वे बोले—"इस उम्र में काफ़ी है। यह उम्र तो भाग-दौड़ की है, कहीं इन दिनों एक जगह बँधकर बैठा जाता है ? और जब बोझ पड़ेगा,

तो दस-बाहर घंटे बैठ ही सकोगे।''

''जी हाँ, सो तो आवश्कयता पड़ने पर बारह-पन्द्रह घंटे कोई बात नहीं है। मैंने तो नॉर्मली कहा...'' शरद जल्दी से बोला।

''यह हिम्मत और आत्मविश्वास भी बहुत है भाई।'' स्नेह से प्रसन्न होकर वे बोले–''तुम्हारी उम्र में जब मैं इलाहाबाद यूनीवर्सिटी में था तो चार घंटे से ज़्यादा मुझसे जमकर बैठा ही नहीं जाता था। लड़के रात-रात और दिन-दिनभर घोंटते थे। मैं मज़े से सोता और घूमता था। लीडरी का नशा भी (यह नशा तो है ही) उन्हीं दिनों चढ़ा था, लेकिन रात में दो बजे उठे, और छः बजे तक पढ़कर फिर सो गए। लोग ताज्जुब करते थे, कमबख़्त पास होता चला जाता है, पढ़ता-लिखता दिखाई नहीं देता। शरद बाबू, मेरा तो ज़िन्दगी-भर का उसूल यही रहा कि दुनिया के अच्छे-बुरे सारे काम करो, लेकिन अपने काम में कभी ढील मत डालो। और साफ़ बात है, किसी काम को या तो उठाओ मत, और जब उसे अपने ऊपर ले लेते हो तो उसे बिलकुल अपना समझो। आपकी व्यक्तिगत पसन्द-नापसन्द व्यक्ति से ही तो होगी, काम से क्या दुश्मनी ? और फिर उसे पूरा करने में दिन और रात का विचार क्या ?'' दो उँगलियों से काँच का पेपरवेट उल्टा रखकर उसे घुमाते हुए वे निरन्तर शरद पर निगाहें जमाए रहे। एक-दूसरी पर रखी टाँगें कुर्सी के नीचे हिलाते रहे।

''हाँ, सो तो है ही,'' शरद ने उनका वाक्य समाप्त होते ही कहा। पेपरवेट उनके हाथ से लेकर, खुद उसे उनकी तरह घुमाने की इच्छा को वह बड़ी मुश्किल से रोक पा रहा था। बोला–''या तो फिर साफ़ ही मना कर दो कि मैं सा'ब यह काम नहीं कर सकूँगा, और नहीं तो फिर उसे पूरा करने में रात-दिन का सवाल ही क्या ?''

''नहीं भाई,'' बड़े नाटकीय ढंग से उन्होंने गर्दन को झटककर स्निग्ध मुस्कान और स्वर में कहा–''इसमें भी मेरा एक अलग सिद्धान्त है। मेरा जीवन तो बड़े ऐक्सपैरीमेंट्स और अद्‌भुत प्रयोगों का जीवन रहा है न, इसलिए मेरे हर चीज़ के विषय में अलग सिद्धान्त बन गए हैं। मेरा कहना तो यह है कि जब काम करने का निश्चय ही है तो उसमें चुनाववाली चीज़ ग़लत है। जो सामने हो सो करो। चुनाव में वक़्त बरबाद करने की ज़रूरत नहीं है। असल में जब आप चुनाव को महत्त्व देते हैं तो आपके मन की अनिश्चयात्मक स्थिति ही प्रगट होती है। साफ़ है, उस समय तक आप अपने मन को काम करने के लिए तैयार नहीं कर पाए होते हैं'' और सहसा बीच में ही चुप होकर वे शायद अपनी बात का प्रभाव देखने लगे, फिर सहसा ही बोले–''शायद आप ठीक से मेरी बात को फ़ौलो नहीं कर पाए। देखिए, काम करने की इच्छा-शक्ति को मैं एक एनर्जी मानता हूँ। बिजली के करेंट को जैसे आप पंखे में लगा दीजिए, पंखा चलने लगेगा; हीटर में लगा दीजिए, हीटर जलने लगेगा। तो महत्त्व चुनाव और पसन्द का नहीं एक विशेष स्थिति तक काम में लग जाने की एनर्जी की तैयारी ही प्रमुख है। मैं ग़लत तो नहीं कह रहा ?'' अत्यन्त भोलेपन से उन्होंने शरद को देखा।

''जी, नहीं...जी हाँ, आप बिलकुल ठीक कह रहे हैं।'' शरद एकदम थोड़ा

अव्यवस्थित हो उठा। उसे लगा सामने बैठा व्यक्ति भोला और नम्र चाहे जितना हो, मूर्ख ज़रा भी नहीं है।

"आपकी उम्र क्या होगी, शरदजी...?" वे जैसे यों ही पूछ बैठे।

"मेरी ? चौबीस साल कुछ महीने" सामने रखी सर्टिफ़िकेटों की फ़ाइल शरद ने एकदम उधर खिसका दी। असल में उसे बड़ी बेचैनी हो रही थी कि फ़ाइल न तो यह स्वयं देखने की उत्सुकता प्रकट कर रहे हैं और न उसे दिखाने का ही कोई मौक़ा मिल पा रहा है। उम्र के बहाने उसे फ़ाइल दिखाने का अच्छा अवसर मिला।

"यही !" फ़ाइल को उपेक्षा से यों ही शरद की ओर वापस खिसकाकर उन्होंने उत्साह से उठे हुए घूँसे को अत्यन्त सावधानी और आहिस्ते-से मेज़ पर रखते हुए कहा—"यही तो उम्र है जब एनर्जी जेनरेट होती है। इस वक़्त तो आप ज़मीन में ठोकर मार दें तो सोता फूट पड़े। ये दिन हैं आप लोगों के। अब हमारी क्या है ? सुबह के तारे हैं—आप लोग अपनी इस एनर्जी को ठीक गाइडैन्स में और ठीक तरह लगा देंगे, तो अच्छा है, कुछ कर जाएँगे। हम लोग तो बुझते दीये हैं, दीये।" फिर ज़रा कुटिलता से हँसकर बोले—"हमारे कम्युनिस्ट भाइयों ने तो हमारे नाम, पते और फाँसी लगाने को घर का सबसे पास पड़नेवाला बिजली का खम्भा, सब अपनी लिस्ट में नोट कर रखे हैं। वे आए और पकी तोरइयों की तरह हम लोग इधर-उधर लटके दिखाई देंगे।" वे छत की ओर मुँह करके बड़ी ज़ोर से हँस पड़े।

शरद भी साथ हँसा। लेकिन उसकी मानसिक स्थिति बड़ी विचित्र थी। वह उनकी बातों की प्रतिक्रिया दिखाने में, उत्तर देने में, उनके दिल को पढ़ने में और साथ ही यह सब प्रगट न होने देने में, इतना अधिक सचेत था कि खुलकर किसी बात में साथ नहीं दे पाता था। हँसने की जगह है या चुप रहने की, केवल 'हाँ' करने की जगह है या एकाध वाक्य कहने की; और वह क्या, कैसा हो, इसी अनिश्चयात्मकता में वह उलझा रहा। एक़ाध बार उसकी इच्छा कुछ कहने की भी हुई, लेकिन उसके दिमाग़ में शब्द ही नहीं आए। इस बार वह हँस तो पड़ा, पर अब क्या कहे, यह उसकी समझ में नहीं आया। फिर भी हँसने के बाद की मुस्कराहट को क़ायम रखते हुए, स्वर को लापरवाह और विनोदी बनाकर उसने कहा—"उनका क्या है ? उनका तो रोज़ एक नया फ़रमान, सरकुलर निकलता है।"

"सरकुलर नहीं बुलैटिन, वार बुलैटिन !" देशबन्धुजी ने सुधारा, फिर बोले, "वाह, यह आपने ख़ूब कही, उनकी है कैसे नहीं ? ज़रा उनके दफ़्तरों में जाकर तो देखिए। एक कॉमरेड दूसरे को सलाम करता है तो यों"—उन्होंने अपनी घड़ी बँधी कलाईवाला घूँसा ताना—हथेली के पीछे काफ़ी बाल थे। बात जारी रही—"जैसे पकड़ना भाई, नहीं तो हम एक-दूसरे पर झपटते हैं। उनका बस चले तो स्टैलिन की फ़ोटो का तावीज़ गले में लटका लें—दे आर मोर कम्यूनल दैन अवर मोहम्डन्स...मेरी समझ में नहीं आता कैसे लोग अपने दिमाग़ों को ताक़ पर रखकर इतने जड़ हो जाते हैं कि वहाँ की हर उलटी-सीधी बात का समर्थन करने लगते हैं...।" फिर एकदम स्निग्ध स्वर में बोले,

"आपका क्या ख़याल है ? मैं तो यह सोचता हूँ कि दुनिया को किसी दूसरी चीज़ से नहीं इतना नुक़सान पहुँचा है, जितना इन मज़हबों से—इन जड़ मज़हबों से। और कम्युनिज़्म आज का सबसे कट्टर मज़हब बन चुका है...।"

अब शरद से नहीं रहा गया। उसने ज़रा गला साफ़ करके बहुत ही मुलायम स्वर में कहा—"जहाँ तक सिद्धान्तों का सवाल है, इसके सिद्धान्त अपील तो बहुत करते हैं।"

"सिद्धान्त किस धर्म के ख़राब हैं ?—आप मुझे जड़ से जड़ धर्म बता दीजिए। और मैं तो समझता हूँ कि ईसाई धर्म से ज़्यादा अच्छे उदार सिद्धान्त किसी दूसरे धर्म में होंगे भी नहीं—लेकिन जो कुछ भी ईसाई धर्म के नाम पर दुनिया में हुआ, उसका एक-तिहाई भी हमारे हिन्दुस्तान-पाकिस्तान में नहीं हुआ..." और वाक्य की समाप्ति पर ज्यों-का-त्यों मुँह खोलकर, कुछ क्षण वे एकटक शरद की ओर देखते रहे, फिर वही स्निग्ध मुस्कान लाकर बोले—"ख़ैर, दुनिया की भलाई-बुराई से अपने को क्या है ? जो जैसा भी है अपने आपको सबसे ज़्यादा ठीक समझता है...।"

शरद को लगा जैसे वह ज़रा-सा चूक गया। उसे इस समय देशबन्धुजी का विरोध नहीं करना चाहिए था। बात सँभालने के लिए उसने कहा—"जी हाँ, तब भी हर सिद्धान्त का अन्तिम लक्ष्य मानवता ही होना चाहिए। हमारे हिन्दुस्तानी कम्युनिस्टों में यही ख़राबी है—वे डॉग्मैटिक बहुत हैं। हर बात में रूस और चीन की तरफ़ भागते हैं...।"

"छोड़ो भाई शरद, ये पचड़े की बातें हैं। हमारे-तुम्हारे लिए नहीं हैं।" वे पुनः गम्भीर हो गए—"वैसे तुमने इन सबको पढ़ा तो ख़ूब होगा—आदमी तो यार निहायत ही पढ़ाकू क़िस्म के दिखाई देते हो...।"

इस आत्मीयता और निकट के सम्बोधन से शरद गद्‌गद् हो गया। अनजाने ही पिनकुशन को अपनी ओर खिसकाकर उसमें से एक पिन को निकालता और पुनः वहीं लगाता हुआ बोला—"जी कुछ नहीं...यों ही थोड़ा...हम लोगों का क्या है, यों ही किताबों का पल्लवग्राही ले-भगू ज्ञान है। बेकार दिमाग़ी क़ब्ज़ और करता है। असली ज्ञान तो आप लोगों का है—सीधे कार्य-क्षेत्र से लिया हुआ...।"

"तभी तो हाल यह है कि कोई पढ़ा-लिखा आदमी मिल जाता है तो चुप हो जाना पड़ता है।" देशबन्धुजी फिर हँस पड़े, लेकिन तुरन्त सँभलकर बोले—"अच्छा है, शरद बाबू तुम आ जाओ। कुछ कभी-कभी बता दिया करना। एक छोटी-सी लाइब्रेरी मेरी है, और जो किताबें चाहो, निस्संकोच मँगवा लेना। तुम्हारे ज़रिए हम भी कुछ सीख लेंगे। यहाँ ये भाषण मेरी जान खाए जाते हैं। कभी-कभी भाषणों में तुमसे मदद ले लेंगे। लोग हमें भी पढ़ा-लिखा समझने लगेंगे, वरना असलियत तो तुम देख ही रहे हो।"

"नहीं जी, इतना व्यस्त रहते हुए और इतनी ज़िम्मेदारी, भाग-दौड़ की ज़िन्दगी में भी आपने ख़ूब सोचा है, ख़ूब समझा है। और इसकी वजह यह है न, कि आप लोग ज़िन्दगी से फ़ायदा लेते हैं, सीखते हैं..." शरद ने देशबन्धुजी के पीछेवाली काँच की आलमारी में चमकती, चमड़े की जिल्द और सुनहरी अक्षरांकित किताबों पर निगाह

जमाए हुए इस तरह कहा, जैसे यह बात काफ़ी चिन्तन के बाद कह रहा हो। वह उसी तरह बोला—"पिछली बार जब आप आए थे तो मैं आपकी जिस बात से अधिक प्रभावित हुआ था, वह यही थी। आपने अपनी ज़िन्दगी को सिर्फ़ जिया ही नहीं, जिए हुए को निचोड़कर उसूल और सिद्धान्त भी निकाले हैं। किताबों का यह रटा-रटाया ज्ञान तो सभी जगह मिल जाता है। जहाँ कहीं लाइब्रेरी है, किताबी ज्ञान भरा है, लेकिन सीधा जीवन के अनुभवों का निचोड़ और फिर उसका ठीक उपयोग, यह दोनों बातें मिलना आसान नहीं है।"

वह बात कह चुकने के बाद भी सीधा उधर ही देखता रहा—यों ही गम्भीर और अपलक, जैसे अभी भी उसी चिन्ता में डूबा हो; फिर भी ज़रा-सा मौक़ा निकालकर उसने अपनी बात की प्रतिक्रिया देखी।

देशबन्धुजी का चेहरा खिल उठा था। अपनी प्रसन्नता को दबाकर वे चुपचाप आँखें फाड़े इस तरह देख रहे थे, जैसे यह बातें उनके सम्बन्ध में ज़रा भी नहीं, किसी तीसरे आदमी के सम्बन्ध में हैं। थोड़ा हँसकर बोले—"आप लोगों की यही बातें तो मेरा दिमाग़ ख़राब कर देती हैं। अभी हम लोग हैं किस लायक़। और मैं तो ख़ासतौर से कुछ हूँ ही नहीं। शरद बाबू, आप विश्वास नहीं करेंगे, मैंने सड़कों पर खुद दियासलाइयाँ बेची हैं, दियासलाइयाँ। और फिर उसी से आज मैं धीरे-धीरे जो हूँ, सो आप देख ही रहे हैं। मैं गर्व नहीं करता, मैंने मनुष्य की बुरी-से-बुरी स्थिति देखी है और अच्छी-से-अच्छी, लेकिन एक सिद्धान्त मैंने हमेशा अपनाया। विचार हमेशा ऊँचे रखो और माथा नीचा। यही चीज़ है जो चरित्र को बनाती है। और चरित्र वह चीज़ है, जो आदमी को लाख मुसीबतों में भी बचाता रहा है। सा'ब मानना पड़ता है कि चरित्र में एक अद्भुत शक्ति है, बड़ा बल है। कोई आँख नहीं मिला सकता। वरना जिन गड्ढों में मैं रहा हूँ, वहाँ से उभरना तो असम्भव समझिए..."

शरद के मन में एक क्षण को कौंधा, कहीं यह व्यक्ति सचमुच मैस्मरेज़म तो नहीं जानता। उनकी आँखों से जो एक क्षण को चमक निकलकर बुझ गई और उसे अपने इस तरह इतना देर चुपचाप बैठे रहने की बात याद आई तो आश्चर्य हुआ। लेकिन यह विचार उसे बहुत ही मूर्खतापूर्ण लगा। जैसे ही देशबन्धुजी रुके, उसने कहा—"जी हाँ, चरित्र को लोग जीवन की मोटर का पैट्रोल कहते हैं।"

शरद की बात को स्वीकार करके उन्होंने अपनी बात जारी रखी। इसी बीच में पेपरवेट को जहाँ-का-तहाँ रखकर उन्होंने बढ़िया महीन नक़्क़ाशीवाला हाथी-दाँत का क्रीम कलर का पेपर नाइफ़ उठा लिया था और उसे एक हाथ से दूसरे हाथ की हथेली पर मारते रहे—"और उसी जीवन का, इन्हीं लोगों का दर्द है, जो मुझे निरन्तर मानवता की सेवा करने की प्रेरणा देता रहा है। आप विश्वास कीजिए, शरद बाबू, मैं चाहूँ तब भी इस जीवन को नहीं छोड़ सकता। लोगों की जब ये हालतें देखता हूँ तो पुरानी यादें ताज़ी हो जाती हैं—आँखों में आँसू आ जाते हैं इन बेचारों की ज़िन्दगी में क्या रखा है? मैंने तो खुद देखा है..."

शरद को लगा जैसे सचमुच उनका गला भर्रा आया है। उसने कहा—"इंग्लैंड वग़ैरा में तो ज़रूर सुना जाता है कि होटल में प्लेटें साफ़ करनेवाले लोग प्रधानमन्त्री तक बन गए हैं, लेकिन भारत में ऐसे अध्यवसाय से उठे हुए लोगों के उदाहरण कम ही हैं।" यह बात उसने इस चर्चा के आधार पर कही कि अगले इलेक्शन में देशबन्धुजी कहीं के मिनिस्टर हो जाएँगे, यह निश्चित है।

"कभी-कभी तो मन होता है, इन सबको बैठकर लिख डालूँ।" देशबन्धुजी अपनी उसी बात के बहाव में इस तरह बहे, मानो यह वाक्य अचानक ही फूट पड़ा हो। फिर अपने को सँभालते सुस्त होते-से चुप हो गए।

"नहीं...नहीं...यह तो आपको ज़रूर लिख डालना चाहिए। जैसे भी हो। हमारे यहाँ यही तो ख़राबी है। जो लिखने लायक़ है, असली अधिकारी है, वह तो लिखता नहीं है और ऐरे-ग़ैरे लिखते फिरते हैं, जिन्होंने ज़िन्दगी की सूरत नहीं देखी होती। अब आप लिखेंगे तो उसमें कुछ ज़िन्दगी तो बोलती दीखेगी। क्योंकि आपने यह सब देखा है, अनुभव किया है और समझा है... ।" शरद ने ऐसे उत्साह से कहा, जैसे वह वास्तव में उनके जीवन से बहुत ही प्रभावित हो गया हो।

अपनी बातों के प्रवाह को एकदम रोककर, एक गहरी साँस खींचते हुए देशबन्धुजी दुख-कातर शब्दों में बोले—"यही तो मुश्किल है, शरद बाबू, लिख तो सब डालें, और लिखना भी मुश्किल नहीं है, लेकिन भाई, कमबख़्त फ़ुरसत तो मिले। मैं तुमसे सच कहता हूँ कि रात में जब कभी लेटता हूँ और बड़ी देर तक नींद नहीं आती, तो पिछली सारी बातें घूमा करती हैं। तब बड़ी-बड़ी इच्छा होती है कि बैठकर सब लिखूँ। लेकिन इतना थक जाता हूँ कि हाथ हिलाने की हिम्मत नहीं होती। अब आपने आज फिर जोश दिला दिया है, पता नहीं कितनी बेचैनी रहे। चाहे जिस भी रूप में हो शरद बाबू, यह सब मैं लिखूँगा ज़रूर।" और अपनी विवशता पर एक गहरी साँस उन्होंने खींची और दुखित-से बैठे रहे।

"नहीं, इसे तो ज़रूर ही लिख डालना चाहिए।" शरद ने अधिक उत्साह से कहा। इस प्रकार प्रसन्न करके वह प्रभावित कर रहा है—यह उसकी समझ में आ रहा था।

"तुम आ जाओ, इसी तरह जोश दिलाते रहे तो ज़रूर ही लिख दूँगा। शरद बाबू, मैं अपने आप काम करनेवाला आदमी हूँ नहीं। मैं तो उस बैल की तरह हूँ जिसे निरन्तर 'गोड' किया जाता है, कोंचने की ज़रूरत है। अगर इस देश-सेवा के काम के लिए मेरी आत्मा मुझे निरन्तर 'गोड' न करती तो आप विश्वास कीजिए, मेरी तीन पीढ़ियों को ठाठ से ज़िन्दगी बसर करने को काफ़ी है। लेकिन एक अंकुश है कि हर वक़्त कोंचता है। शरद बाबू, यह सेवा की भावना जब तक आदमी में नहीं होती, आदमी कुछ नहीं कर सकता, ज़रा भी नहीं उठ सकता। हम देश के लिए, इंसानियत के लिए कुछ कर रहे हैं, या करने में कुछ निमित्त बन रहे हैं यह भावना आदमी में आना बड़ा मुश्किल है। लेकिन जब आ जाती है तो वह देवता बन जाता है।" देशबन्धुजी की आँखें चमक उठीं। छाती में दुगुनी साँस भरकर वह कुछ कहने जा ही रहे थे कि कहीं अचानक, जैसे

कोठी के भीतर किसी गहरी जगह में घंटी बजी।

उन्होंने हाथ के चाकू को जहाँ से उठाया था, वहीं ठीक वैसे ही रखा और सारी भावुकता जैसे समाप्त करके कुर्सी की दोनों बाँहों पर हाथ रखकर उठते हुए बोले—"चलिए शरद बाबू, खाना खाएँ, बुलावा आ गया।"

"चलिए आप, मैं वहीं खा लूँगा, शायद नौकर रख आया होगा।" उसने समझा शायद वे खाना खाने जाने की आज्ञा माँग रहे हैं, फिर भी उनके व्यवहार की इस कृपा से वह कृतार्थ हो उठा, उसने दोनों हाथ जोड़ दिए।

"अरे भाई, हमें इतना पराया मत समझो।" वे उठे और मेज़ के पार घूमकर उसके पास पहुँच गए। शरद भी उठ चुका था। प्यार से उसके कन्धे पर हाथ रखकर बोले—"नौकर यहाँ कोई नहीं है शरद बाबू ! सभी एक परिवार के सदस्य हैं। यह नौकर-मालिक की भावना मुझसे चल नहीं पाती। भाई, मैं तुम्हारी आवश्यकता-पूर्ति का यत्न करता हूँ, तुम मेरी ज़रूरतों को पूरा करो, इसमें क्या नौकर और क्या मालिक। यह सब पुराने पचड़े हैं, नवाबी बातें हैं, आज के ज़माने में नहीं निभ सकतीं। सब अपनी-अपनी उत्थान की यात्रा के राही हैं, पता नहीं जिसे हम आज नौकर समझते हैं, वह अपनी महान-यात्रा के इसी दौर से गुज़र रहा हो, और कल न जाने क्या बननेवाला हो। मैं तो भाई, साफ़ कह देता हूँ, आओ, रहो, जो भी चीज़ है उसे समान अधिकार से, समान आवश्यकता से, तुम भी उपभोग करो, हम भी करें—उत्तरदायित्व अनुभव करोगे, कुछ काम तुम्हारे लायक़ पड़ा दीखेगा, खुद करोगे—और मालिक की हैसियत से करोगे।" अपने इस भाषण की गूढ़ता पर वे हँसे, और उसके कन्धे पर हाथ को थपककर बोले—"चलो, तुम्हारा खाना यहीं लगाया गया है। आज तुम हमारे ही साथ खाओगे, चलो। शरद बाबू, एक बात के मैं सख़्त ख़िलाफ़ हूँ और वह है यह तकल्लुफ़ !" अचानक फिर अपनी बात का सूत्र पकड़कर बोले—"तुम आओ, थोड़ी तुम मदद कर देना, मैं अपनी आत्मकथा ज़रूर लिखूँगा।"

"जी हाँ, जितनी मदद हो सकेगी मैं ज़रूर कर दूँगा। मेरा इसमें क्या जाता है ! मैं एक महान कृति का निमित्त बनूँगा, इससे ज़्यादा गौरव और सौभाग्य का विषय मेरे लिए और क्या होगा।" शरद विभोर हो आया ! उसने एक बार तिरछी दृष्टि से मेज़ पर पड़ी सर्टिफ़िकेटों की फ़ाइल को देखा, उसे देखने की देशबन्धुजी ने ज़रा भी उत्सुकता नहीं दिखाई थी, और वह समझ गया कि यह आदमी खुद तौलता और परखता है, दूसरों के दिए डिग्री और सर्टिफ़िकेटों पर विश्वास नहीं करता। उसे देशबन्धुजी के प्रति बड़ी श्रद्धा हुई।

"तो फिर बस तुम आ जाओ !" एक हाथ एक कन्धे पर रखकर दूसरा पीठ के पीछे से दूसरे कन्धे पर रखकर उन्होंने उसकी बुश्शर्ट की क्रीज और नएपन का ध्यान किए बिना उसे लगभग बाँहों में भर लिया—"लिखने का तो तुम्हें शौक़ होगा न।"

विचित्र है यह इंटरव्यू। ऐसे हर प्रश्न पर वह सचेत होकर सोच लेता और फिर पता नहीं किस धुएँ और कुहासे में खो जाता। लेकिन अवचेतन रूप से लगातार एक

बात मन में घुमा रहा था कि अवसर मिलते ही वह नौकरी, तनखा और अन्य प्रबन्धों के विषय में पूछताछ करेगा। लेकिन इस सबका उसे मौक़ा ही नहीं मिल रहा था। उसकी समझ में नहीं आया कि वह आख़िर आ क्यों जाए ? बातों का सिलसिला ही कुछ इस तरह चल रहा था कि यह सब पूछने का अवसर ही नहीं आया। जब देशबन्धुजी ने कई बार आने की बात दुहराई तो भावुकता के ज्वार में भी उसे वे सब बातें ध्यान हो आईं। उन्हें एक बार फिर मन में दुहराकर उसने फिर उनकी बात का उत्तर दिया—"कुछ अधिक तो नहीं, यों ही कॉलेज मैगज़ीन में कभी-कभी लिखा था..."

"वैसे क्या लिखना पसन्द करते हो...?" स्वर में शीरीनी की कमी नहीं थी, फिर भी आलिंगन की पकड़ ज़रा ढीली कर दी।

"लेख में ज़्यादा मन लगता है, ज़रा आउट ऑफ़ प्रैक्टिस हूँ दो साल से; एल-एल. बी. में क्रिमिनल लॉ, सिविल-लॉ रटते-रटते सब भूल-भाल गए—और अब तो मुवक्किल, मुहर्रिर, पेशकार और मिसिलबाज़ी में ही उलझे थे।" शरद ने ज़रा खुलकर कहा। सच बात तो यह थी कि लिखना उसे अच्छा नहीं लगता था, लेकिन देशबन्धुजी का मूड देखकर बोलना था।

"कोई बात नहीं, कोई बात नहीं।" फिर वे हँसकर बोले—"जहाँ ज़रा सूरजजी ने दिमाग़ चाटकर, दो लेख 'बिगुल' के लिए लिखवाए नहीं कि सब प्रैक्टिस हो जाएगी। यह बहुत ही अच्छा है कि तुम्हारी रुचि लेख लिखने की ओर भी है। तुमने हमारी लाइब्रेरी नहीं देखी ? अच्छा, कल दिखाएँगे। तबीयत खुश हो जाएगी। लेख लिखने में बड़ी मदद मिलेगी। तुम और उसे ज़रा अपटूडेट बना देना।" दूसरी बार उन्होंने कहा, और अलग हो गए। एक हाथ अब भी वैसे ही कन्धे पर रखा रहा।

कल की बात से शरद को सारी बातें याद हो आईं। उनकी बात से प्रसन्नता और कृतज्ञता का भाव दिखाकर उसने झिझकते हुए कहा—"अगर आप कहें, तो कल मैं ज़रा जाना चाहता हूँ।"

"हाँ-हाँ, ज़रूर, इसमें पूछने की क्या बात है। सामान-आमान ले आओ, अकेले ही तो हो न ?" उन्होंने उसी प्रकार उत्साह से कहा।

"साथ में वा...जया और है।" कोशिश करने पर भी उसके मुँह से 'वाइफ़' शब्द नहीं निकल सका। वह 'जया' को वाइफ़ कहने जा रहा था, इस बात से ही जैसे वह कट उठा। उसका शरीर रोमांचित हो आया।

"नेता भैया, खाना कब का ठंडा हो रहा है !"

आवाज़ से चौंककर शरद ने मुड़कर देखा—बाईं ओर के दरवाज़े पर पड़े नीले रंग के दोनों पर्दों को हाथ से हटाए हुए हलकी हरी साड़ी में पद्मा खड़ी थी।

कमरे में हलके नीले रंग के दो चौकोर ग्लोब चाँदनी जैसी झीनी-झीनी रोशनी फैला रहे थे और हर चीज़ एक आसमानी अतीन्द्रिय वातावरण में डूबी हुई थी। देशबन्धुजी के साथ एक नया अतिथि देखकर पद्मा चौंक पड़ी और उसने बिना उसे पहचाने ही जल्दी से शिष्टता के नाते नमस्कार किया। शरद ने तपाक से नमस्कार का उत्तर दिया।

बोल उसके मुँह से नहीं फूट पाए, और पद्मा ने जिस मशीनी शिष्टता से उसे नमस्कार किया था उससे साफ़ था कि उसे पहचाना नहीं गया है।

"शायद आप किसी ज़रूरी काम में बिज़ी हैं, इस समय !" पद्मा उधर से मुँह फेरकर देशबन्धुजी से बोली। दूसरे व्यक्ति की उपस्थिति से स्वर में कुछ अधिक शिष्ट, स्निग्ध सँवार आ गया था। फिर वह बिना उत्तर की प्रतीक्षा किए ही घूम पड़ी।

"नहीं पद्मा बेटी, हम लोग आ ही रहे हैं न !" उन्होंने बहुत अधिक स्निग्ध स्वर में कहा—और शरद के कन्धे पर रखे हाथ को ज़रा दबाकर बोले—चलो मैं कह रहा था न, कि देर हो जाएगी।"

कुछ बात सुनकर जाती हुई पद्मा का हाथ पर्दा छोड़ते-छोड़ते रुक गया। उसके बाएँ कन्धे पर पड़ा हुआ जॉर्जेट की साड़ी का पल्ला, पार्श्व में कमर के नीचे पिंडलियों तक झूल रहा था, और हवा के ज़ोर से तनी पतंग की तरह नीचे सँकरी होती आती, पूरी पीठ खुली थी—उस पर चुस्त-फ़िट ब्लाउज़ का कपड़ा कमर पर तीन इंच पहले ही ख़त्म हो गया था, और कुन्दन से शरीर की चम्पई पट्टी चमक रही थी। इसके बाद अर्द्ध-गोलाकार पत्थर से फिसलती हुई पानी की धार की तरह साड़ी का मोहक फ़ॉल। पद्मा के शरीर की गठन बहुत ही सुन्दर है—देशबन्धुजी और शरद दोनों ने ही उधर प्रशंसा से देखा। कन्धों के ऊपर गोल अजन्ता-जूड़ा और उसमें अर्द्ध-चन्द्राकार खिले हुए सफ़ेद मोतिए के फूलों की माला। परिचय न कराए जाने की या पहचाने न जाने की बात शरद भूल गया। वह मन्त्रमुग्ध-सा उसे देखता रहा। इसके पहले इसका शरीर इतना सुन्दर नहीं था...

ज्यों-की-त्यों खड़े रहकर—बस ज़रा-सी गर्दन और दृष्टि दरवाज़े की चौखट की सीध में घुमाकर पद्मा ने कहा—"काम ख़त्म करके आ जाएँ।"

"हमारी पद्मा बेटी तो नाराज़ बड़ी जल्दी हो जाती है।" स्नेह से गद्‌गद् स्वर में देशबन्धुजी उसे मनाते-से बोले—"अरे भाई, चल तो रहा हूँ।"

शरद उस प्रोफ़ाइल को देख रहा था। उसकी बड़ी प्रबल इच्छा हुई, काश, इस समय कैमरा होता। झटके से सिर घुमाकर पद्मा चली गई, और नाव सरक जाने पर पानी में जैसे मिटती हुई लकीर छूट जाए—वैसी एक सुगन्धि की रेखा-सी बनती चली गई। शरद को कोई सन्देह नहीं रह गया था कि यह वही पद्मा है। पुरानी सैकड़ों बातें धीरे-धीरे उसे याद आने लगीं। पाँव चलते रहे।

तीन-चार संगमरमरी या क़ालीनी फ़र्शवाले बड़े-बड़े कमरों के दरवाज़ों के पर्दे हटा-हटाकर देशबन्धुजी उसे रास्ता दिखाते चल रहे थे, नमूदों और ग़लीचों पर क़दम रखता शरद स्वप्नाविष्ठ की तरह चला जा रहा था। सभी कमरों में विभिन्न शेडों की रोशनियाँ थीं।

"आओ, आओ, चले आओ !" एक कमरे का पर्दा हाथ से ऊँचा करके उन्होंने कोमल स्वर में कहा। शरद ठिठक गया था।

कमरे में लहराते साँपों जैसी पत्तियोंवाला एक ख़ूबसूरत दूधिया झाड़ लटक रहा था।

इसी बात को बचाने के लिए, बाद में शरद को भी घसीटा गया था। कहना वह यह चाहता था—मुझे क्या मतलब ? लेकिन उसने देशबन्धुजी की बात का समर्थन किया। बोला—"जी हाँ, फिर तो आप निश्चिन्त-सी हो जाएँगी।" उनके पति क्या हैं ? इस बात को जानने की उसे उत्सुकता हुई। पता नहीं, पद्मा अपने विवाह की बात से या किसी अन्य कारण से इस बात में ज़रा भी रुचि नहीं ले रही थी—वह सिर मोड़कर एकदम अन्यमनस्क-सी महाराज की राह देखने लगी थी।

"अरे जब दो दिन को आए हैं तब तो यह है, पहले ही दिन। फ़ुरसत ही नहीं मिल रही। मान लिया हमने, आप बहुत बड़े नेता हैं, एम.पी. हैं, बहुत-सी ज़मींदारी है, मिलें हैं, सिनेमा हैं और जायदाद हैं, और सबसे ऊपर हज़ार मिलनेवाले एक के बाद एक पीछा ही नहीं छोड़ते, एक के बाद एक बड़े आदमी चले आ रहे हैं—आते ही आपने सूचना दे दी कि इन्हीं दिनों इधर मन्त्रीजी का भी दौरा लग रहा है—आपको फ़ुरसत कहाँ ? भई, जिसे गरज़ पड़े अपना पड़ा रहे। आने की देर नहीं हुई, तीन पार्टियों की बात तो मुझे बता चुके हैं—मिनिस्टर साहब, कलक्टर साहब, और कौन-कौन—!" और मुँह फुलाकर नाराज़गी का भाव दिखाते हुए मायादेवी चम्मच से किशमिश का रायता निकालकर खाने लगीं

"भई, ये तो तुम्हारी ज़्यादती है, माया बहन।" फिर शरद की ओर देखकर बोले—"शरद बाबू, तुम्हीं बताओ, जब से ये लोग आए हैं मैं कहीं गया हूँ ? वरना दम मारने की फ़ुसरत मिलती है मुझे ? आप जब यहाँ रहेंगे तो खुद देख लेंगे—दिन-भर फ़ोन अटैंड करने पड़ेंगे। और बाहर तो फिर कहना ही क्या है ? अब तुम्हीं देख लो, इतनी तो इनकी ज़्यादती है कि आते ही इन्होंने शुक्लाजी को हुक्म दे दिया—मौत और आग का ही फ़ोन हो तो भले ही बुलाया जाए, वरना कोई बोले, यहाँ किसी भी बात को कहने की ज़रूरत नहीं है। जो कुछ बोला जाए, ऐक्सटेंशन से खुद ही निपट लें, यहाँ आने की आवश्यकता नहीं है। और कुछ हुक्म बच रहा हो, सो भी सुना दो ?" उन्होंने मायादेवी की ओर देखा, फिर चम्मच को यों ही सब्ज़ी की प्लेट में चलाते हुए नीचे सिर झुकाए हुए बोले—"पूरा गैस्ट-हाउस, इनके ऊपर छोड़ दिया है कि जब तक इच्छा हो रहो, एक गाड़ी आपके डिस्पोज़ल पर है, जहाँ इच्छा हो घूमो। उधर भीड़-भाड़ है, इसलिए सारा इन्तज़ाम इधर ही कर डाला है—अब भाई, जो कुछ और ग़लती रह गई हो या बच रहा हो सो और कह दो...।"

"बड़ी कृपा है...।"

मायादेवी की इस बात से शरद चौंक उठा। उसे ऐसे लगा जैसे उनका गला भर्रा आया है। उसे यह सब कुछ ज़रा भी समझ में नहीं आ रहा था। देशबन्धुजी सिर झुकाए बैठे थे। ज़रा-सा सिर उठाकर उसने देखा—झाड़ की तेज़ रोशनी में देशबन्धुजी की चमकती झुकी चाँद पर ऊपर लटके पंखे की परछाईं साफ़ घूम रही थी।—काँच के साफ़ गिलासों में झाड़ और पंखे लटके थे। उसने पूछा था, "आप कब तक यहाँ हैं ?" और बात की इस विचित्र प्रतिक्रिया की तो उसने कल्पना भी नहीं की थी। अचानक मायादेवी

ने देशबन्धुजी की प्लेट को बहुत हलके से चम्मच से छुआ और जब एकदम उन्होंने सिर उठाया तो बहुत बे-मालूम तरीक़े से चम्मच पद्मा की ओर उठा दी—जैसे यह सब वे बहुत अस्वाभाविक रूप में कह रही हों। शरद की भी आँखें पद्मा की ओर उठीं। एक ओर सिर मोड़कर अपलक नौकर की राह देखती हुई पद्मा की भवें इस बुरी तरह तनी थीं, जैसे यह सब उसे ज़रा भी पसन्द नहीं।

महाराज रोटियाँ लाया तो वह बरस पड़ी—"महाराज, यह क्या हो रहा है ? एक-एक रोटी के लिए कब तक बैठे रहेंगे।" सुबह आई है और शाम को नौकरों को डाँटने लगी या ऐसी ही इन बातों को शरद किस रूप में ग्रहण कर रहा है, इसे जानने के लिए पद्मा की निगाह शरद पर टिक गई। उसने जान-बूझकर उधर देखा।

"हाँ भई, ऐसे कैसे होगा ? पहले ही बता देते, ज़रा देर से बैठ जाते हम लोग।" देशबन्धुजी ने सँभलकर कहा।

"बस नेता भैया, अब कोई देर नहीं होगी।" महाराज फुर्ती दिखाता चला गया।

"फिर आप तो कल दोपहर जाएँगे न ?" पद्मा ने वातावरण में आए गतिरोध से जैसे शरद और अपने आपको अलग रखते हुए सीधे उसकी ओर देखकर पूछा।

"जी, कुछ ज़रूरी सामान ले आऊँ। कुछ काम पड़े हैं, उन्हें कर आऊँ। अपने वकील साहब से भी कह आऊँ," शरद बोला। जया का नाम वह जान-बूझकर बचा गया।

"क्या ?"

"शायद आपको नहीं मालूम। एल-एल.बी. का कोर्स पूरा करने के बाद, मैंने वकालत करने का निश्चय कर लिया था," शरद बोला और उसे ऐसा लगा जैसे वातावरण में इस गाँठ के आ जाने से वे लोग और भी निकट आ गए या अलग पड़ गए हैं।

"अब यहाँ क्या करेंगे ?"—पद्मा ने पानी के गिलास की ओर हाथ बढ़ाया।

शरद ने गिलास उठाकर बढ़ा दिया। बिलकुल यही प्रश्न वह स्वयं पूछना चाहता था—लेकिन उसका कोई अवसर नहीं मिल रहा था। वास्तव में वह इस प्रश्न को लेकर काफ़ी परेशान था कि सुबह से इस समय तक दुनिया-भर की बातें हुई हैं और तार देकर जिस काम के लिए बुलाया गया है—बस उसी सम्बन्ध में कुछ बात नहीं हुई। और मज़ा यह है कि उससे कुछ नहीं पूछा गया, ख़ुद ही सब कुछ कहते रहे। उसके सर्टिफ़िकेट भी नहीं छुए—मेज़ पर ही पड़े हैं। उसने देशबन्धुजी की ओर देखकर ज़रा ज़ोर से कहा—"यह तो देशबन्धुजी ही जानें। अभी इस सम्बन्ध में कुछ बातें ही नहीं हुईं।"

वे दोनों फिर इस तरह बातें करने में लग गए हैं, इस बात को लेकर देशबन्धुजी इस बार कोई परिहास नहीं कर सके। वे जैसे इन लोगों के बीच में आ पड़ने की राह देख रहे थे। अवसर आते ही बोले—"काम क्या है ? यही पूरी कोठी में झाड़ू लगाना, छिड़काव करना, फ़र्नीचर झाड़-पोंछकर साफ़ कर देना, कार का दरवाज़ा खोलना और बन्द कर देना, वग़ैरा... ।" वे स्वयं ही क़हक़हा लगाकर हँस पड़े। शेष तीनों ने भी साथ दिया।

रोटियाँ आईं तो महाराज को देखकर वे विनोद से बोले—''अब देखिए, इन दुष्टराज ने आज जोश में, हमारे लिए सब्ज़ी ही नहीं निकाली, न अभी तक फल-वल आए—यह सब देखभाल आपको ही करनी होगी—''

''क्यों, अलग क्यों निकालना है ?'' शरद ने पूछा।

''नेता भैया, नमक नहीं खाते न।'' शरद को जवाब देकर पद्मा ने कहा—''नेता भैया, यह ग़लती तो अम्मा की है। कह दिया, सब खा लेंगे।''

''क्या बिलकुल नहीं ?'' शरद ने पद्मा की तरफ़ सिर घुमाकर पूछा।

''बिलकुल तो नहीं,—हाँ, कभी-कभी ऐसी हालत में खाना ही पड़ता है।'' देशबन्धुजी ख़ुद बोले।

शरद ने झटके से सर घुमाया। उसे लगा, वह ज़रूरत से ज़्यादा ध्यान पद्मा की ओर दे रहा है। यह अच्छा नहीं है।

''दूसरे लोगों की इच्छा भी तो रखनी ही पड़ती है।'' देशबन्धुजी ने कहा—''जैसे तुम ही देखो, मैं तो खद्दर के अलावा दूसरी चीज़ इस्तेमाल ही नहीं करता लेकिन जब यह पद्मा बेटी आ जाती है तो सब सहना पड़ता है। इसे तो एक-से-एक बढ़िया चीज़ चाहिए।'' लेकिन उनकी बात से स्पष्ट लगता था कि पद्मा की पिछली नाराज़ी के लिए ही वे सब परिहास की बातें कर रहे हैं।

''कहाँ नेता भैया ?'' पद्मा झेंपकर, मुस्कराते हुए, इठलाती-सी बोली—''अपनी याद में पहली ही बार तो आई हूँ और आप यों...''

शरद को फिर याद आ गया कि उसकी नौकरी की बात फिर उड़ गई। इस बार उसके हृदय में शंका के बादल भी उमड़ने लगे—आख़िर क्यों, देशबन्धुजी उसकी नौकरी की बात उड़ा दे रहे हैं ? कहीं कोई गड़बड़...लेकिन देशबन्धुजी बहुत बड़े नेता हैं, भले आदमी हैं, कुछ नहीं देंगे, तो भी उसकी उम्मीदों से अधिक होगा। यहाँ यह सब देखकर, उसे देशबन्धुजी के प्रति बड़ा आदर उत्पन्न हो गया था।

तभी बड़ी-सी प्लेट में फल और बड़े से सुन्दर 'जग' में केसरिया-सा जूस आया। खाना लगभग समाप्ति पर था।

''नेता भैया, आपने बताया नहीं, आख़िर शरदजी यहाँ क्या करेंगे ?'' पद्मा पूछ रही थी। उसे वे पहली बातें रुचीं नहीं और जैसे शरद के मन की बात दुहराई।

''माया बहन का तो लड़-भिड़कर किसी तरह वक़्त निकल जाएगा, मगर तू किसका दिमाग़ चाटेगी ?'' मायादेवी के इतनी देर से चुप रहने की अपेक्षा नहीं कर पा रहे थे—उन्होंने व्यंग्य करके, कुटिलता से उधर देखा।

''देख लीजिए शरद बाबू, अब आप ही, मुझे लड़ाका और न जाने क्या-क्या कहे जा रहे हैं। मैं एक बात कह दूँगी तो...इसीलिए मैं यहाँ आती नहीं हूँ। आने की देर नहीं हुई और...'' मायादेवी का गला भर्रा आया—पता नहीं आँखों में आँसू आए या नहीं, लेकिन पल्ला उन्होंने उधर बढ़ाया ज़रूर।

''अम्मा, यह क्या कर रही हैं, जब से !'' इस बार पद्मा से नहीं रहा गया, उसने

तीखी नज़र से उधर देखकर, उन्हें झिड़क दिया। शरद को आश्चर्य हुआ कि इससे न सिर्फ़ मायादेवी चुप हो गईं, बल्कि देशबन्धुजी भी जैसे सहम गए। शरद इस अजब वातावरण से बड़ा उचटा-उचटा-सा अनुभव कर रहा था।

इस तीखे़पन के प्रभाव को कम करने के लिए पद्मा ने देशबन्धुजी को लक्ष्य करके, शरद की ओर देखकर कहा—"दिमाग़ चाटने को नहीं, यह मुझसे ज़्यादा पढ़े हैं ? बस, इन्होंने एल-एल.बी. ही तो ज़्यादा किया है, सो मैंने भी..."

"इस ग़लत-फ़हमी में भी मत रहिए।" शरद ज़रा खुलकर बोला—"इधर मैं अपने शहर की सारी लाइब्रेरियाँ चाट गया हूँ। जब इच्छा हो, तब चाहे जिस विषय पर बात कर देखिए।" उत्तर देते समय उसने मुड़कर, देशबन्धुजी की ओर देखा फिर चुपचाप जूस का गिलास उठाकर पीने लगा। फ्रिज (ठंडा) किया हुआ गाढ़ा आम का रस, रबड़ी और कुछ ऐसी ही चीज़ों का जूस और वैनीला की हलकी-हलकी लपट, दिल और दिमाग़ शीतलता और आत्मिक-शान्ति से पुलक उठे। खाना भी बहुत ही अच्छा था—कम-से-कम उस जैसे आदमी को किसी बड़े आदमी की दावत में ही भले मिला हो, लेकिन शायद उन लोगों का यह दैनिक खाना था। वह अपने अध्ययन के विषय में देशबन्धुजी को कुछ सूचना देना चाहता था, अतः यह बात उसे अच्छा अवसर जान पड़ी।

तभी बग़ल के कमरे में टेलीफ़ोन की घंटी घनघना उठी। मायादेवी की नाराज़गी से कुटिल मुस्कराहट फूट रही थी, देशबन्धुजी कुछ सिटपिटा उठे थे। देशबन्धुजी गिलास उठा-उठाकर पीते रहे। हर बार वे मायादेवी को देख लेते। शरद ने देशबन्धुजी की ओर आश्चर्य से देखा।

"मैं देखती हूँ।" पद्मा गिलास ख़त्म करके उठती हुई बोली।

शरद को ध्यान आया कि वह उनका मेहमान नहीं, नौकरी का इच्छुक है; और चाहे काम कुछ भी करना पड़े। ऐसे अवसरों पर उसे दौड़कर टेलीफ़ोन का रिसीवर उठाना पड़ेगा। उसने गिलास आधा ही छोड़कर रखते हुए कहा—"आप रहने दीजिए, लाइए मैं देखता हूँ।"

"इस वक़्त क्या आफ़त आ गई ऐसी ?" मुँह में भरे हुए रस को एक साथ देशबन्धुजी ने दो-एक घूँटों में पिया—तब एक हाथ का पंजा फैलाकर दोनों को रोके रहे, फिर उठते हुए बोले। इसी बीच में घंटी एक बार और बज चुकी थी।

वे दूसरे कमरे में चले गए।

शरद परेशान था। कुछ अद्भुत रहस्य के डोरों से यहाँ के वायुमंडल का ताना-बाना बुना गया था। हज़ारों बातें उसके दिमाग़ में उमड़ रही थीं जिन्हें वह दिन-भर में देख पाया, सुन पाया या समझ पाया था—लेकिन उन सबको यहाँ पूछे किससे। यहाँ मिली है पद्मा, सो उसके साथ बड़ी विचित्र स्थिति है, चाहते हुए भी न तो उससे वह अधिक बातें ही कर सकता है, न बिलकुल उसकी उपेक्षा ही कर सकता है।

"पद्माजी, आपसे ज़िक्र नहीं किया देशबन्धुजी ने, मेरे लिए क्या काम सोच रखा है ?" उनके जाते ही उसने ज़रा दबे स्वर में पूछा।

"अजब बात है, आप खुद नहीं जानते ?" माँ की ओर देखकर पद्मा उसकी बेवक़ूफ़ी पर गम्भीरता से मुस्कराई।

"अब इतनी बार तो मैंने बात चलाई...।" शरद की इच्छा हुई कि फिर वह जानबूझकर कोई बेवक़ूफ़ी की बात कहे कि पद्मा मुस्कराए।

"हुँः" होंठ भींचकर गर्दन झटकते हुए मायादेवी ने जवाब दिया—"इनकी ऐसी ही बातों से तो आदमी चिढ़ जाता है। कोई बात सीधी कहते ही नहीं—वही घुमा-फिराकर...।"

"ख़ैर" शरद इस तरह बोला जैसे हमें क्या लेना-देना। फिर एकदम पूछ बैठा—"आप लोग तो अभी रहेंगी कुछ दिन ?" किन्तु फिर यह सोचकर संकुचित हो उठा कि इसी बात ने अभी वातावरण को कैसा बोझिल बना दिया था।

मायादेवी मुस्कराईं—जैसे पिछला सारा अभिनय हो। वे बयान करती हुई बोलीं—"अब क्या महीना है ? हाँऽऽ, सितम्बर-अक्टूबर तक तो हैं ही।"

"यह बड़ा अच्छा रहा।" शरद बोला—"वर्ना यहाँ तो हमें किसी से बात करने के लिए भी परिचय बनाना पड़ेगा।"

"हमें किसे ?" पद्मा ने उत्सुकता से पूछा।

तभी एकदम अपनी उसी स्वाभाविक मुस्कराहट से खिले चेहरे से देशबन्धुजी ने पास आकर कहा—"क्यों सूरजजी तो हैं न ? उनके बाद भी क्या किसी के बात करने की ज़रूरत रहती है ?" देशबन्धुजी ठहाका लगाकर हँसे। शरद और मायादेवी केवल मुस्कराए।

"नेता भैया, इन सूरजजी से मिलाएँ न हमें। इनके बारे में जब से आए हैं। कई बार सुना है।" पद्मा ने बच्चों जैसी उत्सुकता से पूछा।

"क्या करोगी मिलकर ?" देशबन्धुजी अपनी जगह आ बैठे—"लेकिन हाँ, यह बात ज़रूर है, इनसे न मिलीं तो यहाँ कुछ न किया और इनसे मिलीं तो बाक़ी किसी से मिलना शेष रह नहीं जाता ! क्या भजन है वह ?—"पाकर तुम्हें पाना न कुछ रहता जगत में शेष है...।" वे फिर उन्मुक्त हँसे।

"आपसे इनका परिचय कैसे हो गया ? वे तो कुछ अक्खड़ टाइप के हैं।" शरद ने हँसकर पूछा। उसे सन्ध्या की सारी बातें ध्यान हो आईं। उसने अनुभव किया कि सूरजजी का ज़िक्र आ जाने से इतनी देर की बोझिलता कम हो गई। उसे उनका अपने ऊपर दिया गया पिछला रिमार्क याद आया।

"भाई शरदजी," गहरी साँस लेकर ज़रा लम्बा स्वर खींचकर वे बोले—"अक्खड़ या आपकी तरह हँसमुख होना, ये सब कोई ऐसी महत्त्वपूर्ण बातें नहीं हैं। उस आदमी ने ज़िन्दगी में संघर्ष किया है, 'सफ़र' किया है। और ज़िन्दगी के कड़वे-मीठे अनुभव होते ही हैं—कोई उनसे रस बना लेता है, जो जीवन को सरस रखे, बल देता चले, कोई सिरका बना लेता है कि खुद अपने तीखेपन में बिफरे और आस-पासवालों को भी ज़रा तेज़ रखे। यही ज़िन्दगी में सफलता-असफलता का रहस्य है। वर्ना मैं और सूरजजी

क़रीब-क़रीब एक-सा ही संघर्षपूर्ण जीवन बिताकर आ रहे हैं। जेल में मेरा इनसे परिचय हुआ और यह जीवन की समानता ही है जिसने मुझे इनकी ओर खींचा। इस आदमी में आग है, लगन है। और एक बात मैं मानता हूँ, चाहे यह आदमी अक्खड़ हो, बेहद बातूनी हो—वह है आदमी ईमानदार और दिल का अच्छा। आप दुनिया के हर विषय पर उससे बातें कर लीजिए। उसे पढ़ने का शौक़ है। आदमी इन्टरैस्टिंग है।''

''अब छोड़िए भी, उस आदमी का मेरे सामने ज़िक्र मत किया कीजिए, मेरा तो जी जल के ख़ाक हो जाता है।'' घृणा से नाक सिकोड़कर मायादेवी बोलीं। शायद इतनी देर से वे किसी तरह चुप बैठी थीं।

चकित होकर एकदम शरद ने उधर देखा। वैसे देशबन्धुजी की इस प्रशंसा से वह किसी भी तरह अधिक सहमत नहीं हो पाया था। लेकिन मायादेवी उनके प्रति ऐसे विचार रखती हैं, इस बात ने उसे चकित कर दिया। उसके मुँह पर प्रश्नवाचक छाप थी।

''क्यों ?'' आख़िर पद्मा ने पूछा—''तुम्हारा उसने क्या बिगाड़ा है ?'' यही बात शरद पूछना चाहता था, लेकिन इस वाक्य में जो मुखर अवज्ञा थी—वह उसे चुभी। पद्मा अपनी माँ से इस तरह क्यों बोलती है ? वह आख़िर पढ़ी-लिखी लड़की है। और चाहे जो भी बात हो, आखिर नए आदमी के सामने तो...

''हमारी माया बहन तो उस बेचारे से चिढ़ गई हैं।'' देशबन्धुजी उठते हुए बोले—''एक बार उसके पीछे पड़ गईं, मेरा हाथ देख, मेरा हाथ देख। उसने कहीं कोई उल्टी-सीधी बात बता दी, बस तब से तलवार लिए फिरती हैं।''

''अच्छा, सूरजजी, हाथ देखना जानते हैं ?'' पद्मा ने उत्सुकता से पूछा।

''जानता है पत्थर ?'' जवाब दिया मायादेवी ने।

देशबन्धुजी खड़े थे—शरद भी उठ खड़ा हुआ, पद्मा भी। मायादेवी बैठी रहीं। देशबन्धुजी मुस्कराए—आँखों से पद्मा की ओर इशारा किया कि अपनी माँ को देखो। फिर वे अपना ख़ास तौलिया लेकर हाथ धोने चल दिए।

''उनका तो कहना है कि—'' शरद ने पद्मा को बताया—''वे पामिस्ट्री को एक साइंस मानते हैं। उसी तरह इसका अध्ययन भी किया है उन्होंने। मेरा हाथ देखने को कह रहे थे।''

''हम भी अपना हाथ दिखाएँगे।'' बच्चों की तरह मचलकर वह बोली। फिर अपनी लाल हथेली खोलकर देखने लगी। शरद के मन में आया, वह उसका हाथ देखने लगे।

''आप पढ़ी-लिखी होकर इन बातों में विश्वास करती हैं ? मुझे तो है नहीं।'' शरद ने कहा।

''तब भी हर्ज़ क्या है !'' पद्मा ने दृढ़ता से कहा।

तौलिए से मुँह पोंछते देशबन्धुजी परदा हटाकर बाहर आ गए। हँसते हुए उन्होंने कहा—''मेरे बारे में तो उन्होंने यह बताया कि अन्तिम समय बहुत बुरा है। सारी पब्लिक लाइफ़ ख़त्म हो जाएगी। वैसे लोगों का कहना है, कुछ बातें ठीक बताता है। शरद बाबू,

बाथ-रूम इधर है।" उन्होंने पीछे की ओर इशारा किया—"कमरे के सामने ही दरवाज़ा है।"

एक कमरा पार करके सामने पर्दा हटाने पर उसने अपने को काफ़ी लम्बे-चौड़े गुसलख़ाने में पाया। बल्ब पहले ही जला था। सफ़ेद दूध-सी चाइनाटाइल्स का फ़र्श झकझका रहा था। छाती की ऊँचाई तक यही फ़र्श था जो एक पट्टी के साथ पीले शेड के डिस्टैम्पर में मिलकर ख़त्म हो गया था। सामने ही काफ़ी लम्बा-चौड़ा शीशा, चौड़े-से टाँड पर शैम्पू, साबुन, तेल, पाउडर, मंजन, ढेरों डिब्बे-डिब्बियाँ, शीशियाँ, दो पेस्ट-ट्यूब और ब्रुशों के प्लास्टिक केस रखे थे—रबर के स्पंज, नाइलोन के छोटे-बड़े ब्रुश तथा ऐसी ही और दो-एक चीज़ें। शीशे के ऊपर जलता बल्ब हर जगह प्रतिच्छवित हो रहा था। दो-नलवाले दो वॉशबेसिन सामने ही लगे थे। और इसी तरह के गर्म और ठंडे पानी के नलवाला चीनी का बड़ा-सा टब रखा था। नीचे बैठकर नहाने के लिए लकड़ी का जालीदार पटरा रखा था जो भीग गया था। इसके दूसरी ओर अन्य चीनी की चीज़ें थीं। दरवाज़े के दोनों ओर दो स्टैंड रखे थे जो स्त्रियों के कपड़ों और तौलियों से लदे थे। कहीं जलती अगरबत्ती की भीनी मदिर गन्ध हवा में भरी थी। उसने ऊपर देखा तो निगाह पंखे और शॉवर-बाथ के लिए फ़व्वारे पर पड़ी। घुसते ही शरद के मुँह से निकला—"ठाठ हैं !" वैसे यहाँ की हर चीज़ को देखकर यह शब्द उसके मुँह से निकलने को हुआ था, लेकिन अब तो एकान्त में जैसे उससे रहा नहीं गया। उसके क्रेप के जूते फिर फिसलने लगे थे, उसने बढ़कर एक पाँव उस लकड़ी के पटरे पर रख दिया—और बेसिन में झुककर मुँह धोने लगा। सबसे अधिक आश्चर्य की बात तो यह थी कि हर बार काम का ज़िक्र आया और टल गया। उसे लगा जैसे ज़बर्दस्ती टाला जा रहा हो। पता नहीं क्यों—?

शरद को रह-रहकर लगता कि अजब रहस्यमय लोक में वह आ गया है जहाँ हर आदमी कुछ दबा-भिंचा-सा, जैसे कुछ कहना चाहकर भी न कह पा रहा हो, जैसे एक कहानी है जो सब में इधर-से-उधर घूमती है। सबसे अधिक आश्चर्य उसे मायादेवी पर था...अद्‌भुत स्त्री है ! बालों की पत्तियों से आधे ढँके कान और झूलते इयरिंग जब उसके मस्तिष्क में कौंध गए तो पता नहीं क्यों, उसे बड़ी विरक्ति लगी।

"अरे शरदजी, सो गए क्या ?" बाहर स्वर पद्मा का था, ज़रा बेचैन-सा।

शरद हड़बड़ाकर बाहर निकल आया। देखा पद्मा खड़ी थी।

"क्या ज़्यादा देर हो गई—?" उसने जेब से रूमाल निकालकर व्यर्थ ही हाथ पोंछते हुए कहा।

"नहीं...नहीं।" पद्मा ने मुस्कराने की कोशिश की, लेकिन उसके चेहरे पर जो मुखर झुँझलाहट थी उसने उसे मुस्कराने नहीं दिया, और यह मुस्कान एक खिसियान-सी बनकर रह गई।

कमरे में कोई नहीं था। उसकी इच्छा हुई पद्मा से कुछ बात करे। उसका हृदय धड़कने लगा। लेकिन पद्मा की तनी भवें देखकर उसकी हिम्मत नहीं पड़ी। इस अचानक

परिवर्तन को देखकर वह बड़ा चिन्तित-सा, खानेवाले कमरे में आ गया। देशबन्धुजी कमरे के बीच में खड़े थे और मायादेवी वैसे ही बैठी थीं। उन्होंने मुँह दीवार की ओर घुमा लिया था। शरद को लगा जैसे इन तीनों के बीच में कुछ हो चुका है। एकदम सब कुछ जैसे बदल गया है—बड़ी उमस—बोझ। यह सब क्या चलता है चुप-चुप ? थोड़ी देर वह निरुद्देश्य खड़ा रहा।

"नेता भैया, मैं अब चलता हूँ।" यहाँ का वातावरण देखकर उसने चले जाना ही उचित समझा। उसने यह वाक्य जानबूझकर इस तरह सिर झुकाए झिझकते हुए कहा कि वे समझें कुछ और भी कहना चाहता है। फिर थोड़ी देर रुककर बोला—"कल सुबह सातवाली गाड़ी ज़्यादा ठीक रहेगी। उसी से चला जाऊँगा।"

उन्होंने एक क्षण उसकी ओर देखा—बड़ी शून्य-सी दृष्टि से, जैसे अभी वे कुछ और सोच रहे थे। उसी में इतने डूबे थे कि बात समझ ही नहीं पाए। फिर एकदम अपने स्वाभाविक मूड में आकर बोले—"अच्छा, हाँ-हाँ ठीक है कल चले जाओ। कब तक आ जाओगे ?"

"एक हफ़्ता तो लग ही जाएगा।...पर...पर..." शरद सिर झुकाए ही बात कह डालने का साहस संचित करने लगा। फिर बड़ी हिम्मत से एकदम सिर उठाकर बोला—"मुझे कुछ पता चल जाता काम का, क्या करना होगा ?" उसके माथे पर पसीना आ गया।

देशबन्धुजी उसके पास आ गए। स्नेह से उसके कन्धे पर हाथ रखकर बोले—"भले आदमी, इतना क्यों घबराए जाते हो? काम की क्या यहाँ कमी है ? भाई मेरे, बेसब्री से काम मत लो, मिल की मैनेजरी करोगे ! सिनेमा के गेट कीपर बनोगे ?"

शरद ने उनकी ओर आँखें उठाकर उत्सुकता से देखा—मज़ाक़ है या स्नेह।

"अच्छा जाओ, मेरी चिट्ठियाँ लिख दिया करना और मौज करना। लाइब्रेरी में बैठकर पढ़ना।"

तो प्राइवेट-सेक्रेटरी-नुमा चीज़ है ! शरद ने मन-ही-मन कहा। अब वह पूछना चाहता था, कितने पैसे ? लेकिन यह बात तो लाख हिम्मत करने पर भी वह ज़बान पर ला ही नहीं सका। उसने भी सोचा, छोड़ो, ज़्यादा बेसब्री दिखाना ठीक नहीं है। इतना लम्बा-चौड़ा कारबार है, कम नहीं मिलेगा।

"अच्छा, नमस्कार।" साकार कृतज्ञता और नम्रता की खींसें निपोरनेवाली मुद्रा में मुस्कराहट लाकर एक बार उसने उनकी ओर हाथ जोड़े, दूसरी बार मायादेवी की ओर—"माताजी, नमस्कार !"

मायादेवी ने जैसे सुना ही नहीं। शरद ने जैसे ही कमरा पार किया, पीछे सुना तीखी आवाज़ में मायादेवी कह रही थीं—"मैं तुम्हारी नस-नस जानती हूँ।"

वह कुछ और सुनने को ठिठक गया, लेकिन तभी दरवाज़ा खोलकर गुसलख़ाने से पद्मा निकली।

"अच्छा पद्माजी, नमस्कार। फिर तीन-चार दिन बाद दर्शन करेंगे।" उसने शिष्टता

से उधर हाथ जोड़े।

पद्मा ने किवाड़ का गुटका नहीं छोड़ा था। उधर मुड़े हुए ही दरवाज़े को ठीक से बन्द करते हुए ही उसने कहा–"अच्छा, शरदजी तब तक ज़िन्दा रहे तो मिलेंगे, फिर।"

"यह क्या बात..."

लेकिन शरद की बात आधी मुँह में ही रह गई। जैसे ही पद्मा ने सिर घुमाया–उसे लगा, पद्मा ग़ुसलख़ाने में रोई है। उसके नथुने अब तक फड़क रहे थे। होंठ खिंचे हुए थे। वह चौंककर चुप हो गया। जैसे किसी ने छाती में घूँसा मार दिया हो।

"अच्छा, नमस्कार !" दोनों जुड़े हुए हाथों को माथे से लगाए, पद्मा बहुत तेज़ी से, एक ओर चल दी। उसके पाँव डगमगा रहे थे।

शरद की समझ में नहीं आया–यह क्या चीज़ है, जो इन लोगों में चल रही है ? उसे लगा–जैसे कोई बिजली के करैंट-सी धारा है, जो इस त्रिकोण में घूमती है ? कहीं घूमनेवाले उस चक्र में उसका तो नाम नहीं है ? तभी तो उसे उससे छिपाया जा रहा है। लेकिन पद्मा के इस रोने की मुद्रा ने उसके हृदय को मथ डाला था।

वह उत्सुकता, जिज्ञासा और इस घुटन से व्यथित हो उठा। बाहर जैसे ही उसने क़दम रखा, कोठी में मेंहदी की लाइनों के आस-पास सड़क पर जगह-जगह लगे हुए, चौकोर लैम्पों और ग्लोबों में जलते हुए बल्बों की रोशनी उसे ऐसी लगी–जैसे किसी ने मुट्ठी-भर अंगारे बिखरा दिए हों। उसे अभ्यस्त होने के लिए रुकना पड़ा। हलकी-हलकी बूँदें पड़ रही थीं, और आकाश के वातावरण में घुप अँधेरा फैला था। कोठी के किसी हिस्से में रेडियो बज रहा था।

यही होता आया है...

एक पत्र
तारीख़ लिखकर गहराई से कटी हुई

उमा दीदी,

मेरा एक पत्र आपकी ओर ड्यू है, फिर भी एक आवश्यक कार्यवश यह पत्र आपको डाल रहा हूँ।

पूरे घर-भर में आपसे जितना खुलकर हर बात कह-सुन सकता हूँ, उतना खुलकर किसी से नहीं, यह आप जानती हैं; इसलिए रेल से ही यह पहला पत्र डाल रहा हूँ। मैं विश्वास करता हूँ कि आप इसे उचित रूप में (जब और जैसे चाहें) और अच्छे रूप में ही घर पहुँचा देंगी। बाबूजी को समझाना मेरे बस का है नहीं। मैं वहाँ लिखूँ किसे ? पिछले पत्र में आपने शकुनजी को लेकर मेरी हैसियत में शंका प्रगट की थी ! आपको नाराज़ तो करना नहीं चाहता, इसलिए लाइए ज़रा चौंका ही दूँ।

इधर मैंने दो काम कर लिए हैं, एक तो ज़रा दूर जाकर एक अजब-सी नौकरी; दूसरे, जया नाम की एक परिचित लड़की के साथ विवाहित-जीवन बिताने का निश्चय। और इन्हीं दोनों कामों की दिशा में प्रस्थान किए हुए, रेल में यह आठवाँ घंटा है। जया मेरे बिलकुल बग़ल में बैठी, खिड़की के बाहर पता नहीं अपलक क्या देख रही है—कहना तो मैं यह चाहता हूँ कि अपनी उपस्थिति से मेरी रग-रग में एक मादक पुलक और भास्वर प्रेरणा भरे दे रही है। और मैं, या हम, अपनी नौकरी की ओर जा रहे हैं। कभी-कभी काँपती रेल में ऐसा सँभलकर मैं किसे ख़त लिख रहा हूँ इसे देखने को जया मेरी क़लम की गति को भी देख लेती है। अपने इस प्रयाण, प्रस्थान या पलायन—आप जो भी नाम दें—के बारे में हमने किसी को भी नहीं बताया है और अन्धाधुन्ध यों ही चल खड़े हुए हैं। पीछे जो तूफ़ान-उफ़ान उठ रहे होंगे—उनकी कल्पना हम लोग बड़ी आसानी से कर सकते हैं—या ज़्यादा सही होगा यह कहना कि उनकी कल्पना ही धुँए के बगूलों की तरह बुरी तरह दिमाग़ पर छाई हुई है। स्वयं मेरा मन बड़ी-बड़ी शंकाओं-आशंकाओं और आशाओं से विचित्र तरह उद्विग्न हो रहा है पता नहीं, हम लोग ग़लती कर बैठे या...अब जो भी हो। अपनी और जया की मानसिक या सामाजिक स्थिति मैं आपको कैसे समझाऊँ ? शायद आप समझ भी नहीं सकतीं। हम लोग क्या

कर रहे हैं, शायद इसका 'सामाजिक-क्रान्ति' के रूप में आप मूल्य भी नहीं आँक सकतीं। मैं, आपका भाई—एक लड़की के साथ 'भाग' रहा हूँ, इसलिए भले ही आप इस बात को उदारतापूर्वक क्षमा कर दें—शायद बुरा भी न मानें, लेकिन कल्पना कीजिए, आपका विवाह बाबूजी न करते और इसी तरह आप भी किसी के साथ 'भाग' जातीं तो हमलोग क्या करते ? आपके पड़ोस की कोई लड़की किसी के साथ 'भाग' जाती तो आप क्या समझतीं ?—आप सोच सकती हैं जया की स्थिति ? अर्जुन की गोद में पड़ी सुभद्रा की स्थिति ?—पृथ्वीराज की छाती से चिपकी संयोगिता की मानसिक अवस्था ? उस लड़की की स्थिति जो अपने पिछले सारे जीवन को सलेट पर लिखी इबारत की तरह मिटाकर सिर उठाकर किसी के साथ चल देती है ? उस साहस को गाली सभी दे लेते हैं, लेकिन उसको—उस साहस को—बाँहें खोलकर भेंटने का है साहस आपमें ? दीदी, हमें गर्व है कि हम समाज को हवाई आदर्शों और ज़बानी बहस-मुबाहिसों से नहीं, सक्रिय-रूप से बदलने निकले हैं। देखें अब ज़िन्दगी क्या रंग लाती है ? शायद आप इस जया को नहीं जानतीं।

और सच मानिए दीदी, इतने पुराने परिचय के बाद, इतने नाटकीय ढंग से विवाह हो जाने के बाद भी, जब तक मैंने यह नहीं कहा कि "चलो जया, अब समय आ गया है कि हम इस जीवन को शुरू कर दें" तब तक मैं भी नहीं जानता था कि कैसी लड़की है, यह जया। और यों तो "स्त्री चरित्रं पुरुषस्य भाग्यं, देवो न जानाति कुतो मनुष्यः" वाली कहावत है ही।

तो पहली बात तो फिर कभी विस्तार से बताऊँगा, दूसरी बात लीजिए। लेकिन प्रकृति के इस रहस्य—नारी—से माफ़ कीजिए, कुछ क्रिटिकल स्थितियों में खेलना तो और भी रहस्यमय हो जाता है। उदाहरण के लिए एक ऐसी लड़की को लीजिए, जो काफ़ी पढ़ी-लिखी हो—बी.ए. हो या एम.ए. हो, मतलब दुनिया-भर के विषयों पर बहस कर सकती है, या अपने विवाह के बारे में ही, ऐसी तटस्थता से बातें कर सकती है, जैसे किसी दूसरे के बारे में बातें कर रही हो स्वतन्त्र साथी चुनने के भी पक्ष में है, और उसी जोश में, वह ऐसा साथी चुन भी डालती है।—फिर ? आती है बात कहीं सैटिल होने की, जमने की। ऐसे समय में आप विश्वास कीजिए, एक साधारण लड़की और उस लड़की में कोई अन्तर नहीं होगा। अब मैं अपना ही उदाहरण लूँ :

"कहिए जयाजी, कैसा स्वास्थ्य है ? क्या हाल-चाल है ? आप प्रसन्न तो हैं न ?" असली बात शुरू करने से पहले, ज़मीन की तैयारी के लिए मैं पूछता हूँ।

"क्यों, मेरा स्वास्थ्य ख़राब कब था ?" वह पतली-दुबली लड़की ऐसे झेंपती, मुस्कराकर उत्तर देती है, जैसे मैंने बहुत बड़ा मज़ाक़ कर दिया हो। फिर ज़रा मान से कहती है—"और आपको मेरे स्वास्थ्य से क्या है ? आपकी तो दुनिया बहुत बड़ी है, सैर-सपाटे हैं।"

"हूँः, तो इस तरह आप हमारी पत्नी बन रही हैं, क्यों ? यह तो नहीं हुआ कि 'हे पतिदेव, कहाँ घूम आए ? आपके चरणों को बड़ा कष्ट हुआ। लाइए, मैं दबा दूँ,

माथा दाब दूँ'—और पति कहाँ घूमता है, क्या करता है, इन सबसे पतिव्रता स्त्री को क्या मतलब है ?"

"हिश्ट, बेशर्म कहीं के, कोई सुने तो।" एक बार इधर की कनखियों से उधर और उधर की कनखियों से इधर देखती है—कहीं कोई सुन तो नहीं रहा है। फिर मेरी मेज़ पर रखी कलाई पर हलके से हाथ रखकर पूछती है—"बताइए न, कहाँ थे इतने दिन ?"

"इतने दिन ?" मैं आश्चर्य का भाव मुँह पर लाकर दुहराता हूँ—"कुल तीन ही तो दिन हुए हैं, और 'इतने दिन' हो गए ? जैसे पूछकर गया ही नहीं था।"

"आपको तो तीन ही दिन लगते हैं—और यहाँ..." फूले हुए गाल में अगली बात खो जाती है।

"ओ होऽ" मैं ज़ोर से हँस पड़ता हूँ, फिर धीरे से उसके फूले गाल पर चपत मारकर, कहता हूँ—"जया, तुम्हें तो कहीं ऐक्टिंग का काम शुरू कर देना चाहिए।" फिर मैं एकदम गम्भीर होकर कहता हूँ—"मैं गया था न जहाँ, सो मेरा हैड फला, और नौकरी पक्की हो गई है। अब मैं आया हूँ...तुम्हें लेने।"

"मुझे लेने ?" एकदम चिहुँककर जया इस तरह देखती-दुहराती है, जैसे कहीं बिजली गिरी हो। उसके चेहरे का सारा उल्लास और विनोद एकदम ऐसे ग़ायब हो जाते हैं, जैसे किसी ने स्विच दबा दिया हो। शायद उसे हैड-टेलवाली बात याद आ रही है। चिन्ता के घने बादलों में से पूछती है—"मज़ाक़ तो नहीं कर रहे ?"

अब तो मैं सोचता हूँ कि मुझे कह देना चाहिए था कि मेरा और तुम्हारा मज़ाक़ का रिश्ता नहीं है, तुम्हारी कोई छोटी बहिन होती तो शायद उससे मैं मज़ाक़ कर सकता था। लेकिन उस समय तो मेरे मुँह से निकला—"मज़ाक़ का क्या सवाल है ?" पहले तो मैं उसकी घबराहट समझ नहीं पाता, फिर ज़रा तीखे स्वर में कहता हूँ—"हम लोग अपने को विवाहित मानते हैं, तो कभी-न-कभी यह ज़िन्दगी शुरू होगी ही—या सिर्फ़ ज़बानी जमा-ख़र्च करके ही बात ख़त्म हो गई ?"

"ज़िन्दगी तो शुरू होगी ही...लेकिन..."

"लेकिन क्या ?" मैं कहता हूँ—"साफ़ कहो न कि दिक़्क़त यह है। घरवालों की चिन्ता है या जाना नहीं चाहतीं या...आख़िर क्या ?"

"जाना न चाहने का तो कोई सवाल ही नहीं है। और घरवाले ?" फिर कई सैकिंड चुप रहकर कहती है—"हाँ, घरवालों से भी निपटा जा सकता है, किसी-न-किसी तरह, लेकिन नौकरी..."

"नौकरी !" मैं चिढ़कर कहता हूँ—"हुँःह, क्या फटीचरी की बात कही है, आख़िर हो तो टीचर ही न। अरे, छोड़ो नौकरी के झंझट को और ज़रा हिम्मत से काम लो।" मैंने उसे झिड़क दिया है।

"और सब तो ठीक है।" वह अपनी एक घिसी-घिसाई-सी अँगूठी को उँगली में घुमाती हुई कुछ सोचती रही, फिर ज़रा झिझककर बड़े साहस से एकदम बोली—"हिम्मत नहीं पड़ रही ?"

मैं उसकी बेवक़ूफ़ी पर खिलखिलाकर हँस पड़ता हूँ—हालाँकि उसकी और अपनी कठिनाई को ख़ूब समझता हूँ, फिर भी मुँह बनाकर हाथ मटकाकर कहता हूँ—"वहाँ तो लड़कियों को बड़ी हिम्मत के पाठ पढ़ाती होगी, लेकिन अपनी बार को हिम्मत नहीं पड़ रही... ।"

"बस रहने दीजिए, ऐसी हिम्मत के पाठ पढ़ाते हैं ?" जया जैसे बुरा मान गई।

"अच्छा बाबा, कुएँ में कूद पड़ने का पाठ पढ़ाती हो लेकिन परसों आप बिलकुल तैयार, ज़रूरत हो तो साज-सामान सहित, नहीं तो सब हो जाएगा—दस बजे की गाड़ी के लिए स्टेशन पर मिलेंगी—सुना ?"

"नहीं दादा।"

"दादा, मैं ?" खिलखिलाकर दुहराता हूँ—"होश में तो हो ! दादा तो उस दिन रेल में ख़त्म हो गया, अब तो कहो, हे पतिदेव, हे स्वामी..."

"हे पत्थर !" उस चिन्ता में भी जया हँस पड़ी। लेकिन हँसी क्षणिक थी। सुस्त होकर फिर बोली—"नहीं भाई, हमसे नहीं होगा।"

"नहीं होगा तो जाओ चूल्हे में ! बेवक़ूफ़ नहीं तो।" मेज़ से उठते हुए जैसे मैं अपना अन्तिम निर्णय देता हूँ—"साफ़ सुन लो, परसों नहीं मिलीं तो अच्छा नहीं होगा।"

"और जो कहीं वारंट निकले तो !" कुटिलता से मुस्कराकर जया कहती है।

"तो !" मैं ऐक्टर की तरह एक हाथ छाती पर रखकर एक को ज़रा आगे करके कहता हूँ—"तो किसी विधि द्वारा हम लोग शारीरिक बन्धनों से छुटकारा पाकर हमेशा-हमेशा के लिए आत्मा-आत्मा के महामिलन में डूब जाएँगे। फिर संसार की कोई शक्ति हमारे इस चिरन्तन मिलन को नहीं तोड़ सकेगी।"

"अच्छा, अच्छा, अब ज़्यादा ऐक्टिंग मत कीजिए, कोई देखेगा तो क्या कहेगा !" थोड़ा गर्व-सा अनुभव करते हुए पुलककर वह उत्तर देती है।

"तो तय रहा !" कुर्सी और मेज़ के बीच से तिरछा होकर निकलते हुए मैं पूछता हूँ।

"अभी कुछ नहीं। सोचने का समय दीजिए। मैंने तो पहले ही कह दिया, जुए में हमें विश्वास नहीं है। भाई, अभी तो हम सोचेंगे—एकदम ऐसा थोड़े ही सम्भव है कि उठे और चल दिए !"

"तो पालकी मँगाएँ, बाजेवाले बुलाएँ !"

"मिसेज़ दास कहीं बाद में यह पख न लगाएँ कि बिना नोटिस दिए..."

"देखो जया, ज़्यादा बेवक़ूफ़ी की बातें तो करो मत। फिर मैं एकाध हाथ मार दूँगा...मिसेज़ दास को बतलाने की क्या ज़रूरत है ! इस्तीफ़ा दो और घर जाओ, पैसे-वैसे की चिन्ता करो मत, सब हो जाएँगे। और फिर देशबन्धुजी बड़े आदमी हैं, बीस काम निकल आएँगे। मैं समझता हूँ और मिसेज़ दास नोटिस देंगी तो हमने भी थोड़ी-बहुत वकालत पढ़ी है।"

"इन चक्करों में मत आइए। बड़े आदमियों की बातें बड़े आदमियों की हैं।"

"नहीं भाई, वे वैसे बड़े आदमी नहीं हैं वे बहुत विशाल-हृदय हैं। मैं तो उनके साथ

एक मेज़ पर खाना खाकर आया हूँ।'' मुझे वहाँ का सारा वातावरण याद आ जाता है फिर मैं ध्यान करके कहता हूँ—''और वहाँ पद्मा भी है।''

''पद्मा कौन !'' ज़रा चौंककर वह पलकें उठाकर मेरी ओर देखती है—''उनकी लड़की ?''

''नहीं मेरी एक क्लासफ़ैलो।'' मुझे वहाँ की एक-एक चीज़ दिखाई देती है।

''वहाँ कहीं काम करती है ?'' जया पूछती है।

''कुछ करती है। तुम खुद ही जो चलकर देख लेना।'' मैं उसकी दारोगा जैसी जाँच-पड़ताल से परेशान हो उठा हूँ।

''यह आफ़त आपने ख़ूब लगा दी, दा...मैं सच कहे देती हूँ, मैं नहीं जाऊँगी। आप तो कुछ सोचते हैं नहीं। पीछे यहाँ आफ़त हो जाएगी। आसमान टूट पड़ेगा। अच्छा लगेगा जब अख़बारों में मोटे-मोटे नामों के साथ तस्वीरें छपेंगी, ख़बरें फैलेंगी ? शहर के सारे बुढ़िया- बुड्ढों को साल-भर के लिए मसाला मिल जाएगा...हमारे घरवाले...?''

''हाँ-हाँ, यहाँ से हमारे जाते ही प्रलय हो जाएगी, मौत आ जाएगी, फिर ? उन्हीं सबका ख़याल था तो क्यों दो-दो घंटे खोपड़ी चाटी थी मेरी ?'' मैं कड़ुवाहट से कहता हूँ।

तो दीदी, देखा आपने यह है उस लड़की की हिम्मत जो अपने को दूसरों से ज़रा अलग-ऊपर समझती है और जो बहुत ही आज़ाद ख़यालों की है। सचमुच, बातें हम आनेवाले सौ सालों की करते हैं, लेकिन अमल आज के हिसाब से भी नहीं कर पाते। उसमें भी हम पचास साल पिछड़े ही रहते हैं। ये सब चिन्ताएँ, जो जया को थीं क्या मुझे नहीं थीं ? लेकिन सब चलता है। हमेशा से यही तो होता आया है। बक़ौल सूरजजी, ज़िन्दगी में कभी-कभी रिस्क लेना भी अच्छा लगता है—ज़रूरी हो जाता है। रिस्क का मतलब है कि बिना परिणाम की चिन्ता किए हम उछल रहे हैं—और उछलने का अर्थ है बँधी-बँधाई लीक से एक झटके के साथ अलग हो रहे हैं, क्योंकि नई राहें खोजने को व्याकुल हैं—सो अब देखते हैं क्या हो—?

मैं बहुत द्वन्द्व और परेशानियों में रहा। पता नहीं जया आएगी या नहीं। एक व्यथा थी जिसे किसी से कह भी तो नहीं सकता था। किसी को बिना ज़रा भी बताए चुपचाप तैयारियाँ कर रहा था। अभी तक तो सिर्फ़ यह बताया था कि एक मित्र के ज़रूरी काम से जाना पड़ गया था। अब बुरी हालत थी। अगर आई नहीं जया तो क्या होगा ? वैसे उससे ऐसी उम्मीद तो नहीं है। वह काफ़ी साहसी लड़की है, फिर भी क्या ठीक है...है तो आख़िर लड़की ही। और जिस तरह की बातें वह कर रही थी उससे तो...। अपने आप ही कभी तो मन में विश्वास हो जाता कि वह नहीं आ सकेगी, और कभी ऐसा लगने लगता कि वह रुक नहीं सकेगी, आने में जिस मानसिक संघर्ष का सामना करना पड़ा उसे बताने के लिए यही एक रास्ता है कि मैं उसी वर्णन को दुहरा दूँ जो उसने मुझे दिया था—आप देखेंगी कि संस्कारों को तोड़ना सचमुच कितना मुश्किल हो जाता है।

ढालू प्लेटफ़ॉर्म जहाँ ख़त्म होता है, वहीं एक केबिन है। उसकी काँच की खिड़कियों से उस समय रोशनी फूट रही थी। गुलाबी जाड़ा पड़ रहा था और हलका-हलका कुहरा अभ्रक के चूर्ण की तरह चाँदनी के साथ धरती पर उतर रहा था। वहीं एक लड़की खड़ी थी और उसकी परछाईं बौनी-सी तिरछी होकर प्लेटफ़ॉर्म पर लेटी थी। उस केबिन के नीचे खड़ी लड़की सामने लगे इंजन को देख रही थी। इंजन में इस समय दो आदमी थे, एक झुका हुआ पीछे की तरफ़ झाँक रहा था सामने कमर में उसके सफ़ेद कपड़ा बँधा था और सिर पर एक रूमाल। वह बिलकुल तटस्थ और निश्चिन्त होकर झुका खड़ा बीड़ी या सिगरेट पिए जा रहा था। उसके पीछे ठीक बीच में खड़ा दूसरा आदमी बेल्चे से एक ओर से कोयला लेकर दूसरी ओर झोंक रहा था। इंजन के भीतर की आग की झाँई उसके शरीर पर झलमला रही थी। सामने इंजन के माथे की रोशनी अँधेरे में मीलों चली गई थी। सामने ही इंजन के भीतर पहिए, बटन, हैंडिल-तार और न जाने क्या-क्या लगे थे। प्लेटफ़ॉर्म पर खड़ी लड़की को बचपन से ही इंजन के इस हिस्से को एक उत्सुकतापूर्ण जिज्ञासा से देखने का शौक़ रहा था। अभी भी वह उसी तरह अपलक डूबी सामने देख रही थी। तह किया हुआ चैस्टर उसके हाथ पर सामने लटका था। दूसरे हाथ से कुहनी का सहारा दिए वह अपने नीचे के होंठ को उँगलियों से सहला रही थी–कहीं दूर खोई थी। तभी झुके हुए आदमी ने उस ओर एक उड़ती-सी निगाह फेंककर मुड़ते हुए लटकते तार को खींच दिया और इंजन ज़ोर से चीख़ उठा। कोई ख़लासी सामने से गुज़रा।

लड़की बुरी तरह चिहुँक उठी। अभ्यास-वश उसकी दोनों उँगलियाँ कानों को बन्द करने लपकीं, लेकिन तभी किसी ने उसके कन्धों पर हाथ रखा–"इतना मत डरिए, जयाजी।"

जया चीख़ पड़ने को हुई, उछलकर दो क़दम पीछे खड़ी हो गई और उस आनेवाले को आँखें फाड़-फाड़कर देखती बोली–"तुम ? आप कौन हैं ?" लेकिन साथ ही वह होश में आ गई और उसे पहचानकर और भी घबरा उठी।

"तुम यहाँ कहाँ आ गईं ?"

यह आनेवाली भी लड़की थी। वह हलकी मुस्कराहट से बोली–"तुम्हें तो उम्मीद नहीं होगी कि मैं यहाँ कहीं तुम्हें खोज निकालूँगी ! और सचमुच, इस वक़्त रात में सात-आठ बजे यहाँ देखकर पहले मैं भी बुरी तरह चौंकी थी, कि यह इस समय यहाँ कहाँ ?" फिर मुस्कराहट में थोड़ा व्यंग्य घोलकर कहा–"और रानीजी, आपको होश कहाँ है, जो आप देखतीं कि मैं कब से आपके पास खड़ी हूँ, या कब से आपके साथ हूँ ! जब भीतर उत्सुकता से हर डिब्बे में शरद बाबू को खोजती आप पूरी गाड़ी का चक्कर लगा चुकीं तो मुझे हँसी आई, फिर भी तुम्हारा मन जब नहीं माना तो तुमने दूर-दूर ही गाड़ी का दूसरा चक्कर लगाया, ताकि आने-जानेवालों से टकराओ नहीं। एक बार तो तुम मुझे बिलकुल छूकर निकली थीं..."

जया अब तक इस अप्रत्याशित विघ्न से अपने-आपको संयत कर चुकी थी। प्रार्थना

के स्वर में बोली--"बहन, माफ़ करना, सच मैंने तुम्हें बिलकुल नहीं देखा।"

"तुम देखतीं कैसे ! इस धरती पर होतीं, तभी तो देखतीं न ? और मेरी समझ में नहीं आया कि साढ़े सात बजे की गाड़ी देखने की आपको क्या ज़रूरत थी–जब पता है कि शरद ने जो समय आपको दिया है वह साढ़े नौ का है ?"

इंजन इतने ज़ोर से चिंग्घाड़ा कि पूरा प्लेटफ़ॉर्म हिल गया। जैसे आसमान फट गया हो–इस कमबख़्त को कैसे पता चल गया ! जया का चेहरा सफ़ेद पड़ गया और हकलाकर पूछा–"किस...किस...बात का टाइम है ?"

दूसरी लड़की खिलखिलाकर ज़ोर से हँस पड़ी, और बहुत बेतकल्लुफ़ी से उसके कन्धे पर हाथ रखकर बोली–"जया रानी, सारी दुनिया को इतना बेवक़ूफ़ समझती हो ? आप भूल गईं कि जिस नौजवान के साथ आज आप साढ़े नौ बजे घर-बार छोड़कर जा रही हैं, आज सुबह तक उसके सारे पत्र मेरे ही केयर-ऑफ़ आपको मिले हैं ! और उनमें से प्रायः प्रत्येक ख़त को आपने ही मुझे सुनाया है !"–फिर जैसे एकदम उसे टालती-सी अधिक आत्मीयता से बोली--"ख़ैर छोड़ो, लेकिन आज सुबह के पत्र और आपकी मुलाक़ात के हिसाब से भी शरद को तो साढ़े नौ की गाड़ी पर आपको मिलना है। पहुँचना तो उस पर चाहिए न आपको...यह अभी से...बहुत बेचैनी है क्या ? तभी तो ! मैंने भी सोचा, देखें, आज का यह ख़त हमें सुनाया जाता है या नहीं।..लेकिन भाई कुछ कहो, यह प्यार कमबख़्त है ही ऐसी चीज़ कि नशे में आदमी अपने प्रिय लोगों को भूल ही जाता है..."

लेकिन जया यह सब सुन ही नहीं रही थी। स्टेशन के पार दूर क्षितिज में जड़ी, कुहरे से झाँकती शहर की बत्तियाँ उछल-उछलकर नाचने लगी थीं...अपनी सारी खानापूरियाँ समाप्त करके गार्ड की ओंघती-सी सीटी के साथ गाड़ी स्टेशन से सरकने लगी थी और गुज़रती ट्रेन की खिड़कियों से छनती रोशनी रह-रहकर जया के मुँह पर पड़ रही थी, दूसरी लड़की की उधर पीठ थी...पहियों की घरघराहट जया के दिमाग़ की नसों में रेंग रही थी...और पिछले डिब्बे की लाल रोशनी अँधेरे में ऐसी खोती चली जा रही थी जैसे दिल की धड़कन डूबती चली जा रही हो...

तभी उस लड़की ने अपना हाथ बढ़ाकर उसके कन्धे पर फिर दुबारा हाथ रख दिया तो उसे ऐसा लगा जैसे जया अब गिरी, तब गिरी–"घबराओ मत जया, मुझे तुमसे कुछ ज़रूरी बातें करनी हैं, आओ, ज़रा एक तरफ़ हो जाएँ, व्यंर्थ ही लोग सोचेंगे यह दोनों यहाँ खड़ी क्या कर रही हैं।...यह क्या कर रही हो..अरे सँभालो अपने आपको..." और वह उसे सहारा देती-सी ले चली।

जाड़ा बड़ा अनमना-सा था और तन-मन को सुख देता था। जब दोनों प्लेटफ़ॉर्म के ढाल से उतर आईं तो उस लड़की ने कहा–"देखो तार लगे हैं, ज़रा बचकर आना।" लेकिन जया को जैसे बिलकुल भी पता नहीं था कि पटरियाँ पार करती तार बचाती वह लड़की उसे कहाँ लिए जा रही है...

"बैठो !"

तब जया ने चौंककर चारों ओर देखा। स्टेशन से ज़रा हटकर पटरियों के जंजाल के बीच में ही इंजन घुमाने के गड्ढे के पास यह लोग खड़ी थीं। जया को चाँदनी में चमकती रेल की पटरियाँ लापरवाही से खोलकर फेंकी गई तलवारों की तरह लगीं--वह सिहरकर काँप उठी। पास ही मालगाड़ियों के डिब्बे इधर-उधर बिखरे थे और उसके पीछे से ऊपर की ओर मालगोदाम की लहरदार टीन दिखाई दे रही थी। इस गोल गड्ढे को बीच से काटता हुआ पटरियों का पुल चुपचाप लेटा था, घुमाने के हैंडिल दूर से ही चमक रहे थे--और उस पुल को देखकर कोई भी नहीं कह सकता था कि यही वह जगह है जहाँ आकर हज़ारों घोड़ों की शक्तिवाला दैत्य अपनी दिशा बदल देता है ! इस गड्ढे के बगल में ही चौकोर जमाया हुआ कोयले का लम्बा चला जाता ढेर था और उसके इधरवाले ढलवान पर कोयले में बेल्चों की मूठ दिखाई दे रही थी।

"बैठो न, तुमसे कुछ बातें करनी हैं।" इस बार जया ने फिर जैसे कहीं दूर सुना--साथ ही कन्धे पर उसे बैठाने के लिए हलका दबाव भी उसे महसूस हुआ।

गड्ढे में पाँव लटकाकर वह धम्म् से बैठ गई। तभी सहसा एक क्षण को उसके दिमाग़ में उठा, कहीं यह बीच का पुल घड़ी की टूटी स्प्रिंग की तरह भन्नाकर घूम जाए तो ? पिस जाएगी वह ! तब बेचारा शरद ? झटके से पास बैठी लड़की के कन्धे पर झूल गई--"कहाँ ले आई हो तुम ? मुझे तो सच, न जाने कैसा-कैसा लगता है--डर-सा।" उसने अपने लटके दोनों पाँव ऊपर खींच लिए--कहीं सचमुच ही बीच का वह पुल घूम जाए तो !

लड़की ने एक बार जया के सिर को देखा जो उसके कन्धे पर टिका था--शायद उसे थोड़ी दया भी आई। लेकिन फिर कुछ तीखे स्वर में बोली--"मैं पूछती हूँ जया, अगर तुम इतना न बनो तो क्या बिगड़ जाए ? जब से होश सँभाला, साथ खेले, साथ पढ़े, साथ ही रहे--सो तो आपको हमारे साथ आने में डर लगता है और उस अनजान आदमी के साथ एक अनिश्चित भविष्य की राह पर चल पड़ने में डर नहीं लगता ?"

जया ने कुछ जवाब नहीं दिया। उसके ढीले बाल कनपटियों पर बिखर आए। गर्दन मोड़कर वह अपनी बात के उत्तर की राह देखती रही, फिर कन्धे को हलका उचकाकर बोली--"बोलो ?"

तब पता नहीं जया के पेट में क्या बगूला-सा उठा कि वह एकदम फूट-फूटकर रो पड़ी--"मुझे बाताओ, मैं क्या करूँ !"

लड़की का दिल पिघलने-पिघलने को हो आया, फिर भी वह बोली--"अब करना क्या है ? साढ़े नौ की गाड़ी से शरदजी जा ही रहे हैं, आपकी भी तैयारी हो ही चुकी है, माँ से तुमने कह ही दिया है कि तुम मेरे साथ स्कूल की पिकनिक पार्टी में जा रही हो--बस जाओ और कहीं घर बसाओ।"--फिर कुछ रुककर थोड़ी तलख़ी से बोली--"और न हो तो दो-चार गहने माँ के साथ ले लो, मौज में गुलछर्रे उड़ाना।"

"मेरी हिम्मत नहीं पड़ती...मुझे डर लगता है।" वह हिचकियों में ही कहती रही।

"अरे, शरदजी से डर ? राम-राम, कैसी बातें करती हो ? वे तो तुम्हारे बिलकुल

ही अपने हैं। बेगाने तो हम हैं। डर तो हमसे लगना चाहिए।''

जया ने सुना, थोड़ी देर साँस साधे यों ही रही, और फिर झटके से सीधी बैठ गई। उसके गालों के आँसू चाँदनी में चमक रहे थे। हाथ से बालों को कान के पीछे करती हुई बोली—''हाँ, तुम लोग बेगाने हो, तभी तो जब से ताने मार रही हो ! वह...वह मेरे लिए अपने घरवालों से लड़कर आ रहे हैं, हम तुम लोगों से कहीं दूर चले जाएँगे।'' जया के होंठ और ठोढ़ी काँपते रहे—''बता मैंने तेरा क्या बिगाड़ा है ? तुझसे मैंने कोई बात छिपाई है, तेरे ख़िलाफ़ कहीं कुछ कहा है ? मेरे ऊपर दया कर बहन।'' जया फिर रो पड़ी। उसने फिर उस लड़की के कन्धे पर सिर टका दिया।

''सीधी बैठो।'' लड़की ने कन्धा झटक दिया—''जाओ, तुम लोग दूर हमसे—हम भी तो देखें कहाँ जाती हो ?'' लड़की ने तलख़ी से कहा—''जया रानी, यही मैं कहने आपको यहाँ लाई हूँ कि यह बन्दूक़ मेरे कन्धों पर रखकर आप नहीं चला सकतीं।''

''क्या...!'' जया का मुँह खुला रह गया।

''यही कि आज मैंने बहुत सोचा, और निश्चय किया कि आज आपको नहीं जाने दूँ। कल आपकी माँ के सामने सब बातें कह दूँगी—तब मेरी सारी ज़िम्मेदारी हट जाएगी, और फिर तुम जानो, तुम्हारा काम जाने।''

इस बार फिर कहीं पास ही कोई शंटिंग करता इंजन दहाड़ा और आवाज़ आसमान के पर्दे चीरती हुई इस सिरे से उस सिरे तक धमकती चली गई—जैसे कहीं बिजली गिरी हो। स्तब्ध जया देखती रही। उसके सूखे खुले मुँह से आवाज़ निकली—''क्यों ?''

''क्यों कुछ नहीं। मैं इतना बड़ा रिस्क लेने को तैयार नहीं हूँ। मैं नहीं चाहती कि कल जब लोग तुम्हारे ऊपर थूकें, तुम्हें गालियाँ दी जाएँ, वारंट निकले या अख़बारों में लम्बी-लम्बी ख़बरें बनकर तुम छपो तो उन सबका एक केन्द्र मैं भी होऊँ। मैं इसे त्रिकोण बनाकर उसकी एक भुजा बनने से इनकार करती हूँ।'' निहायत बेबाकी से वह बोली।

''लेकिन तुम्हारा तो कोई नाम भी नहीं जानेगा।'' जया ने भौंचक स्वर में कहा।

''जी नहीं, इन बचपने की बातों से मुझे मत बहकाओ। तुम्हें कोई कुछ नहीं कहेगा, कहेंगे सब मुझे ही। बड़ी सहेली बनती थी। तुम तो इस वक़्त अन्धी हो रही हो। तुम्हें होश क्या कि कौन जानेगा कौन नहीं जानेगा !'' वह बोली—''लोग सब अन्धे हैं न...''

''लेकिन...''

''लेकिन-वेकिन कुछ नहीं। आज आप नहीं जाएँगी !''

''क्या कह रही हो !—आज तो वे सब तैयारी करके आ रहे होंगे...''

''अब जो भी हो, आज तो मैं नहीं ही जाने दूँगी...।'' उस लड़की के स्वर की निश्चयात्मकता ने जया को सिहरा दिया।

''अगर ऐसा ही था तो तुमने यह सब क्यों चलने दिया ! शरदजी से मेरा परिचय तुमने कराया या मैंने—मुझे जवाब दो ? सारी ख़त-किताबत और आज तक की इस

स्थिति तक की घनिष्ठता का माध्यम कौन रहा—मैं या तुम ? मैं यह सब बातें जानती थी ? बड़ी सीधी और धार्मिक बनती हो—मीरा के गीतों के ये अजब-अजब अर्थ बताकर किसने मुझे प्रेरित किया कि मैं भी एक गिरधर गोपाल खोज लूँ ? प्रेम-सागर में कृष्ण और गोपी-लीला मैंने ही तो बैठाकर सुनाई होगीं तुम्हें ? सुख-सागर के शुक-रम्भा संवाद, सती-शिव-प्रेम, यह सब पेट से सीखकर ही तो निकली थी न ?'' जया बिफर उठी।

''और कहो...और कहो, रुक क्यों गईं ?'' उस लड़की ने जवाब दिया।

''हाँ, तो क्या मैं रुक जाऊँगी ?'' जया को जैसे 'फ़िट' आ गया था, बात काटकर बोली—''ठीक है तुम मकान मालिक की लड़की हो, मकान मालिक हो, और हम लोग सिर्फ़ किराएदार हैं—तुम उम्र में मुझसे बड़ी हो, रुतबे में बड़ी हो, शिक्षा में बड़ी हो, अपने आपको तुमने मेरा गार्जियन बना लिया है—सब कुछ है; लेकिन अब आप बिलकुल ही निश्चिन्त रहें, अपना भला-बुरा मैं खुद सोच सकती हूँ। मरूँगी तो मैं ही न मरूँगी !''

''तुम चाहो जो कहो; लेकिन इतनी बड़ी बदनामी लेने के लिए मैं तैयार नहीं हूँ।'' फिर मुँह टेढ़ा करके विद्रूप से बोली—''बिटिया रानी, यह प्रेम का नशा बुलवा रहा है, वर्ना तुम मेरे सामने मुँह खोल जाओ, इतनी हिम्मत तुम में नहीं थी। और जब बाहर जाकर तुम्हारे मजनूँ शरदजी नौकरी की तलाश में दर-दर भटकेंगे, जब आस-पड़ोस की औरतें उँगली उठा-उठाकर कहेंगी, यह लड़की 'भाग आई है' जब बाज़ार में चलते हुए पीछे से आवाज़ें पड़ेंगी, जब पाई-पाई ख़त्म हो जाएगी, जब तुम और तुम्हारा यह प्रेम शरद के गले का जंजाल बनकर उसे नोचेगा, जब वह चिड़चिड़ाकर तुम्हें अपने पास से दूर धकेल दिया करेगा, तुम्हारी फटेहाल सूरत उसकी रूह खुश्क कर देगी—भगवान न करे किसी ऐसे-वैसे ज़िम्मेदारी के समय तुम्हें छोड़कर वह भाग खड़ा हो तो तुम्हारे पास क्या रास्ता होगा ?—तब तुम्हारे पास सिवा इसके कोई रास्ता न होगा कि तुम लोगों की भूखी वासनाओं को दुलराओ और अपना घृणित अस्तित्व क़ायम रखो।''

जया जैसे जलते बिजली के तार पर खड़ी हो, इस तरह सिर से पाँव तक काँप उठी। उसे लगा वह बेहोश हो जाएगी—फिर भी उसने कहा—''और कुछ ? और कुछ ?'' थोड़ी देर बाद अपने को सँभालकर उसने उत्तर दिया—''आज की लड़की को भयंकर चित्र दिखाकर नहीं डरा सकतीं। पुरुष के साथ बोझ बनकर वह नया जीवन बनाने नहीं निकलती कि पुरुष को नौकरी मिल जाए तब तो उसका जीवन सफल है, नहीं तो बोझ है ही। दिन-भर लांछना और ताड़ना सहती बैठी-बैठी सन्ध्या की राह वह नहीं देखती कि शायद आज पतिदेव की नौकरी लग जाए। वह खुद भी तो कुछ कर सकती है, कुछ करने का साहस और हिम्मत लेकर निकलती है।''

''ये सपने और रटी-रटाई बातें खाना नहीं देंगी, महारानीजी ! दो दिन में आँखें खुल जाएँगी !'' वह लड़की हाथ मटकाकर बोली—''अभी ठोकर नहीं लगी है। और उस वक़्त की कल्पना कीजिए कि जब आप पीछे लौटना चाहेंगी और यहाँ का हर दरवाज़ा आपके लिए बन्द हो चुका होगा। इस घटना के बाद तुम्हारे माँ-बाप का क्या होगा ? कौन जाने वे दुख में क्या कर बैठें। उन्होंने तुम्हें इसलिए पाला था कि तुम उनके मुँह

पर कालिख लगा दो ?—तुम्हारी छोटी बहनों का क्या होगा ? स्कूल में जहाँ तुम पढ़ाती हो, तुम्हारे नाम को क्या-क्या बावेला मचेगा ? ज़रा ठंडे दिमाग़ से सोचो—किन्तु हर चीज़ को टालो मत। और शरद को ज़्यादा अच्छी तरह मैं जानती हूँ या तुम ?''

जया के दिल में जैसे किसी ने कील ठोंक दी हो, वह तिलमिला उठी। शायद यही वह बात थी जिसके बारे में सोचना नहीं चाहती थी। एक अस्वाभाविक उत्तेजना से उसने कहा—''तुम जाओ, बैठकर गीता पढ़ो और तख़्त पर सोओ। सुबह-शाम गायत्री का पाठ करो, शील और ब्रह्मचर्य के उपदेश सुनो। वही तुम्हारी शिक्षा है और वही तुम्हारी सीमा !''...अचानक बात कहते-कहते जया रुक गई। लाइन क्लीयर की आवाज़ सुनकर उसकी निगाह घड़ी पर जा पड़ी—नौ बज गए थे। और वह हड़बड़ाकर उठ खड़ी हुई—''मैं कोई नया काम तो कर नहीं रही हूँ। तुम्हारी सती रुक्मिणी, अम्बा-अम्बालिका से लेकर संयोगिता तक हज़ारों 'देवियों' और 'माताओं' की लाइनें मेरे पीछे हैं।'' वह बड़े अस्वाभाविक रूप से हँसी—''शरद को अच्छी तरह जानती हो ! बहनजी, आप इस भ्रम को जितना जल्दी हो सके दिल से निकाल दें। आप अपने दिल में शायद भीतर कहीं यह समझ रही हैं कि शरदजी का प्यार आपके इन रूखे-सूखे बालों, झुर्रीदार चेहरे, इस मोटी सादी धोती और ये धर्म-कर्म की नीरस बातों के लिए है ? लेकिन मैं बताती हूँ कि यह आपका भ्रम है। उसका प्यार, उसके सपने आपके लिए नहीं, बल्कि आपके माध्यम से, आपके मकान में रहनेवाली इस नाचीज़ जया के लिए था। बिना आपसे मिले, मुझसे मिलना आसान न था, इसलिए वे आपके पास आते थे। लिफ़ाफ़ों पर पते की जगह नाम ज़रूर आपका लिखा रहता था, लेकिन उनके ख़त मेरे लिए थे, तुम इस बात को खुद जानती थीं। मज़ाक़ करती थीं और हँसती थीं। जिस हिम्मत को तुम खुद नहीं कर सकतीं, उसे मैं कर रही हूँ। और इस बात की जलन आपको है। जाओ, अपने घर किसी बन्द खिड़की के कमरे में बैठो, कोई देख लेगा तो व्यर्थ ही तुम्हारे निष्कलंक शीलवान चरित्र पर धब्बा लगेगा। लोग कहेंगे कि सिर झुकाकर और आँख उठाकर भी न देखनेवाली लड़की यों खुलेआम घूम रही है। जाओ, और माँ-बाप की इच्छा के पुतले के साथ, जिसे वे अपना घर-बार बेचकर दहेज-नाम की क़ीमत देकर ख़रीद दें, आग की घुटती लपटों के चारों ओर घूमो और बाद में पतिव्रता की विडम्बना छाती पर लादकर उसके वंश को आगे बढ़ाओ, कुटो-पिटो और रात को बिस्तर गर्म रखो। मुझसे यह नहीं होगा। मुझे जाने दो, देर हो रही है, अभी उनकी गाड़ी आ रही है। शायद घर से अटैची भी न ला पाऊँगी। उनके सपने, उनका विश्वास और अपना साहस, मेरे लिए बहुत है—मुझे तुम्हारी नैतिकता, शील और चरित्र की ज़रूरत नहीं है। मेरे लिए नई दुनिया की राहें खुली हैं। मेरे रास्ते से हटो ! मुझे इस कीचड़ से निकल जाने दो—रामायण के पन्नों की दुनिया तुम्हारे लिए बहुत है। राम ने सीता पर जो-जो अत्याचार किए, उन्हें पढ़ो और बैठकर आँसू बहाओ।''

गाड़ी की घरघराहट उसे सुनाई दे रही थी—ज़रूर यह वही गाड़ी है। सवा-नौ पर यह आती है और साढ़े-नौ पर चली जाती है। और बिलकुल निर्द्वन्द्व और निरुद्विग्न जया

उठ खड़ी हुई। उसे आश्चर्य हो रहा था कि उसके भीतर की रुलाई, घबराहट और बेचैनी क्या हुई ? इतनी आसानी और आत्मविश्वास से वह यह सब कैसे कह सकी ! हुँःह, इस सबकी चिन्ता की तो हो गया—दुनिया भँवर की तरह वहीं घूमती रहेगी और गति रुक जाएगी।

उसने पहला क़दम उठाया था कि चाँदनी में काला बेल्चा उठा और ज़ोर से जया के सिर पर पड़ा, आसमान में चाँद अग्नि-बाण की तरह टुकड़ों-टुकड़ों में बिखर गया और फिर न जाने कहाँ सन्नाता हुआ क्षितिज में खो गया...अँधेरे के रोएँदार गोले उसकी दृष्टि में नाच उठे, वह लड़खड़ाई और 'धम्' से गिर पड़ी। उस लड़की ने बेल्चा दूर फेंक दिया और दौड़कर जया की छाती पर आ चढ़ी। छाती पर अपने दोनों घुटने टेके, दाँत भींचकर दोनों अँगूठों से उसका टेंटुआ दबाती बड़बड़ाई—"ले...ले...और ले...भाग !—नई दुनिया बसाने जा रही थीं आप... !"

और फिर उसने जल्दी-जल्दी जया की लाश पर बेल्चे से कोयला डालना शुरू कर दिया और तब दूसरी दिशा से जाकर प्लेटफ़ॉर्म की तरफ़ भाग खड़ी हुई।

फिर सहसा उसे ध्यान आया, वहाँ तो अभी नए सपनों को बाँहों में भरकर लानेवाली गाड़ी से बुरी तरह चहल-पहल मच रही होगी।—नहीं, वहाँ उसे नहीं जाना...

वह एकदम लौट पड़ी और पटरी के सहारे दौड़ने लगी। सामने से एक-दूसरी गाड़ी भी आ रही थी। वह भूल गई कि किससे शरद ने जाने का निश्चय किया है। इंजन की रोशनी फिर उसके चेहरे पर पड़ी। वह एकदम ठिठककर खड़ी हो गई। उसे लगा जैसे भागते आते इंजन की यह रोशनी भाले की तरह उसकी छाती में घुसी जा रही है। इंजन उसके ऊपर चढ़ा आ रहा है ! अचानक उसकी निगाह अपने हाथों पर पड़ी और वह बेतहाशा चीख़ उठी—उसके हाथ और कपड़े ख़ून से लथपथ थे—गाढ़ा-गाढ़ा चिपचिपा ख़ून...

"जया, जया, ओ जया, होश में आ, रानी बेटी !"

जया ने कहीं दूर बड़ी घुटी से जगह में सुना। साथ ही चार-पाँच आवाज़ों और बोल-चाल की भनभनाहट से उसे ऐसा लगा जैसे कई लोग उसे घेरे खड़े हों...

"बेचारी बहुत डर गई है।" उसने सुना।

उसने आँखें खोलीं तो बड़ा दुखी और रुँआसा-सा अम्मा का मुँह ऊपर झुका था—वह सूनी-सूनी आँखों से देखती रही और उसे याद ही नहीं आ रहा था कि वह कहाँ पड़ी है। उसने कुलबुलाकर उठने की कोशिश की...

"लेटी रह, बिटिया, लेटी रह !"

उसने आँखें बन्द कर लीं और परिस्थिति समझने की कोशिश करने लगी। उसे लगा जैसे कोई उसके चेहरे पर पंखा झल रहा है, कोई पैरों के तलुओं में तेल जैसी चीज़ मल रहा है। उसे अपना मुँह भी गीला-गीला लगा जैसे किसी ने पानी के छींटे दिए

हों—छाती बुरी तरह धड़क रही थी...उसने फिर आँखें खोलीं, जल्दी-जल्दी पलकें झपकते और उठने की कोशिश करते हुए-से पूछना चाहा—"अम्मा मैं कहाँ हूँ...?" पर उसके होंठ सिर्फ़ फड़ककर रह गए। बड़ी मुश्किल से उसने कहा—"अम्मा पानी !"

जैसे कोई तैयार ही बैठा था। पानी उसके हलक़ को तर करता कंठ से नीचे उतर गया—शायद गर्दन पर भी फैल गया था—उसे गीला-गीला लगा।

"मैं कहाँ हूँ अम्मा ?" उसने फड़फड़ाकर कहा।

"कहीं नहीं है बिटिया, तू लेटी रह—मेरी रानी।" अम्मा ने उसके माथे पर हाथ फेरते हुए कहा।

जया को लगा जैसे घड़ी ने घंटा बजाया। अपने को सुस्थिर करते हुए आँखें बन्द किए ही उसने पूछा—"अम्मा क्या बजा है ?"

"साढ़े नौ।" उसे किसी का उत्तर सुनकर समझ में आया।

और बिजली की तरह झटककर जया उठ बैठी और आँखें फाड़-फाड़कर अपनी हथेलियों और हाथों की उँगलियों को देखती ज़ोर से रो पड़ी—"अम्मा, मेरे हाथों में ख़ून लगा है। देखो मेरे कपड़े भी ख़ून से गीले हो गए हैं। मैंने उसे मार दिया—अम्मा मैंने उसका गला घोंटकर गाड़ दिया—अम्मा मुझे बचाओ, वह भूत बनकर मेरे पीछे लगी है...मुझे वह खा जाएगी अ...म्मा मेरे हाथ पोंछ दो..." वह फिर लिटा दी गई, उसकी आँखें बन्द हो गईं।

"जया—जया, मेरी बेटी, रानी..." अम्मा की आँखों में आँसू आ गए। सब जैसे स्तब्ध-से उस पर झुके थे। अम्मा होंठ चबा रही थीं।

"अम्मा मेरे हाथों का ख़ून धो दो..." जया आँखें बन्द किए ही रोती जा रही थी।

"किसको मार दिया बेटी, तूने किसका गला घोंट दिया ?" किसी ने बड़े प्यार से पूछा।

"वही जो हमारे मकान में किराएदार रहती थी।" जया बिलख-बिखलकर रोती रही।

एक ने दूसरे से पूछा—"कौन किराएदार ? हमारे यहाँ तो कोई किराएदार है ही नहीं। कोई अपना मकान ही नहीं है। ख़ुद बरसों से किराया दे रहे हैं और इन कमरों में पड़े हैं।"

"कौन किराएदार बिटिया, क्या नाम है उसका ?"

"किराएदार, किराएदार, अम्मा, वही जया नाम की...मैंने उसे कोयलों में मारकर गाड़ दिया अम्मा।"

लोगों ने दुख से एक-दूसरे की ओर देखा। किसी ने कहा—"बिचारी ने कोई बहुत ही भयंकर सपना देखा है। देखो न, होश ही नहीं आ रहा...मुँह पर छींटे दो...अभी चेत हुआ जाता है।"

"क्या कुछ बात हो गई थी आज ?" किसी ने जिज्ञासा से पूछा।

"कुछ नहीं जी।" अम्मा ने पीड़ा से कराहकर कहा—"इस्कूल की आज कहीं कोई

पिकनिक पार्टी बाहर जा रही थी, सो सब अटैची-फटैची तैयार करके खा-पीकर बोली, अम्मा रात को सोने की जगह मिले न मिले, मैं ज़रा लेट लूँ–रेवा आए तो मुझे जगा देना। न भी आए तो ठीक नौ बजे जगा ज़रूर देना। मैं ख़ुद ही चली जाऊँगी। सो न जाने क्या सुपना देख डाला...।

तभी कोई परिचित अपनी ऐसी ही किसी स्वप्न की घटना को बताने लगा।

जया को ऐसा लगा जैसे उसके दिल को चीरती एक रेलगाड़ी गुज़र गई हो...''अम्मा मैं जाऊँगी...मैं जाऊँगी...।''

''अभी से पिकनिक की क्या पड़ी है–अभी चुपचाप लेटी रहो।'' किसी भारी पुरुष-कंठ ने कहा, और उसे फिर दबाकर सुला दिया–''अभी साढ़े सात ही तो बजे हैं।''

पता नहीं जया ने सुना या नहीं लेकिन निढाल होकर पड़ी रोती रही–''अम्मा मेरे हाथ पोंछ दो, उनमें ख़ून लगा है....।''

सचमुच दीदी, जया द्वारा दिए गए इस वर्णन से तो मैं सिहर उठा। और तब मेरे सामने उसकी वह सूरत साकार हो आई जब वह स्टेशन पर आई थी। बड़ी बदहवास और घबराई-सी, जैसे एक-एक क़दम रखने से पहले सोच रही हो। अब गिरी-तब गिरी की चाल थी, और हर तरफ़ उखड़ी-उखड़ी-सी देखती। मुझसे आँखें मिला ही नहीं पा रही थी। बार-बार निगाहें चुराती थी। हाँफती-हुई-सी साँस, सूखे होंठ और क्षण-क्षण पर चौंक उठनेवाला मन। आँख में जैसे हर बार कुछ पड़ जाता था। हाथों में उसके चैस्टर तह किया हुआ लटका था, उसके नीचे लकड़ी की पट्टियोंवाला थैला था–बग़ल में वैनिटी बैग। अभी तक तो नहीं, लेकिन एक क्षण को तो मुझे भी लगा कहीं वास्तव में हम ऐसी ग़लती करने तो नहीं जा रहे हैं कि जीवनभर पछताना पड़े ? अभी कुछ नहीं है, अब भी लौट सकते हैं। मेरा तो कुछ नहीं है; लेकिन यह बेचारी तो अपना घर-बार, माँ-बाप, सगे-सम्बन्धियों सभी को इस तरह छोड़कर जा रही कि खुद मिलने का साहस तो इस जीवन में शायद कभी कर नहीं सकेगी।

मुझे देखकर उसने मुस्कराने की असफल कोशिश की। मुस्कराया मुझसे भी नहीं गया। दिल धाड़-धाड़ करके बज रहा था। हर क्षण लगता था कि अभी किसी ने देखा। अभी हममें से किसी को खोजता-खोजता कोई भागता चला आ रहा है–जो ऐन मौक़े पर हमें रोककर हमारी सारी योजना को चौपट कर देगा। कहीं-न-कहीं से घूमता, अभी कोई परिचित मिलता है। सबसे अधिक डर मुझे अपने मित्रों से था। वे कमबख़्त कहाँ किस परिस्थिति में मिल जाएँ, इसका कोई ठीक दुनिया में नहीं है। गला साफ़ करके मैंने बड़ी मुश्किल से कहा–''आ गईं ?''

वह मुस्कराई–जैसे रो पड़ेगी।

मैंने उसके चैस्टर इत्यादि की ओर संकेत करके पूछा–''बस ?''

सिर हिलाया, बड़े फटे-से गले ने कहा–"और क्या होता ?"

"ठीक है, सब हो जाएगा।" मैंने जैसे अपने आपको सन्तोष बँधाया।

इस बार उसकी आँखों में चमक आई–हाथ से इशारा किया। एक तरफ़ पड़ी बेंच पर एक छोटी-सी अटैची और बाँस की डलिया रखी थी–उसमें ऊपर ही तौलिया चमक रहा था। उसी से भीतर रखी चीज़ों को ढँक दिया गया था। कुली से सामान मैंने उसके पास ही–लेकिन बेंच के नीचे रखवा दिया।

"आप तो ऐसे घूम रही हैं, जैसे हमें क्या मतलब, किसका सामान रखा है।"

"तो उसे पीठ पर ही लादकर क्यों घूमा जाए ?" इस बार सूखे होंठों में भी उसके दाँत चमक उठे।

"बड़ी हिम्मत की !" मैंने उसके साहस की दाद दी।

"आपका साथ है, जो न कराए सो थोड़ा है।" उसकी आँखों में स्नेह झलमला आया। लेकिन पता नहीं कैसे, वही स्नेह पिघलते-पिघलते आँखों में भर गया और उसने टहलते हुए प्लेटफ़ॉर्म के दूसरी ओर जाकर पोंछ लिया। साफ़ मुझे लग रहा था कि उसके मन में बड़ा द्वन्द्व है। बीस-इक्कीस साल का मोह उसे खींच रहा था।

"तुम्हारे इसी पागलपन से मैं घबराता हूँ।" जब वह लौटकर आई तो मैंने उसे प्यार से झिड़का।

वह चुपचाप टलहती रही, मेरी ओर से अधिक-से-अधिक उपेक्षा दिखाती हुई। जैसे हम दो अपरिचित घूम रहे हों। उस समय भी उस नएपन और घबराहट के बावजूद मन में कहीं लगता था कि कुछ भ: असाधारण नहीं होगा। हम लोग यों ही बाई द वे चले आए हैं। मज़ाक़-मज़ाक़ में ही यह हो रहा है। कुछ ही देर बाद घर लौट जाएँगे और फिर ? फिर जैसे पहले चलता था, चलने लगेगा। कोई जान भी नहीं पाएगा कि हमने ऐसी बेवक़ूफ़ी की कोशिश की थी। मन में विश्वास नहीं आता था कि हम जो कुछ भी करने जा रहे हैं, वह सचमुच ही घटित हो रहा है।

फिर जब गाड़ी आई तो वह मज़ाक़ की भ्रान्ति झटके से टूट गई। तब कुछ-कुछ लगने लगा कि सचमुच हम जो कुछ भी करने जा रहे हैं, वह निरा मज़ाक़ ही नहीं है। लेकिन तब भी ऐसा लगा जैसे हम लोग थोड़ी देर में लौट आएँगे। यों रेल में तो रोज़ ही बैठते थे। और अब जब आठ घंटे बीत गए हैं तब भी यही लगता है कि दो-तीन दिन में लौट आएँगे।

भीतर सामान रखा गया। मैंने अपना बैडिंग ऊपर की एक ख़ाली बर्थ पर लगा दिया और उसमें से कम्बल लेकर दो जनों के बैठने लायक़ जगह घेर ली। जया ने चढ़ते समय एक बार सचेत निगाहों से चारों ओर देखा था। हाथ में एक रूमाल लेकर डिब्बे में चढ़ने के लिए दरवाज़े पर लगा लोहे का डंडा पकड़ते समय उसके हाथ की उँगलियाँ काँप रही थीं। मेरे पास बैठकर तो उसके माथे पर इस बुरी तरह पसीना आ गया था, दिल इस बुरी तरह तेज़ी से नीचे-ऊपर जा रहा था कि मुझ लगा यह चीख़-चीख़कर रो न पड़े। बैठते ही उसने लोगों के सिरों के पार दोनों ओर की खिड़कियों से प्लेटफ़ॉर्म

की भीड़ के एक-एक आदमी को ग़ौर से देखा। उनके अलावा भी जैसे किसी को खोजने की कोशिश की। प्लेटफ़ॉर्म पर लगे 'खटाउ मिल्स', 'विज़िट काश्मीर' और 'लिपटन की चाय' के विज्ञापनों को देखा। गाड़ी खिसकती रही और वह बौखलाई-सी आँखें फाड़े इधर-उधर के मकानों को देखती रही। फिर उसने एक गहरी साँस लेकर सिर झुका लिया। तभी शायद उसे आस-पास के लोगों का ध्यान आ गया। मेरी कल्पना में मेरे अनुपस्थित मित्रों की हाथ और रूमाल हिला-हिलाकर मुझे विदा देती तस्वीरें दिखाई दे रही थीं–उस नगर से हम विदा हो रहे थे।–पता नहीं कब तक के लिए !

"मेरे सिर में दर्द हो रहा है, आप यहाँ बैठिए, मैं ऊपर लेट रही हूँ।" बिना मेरे उत्तर की प्रतीक्षा किए, वह उठ खड़ी हुई। मैंने उसे सहारा दिया। खिड़की पर पाँव रखकर वह ऊपर चली गई। पाँवों में नए सैंडिल थे–मेरी कल्पना में एक क्षण को कोंधा–कोई और समय होता तो इन पाँवों में शायद महावर की सुर्ख़ रेखा होती। इतने दिनों में आज मैंने उसका इतने निर्मुक्त भाव से शरीर छुआ था। मेरा शरीर सिहर उठा। उसने ऊनी चादर निकालकर ओढ़ ली और दीवार की ओर मुँह करके लेट गई। मैं समझ रहा था–यह उसके कठिनतम परीक्षा-कालों में से एक है।

"कुछ पढ़ने को दूँ ?" मैंने उसके सिरहाने की ओर खड़े होकर पूछा।

"नहीं," गला रुँधा था।

"बाम वग़ैरा देखूँ ?" मैंने सहानुभूति से पूछा।

"मुझे चुपचाप सो जाने दो।" उसका गला काँप रहा था।

"देखो, ये बेवक़ूफ़ी करोगी तो ठीक नहीं होगा। समझदार होकर ऐसा करती हो।" मैंने फुसफुसाकर बिलकुल उसके कान के पास मुँह रखकर प्यार से डाँटा।

उसने कुछ जवाब नहीं दिया। मैंने बैठकर एक पत्रिका देखने के लिए निकालकर जाँघ पर रखी ही थी कि पास के एक लालाजी-नुमा व्यक्ति ने उसे निस्संकोच उठाकर पढ़ना शुरू कर दिया। झुँझलाकर मैंने दूसरी किताब निकाल ली।

आप विश्वास नहीं करेंगी दीदी, पुरुष कितना स्वार्थी और हर चीज़ को कितना अपने ही दृष्टिकोण से देखनेवाला प्राणी है, यह मैंने तभी जाना। जो नारी के लिए कठिनतम परीक्षा-काल होता है, जब वह जीवन और मृत्यु के द्वन्द्व में झूल रही होती है, तब पुरुष क्या सोच रहा होता है, इसका वास्तविक विश्लेषण किया जाए तो मनोवैज्ञानिक दंग रह जाएँगे। गाड़ी के हिलने के साथ जया का शरीर हिल रहा था और मैं जानता था कि वह सिसक रही है या भरसक अपने हृदय के उबाल पर वश पाने का प्रयत्न कर रही है, फिर भी मैं सोच-सोचकर पुलक रहा था कि कैसा यह एक वाक्य का विनिमय था–एक अंडरस्टैंडिंग थी–कि एक बिलकुल अपरिचित–जिसका और मेरा शायद इस हद तक विश्वास का कभी कोई सम्बन्ध नहीं रहा। अपने जीवन को यों मेरे हाथों में निश्छल रूप से सौंपकर साथ चली आई है। जया अब मेरी है ! बिलकुल मेरी ! मेरे भीतर की युग-युग की पतित्व–सीधे शब्दों में स्वामित्व–की भूख सन्तुष्ट हुई। कितने अधिकारपूर्वक जया ने कहा था–"मैं ऊपर लेट रही हूँ।" जैसे इसमें मेरी इच्छा

जानने की ज़रा भी ज़रूरत नहीं है। यदि बिना इस तरह के समझौते के वह मेरे साथ आती तो क्या यों ऊपर जाकर सो सकती थी ? कभी नहीं ! जहाँ तक वश चलता, ऊपर ख़ाली जगह होने पर भी वह नीचे ही बैठी रहती, और जब असह्य हो उठता तो झेंप-झिझककर और शरमाकर पूछती—"अगर आप सो नहीं रहे हों।" या "अगर आप माइंड न करें।" "अगर आप कहें तो मैं कुछ देर ऊपर जाकर लेट जाऊँ। सिर में ज़रा दर्द बहुत हो रहा है" इत्यादि।

तो दीदी, यह मेरे इस जीवन का प्रारम्भ है। अब देखिए, आगे-आगे होता है क्या। वहाँ ठीक होते ही मैं आपको बुलाऊँगा, आएँगी न ? नहीं आएँगी तो समझूँगा कि आप भी मुझे नहीं समझीं। दीदी, ऐसे कामों में अम्मा इत्यादि का नहीं तो आपका आशीर्वाद और प्रोत्साहन साथ रहना ही चाहिए।

अपने हाल-चाल लिखिए। मुझे तीसरे दिन पत्र हर हालत में मिल जाना चाहिए। आशा है आपके 'वे' भी स्वस्थ-प्रसन्न हैं। हमारे दोनों के प्रणाम कहिए। आपके आशीर्वाद की राह देखेंगे...

आपका ही,
शरद"

इब्तदाए इश्क़ है

''किसी चीज़ की ज़रूरत हो तो आप निःसंकोच माँग लीजिए'' सूरजजी ने दरवाज़े के पास आकर कन्धे उचकाते हुए कहा—''और माँगने का सवाल ही क्या है, कोई सब कुछ बाँधकर तो आप लाए नहीं होंगे। मैंने देखा आप सामान लाए ही नहीं हैं। ख़ैर, जो भी चाहें बेझिझक सूरजजी से माँगिए।''

शरद ने आँख से जया को इशारा किया। रास्ते में और लोगों का परिचय कराते हुए उसने इनका परिचय इन शब्दों में दिया था—''और एक हैं वहाँ सूरजजी, जब दुनिया में किसी के पास कुछ काम न हो तो मज़े में उनके साथ दो-चार घंटे काट दे, या कहो, उनका साथ हो जाने पर दुनिया में किसी काम लायक़ आप रह ही नहीं जाते। आदमी वैल-इनफ़ॉर्म्ड, पढ़ा-लिखा ज़रूर है; लेकिन आप तैयार हों या नहीं आपके ऊपर वह अपनी राय ज़रूर सुना देगा। पहली बार मिलने पर ही उन्होंने मुझे भी एक लैक्चर पिला डाला, और मेरे बारे में ऐसे-ऐसे आविष्कार कर डाले जिनका स्वयं मुझे पता नहीं था।''

सूरजजी को सामने देखकर शरद ने कहा—''आइए सूरजजी, कुछ कर तो नहीं रहे न, आइए, मैं इनसे परिचय कराऊँ।''

''नहीं-नहीं, मैं आप लोगों को डिस्टर्ब नहीं करना चाहता।'' उन्होंने वहीं दोनों हाथों के पंजे फैला दिए। वे ज़रा झेंपे। जया सँभल गई—वह थकी हुई अस्त-व्यस्त सुस्त बैठी थी। इधर-उधर से साड़ी ठीक की, पल्ला सिर पर सँवारा।

''अरे, आइए भी, क्या डिस्टर्ब होना।'' शरद ने अनुरोध किया, और जया के मनोरंजन के लिहाज़ से ही कन्धे पर हाथ रखकर उन्हें भीतर ले आया। वे जैसे तैयार थे ही।

''देखिए, ये मेरी साथिन जया और आप देशबन्धुजी के 'बिगुल' के असली सम्पादक।'' शरद उनकी ओर देखकर मुस्कराया।

''अरे भाई, असली-नक़ली क्या ? जो हैं सो वे ही हैं, हम लोग तो क्लर्क हैं।'' फिर जीभ से लगातार दाँतों में फँसा पान का एक तिनका निकालते हुए नम्र स्वर में पूछा—''आप क्या अभी तक पढ़ रही थीं ?''

''जी नहीं, एक स्कूल में पढ़ाती थी बच्चों को,'' सिर झुकाकर लजाते हुए उसने इस तरह झेंपे स्वर में उत्तर दिया जैसे चोरी करते पकड़ी गई हो।

''ओः गुड्ड ?'' सूरजजी प्रसन्न हो गए—''मैं तो बिलकुल इस बात के पक्ष में हूँ

कि स्त्रियों को हर लाइन में आकर अपने व्यक्तित्व को चौमुखा विकास देना चाहिए। बहुत काफ़ी वक़्त हो गया उन्हें पुरुषों के सिर घर बैठ खाते-खाते। अच्छा शरद बाबू, आप एक काम क्यों नहीं करते ?''

शरद ने प्रश्न-दृष्टि से उधर देखा।

''अपने देशबन्धुजी हैं न, ये लड़कियों के हायर-सैकेंडरी स्कूल के मैनेजर हैं—मैनेजर क्या सर्वेसर्वा हैं। बहुत जल्दी ही वह एक विशाल कॉलेज बनने जा रहा है। बड़ी आसानी से वे इन्हें जगह दिला देंगे। मज़े में ये वहाँ पढ़ाएँगी। वैसे भी इस समय ख़ाली बैठे-बैठे ये इस-उसकी बुराई ही तो करेंगी।—स्त्रियों के पास और काम ही क्या है ?'' कहकर सूरजजी हँस पड़े—शरद ने भी साथ दिया। सूरजजी फिर बोले—''आपने एक मज़ाक़ सुना है ?''

दोनों की उत्सुक आँखें उधर उठीं—नहीं !

''एक बार गप्पियों की अन्तर्राष्ट्रीय बैठक हुई—प्रतियोगिता थी कि जो सबसे बड़ी गप्प सुनाएगा वही पुरस्कार पाएगा। लोगों ने असम्भव से असम्भंव गप्पें सुनाईं, लेकिन जब एक सज्जन ने माइक पर आकर कहा—'भाइयो, एक बार दो स्त्रियाँ एक पार्क में एक ही बेंच पर बैठी थीं; लेकिन पन्द्रह मिनट जब उनमें से कोई एक दूसरे से नहीं बोली तो—' उनके इतनी बात पर ही सभापति ने उठकर बात बीच में रोक दी और कहा—''बस आगे कुछ भी कहने की ज़रूरत नहीं है। क्योंकि इससे बड़ी गप्प अब कुछ नहीं हो सकती कि दो स्त्रियाँ एक ही बेंच पर इतने समय बिना एक-दूसरी से बोले बैठी रहीं, इसलिए आज का इनाम इन्हीं सज्जन को दिया जाता है।''

सूरजजी की इस बात पर दोनों ही ज़ोर से हँस पड़े। जया ने मुस्कराते हुए कहा—''वाह, जैसे हमें कुछ और काम ही नहीं है।'' उसे इस व्यक्ति का खुलापन, विनोदी स्वभाव वैसा नहीं लगा जैसा शरद ने चित्रित करने की कोशिश की थी। शरद और सूरजजी खड़े थे। बिस्तरबन्द खाट पर खुला था और जया उस पर बैठी थी। उसने ध्यान आने पर ज़रा-सा उठने की कोशिश करते हुए कहा, ''आप बैठिए न !''

''नहीं-नहीं, ठीक हैं हम।'' सूरजजी ने कहा, फिर शरद की तरफ़ घूमकर कहा—''अच्छा, शरद बाबू आपकी समझ में आ जाए तो एक बात बताऊँ। और वैसे आप जानते ही हैं सूरज कोई बेकार बात बताता नहीं है। ज़रा चलिए न, अपने उस कमरे में—आपको चाय-वाय पिलाकर तरोताज़ा कर दिया जाए। वहीं बात करेंगे। क्यों जयाजी, आपको कोई आपत्ति तो नहीं होगी...?''

इस अप्रत्याशित निमन्त्रण पर दोनों ही सकपका उठे। दोनों में दृष्टि का विनिमय हुआ। फिर जया ने नम्रता से कहा—''हम लोग वैसे स्टेशन पर ही काफ़ी नाश्ता कर आए हैं।''

''जी हाँ, वह तो मुझे मालूम है। हर नया आदमी नहाने-धोने से लेकर खाने-सोने और सिनेमा देखने तक का काम स्टेशन पर ही करके आता है।'' फिर शरद के कन्धे पर बड़ी मित्रता से हाथ रखकर वे उसे बाहर ले चले—''आज तो आप हमारे मेहमान

हैं।''

शरद थोड़ी दूर तो चला गया, लेकिन अचानक ध्यान आ जाने पर रुककर मुड़ा—''आ जाओ न जया, अरे, तुम तो बैठी ही हो। अब सूरजजी का कहना ही सही। पड़ोस में रहना है आख़िर।''

''हाँ, आइए न, आप क्यों बैठी रह गईं ?'' सूरजजी ने भी घूमकर कहा।

जया बड़े कष्ट से उठी। असल में वह सफ़र से थक गई थी। ये लोग आगे निकल गए थे। उसने बाहर पड़े पर्स को तकिए के नीचे घुसा दिया और साड़ी को नए सिरे से ठीक करके बाहर निकली। किवाड़ों में ताला बन्द कर दिया।

बीच में चार-पाँच फ़ुट की गली-सी छोड़कर एक बिलकुल इसी बनाव के क्वार्टर का दरवाज़ा सूरजजी खोल रहे थे। बादल अभी ज़रा-से हटे थे और बरसात की धूप बड़ी तेज़ थी। देशबन्धुजी के स्वदेश महल का झंडा, एरियल के बीच में लहरा रहा था। एरियल पर ढेर-ढेर तोते लाइन लगाए झूल रहे थे। उधर धूप नहीं थी। इस ओर पड़नेवाले हिस्से के ऊपर की बालकनी में कोई महिला मूर्ति झाँक रही थी। इधर सें सूर्य उधर ही पड़ता था, इसलिए जया अधिक नहीं देख सकी। इधर-उधर बिछे हुए लॉन, क्यारियाँ और मेंहदी की लाइनें आँखों को सुखद लगती थीं। अभी यहाँ की किसी भी चीज़ के प्रति जया कोई धारणा नहीं बना पाई थी। वे लोग दरवाज़ा खोलकर भीतर घुस गए थे। आहूजा वकील की ओर सफ़ेद चमकते मकानों की लाइन में प्रेस और बिगुल का ऑफ़िस है, यह शरद ने जया को बता दिया था। जया सूरजजी के दरवाज़े पर आ गई।

''आइए, बाहर ही कैसे रह गईं ?'' सूरजजी ने कहा।

कमरे में बाँस की तीन कुर्सियाँ और एक ईज़ी-चेयर पड़ी थी—बीच में गोल छोटी मेज़। फ़र्श सीमेंट का ही था और उस पर कुछ भी नहीं बिछा था। ईज़ी चेयर के ऊपर ही एक आलमारी थी और उसके पल्ले खुले थे। सबसे ऊपर के दो ख़ानों में किताबें, तीसरे में किताब-कॉपियाँ, डायरियों के अतिरिक्त एक ओर टॉयलेट का सामान भी था—शेविंग ब्रुश, शीशा, तेल की शीशी इत्यादि। नीचे के ख़ाने में जूते, रन्दा-वसूला और अन्य आड़े-तिरछे क़िस्म के औज़ार रखे थे। दीवार में बाईं ओर को लगभग पूरी दीवार को घेरता हुआ एक दुनिया का नक़्शा टँगा था। एक ओर कोडक फ़िल्म के विज्ञापन का कैलेंडर था जिसमें एक अर्धनग्न युवती विशाल फैले सागर से निकलकर किनारे की ओर आ रही थी। सामने बरामदेवाला दरवाज़ा खुला था, और उस ओर अलगनी पर तौलिया इत्यादि टँगे दिखाई दे रहे थे।

''देशबन्धुजी ने सारे मकान क्या एक ही डिज़ाइन के बनवा रखे हैं ?'' जया ने कमरे में घुसते ही कहा।

शरद इस समय सूरजजी की आलमारी के पास आ गया था। उसने ग़ौर से पुस्तकों पर आँखें गड़ाए हुए उस खुले पल्ले को और भी खोल लिया।

''शरद बाबू, आप बुरा ज़रूर मानेंगे, लेकिन देखिए हर आदमी के व्यक्तित्व का

एक न एक हिस्सा ऐसा होता है जिसे दूसरों के सम्मुख रखने में वह हिचकिचाता है—अपने घनिष्ठ-से-घनिष्ठ और अभिन्न-से-अभिन्न के सम्मुख भी। मैं यह आलमारी किसी को नहीं देखने देता।" सूरजजी के मुँह पर बड़ी विवशता और कातरता थी।

शरद को कुछ ऐसा अभ्यास हो गया था कि वह सूरजजी के द्वारा कही गई गम्भीर-से-गम्भीर बात को भी ज़रा विनोदपूर्ण ढंग सुने। उनकी इस बात से उसे बहुत आश्चर्य हुआ। पल्ला उसने छोड़ दिया और खेद के स्वर में कहा—"सॉरी, सूरजजी मुझे मालूम नहीं था।" वह कुर्सी पर आ बैठा। मन कुछ खिन्न और उखड़ा-उखड़ा-सा हो उठा। उसे लगा अब वातावरण गम्भीर होता जाएगा।

"हाँ, यह तो बिलकुल ठीक है, हर नए आदमी को सभी बातें कैसे मालूम हो सकती हैं ?" सूरजजी ने बिलकुल ऐसे कहा जैसे कोई बात नहीं हुई और वे पीक थूकने भीतर चौक में चले गए। शरद और जया ने आश्चर्य से एक-दूसरे की ओर और आलमारी की ओर देखा। सूरजजी ने लौटते हुए कहा—"अब मैं यहाँ एक तख़्ती लिखकर लटकानेवाला हूँ। मेरे एक दोस्त बहुत बड़े और अच्छे साहित्यकार हैं। दिन-भर मिलनेवाले लोग उन्हें तंग करते रहते थे और हर वक़्त कोई-न-कोई बैठा ही रहता था। न खाने जा पाते, न नहाने। बेचारे इसी डर के कारण रात को दो-तीन बजे लिखते-पढ़ते। लेकिन इसके लिए ज़रूरी था कि आदमी दो-तीन घंटे दिन में सोए। लेकिन यार लोग सोने की फ़ुर्सत ही क्यों देने लगे। शिष्टता के नाते मना भी नहीं कर सकते—ज़रा भी बात करने में या मिलने में अनिच्छा दिखाएँ तो घोर घमंडी घोषित किए जाएँ। भीतर बैठे हैं, अगर मना करवा दें तो लोग बड़ा आदमी या 'महान' कहने लगें। बहुत ही परेशान थे बेचारे। आख़िर उन्हें एक तरकीब सूझ ही गई। वे कुछ पट्टियाँ बनवाकर लाए, उनमें किसी पर लिखा था—'आपकी बड़ी कृपा होगी, यदि आप मुझे केवल घंटे-भर लिख लेने दें।' या 'मैं इस समय सो रहा हूँ, कृपया मुझे जगाएँ नहीं।' अब जो काम करना होता वही पट्टी लटका देते। तब कहीं जाकर उन बेचारे को साँस लेने को वक़्त मिलता।"

जया ने इधर-उधर देखकर मुस्कराते हुए पूछा—"तो इस वक़्त आपने कौन-सी पट्टी लटका रखी है ?"

सूरजजी हँसे, बोले—"आज बनवाकर लाऊँगा। मेहमानों की ख़ातिर कर रहा हूँ, कृपया विघ्न न डालें।" वे फिर हँस पड़े। जया ने हँसने और शरद ने होंठों में ही मुस्कराकर उनकी बातों में विनोद लिया। असल में शरद इतनी जल्दी प्रकृतिस्थ नहीं हो पाया था। उत्सुकता थी कि आलमारी में ऐसी क्या व्यक्तिगत चीज़ थी जो देखने से ही ख़राब हो जाती ? उसे देशबन्धुजी के शब्द याद आ गए कि आदमी कुछ क्रैक है। उसके मन में हलकी-सी विरक्ति जागी।

जया खड़ी ही चारों ओर देख रही थी। भीतर जाते हुए मुड़कर सूरजजी ने कहा—"आप बैठिए न, खड़ी क्यों हैं !"

उसके जाते ही शरद ने कहा—"आदमी कुछ सनकी है, थोड़ा झक्की।"

"इंटरैस्टिंग है।" जया कुर्सी पर बैठकर ज़रा झुकी और बरामदे में देखने का प्रयत्न करते हुए बोली। उसने अपना पल्ला जिसका सिरा सिर के ऊपर से लगातार दाँतों में दबा रखा था, कमर के पास खींचकर कन्धे पर ठीक किया।

"पहले पहले मुझे भी लगा था। लेकिन देख लेना, जब तुम चलोगी तो ज़रूर तुम्हारे बारे में अपनी राय देगा !" शरद बोला।

"तो इसमें बुरा मानने की क्या बात है ? हर आदमी दूसरे के बारे में अपनी राय बनाता है; यह शायद उसे कह देते हैं। हम लोगों ने इनके बारे में अपनी राय नहीं बतलाई है ? और सभी को अपनी-अपनी राय देने की आज़ादी है। दादा, आप तो हर बात से तिनक जाते हैं। अपनी चीज़ है, कोई नहीं देखने देता।" जया ने विद्वानों की तरह कहा।

"तुम मुझे यहाँ मरवाओगी ! दादा-वादा कहोगी तो एकाध झापड़ मार दूँगा।" शरद मुस्कराया। उसने बनावटी क्रोध से उधर देखा। निगाह मिलते ही दोनों बड़े अर्थपूर्ण ढंग से मुस्कराए, फिर हँस पड़े। जया लज्जा से कट गई और दरवाज़े से बाहर देखने लगी। उसके गालों पर मुस्कराहट से गड्ढे उभर आए थे। खुले दरवाज़े से दूर पर प्रेस का ऑफ़िस इत्यादि दिखाई देते थे। ज़रा झाँककर देखने पर देशबन्धुजी की इस कोठी की बाउंड्री का गेट और सड़क भी। बाहर धूप-छाँह का खेल हो रहा था। कभी छाँह सिमटती पास आ जाती कभी धूप उसका पीछा करती उसे दूर खदेड़ ले जाती। सड़क पर रह-रहकर कोठी में आती-जाती या गुज़रती कारें, भूसा लादे बैलगाड़ियाँ, या छाता लगाए आदमी छोटे-छोटे से दिखाई देते। एक कुर्सी पर एक सचित्र अख़बार पड़ा था, शरद उसे उठाकर देखने लगा। जया कहीं गहरी डूब गई। उधर देखते हुए ही उसने पूछा—"शाम के खाने का क्या होगा ?" उसकी चिन्ता गहरी होकर भावों के रूप में सिकुड़ आई थी।

"यही मैं सोच रहा हूँ।" शरद ने भी उसी चिन्तित स्वर में कहा। वह पत्रिका देखता रहा।

"आपने शेक्सपियर की वे लाइनें पढ़ी हैं जब हैमलेट कहता है कि सोचने में ही दिमाग़ का सारा रस निकल जाता है, और आदमी काम कुछ नहीं कर पाता। शाम तो अभी बहुत दूर है। और कुछ न हो तो कोठी के दूसरेवाले सिरे पर एक कैंटीन है; लेकिन वह खुलता ऑफ़िस टाइम में ही है।"—सूरजजी कह रहे थे। शायद उन्होंने शरद की बात सुन ली थी।

जया ने सिर घुमाकर देखा—कमरे के सामने बरामदे में आस-पास कुछ डिब्बे-डिब्बियाँ इधर-उधर रखे हुए सूरजजी स्टोव में स्पिरिट डालकर दियासलाई घिस रहे थे। एक ओर एक डलिया रखी थी जिनमें प्याज़ के कुछ गट ्टे, सूखा-सा हरा धनिया, और काफ़ी आलू भरे थे। ऊपर एक आधा-बन्द चाक़ू पड़ा था। जया ज़रा अस्त-व्यस्त हो उठी। उसने खड़े होकर उधर चलते हुए कहा—"ये आप क्या कर रहे हैं; लाइए, ये काम तो हम लोगों के हैं।"

"नहीं-नहीं जयाजी, आप वहीं बैठी-बैठी देखती रहिए। कोई ऐसी-वैसी चीज़ खिलानी होती तो कैंटीन का बासी-तिबासी बिस्किट-केक कुछ भी मँगवाए जा सकते थे। आज आप सूरज के हाथ का भी तो खाना देखिए।" स्टोव से लपटें निकल रही थीं। एक हाथ से स्टोव दूसरे से पम्प पकड़े वे लपटों से अपना सिर बचाते हुए बोले—"आप लोगों ने तो सारे काम हमारे ही ऊपर छोड़ दिए हैं, कुछ और रह गए हैं सो उन्हें और छोड़ देंगी।"

जया का चेहरा लाल पड़ गया। शरद ने आँख उठाकर उधर देखा, और फिर पत्रिका को देखने लगा। जया दरवाज़े पर खड़ी थी, बोली—"अच्छा आप हटिए।"

शरद की इच्छा हुई ज़ोर से कह दे, 'क्यों ज़िद कर रही हो', लेकिन एक बार और पलक उठाकर देखने के सिवा उसने कुछ नहीं किया।

"देखिए श्रीमती जयाजी, सूरज इसलिए तो आपको बुलाकर लाया नहीं है। आप चुपचाप देखती जाइए, सूरज क्या-क्या बनाता है, कैसे-कैसे बनाता है। फिर आपको मालूम क्या कि मैं आपकी ख़ातिर किस चीज़ से करनेवाला हूँ ?" स्टोव में हवा भर चुकने के बाद उन्होंने कहा।

"यह तो अच्छा नहीं लगता—आप बताते जाइए न।" जया ने अनुरोध किया और एक निगाह भीतर सारे मकान में घुमाई।

"अच्छा, नहीं मानतीं तो लीजिए यह आलू छीलिए। वैसे यह अच्छा नहीं लगता कि दस मिनट के परिचय में ही आपसे आलू छिलवाने लगूँ।" सूरजजी बोले और वे बरामदे के सिरेवाले कमरे में कुछ लेने चले गए।

"बेकार ज़िद कर रही हो, वह किसी की नहीं मानेगा। जो इच्छा हो सो करने दो।" उसके जाते ही शरद ने अपनी झुँझलाहट निकाली।

"यह भी तो फिर अच्छा नहीं लगता कि ठाठ से बैठे देखते रहें। थोड़ी बहुत हैल्प तो करनी ही चाहिए।" जया बैठकर आलू छीलने लगी—दिमाग़ में आने लगा यही सब प्रबन्ध अपने लिए भी करने हैं। बोली—"आप तो रौब से बैठे अख़बार पढ़ रहे हैं।"

शरद ने ज़ोर से अख़बार बन्द कर दिया—मुस्कराने का प्रयत्न करते हुए पूछा—"कहिए, क्या करूँ ?"

"बैठिए और मुझे देखिए ! हाँऽऽ नहीं तो—।" आलू छीलते हुए ही उसने झिड़का।

"—कि कितनी ख़ूबसूरत हैं।" शरद ने वाक्य पूरा किया।

"जी नहीं, देखिए कि आलू कैसे छिलते हैं। सारा खाना साथ बनवाना पड़ेगा, समानता के उपदेश तो बड़े ज़ोर से दिए हैं, अब प्रैक्टिकल का वक़्त आया है।" जया की आँख चमकने लगी थीं। हाथ आलू छील रहे थे। उसने सामनेवाले कमरे की ओर देखा। स्टोव सायँ-सायँ कर रहा था।

एक हाथ में छोटी-सी कनस्टरी और दूसरे हाथ में एक जालीदार पलटा, फ्राइंगपैन इत्यादि लिए हुए सूरजजी चले आ रहे थे।

"आप सच में, बेकार तकलीफ़ कर रहे हैं। ख़ातिर ही करनी थी तो कहीं और

चलकर कर लेते, किसी और दिन कर लेते। इतना सब करने की क्या ज़रूरत थी ?" जया ने सहानुभूति और खेद से कहा।

पास आकर वे बोले—"शरद बाबू, सूरज हर काम को अपने हाथ से ही करने में विश्वास करता है। आप प्रोफ़ेसर हैं, कलक्टर हैं या जो भी कुछ तीसमारख़ाँ हैं, अब यह सब आपकी छाती पर इतना अधिक क्यों सवार रहता है कि आप एक मिनट को भी स्वच्छन्द और उन्मुक्त साँस नहीं ले सकते ? रास्ते में चले जा रहे हैं तो ऐसे जैसे किसी ने चाबी भरकर सरका दिया हो। यहाँ तो सिद्धान्त ही यह है कि आदमी जहाँ भी रहे, ज़रा चहचहाता न रहे तो उसका होना न होना बेकार है।" फ्राइंग पैन को उन्होंने स्टोव पर रखकर उसमें कनस्टरी से घी डाला, फिर पलटे के पिछले हिस्से से दो-एक डिब्बे खोले, बन्द किए और आख़िर बरामदे के एक ओर रखी बाल्टी में तैरते पानों के पास जा पहुँचे।

जया उनकी हर हरकत को ग़ौर से देख रही थी। इधर-उधर देखकर ही अपनी न जाने किस अद्भुत शक्ति से उसने समझ लिया कि यह आदमी बहुत काफ़ी समय से स्त्री के साथ से वंचित है और यही शायद इसकी नियति हो गई है। आलमारी न छूने देने की बात से उसकी जिज्ञासा उधर ज़रूर बढ़ी, लेकिन उसे शरद का वह व्यवहार अत्यधिक स्वच्छन्दता बरतना लगा। अधिकतर अभी तक उसने ऐसे लोगों को ही देखा था जिनसे परिचय धीरे-धीरे गहरा होता जाता है—खुलता है, लेकिन न जाने क्यों इस व्यक्ति से तीसरे ही मिनट ऐसा लगने लगा जैसे काफ़ी दिनों से जाने-पहचाने एक व्यक्ति से मिले हों। वैसे कहना तो लोगों का यह है कि जो आदमी एकदम खुलने की कोशिश करे वह विश्वसनीय नहीं होता। लेकिन यह बनी-बनाई कहावत उसे यहाँ फ़िट करना इस नए आदमी के प्रति अत्याचार लगा। ख़ैर, अब तो यहाँ हैं—अब क्या होगा ? और सब सामान कहाँ से आएगा ? पीछे क्या हो रहा होगा ? इत्यादि प्रश्नों और समस्याओं को जैसे वह एकदम भूल गई थी। और बातचीत के सिलसिले में शरद उस ओर संकेत न कर देता तो शायद उसे इन सबका ध्यान भी न आता।

वे लोग एक बड़ी-सी प्लेट में ऊपर तक पकौड़े-मँगोड़े और भजिया रखकर उस गोल मेज़ के चारों तरफ़ बैठ गए थे और सामने रखे प्यालों में जब चाय का दूसरा दौर समाप्त हुआ तो शरद ने कहा—"आज तो शायद शाम को भी ज़रूरत नहीं पड़ेगी।"

"और कल के लिए इसमें से बच ही जाएँगी, है न ?" जया ने पकौड़ा मुँह में रखकर कहा—"ऐसे काम नहीं चलेगा, अब गृहस्थी की चीज़ें इकट्ठी कीजिए।"

"देखिए, शरद बाबू, सूरज में एक और विशेषता है, वह है चीज़ को भाँप जाने की। वह किसी से कुछ कहे या न कहे लेकिन भाँप हर चीज़ को जाता है। सच बात तो यह है कि मुझे आप दोनों में से कोई ऐसा नहीं लगता जिसने ज़िन्दगी में गृहस्थी का कभी मुँह देखा हो।" एक हाथ में प्याला और एक बड़ी-सी भजिया लेकर दुनिया के नक़्शे को देखते हुए वे बोले।

शरद और जया दोनों चौंक गए। उन्होंने एक साथ झटके से सूरजजी की ओर

देखा। वे एकटक गम्भीर होकर सामने देख रहे थे। होंठों पर ज़रा भी व्यंग्य नहीं था। शरद भी गम्भीर हो गया। उसने बताया–"जी हाँ, सो तो ठीक है। हम लोगों की शादी अभी हुई है। और हाँ, सूरजजी एक कष्ट आपको देना है, आज सन्ध्या को आप हमारे साथ ज़रा बाज़ार तक चल सकेंगे ? आपके क्रेडिट पर कुछ चीज़ें लानी हैं ताकि आपकी ख़ातिर के बोझ को लौटा सकें। वर्ना अब तो हालत यह है कि क्वार्टर में बाबा आदम के ज़माने की एक खाट पड़ी है–और शायद हफ़्ता-भर पहले ही केशवजी ने मेरे लिए कमरा झड़वा दिया था। बिजली न होना भी बड़ी दिक़्क़त पैदा करेगा।" शरद चिन्तित स्वर में शिकायत करता-सा बोला।

"तो एक काम आप क्यों नहीं करते ?" सूरजजी ने समझाया–"आपको सीधे देशबन्धुजी से मिल लेना चाहिए, और तब आप अपनी सारी बातें उन्हें बताइए। सुबह से मिले तो नहीं होंगे न ?"

"कहाँ मिलना हो सका ? आते ही चिट भिजवाई थी कि जब भी फ़ुर्सत हो मुझे बुलवा लें। अभी तक तो बुलवाया नहीं है। शायद बहुत ज़्यादा बिज़ी हैं। ऐसे ही रहते हैं क्या ?"

"ख़ैर, उनके बिज़ी होने का तो कहना ही क्या है। शायद चीफ़ मिनिस्टर का भी चक्कर दो-एक दिन में किसी दिन इधर लगनेवाला है। वैसे तो और सारी बातें तो आप उस दिन तय कर ही गए होंगे ?"

"कहाँ ?" उत्तर दिया जया ने–--सारा रोना तो यही है, कोई बात भी तो नहीं तय की। न तनख़ा, न रहना, न सहना–कुछ भी नहीं। कोई क्लासफ़ैलो मिल गई थी, बस उससे ही गप्पें लड़ाते रहे। और मुझे ले आए हैं। इन्हें तो कोई मिल जाना चाहिए, ऐसा बातूनी साथी; फिर सुध-बुध नहीं रहती दीन-दुनिया की।" जया के स्वर में शिकायत थी, और वह अपनी बात ऐसी कुटिल मुस्कराहट में लपेट-लपेटकर कह रही थी जैसे पति की स्वच्छन्दताओं से लम्बे अरसे से परेशान एक पत्नी हो। बात ख़त्म करके उसने होंठ एक ओर सिकोड़कर सिर झटका।

"“भाई, जयाजी, क्लासफ़ैलो की तो बात ही और है।" सूरजजी शरद को देखकर, रहस्यपूर्ण ढंग से मुस्कराए। फिर अचानक बुजुर्गों की-सी गम्भीरता से बोले–"शरद बाबू, की तो आपने यह बहुत बड़ी ग़लती ही। इन बातों में तो बहुत ही बिज़नैस-लाइक रहने की ज़रूरत है, समझे। तनख़ा तक भी तो तय नहीं की आपने, और आप चले आए ?"

मन-ही-मन तो शरद को भी शुरू से ही महसूस हो रहा था कि उसने बहुत बड़ी ग़लती कर डाली है, लेकिन यह बात उस समय से उसे ज़्यादा तीव्रता से व्याकुल करने लगी थी, जब यह सब बताने पर जया ने कुछ प्रश्नों को उसके सामने रख दिया था। जया की यह बात सुनकर उसे कुछ बुरा भी लगा था कि–"वकालत आप कैसे करेंगे ?" सचमुच आश्चर्य उसे इसी बात का था कि कैसे उससे इतनी बड़ी बेवक़ूफ़ी हो सकी ? उसने अपराधी की तरह कहा–"अब तो जो भी हो गया सो हो गया, सूरजजी अब बताइए क्या करें ? देखिए, यहाँ हम तो किसी को जानते नहीं हैं, न हमें मालूम कि

कैसे क्या होगा ? आप ही हमें गाइड कीजिए।"

"तो ख़ैर, कोई बात नहीं, आप मिलकर पहला काम यह कीजिए कि इन सब प्रबन्धों का ज़िक्र कीजिए। कुछ रुपया माँगिए, बिजली के लिए कहिए, और साफ़ या बातों-बातों में यह पता लगाइए, देंगे क्या ?"

सूरजजी की सलाह को शरद ने आज्ञाकारी बच्चे की तरह सिर हिला-हिलाकर स्वीकार किया। सब कुछ बता देने के बाद वे बोले—"हाँ, अब पहली बात पर आइए, आपको सामान दिलाने की। अच्छा, एक बात है, शरदजी, आप क्या सचमुच जानते हैं कि आपको किस-किस चीज़ की ज़रूरत पड़ेगी ? मुझे तो लगता है कि जयाजी की ज़िन्दगी लड़कियों को बहकाने में गई है और आपकी सिर्फ़ वकीलों से बहकने में। अच्छा, आपके विवाह को कितना वक़्त हो गया होगा ?"

फिर दोनों ने सकपकाई निगाहों से एक-दूसरे की ओर देखा। जया ने सिर झुका लिया। शरद मुँह में एक पकौड़ा रख रहा था—उसने जल्दी से उसे मुँह में भरकर इस तरह चबाना शुरू कर दिया, जैसे मुँह की चीज़ ख़त्म हो जाए तो वह जवाब दे। वह सोचने का समय चाहता था। चाय का एक घूँट भरकर कुछ गला साफ़ कर वह बोला—"हम लोगों की ?—शादी तो हम लोगों की पहले हुई, लेकिन...लेकिन समझिए विवाहित जीवन की शुरुआत अब हो रही है..."

"हाँ, सूरजजी का भी अन्दाज़ यही था कि आप ज़िन्दगी यहीं से शुरू कर रहे हैं।" सूरजजी ने अपनी ओर से कहा—और ज़रा उत्साह से बोले—"शॉ ने शादी के बारे में क्या कहा है, जानते हैं ? उसने कहा है—पुरुष को चाहिए कि जब तक हो सके, इस बला को टाले, इससे दूर रहे। और स्त्री को चाहिए, जितनी जल्दी हो सके शादी कर डाले...।"

"तो शायद आप इसीलिए इस बला से दूर हैं ?" जया बात काटकर बोली और उसने मुस्कराकर शरद की ओर देखा। अपने विवाह के विषय में साफ़ बात कहने की शरद को जो झिझक थी, उससे वह ज़रा खिन्न हो रही थी, फिर भी मज़ाक़ करने के अवसर को नहीं छोड़ सकी।

सूरजजी ने इतने ज़ोर से क़हक़हा लगाया कि दीवारें और छत सब फटते-से लगे। शरद को लगा, यह हँसी हृदय की हँसी नहीं है। जब वे चुप हुए तो पाया कि दोनों की उत्सुक आँखें उन्हीं की ओर लगी हैं। उन्होंने सोचकर कहा—"हाँ तो, मैं क्या कह रहा था...? शरद बाबू, मुझमें एक बुराई है। बात बहुत जल्दी भूल जाता हूँ।" माथे पर दो-तीन बार उन्होंने उँगली ठोंकी, लेकिन बात याद नहीं आई। प्रयत्न करना उन्होंने एक झटके से छोड़ दिया—"ख़ैर छोड़िए, तो शरदजी, आलमारी की बात पर आपने बुरा तो नहीं माना ?"

"नहीं-नहीं, उसमें बुरा मानने की क्या बात है ? यह तो बहुत रीज़नेबल चीज़ है।" शरद ने मुँह से यह कहा, लेकिन तभी उसके दिमाग़ में एक चीज़ टकराई। अजब है यह जगह 'स्वदेश महल' भी, जहाँ हर व्यक्ति कुछ-न-कुछ छिपाए हुए है। उसके दिमाग़

में उस दिन की बातें ताज़ी हो आईं। उस दिन का पद्मा का व्यवहार उसे अभी तक कचोट रहा था। मायादेवी, देशबन्धुजी सभी की सूरतें साफ़ हो आईं। उसकी इच्छा हुई कि सूरजजी से उनके सम्बन्ध में कुछ पूछे। उसे तभी सूरजजी का नाम सुनकर मायादेवी के शब्द याद आए तो वह उत्सुकता रोक ही नहीं सका।

वह इस सम्बन्ध में शब्द खोज ही रहा था कि कार का दरवाज़ा खुलने के शब्द ने तीनों को चौंका दिया।

वही लम्बी चमचमाती किश्तीनुमा कार, छोटे-छोटे गड्ढों में इधर-उधर सूखते पानी को उछालती, बड़े बेमालूम तरीक़े से, दरवाज़े के सामने आकर खड़ी हो गई थी। रुक जाने से हिचकोले खाती गाड़ी का अगला दरवाज़ा खोलते-खोलते, झुके हुए देशबन्धुजी की बाहर निकलती हुई चमकदार चाँद दिखाई दे रही थी।

"ओहो, आज तो सूरजजी के यहाँ दावत हो रही है, भाई सूरजजी, हमसे ऐसी क्या नाराज़गी ?—हमें भी बुला लेते ! बरसात के मौसम में कुछ चाय-पकौड़े हम भी खा ही लेते।" खद्दर की धोती के अगले पटलीदार लटकनेवाले हिस्से को एक हाथ से ज़रा-सा उठाए हुए देशबन्धुजी की भव्य-मूर्ति आगे बढ़ी, होंठों पर वही मुस्कान और चश्मे के पीछे से हँसती आँखें—"भाई शरद बाबू, माफ़ करना 'चिट' आपकी पहले ही मिल गई थी; लेकिन क्या करूँ कुछ ऐसा बिज़ी था कि दम मारने की फ़ुर्सत नहीं मिली। अब भी एक जगह जा ही रहा हूँ। सोचा मिलता चलूँ, वर्ना न जाने तुम क्या सोचने लगो।"

कप और हाथ की चीज़ें रखकर तीनों ही उठ खड़े हुए थे। शरद ने नमस्कार किया। सिर पर फिर साड़ी को ठीक करके सिर झुकाए ही जया ने दोनों हाथ जोड़े।

"आइए—अब आइए न, बस, ज़रा तामसी खाना था। आपको कष्ट होता।" सूरजजी ने ज़रा पुर-मज़ाक़ लहजे में कहा और लखनवी अन्दाज़ से एक तरफ़ हटकर ज़रा झुकते हुए दोनों हाथ .खाने की तरफ़ इस तरह कर दिए जैसे 'एयर इंडिया' के दफ़्तरों के सामने 'महाराजा' का मॉडल हो।

अत्यन्त विनम्रता से शरद हाथ जोड़े रहा; लेकिन जब ध्यान आया कि यह भद्दा लगता है और विशेष रूप से सूरजजी का समानता का व्यवहार देखा तो धीरे से हाथ लटका लिए "आप भी आइए न।"

"खाइए-खाइए आप लोग !" शरद से बात करते हुए दो बार उन्होंने जया को देखा। वह वैसे ही खड़ी थी। वे बोले—"और शरद बाबू, यह कहाँ का क़ायदा है भाई, आप तो हमारे मेहमान हैं, जब तक कुछ और इन्तज़ाम हो आप उधर खाएँगे, माया बहन के साथ..."

"जी, आज सूरजजी ही हठ कर बैठे।" शरद गद्गद् हो आया। उसने जया का परिचय कराया—"यह जया, मेरी साथिन। आप बैठिए न।" जया ने एक बार फिर निगाहें उठाकर देशबन्धुजी को देखा, हाथ जोड़े।

"बहुत ठीक ! अरे भाई, इतने शरमाने की क्या ज़रूरत है ? हमारी पद्मा बेटी से मिलाया इन्हें ? चलो एक साथिन हो गई उसकी भी, मन तो लगा रहेगा। मायादेवी

और पद्मा से मिलाओ भाई इन्हें। वहाँ क्या पढ़ रही थीं ?'' अत्यन्त ही स्नेह से देशबन्धुजी ने बेझिझक होकर बड़े हलके से उसके कन्धे पर हाथ रख दिया। जया नीचे देखकर यों ही चप्पल में पाँव के अँगूठे को मोड़ और सीधा कर रही थी—उसका शरीर ऊपर से नीचे तक सिहर उठा। उसकी इच्छा हुई ज़ोर से हाथ हटा दे, लेकिन वह यों ही रही।

''नहीं, पढ़ा रही थीं...बी.ए., बी.टी. हैं।'' उत्तर शरद दे रहा था।

''बस, बहुत अच्छा !'' देशबन्धुजी शायद जया की झिझक समझ गए। उन्होंने कन्धे से हाथ हटा लिया और उत्साह से हाथ हिलाकर बोले—''बस, बहुत ही अच्छा। ट्रेंड हो ही, जया बेटी तुम हमारे स्कूल में पढ़ाओगी। लो भाई शरद बाबू, हमें तो तुम्हारी क़िस्मत से रश्क होता है। अब तो तुम्हारे रौब हो गए। बस, इतना ध्यान रखना कि सूरजजी के प्रभाव से बचाए रखना—यह आदमी निहायत ही ख़तरनाक हैं।'' परिहासपूर्वक ज़ोर-ज़ोर से हँसते हुए वे कह रहे थे।

लेकिन सूरजजी इस समय वहाँ नहीं थे। शरद ने देखा वे कार के पास खड़े भीतर बैठे लोगों से बातें कर रहे थे। देशबन्धुजी से बातें करते हुए भी वह उन लोगों की बातों के अंश सुन सकता था।

''अरे वाह, सूरजजी हैं, भई हमारा भी जयहिन्द लेना।'' जब यहाँ जया और देशबन्धुजी का परिहास चल रहा था तब कार के पिछले हिस्से से किसी ने सिर निकालकर तपाक् से कहा। साँवला चेहरा, मुँह पर हलके-हलके चेचक के दाग़, उड़ते पक्षी के सिलुएट चित्र की तरह तराशी हुई मूँछें, घनी भौंहें, छिदे कान, बाईं ओर को झुकी थ्री-नॉट-थ्री की टोपी, दाहिनी ओर से सिर के बड़े क़रीने से कढ़े बाल, खद्दर का कुर्ता, हाथ में बड़े अभिजात ढंग से पकड़ी हुई सिगरेट और कलाई में सुनहरी चेन में काले डायल की चमकती घड़ी। उँगलियों में सफ़ेद और हरे नगवाली दो अँगूठियाँ। मुट्ठी-बन्द करके उँगलियों के बीच फँसी हुई सिगरेट की राख झाड़ने के लिए वे बार-बार चुटकियाँ बजाते थे।

''अरे वाह कथूरियाजी, आप वहाँ कहाँ घोंसले में बैठे रह गए ? आइए न।''

''नहीं भाई, यहीं ठीक हैं। डर लगता है सम्पादकों से, कल ही कुछ उल्टा-सीधा लिख दें, वैसे ही आजकल मिल में कुछ गड़बड़ियाँ चल रही हैं।''

''क्यों कोई ख़ास बात हो गई ?'' सूरजजी ज़रा झपटकर उधर झुके।

''देखा कोतवाल साहब—'' कथूरियाजी ने अपने पास ज़रा अँधेरे में बैठे व्यक्ति की ओर मुड़कर कहा। इन सज्जन की आँख-नाक और लगभग पूरी कनपटियों को ढँकनेवाला चोड़े मर्करी काँचों का हरा पाइलट-चश्मा भर अच्छी तरह चमक रहा था, ध्यान से देखने पर ढीली-ढाली क्रीम-कलर शार्कस्किन की बुश्शर्ट में रौबीले चेहरेवाला भारी-सा आदमी दिखाई देता था, जिसके चौड़े माथे के बाल पीछे कढ़े थे। वह निरन्तर देशबन्धुजी की ओर मुँह किए हुए जया को घूर रहा था। उसने कथूरियाजी की बात पर विशेष ध्यान नहीं दिया लेकिन कथूरियाजी ने अपनी बात जारी रखी ''अरे भाई,

ये पत्रकार और कम्युनिस्ट, गड़बड़ शब्द को डिक्शनरी में भी देख लेंगे तो उधर भागेंगे !" फिर मुट्ठी बनाकर ज़ोर का कश हुक्के की तरह खींचा और हलके-हलके खाँसते हुए नाक और मुँह से ढेर-सा धुआँ छोड़ दिया, बोले—"क्या तामसिक खाना खिला रहे थे ? अरे, वो गाँधीवादी आदमी हैं, उनकी आत्मा का हनन होगा, इधर लाओ..."

"हाँ-हाँ, जैनी लोग तो यह सब मानते नहीं हैं न, उनकी आत्मा होती ही कहाँ है ?" सूरजजी ने हँसकर उनकी बात की ताईद की, और प्लेट उठाकर उनके पास जा पहुँचे। बड़ी बेतकल्लुफ़ी से उन्होंने प्याज़ का पकौड़ा उठाकर मुँह में रख लिया। सूरजजी बोले—"लेकिन आपको यह शायद नहीं मालूम कि सच्चे जैनी धरती के भीतर पैदा होनेवाली कोई चीज़ नहीं खाते। प्याज़ और आलू दोनों चीज़ें ऐसी ही हैं।"

सूरजजी की पहली बात जैसे एकदम कथूरियाजी को वेधे गई थी; लेकिन वे फिर एकदम सँभलकर बोले—"हाँ, यार, है तो ऐसा ही, लो तुमने तो भाई, हमारा धरम ही भ्रष्ट कर दिया। पर ख़ैर, गाँधीवादी मानें न मानें, लेकिन गाँधीजी तो प्याज़ पर एक थीसिस लिखनेवाले थे—"

"हाँ, उनको भी तो कष्ट होगा कि जवाहरलाल ने डिस्कवरी ऑफ़ इंडिया लिख दी है" सूरजजी बोले—"और वे कुछ खोज कर ही नहीं पाए।"

देशबन्धुजी से बातें करते हुए अवचेतन मन से शरद यह सब सुन-देख रहा था। कभी-कभी क्रम टूट भी जाता था। लेकिन एक वाक्य सुनकर अचानक उसका ध्यान उधर खिंच गया। उसने उधर कनखियों से देखने की कोशिश की। सिर हिलाकर बहुत ही भोलेपन से कथूरियाजी कुछ कह रहे थे। फिर सिर झटककर इशारे से सूरजजी को पास बुलाकर ज़रा आँख मारकर वे कुछ बोले—और क़ोतवाल साहब भी उधर ही झुक आए। बहुत प्रयत्न करने पर भी शरद केवल 'नया-माल' जैसा कोई शब्द सुन पाया, जिसके जवाब में सूरजजी उन्मुक्त होकर आसमान की ओर मुँह करके हँस पड़े—"कथूरियाजी, होश की दवा करो।"

कथूरिया बेशर्मी से मुस्कराया—"समझेंगे।"

"सोच लेना !" बात यद्यपि सूरजजी ने हँसकर कही थी; लेकिन उसमें हलकी चुनौती थी।

तभी देशबन्धुजी लौटकर कार की ओर बढ़े। वे कहते आ रहे थे—"आज तो शायद लौटते हुए देर हो जाए। कल ऑफ़िस में आ जाना। जया बेटी के लिए भी स्कूल में कुछ कर ही दूँगा। हाँ, माया बहन और पद्मा बेटी से ज़रूर मिलाना इन्हें। जिस चीज़ की भी ज़रूरत हो दोनों में से किसी से कह देना—पद्मा से या माया बहन से। वे सब प्रबन्ध कर देंगी, समझे ! ज़रा भी तकलीफ़ उठाने की ज़रूरत नहीं है। वैसे सूरजजी हैं ही। यहाँ तो सब एक परिवार की तरह ही रहते हैं।"

शरद और जया के जुड़े हाथों के जवाब में हाथ जोड़ते हुए वे कार में जा बैठे। दरवाज़ा बन्द किया, चाबी घुमाई, ख़ुद ही ड्राइव कर रहे थे, स्टीयरिंग घुमाते हुए पीछे

मुड़कर, कथूरिया से बात करते सूरजजी से बोले—"भाई सूरजजी क्या समझा रहे हो इन्हें ?" उनके होंठों पर वही मुस्कराहट थी।

"कुछ नहीं जी, आपस की बातें हैं।" सूरजजी ज़रा अलग हट गए। कार सरक गई। कथूरिया ने झाँककर देखा और मुँह से सिगरेट की मुट्ठी हटाकर मुस्कराते गोल होंठों से सधी हुई धुएँ की धारी, अर्थपूर्ण ढंग से सूरज की ओर फेंकी।

कार मेंहदी की लाइनों में घूमती हुई चली गई।

'रोग्ज़ !" सूरजजी ने कहा और मुड़े।

"कौन ?" शरद ने पूछा। यद्यपि उन्हें सनकी समझकर उनकी बात को गम्भीरतापूर्वक लेना वह छोड़ चुका था, फिर भी उनका यह कहना उसे पिछले सुने वाक्य के सिलसिले में ज़रा रहस्यमय लगा।

"अरेऽ, सभी !" लापरवाही से सूरजजी ने हाथ में थमी हुई प्लेट फिर मेज़ पर रख दी और कुछ नाराज़ से कुर्सी पर बैठकर एक भजिया को मुँह के पास ले जाकर उँगलियों में घुमाते हुए घूर-घूरकर देखते रहे।

लेकिन शरद बहुत प्रसन्न था। उस पर इस बात का कोई असर न पड़ा। इधर सुबह जया की जानकारी में चिट भेजने पर देशबन्धुजी के न मिलने से शरद मन-ही-मन कुछ खिन्न हो रहा था। जया क्या सोचती होगी, वहाँ से तो बड़ी-बड़ी तारीफ़ें करते लाए हैं, मेरे ऐसे सम्बन्ध हैं और यहाँ किसी ने बात भी नहीं पूछी ! कहते थे, मुझे यों खाना-खिलाया, यों दो घंटे अपनत्व भरी बातें करते रहे, और अब यह हाल हैं ! उसे देशबन्धुजी पर भी बड़ी झुँझलाहट आ रही थी, कम-से-कम एक शब्द में जवाब तो दिलवा ही सकते थे, बुलवा ही लेते। जया की इसी भावना को सँभालने के लिए जैसे वह यह दिखाने की कोशिश कर रहा था कि उसे जया का बहुत ध्यान है। इसीलिए भीतर से चिन्तित झुँझलाहट से—एक अज्ञात आशंका से—भरा होते हुए भी वह बाहर से एक निश्चिन्तता और लापरवाही का भाव धारण किए था। अब जैसे उसके विश्वास को एक सुदृढ़ आधार मिल गया। देशबन्धुजी के प्रति कृतज्ञता और प्रशंसा से वह नत हो आया। यह ठीक है कि कांग्रेसी नेताओं और अधिकारियों के विषय में जो कुछ भी वह पढ़ता और देखता आया था, उस सबने इन सबके प्रति एक विद्रोह की भावना भर दी थी—लेकिन यह विद्रोह व्यक्ति के प्रति नहीं, पूरी संस्था के प्रति था। आदमी कांग्रेस में या बुरी-से-बुरी संस्था में नहीं होते—हो सकते हैं, इस बात को वह कभी भी नहीं मान पाया था। देशबन्धुजी की ओर आकृष्ट होने का मुख्य कारण भी यही था। व्यक्ति के रूप में देशबन्धुजी हँसमुख हैं, मिलनसार हैं, विनम्र हैं, शालीन और निरभिमानी हैं—इस बात को वह अपनी दूसरी और तीसरी भेंट के आधार पर मानता जा रहा था। उसे लगा जैसे इन्होंने जया की आँखों में उसका सम्मान बढ़ा दिया। लेकिन जाने क्यों, उसे ऐसा लगता था कि नौकर और मालिक होते हुए भी सूरज और देशबन्धुजी में एक भीतरी काँटेबाज़ी है, जो हलके व्यंग्यों के रूप में उभरती है। अभी एक बात उसकी समझ में नहीं आ रही थी, वह यह कि उस व्यंग्य के स्तर पर दोनों ही एक-से हैं—एक

बराबर हैं। वह इस समय देशबन्धुजी के इतने सम्पन्न और समृद्ध होते हुए निरभिमानी होने और उनकी शिष्टता की तारीफ़ मन-ही-मन कर रहा था कि उसने सूरजजी का यह रिमार्क सुना।

"क्यों, एकदम सभी से कैसे नाराज़ हो उठे ?" जया और शरद दोनों पुनः बैठ गए थे। शरद ने पूछा—"पूरा तो नहीं सुना, कुछ मिल और माल-वाल शब्द कह रहे थे।"

"अरे यों ही, बदमाश हैं, साले !" कहकर सूरजजी ने एक बार सिर झटककर सारा गुस्सा दूर फेंक दिया। उनकी मुखाकृति एकदम बदल गई। मुख पर वही मुस्कान आ गई। जेब से रूमाल निकाला और चश्मे को पोंछते चुँधी-चुँधी आँखों से मुस्कराते हुए बोले—"आपकी तो बड़ी घुट-घुटकर बातें हुईं—क्या-क्या सुन लिया ?"

"कुछ नहीं, यही कहते रहे कि जया को स्कूल में नौकरी लगा देंगे। पद्मा के लिए एक सहेली हो गई। दोनों का मन लगा रहेगा। मकान यही ठीक है, टैम्परैरिली आपसे बिजली ले ली जाएगी। बाद में फ़िटिंग करा देंगे। मिस्त्री है ही अपना, कभी भी आकर कर जाएगा।" शरद बोला, उसने देखा जया थोड़ी सुस्त हो गई है तो बोला—"और क्या कहते, मेरी क़िस्मत से रश्क कर रहे थे, जया को लेकर।" वह जया की ओर देखकर मुस्कराया।

"ख़ैर यह तो रश्क करने की बात है ही...—" सूरजजी ने भी उधर देखा।

"अच्छा आप भी !" शरद ज़ोर से हँस पड़ा—"यू टू ब्रूटस...!"

जया को मज़ाक़ अच्छा नहीं लगा। लजाकर क्रुद्ध स्वर में बोली—"क्या बेकार की बातें कर रहे हैं आप लोग भी !" फिर यह सोचकर कि मज़ाक़ के वातावरण में उसकी यह बात ज़रा ज़्यादा तीखी है, विषय बदलकर बोली—"ऊपर की मंज़िल में ही शायद वे लोग रहती हैं ?" उसे उस महिला का ध्यान आ गया, जिनकी छाया आते हुए उसने देखी थी।

"हाँ, रहती तो ऊपर ही हैं, लेकिन यह जगह यहाँ से ज़रा तिरछी पड़ती है।" सूरजजी ने बताया, फिर एकदम पूछ बैठे—"अच्छा हाँ, एक और बात आपको शायद नहीं मालूम !" कुछ क्षण रुककर स्वयं ही बोले—'माताजी तो थीं ही, अब बेटी पद्मा भी सूरजजी से नाराज़ हो गई हैं। पद्मा का ज़िक्र आने से याद आ गया।"

"अरे कैसे ? मुझे नहीं मालूम। क्या ख़ास बात हो गई ?" शरद ने उत्सुकता से पूछा, फिर उस दिन की बात याद करके बोला—"अच्छा, सूरजजी, ये मायादेवी आपसे इतनी नाराज़ क्यों रहती हैं ?"

धूप धीरे-धीरे स्थायी रूप से कम होती जा रही थी, और क्षितिज के एक कोने से बादल घिरते चले आ रहे थे। हवा में नमी बढ़ गई थी। उधर देखते हुए सूरजजी बड़ी कुटिलता और व्यंग्य से मुस्कराए—"अभी आप नहीं समझेंगे, शरद बाबू, ये बहुत गहरी बातें हैं। सब आ जाएँगी धीरे-धीरे समझ में। अभी तो स्वदेश महल में आप आए ही हैं—आगे-आगे देखिए होता है क्या ?" उन्होंने जया की ओर देखा। जया सुस्त बैठी

"एक बात कह दी तो तिनक गए !" जया ने अपना कोमल हाथ उसकी कनपटी पर रखकर उसका मुँह अपनी ओर घुमाया।

"नहीं थक गया हूँ।" उसने आँखें बन्द कर लीं लेकिन दो मिनट बाद ही जब 'सूँ-सूँ' की आवाज़ सुनी और कनखियों से देखा तो पाया कि जया रो रही है।

"अरे,...ये क्या...?"

"यहाँ लाकर ऐसे तंग करोगे ?" जया उसकी छाती से लगकर फूट-फूटकर रो पड़ी। जितना ही शरद चुप कराने की कोशिश करता, वह अधिक विह्वल होती जा रही थी।

पानी ज़ोर से बरसने लगा था।

कुर्सी घूमती है

ख़ाकी क़मीज़-नेकर पहने और खद्दर की टोपी में एक तिरंगा बैज लगाए स्वयं-सेवक से दिखाई देते चपरासी का शुद्ध फ़ौजी ढंग से किया हुआ सैल्यूट लेकर जब देशबन्धुजी ने शरद के साथ नीचे की गैलरी में प्रवेश किया तो इधर-उधर पड़नेवाले कमरों पर विभिन्न नामों और उनके नीचे लिखी उनकी नौकरियों की इतनी अधिक तख़्तियाँ पड़ीं कि शरद सचमुच ही चकित रह गया—इतना लम्बा कारोबार ! ये तख़्तियाँ सब हिन्दी में ही थीं। अधिकांश कमरे बन्द थे और हर दरवाज़े के सिर पर घंटी लगी थी जो चपरासी के स्टूल के ठीक ऊपर बजती थी। चपरासी तन-तनकर खड़े हो रहे थे। कमरों के स्प्रिंग के आधे या पूरे दरवाज़ों में ग्राउंड-ग्लास लगे हुए थे; और जो कमरे खुले या केवल भिड़े ही थे उनसे झाँकने पर पर्दों के स्टैंड दिखाई देते थे। हर तीसरे क़दम पर शरद को खटाखट बजते टाइपरायटरों की आवाज़ सुनाई देती थी या टेलीफ़ोन की घंटियाँ ! चपरासी या क्लर्क-जैसे लोग 'ट्रे' में काग़ज़ लिए इस दरवाज़े से निकलकर उसमें घुस जाते थे। एक कमरे पर लिखा था—"ज.प्र. कथूरिया, जनरल मैनेजर।" शरद को कल की उनकी पूरी रूपरेखा ध्यान हो आई।

देशबन्धुजी ख़ूब मुस्कराकर हँसते हुए चल रहे थे; लेकिन उनकी मुस्कराहट में भी एक ऐसी स्निग्ध-गम्भीरता थी कि आदमी के मन में अपने आप ही श्रद्धा और आदर उत्पन्न हो जाते थे। सैल्यूट करते चपरासी के कन्धे पर वे बड़े प्रेम से हाथ रखकर थपथपा देते—"अच्छे तो हो ?" वह गद्गद होकर सिर हिला देता। यह गैलरी जिस दरवाज़े पर ख़त्म होती थी वहाँ के स्वयं-सेवकनुमा चपरासी ने अत्यन्त आदर से दरवाज़ा खोल दिया तो भीतर के टाइपरायटरों की खटाखट और भी मुखर हो गई। भीतर नए जूट की चटाई का मोटा और ख़ूबसूरत फ़र्श था और बड़ी-बड़ी टाइप की मशीनों के आगे चार क्लर्क बैठे थे। कमरे में इधर-उधर एक बहुत प्रसिद्ध कम्पनी की ऊँची-ऊँची सुन्दर-सुघड़ स्टील की आलमारियाँ और रैक लगे हुए थे, उनमें जमी फ़ाइलों की मोटी-मोटी पुश्तें दिखाई दे रही थीं। खटाखट पड़ती उँगलियों और कभी बटनों पर या कभी काग़ज़ों की लाइनों पर दौड़ती बँधी दृष्टियाँ। निगाहें अपनी-अपनी छूटी, लाइनों पर ही गड़ाए, व्यस्त दिखते से-ये लोग सब खड़े हो गए थे। कमरा कुंडलाकार दूधिया फ्लुओरेसेंट ट्यूबों से चाँदनी की तरह जगमगा रहा था।

"कथूरियाजी हैं ?"

"नहीं, सा'ब मिल गए हैं।" खँखाकर एक आवाज़ बोली।

"और सत्य ?"

"जी, वे अभी आए नहीं हैं।"

सामने एक पल्लेवाले दरवाज़े में ऊपर की ओर काँच का एक गोला कटा था। दरवाज़ों पर केवल सादे-से अक्षरों में एक प्लेट लगी थी, छोटी-सी—'देशबन्धु'। शरद की निगाह बाईं ओरवाले दरवाज़े पर भी पड़ी—बिलकुल उसी तरह के गोला कटे दरवाज़े पर लिखा था 'सत्यकुमार'। शरद चौंका—यह देशबन्धुजी के समान-स्तरवाले सत्यकुमार कौन हैं ?

दरवाज़े के पासवाला स्टूल ख़ाली पड़ा था। बढ़कर दरवाज़ा खोलने के लिए एक क्लर्क और देशबन्धुजी के हाथ साथ ही साथ किवाड़ पर पड़े।

"अरे भाई, मैं खुद भी खोल सकता हूँ। बैठो, तुम क्यों तकलीफ़ करते हो ?" क्लर्क दाँत निपोरकर 'हिं हिं' करके रह गया।

दोनों ने भीतर प्रवेश किया। किवाड़ का पल्ला बड़े आहिस्ते से छोड़ते हुए देशबन्धुजी ने कहा, "लो भाई शरद बाबू, अपना बैठना तो यहाँ होता नहीं है। तुम यहाँ बैठकर आनन्दपूर्वक जो इच्छा हो सो करो—और न करना चाहो तो पड़े-पड़े सोओ। मैं तो कांग्रेस इत्यादि के दूसरे-दूसरे कामों में इतना व्यस्त रहता हूँ कि महीनों इस कमरे में बैठना नहीं होता। वो तो कहो, हमारे साहबज़ादे सब देख लेते हैं, वर्ना यह सब पचड़ा अपने बस का है नहीं।"

"ओऽऽ।" शरद ने कहा और फिर अनुमान से स्वयं ही बोला—"सत्यकुमार ?"

"हाँऽऽ, उन्हीं दिनों उसका जन्म हुआ था जब मैं जेल में था। सत्याग्रह का ज़ोर था। सभी लोग 'सत्य' 'सत्य' कहने लगे। हमने भी कहा, चलो 'सत्य' ही सही।"

कमरा हलके गुलाबी रंग की पॉलिश में जगमगा रहा था। नीचे क़ालीन, ठीक बीच में एक अत्यन्त आधुनिक ढंग की ऑफ़िस टेबिल—टीक की लकड़ी, चमचमाती वार्निश, बीच में बैठकर लिखने की सुविधा के लिए कुछ कटा हुआ हिस्सा, एक ओर दराज़ें और फ़ाइल या कग़ज़ों की 'ट्रे' इत्यादि रखने के लिए कंघी के दाँतों की तरह खुले हुए खाने, साथ ही घूमनेवाली कुर्सी। सामने तीनों तरफ़ टीक की गद्देदार कुर्सियाँ। दीवार के सहारे एक ओर रखा हुआ सोफ़ा-सैट। सामने रेडियो फ्रेम में नोआखाली में लकड़ी लेकर चलते बापू का फ़ोटोग्रॉफ़। मेज़ पर एक काँच का टुकड़ा पड़ा था। एक ओर क़लमदान, पिनकुशन, पेपरवेट और 'सत्या-मिल्स' छपा हुआ 'एपॉइंटमैंट' का तारीख़ोंदार पैड। एक ओर एक टेबिल लैम्प और एक साथ दो टेलीफ़ोन—एक सफ़ेद, दूसरा काला। सामने ही दीवार पर बड़ी ख़ूबसूरत घड़ी। एक ओर रेडियोग्राम।

"यह हमारा अपना टेलीफ़ोन है। मैं आज या कल कह दूँगा, एक तुम्हारे क्वार्टर में भी लग जाएगा दो-एक दिन में।" देशबन्धुजी ने जेब से रूमाल निकालकर मेज़ पर पड़े ज़रा से धूल के धब्बे को पोंछकर कहा।

शरद ने कुछ नहीं कहा। इस कमरे में बैठना होगा ! शरद मन-ही-मन एक गुद्गुदी

से भर उठा। वह सोचने लगा, जया को बुलाकर कब दिखाया जाए, कि उसे कैसा कमरा मिला है। तब तक पर्दा हटाकर देशबन्धुजी ने बाईं ओर का कमरा खोल लिया था। इस कमरे में तीन दरवाज़े थे, और जिस ओर दरवाज़ा नहीं था उधर कमर की ऊँचाई से एक बड़ा-सा जंगला था, जो घूमनेवाली कुर्सी के पीछे पड़ता था। उसके ऊपर भी गुलाबी पर्दे लहरा रहे थे। पर्दों के पीछे ग्राउंडग्लास जड़े किवाड़।

"ये आपकी लाइब्रेरी है !" ज़रा गर्व से देशबन्धुजी ने पर्दा एक ओर कर दिया–"आओ, आओ !"

शरद भीतर आ गया। चारों ओर किताबों से भरी आलमारियाँ और रैक लगे थे और कमरे की दीवारें आधी ऊँचाई तक इनसे घिरी थीं। उनके ऊपर लाइन बाँधक. लगातार इस तरह के कुछ प्रसिद्ध कलाकारों के कलापूर्ण चित्र लगे थे, जैसे किसी गैलरी में लगे हों।

"इसे लाइब्रेरी कहो, या स्टडी, बस कभी-कभी यहीं आराम कर लेता हूँ।" देशबन्धुजी ने बताया। चारों कोनों में चार लकड़ी के महीन नक़्क़ाशीवाले स्टैंडों पर विभिन्न पत्थरों की मूर्तियाँ रखी थीं शरद मुग्ध होकर वीनस और बालक क्यूपिड की बड़ी सुन्दर मुद्रा में बनी मूर्ति को ठगा-सा देखता रहा। मूर्ति सचमुच मन को बाँधनेवाली थी। एक तरफ़ एक पलंग पड़ा था, सिरहाने मेज़ पर टेबिल-लैम्प। मेज़ पर क़रीने से चुनी हुई कुछ किताबें, एक पेपरवेट से दबे हुए कुछ अख़बार। शरद ने चारों ओर दृष्टि घुमाई। उसके मुँह से निकला–"कलैक्शन तो बड़ा अच्छा है।" वह एक ख़ूबसूरत-सी किताब निकालकर देखने लगा। पन्ने पलटकर किताब उसने वहीं लगा दी। उस किताब के पन्ने जगह-जगह से कटे भी नहीं थे।

"कलैक्शन अब रह कहाँ गया है ?" साँस लेकर देशबन्धुजी बोले–"तुम विश्वास नहीं करोगे शरद बाबू, मेरे पास इतनी किताबें थीं कि पूरा यह मकान भर जाए। सब 'सत्या पब्लिक लाइब्रेरी' को दान दे दीं। यह तो कुछ ख़ास-ख़ास अपने मतलब के लिए, कभी कुछ पढ़ने की इच्छा हो आए, उसके लिए रख छोड़ी हैं।" शरद ने एक-दूसरी किताब एक खुली आलमारी से खींचकर निकाल ली। पहला पन्ना खोलते ही जो एक अलग से रखा हुआ काग़ज़ दिखाई दिया, वह देशबन्धुजी के नाम किताब का कैशमीमो था। देशबन्धुजी ने पेपरवेट हटाकर कुछ ख़त निकालकर देखते हुए कहा–"मेरी अपनी रुचि दर्शन और भारतीय इतिहास में है। उसी के सम्बन्ध में हैं यह सब किताबें। गीता को मैं संसार की एकमात्र ऐसी पुस्तक मानता हूँ, जो सच्चे अर्थों में संजीवनी है। आप किसी भी मनःस्थिति में उसे पढ़ें, आपको हमेशा उसमें कुछ-न-कुछ ऐसा मिलेगा जो आगे बढ़ाए–जीने की प्रेरणा दे। देखिए यह आलमारी है इसमें अकेली गीता के ऊपर मेरे पास तीन-सौ से अधिक भाष्य हैं। फिर भी मैं समझता हूँ–कुछ ऐसा फ़ील करता हूँ जैसे गीता इन सब में कवर नहीं होती पूरी तरह। कुछ है जो छूट गया है। तुम विश्वास करो, शरद बाबू, कभी किसी एकाध मन्वन्तर में ऐसा ग्रन्थ मानव-जाति के पास आता है।" वे हाथ में पत्र लिए ही ज़रा विभोर-से खड़े रहे।

"जब आप हमारे यहाँ आए थे, तब मैंने आपके पास गीता तो देखी थी, लेकिन आप इतने बड़े भक्त हैं–यह मुझे मालूम नहीं था।" शरद ने प्रशंसा से उनकी ओर देखा। उसे मन-ही-मन लगा कि साधारण बातचीत में भी देशबन्धुजी बहुत अधिक प्रभावशाली वार्तालाप-कर्ता हैं।

"भक्त नहीं ! भक्ति में जो एक अन्ध-विश्वास की ध्वनि होती है वह मुझे मान्य नहीं है। मैं उसका प्रशंसक हूँ। आप सोचिए, तीस साल ! ठीक तीस साल हो गए। कोई ऐसा दिन नहीं गया, जब मैंने एक-दो घंटे बैठकर गीता के किसी श्लोक पर मनन नहीं किया हो। और तुम विश्वास मानो, हर बार मुझे एक प्रकाश मिला है, नई राह मिली है। अभी उसी दिन की तो बात है; जिस दिन आप आए थे उससे दो-तीन दिन पहले की; एक सार्वजनिक मीटिंग थी, मैं प्रेसीडेंट था। तभी मैंने बताया था कि विश्व-शान्ति का एकमात्र उपाय गीता है। यही तो वह सन्देश है जो 'भारत' विश्व को दे सकता है, मानव-जाति को दे सकता है। कुत्ता, हाथी, ब्राह्मण, चांडाल सभी में एक ही आत्मा को समझो। आप सोचिए तो सही, है ऐसा कम्युनिज़्म आपके रशा में कहीं ? इससे ज़्यादा उदार व्याख्या कम्युनिज़्म की और क्या हो सकती है ? कहाँ है आपके रूस और चीन में साम्यवाद, जिसमें श्वपच और द्विज सबके भीतर एक ही आत्मा की प्रतिष्ठा करके आन्तरिक और सार्वभौमिक सत्य की व्याख्या की गई हो ? आप साम्यवाद, साम्यवाद चिल्लाते हैं, लेकिन दो आदमियों की बाहरी सम्पत्ति आपने बराबर-बराबर बाँट दी–कल उनमें से जो शक्तिशाली होगा वहीं छीन लेगा; इसके लिए क्या इलाज है मुझे बताइए ? जब तक आप उसके मन और आत्मा को नहीं बदलते; इस ऊपरी उलट-फेर से फ़ायदा क्या ? और जहाँ आपने मन बदल दिया, वहाँ ऊपरी परिवर्तन तो सब हो ही जाएँगे। तो दुनिया में मन बदलनेवाली सिर्फ़ एक किताब है–वह है गीता। बिना मन बदले दुनिया में शान्ति हो ही नहीं सकती। मैं तो ज़ोर देकर कहता हूँ कि शान्ति का कोई और तरीक़ा गीता के मुक़ाबिले है ही नहीं।" मुँह से बातें करते हुए देशबन्धुजी ने एक दैनिक-पत्र उठाकर खोल डाला और पढ़ने के लिए शरद की ओर बढ़ाते हुए कहा–"देखिए, यह है उस दिन का भाषण। पट्ठे यह अख़बारवाले भी विचित्र जीव होते हैं। पूरा-का-पूरा भाषण मुखपृष्ठ पर दे दिया है।"

शरद अख़बार पर झुक आया, मुँह से निकला–"यह फ़ोटो काहे की है ?"

"अँह, उसी दिन जब मैंने गाँधीजी की मूर्ति का उद्घाटन किया था न, उसी समय किसी प्रेस फ़ोटोग्राफर ने ले लिया होगा। तभी का यह फ़ोटो है, शायद मैं माला ले रहा था।" देशबन्धुजी ने अख़बार शरद की ओर बढ़ा दिया। बढ़ाने के ढंग में लापरवाही थी; लेकिन आँखों में सचेत उत्सुकता।

शरद प्रशंसा का भाव लाकर बड़ी देर तक फ़ोटो देखता रहा, फिर एकाध हैडिंग पढ़कर बोला–"नेता भैया, इन भाषणों को आप पुस्तक रूप में क्यों नहीं एकत्रित कर डालते ? यह तो स्थायी साहित्य की चीज़ें बन जाएँगी।" शरद उत्साह से बोला–आँखों को उसने अख़बार के पन्नों में ही गड़ाए रखा।

"अरे यार, तुम तो मुझे हर तरफ़ से लेखक बनाकर छोड़ोगे।" अत्यन्त गद्गद अपनत्व से उफनकर वे बोले—"अच्छा हाँ, ऐसा करो शरद बाबू, तीन-चार दिन लगाकर इस आलमारी में रखी फ़ाइलों में से मेरे भाषण इस दृष्टि से ही इकट्ठे कर डालो कि उनकी एक किताब छपवा दी जाए। हटाओ, तुम भी क्या कहोगे, इस बुढ़ापे में लेखक भी बन लिया जाए !" देशबन्धुजी ने इस तरह कहा जैसे वे शरद पर अहसान कर रहे हों। बुढ़ापे की बात उन्होंने ज़रूर कही लेकिन स्वर से साफ़ ध्वनित था कि इस बुढ़ापे के आगमन में न तो उन्हें बिश्वास था न वे इसे स्वीकार ही कर सकते थे।

"जी हाँ, मैं कर दूँगा।" शरद तपाक् से बोला। हाथों में उस अख़बार को फैलाए हुए ही वह आलमारी में लगी किताबें देखता रहा। फिर इतने दिनों यह काम क्यों नहीं हुआ इस बात की सान्त्वना देने के लिए कहा—"आप तो बहुत ही व्यस्त रहते हैं न, आपको इतना समय कहाँ है ?"

देशबन्धुजी के फोड़े को जैसे किसी ने छू दिया—"क्या कहूँ, शरद बाबू ? कैसे मर जाऊँ, मेरी समझ में नहीं आता। अब तुम इसी हफ़्ते के प्रोग्राम देख लो, दंग रह जाओगे। मैं ही जानता हूँ, कैसे खाता-सोता हूँ। परसों यहाँ से सात मील दूर एक सार्वजनिक सभा है एक गाँव में, एक पुस्तकालय का उद्‌घाटन हो रहा है। कमबख़्तों ने पुस्तकालय का नाम भी मेरे ही नाम पर रख दिया। अगले हफ़्ते में यहाँ एक 'साहित्यिक-क्लब' की मीटिंग है। इसी महीने कांग्रेस की कार्यकारिणी की मीटिंग अटेंड करने भी जाना है। न जाओ तो आफ़त, शहर कांग्रेस के प्रेसीडेंट जो ठहरे। एक आफ़त है ? एक जान है वह किधर-किधर खिंचे ? मुख्यमन्त्री और गवर्नर भी आजकल इधर ही ठहरे हैं। उधर बेचारी मायादेवी और पद्मा आई हैं, खाने के अलावा ज़रा भी टाइम नहीं दे पाता। तुम विश्वास करो, कहने को कह दिया 'पद्मा बिटिया, तुम्हारी कला देखेंगे।' वक़्त ही नहीं मिलता। वर्ना यह अच्छा लगता है कि मेहमान घर बैठे हों और हम अपने में मस्त हैं ? दूसरी तरफ़ मिल अलग नाक में दम किए है..."

"मिल क्या ?" शरद चौंका। उसे कल के कथूरिया के शब्द याद हो आए। वास्तव में देशबन्धुजी के व्यस्त जीवन से सहानुभूति हुई।

"अरे कुछ नहीं, यों ही गड़बड़ है ! मज़दूर लोग तो बेपढ़े-लिखे होते हैं न, आप उन्हें कुछ भी भड़का दीजिए ! देखो शरद बाबू, नेता बनकर जोशीले भाषण झाड़कर पचास आदमी मैं अपने पीछे लगा लूँ, और पचास आदमी आप लगा लें—यह आसान है। लेकिन पथ-प्रदर्शन की जो सही ज़िम्मेदारी है उसे समझना और निभाना, हरेक का काम नहीं है—बस का ही नहीं है। ऐसे ही कुछ ग़ैर ज़िम्मेदार लोग हैं। काम तो कुछ है नहीं उन्हें। बस, लिया और गड़बड़ करा दी। ख़ैर !" देशबन्धुजी जैसे अपने आपसे कहते रहे। उनकी भवें ज़रा नाक के पास सिकुड़ आईं। फिर एकदम सचेत होकर बोले—"तो यह बात है, शरद बाबू आप ज़रा जया जी से कह दें, काम-धाम से फ़ुर्सत मिले तो पद्मा और मायादेवी के पास आ जाया करें। वैसे होने को तो यहाँ सैकड़ों लोग हैं, लेकिन एक इन्टलैक्चुअली ज़रा अपने स्तर की बात होती है न...।"

"जी हाँ, मैं कह दूँगा। और वह बैठी-बैठी करेगी भी क्या ?" शरद ने जल्दी से कह दिया। उसे जया का ध्यान हो आया। सामान तो काफ़ी आ गया था, लेकिन अभी क़रीने से लगा नहीं था। एकदम बेचारी पर क्यों बोझ डाला जाए, यह सोचकर एक बड़ी-सी डबलरोटी के तले हुए टोस्ट काफ़ी संख्या में बनवाकर खा आया था। दोनों ने साथ खाया...उसकी हठ कि यह वाला हिस्सा मैं खाऊँगी...यह आप..." शरद के होंठों पर हलकी मुस्कराहट खिल आई। अब श्रीमतीजी लगी होंगी सामान इधर-से-उधर लगाने में।

"सच शरद बाबू, तुमने मुझे उबार लिया इस समय ! और तो तुम्हारा सब ठीक-ठाक हो गया न ? किसी भी चीज़ की ज़रूरत हो निःसंकोच मायादेवी से माँग लो।...वैसे तो कोठी में सभी नौकरों को मैंने इन्स्ट्रक्शन्स दे दी हैं। आप जो कुछ भी कहेंगे, फ़ौरन किया जाएगा। देखिए शरद बाबू, मैं तो इस बात में विश्वास करता हूँ कि रुपया-पैसा, चीज़-वस्तु, नौकर-चाकर जो भी कुछ है,—आपको ज़रूरत है आप इस्तेमाल कीजिए, मुझे होगी मैं करूँगा। मेरी इसमें कोई बपौती नहीं है, आप—आपसे मेरा मतलब किसी से भी जो निकट आता है, कोई पराए आदमी नहीं हैं। और जब चीज़ नहीं है तो कोई बात ही नहीं है। अरे, हम जो, अपने आपको आदर्शवादी या सिद्धान्तवादी जो भी कुछ कहते हों, जाहिल और मूर्खों से कहीं-न-कहीं तो अलग हैं ही ?" बातें करते हुए देशबन्धुजी हाथ के ख़तों को पढ़ने का समय भी चाह रहे थे। उन्हें याद आया कि इस कमरे या स्टडी में उन्हें काफ़ी देर हो चुकी है। ज़रा-सा चौंककर बोले—"अच्छा तो आइए, मैं आपको और हिस्से भी दिखा दूँ।"

वे आगे बढ़े। शरद सोच रहा था कि पूँजीपतियों के लिए जो एक विशेष प्रकार का प्रचार लोगों द्वारा उनके स्वभाव इत्यादि को लेकर किया जाता रहा है, वह संस्था या वर्ग के रूप में भले ही सच हो, इस व्यक्ति पर ज्यों-का-त्यों लागू करना ग़लत है। अब इसे ही कौन कह सकता है कि यह व्यक्ति पूँजीपति नहीं है ? लेकिन इसकी बोल-चाल, रहन-सहन, व्यवहार में कहीं भी तो कोई चीज़ ऐसी नहीं है जहाँ उन रटी-रटाई बातों को लगा दिया जाए।

पर्दा हटा। किवाड़ खुले और दूर तक चले गए 'कॉरिडोर' नुमा बरामदे में कमरों की लम्बी लाइन दिखाकर वे बोले—"यह सब शहर और ज़िला कांग्रेस-कमेटी के दफ़्तर हैं। इधर के किवाड़ बन्द कर देने से यह हिस्सा पूरा अलग ही हो जाता है।"

शरद ने देखा, कुछ कमरों के दरवाज़े खुले थे और कुछ के बन्द। बोलने की आवाज़ें आ रही थीं। इस बीच दो-एक आदमी खद्दर का धोती-कुर्ता पहने बरामदे से कमरे में गए और आए भी। उन्होंने अत्यन्त श्रद्धा से देशबन्धुजी को नमस्कार किया। देशबन्धुजी ने नम्रता की रसीली मुस्कान से उनका प्रत्युत्तर दिया। शरद ने देखा बरामदे के पास घास के लॉन के बाद कोठी की बाउंड्री थी, और फिर बाँस के पेडों की ऊँची-सी बाढ़ के बाद सड़क। उसने अनुमान लगाया, यह मुख्य सड़क में आगे जाकर मिल गई होगी। यह दक्षिण की बाउंड्री थी। उनके क्वार्टर्स पूर्व की ओर उत्तरवाली बाउंड्री से

लगकर पड़ते थे, इसलिए यह जगह आड़ में आ गई थी। देशबन्धुजी ने वह जगह दिखाकर वहीं से बन्द कर दी। लाइब्रेरी के उत्तर की तरफ़वाला दरवाज़ा बन्द करके बोले–"यहाँ तीसरे कमरे में मैं बैठता हूँ, कभी कोई ज़रूरत हो बीच में, आप मुझे बुला सकते हैं। वैसे उठकर तकलीफ़ करने की भी ज़रूरत नहीं है, वहीं बैठे-बैठे सफ़ेद फ़ोन खटखटा दिया–या फिर चले आए।"

दूसरे कमरे में केवल आलमारियाँ और दो-एक कुर्सियाँ पड़ी थीं। शायद बही-खाते इत्यादि रखने के लिए ही कमरा था। यह कमरा केवल आने-जानेवाली गैलरी का काम देता था, और जिस कमरे में खुलता था उसमें तीन मेज़ें लगी थीं, एक मेज़ की लम्बाई-चौड़ाई, दो फ़ोन, गुलदस्ते, लैम्प और रौब देखकर शरद समझ गया कि देशबन्धुजी की मेज़ है। दूसरी पर एक ट्रे में फ़ाइलें तथा काग़ज़ भरे थे, बीच में शार्ट-हैंड की कॉपी पड़ी थी। उसके पास की मेज़ पर एक बड़ा-सा टाइपरायटर ढका रखा था। कमरे में एक तरफ़ बेंत से बुना एक द़ीवान रखा था और उस पर तिनकों की चटाई बिछी थी। सिरहाने दो छोटे-छोटे मसनद रखे थे। नीचे मोटा बढ़िया क़ालीन। एक तरफ़ मारवाड़ी साफ़े-अँगरखे में टिपीकल व्यापारी की बड़ी-सी 'आइल-पेंटिग'–और पास ही हाथ जोड़कर झाँकती महात्मा गाँधी की तस्वीर ! दोनों पर खद्दर के कपड़े की तिरंगी मालाओं के अलावा ताज़े फूलों की मालाएँ भी पड़ी थीं–शरद समझ गया यह देशबन्धुजी के पिताजी हैं या ऐसे ही कोई पूज्य हैं। कमरे में हलके नीले रंग की बड़ी शीतल-सी लगनेवाली पॉलिस थी जो वहाँ के वातावरण को बड़ा स्वप्निल-सा बनाए हुए थी। शरद ने पूछा–"यह शायद पिताजी की तस्वीर है।"

"हाँ, ये मेरे पूज्य पिताजी हैं–रायसाहब अमोलकरामजी। शरद बाबू, मैं सिर्फ़ दो आदमियों को ही दुनिया में अपने हृदय का सबसे ऊँचा आदर दे पाया हूँ, एक ने मुझे शरीर दिया और दूसरे ने जीवन।" फिर दीवान की ओर देखकर बोले–"जब मैं इस चटाई बिछे दीवान पर लेटकर कभी-कभी चिन्तन करने लगता हूँ तो जैसे इन दो दिव्य पुरुषों के आशीर्वाद की ज्योति मुझे राह दिखाती है। मैं ज़िन्दगी की बड़ी-बड़ी विकट परिस्थितियों में पड़ गया हूँ, और कभी-कभी तो ऐसा लगा है जैसे कोई राह ही नहीं दिखाई दे रही, तब जब-जब मैंने सच्चे मन से यहाँ बैठकर ध्यान किया है तब-तब कुछ ऐसी-ऐसी बातें आकर जुड़ गई हैं जिनका मैंने स्वप्न में भी ख़याल नहीं किया था और मैंने पाया कि मेरी मुसीबतें एकदम हल हो गई हैं।"

शरद चुपचाप सुनता रहा। हाथ के पत्रों और काग़ज़ों को उन्होंने मेज़ पर रख दिया। दीवान के पास रखी छोटी-सी मेज़ से एक किताब उठाकर उन्होंने कहा–"देखिए यह मेरे पाठ की गीता है।"

"इधर क्या है ?" एक दरवाज़े की ओर इशारा करके उसने पूछा।

"कुछ नहीं, दो-एक कमरों के बाद गेस्ट-हाउस है छोटा, बड़ा तो ऊपर है।"

"ओः" अचानक अब जैसे शरद को एकदम पूरी कोठी का नक़्शा समझ में आ गया। अभी तक एक कमरे से दूसरे में जाते हुए ऐसा लग रहा था जैसे वह न जाने

किन तिलस्मी कमरों में घूम रहा हो। वह कोठी के हर हिस्से से अपने क्वार्टर की दशा जानने का प्रयत्न करता था। अब उसकी समझ में आ गया कि जो कमरा उसे बताया गया है वह क़रीब-क़रीब बीच में पड़ता है। उसके एक तरफ़ के कमरों की लाइन में मिल इत्यादि के दफ़्तर हैं, दूसरी ओर कांग्रेस-कमेटी इत्यादि के, तीसरी ओर यह हिस्सा है। उसने ध्यान दिया कमरे की हर चीज़ स्वदेशी है, और उसमें एक अभिजात-सादगी है। कमरे में इधर-उधर के और भी फ़ोटो थे। वह पास जाकर देखने लगा।

"देखिए—यह पूज्य बापू ने जब स्वदेश महल की नींव रखी थी तब का चित्र है।" उँगली से एक तस्वीर को दिखाकर देशबन्धुजी ने कहा—शरद ने देखा उस चित्र में, भीड़ में प्रसन्न-मुख बापू हाथ में एक कन्नी लेकर सीमेंट लगा रहे थे, पास ही तसला लिए देशबन्धुजी खड़े थे। उसने पुलककर कहा—"अच्छाऽ !"

"यह नेहरूजी ने जब इसका उद्‌घाटन किया था।"

चित्र किसी पार्टी का था। श्री जवाहरलाल नेहरू काँच का गिलास हाथ में लिए बैठे थे। एक और फ़ोटो में बापू किसी प्रदर्शनी के द्वार से निकल रहे थे। उनके एक ओर सरदार पटेल थे, दूसरी ओर देशबन्धुजी। घूमकर उसकी निगाह फिर रायबहादुर अमोलकरामजी पर पड़ गई।

देशबन्धुजी मेज़ का ज़रा-सा सहारा लेकर खड़े हुए कह रहे थे—"आदमी के आचार उसके व्यक्तित्व से टपकते हैं। पूज्य पिताजी ने जीवन में कभी किसी को कष्ट नहीं दिया। आप खुद देखिए कितना भोला व्यक्तित्व है...।"

शरद आँख गड़ाकर उस चित्र में बने मारवाड़ी-अधेड़ के चेहरे पर भोलापन खोजने की कोशिश करने लगा, लेकिन वहाँ ऐसी कोई बात नहीं थी। शायद पितृत्व की भावनाओं में रँगे होने के कारण ही ऐसा लग रहा था। फिर उसे एक बात का आश्चर्य हुआ; अभी उस दिन देशबन्धुजी ने उसे बताया था कि वे कटुतम संघर्षों में पले हैं, और जो भी कुछ है वह सब उन्हीं का प्राप्त किया हुआ है। फिर उनके पिता का यह रूप कैसे है ? इनके पिताजी को देखकर तो ऐसा नहीं लगता कि वे अभावों में पले व्यक्ति हैं...लेकिन देशबन्धुजी की बातों और शरद की विचार-शृंखला को तोड़ा अचानक टेलीफ़ोन की घंटी ने...

"हाँ..वही तो मैंने कहा, आज चुप कैसे है टेलीफ़ोन !" हँसकर उन्होंने चोंगा उठा लिया—लेकिन कान से लगाकर ज़रा ध्यान से सुनते ही उनके चेहरे की सारी उत्फुल्लता उड़ गई। चिन्ता की गम्भीरता से चेहरा सिकुड़ गया। बड़े संज़ीदा स्वर में वे कहते रहे—"हाँ—हाँ, कोतवाल साहब वही हैं क्या, फिर ? कथूरियाजी की बातें हुईं...बालानी नहीं है ? उसे समझाया नहीं जा सकता ? लेबर-कमिश्नर क्या कहता है ?...हाँ...यह तो ठीक है, पर...हाँ...हाँ...भाई, वह हमने तो मारा नहीं है...मशीन ही तो है, आ गया झपाटे में, क्यों नहीं रहा सावधान ?...हाँ...हाँ सो तो है ही, आख़िर में यही होगा। हमारा तो कुछ नहीं है...लेकिन उसे समझा दो मिल में ताला लग गया तो पाँच हज़ार मज़दूरों को खिलाएगा बैठाकर ? अच्छा बेटा सत्य...फ़ोन कथूरियाजी को दो..." चोंगे के

बोलनेवाले हिस्से को ठोड़ी से अड़ाकर दूसरा हाथ माथे पर फेरते हुए देशबन्धुजी ने कहा–"अच्छा, शरद बाबू, आप अपने कमरे में चलिए...और हाँ, जो भी सज्जन बैठे हों, उनसे कह दीजिए, इस समय वे ज़रा क्षमा कर दें। मैं एक बहुत ही ज़रूरी काम में फँस गया हूँ।"

शरद समझ गया : देशबन्धुजी नहीं चाहते कि सारी बातें उसके सामने की जाएँ। उसने फ़ौरन कहा–"जी हाँ, मैं खुद ही कहनेवाला था।" वैसे भी इस बीच में उसने उनकी बातें सुनने की न तो विशेष चेष्टा की और न ऐसा दिखाया कि वह ध्यान दे रहा है। वह तस्वीर देखता रहा।

वह मुड़कर यह दिखाता हुआ चला आया कि उसे उनकी व्यक्तिगत बातों में ज़रा भी दिलचस्पी नहीं है। आते हुए उसने सुना कि वे कह रहे थे–"कौन ? कथूरियाजी हैं...?...आपने कोतवाल साहब से बातें कीं ?...आख़िर चाहते क्या हैं ?...हाँ, मैं अभी फिर मिनिस्टर-साहब को ट्रंक कर रहा हूँ...तब तक तो वे आए नहीं थे..."...और उसने किवाड़ का पल्ला छोड़ दिया। आवाज़ एकदम कटकर बन्द हो गई।

गैलरी पार करते हुए उसने विचित्र तरह अपने दोनों हाथ झटके। अजब गोरखधन्धा है ! देशबन्धुजी से यहाँ पहली-दूसरी मुलाक़ात में वह इतना चमत्कृत और चकाचौंध रहा कि जैसे उनके सम्बन्ध में उसकी चेतना और उत्सुकता दब-सी गई थी। जितना कुछ भी सामने आ गया, उतना भर देख लिया, आगे कुछ भी नहीं, क्योंकि उसके आगे जानने का कोई अर्थ नहीं था। उल्टे जल्दबाज़ी प्रगट होती। अतः उसने उस उत्सुकता को दबा लिया और उसकी चेतना एक ऐसा निश्चेतन दर्पण बनकर रह गई कि जो भी सामने आए उस पर प्रतिबिम्बित होकर समाप्त हो जाए। जो कुछ भी उसके सामने आया, उस पर जान-बूझकर उसने कुछ सोचा नहीं, प्रतिक्रिया नहीं होने दी। कोई प्रतिक्रिया हुई भी तो उसकी ओर से उसने उपेक्षा का भाव धारण कर लिया। देशबन्धुजी के प्रति उसे श्रद्धा थी और इस श्रद्धा को वह किसी भी पूर्वाग्रह से ग्रसित नहीं होने देना चाहता था। वह स्वयं जानता या और अपने परिचितों और मित्रों से अतिशयोक्तिपूर्ण क़िस्से सुनता आया था कि बड़े आदमियों की पोलें क्या हैं ? उनके व्यवहार और विचारों में किस प्रकार अन्तर ही नहीं, प्रबल विरोध है। तब भी उसने आगरा में रहने के तीन-चार दिनों के अनुभव के आधार पर देशबन्धुजी को अपवाद ही समझा था। और इस अपवाद समझने के विश्वास को बलपूर्वक हृदय में इतना गहरा बैठाए रखना चाहता था कि जो ऐसी-वैसी बातें आईं थी, उन्हें उसने 'चांस' या साधारण कमज़ोरी कहकर उनकी ओर ध्यान नहीं दिया था–लेकिन कुछ बातें एक के बाद एक ऐसी आ रही थीं जो उसकी सुषुप्त चेतना को झकझोर देती थीं। हर बात जैसे सोए पड़े पानी में एक कंकड़ी की तरह पड़कर वर्तुल बना देती। उसे ऐसा लगता एक ख़ोल है, एक अस्तर है, जिसे देशबन्धुजी ओढ़े हुए हैं, लेकिन कहीं-न-कहीं से कोई-न-कोई छिद्र दीख ही जाता है तो क्या सचमुच ही एक झिल्ली इस व्यक्ति के ऊपर है ? हो सकता है वह झिल्ली या ख़ोल वास्तविक ही हों, और अब फटने लगे हों–मनुष्य की

परिस्थितियाँ ही तो हैं ! ऊपर से लादे हुए ख़ोल को निभाने में जो एक कृत्रिमता आ जाती है, वह तो देशबन्धुजी में दिखाई नहीं देती। लगता ज़रूर ऐसा है कि आदमी ईमानदार और सिंसियर है। जो कुछ बोलता है उसे अनुभव करता है। हो सकता है जो शरद को छिद्र दिखाई देते हैं—वह सब उनकी विवशता ही हो। लेकिन फिर भी यह क्या रहस्य का जाल-सा इस व्यक्ति के चारों तरफ़ घूमता है, जैसे शान्त और निस्तब्ध बहे चले जाते पानी में कोई कछुआ कभी सिर निकालकर झाँक उठे और सहसा ही फिर छिप जाए। अच्छा, मिल की गड़बड़ उनकी विवशता हो सकती है, लेकिन और भी तो बातें हैं। आख़िर इनका पूरा परिवार रहता कहाँ है ? सूरजजी और उनके बीच में जो एक काँटेबाज़ी चलती है वह आख़िर क्या है ? पद्मा और मायादेवी के व्यवहार में जो एक दबा-दबा-सा रहस्य है, वह क्या है...?

देशबन्धुजी ने आलमारी से जिन फ़ाइलों को निकालने को कहा था, उनका पूरा गट्ठर अपने कमरे में लाते हुए शरद ने और भी बीसियों बातें अपने मन में सोच डालीं। उसे लगा कि इतने दिनों से इस नए वातावरण के अनुरूप ढलनेवाले उसके सूक्ष्म ज्ञान-तन्तु और व्यक्तित्व फिर अपने वास्तविक रूप में जाग रहे हैं। अभी तक तो उसने अपने मन और मस्तिष्क को केवल देखने दिया—अब यह सब देखा हुआ प्रश्नों के रूप में उग रहा है।

कमरे में उसके घुसते ही, तीन-चार आदमी जो इधर-उधर सोफ़े और कोचों पर बैठे थे, एकदम उठ खड़े हुए। शरद को बड़ा नया-नया-सा लगा। लोग उसे ऊँचा समझकर, उसके सम्मान में खड़े हों, ऐसे अवसर उसके जीवन में मित्र-मंडलियों को छोड़कर आए ही नहीं। उसे लगा जैसे उसने किसी स्टेज पर क़दम रखा हो। इच्छा हुई कि उन लोगों के इस भ्रम पर वह खिलखिलाकर हँस पड़े कि वह उसे यह सम्मान देने लायक़ कितना ग़लत आदमी समझ रहे हैं, और बच्चों की तरह अपनी असलियत प्रगट करके कहे, 'कहो, कैसा बहकाया !' लेकिन नहीं, उसमें अवसर के उपयुक्त गम्भीरता आनी ही चाहिए। उसे ऐसा भाव धारण किए रखना चाहिए कि कहीं कोई यह न समझ ले कि बिलकुल ही नया बाँगड़ू है।

उसने गट्ठर मेज़ पर रख दिया और अत्यन्त ही शिष्ट वाणी को अधिक-से-अधिक स्वाभाविक बनाकर बोला—"आप लोग बैठिए। नेता भैया तो एक अत्यन्त ही आवश्यक कार्य में फँस गए हैं, किसी और समय आप लोग कष्ट करें तो बड़ी ही कृपा हो।" ऐसी गम्भीरता से सूचना देते समय प्रयत्न करके, चढ़ती हुई झेंप को रोकने के लिए उसने ख़ास ध्यान रखा कि किसी विशेष व्यक्ति से आँखें न मिलाई जाएँ। वह घूमकर अपनी कुर्सी पर आ बैठा और इसी बीच मेज़ पर रख दिए डाक के नए बंडल को सिर झुकाकर टटोलने लगा। इतनी सारी डाक ! अख़बार...अख़बार...लिफ़ाफ़े, पैकेट, पोस्टकार्ड। पन्द्रह-बीस लिफ़ाफ़े, पोस्टकार्ड और इतने ही अख़बार के पैकेट भी होंगे। उसे तो मालूम भी नहीं है कि इन सबका क्या करे ? उसे यह सब पढ़ डालने चाहिए, कि भीतर पहुँचवा दे या क्या करे...?

''देखिए, मैं 'विहान' डेली का स्पेशल कारेस्पौंडेंट और रिप्रेज़ेंटेटिव हूँ। आज उन्होंने मुझे टाइम दिया था, एक बड़े ज़रूरी काम से मिलना था...''

शरद ने निगाह उठाई। खद्दर का कुर्ता-पाजामा, फटी-सी चप्पल और मशीन फिरे बाल, बग़ल में चमड़े का बैग; उसके कहने से एक बार बैठकर फिर उठते हुए एक सज्जन कह रहे थे।

''मुझसे उन्होंने जो कहा है, वह मैं आपको बताए दे रहा हूँ।'' शरद बोला।

''शायद आप नए आए हैं। देखिए कोई ख़बर ग़लत डिस्पैच हो जाएगी तो बाद में झंझट उठेगा। बालानी साहब नहीं हैं क्या ?'' उन्होंने बड़े दृढ़ स्वर में लापरवाही से पूछा।

''बताइए, मैं क्या करूँ ?'' शरद थोड़ा झुँझला उठा।

''आप 'रिस्पौन्सिबिल' हैं ?'' उन्होंने चुनौती के स्वर में कहा।

''अजब झंझट है...'' उसने सोचा। शायद संवाददाता साहब ख़बरें पास कराके भेजते हैं–कहा जाए या न कहा जाए ? पता नहीं, यहाँ के क्या क़ायदे-क़ानून हैं ? यह एकदम जैसे घबरा उठा। गट्ठर भर फ़ाइलें रखी हैं सामने। पता नहीं ख़तों और पत्र-पत्रिकाओं का क्या होगा ! इधर खोपड़ी खाने को यह इतने आदमी हैं ! कुछ भी तो उसे पता नहीं है ! कहीं कुछ ग़लत-सलत या उल्टा-सीधा हो गया तो वैसे आफ़त ! उसके मन में ज़ोर से हुआ कि सब चीज़ें इधर-उधर बिखेरकर बाहर भाग जाए–किस चक्कर में आ फँसा ! डूबते आदमी के सहारे की तरह उसने घंटी को देखा।

तभी प्रूफ़ की बहुत-सी लम्बी-लम्बी पट्टियाँ लिए केशव ने प्रवेश किया–''शरद बाबूजी, ये बिगुल का मैटर पास होने के लिए सूरजजी ने भिजवाया है।''

क्या सारे काम इसीलिए राह देख रहे थे कि कब शरद आए और कब टूट पड़ें ? यों तो शरद के लिए सभी यहाँ एक-से-एक अपरिचित थे, लेकिन केशव उसे बुलाकर ले गया था, उसे उसने कई बार देखा था, इसलिए वह उसे परिचित लगा था। उसने जैसे बड़ी आजिज़ी से कहा–''केशवजी, मैं नया आदमी हूँ। ज़रा इन लोगों को बताइए।''

ख़ाकी पैंट और ऊपर से नीली धारियों की क़मीज़ डाले हुए केशव ने एक बार सबका निरीक्षण किया और फिर भीतर चला गया। वह साँवले रंग का अधेड़-सा आदमी था। क़मीज़ हमेशा पतलून के बाहर रहती–पतलून काफ़ी पुराना और गन्दा भी था। हाथों पर कुहनियों तक बड़े-बड़े बाल, बाएँ हाथ में पड़ा लोहे का एक छल्ला, दो दिन की दाढ़ी, घनी भौंहें, छोटी-छोटी मूँछें, छितरे-छितरे पीछे को काढ़े बाल, आँखों में सुरमा और अगले एक दाँत में कील ! अत्यन्त परिचितों की तरह से संवाददाता महोदय ने कहा–''हाँ भैया केशव, ज़रा जल्दी लौटना है।''

शायद संवाददाताजी के कारण और भी लोग मिल सकें, इस आशा से शेष भी बैठे थे। केशव ने लौटकर संवाददाताजी से कहा–''आपको उन्होंने बुलाया है, जल्दी में हैं मिल की तरफ़ जाना है। आप गाड़ी में चलकर बैठिए, रास्ते में ही बातें कर लेंगे। और आप लोग शाम को पाँच बजे ही आ सकें तो अच्छा है।''

जाते हुए संवाददाता ने अत्यन्त तुच्छता से शरद की ओर देखा—क्या समझा है मुझे ? इतना महत्त्वपूर्ण आदमी हूँ ! और वे अपना बैग हिलाते हुए चले गए।

जाते हुए एक विद्यार्थी-से लगनेवाले लड़के ने बड़े भरे गले से कहा—"हमारी तो आज आख़िरी तारीख़ है, नौकरी का फ़ॉर्म फ़ॉरवर्ड कराना है।"

शरद की इच्छा हुई उसे रोक ले और ख़ुद उसके फ़ॉर्म को लेकर फ़ॉरवर्ड करा लाए। उसे एक ऐसा ही अपना अवसर याद हो आया। शायद इन्टर की परीक्षा के लिए उसे एक फ़ॉर्म अटैस्ट कराना था, किसी 'गज़टेड ऑफ़ीसर' से। आख़िरी तारीख़ थी, चपरासी ने कहा, साहब लंच पर गए हैं—अब नहीं आएँगे। ऐसी इच्छा हुई कि एक ज़ोर का थप्पड़ इस मूर्ख की खोपड़ी में मारे। उस वक़्त उसकी आँखों में भी आँसू भर आए थे। लड़का चला गया और उसे ऐसा लगता रहा जैसे उससे ही कोई बहुत बड़ा अपराध हो गया हो—जैसे कोई चीज़ उसके दिल में कचोट रही हो।

"अच्छा जी, अब तो मैं जा रहा हूँ; लेकिन आप कह दीजिए देशबन्धुजी से हिन्दू महासभा के स्थानीय मन्त्री कुँवर नाहरसिंह आए थे—उन्होंने ही मुझे बुलाया था।" अत्यन्त रौबीली आवाज़ सुनकर उसका ध्यान टूटा। जोधपुरी कोट, दुलंगी धोती, पठानी सैंडल, गोरे-से, ऐंठी हुई मूँछोंवाले एक सज्जन बोल रहे थे।

"भाई केशवजी !" जब सब चले गए तो उसने प्रार्थना के स्वर में कहा—"यह सब कैसे क्या होता है, मुझे तो पता नहीं है। इस मैटर में क्या चैक करना है ? इस डाक का मैं क्या करूँ ?"

"अरे शरद बाबूजी, आप तो बैठिए। कहिए तो मैं चाय-कॉफ़ी को कुछ कह आऊँ ? बालानी बाबू आएँगे तो सब हो जाएगा। अभी तो आप नए हैं न !" एक पाँव पर सारा बोझ डालकर केशव खड़ा हो गया था। दियासलाई की सींक से कान कुरेदते हुए एक आँख बन्द करके, तकलीफ़ के कारण टेढ़े होंठों से वह बोला।

"हाँ नए होने की ही बात है ! अब मुझे यह भी तो नहीं मालूम इसमें क्या चैक करना है ?" उसने प्रूफ़ों की ओर इशारा करके अपनी इतनी देर की झुँझलाहट उतारी; तभी अचानक उसे ध्यान आया कि उसकी यहाँ एक पोज़ीशन है—एक स्थान है। उसे इस प्रकार अपनी कमज़ोरी और असमर्थता प्रकट करनी नहीं चाहिए। यही नौकर, और ख़ासतौर से इस प्रकार के नौकर जो घर और ऑफ़िस के बीच की कड़ी होते हैं, तो अपने मालिकों का आइडिया बनाते-बिगाड़ते हैं। ऐसे स्थानों पर इन लोगों को हमेशा ही दिखाना चाहिए। जैसे यह कोई ऐसा मुश्किल या नया काम नहीं है कि सीखने या कर डालने में दिक़्क़त हो। बहुत ही आसान काम है। शरद ने केशव के चेहरे की ओर देखा—वह जैसे बिलकुल निर्लिप्त और इस बात को अत्यन्त ही स्वाभाविकता से ग्रहण करके व्यस्ततापूर्वक कान कुरेद रहा था। उसने रोटेटिंग-चेयर पर बड़े आराम से पीठ टेककर पाँव हिलाते हुए ज़रा मुस्कराकर कहा—"हर आदमी सब कामों को पहले से तो नहीं जानता। यह पता लग जाए कि भई, हमें यह करना है, फिर तो कोई बात नहीं है।"

"हाँ जी, सो तो है ही।" साफ़ करना समाप्त करके ज़ोर से कान झाड़ा। जेब से दियासलाई की डिबिया निकालकर उसमें सींक वापस रखते हुए वह बोला—"हम जब आए तो क्या जानते थे—? सब जानते-जानते ही जानते हैं।" और बात ख़त्म करते ही उसने नौकर बुलानेवाली घंटी को न छूकर मेज़ में कहीं नीचे की ओर लगा बटन दबाया।

शरद ने प्रश्न-दृष्टि से उससे पूछा—"क्यों ?" तब तक चपरासी पल्ला खोलकर आ गया था। केशव ने कहा—"साहब के लिए चाय और बिस्कुट भिजवा दो।"

"नहीं भाई मैं तो..."

"जाओ तुम।" शरद की बात काटकर केशव ने थोड़ा मालिकाना अन्दाज़ में कहा—"बाबूजी, एक कप चाय से क्या बनता-बिगड़ता है। बालानी बाबू आएँ तो देखिए उनकी मेज़ पर तो चाय रखी ही रहती है और पानी के मौसम में तो चाय से बड़ा ठीक रहता है। अपने हाते में ही कैंटीन है। प्रेसवालों को चाय जाती है—यहाँ बाबू लोगों को आती है।"

"मैं तो बहुत काफ़ी खा-पी आया था।"—शरद ने ज़रा मुलायम स्वर में कहा। यों मन-ही-मन पता नहीं क्यों शरद को उसका चेहरा, आँख, बात करने का ढंग और हाव-भाव ज़रा भी पसन्द नहीं आए थे—उसे देखकर एक तीव्र विरक्ति जागती थी, और हर बार मन में उठता कि बहुत ही घुटा हुआ और चालाक व्यक्ति है; लेकिन उसने सोचा जब वह इतनी आत्मीयता से बातें कर रहा है तो नौकर और मालिक-सा व्यवहार भी ज़्यादा उचित नहीं है। कभी-कभी आदमी जो कुछ दीखता है, वह होता नहीं है। फिर वह यह भी समझ गया था कि केशव साधारण नौकर से कुछ ऊपर है। एक शब्द उसे खटक रहा था। 'बाबूजी' शब्द से अच्छा शब्द तो 'शरद बाबू' है—बाबूजी तो कानों में नोचता है।

"खा-पी कहाँ से आए, चूल्हा तो आपके यहाँ जला ही नहीं है ?" मेज़ पर फैले हुए काग़ज़ों को क़रीने से लगाते हुए ज़रा-सा मुस्कराकर केशव बोला।

"तुम्हें क्या मालूम ?" शरद ने चौंककर पूछा, 'पानी के मौसम में' शब्द सुनकर वह कुर्सी को थोड़ा-सा घुमाकर गुलाबी पर्दे पड़े जंगले के पार देखने लगा था। धूप में सफ़ेद पड़ा हुआ बादलों का दल आसमान पर रुई के गालों की तरह इधर-उधर तैर रहा था। पर्दे के पीछेवाले काँच से कोठी के सामने फाटक के दाहिनी ओर की बाउंड्री दिखाई देती थी—इधर सिर्फ़ मेंहदी और करौंदे की बाढ़ थी। उसने कुर्सी सीधी घुमा ली।

"मुझे नेता भैया ने कह दिया था कि कुछ ज़रूरत हो—बाज़ार-वाज़ार से कोई चीज़ मँगानी हो, इसलिए पूछ आऊँ। और बाबूजी, यह तो हमारा फ़र्ज है न। हमारे लिए तो जैसे नेता भैया, वैसे आप ! हम तो नौकर आदमी हैं, सो हमें तो नौकरी बजानी।" मेज़ बिलकुल ठीक कर देने के बाद उसने कहा।

"मुझे बाबूजी मत कहा करो।" शरद ने ऐसी गम्भीर मुद्रा में कहा जैसे बहुत

महत्त्वपूर्ण बात कह रहा हो। उसी तरह एकटक एक ओर देखते हुए कहा—"शरद बाबू भी तो अच्छा है।"

केशव हँस पड़ा, जैसे इन पढ़े-लिखे बाबुओं के दिमाग़ कैसे चलते हैं, इसे वह ख़ूब जानता है और इस सबको एक बचपने से ज़्यादा महत्त्व नहीं देता। खिड़की की तरफ़ बढ़कर बोला—"बड़ी घुटन हो रही है। बाहर बड़ी अच्छी हवा चल रही है। इस पंखे से वह हवा थोड़े ही आती है, जो क़ुदरती चलती है।" उसने पर्दे एक तरफ़ सरका दिए, पूरी खिड़की खोल दी। खिड़की बीच से घूम जानेवाली थी। ताज़ी और ठंडी हवा से कमरा भर उठा। परदे फिर ठीक करके वह बोला—"हम लोगों के मुँह से नाम लेना अच्छा भी तो नहीं लगता।"

देशबन्धुजी को उस पर इतना ध्यान है, सोचकर वह कृतज्ञता से भर उठा। केशव के जया के पास जाने की बात सोचकर शरद उसके विषय में सोचने लगा था—पता नहीं, उसका मन भी लग रहा होगा या नहीं—न जाने क्या कर रही होगी ? किसी दिन ऑफ़िस लाकर दिखाऊँगा। देशबन्धुजी कोई काम दिला दें तो अच्छा है। मन तब भी बहला रहेगा। केशव से बात करने के लिए कुर्सी उसने फिर खिड़की की तरफ़ घुमा ली, पूछा—"जब तुम गए थे, तो जया क्या कर रही थी ?"

"कौन, बीबीजी ? अभी बताता हूँ।" उसने क़ालीन पर पड़े हुए काग़ज़ के टुकड़े को उठाकर खिड़की के बाहर फेंकते हुए कहा, "जब से नेता भैया ने इसमें बैठना बन्द कर दिया है, कमरे की रेड़ लगा दी सालों ने ! बोलो, ये तो साफ़ रहना ही चाहिए, बीस आते हैं, बीस जाते हैं।

तभी स्प्रिंगदार किवाड़ खोलकर, लड़के ने एक ख़ूबसूरत-सी ट्रे में पेस्ट्री, बिस्कुट और चाय की छोटी-सी केटली और एक औंधी ख़ाली प्याली लाकर रख दी। साफ़ चमचमाते ख़ूबसूरत क़ीमती बर्तन। सफ़ेद ज़ीन की पैंट और बुश्शर्ट पहने लड़का तौलिया लेकर चला गया। शरद ने फिर कुर्सी मेज़ की तरफ़ घुमा ली—"भई केशव बाबू, तुम भी तो पियो न।"

"अरे नहीं बाबूजी।" कहकर उसने जिस तरह जीभ काटी, उसे देखकर शरद मुस्कराए बिना न रह सका—ऐसी असम्भव बात कम-से-कम उससे तो सम्भव नहीं है ! प्याला सीधा करते हुए उसने कहा—"फिर बाबूजी ?"

केशव मुस्करा दिया, बोला—"लाइए, मैं बना दूँ।"

"खाने की चीज़ें तो तुमने ऐसी मँगवा दी हैं, जैसे..." अगली बात कहने की उसने ज़रूरत नहीं समझी। अचानक उसके दिमाग़ में एक बात आई। केशव के व्यवहार और अधिकार से लगता है कि उसे काफ़ी समय यहाँ हो गया है। निश्चित रूप से वह काफ़ी बातें यहाँ की जानता होगा। कुछ बातें पूछने के लिए तो उत्सुकता के मारे सचमुच उसके दिमाग़ की नसें फटी जा रही थीं। और कुछ नहीं तो वह देशबन्धुजी के स्वभाव इत्यादि के विषय में उसे काफ़ी बता सकता है। ख़ैर, धीरे-धीरे सही ! जो भी हो, उसने निश्चय कर लिया कि केशव को ज़रा लिफ़्ट देनी है। अभी तक तो वह केशव से यों ही

इधर-उधर की बातें कर रहा था—अब वह एकदम मन-ही-मन सचेत हो गया। फिर भी अधिक-से-अधिक स्वाभाविक बने रहने की कोशिश करते हुए उसने मुँह की ओर एक पेस्ट्री बढ़ाकर उसका काग़ज़ हटाते हुए पूछा—"क्यों, अब क्यों बन्द कर दिया नेता भैया ने यहाँ बैठना ?"

"ऐं... ऐं..." केशव ध्यान से प्याले में चाय उँड़ेल रहा था, बात सुनकर एकदम सकपका गया। उसने बड़ी तीखी नज़र से एक बार शरद को देखा—और शायद उस नज़र का तीखापन कम करने को ही, दो-तीन बार अपनी सुरमा लगी पलकें झपकाईं। हकलाते हुए उसने कहा—"यों ही...यों ही आजकल काम ज़्यादा हो गया न। फिर इधर आनेवाले बहुत थे...।"

शरद को लगा, दाल में कुछ काला है। और इस बार सचमुच क्रोध का एक करैंट-सा उसके शरीर को छू गया। आफ़त क्या है आख़िर ? यहाँ हर आदमी, साला, एक बात कहता है और आधी को अनकही रहने देता है। इन लोगों को क्या मज़ा आता है, सीधी-सादी बातों को जान-बूझकर रहस्य बना लेने में ? यह नहीं कि एक-दो के साथ ही यह बात हो, सभी एक सिरे से यही रवैया अख़्तियार किए हुए हैं। हाथ के पेस्ट्री के काग़ज़ को उसने बुरी तरह मरोड़ डाला और झटके से ज़ोर से प्लेट में पटक दिया।

"और हमें तो मालूम नहीं, दिन-भर भाग-दौड़ रहती है, इसी मारे नहीं बैठते हैं।" केशव कह रहा था। प्याला उसने शरद की ओर खिसका दिया।

शरद समझ गया और चाहे जो भी कारण हो, कम-से-कम उनके यहाँ बैठने का यह कारण नहीं है। प्याला लेकर भरसक स्निग्ध स्वर में कहा—"हाँ—भाग-दौड़ तो रहती है। नेता भैया को काम भी तो बहुत करना पड़ता है।"

"अजी कुछ पूछिए मत ! सुबह से उठते हैं—अब यह मिनिस्टर मिलने आ रहा है—अब वह गवर्नर आ रहा है। किसी को परमिट लेना है, किसी को नौकरी की सिफ़ारिश करानी है, या किसी बड़े अफ़सर को कुछ कहलवाना है। दिन-भर बस लोग घेरे ही रहते हैं। एक हो तो याद रखें। वो तो यों कहो, मिल-विल का काम छोटे बाबूजी देख लेते हैं, तब भी बिचारों को रात में बारह-एक बजे सोना नसीब होता है।" अपने मालिक की यश-गाथा से केशव का चेहरा दमक उठा।

"भाई, भले आदमी की यही दिक़्क़त है—पचास आदमी घेरे रहते हैं। मेरी जान-पहचान तो वहीं अपने शहर में हुई थी। तभी मैंने देखा हम जवान आदमियों से इतने काम नहीं होंगे—जितने यह वहाँ करते थे—खुद सब काम अपने आप !" शरद ने चाय का घूँट भरा।

"सो तो यहाँ भी है। वो तो हमीं लोग भाग-दौड़ आगे-पीछे हाथ से काम छीन-छान लेते हैं—वर्ना तो वो कभी नहीं कहते। धूल लगी होगी तो खुद झाड़ लेंगे। और सा'ब, जब मालिक ऐसा होगा तो नौकर खुद ही शरम के मारे आगे-पीछे घूमेगा। 'भैया' और 'जी' लगाए बिना तो बात नहीं करते ! सुबह ही उठते हैं पाँच बजे, नहाए, धोए और

चरखा लेकर बैठ गए; अपने काते सूत का कपड़ा पहनते हैं हमेशा।"

"अच्छा !" शरद ने आश्चर्य से कहा।

"हाँ जी–एक दफ़े बीमार पड़ गए थे। महीने-भर उठने-बैठने लायक़ नहीं रहे। सूत नहीं कता, सो जब तक सूत कतकर कपड़े नहीं बन गए, बस चदरा ही ओढ़े रहते, छोटे बाबूजी कह-कहकर हार गए। और चाहे जितना काम हो, रात को चाहे जब भी सोना मिले, सुबह पाँच बजे उठे, नहाए-धोए और पूजा पर बैठ गए..."

"पूंजा भी करते हैं ?"

"हाँ, गीताजी का रोज़ाना घंटा-भर पाठ होता है। फिर तो दिन-भर इससे मिल, उससे मिल, यहाँ जा, वहाँ जा ! मनों तो पैट्रोल फुँक जाए रोज़ाना, कोई दिन ऐसा नहीं जाता जब सौ-दो सौ आदमियों से मिलना-जुलना नहीं हो जाए। घर पर तो खाना कभी-कभार भले ही खाते हों, आज इसके यहाँ पारटी, कल उसके यहाँ मीटिंग। रोज़ यहाँ जलसे होते हैं। अभी दो-तीन दिनों में भी तो कुछ होनेवाला है, टेलीफ़ून पर कह रहे थे..."

"अच्छा..." शरद ने विषय बदला–"ऊपर और कौन लोग रहते हैं ?"

"छोटे बाबूजी और घरवाले तो दूसरी कोठी में रहते हैं–शहर में। ऊपर तो आधे हिस्से में बहनजी और पद्मा बीबी रहती हैं–आधे में हिसाब-किताब के पोथी-पत्रे भरे हैं। सचमुच शरद बाबूजी, बड़ा झंझट है उनकी जान को...।"

"जी नहीं, बस ख़ाली बाबू !" शरद मुस्करा उठा।

केशव भी मुस्कराकर चुप हो गया। उसे लगा शायद वह अपने मालिक की ज़रूरत से ज़्यादा प्रशंसा कर रहा है। शरद ने सोचा, बस आज इतना ही। वैसे पूछना तो वह यह भी चाहता था कि घरवाले वहाँ और यह यहाँ क्यों रहते हैं ? लेकिन पुलिस-इन्सपैक्टर की तरह कुरेद-कुरेदकर पूछने से शायद ग़लत असर पड़े। कुछ नहीं तो जाकर कह ही दे। सब कुछ स्वाभाविक रूप से जानते और पूछते रहना चाहिए। थोड़ी देर चुप रहकर केशव बोला–"दिन-भर में चालीस-पचास आदमी तो यह कहते चले आते हैं कि हमने इन्हें वहाँ देखा था, वहाँ मिले थे जेल में, हमारा फ़लाना काम करा दो–आदमी किस-किसको याद रखे..."

"हाँ भाई, बड़े आदमियों के बड़े ठाठ होते हैं।"

"लेकिन शरद बाबू, बड़े आदमियों जैसी कोई बात नहीं है। गर्व तो छू नहीं गया, देवता आदमी हैं। हमने तो यह देखा है–जो भी इनके पास आया सोन बनकर गया..."

"अच्छा केशवजी, आपको यहाँ कितने दिन हो गए हैं ?" ज़रा आत्मीयता बढ़ाने के लिहाज़ से शरद ने पूछ डाला।

"मुझे ?–मुझे हो गए, बारह-तेरह साल।"

"पूरा परिवार होगा ?"

"कहाँ जी, एक लड़की थी, सो अपने घर की हुई। बचपन में ही उसकी अम्मा गुज़र

गई–अपने अकेले मस्तराम हैं। दिन-भर यहाँ रहे–रात को अपनी कोठरी में जा पड़े।"

शरद के मन में एकदम उठा–क्या यहाँ भी सभी आदमी ऐसे हैं ! उधर सूरजजी हैं–वे अकेले, देशबन्धुजी खुद अकेले, यह केशव...फिर सोचकर कि विशेष बातें फिर कभी पूछेगा, सचेत होकर बोला–

"हाँ बताया नहीं आपने, जया क्या कर रही थी...?"

"बीबीजी ?...बीबीजी को तो बहनजी ने बुलवा लिया है। कहा–'वहाँ अकेली क्या कर रही होंगी। मन भी नहीं लग रहा होगा..."

"हाँ, सो तो है ही, एकदम नई जगह है न..." शरद जैसे कुछ अन्यमनस्क हो उठा। कल की घटना झटके-से उसकी आँखों के आगे साकार हो उठी...

लड़का ट्रे उठा ले गया। शरद धीरे-धीरे डूबने लगा।

"अच्छा, शरद बाबू, बाज़ार-वाज़ार का जो भी काम हो, कहिए। आपके सहारे गुज़र होती चली जाएगी..." चलते हुए केशव कह रहा था–"और काम की कोई ख़ास चिन्ता मत कीजिए, सब धीरे-धीरे समझ में आ जाएगा..."

"अरे, कैसी बात कर रहे हो...तुम्हारी मदद के बिना थोड़े ही रह सकते हैं हम।" पहली बात के उत्तर में शरद ने कहा।

केशव चला गया।

जया को बुलाया जाना उसे बड़ा अजीब-अजीब लगा। कहना चाहिए अधिक अच्छा नहीं लगा। कुर्सी घुमाकर सामने मेंहदी और करोंदे की लाइनों के बीच में जाती सड़कों, खिड़की के नीचे ही पड़नेवाली क्यारियों में लगे गुलाब के फूलों और दूर सड़क के किनारे खड़े पेड़ों की हरियाली में झाँकते बादलों को देखते हुए कल की मुलाक़ात का एक-एक चित्र उसकी आँखों में घूम गया–उसने जब जया का पद्मा और मायादेवी से परिचय कराया था...उस परिचय की याद करके उसका मन एक तल्खी से भर उठा...कल की ही तो बात है...

सन्ध्या को मौसम विशेष सुहाना हो गया था। आसमान साफ़ था और बादलों के एक-दो टुकड़े ही क्षितिज में आवारा लड़कों की तरह तैर रहे थे। यों ही सावधानी के लिहाज़ से सूरजजी ने छाता ले लिया था। इसे वह बेंत की तरह टिका-टिकाकर चल रहे थे। शरद और जया ख़ाली हाथ थे। जया ने कन्धे पर पर्स लटका लिया था जो उसकी बग़ल में झूल रहा था। भीगी सड़क सूख रही थी...जया चुप-चुप थी। शायद उसे घर का ध्यान रह-रहकर आ रहा था। कभी-कभी वह स्वयं ही यह सोचकर कि कैसी स्वतन्त्रता से शरद के साथ घूम रही है, विचित्र संकोच से भर उठती ! राह चलते व्यक्तियों की दृष्टियों के स्पर्श को जब वह अपनी पीठ, बाँह, मुँह इत्यादि पर अनुभव करती तो दो विरोधी भावनाएँ एक साथ उसके मन में उठतीं। शरद के साथ अब वह इतनी समर्थ–बोल्ड–है कि इन दृष्टियों के स्पर्श को दरगुज़र कर सकती है, लेकिन इन्हीं में

से कोई दृष्टि उसे पहचान ले तो ? इस पहचानने की कल्पना से ही सिहर उठती। घर में इस समय हल्ला हो रहा होगा—जया कहाँ गई—जया कहाँ गई ? मुहल्ले-पड़ोस की स्त्रियाँ खड़ी गम्भीरतापूर्वक ठोड़ी से उँगली लगाकर कह रही होंगी—"एऽ, हम तो पहलैई जानैं भैना। उसके लच्छन क्या किसी से छिपे थे ?...रंडियों की तरह दिन-दिनभर घूमना।" या—"कर भी तो कैसी हथिनी-सी ली थी। हमने तो भैया, पहलैई कही थी, लड़की का ब्याह कर-कराकै अलग करो। कुछ नहीं रखा है इन बातन में। पर नहीं सा'ब,—हम तौ मास्टरी करवाएँगे। लो करवाऔ मास्टरी।" या "लल्ला के चाचा कह रहे थै, उन्होंने रेल में देखा..." ऐसे-ऐसे हज़ारों वार्तालाप के टुकड़े उसके दिमाग़ में आ रहे थे। स्कूल में जो-जो बातें हो रही होंगी, वह तो वास्तव में असहनीय ही हैं...इस्तीफ़ा दे आई है तो क्या है—ऐसी बातें कहीं छिपी रहती हैं किसी से ?—"मिस सिनहा तो देखने में बड़ी सीधी-सी लगती थीं...अरे हम निगाहों से पहचाननेवाले हैं—इधर वह रहने कैसी लगी थी, बड़ी खोई-खोई-सी, एक तरफ़ देख रही हैं तो बस देखे ही जा रही हैं।" आँखें नचाकर मिसेज़ कक्कड़ ने कहा होगा। बाक़ायदा स्टाफ़-रूम में कान्फ्रेन्स लगी होगी, मिसेज़ दास से बिना इसमें हिस्सा लिए थोड़े ही रहा गया होगा...लड़कियों पर तो सचमुच बड़ा बुरा असर पड़ा होगा। जो भी हो, अब तो लौटकर जाने का हर दरवाज़ा क़रीब-क़रीब बन्द हो चुका है। जया जानबूझकर घर की बात नहीं सोचती थी—मुहल्ले-पड़ोस की छोटी-से-छोटी प्रतिक्रिया को वह सोच सकती थी, स्कूल की पूरी बात की वह कल्पना कर सकती थी; लेकिन...लेकिन पता नहीं क्यों घर की बात सोचते ही मन धसकने लगता था। और सब जगह की बातें सोचकर भय होता था। कभी-कभी जी कड़ा करके वह उपेक्षा से सिर भी हिला देती थी, लेकिन जब भी उसे घर का ध्यान आता, विचित्र तरह की रुलाई उसके मन में ज्वार की तरह फूटने लगती। उसका गला रुँध आता। सुबह से सूरजजी के आतिथ्य और गप्पों में जानबूझकर उसने अपने आपको भुलाए रखा—और कहीं की कोई बात ही नहीं सोची—लेकिन सोने के बाद से तबीयत बड़ी गिरी-गिरी थी। और सोते वक़्त उसे क्या हो गया था कि इतनी बुरी तरह रोने लगी थी...? कोई बात भी तो ऐसी ख़ास नहीं थी। शरद दादा ने भी क्या सोचा होगा ?—'दादा'...सुन लें तो काटने दौड़ें फिर आख़िर कहूँ भी क्या ?—मुझसे तो नहीं कहा जाता कुछ। हुँह, शुरू से कहा है, अब एकदम कैसे छोड़ दें ? उसे रोना इस तरह नहीं चाहिए था; बात ग़लत है, इसका प्रभाव शरद पर बुरा पड़ रहा होगा, फिर भी वह बेबस थी। रुलाई उससे थमी ही नहीं। बाद में चुप कराते-कराते शरद की भी तो आँखों से आँसू आ गए थे—"जया, तुम मुझे कमज़ोर बना रही हो। मैंने अपना घर-बार नहीं छोड़ा है ?" वह रोती रही थी, बाल शरद की छाती पर बिखर गए थे। रोशनदान की टीन पर टपर-टपर बूँदें बरस रही थीं—सिर पर हाथ रखकर शरद कह रहा था—"समझदार होकर पाग़लों जैसी बात क्यों करती हो ? बिलकुल ही नासमझ हो—ऐंऽ ? बड़ी हुईं, पढ़ी-लिखीं, पढ़ाने लगीं और फिर भी वही बच्चों की-सी बात ! मैं कहता हूँ, तुम बिलकुल निर्द्वन्द्व होकर रहो—मैं तो हूँ साढ़े छः हाथ का। तब तो

बड़ी-बड़ी समझाने की बातें कर रही थीं—अब सब एकदम ख़त्म ?" ख़ैर उस समय तो जैसे-तैसे बड़ी मुश्किल से शान्त हुई थी—लेकिन अब उस सबको याद करके हृदय पुलक उठता है—और तब इधर-उधर भटकता हुआ मन जैसे सहारा पाकर दृढ़ हो जाता है। उँह, होगा। जो होगा सो होता रहेगा आख़िर कब तक यों ही ज़िन्दगी गलाई जाती...! कब तक यों उम्र बीतते चुपचाप देखती रहती ? सब दो दिन यों ही बक-बकाकर चुप हो जाते हैं, ज़िन्दगी फिर स्वाभाविक गति से चलने लगती है, लोग भूल-भाल जाते हैं। कोई ऐसा अनोखा काम तो उसने किया नहीं...

और जया की यह चुप्पी शरद के दिल पर बोझ की तहें बन-बनकर जम रही थी। सिवा घर के, या उसने अच्छा किया या बुरा—अपने इन संस्कारों से लड़ने के, वह कर ही क्या रही होगी ? जया के सम्बन्ध में उसका मनोवैज्ञानिक-ज्ञान कह रहा था कि सोचने से बचाने के लिए उससे बातें किए जाना चाहिए—इधर-उधर की, दुनिया-भर की, वर्ना वह सारी ख़ुराफ़ातें सोचेगी। शरद को सबसे अधिक आश्चर्य हो रहा था सूरजजी पर। सूरजजी कुछ अजब सुस्त-से और अलग-अलग चल रहे थे। सूरजजी के बातूनीपन से वह घबराता था—और उनकी बातें सुन-सुनकर उसे एक विचित्र तरह की विरक्ति होती थी। ख़ासतौर पर उन्होंने शरद का जो अध्ययन किया था उससे वह विशेष रूप से झुंझला उठा था; लेकिन तब भी कुछ ऐसी बातें थी जिनकी ओर वह आकर्षित होता था और इस आकर्षण के प्रवाह में विरक्ति पीछे पड़ गई थी। विशेष रूप से सूरजजी और देशबन्धुजी के सम्बन्धों के बारे में जानने का आकर्षण। दूसरे, आस-पास इतना इस स्थान से परिचित दूसरा कोई आदमी था भी नहीं। कभी-कभी शरद सोचता, शायद यह मेरे अपने मन का भ्रम ही हो—सूरजजी सचमुच इतने बुरे न हों जितना उसने समझ रखा है। फिर भी, अब इस समय चुप रहना उनके स्वभाव के विपरीत भी है—और बड़ा घुटा-घुटा-सा भी लग रहा है।

"यहाँ कोई आस-पास अच्छी घूमने लायक़ जगह क्या है ?" शरद ने ही आख़िर बात शुरू की।

"यहाँ ?" सूरजजी ने मुँह के पान की नस को, जो उनसे चबाई नहीं जा रही थी, थूकते हुए कहा—"क्यों, यह सड़क ही क्या बुरी है जिस पर हम लोग चल रहे हैं ? शरद बाबू, आप इसे चाहे जैसी उजाड़ और उदास जगह कहें, यहाँ की सारी जैंट्री यहीं आती है घूमने।"

"नहीं, जहाँ ज़रा मन लगे, थोड़ी शान्तिपूर्वक बातें की जा सकें, घंटे-आध-घंटे बैठा जा सके।" शरद ने एक बार जया की ओर देखा।

"देखिए सा'ब, जो यहाँवालों की बात थी, वह सूरज ने आपको बता दी। अब अगर आप ख़ासतौर से मेरी पूछें तो मुझे यहाँ सिर्फ़ एक जगह पसन्द है। कभी-कभी मन हुआ तो साँझ को वहीं जाकर पड़े रहे। क़सम से कहता हूँ—बड़ा मन लगता है, उठकर आने की तबीयत नहीं करती, नीचे बहती नदी, ऊपर तारों का जाल, लहरों का शोर। आजकल नदी तो ज़रा जोश पर है न, सो लहरों की ऐसी टकराहट होती है कि

तबीयत वहीं उलझकर रह जाती है...''

''कहाँ...?'' जया ने पूछा।

''यहाँ पास ही एक-सवा मील पर रेल का पुल है। सो उसी के बीच में आठवें नम्बर का अपना खम्भा है। बस वहीं पर उतर गए—वहीं आठ-दस फ़ुट लम्बी-चौड़ी जगह है—बड़ा एकान्त है, बड़ी शान्ति रहती है। कभी-कभी तो वहीं नींद आ जाती है, तब दस बजे की गाड़ी से नींद खुलती है।''

''वहाँ काफ़ी जगह होगी ?'' ज़रा चकित स्वर में जया ने पूछा।

''हाँ—बताया न अभी, आठेक फ़ीट चौड़ी और दस फ़ीट लम्बी जगह समझिए।''

''कहीं करवट लेते-लेते लुढ़क गए ?'' जया ने कुछ भीत स्वर में पूछा।

''अरे—ऐसे नहीं गिरते हैं !'' सूरजजी ज़ोर से हँस पड़े—''और सूरज के ही बिना कौन-सी दुनिया सूनी पड़ जाएगी ? जयाजी, सूरज को इन बातों का बहुत अभ्यास है। मैं बरसों बम्बई में नरीमन-पॉइन्ट पर सोया हूँ—वहाँ तो कभी-कभी रात में लहरें जिस तरह आ-आकर टकराती हैं—वैसी तो शायद यहाँ टकराती भी नहीं हैं।''

''आज तो नहीं—कल वहाँ चलेंगे, शाम को। क्यों जया ?'' सूरजजी अपनी कोई गाथा न ले बैठें, इसलिए जल्दी से शरद जया की ओर देखकर बोला।

''हाँ, कल चलिए, आज चलिए, जब इच्छा हो तब चलिए...।''

''नहीं, आज तो कैसे जा सकते हैं—आज तो कुछ सामान लाना है न, श्रीमतीजी नाराज़ होंगी।'' मुस्कराकर शरद ने अपने मित्रों से सुने हुए वाक्य को ज्यों-का-त्यों दुहरा दिया। सूरजजी ज़रा आगे छाते को धरती पर ठोक-ठोककर चल रहे थे, जया शरद के पास ! वह मुस्कराकर लाल पड़ गई। उसने इधर-उधर देखकर ज़ोर से उसकी बग़ल में पसली पर नोच लिया। मिसमिसाकर धीरे से बोली—''शरम नहीं आती !'' शरद ने फ़ौरन बाँह नीची करके जया का हाथ ज़ोर से वहीं दबा लिया।

''छोड़ो, नहीं तो मैं कहती हूँ फिर...''

''क्या ?'' शरद शान्त चलता रहा, जैसे उसे कोई मतलब ही न हो।

''दा...'' उसने बड़ा-सा मुँह फाड़कर कहा। उसका मतलब था दादा।

शरद ने हाथ छोड़ दिया। सावधान करते हुए कहा—''फिर आगे ऐसी हरकत मत करना।''

''डर गए ?'' जया खिलखिलाकर हँस पड़ी। मुग्ध-सा शरद देखता रहा।

''अरे भाई, सड़क पर क्यों लड़ते हो ?—आख़िर जेठ की हैसियत तो है ही मेरी।'' दो-एक बार बनावटी ढंग से खाँसकर सूरजजी कुटिलता से मुस्कराए और सामने देखते हुए बोले।

शरद ने ठोड़ी झटकाकर उनकी ओर इशारा किया—इनका ध्यान करो ! जया ने हँसते हुए मुँह पर हाथ रख लिया—हाय, सारी बातें उन्होंने सुन न ली हों। जानबूझकर क्या बेवक़ूफ़ी की है ! ज़ोर से हँसकर शरद बोला—''सूरजजी, जेठ लायक़ इज़्ज़त तो आपने रखी ही कहाँ—आप तो शुरू से ही इतने घुल-मिल गए कि देवर...''

"आपको बात क्यों लगती है ? आपका तो जेठ-देवर कुछ लगता नहीं हूँ !" सूरजजी और शरद हँस पड़े। जया कटकर रह गई। फिर उन दोनों को आश्वस्त करने के लिए कि कहीं वे लोग इन्हें अपने बीच में बाधक या दाल-भात में मूसलचन्द न समझें, वे ज़रा प्रसन्न स्वर में बोले—"सच मानिए शरद बाबू, सूरज को सिर्फ़ दो ही व्यवहार पसन्द हैं, या तो बिलकुल उन्मुक्त, हार्ट-टू-हार्ट, और या बिलकुल कट-ऑफ़ ! यह बीच का दबा-भिंचा-सिकुड़ा-सा व्यवहार मुझे पसन्द नहीं। इसे मैं जितनी जल्दी हो सकता है ख़त्म कर देता हूँ।" फिर एकदम विषय बदलकर बोले—"अच्छा हाँ, आपने जयाजी की मुलाक़ात पद्माजी और मायादेवी से नहीं कराई ?"

"हुई ही नहीं, शायद वे लोग अधिक व्यस्त रहीं और हमें तो फ़ुर्सत ही नहीं मिल पाई सुबह से। शायद उन्हें हमारे आने का पता ही न हो।" शरद ने गम्भीर स्वर में कहा। अब जहाँ चलते-चलते यह लोग आ गए थे—सड़क सँकरी हो गई थी और इधर-उधर दूर-दूर पड़नेवाली कोठियों के स्थान पर मकान और दूकानें दिखाई दे रही थीं। एक मकान पर बड़े-बड़े अक्षरों में लिखा 'बालामृत' का विज्ञापन दिखाई दे रहा था। दो खम्भों पर खड़े हुए बड़े से बोर्ड पर ओवल्टीन का डिब्बा बना था। जया ने कपड़े ज़रा ठीक कर लिए। एकाध बिखरी लट पीछे की, और सिर पर पल्ला ले लिया। साँझ गहरा रही थी।

"नहीं, यह तो आपका ख़याल ग़लत है, शरद बाबू..." सूरजजी कह रहे थे—"उन्हें मालूम सभी रहता है। कोठी में कहाँ क्या होता है इसका मायादेवी को रत्ती-रत्ती पता रहता है।"

"अच्छा !" शरद ने आश्चर्य प्रगट किया, फिर बोला—"ख़ैर मायादेवी को तो मैंने पहली ही बार देखा है—देखा भी होगा तो याद नहीं, लेकिन पद्मा के व्यवहार को देखकर बड़ा आश्चर्य होता है। शायद मैंने आपको नहीं बताया, हम लोग दो साल साथ पढ़े हैं, लेकिन उसने मुझे पहचाना तक नहीं। चुप तो ख़ैर वह पहले भी रहती थी—फिर भी इसका मतलब यह तो नहीं कि पहचाना तक न जाए। और फिर बातचीत करने लगी तो ऐसी कि बिलकुल ही भूल गई..."

"बड़ी मूडी-सी लड़की है। अपने में ही गुम-सुम। मैंने बताया था न, उसकी हाथ की रेखाएँ तो बड़ा भयंकर रीडिंग देती हैं। आपने तो जयाजी, देखा नहीं होगा। आज तो दोनों माँ-बेटी अपनी नीली गाड़ी में गई हैं। जाते हुए देखा था।"

"नहीं, मैंने नहीं देखा।" जया वास्तव में पद्मा को देखने को बड़ी उत्सुक थी। उसका ज़िक्र एकाधिक बार आ चुका था।

"और अगर मैं भूल नहीं करता, तो सामने रिक्शा में वही आ रही है।" सूरजजी ने ज़रा चौंककर कहा।

"लगती तो वही हैं।" शरद भी बोला—"लेकिन आप तो कहते थे, वह गाड़ी में गई हैं।"

"हाँ, जाते तो गाड़ी में ही देखा था—पता नहीं क्या बात है। वैसे एक बात शायद

आपको पता नहीं है ? माँ-बेटी में ख़ास बनती नहीं है।'' पास आते रिक्शे को देखकर सूरजजी बोले।

''हाँ—मार्क तो मैंने भी किया है, लेकिन कारण समझ में नहीं आया।'' शरद अन्यमनस्क स्वर में बोला। उसने ग़ौर से जया को देखा। जया का इस तरह साथ होना और एकदम पद्मा का यों आ टपकना उसे एक क्षण को अच्छा नहीं लगा। उसकी इच्छा हुई जया इस समय साथ न होती तो अच्छा था।

लेकिन जया पास आते रिक्शे में बैठी पद्मा को ग़ौर से देख रही थी—साफ़ खुलता हुआ रंग, ज़रा तीखे नक़्श, पतली-सी नाक, कुछ कसे हुए होंठ, अंडाकार चेहरा, पतली-पतली भवें जो नाक पर हलकी-सी बालों की रेखा से आपस में इस तरह मिली थीं जैसे पौराणिक चित्रों में बीच से पकड़नेवाला धनुष पड़ा हो और उस जगह सावधानी से रखी गई काली-सी बिन्दी। खुले रंग पर ख़ूब खिल रही थी।

नमस्कार करने के लिए पद्मा के माथे तक उठे हुए हाथों के जवाब में शरद और सूरजजी के हाथ साथ ही जुड़े। रिक्शा खड़ा हो गया। ध्यान आने पर जया ने ख़ूब शिष्टता से हाथ जोड़े। उत्तर में पद्मा ने दुबारा नमस्कार किया। उसने मुस्कराने की कोशिश की, लेकिन जैसे उससे मुस्कराया नहीं गया। वह सुस्त थी। तीनों रिक्शे के पास आ गए।

''कहिए किधर घूम आईं ?'' शरद बोला।

''यों ही...'' पद्मा ने मुस्कराकर टाल दिया।

''आप, शायद गाड़ी में गई थीं...।'' सूरजजी ने रिक्शे के टायर पर छाते की नोक से खट-खट करते हुए पूछा।

''हाँ...हाँ...हाँ...'' पद्मा की मुस्कराहट ग़ायब हो गई। ऐसा लगा जैसे यह प्रसंग उसे विशेष रुचा नहीं, लापरवाही से बोली—''अम्मा ज़िद पकड़ गईं—मार्केटिंग करने चलो—मार्केटिंग करने चलो। मन नहीं था—तब भी चली गई। वहाँ तबीयत ज़रा ज़्यादा ख़राब हो गई—सिर में ऐसा दर्द उठा कि रहा नहीं गया। उन्हें कुछ ज़रूरी चीज़ें लेनी थीं—मैंने कहा आप लेती रहिए—अपने वश की तो है नहीं। मैं चली आई।'' पद्मा निरुद्‌देश्य-सी एक ओर देखती हुई शरद और सूरजजी से बोली—''आप किधर चल दिए ?''

''यों ही सोचा इन्हें शहर दिखा दें। कुछ ज़रूरी चीज़ें इन्हें भी ख़रीदनी थीं।'' सूरजजी ने कहा—''रिस्पोन्सिबिलिटी अपने ऊपर ही आ गई है सब, सूरजजी इनके सैल्फ़डिक्लेयर्ड जेठ हो गए हैं न...''

पद्मा ने फिर एक बार जया को देखा। शरद को ध्यान हो आया कि परिचय तो कराया ही नहीं, बोला—''आपका परिचय तो मैं इन्हें दे चुका हूँ—यह है मेरी साथिन जया सिनहा...अभी तक पढ़ती थी, अब पढ़ानेवाली है।'' शरद मुस्करा उठा।

पद्मा विशेष रूप से सुस्त थी। वह ज़बर्दस्ती मुस्कराई—''सिनहा ? आप तो वशिष्ठ हैं शायद ?'' जया ने एक बार उस ओर देखकर सिर झुका लिया था।

"हाँ, हम लोगों ने इन्टरकास्ट..." शरद ज़रा गर्व से बोला।

"ओ ऽ ऽ !" कहकर पद्मा ने जैसे उठती हुई गहरी साँस को दबा लिया, पर फिर सहसा ध्यान करके बोली–"तो फिर जया शरद कहिए न ?"

"शरद जया क्यों नहीं ?" शरद ज़ोर से हँस पड़ा–"हम लोग एक-दूसरे के भौतिक व्यक्तित्व के विलिनीकरण के पक्ष में नहीं हैं...।"

"हूँ, तो यह बात है–भाभीजी भी आपकी तरह रैडीकल हैं।" पद्मा ने अत्यन्त ही फीकी मुस्कान से कहा। वह फिर अन्यमनस्क-सी एक ओर देखने लगी।

जया का चेहरा लाल पड़ गया। इस 'भाभीजी' शब्द से उसे बड़ी झेंप लगती थी। उसने एक बार फिर पद्मा की ओर देखा। स्लिम-शरीर, भरी बाँहें, सफ़ेद साड़ी, सफ़ेद ब्लाउज़। एक हाथ में घड़ी, उँगलियों में लटकता, ख़रगोश की खाल का छोटा-सा 'पाउच' (पर्स), सिर पर ज़रा ऊपर की ओर बँधा हुआ अत्यन्त आधुनिक फ़ैशन का चौड़ा जूड़ा, कानों में छोटे-छोटे कुंडल। कनपटी तक बढ़ी हुई बालों की लटें–ज़रा कंजी-सी आँखें। बात बदलने के लिए जया ने कहा–"चलिए न, आप भी थोड़ा बाज़ार की तरफ़ घूमने।"

पद्मा ने चौंककर बहुत ही आजिज़ी से, एकदम उसका हाथ अपने हाथ में लेकर कहा–"मेरी तबीयत ठीक नहीं है भाभी, वर्ना मैं ज़रूर चलती। सच, मैं ज़रूर चलती ! कल आइए न उधर। एक क़दम की ही तो दूरी है।"

"जी हाँ, मैं कल ज़रूर आऊँगी।" जया ने शरद को देखा।

"अच्छा आप कष्ट क्यों करें ! आप मत आइए, मैं खुद ही आऊँगी। वैसे तो शरदजी बुलाएँगे नहीं। अच्छा भाभी, चलूँ।" उसी नम्रता से पद्मा बोली।

"देखिए, मैं तो आपसे बहुत छोटी हूँ।" इस बार जया से नहीं रहा गया–"आप तो मेरी बड़ी बहन हुईं न !"

"आगे तो आप निकल गईं न !" सूरजजी ने ज़ोर से हँसकर कहा। शरद मुस्कराया और जया लजा गई। उसने शरद की ओर देखा।

पद्मा ने कुछ नहीं कहा और पर्स हाथों में दबाकर माथे तक हाथ उठा दिए–रिक्शा सरका। शरद ने फिर देखा, पद्मा के गम्भीर चेहरे पर उसकी ठुड्डी काँप रही थी–उसे पहले दिन की बात याद हो आई।

"कल ज़रूर आइए !" जया ने याद दिलाया।

पद्मा ने सिर हिला दिया।

तीनों थोड़ी देर चुपचाप चलते रहे।

"शरद बाबू, एक बात बताऊँ ?" सूरजजी ने पूछा। अँधेरा काफ़ी झुक आया था, और दूकानों में बत्तियाँ जलने लगी थीं।

"क्या ?" शरद ने पूछा।

"तबीयत-वबियत कुछ ख़राब नहीं–यह मायादेवी से लड़कर आई थी !" अत्यन्त ज्ञानी की तरह ख़ाली मुँह को पुनः पान से भरने के लिए वे जेब में डिबिया टटोलने

लगे।

"सूरजजी, ठीक यही बात तो मैंने महसूस की। वर्ना यह रिक्शे में क्यों आती ? रिक्शे में मायादेवी आ सकती थीं।" शरद ने भी सोचकर कहा।

"यह बात !" सूरजजी ने उसकी समझ की दाद दी। फिर अपनी बात जारी रखी—"और तुमने उसकी टोन नहीं देखी ? बातचीत करने का ढंग, चेहरे के ऐक्सप्रैशन सभी से ऐसा लग रहा था, जैसे अब रोई—अब रोई।" सूरजजी ने कहा—

"यह लड़की तो बेचारी सीधी-सी लगती है मगर इसकी अम्मा ?" उन्होंने दोनों कान छुए—"भगवान बचाए।"

"कॉलेज में भी यह बहुत सीधी और चुप लड़कियों में से थी।" शरद ने बाज़ार देखते हुए कहा। शो केसों में बल्ब चमकने लगे थे।

"लड़की भावुक है।"

"भावुक का मतलब अगर रो पड़ना ही है ज़रा-ज़रा-सी बात पर, तो मैं कहूँगा कि सभी लड़कियाँ एक स्थान पर बराबर भावुक हैं।" शरद ने कुटिलता से जया की ओर देखा।

"अच्छा, लौटकर इस बात का जवाब दिया जाएगा। अब बाज़ार आ गया है, अब अपनी मनोवैज्ञानिक-स्टडी बन्द कर दीजिए !" जया ने कुछ अधिकार के स्वर में कहा।

"रो जाओगी !" शरद ललकारकर बोला।

"इतना कमज़ोर मत समझिए।"

"अच्छा जी, ज़रा देखना इधर !"

"नहीं, हम नहीं देखते। बाज़ार में भी चुप नहीं रहा जाता—हाँऽऽ तो नहीं !"

"अच्छा, सूरजजी, अब साइकॉलॉजीकल-स्टडी बन्द, आइए, अब हम लोग यहाँ की एनोटोमीकल-स्टडी शुरू करें और नम्बर दें।" शरद प्रसन्न स्वर में बोला।

"गुड्ड, यह काम भी आप करटे हैं टो ?" हाथ आगे करके वे शरद को मुँह के छीटों से बचाते हुए बोले।

"अपनी ज़िन्दगी और बीती कैसे है ?" हँसकर वह बोला—"और आप नहीं जानते, हमारा और जयाजी का परिचय भी इसी तरह हो गया था। अब आपको भी अपनी ज़िन्दगी सफल बनानी है तो जितनी जल्दी हो सके यह स्टडी शुरू कर डालिए !"

"मैं कहती हूँ, आपको झूठ बोलते ज़रा भी शरम नहीं आती ? हाँ सा'ब, कहाँ हुआ था हमारा परिचय ?" आँखें तरेरकर जया ने पूछा। इस बार सचमुच उसे झुंझलाहट आ गई—भरे बाज़ार में नए आदमी से इतना अधिक खुलना क्या अच्छी बात है ? यह शरद दादा परिस्थिति को बहुत जल्दी भूल जाते हैं। पद्मा के चले जाने के बाद से जया की चुप्पी शरद को अच्छी नहीं लग रही थी—इसलिए वह उससे कुछ-न-कुछ बुलवाए रहना चाहता था, लेकिन फ़ौरन ही उसने अनुभव किया कि ढंग ग़लत अपनाया गया है। बोला—"अच्छा सूरजजी, हम अपने शब्द वापस लेते हैं—और एकदम विषय बदलते हुए पूछते हैं कि हमारी चीज़ें कहाँ-कहाँ मिलेंगी ?"

जया को सबसे अधिक शर्म इस बात से लग रही थी कि गृहस्थी की जिन चीज़ों से उसका कभी मतलब नहीं रहा—उन्हीं सबको एक दक्ष-गृहिणी की सावधानी से ख़रीदना होगा। उसे तो ठीक से मालूम भी नहीं कि क्या-क्या चीज़ें लेनी हैं, कितने तक लेनी हैं। सूरजजी ने शरद को फिर याद दिलाया कि कल सबसे पहला काम यह करे कि जैसे भी हो देशबन्धुजी से पैसों के मामले में तय कर ले।

और जिस समय एक बर्तनवाले की दूकान पर सूरजजी ख़रीदे हुए सामान को पैक कराने के सम्बन्ध में उपदेश दे रहे थे—कहीं ख़रीदी हुई चीज़ों पर दाग़ न पड़ जाएँ, इसलिए जया बड़ी तीखी दृष्टि से नौकर को एक के ऊपर एक बर्तन रखते देख रही थी, और शरद तटस्थ की तरह एक ओर खड़ा था, तभी हाथ की सिगरेट को मुँह में लगाकर, ढीली बुश्शर्ट और चौड़ी मुहरी का ढीला-ढाला पैंट पहने हुए किसी ने चुपके-से पीछे आकर सूरजजी के दोनों कन्धे ज़ोर से पकड़ लिए—"कहिए सम्पादकजी, आज कैसे मौक़े पर पकड़ा है। बड़ी गृहस्थी ख़रीद डाली, दावत वग़ैरह देनी है क्या ?"

इस प्रत्याशित आफ़त पर सहमकर सूरजजी ने सिर घुमाकर देखा, कौन आ टपका ! "भाई वाह कपिल साहेब हैं—वही तो मैं भी कहूँ—यह कन्धे पर बन्दर जैसा कौन टूटा ?"

"अरे अब क्यों पहचानेंगे ? अब तो 'सैंया भए कोतवाल...'।" कपिल साहेब ने सूरजजी को और भी भींच लिया।

"अरे छोड़ भाई, दो भले आदमी खड़े हैं। अब क्या मेरा कन्धा ही तोड़ ले जाएगा ? कौन सैंया कोतवाल हो गए ?"

"अरे अबकी नई मिनिस्ट्री बनी और तुम्हारे देशबन्धुजी मिनिस्टर हुए...।"

"हुँह..." सूरजजी ने नाक पर मक्खी झाड़ी—"क्या 'बोर' बात शुरू की है। आओ, तुम्हारा परिचय कराऊँ।" इस प्रेमालिंगन को शरद और जया तो कौतूहलपूर्ण-विनोद से देख ही रहे थे, दूकानदार और दो-एक राह चलते भी रुचिपूर्वक देखने लगे थे, इसलिए सूरजजी गम्भीर हो गए।

कपिल साहेब ने चुहल एकदम ख़त्म कर दी, और तनकर परिचय प्राप्त करने की मुद्रा में खड़े हो गए। शरद और जया भी पास खिसक आए। जया कनखियों से सामान पैक करते हुए नौकर को देख लेती थी।

"देखिए शरद बाबू, आप हैं मेरे घनिष्ठ मित्र श्री रूपकिशोर कपिल, यहाँ के 'हरदयाल कॉलेज' में अर्थशास्त्र के प्रोफ़ेसर और लेखक—विद्यार्थी देखेंगे या साथी इस चिन्ता से आप बिलकुल ही परे हैं। और ये हैं हमारे नए मित्र शरद कुमार, देशबन्धुजी के साथ नए आए हैं, और आप श्रीमती जया शरद..."

शरद की इच्छा हुई एकदम विरोध करे, जैसे अभी पद्मा से परिचय के समय उसने किया था लेकिन, पता नहीं क्यों नहीं कर सका। तब तक कपिल का हाथ इन शब्दों के साथ उनकी ओर बढ़ आया था—"वैरी ग्लैड टू-सी यू।" जया ने मुस्कराकर हाथ जोड़े। शरद ने कहा—"प्रसन्न तो हम लोग कितने हैं—यह पूछिए। आप लोगों से मिलते

हैं तो लगता है अकेले नहीं हैं।''

''यहाँ अकेलापन लगता है क्या ?'' ज़रा कुटिलता से मुस्कराकर कपिल ने पूछा और सिर झुकाकर सिगरेट के धुएँ की धारी छोड़ी—''देख लीजिए सम्पादकजी, शहर की सबसे चहल-पहल की जगह को आपके मेहमान साहब ने अकेली जगह कहना शुरू कर दिया है...''

''हाँ शरद बाबू, सूरज इस रिमार्क का विरोध करता है। जहाँ एक-से-एक भला आदमी मौज़ूद हो उसके बारे में आप ऐसा कैसे कह सकते हैं ? भविष्य में आप शब्दों के प्रति अधिक सावधान रहें—समझे—?''

''और भाई साहब, गुस्ताख़ी माफ़ हो, जो भी यहाँ नया आदमी आता है, हम तो उसे यही समझते हैं कि यहाँ एक ही देखने लायक़ चीज़ है—वह है 'देशबन्धु-जू'—तरह-तरह के जीवित पशु-पक्षियों का संग्रह। अब आपसे क्या देखने को कहें, आप तो लाए ही गए हैं...!'' कपिल की इस बात पर एक बड़े ज़ोर का ठहाका पड़ा।

''बस फ़र्क़ यही है कि और जगह के जानवर बन्द रहते हैं...'' शरद ने चोट की।

''हाँ, शायद आज तो खुलेआम घूमने-देने का ही दिन दिखाई देता है—छोटे-बड़े सभी बाज़ार में ठेल दिए गए हैं; बाज़ार की ख़ैर नहीं है।'' लेकिन फिर कपिल को सहसा ऐसी गम्भीर चीज़ याद आ गई कि इस मज़ाक़ को ख़त्म करके वह सूरजजी की ओर घूम पड़ा—''अरे हाँ सम्पादकजी, सुना आपने—आज आपकी मायादेवी ने तो साक्षात् चंडी का रूप प्रदर्शित किया। सारा बाज़ार देखने लगा...''

शरद के कान खड़े हुए। सूरजजी ने अपनी उत्सुकता दबाकर कहा—''सो तो अब भी देख रहा है। देखो कपिल साहेब, सामान का रिक्शा वो खड़ा है, उसमें यह सब रख दें, फिर धीरे-धीरे घूमते हुए चलें। ये सारी बातें रास्ते में हों तो क्या बुरा है ?''

''अच्छा चलिए, मैं शरदजी की वजह से थोड़ी दूर चला चल रहा हूँ, मगर ज़रा भी उस मनहूस जगह चलने का मेरा मन नहीं है।'' शरद की ओर बड़े अन्दाज़ से नई सिगरेट बढ़ाकर कपिल बोला, शरद ने हाथ जोड़ दिए तो स्वयं मुँह में लगा ली।

''एऽऽ, ध्यान कीजिए—वहाँ सूरजजी रहते हैं।''

''इसी से तो मनहूसियत में चार चाँद लग गए हैं।'' अपने परिहास पर कपिल स्वयं ही बड़े ज़ोर से हँसा, फिर पैंट की जेब से दियासलाई निकालकर सिगरेट जलाने लगा।

सामान रिक्शे में रखा गया और जया ने पर्स में से पैसे दिए। फिर ये लोग लौट चले।

''हाँ, तो क्या कर दिया मायादेवी ने ?'' सूरजजी ने पूछा।

''हाँ, 'नवीन-ज्वैलर्स' हैं न, उनके यहाँ कहीं उन्हें एक हार पसन्द आ गया—उसने दाम बता दिए साढ़े सात हज़ार। बोलीं, बिल भेज देना। उस बेचारे ने साफ़ कह दिया, पिछले साल का अँगूठियों का तीन हज़ार का बिल तो अभी तक पड़ा है, आख़िर इस सबकी भी हद है ? कोई ख़ैरातख़ाना तो उसने खोला नहीं है। बस, ताव खा गईं—बोलीं, तुम जानते नहीं हो, मैं कौन हूँ। मैं देशबन्धुजी के 'घर से' हूँ।

"अच्छा ?" सूरजजी खिल उठे, तब भी बनावटी आश्चर्य से उन्होंने पूछा !

"हाँ ! फिर तो साहब, देशबन्धुजी का बखान शुरू किया, दो मिलें हैं, सिनेमा हैं, बीसियों जगह शेयर हैं, चाहूँ तो पूरी दूकान खड़ी-खड़ी ख़रीद सकती हूँ। कहीं दूकानदार ने भी कह दिया कि मिलें और सिनेमा तो उनके लड़के के हैं, देशबन्धुजी का क्या है उसमें ? बस, इस पर आँखों में आँसू ले आईं—सिसकने लगीं, 'मेरा अपमान किया, मैं समझ लूँगी। न आग लगवा दी इस दूकान में तो नाम नहीं !' उन्होंने तो पूरा बाज़ार इकट्ठा कर लिया।..."

"फिर हुआ क्या ?"

"होता क्या, दूकानदार भी ज़िद्दी था, उसने भी सा'ब, साफ़ कह दिया 'आप फाँसी पर चढ़वा दीजिए, मैं एक चीज़ नहीं दूँगा।' बड़ी ज़लील औरत है भाई। और मज़ा यह कि उसकी लड़की साथ; वह समझा रही थी कि माताजी क्या बेवक़ूफ़ी कर रही हैं—लेकिन, सा'ब, औरत है कि आफ़त... ।"

"हाँ, है तो कपिल साहेब हिम्मत का ही काम—बीच बाज़ार में यह कहना कि मैं देशबन्धुजी के घर से हूँ—ऐसे वैसे का काम नहीं है..." सूरजजी बोले।

"वैसे सम्पादकजी, तुम चाहे जितना पर्दा डालो—कोई छिपी हुई बात तो है नहीं... ।" कपिल ने सिगरेट का कश लगाया।

"अरे सूरज क्यों पर्दा डालेगा ? यही बात तो शरदजी, मैंने हाथ देखकर बता दी कि आपका एक़ से अधिक लोगों से सम्बन्ध रहेगा—उसी पर तो अब तक ख़ार खाए बैठी है। उसकी हैल्थ-लाइन, लाइन ऑफ़ लाइफ़ के भीतर, ठीक माउंट ऑफ़ वीनस से, एक आइलैंड के साथ शुरू होती है—वैसे भी हार्ट-लाइन सपोर्ट करती है... ।"

"अरे होगा भी—लड़की तो काफ़ी समझदार है।" कपिल बोला।

शरद के सामने से एक पर्दा हट गया। पहले दिन का व्यवहार, देशबन्धुजी और मायादेवी के वार्तालाप, पद्मा की खीझ, अभी रास्ते में पद्मा की तबीयत ख़राब होना, अन्यमनस्कता, हर चीज़ उसके सामने स्पष्ट हो उठी। उसे उत्सुकता होने लगी, कब अवसर मिले और कब यह बातें जया को सविस्तार बताए...

"और नतीजा यह हुआ कि लड़की नाराज़ होकर अलग रिक्शे में चली गई।" कपिल बता रहा था...

शरद ने मन-ही-मन कहा, अच्छा यह बात थी ! तभी पद्मा जया से कह रही थी कि तुम आकर क्या करोगी, मैं ही आ जाऊँगी।

"लो देखो, ये रहीं मायादेवी, अभी मार्केटिंग ख़त्म थोड़े ही हुई है।" कपिल ने एक बहुत बड़े कपड़ेवाले की दूकान की ओर संकेत करके कहा—"देख लो, ड्राइवर कितना बड़ा गट्ठर लादकर निकल रहा है—आज तो पूरी दूकान ख़रीद ली मालूम होता है। कमबख़्त ने बाज़ार का बीसियों हज़ार रुपया उधार कर रखा है।" घृणा से कपिल ने एक कश में ही शेष सिगरेट पूरी करके ज़मीन पर फेंक दी और ज़ोर से उसे जूते से कुचल दिया—जैसे उसका भी मायादेवी से कोई सम्बन्ध हो।

"लेकिन यह तो शायद खद्दर पहनती हैं !" शरद को भी आश्चर्य हुए बिना नहीं रहा।

"जी नहीं, उनका तर्क दूसरा है !" कपिल ने तीखे स्वर में कहा–"उनका कहना यह है कि देश के स्वतन्त्र हो जाने के बाद मिलें तो यहाँ के राष्ट्रीय-उद्योग-धन्धों में आ गई हैं। इससे पहले खद्दर का व्रत देश-सेवा थी, आज अच्छा-से-अच्छा कपड़ा पहनना। हमें साले अर्थशास्त्र को पढ़ाते हुए सात साल हो गए, यह तर्क ही समझ में नहीं आया। जो मिलें पहले थीं, वही अब भी हैं–जहाँ से माल आता था, जहाँ जाता था, सभी वही हैं; मालिक भी वही हैं। फिर कैसे यह उद्योग-धन्धे एकदम राष्ट्रीय-सेवा में आ गए, समझ में नहीं आता !"

"अरे छोड़ो यार, सारी स्वतन्त्रता का यह गोरख-धन्धा ही उन्हीं मालिकों के लिए है..." सूरजजी कह रहे थे।

दूकान के सामने नीली 'शेवरले' कार खड़ी थी। सूरजजी और कपिल साहब चुपचाप जैसे किसी को देखा ही नहीं, आगे चले गए। जब शरद और जया कार के पास से गुज़र रहे थे, तभी ड्राइवर ने आकर दरवाजा खोला–हाथों और बाँहों पर रखे पुलन्दों को भीतर रखा–तब तक मायादेवी भी आ गई थीं...वे राह देख रही थीं कि ड्राइवर हटे तो वे कार में बैठें।

"कहिए शरद कुमारजी, किधर घूम आए ?" जैसे ही शरद पास से गुज़रा वे पूछ बैठीं।" काला चश्मा और बालों से आधे-ढके ईयरिंग। शरद का मन विरक्ति से भर उठा। उसने सहायता के लिए आगे देखा–सख़्त कुटिलता से मुस्कराते हुए सूरजजी और कपिल आगे जाकर खड़े हो गए थे। शरद ने उन्हें अत्यन्त शिष्टता के साथ नमस्कार किया। बोला–"आज तो आप मार्केटिंग करने निकल आईं..."

"कहाँ निकलना होता है ?" मायादेवी ने इतनी सुस्त पड़कर कहा जैसे अभी रो पड़ेंगी, फिर एकदम खिलकर बोलीं–"तो ये हैं आपकी पत्नी..." फिर वे अपने पूरे खुले गले से इस तरह हँसी जैसे कोई परिहास की बात हो।'

शरद ने शरमाने का भाव दिखाकर नीचे सड़क पर देखा, फिर कहा–"नाम है जया। और जया–तुम्हें तो मैं माताजी का परिचय दे चुका हूँ।"

जया ने बड़े आदर से नमस्कार किया।

"क्या बताएँ–बड़ी मुसीबत है। पद्मा के लिए सब इकट्ठा करना पड़ता है। बड़ी चिन्ता है भैया, तुम जानो..." वे बोलीं।

शरद ने एक बार फिर सामने देखा–वे लोग इन्हें ही लक्ष्य कर हँस रहे थे। पास ही सामान का रिक्शा खड़ा था।

मायादेवी ने कार के दरवाज़े से ज़रा हटते हुए कहा–"वहीं चल रहे हो ? आओ न; साथ ही चले चलेंगे, और अब तो नेता भैया ने तुम्हारा पूरा चॉर्ज ही दे दिया है हमें।"

"साथ चलने में तो हमें कोई आपत्ति नहीं है, लेकिन हमारे साथ अलग रिक्शा में सामान है। सूरजजी और उनके एक मित्र हैं..."

सूरजजी का नाम सुनकर मायादेवी ने मुँह बिचका दिया—फिर भीतर कार में घुसती हुई बोलीं—"तब आप हमारे साथ क्यों चलने लगे ? आप तो भैया, बड़े लोगों के साथ हैं !"

शरद ने देखा पिछली सीट पर पीछे छोटे-बड़े काफ़ी बंडल रखे थे। मायादेवी की बात के जवाब में उससे कहे बिना नहीं रहा गया—"यही तो मैं भी सोचता हूँ कि दो दिन के बड़े लोगों के साथ में अपनी हैसियत के लोगों को क्यों भुला दिया जाए ?"

मायादेवी हँसकर स्प्रिंगदार गद्दे पर ज़ोर से बैठ गईं—बोलीं—"आइए न, कभी इन्हें लेकर उधर।"

"ज़रूर !" शरद ने कहा, फिर ज़रा खुशामद के लिहाज़ से बोला—"यह दिन-भर करेंगी भी क्या ? क्वार्टर में तो कोई है नहीं, सूरजजी के भी कोई नहीं है। आप ही की देखभाल रहेगी।"

"नहीं जी, आजकल की लड़कियाँ अपनी देखभाल खुद करती हैं !" पता नहीं यह वाक्य पद्मा को लक्ष्य करके कहा गया था या अपने अर्थ में केवल वर्तमान को ही पकड़ना था—लेकिन इसमें जो व्यथा झनझना रही थी, वह वाक्य की समाप्ति पर एक गहरी साँस बन गई। तभी ड्राइवर ने दरवाज़ा बन्द कर दिया और घूमकर अपनी सीट पर पहुँच गया।

जया और शरद आगे बढ़ आए थे। फिर सूरजजी और कपिल ने जो मज़ाक़ किए और जिस प्रकार का विनोदपूर्ण वार्तालाप करते वे लोग काफ़ी दूर तक कपिल को खींच लाए या जिस नाटकीय ढंग से विदाई हुई और उसमें दोनों पक्षों ने एक को दूसरे के यहाँ बुलाने के वचन लिए, पद्मा और मायादेवी से जया का परिचय कराने की परिस्थिति और उसकी विचित्रता की बात सोच-सोचकर शरद डूब गया। उसके मन में इस रहस्य के उद्‌घाटन से एक बड़े अजब ढंग का सन्तोष भर उठा था, जैसे हर बार भीतर कोई दुहराता—ओह, यह बात थी ! यह रहस्य था, जो यहाँ की फ़िज़ाओं में तैरा करता था। सन्तोष, एक ऐसी विजय की अनुभूति-सा उसकी मानसिक अशान्ति के दूधिया उफान को पानी के छींटों से बैठा रहा था जैसे अब उसे स्वदेश महल में होनेवाले हर रहस्य की एक ताली मिल गई हो। एकदम चाहे वह उस ताली से हर ताले को न खोल सके, लेकिन विश्वास अवश्य हो गया है कि हाँ, अब इस ताली से हर ताला खुल सकेगा।

कुर्सी घुमाकर बड़ी देर तक शरद कल की बात को मन-ही-मन दुहराता रहा। जानते हुए भी जया चली क्यों गई ? यह भी तो ठीक पता नहीं है कि पद्मा ने बुलाया है या मायादेवी ने। केशव तो 'माया बहनजी' बता रहा था, शायद पद्मा ने ही बुलाया हो। यह माँ-बेटियों में इतना विरोध क्यों है ? अजीब हैं यह मायादेवी भी—यहाँ लेकर पड़ी हैं लड़की को। सुनते हैं साल में दो-तीन चक्कर लगते रहते हैं। पद्मा को तो शायद इसी बार लाई है। ज़िन्दगी ख़राब हुई जा रही है बेचारी की। क्या सोचती होगी अपनी माँ की हरकतें देख-देखकर...? वह शुरू से ही बड़ी सैन्सिटिव नेचर की है...एक बार शायद क्लास में किसी लड़के ने दूसरी लड़की की ओर कुछ रिमार्क कस दिया था—प्रोफ़ेसर

लड़कियों के साथ अधिक पक्षपात करता है, या कुछ इसी तरह का। लड़कों की भाषा तो सर्वविदित है ही।–उत्तेजना से पद्मा का चेहरा लाल हो गया था। कॉमन-रूम में सब लड़कियों से उसने कहा था कि इसका ज़ोर से विरोध करें। आज यह बात एक लड़की को लेकर कही गई है–कल सभी के लिए कही जा सकती है या किसी और के लिए कही जा सकती है...।

तभी पीछे मेज़ पर टेलीफ़ोन घन-घना उठा–सारी विचाराधारा टूट गई।...शरद ने झटके से घूमकर सफ़ेद टेलीफ़ोन उठा लिया था–इसी की घंटी बज रही थी–"हलो...ऽऽ..."

"ज़रा शरद कुमारजी को बुला दीजिए...।" किसी ने दूसरी ओर से ज़रा खाँसकर गला साफ़ करते हुए कहा। स्वर लड़की का था–और काँप रहा था।

"मैं शरद कुमार ही हूँ–कहिए ?" विस्मय से शरद ने पूछा।

"कब आ रहे हैं...? साढ़े बारह बज गए...।"

"कौन ? तुम जया, तुम कहाँ से बोल रही हो ?...ऐं, पद्मा के पास से ?"

"जी हाँ, दोनों ही हैं। आप पहुँच कब रहे हैं ? आध घंटे में आ जाइए...।"

"अभी से कैसे ?" शरद ने मुस्कराकर घड़ी देखी–साढ़े ग्यारह बज गए थे, घंटे कब बज गए उसने ध्यान ही नहीं दिया था–"अभी तो कुछ भी नहीं किया ?"

"तो जल्दी कीजिए न..."

"जी हाँ–यह घर की खेती है न ! जब काम कर लूँगा तब आना होगा।"

"नहीं भाई...दा..."

"चुप...।" ज़ोर से शरद ने झिड़क दिया फिर कुछ क्षण बाद बोला–"अच्छा, अभी आता हूँ आध-पौन घंटे में। समझ लो इस समय बड़े रौब में बैठा हूँ–तुम्हें लाकर किसी दिन दिखाऊँगा तो बेहोश हो जाओगी...अच्छा, काम करने दो, नहीं तो पद्मा समझेगी टेलीफ़ोन पहली बार मिला है।"

"कोई है ही नहीं, पद्मा जीजी नहाने गई हैं और मायादेवी खाने को देखने–देशबन्धुजी का फ़ोन आया है। वे खाना खाने आ रहे हैं..."

"तभी टेलीफ़ोन मिल गया ! लेकिन मिल में सुनते हैं कुछ गड़बड़ चल रही है, वे यहाँ के सब ज़रूरी काम छोड़कर गए हैं–वहाँ कैसे आ जाएँगे ?"

"पता नहीं, जो मैंने सुना सो बता दिया–अब बस !"

"बस ?" शरद ने सरस होकर पूछा।

"हिश्ट..." उधर से टेलीफ़ोन रख दिया गया।

शरद ने मेज़ के काग़ज़ों को फिर इधर-उधर किया। देशबन्धुजी के भाषणों के लिए वह जो फ़ाइलें लाया था–उन्हें खोल-खोलकर देखना शुरू किया, प्रान्त के लगभग सभी प्रमुख अख़बार थे...सबके मुखपृष्ठों पर देशबन्धुजी के विभिन्न मुद्राओं में फ़ोटो थे...भाषण की मुख्य बात ऊपर हैड-लाइन बनाकर लिखी गई थी। ये अधिकांश भाषण विभिन्न योजनाओं के समय में दिए गए थे। उन्हीं के समर्थन की दलील में कहीं-कहीं

तो उन्होंने वे-वे बातें कही थीं कि शरद चकित रह गया। और जब उसने पूरी फ़ाइलों पर एक बार निगाह डालकर उन्हें मेज़ पर, हर भाषण का विशेष अध्ययन अब क्रमशः किया जाएगा, यह सोचकर रखा तो उसके दिमाग़ में देशबन्धुजी के सम्बन्ध में जो छाप थी वह कुछ इस प्रकार थी...देशबन्धुजी बहुत अच्छे नेता हैं—भाषणकर्ता अच्छे हैं, व्यक्तिगत रूप में वे बहुत सज्जन और सरस हैं...यों कमज़ोरियाँ किसमें नहीं होतीं ? यही क्या कम है कि वे इतना समय और धन इस कार्य में देते हैं—वर्ना देश में हज़ारों पूँजीपति पड़े हैं। देशबन्धुजी को कमी क्या है ? फिर भी जल्दी-से-जल्दी वह अपने सम्बन्ध में सभी बातें स्पष्ट कर लेगा, यह उसने निश्चय कर लिया।

सोचते-सोचते उसकी उँगलियों ने आज का नया अख़बार खोल डाला—बॉक्स में 'प्रेमी और प्रेमिका' भाग गए पढ़कर वह एकदम बुरी तरह चौंक गया। लेकिन वह ख़बर उसके नगर की नहीं थी। फिर तो वह अपने नगर की सारी ख़बरें ढूँढ़-ढूढ़कर पढ़ने लगा...।

अँधेरे की तस्वीरें

इधर-उधर के बीसियों तरीक़े सोचने के बाद सबसे उचित शरद को यही लगा कि वह जया को एक ख़त लिखे। ख़त की बात उसके दिमाग़ में पहले भी आई थी; किन्तु जो हर समय साथ है उसे ख़त लिखने की बात पर हँसी आना ज़्यादा स्वाभाविक है। हो सकता है, बातचीत कोई ऐसा रुख़ ले-ले कि कटुता आ जाए—या कुछ अवांछित बातें आ जाएँ। उन सबसे बचने का एक ही तरीक़ा है कि लिखित बातें की जाएँ।—डायरी कैसी रहेगी ? डायरी वह लिखता नहीं है—यह अस्वाभाविक लगेगा। उमा दीदी को पत्र लिखकर मेज़ पर छोड़ दिया जाए, वह पढ़ ले। इसमें हो सकता है जया बुरा माने—दो आदमियों की व्यक्तिगत बातों में तीसरे को भागीदार बनाना कहाँ तक उपयुक्त है ? शायद वह इसे पसन्द न करे। और जब बात मुझे कहनी है तो क्यों न सीधे पत्र लिखकर ही कह दी जाए। हाँ, पत्र ही सबसे सीधा रास्ता है।

आँखें उसकी पर्दे पर लगी थीं, और दिमाग़ में शब्द गूँज रहे थे। एक-एक शब्द उगा चला आ रहा था—उसे क्या लिखना है। भाव उमड़ रहे थे, शब्द उग रहे थे, लेकिन जैसे साकार नहीं हो पाते थे। एक कसमसाहट थी कि हलकी बेचैनी दिमाग़ में पैदा कर रही थी। जया और पद्मा पास-पास बैठी थीं, फिर शरद और तब मायादेवी। आज ज़रा हलकी ठंड हो गई थी। पर्दे पर फ़िल्म दौड़ रही थी...और शरद के दिमाग़ में शब्द। कभी-कभी कोई दृश्य उसे बाँध लेता। और कभी जब वह सामने के दृश्य में खोया रहता तो एक मीठी-सी खुशबू से उसके नथुने भर उठते—किसी पुराने अंग्रेज़ी सेंट की भीनी खुशबू, जो भली तो थी; मगर जब कभी इसकी लपट उसे अपने बिलकुल निकट लगती तो वह चौंक उठता। पहले दो बार तो वह नहीं जान पाया; लेकिन तीसरी बार उसने मुड़कर देख लिया—शायद सामनेवाले आदमी का सिर मायादेवी के देखने की सीध में पड़ता था वे कभी उसके सिर के इधर से देखतीं, कभी उधर से। जब कभी उनका सिर इधर आ जाता तो शरद के बिलकुल पास आ पड़ता। मायादेवी सिनेमा भी काला चश्मा लगाकर ही देखती हैं, इस बात ने जया और शरद का ही नहीं, आस-पास के काफ़ी लोगों का ध्यान अपनी ओर आकर्षित किया। पहले तो सबका ख़याल था कि जैसे ही अँधेरा होगा वे चश्मा उतार लेंगी; लेकिन उन्होंने उतारा नहीं तो आश्चर्य हुआ।

पता नहीं क्यों, उनके बालों की एक लहरदार पट्टी से आधे ढँके कान और उसमें हिलते ईयरिंग शरद के मन में बड़ी झुँझलाहट पैदा कर देते थे। कारण वह नहीं जान

पाता, किन्तु विवश था। अब जब सुगन्ध की लपट उसे अपने पास ही लगतीं, साथ ही यह विचार भी आता कि आधे बालिश्त पर वह कान भी है जो आधा ढँका है तो मन बड़ा बेचैन-सा होने लगता।

गृहस्थी का कोई बड़ा रूखा-सा दृश्य चल रहा था—शायद खाना खाते-खाते नायिका के माँप-बाप और मामा उसकी कहीं और शादी करने के लिए आपस में बैठकर परामर्श कर रहे थे। शरद ने गर्दन सीधी करने के विचार से इधर-उधर देखा, लेकिन जया की ओर जान-बूझकर नहीं देख पाया। बड़ा मानसिक बोझ और खिंचाव उसे अपने भीतर लग रहा था—जैसे घुटे हुए कमरे में किसी ने बन्द कर दिया हो। वह जानता था पद्मा खुद इतनी चुपचाप है और फिर सिनेमा जैसी जगह में तो वह शायद ही बोलना पसन्द करे। जया बिलकुल सीधी तनी, आँखों को पर्दे पर गड़ाए देख रही थी। तो आप नाराज़ हैं ! पता नहीं सोच इस समय क्या रही होगी ! उसे आज सुबह से ही ज़ुक़ाम हो रहा था—बस वही नाक के द्वारा साँस खींचने की आवाज़ और रूमाल नाक पर रखने का क्रम। शरद ने कई बार कनखियों से या इधर-उधर सिर घुमाकर देखा लेकिन जया ने एक बार भी सिर इधर-उधर नहीं किया।

आज दोपहर से उन दोनों में अबोला चल रहा है।

काफ़ी सोच-विचार के बाद शरद मानता है कि दोष उसका ही है। अच्छा मान भी लिया जाए कि दोष उसका ही है, लेकिन क्या इतनी-सी बात को दरगुज़र नहीं किया जा सकता ? ऐसी कोई बुरी बात तो उसने कही नहीं थी। इस बात को वह भी तो जान चुकी है। बस उसी की ओर तो ज़रा-सा संकेत था, हँसी-हँसी में। हँसी की बात को जया कभी-कभी बहुत सीरियसली लेने लगती है, और कभी इतनी बड़ी बात को हँसते-हँसते कर डालती है कि घर से उसके साथ 'भाग' तक आए ? न जाने क्यों इस कार्य को 'भाग' आना शब्द देने से वह चौंकता था। वह जानता था कि यह 'भाग' आने के सिवा कुछ भी नहीं है; फिर भी उसका बौद्धिक सम्मान इसे स्वीकार ही नहीं करता था कि उससे 'भाग आना' या 'भगा लाना' जैसी हरकतें भी सम्भव हैं ! जो हो, है यह जया की ज़्यादती ही ! अगर ऐसी ही भावना से ज़िन्दगी चली तो बहुत जल्द ही एक दिन वे लोग अलग भी उसी तरह हो जाएँगे, जैसे साथ आए हैं। और आख़िर कोई बात भी तो हो ऐसी !

मायादेवी की हरकतों का इतना स्पष्ट संकेत वह पा चुकी है—फिर भी वह उसके पास गई। माना, उन संकेतों में सच्चाई नहीं है; वे एक व्यक्ति की भावना में रँगे संकेत हैं। और अगर संकेत सच भी हैं तो क्या किसी के पास बैठना भी इतना बुरा है ?

आध घंटे में जैसे-तैसे जो भी उल्टा-सीधा उसकी समझ में आया, काम ख़त्म करके जब शरद लौटकर क्वार्टर पर आया तब तक जया आई नहीं थी। दूसरी ताली से ताला खोलकर भीतर क़दम रखते ही उसका मन प्रसन्नता से खिल उठा—जया ने कमरे को बिलकुल सजा लिया था। कुर्सियाँ, पलंग जो सुबह ही आ गए थे, ढंग से रख दिए गए थे। थोड़ी देर वह घूम-घूमकर मन-ही-मन जया की प्रशंसा करता रहा, फिर एकाध चीज़

अपनी रुचि के अनुसार भी बदली। तब तक भी जया नहीं आई। इधर-उधर के कामों द्वारा वह जया की प्रतीक्षा के समय को बहलाने का यत्न कर रहा था, लेकिन प्रतीक्षा की उत्कटता धीरे-धीरे झुँझलाहट का रूप लेने लगी—बड़ी बेवक़ूफ़ है, मुझे तो जल्दी आने को कह दिया और ख़ुद वहीं जमी है।

जब हाँफती-सी जया भागी-भागी आई तो शरद की झुँझलाहट क्रोध के रूप में बदल गई थी और वह आँखें बन्द करके पलंग पर पड़ा भुन रहा था। जया ने इधर-उधर देखा, और पट्टी पर बैठकर उसकी बाँह पकड़कर झकझोरती हुई बोली—"अरे वाह, आप तो सो गए ! उठिए।" दो-एक बार झकझोरने पर उसने करवट बदलकर उनींदी-सी आँखें खोलीं—"मिल गई फ़ुर्सत आपको ?"

"सच दादा, उन्होंने आने ही नहीं दिया।"

"हाँ जी, तुम्हें हमसे क्या ? अब तो तुम्हारे साथी मिल गए।" फूले गालों से शरद बोला—"हमें यहाँ बुलाकर बैठा लिया और आपको अपनी गप्पों से ही फ़ुर्सत नहीं है !"

"मैंने पद्मा जीजी की बहुत ख़ुशामद की—अब देखिए, हाँफती चली आ रही हूँ..." जया ने बाँह खींचकर उठाते हुए कहा—"उठिए अब ?"

"जाओ, तुम अपनी पद्मा जीजी के पास ! तुम्हें किसी से क्या मतलब ?"

"अब उठिए भी, बहुत नख़रे हो गए। मना रहे हैं तो दिमाग़ ही नहीं मिल रहे ! उठिए !" उसने बच्चों की तरह पुचकारकर उसको बैठा दिया।

ग़ुस्सा शरद का उड़ गया, और मुस्कराहट रुक नहीं सकी।

कुछ देर बाद :

"तो मायादेवी से बड़ी घुट-घुटकर बातें हुईं !" उसने खाना खाते समय व्यंग्य से मुस्कराते कहा—"उन्हें एक नई चेली मिल गई है।"

"सो वह ख़ातिर ज़मा रखें, चेली ऐसी कच्ची गोटी नहीं खेली।"

"चेली पहले से ही काफ़ी खेली-खाई पड़ी है !" शरद कुटिलता से हँसा—"मायादेवी के लिए भले ही नई बात हो, चेली की तो कोई नई बात नहीं है !"

"अच्छा, हाँ, नहीं है नई बात !—बस ? हम तो जनम-ज़िन्दगी के ही ऐसे हैं, ऐसों से ही हमारी दोस्ती है। कहिए क्या कहना है ?" जया के गाल फूल गए। मुँह के कौर को चबाकर वह चुपचाप एक ओर देखती रही—"खेले खाए पड़े हैं तभी तो आपके साथ चले आए।"

"जया, यह तुम्हारी क्या बेवक़ूफ़ी है ! बाईस साल की बूढ़ी हो गई—मज़ाक़ समझने की तुममें कभी भी तमीज़ नहीं आएगी। ज़रा बात पर तिनक जाती हो। इससे और साथ चले आने से क्या मतलब ?" शरद ने जया के रुके हुए हाथ को फिर खाने की तरफ़ बढ़ा दिया, लेकिन जया ने हाथ फिर वहीं खींच लिया।

"तमीज़ कहाँ से आएगी—? इक्कीस साल तो हम खाए-खेले हैं !" फूले हुए गालों से शिकायत भरी वाणी निकली।

"अए—हए ! तुमसे तो बात करना पाप है। मज़ाक़ की साले की, दम निकाल दी

खींच-खींचकर। अच्छा लो, हमारे हाथ से खाओ।" शरद ने एक कौर जया के होंठों से लगा दिया।

"हमें नहीं खाना !"

"पकड़ता हूँ फिर गर्दन !"

"जब हमने कह दिया हमें नहीं खाना तो क्यों ज़बर्दस्ती कर रहे हैं ? भूख ही नहीं है।" जया ने मुस्कराहट को बड़ी मुश्किल से रोका, क्योंकि वह जानती थी—शरद को यदि ज़रा भी ज़िद आ गई तो वह गर्दन पकड़कर उसके मुँह में कौर ठूँस देगा, और उसका इतनी देर से जमाया हुआ ग़ुस्सा खिलखिलाहट के रूप में ग़ायब हो जाएगा।

"खालो बिटिया रानी, देखो ऐसे कैसे शरीर चलेगा ?" शरद ने बड़ी ख़ुशामद का अभिनय करते हुए कौर उसकी नाक के आस-पास घुमाया—"अच्छा, छोड़ो, वहाँ और क्या-क्या बातें हुईं ?"

"बातें तो हुईं ही नहीं—वहाँ तो मैं सबक़ लेती रही—।"

"—कि सबसे पहले जाते ही लड़ना। कोई बहाना निकाल लेना ! यहाँ कोई दिन-भर यही सोच-सोचकर आए कि यह पूछेंगे, वह पूछेंगे, और वहाँ लाट साहब की नानी के मिज़ाज ही दुरुस्त नहीं हैं।" शरद ने ज़ोर से दोनों हाथ जोड़कर माथे से लगाए। "भैया, पहली दूसरी मुलाक़ात का तो यह असर है—भगवान न करे कहीं उनसे तुम्हारी दोस्ती हो गई तो यहाँ कोई दूसरा ठिकाना भी नहीं है !"

"ठिकाने तो बहुत हैं।" इस बार जया ने बड़े व्यंग्यपूर्ण ढंग से आँखें घुमाकर कहा।

"एकाध बताना !" जया संकेत से क्या बात व्यक्त करना चाहती है शरद समझ गया—लेकिन समझने का भाव दिखाकर बात को अधिक गम्भीरता देना नहीं चाहता था। मन-ही-मन उसे बड़ी झुंझलाहट हो आई—इस लड़की का दिमाग़ है या चर्ख़ा ! अभी अच्छी-ख़ासी फ़ोन पर बात कर रही थी, और इसी बीच में न जाने क्या मक्खी छींक गई ! उन दोनों के बीच में यह स्थिति इतनी जल्दी आ जाएगी इस बात को उसने सोचा भी नहीं था। इसकी बहुत बड़ी वजह यह है कि हर बार जया उसे रोकर डरा लेती है और उस बेचारी का यहाँ कौन है, सोचकर वह झुक जाता है। शायद जया इसे उसकी कमज़ोरी मानकर ट्रम्प चाल की तरह उसका प्रयोग करती है। उसे उत्सुकता ज़रूर हुई कि इतनी जल्दी वहाँ आख़िर हो क्या गया—लेकिन यह ढंग तो ग़लत है ! आदमी जब दरगुज़र करने या दया को अधिकार या कमज़ोरी समझने लगता है—तनाव तभी शुरू हो जाते हैं। यह बात ज़रा कठोर बनकर ही सही, जया के दिमाग़ से निकालनी होगी। वर्ना आगे जाकर पता नहीं यह क्या रंग लाए—क्यों अपने रास्ते में काँटे बोए जाएँ ? अब ठिकाने की ही बात लो। वह जानता है, जया क्या कहना चाहती है—लेकिन इस तरह के भ्रम, सिर्फ़ शौक़िया ही सरल बात कहने के लिए ये आक्षेप—अधिक सुन्दर मनोवृत्ति के सूचक नहीं हैं।"

खाना उससे चला नहीं। कुछ देर मुँह चलाकर वह उठ गया। जया पता नहीं क्या

सोचती थोड़ी देर वहीं यों ही बैठी रही, फिर क्रोधपूर्वक ज़रा ज़ोर से सामने की हाफ़ प्लेट को सरकाकर झटके से उठ खड़ी हुई—प्लेट सामने के प्याले से लगकर खनखना उठी। ये लोग बरामदे में बैठे खा रहे थे। आँगन में झाँकते जामुन के पेड़ से, फेंके हुए ढेले की तरह एक कौवा सीधा खाने के पास आ पहुँचा और मज़े में चोंच डुबाकर सिर ऊपर कर मुँह चला-चलाकर स्वाद लेने लगा।

जिस समय शरद लगी-लगाई कुर्सियों को कमरे में अपने नए ढंग से अत्यन्त दत्त-चित्त होकर लगा रहा था तब जया गोल बिस्तरे पर जा पड़ी थी। बाहर कौवों की दावत हो रही थी।

लेकिन दो घंटे बाद ही नीली 'शेवरले' गाड़ी दरवाज़े पर आ खड़ी हुई—तो शरद चकित हुआ। गाड़ी की आवाज़ सुनकर जया मुस्कराती मुँह पोंछती इस तरह बाहर निकल आई जैसे कोई बात ही नहीं हुई हो। गाड़ी केशव ड्राइव कर रहा था—उसने सीधे जया से कहा—"माया बहनजी ने भेजा है ! आप तो अभी तैयार ही नहीं हुईं—शायद बाबूजी भी अभी यों ही खड़े हैं ? वे लोग तो कब की तैयार हो गईं... ।" शरद के मुँह से 'क्यों' निकलने से पहले ही जया ने मुस्कराकर कहा—"चलिए न, सचमुच आप तो अभी तैयार ही नहीं हुए। माताजी ने आज सिनेमा जाने का प्रोग्राम रख दिया है।"

उसके इस प्रकार बोल पड़ने पर मुस्कराहट शरद की भी फूटने को हुई परन्तु 'माताजी' का नाम सुनकर जैसे बुझ गई—उसने अत्यन्त ही उदारता से कहा—"तुम जाओ जया, मुझे तो आज सूरजजी के साथ ज़रा कपिल के पास जाना है।"

जया पास आ गई—अत्यन्त ही स्वाभाविक गम्भीरता से बोली—"क्यों इस तरह का तो कल कोई 'एपॉइंटमेंट' हुआ नहीं था।"

"नहीं, आज सूरजजी ने बताया कि कपिल के पास जाना है।" शरद ने उस ओर से मुँह फेरकर कहा—स्वर की उदासी अब उदासीनता का रुख़ ले रही थी।

"तुम जाओ न !" उसने कहा।

"शरद बाबू, सूरजजी तो जल्दी आने के नहीं हैं, आज तो वे सुबह ही छाता लेकर कहीं निकल गए हैं।" केशव ने ज़रा आगे बढ़कर कहा।

केशव का इस प्रकार बीच में बोलना शरद को अनाधिकार चेष्टा लगी—मन में हुआ ज़ोर से झिड़क दे—तुझे क्या मतलब ? लेकिन उसने उधर ग़ौर से बस देखा भर ही। फिर आलमारी खोलकर कहा—"सात बजे वे यहाँ हर हालत में आ जाएँगे।"

"अजी, उनका कुछ ठीक नहीं है—नदी पर निकल गए होंगे तो कछारों में घूम रहे होंगे—कभी-कभी उन्हें सनक चढ़ती है।" केशव ने अनुपस्थित सूरजजी के प्रति ज़रा से होंठ टेढ़े करके कहा।

जया शायद खड़ी यह सोच रही थी कि इस बहस को बढ़ने दे, चली जाए, या केशव को लौटने को कह दे। कुछ क्षण बाद उसने शरद की बाँह पकड़कर उसके कान के पास फुसफुसाकर कहा—"अब नख़रे छोड़िए, चुपचाप कपड़े पहन लीजिए।" और वह उसे बाँह से धकेलती हुई बरामदे में ले आई—"क्या कपड़े निकालूँ ?"

"मैंने कह दिया न, आप जाइए।"

"अब खुशामद ही करानी हो तो फिर कभी करा लीजिएगा—दूसरों के सामने तो यह सब मत कीजिए, क्या कहेगा जाकर ? वैसे ही माताजी पूछ-पूछकर नाक में दम किए दे रही थीं।"

"भाई, मैंने कह दिया—आपको जाना हो जाइए—मेरी जान तो खाइए मत !" शरद का गला भर्रा आया। उसने ज़ोर से अपना निचला होंठ दबा लिया।

जया ने उसे तीखी नज़र से घूरा, जैसे उसके क्रोध को तौल रही हो, फिर भुनभुनाकर बोली—"मैंने माताजी से कह दिया था वर्ना..."

"क्यों मेरी तरफ़ से कह दिया था आपने !..." शरद का मन फूल उठा। वह जया को बता देना चाहता था कि वह इतना कमज़ोर नहीं है जितना वह समझे हुए है। वह दृढ़ इच्छा-शक्ति वाला व्यक्ति है—अब उसने निश्चय कर लिया है कि नहीं जाएगा, तो नहीं ही जाएगा। यह हर बार का झुकना ग़लत असर डालता है। बार-बार के इस 'माताजी' शब्द से उसे सचमुच क्रोध आ गया। उसे ध्यान था कि कहीं बाहर खड़ा केशव शब्दों को सुन न ले—स्थिति तो शायद वह भाँप गया है—इसलिए उसने भिंचे गले और तीख़ी नज़रों से उसे देखकर कहा—"माताजी !—माताजी !—माताजी !...।"

तभी मायादेवी ने कमरे में प्रवेश करके पूछा—"क्यों अभी ये लोग तैयार नहीं हुए ? इन्होंने तो हमारी पद्मा को भी मात कर दिया...।"

जया सिर झुकाए शरद की बात सुन रही थी, उसने जो मायादेवी की आवाज़ सुनी तो झट आगे बढ़कर शरद के मुँह पर हाथ रख दिया—बात अधूरी रह गई।

कमरा पार करके मायादेवी बरामदे के दरवाज़े में आ गईं, वे कहती आ रही थीं—"जया बेटी, वक़्त निकल जाएगा, फिर क्या होगा ?"

"ये तैयार कहाँ हो रहे हैं ?—लड़ रहे हैं !" जया ने उनकी ओर देखकर नाक के स्वर में शरद की ओर इशारा किया—"कहते हैं, तुमसे कहा है, तुम जाओ ! अब मैं समझा रही हूँ कि आपके लिए भी कहा है।" अपनी इस कुटिलता पर जया छिपकर मुस्कराई।

बिलकुल सफ़ेद चिकन का ब्लाउज़—सीधे पल्ले की नीली साड़ी, गुज़रातियों के ढंग से जिसका पल्ला कमर में ठूँस लिया गया था, गले में एक लड़वाली ज़ंजीर, हाथों में तीन सोने की चूड़ियाँ—वही लहरदार काढ़े हुए बाल, जिनकी एक-एक लहर 'शेड' की तरह उठकर कानों को ढँके थी, ज़रा-सा सिर हिलाने से झटककर हिल उठनेवाले लम्बे इयरिंग—मुँह पर लगाए हुए पाउडर की लाइन कानों की जड़ों के पास पुछने से रह गई थी—किसी पुराने क़िस्म के लवैंडर की भीनी लपट मारती ख़ुशबू !—आँखों पर वही काला चश्मा। एक बार उधर दृष्टि फेंककर शरद ने कहा—"नहीं यह तो झूठ बोलती है—मेरा मन नहीं है। आज तबीयत ज़रा ढीली है। एकदम ठंड तेज़ हो गई है न, बादल रहे तब तक तो बिलकुल बरसात का-सा मौसम रहा ! मौसम अनुकूल आते-आते ही आएगा।"

दोनों को इस तरह खड़े देखकर ही मायादेवी जैसे सारी परिस्थिति समझ गईं। सीधे शरद के अत्यन्त पास जाकर, उन्होंने उसके कन्धे पर हाथ रख दिया—"कहीं ऐसे नाराज़ हुआ जाता है। चलो, पहनो कपड़े।" उनके स्वर में वात्सल्य और स्नेह छलछला रहे थे। एक क्षण को शरद को ऐसा लगा जैसे वह अपनी बड़ी बहन उमा के पास खड़ा है। वह रूठे हुए बच्चे को मिलनेवाली सहानुभूति की तरह गद्गद् हो आया। उसकी आँखें सजल हो आईं—क्षण के एक अविभाज्य खंड को उसे ऐसा लगा जैसे वह अपने से सटकर खड़ी मायादेवी के कन्धे पर सिर रखकर रो पड़ेगा। लेकिन शीघ्र ही सँभल गया।

और कुछ क्षण बाद ही पद्मा को लेती हुई कार, सिनेमा की ओर दौड़ चली। केशव के बग़ल में बैठा हुआ शरद, जब मायादेवी की किसी बात के उत्तर में पीछे मुड़कर देखता और पद्मा के ऊपर से फिसलती उसकी दृष्टि जब उनके हिलते इयरिंगों पर जा पड़ती तो उसे ऐसा लगता जैसे मुँह में रेत-भर उठी है। एक क्षण को जागी हुई भावना का अब कहीं भी कोई पता नहीं था और मायादेवी के प्रति वही पुरानी विरक्ति उसके मन पर छाई थी। उसे स्वयं आचर्श्य हुआ कि इस महिला को वह शुरू से घृणा करता है, फिर कैसे वह भावना उसके मन में इसके प्रति आ सकी ? कहाँ उमा दीदी और कहाँ...? छिः। और जया की बेवक़ूफ़ी देखो, आप उनसे शिकायत कर रही थीं हमारी ! जया को समझाना होगा कि अपनी व्यक्तिगत बातों का कोई संकेत किसी को भी देने की ज़रूरत नहीं है ! तभी उसे अपने एक मित्र का ध्यान हो आया। जब उन दोनों में लड़ाई हो जाती—और लड़ाई किस पति-पत्नी में नहीं होती ?—तो उनका आपस में समझौता रहता कि जब भी कोई तीसरा आदमी आएगा, सारी बातें उसी स्वाभाविकता से होंगी, और वह चला जाएगा तो लड़ाई पुनः अपनी स्थिति पर—जैसी भी हो—आ जाएगी। उन मित्र की याद करके वह मन-ही-मन हँस पड़ा। होंठों पर मुस्कराहट आ गई।

सच बात तो यह है कि सिनेमा देखने में उसका मन नहीं लग रहा था। निरन्तर जाने-अनजाने उदासी से भर देनेवाला और कचोटनेवाला एक प्रश्न रह-रहकर उसके मन में गूँजता रहता था कि इस पद्मा को क्या हो गया है ?—चुप-चुप घुटी-घुटी-सी। बहुत कम बोलना, हमेशा चुप रहना ! सुन्दर चेहरे पर उदासी कैसी अस्वाभाविक लगती है ! उसके उदास और बुझे रहने का सबसे बड़ा कारण तो जैसा कल कपिल ने बताया था, शायद यही है कि वह इस वातावरण में—विशेष रूप से मायादेवी के साथ फ़िट नहीं है। लेकिन क्या केवल यही कारण है ? पद्मा बड़ी 'मूडी' लड़की है। बिना किसी कारण नाराज़ और बिना किसी कारण बहुत प्रसन्न ! अब उसी दिन नहीं बोली तो ऐसा भाव दिखाया जैसे पहचानती भी न हो, और बातचीत करने लगी तो मेरी स्थिति भी भूल गई।

शरद ने अँधेरे में मुड़कर जया और पद्मा की ओर देखा—दोनों इस तरह चुपचाप सिनेमा देख रही थीं, जैसे दो लड़कियों को पास-पास खड़ा करके 'प्रोफ़ाइल' का 'सिलुएट' चित्र ले लिया हो। कुछ क्षण वह चुपचाप उस चित्र को देखता रहा। पता

नहीं क्यों उसने जब-जब पद्मा और जया को साथ देखा है—एक विचित्र-भाव या हलकी कसक-सी उसके मन में हुई और इसे उसने फ़ौरन ही बड़े वेग से दबा लिया; यहाँ तक कि कभी उसने उसका रूप स्पष्ट करके विश्लेषण करने का भी मौक़ा नहीं दिया; क्योंकि जिस बात को वह सोचना चाहता है, उसकी असम्भावना को भी बहुत अच्छी तरह जानता है ! और पता नहीं इस भावना को दबाने का ही परिणाम होता है या क्या, कि फ़ौरन उसके मन में जया के प्रति दया-सी उठती हुई लगती है ! जया का हाथ कुर्सी की बाँह पर रखा है, इसे वह जानता था—उसने बड़ी कोमलता से अपना हाथ उसके हाथ पर इस तरह रख दिया जैसे निहायत अनजान में रख दिया हो। जया ने हाथ हटाया नहीं, वह उसकी उँगलियों से खेलने लगा—उँगली में उसकी अँगूठी को घुमाने लगा। और धीरे-धीरे जया की बाँह रोमांचित हो आई। उसे एक विचित्र बात महसूस हुई।

अभी तक वह इस खेल के ऊपर झुँझलाता मन-ही-मन मायादेवी को गालियाँ दे रहा था कि कहाँ बेकार की जगह ला बिठाया है, तबीयत ऊब गई। इससे ज़्यादा 'बोर' खेल भी हो सकता है, या कभी उसने देखा है, याद नहीं आया। खेल में मन नहीं लग रहा था तो दुनिया-भर की खुराफ़ातें उसके दिमाग़ में आ रही थीं सचमुच वह तो इक्के-ताँगेवालों की फ़िल्म थी। उसे आश्चर्य हुआ कि हर साल दुनिया में दूसरे दर्जे के फ़िल्म बनानेवाले इस देश में 'सॅल्यूलाइड' की कैसी निर्मम होली होती है ! कितनी गन्दगी, कैसा नक़लीपन; सब कुछ कितना ऊपरी-ऊपरी। अक्सर इन सिनेमाओं के वार्तालापों या घटनाओं पर हँस पड़ने, रोने या गम्भीर हो जानेवाले लोगें को वह अथाह आश्चर्य से देखता—कैसे इस झूठी और बेहूदा बात पर ये लोग हँस जाते हैं—रो पड़ते हैं ? आख़िर इनका दिल है या रबड़ की चिड़िया—ज़रा दबाया और सीटी बज उठी ! अब भी वह मन-ही-मन कुढ़ रहा था।—अभी-अभी ठेठ बम्बइया-फ़ैशन की एक 'गँवार' नायिका को फ़सल काटते-काटते अचानक गाते हुए नाचने का 'दौरा' पड़ गया था—और हालाँकि उस खेत में वह थी अकेली ही; लेकिन उसके नाचते ही न केवल घुँघरू ही बजने लगे थे—सारा साज़ बज उठा था। यही नहीं, सहसा उसकी आवाज़ भी कोई दूसरी हो गई थी। जब वह गाँव की 'भोली गोरी' पारदर्शी लहँगे को घुटनों तक उठाकर चक्की की तरह कूल्हे घुमाती, तो सारा हाल विभिन्न आनन्दपूर्ण आवाज़ों से गूँज उठता। नीचे के दर्जों में कहीं सीटी बजती, और कोई पैसे फेंकता। तब शरद के मन में अदम्य इच्छा होती कि उसके पास एक पिस्तौल होती तो वह इसकी खोपड़ी में गोली मार देता। फिर मन-ही-मन हँसी आती, सिवा पर्दे में छेद हो जाने के और होता ही क्या ? और जैसी आशा थी नाच-गाना समाप्त होते-होते कहीं से नायक साहब ताल मिलाते हुए आ प्रकट हुए। ये एक शहरी रईस थे जो शिकार खेलने आए हुए थे। गीत ख़त्म हो गया।

फ़सल के एक ढेर के सहारे खड़े होकर ब्रीचिस पहने शिकारी-साहब बयान कर रहे थे कि किस प्रकार उन्हें रात-भर अनिद्रा रोग सताता रहा, क्योंकि उनका दिल वह 'छबीली' चुरा लाई थी !

नायिका एक तिनके में बल देती हुई सिर झुकाकर, मुस्करा-मुस्कराकर शहरी बाबुओं

की बेवफ़ाई की बातें बता रही थी। नायक समझाने की कोशिश कर रहा था कि वह उन सब जैसा नहीं है। फिर पता नहीं, कैसे दूसरी ही साँस में वे इस विषय पर आ गए थे कि उनके प्रेम-सम्बन्ध को लेकर गाँव में कौन क्या उड़ा रहा है ! शिकारी बाबू अनादि-काल के प्रेमियों का इतिहास और आवश्यकतानुसार वाक्य 'कोट' करते हुए समझा रहे थे कि सच्चे प्रेमियों की ओर से दुनिया का रवैया हमेशा से कैसा क्रूर रहा है ! फिर अचानक फ़सल के उस ढेर और पास ही खड़े हुए काग़ज़ के एक पेड़ के चारों ओर वे दोनों हनुमानजी की चाल में एक-दूसरे का पीछा करने का बहाना करते हुए चक्कर लगाने लगे। उनके भागने में 'खेत' ढोल की तरह बजने लगा था और पीछे खड़े पेड़ों-खेतों-पहाड़ों के दृश्य हिलते हुए साथ दिखाई दे रहे थे। भागते-भागते नायिका पकड़ लिए जाने के लिए रुक गई और दौड़कर नायक ने उसे बड़ी फुर्ती से पकड़ लिया। एक-दूसरे से छाती सटाए दोनों फ़सल पर लेट गए। इस दृश्य को देखते समय टैक्नीक के सारे कमाल दिखाए जा चुके थे—कभी यह दृश्य 'लाँगशॉट' में दिखाई देता—जैसे क़ुतुबमीनार से हम इस भाग-दौड़ को देख रहे हों और फ़ौरन ही 'क्लोज़-अप' आ जाता, फिर 'क्लोज़-अप' भी कई तरह के कभी नायक के भागते पाँव का 'क्लोज़-अप', कभी नायिका के सूखे होंठों और धड़कती छाती का 'क्लोज़-अप', हँसते-हाँफते चेहरों का 'क्लोज़-अप'—अन्त में भागते हुए क़दमों की गति को फ़ोकस में लेकर दृश्य फ़सल के ढेर पर पड़े नायक-नायिका के दृश्य में 'डिज़ौल्व' हो गया—उस समय कैमरा अपने चरम पर था ! जिस जगह वे लोग लेटे थे—उस जगह की घास तक 'आउट ऑफ़ फ़ोक़स' थी...

और कोई समय होता तो शरद या तो डायरेक्टर को भारी-सी एक गाली मन-ही-मन देता या थोड़ी देर के लिए बाहर उठकर चला आता; लेकिन इस समय आश्चर्य की बात यह थी कि उसे सामने का दृश्य ज़रा भी अस्वाभाविक नहीं लग रहा था। जया के हाथ को उसने कुछ और प्रगाढ़ता से पकड़ लिया था। इस समय परिचितों का होना उसे अखर रहा था।

सामने एक-दूसरे को प्रेम के विश्वास दिलाए जा रहे थे। वैसे यदि कोई विदेशी फ़िल्म होती तो कई चुम्बन दिखाए जाने का अवसर था—जिनकी ओर स्पष्ट ही भारतीय दिग्दर्शक संकेत कर-करके रह जाता था। अभी कुछ देर पहले, शरद सोच रहा था कि इस बार फ़िल्मों के विषय में निश्चय ही वह देशबन्धुजी द्वारा पार्लियामेंट में कुछ प्रश्न रखवाएगा; लेकिन इस समय यह दृश्य उसे कुछ विशेष अस्वाभाविक नहीं लगा। जब नायक प्रेम-विभोर होकर कोई बात कहता तो अपनी मुट्ठी में लिए हुए जया के हाथ को ज़रा ज़ोर से दबाकर शरद उसका ध्यान उस ओर आकर्षित करता, और जब नायिका की ओर से ऐसी कोई बात आती तो हाथ दबाए हुए उसकी आँखों के आगे मुस्कराती जया के चेहरे की वह पूरी रूप-रेखा आ जाती—जो यदि जया यह बात कह सकती तो, उसकी हो जाती ! उसे ऐसा लगा, जैसे उन लोगों के सारे भेद दूर हो गए हैं, और आत्मिक रूप से वे लोग एक-दूसरे के बहुत ही निकट आते जा रहे हैं। यद्यपि शरद

केवल जया के कन्धे, बाँह को बाँह और हाथ को हाथ से स्पर्श कर सकता था, लेकिन वह स्पर्श–वह दबाव, वह मांसल उष्णता, बड़ी उन्मादिनी, बड़ी मुखर और बड़ी मधुर-असहनीय लग रही थी...

इस बीच में कई बार वह लवेंडर की ख़ुशबू उसकी नाक के पास आ चुकी थी। एकाध बार तो बड़ी देर तक इधर ही बनी रही, तब शरद ने मुँह दूसरी ओर घुमा लिया। मायादेवी ने कई बार बैठक बदली। शरद ने निश्चय कर लिया कि 'इन्टरवल' में वह सामनेवाले महाशय से प्रार्थना करेगा कि कृपया अपना सिर एक ही ओर रखें। वे लोग बाल्कनी में बैठे थे, लेकिन पूरी सीटें लगभग भरी थीं। बैठक बदलने में दो-तीन बार मायादेवी और शरद के कन्धे टकराए...और फिर अचानक शरद बहुत ही उद्विग्न हो उठा। जया के हाथ पर रखा हुआ उसका हाथ शिथिल पड़ता गया, फिर धीरे-से उसकी गोद में आ रहा। जया अब भी कुर्सी के हत्थे पर उँगलियों से ताल दे रही थी।

कुछ देर बाद अचानक बिजली जल उठीं।

पद्मा पीछे सहारा लिए ज़ोर से आँखों पर रूमाल दबाए बैठी थी। जया ने उधर झुककर उसे ज़रा हिलाकर पूछा–"जीजी क्या बात है, तबीयत ख़राब हो गई ?"

पद्मा ने सिर हिला दिया।

"तो ?" जया ने ज़रा सहानुभूति से पूछा।

"कुछ नहीं यों ही, सिनेमा देखते-देखते आँखों में दर्द होने लगता है। आप चिन्ता न करें, अभी ठीक हुआ जाता है।" वैसे ही पद्मा ने कहा।

"हमेशा हो जाता है ?" जया ने कुछ चिन्तित-स्वर में पूछा।

"हाँ, अक्सर हो ही जाता है।" पद्मा ने संक्षिप्त उत्तर दिया।

"तब तो डॉक्टर को दिखाइए, चश्मे की ज़रूरत है।" फिर ज़रा मुस्कराकर धीरे से पूछा–"चौंधा तो नहीं लगता ?"

रूमाल हटाकर एक क्षण को पद्मा ने ज़रा ग़ौर से देखा, फिर झट रूमाल आँखों से लगा लिया। तभी शरद ने पद्मा की ओर ट्रे बढ़ा दी–"लीजिए पद्माजी, चाय से तबीयत ठीक हो जाएगी।"

रोशनी होते ही इस 'अहिंसा पिक्चर-पैलेस' के मैनेजर और केशव दो लड़कों के हाथों बढ़िया प्यालों में चाय, पेस्ट्री और बिस्कुट की दो ट्रे उठवा लाए थे। लम्बी लाइन में चाय और नाश्ता सबके निकट कैसे पहुँचे, इस समस्या को मायादेवी ने फ़ौरन ही सुलझा दिया। उन्होंने पद्मा और जया को एक ट्रे में रखकर दे दिया, अपने और शरद के लिए एक ट्रे में रख लिया। शरद बड़ी उलझन में पड़ गया।

"आइए, शरदजी–आप तो इधर-उधर देख रहे हैं। जयादेवी के साथ तो रोज़ ही खाते हैं, आज हमारे ही साथ सही।" मायादेवी अपने मज़ाक़ पर उन्मुक्त रूप से हँस पड़ीं; लेकिन जैसे ही उन्हें भरे हुए हॉल का ध्यान आया, उन्होंने एकदम कुर्सी में छिप जाने का अभिनय किया और शैतान बच्चे की तरह जीभ निकालकर काट ली।

शरद बड़ी बेचैनी अनुभव कर रहा था। मायादेवी के इस तरह हँसने पर निश्चित

रूप से लोगों ने देखा होगा—क्या सोचा होगा ? वह लज्जा से कट-सा उठा। मन-ही-मन कहा : कहाँ आ फँसे। कोई भला आदमी देखे तो क्या कहे। उसने मुड़कर देखा—जया और पद्मा चाय पी रही थीं। पद्मा की आँखें लाल थीं और दृष्टि उसने प्याले में गड़ा रखी थी—स्पष्ट था कि वह बहुत अधिक परटर्ब्ड है। आश्चर्य की बात यह थी कि मायादेवी अपनी पुत्री की ओर से ऐसी उदासीन थीं, जैसे वह साथ आई ही न हो। मायादेवी ने एक तरह प्याला शरद के हाथ में ही पकड़ा दिया।

अज्ञात रूप से शरद और जया दोनों के मन पर जो यह चिन्ता थी कि जाकर खाने का झंझट होगा—यह बोझ लगभग दूर ही हो गया; क्योंकि जया के बार-बार अनुरोध करने पर भी पद्मा से तो खाया ही नहीं गया और मायादेवी ने अपना सारा हिस्सा हठ करके शरद को खिला दिया।

"शरदजी, आपको मालूम है, ये अपना ही सिनेमा है ?" मायादेवी ने बताया।

"जी हाँ," कहकर शरद इधर-उधर देखने लगा जैसे किसी उद्धार करनेवाले को देख रहा हो।

जैसे ही लड़का पान लेकर आया, रोशनी बन्द हो गई और आनेवाले खेल का 'ट्रेलर' शुरू हो गया। मायादेवी सबसे अधिक निकट पड़ती थीं—उन्होंने पानों की प्लेट ले ली, और उसे शरद के ऊपर झुककर इस तरह जया की ओर बढ़ाया कि बीच में शरद कुर्सी में दब-सा गया—"लो, तुम दोनों ले लो।" और जितनी देर में जया ने पान उठाए, उनके बोझ, तेज़ ख़ुशबू और मानसिक तनाव से उसका दम घुटता रहा। उसे झुँझलाहट हुई, जया जल्दी पान क्यों नहीं ले रही ? और मायादेवी मुझे ही दे देतीं तो क्या बिगड़ जाता। मायादेवी सीधी बैठीं तो उसने सन्तोष की साँस ली। वह उम्मीद कर रहा था कि पान की प्लेट अब उसकी ओर बढ़नेवाली है, इसी प्रतीक्षा में वह चुपचाप सामने देखता रहा।

"लो शरद बाबू, पान लो।" शब्दों के साथ ही मायादेवी ने बिना ज़रा भी प्रतीक्षा किए पान उसके होंठों में ठूँस-सा दिया। शरद पान तो खा गया, लेकिन उसका जी मिचला उठा।

आगे उसे नहीं मालूम खेल में क्या हुआ। वह थोड़ी देर तो बैठा रहा, जब बहुत ही असह्य हो उठा तो वह एकदम उठ खड़ा हुआ।

"क्या हुआ ?" मायादेवी ने पूछा। जया और पद्मा ने साथ ही प्रश्न-दृष्टि से उधर देखा।

"शायद तम्बाक़ू आ गई है।" उसने कहा—और एक तरह अपने क़दमों से मायादेवी के पाँवों को ठेलता हुआ बाहर निकल आया।

नीचे शो केसों में चालू तथा आनेवाले सिनेमा की लगी तस्वीरें देखते हुए उसे ऐसी बेचैनी और उद्विग्नता अनुभव हो रही थी जैसे उसे किसी ने बाँध दिया हो और झटका देकर इस बन्धन को तोड़ फेंकने की अदम्य इच्छा उसकी नस-नस में निष्फल तूफ़ान की तरह कौंध-कौंध कर रह जाती हो। कभी-कभी विचित्र, पागल की-सी इच्छा उसके

मन में होती थी कि दाँत भींचकर सारी ताक़त से कहीं ज़ोर से एक घूँसा मारे—दीवार पर, शो केस में, खम्भे पर—या किसी की गंजी चाँद पर ! लेकिन जब तक शो ख़त्म हुआ, वह वहीं बड़ी देर तक बिफरता रहा, टहलता रहा।

बाल्कनीवाले दर्शक घुमावकर सीढ़ी से नीचे उतर रहे थे। लोगों के चेहरों पर अलग-अलग भाव थे—कुछ सुस्त, उदास और कुछ उत्फुल्ल-प्रसन्न। किसी को कोई गीत पसन्द था और किसी को कोई विशेष दृश्य। किसी के पैसे नायिका के एक पोज़ में ही वसूल हो गए थे और कोई पूरी पिक्चर में दियासलाई दिखाने की महत्त्वाकांक्षा प्रकट कर रहा था। शरद को ऐसा लग रहा था जैसे वह किसी बहुत सुनसान और ऊँचे टीले पर खड़ा हो और वहाँ से इन सब लोगों को देख रहा हो। सब कुछ उसे बड़ा धुँधला-धुँधला और छोटा दिखाई दे रहा था—सारे मिश्रित स्वर अस्पष्ट भनभनाहट-से लगते थे। उसके साथ कुछ ऐसा असाधारण हो चुका था कि उसे विश्वास नहीं आ रहा था।

"क्यों, अभी तक मुँह ठीक नहीं हुआ ?" सहसा मायादेवी ने उसका हाथ पकड़कर पूछा।

"नहीं-नहीं, भीतर जाने का मन ही नहीं हुआ। भीतर बड़ी घुटन थी।" शरद ने अव्यवस्थित-से स्वर में कहा। सभी लोग गाड़ी की ओर चल दिए। या तो कहिए उसे पहनना आता था, या उसका पतला सुगठित शरीर ही ऐसा था कि पद्मा के ऊपर साड़ी बहुत खिलती थी। जूड़े में फूल सजाना उसे पसन्द था। चाहता तो शरद यह था कि मायादेवी से बड़े रूखेपन से कह दे कि अब वह और जया घूमते हुए स्वयं चले जाएँगे; लेकिन पता नहीं क्यों, पद्मा की उपस्थिति में उसे हमेशा ही ऐसा लगता, कहीं उसकी किसी बात को पद्मा फ़ील न कर जाए—इसे कहीं अपनी उपेक्षा न समझे। हालाँकि इस बात को वह बिलकुल शुरू से देख रहा था कि पद्मा उसकी ओर विशेष ध्यान नहीं देती; फिर भी मन-ही-मन जाने कैसे उसे विश्वास हो गया था कि उसकी हर बात पर पद्मा की आँख है। ऊपर से वह चाहे जितनी सुस्त, उदास और लापरवाह रहे; मन-ही-मन वह उसकी हर हरकत के प्रति सचेत है। और शायद इसी का परिणाम था कि पद्मा जब जया को हाथ पकड़कर कार की ओर ले चली तो मन में विरोध होते हुए भी मायादेवी के साथ शरद अपनी पहली जगह आ बैठा। दूसरे 'शो' के लोग आ रहे थे। चारों ओर लगे हुए बड़े-बड़े 'प्लेकार्ड' अभिनेताओं की विभिन्न मुद्राओं से सजे थे। साइकिलवाले अपना-अपना नम्बर सुनकर साइकिलें ले रहे थे। बड़ी कठिनाई से कार सड़क पर आ सकी। सड़क पर भी बड़ी भीड़ थी, और अधिकांश लोग उस खेल के किसी विशेष भाग को दूसरे श्रोता को इस तरह सुना रहे थे, जैसे उसने खेल देखा ही न हो। केशव ने भीतर और बाहर की बत्तियाँ खोल दी थीं।

"शरदजी, आपका मन नहीं लगा ? खेल ऐसा बुरा तो नहीं था।" मायादेवी ने पूछा।

"हाँऽऽ, ठीक था।" फिर ज़रा जया को चिढ़ाने के लिए जानबूझकर बनते हुए

बोला—"फिर मुझे हिन्दी खेल वैसे भी ज़्यादा पसन्द नहीं हैं। न स्टोरी, न ऐक्टिंग, डायरेक्शन, कुछ भी तो नहीं। सारे पर्दे या स्टूडियो-सीन।"

"माताजी, आप बेकार किसी को तंग कर रही हैं। कोई तो बिचारा सीधा इंग्लैंड से चला आ रहा है, और आप हिन्दुस्तान को लिए फिर रही हैं।" जया ने कहा। पद्मा इन बातों में विशेष रुचि नहीं ले रही थी; उसने खिड़की से बाहर मुँह निकाल रखा था।

मायादेवी बड़े-बूढ़ों की तरह मुस्कराई—"तुम लोगों की लड़ाई अभी ख़तम नहीं हुई ?"

"आप ही देख लीजिए, मेरी तो किसी से लड़ाई की आदत है नहीं !" शरद फ़ौरन ही बोला—"पहले छेड़ना और फिर मुँह फुला लेना, हमसे तो आता नहीं है।"

"वह तो हमारी ही आदत है, सींग मारने की।"

"अब मैं क्या बोलूँ, तुम्हारे बीच में !"

लेकिन एक बार मायादेवी के चेहरे की ओर देखकर शरद का सारा बचपन उड़ गया। उसे हॉल की बात ध्यान हो आई और फिर उसके मन में उत्कट उद्विग्नता भर उठी। उसे ख़ुद ही बड़ा अजब-अजब लगा, क्या बचकानापन है ! उसने गम्भीर स्वर में इस बार जैसे बड़ा साहस करके पद्मा से कहा—"आप बड़ी उदास और सुस्त रहती हैं, कुछ तकलीफ़ है क्या ?"

पद्मा क्या जवाब देती है, शायद यह देखने के लिए मायादेवी ने एक बार उधर देखा और फिर झटके से गर्दन घुमाकर अपनी तरफ़वाली खिड़की से बाहर मुँह निकालकर गुज़रती हुई दूकानों या पैदल चलनेवालों को देखने लगीं।

पद्मा ने सिर घुमाकर एक बार जया की ओर देखा कि प्रश्न उससे तो नहीं किया गया। फिर ज़रा हिचककर पूछा—"मैं ?"

"जी, हाँ मैं आपसे ही पूछ रहा हूँ।" शरद ने प्रश्न पुनः दुहराया। जया की उपस्थिति में एक बात के प्रति उसे हमेशा मन-ही-मन सचेत रहना पड़ता था वह यह कि कहीं पद्मा की ओर वह आवश्यकता से अधिक ध्यान न देने लगे—या कम-से-कम जया के मन में इस प्रकार का कोई भ्रम न पैदा हो जाए। उसकी ओर देखते हुए वह हमेशा इस प्रकार की लापरवाही दिखाता जैसे उसकी ओर ज़रा भी आकर्षित नहीं है, या ज़रा भी उसे 'विशेष' का दर्जा नहीं देना चाहता। लाख हिम्मत करने पर भी वह जया की उपस्थिति में सीधा पद्मा की ओर नहीं देख पाता था—हालाँकि हर बार उसकी धनुषाकार भौंहों और कंजी आँखों—लम्बी नाक और पतले-पतले होंठ देखने की आकांक्षा उसकी उड़ती दृष्टि में मुखर हो जाती थी।

"कोई ऐसी ख़ास बात तो नहीं है।" पद्मा बड़े कष्ट से जैसे धीरे-से हँसी फिर दोनों हाथों की उँगलियाँ एक-दूसरे में फँसाकर अपनी लाल-लाल हथेलियों को अपने घुटनों के ऊपर रखकर—बाँहों को ज़रा तानते हुए बोली—"ट्रेजेडी पिक्चर्स देखकर मेरा मन शुरू से ही ख़राब हो जाता है। बाद में वही घूमता है।"

"अच्छा !" शरद ने बड़े आश्चर्य से कहा—"आप तो बड़ी अजीब बात कह रही हैं। मुझे तो बहुत कम ऐसे अवसर याद हैं जब ऐसा कोई असर मेरे ऊपर पड़ा हो। यह पिक्चर तो कोई ख़ास ऐसा था भी नहीं।"

"उस वक़्त ज़रूर असर थोड़ा बहुत पड़ता ही है—लेकिन ऐसा कम ही होता है कि बाद में भी असर रह गया हो।" जया ने पद्मा की ओर मुँह करके कहा।

शरद मुस्कराया ! 'मान' अभी तक चल रहा है ! पद्मा ने खिसियाने-से ढंग से इस तरह मुस्कराकर कहा जैसे अपनी कोई बहुत बड़ी बेवक़ूफ़ी की बात बता रही हो—"बहुत समझाती हूँ अपने आपको, लेकिन जैसे वश ही नहीं रहता। सिनेमा में ही क्या, कोई भी कहानी-उपन्यास पढ़ूँ—घंटों असर रहता है। यह असर 'हैमलेट' से शुरू हुआ—उसे पढ़ती थी तो कुछ जगह आँसू रुकते ही नहीं थे, ख़ासतौर से ऑफ़ेलियावाले हिस्से में...।" और पद्मा आँखें बन्द करके कल्पना की आँखों से जैसे हैमलेट और ऑफ़ेलिया को बातें करते हुए देखने लगी।

"वास्तव में विचित्र बात है। दुनिया में इतना भावुक होकर कहीं काम चलता है...?" शरद ने शुभेच्छु की चिन्ता प्रकट की।

उसके जवाब में फिर हलके मुस्कराकर पद्मा धीरे से बोली—"टाइम इज़ आउट ऑफ़ जॉयंट, ओ:कर्सेड स्पाइट...कितनी उत्कट वेदना भर दी है, कहीं-कहीं तो...।"

"आपने बताया नहीं, लखनऊ में क्या-क्या सीखा ?" शरद ने विषय बदलने के लिए पूछा। उसे लगा, यदि यही विषय आगे बढ़ाया गया तो, पद्मा की बन्द आँखों से बूँदें उसके गालों पर ढुलक आएँगी।

पद्मा ने आँखें खोलीं, बोली—"भाड़ झोंका है ! फ़ायदा क्या वक़्त बर्बाद करने का ? पूरी तरह कुछ सीख भी तो नहीं पाए...।"

"तो भी..." शरद ने ज़रा प्रोत्साहित करने के ढंग से अनुरोध किया।

"कोई ऐसा मौक़ा तो आने दीजिए।" फिर जया की ओर देखकर बोली—"यह चीज़ें ऐसे नहीं दिखाई जातीं—कभी इन्वाइट कीजिए, ख़ातिर-ख़ुशामद कीजिए—तब प्रार्थना पर ध्यान दिया जाएगा।"

"इन्वाइट करनेवाले हम होते कौन हैं। ?"—जया की ओर देखकर शरद ने उसे प्रसन्न करने के उद्देश्य से कहा—"हाँ, कोई इन्वाइट कर लेगा तो ख़ातिर-ख़ुशामद हम भी कर देंगे।"

जया बड़े ललककर उसके कन्धे पर हाथ रखकर बोली—"आइए न, जीजी कभी..."

शरद ने बीच में ही बात काटी—"लेकिन पद्माजी, अगर इन्वाइट करने के बाद घर पर आपसे कोई लड़ने लगे तो मैं ज़िम्मेदार नहीं हूँ।"

"वह तो मैं सब निबट लूँगी।" पद्मा ने बड़े आत्मविश्वास से उत्तर दिया।

जया ने शरद को मुँह चिढ़ाया—"लो, और लो।" शरद ने हाथ का इशारा करके बताया—'ठहर जा, चाँटा मारूँगा !' और दोनों खिल उठे। एक गहरी साँस लेकर पद्मा

ने केशव के कन्धे के ऊपर ग़ौर से सामने की सड़क पर देखा।

कार अब 'स्वदेश महल' में मुड़ रही थी।

''नेता भैया खाने को बैठे होंगे।'' मायादेवी ने अपने आप कहा। ऊपर के हिस्से में उनकी तरफ़ के कमरे की खिड़कियों से, हरी रोशनी छन-छनकर आ रही थी। जगह-जगह बिजली के लट्टे अँधेरे में चमक रहे थे। जब बहुत देर तक किसी ने इस बात का जवाब नहीं दिया, तो केशव बोला—''अभी तो ऐसी देर नहीं हुई है !'' पहियों के नीचे की बजरी चुरमुरा रही थी।

गाड़ी पोर्च के सामने आ खड़ी हुई। दोनों ओर के दरवाज़े खोलकर केशव और शरद बाहर आ गए। शरद ने पीछे का दरवाज़ा खोला। मायादेवी बड़े आराम से बैठी थीं—उन्होंने दो बार उठने की कोशिश की; लेकिन जैसे फँसी बैठी हों—फिर झटककर वहीं जा रहीं। बड़ी बेतकल्लुफ़ी से हाथ उन्होंने शरद की ओर बढ़ा दिया कि उठने में सहारा दे—और विचित्र ढंग से हँस पड़ीं। जया और पद्मा दूसरी ओर से निकलकर कपड़ों की अस्त-व्यस्तता ठीक कर रही थीं। शरद ने एक बार उधर देखा, पीछे मुड़कर देखा, उसे बड़ी झिझक लग रही थी।

''शरद बाबू, ज़रा मदद देना भाई।'' बढ़े हुए हाथ को यों-ही रखकर मायादेवी बोलीं ! वे उसी तरह हँसती रहीं।

आख़िर उसने हाथ पकड़कर झुककर उन्हें खींचा—और वे इस तरह उठी चली आईं जैसे फूल-सी हलकी हों। एक बार फिर उसकी नाक तक लवैंडर की लपट लपकी, और मायादेवी झटके से कार से बाहर निकलने के कारण बड़ी मुश्किल से सँभल पाईं। शरद तेज़ी से उन्हें छोड़कर अलग हट आया। सफ़ाई-सी देकर के बोलीं—''अब शरीर साथ नहीं देता।''

शरद ज़ोर से दाँत पीसकर रह गया। बोला—''अब चलें, साढ़े दस बजे होंगे।''

''जल्दी है ?'' मायादेवी ने पूछा।

''काफ़ी देर हो गई। दूसरे, नेता भैया भी खाने को बैठे होंगे।'' शरद ने कहा।

''अच्छी बात है, कल आना।''

चार जोड़ी हाथ माथे तक उठे, गिरे। खट-खट करती हुई पद्मा तेज़ी से ऊपर चढ़ती चली गई।

जूतों से बजरी कुचलते हुए दोनों चुप-चुप अपने क्वार्टर तक आ गए। कोई कुछ नहीं बोला। लेकिन शरद के मन में बड़ी प्रबल इच्छा जया से बात करने की हो रही थी। असल में वह उसे कुछ बातें बताना चाहता था, जिन्हें पचाए रखना उसके लिए असहनीय हो उठा था; पर पहले कौन बोले ? दोनों सिर झुकाए चुप-चुप क़दम नापते चले आए। उस समय सर्दी थी, हवा खुनक रही थी।

और जया जब क्वार्टर का ताला खोल रही थी तो शरद ने ज़रा इधर-उधर टहलकर जैसे अपने आप कहा—''अजब बात है, सूरजजी अभी तक नहीं आए हैं।''

''क्या पता भीतर जाकर सो रहे हों।'' जया बहुत स्वाभाविक स्वर में बोली।

"दरवाज़े पर तो मन भर का ताला लटक रहा है।"

"या तो कहीं लम्बे घूमने निकल गए—या कपिल साहब के चक्कर में फँस गए।" जया ने दरवाज़ा खोल दिया। भीतर अँधेरा भरा था।

"मुझे इस आदमी को देखकर बड़ा ताज्जुब होता है—न खाने की चिन्ता, न पहनने-ओढ़ने की। पान की डिबिया ली, और निकल पड़े।" जया के पीछे-पीछे कमरे में प्रवेश करके शरद बोला।

"आज तो बस सुबह ही ज़रा-सी देर को देखा था—अपनी आलमारी के सामने खड़े हुए कुछ कर रहे थे—बड़े उदास-उदास दिखाई दिए।" वह कमरे में स्विच तलाश करने लगी। देशबन्धुजी ने विशेष रूप से कहकर टैम्परेरी फिटिंग करा दी थी। 'खट्' से बिजली जल गई।

जया ने कोने में खड़े होकर साड़ी उतारते हुए व्यस्त स्वर में कहा—"तो आज आपकी समझ में पूरा काम आ गया ?—क्या-क्या किया ? और हाँ, यह आप सचमुच बहुत बड़ी ग़लती कर रहे हैं ! जब पता ही नहीं होगा कि 'इनकम' कितनी है तो ख़र्च का 'बज़ट' कैसे बनेगा ? सूरजजी ने ठीक कहा है—आप 'इम्प्रैशन' में कुछ और रहें और फिर मिले कुछ और, तो कैसे 'एडजस्ट' होगा ?" वह ठोड़ी से साड़ी का एक हिस्सा दबाकर उसे तह करने लगी।

चिन्ता यही शरद को भी थी; लेकिन इस समय इन व्यर्थ की बातों को लाना नहीं चाहता था। वह केवल पेटीकोट और ब्लाउज पहने जया को बड़ी मुग्ध दृष्टि से देखता रहा था। सिनेमा हॉल से ही जो एक आन्दोलन उसके दिमाग़ में उठ रहा था, वह तो था ही—इसके अतिरिक्त जया के पूर्ण-विकसित शरीर को देखकर वह सोच रहा था, बिना पुरुष का सम्पर्क प्राप्त किए कैसे यह इतना समय काट सकी ?—लेकिन स्त्री के शारीरिक-विकास का चरम-उद्देश्य क्या पुरुष प्राप्त करना ही है ?—और कुछ नहीं ?...हो सकता है हो...लेकिन कभी-कभी स्त्री का शरीर इतना आकर्षक क्यों लगने लगता है ? और इस आकर्षण की अनिवार्यता को स्वीकार करने में शिक्षित-अशिक्षित—कल्चर्ड-अनकल्चर्ड एक ही स्तर पर क्यों सोचते हैं ? बस, फ़र्क इतना ही तो है न, कि ज़रा बौद्धिक-प्राणी मुग्ध होने के साथ-साथ अपने इस समर्पण को तोलता जाता है—लेकिन समर्पण के लिए विवश तो वह भी है ही।

"सब हो जाएगा। मौक़ा तो मिले पूछने का। उनकी मिल में जाने क्या गड़बड़ी हो रही है। सुबह ही चले गए थे।"

"लेकिन खाना खाने तो बड़े ख़ुश-ख़ुश आए थे, वहाँ।"

"अच्छा ? वहाँ तुम्हारे सामने आ गए थे क्या ? अरे, वह जगह ही ऐसी है कि चाहे जितना परेशान आदमी हो प्रसन्न ही हो जाता है।" शरद हँसा, फिर एकदम बोला—"अच्छा हाँ, तुम्हें एक बात बताएँ, जया..."

लेकिन उसके यह कहने से पहले ही जया कह रही थी—"माँ-बेटी में ज़रा भी नहीं बनती—पास भी बैठी होंगी तो ऐसा लगेगा, न जाने कहाँ की दो औरतें इकट्ठी बैठा

दी हैं। आज मैने ख़ूब ध्यान से देखा। मोटर में आपने ध्यान नहीं दिया ? एक बोलती थी तो दूसरी खिड़की के बाहर मुँह निकाल लेती थी...।" और अपनी बात पूरी करके जया ने पूछा—"हाँ, क्या बता रहे थे आप ?"

"ऐसे ही घुटती रही तो बेचारी को टी.बी. हो जाएगी..." शरद ने जानबूझकर पहली बात को टालते हुए कहा—"दिन-भर बस गुम-सुम रहती है। मैंने तो खुश यहाँ कभी देखा ही नहीं। पहले ही दिन से यह बात मैंने मार्क की थी, कितनी अच्छी लड़की है और यों घुली जा रही है—इसे देखकर कोई कह देगा इसने एम.ए. किया है, संगीत की ग्रेजुएट है ?"

"हाँ, अच्छी तो बहुत है !" जया ने गर्दन घुमाकर मुस्कराते हुए रहस्य-दृष्टि से शरद को देखा—"बस, अफ़सोस यही है, आपसे पहले परिचय नहीं हुआ...।"

"जी नहीं—आपको याद दिला दूँ, वह दो साल मेरी क्लासफ़ैलो रही है।" शरद ने हर शब्द पर ज़ोर देकर कहा, फिर खुद ही हँसकर बोला—"तुम लड़कियों के दिमाग़ में एक ही बात आएगी—जैसे कोई और काम ही न हो किसी को। अच्छे को अच्छा और बुरे को बुरा कह देने में भी तुम लोग 'मोटिव्स' ढूँढ़ती हो।"

"अच्छा हाँ-ाँ-ाँ ! ज़्यादा सफ़ाई मत दीजिए, भगवान ने आँखें दी हैं, थोड़ी-सी समझ भी है गाँठ की।" जया ने बनावटी तेज़ी से कहा।

"रोना तो सारा समझ का ही है। वही होती तो फिर कहना ही क्या था ? समझ बँटते वक़्त तो न जाने कहाँ सो रही थीं ?" बात को हँसी में टालकर वह फिर बोला—"लेकिन सबसे अधिक ताज्जुब मुझे यह होता है कि यह मायादेवी पड़ी कैसी बेशर्मी से हैं यहाँ ! यह नहीं सोचतीं कि जवान लड़की साथ है, नासमझ होती तो कोई बात नहीं है। भाई, हद है।" शरद कुर्सी के पीछे की ओर से झुककर हत्थे पर दोनों हाथ रखे जया की ओर देख रहा था। उसने जब देखा जया कपड़े बदल चुकी है तो बोला—"खाना-वाना नहीं खाना ?—अब श्रीमतीजी पतिव्रता पत्नी की तरह खाना बनाइए बैठकर।" भूख शरद को नहीं थी। बात उसने सिर्फ़ परिहास के लिए कही थी।

"सच ?" जया ने गम्भीरता से पूछा—"भूख हो तो बनाऊँ ? तीन मिनट में बन जाता है 'स्टोव' पर। मुझे तो भूख है नहीं।" फिर कुछ देर रुककर हँसती हुई बोली—"और भूख तो आपको भी नहीं होनी चाहिए—माताजी बड़ा लाड़ लड़ा रही थीं। अपने हिस्से की सारी पेस्ट्री और बिस्कुट तो खिला दिए और क्या किसी की जान लेंगे ?"

शरद चौंका, तो जया ने हर बात पर ध्यान रखा है ! इतनी देर से रुकी हुई उसके दिमाग़ की आँधी जैसे फिर खूँटा तुड़ाकर मचल पड़ने को आतुर हो उठी। उसकी दुर्निवार इच्छा हुई, वह जया से जो कहना चाहता था उसे एकदम कह डाले—लेकिन पता नहीं, न समझे जया। एक गहरी साँस लेकर बोला—"अरे साहब, लाड़ तो तुम्हारे ऊपर हैं, तुम्हें बुलाया जाता है—तुम्हें सिनेमा दिखाया जाता है। अपना क्या है, साथ लग लिए पिछलग्गुओं की तरह। नई चेली बनी हो..." फिर गम्भीर होकर—"भूख मुझे

भी नहीं है।"

सामने का दरवाज़ा बन्द करके जया शरद के पास आ गई थी। अपनी पिछली बेवक़ूफ़ी पर दोनों खिलखिलाकर हँस पड़े। जया की कमर में बाँह डालकर प्यार से बरामदे की ओर चलते हुए शरद ने कहा–"हाँ जया, हमने तुम्हें बात तो बताई ही नहीं..."

"कुछ बताएँगे भी ?" जया बच्चों की तरह भुनभुनाई–"या तो हमसे कहा मत कीजिए–कहें तो पूरी बात बताया कीजिए। हमसे नहीं रहा जाता फिर।"

"तुम हँसोगी...सुनकर...?"

"अच्छा क़सम से, ज़रा भी नहीं हँसेंगे।"

शरद के गले में बात आ-आकर रुक जाती थी, आख़िर उसकी हिम्मत पड़ी ही नहीं। बोला–"अच्छा छोड़ो, फिर कभी सही। इस वक़्त तो कोई बात करने का 'मूड' नहीं है। आज तो तुम वाक़ई बड़ी अच्छी लग रही हो...कभी-कभी गिरगिट की तरह रंग बदल लेती हो क्या...?"

"लेकिन इस धरती पर सबसे अच्छी तो पद्मा जीजी हैं...।" मगर उसका झेंपकर कहा गया वाक्य पूरा नहीं हुआ–अगली बात शरद के आलिंगन में घुट गई..."

"तुम्हारे दिमाग़ से यह बात निकलेगी नहीं ? दुनिया की हर चीज़ तुम्हारे बाद है, इस बात को क्यों नहीं समझतीं तुम ?" काँपती आवाज़, उच्छ्वासित कंठ। फिर बोला–"लेकिन तुम मुझसे लड़ पड़ती हो तो बहुत ग़ुस्सा आ जाता है...।"

"तो फिर किससे लड़ें ?"

"लेकिन जया, तुम आज से एक बात का ध्यान रखोगी। हम लोगों में चाहे जितनी लड़ाई हो जाए–तीसरे आदमी को हवा भी नहीं लगनी चाहिए।"

"मैंने किससे कहा–?"

"अभी तुम सिनेमा जाने से पहले उस भुतनी से शिकायत करने लगीं...।"

"किससे, माताजी से...?" जया ज़ोर से हँस पड़ी।

"अरे हाँऽऽ, सब माताजी ही हैं...।" लापरवाही से शरद ने कहा–"मेरे सामने उसे माताजी-वाताजी मत कहा करो...।" फिर याद करके बोला–"और आप वैसे तो लड़ रही थीं–पर फ़ौरन ही आकर मुँह बन्द कर दिया...।"

"हाय ! सुनकर क्या कहतीं ?"

"कहतीं अपना सिर !...उसकी बात बता दूँ तो दाँतों तले उँगली दबा जाओगी।"

"बताते भी हो–जबसे पहेलियाँ बुझा रहे हैं।" जया न जाने कैसे समझ गई कि पहली बात मायादेवी के बारे में ही है।

"बतलाएँ क्या ! तुम हँसोगी–विश्वास नहीं करोगी। लो सुनो," शरद ने आवेश से कहा–"सिनेमा देखना मुश्किल कर दिया क़मबख़्त ने–कभी कन्धे पर सिर टिका दे, कभी सिर के नीचे हाथ रख दे–तब तक तो मैं समझता रहा कि शायद मैं ही ग़लत समझ रहा हूँ–अनजाने ऐसी बातें भी हो जाती हैं; लेकिन घुटनों तक धोती उठाकर

ज़बर्दस्ती मेरी टाँगों से अपनी पिंडलियाँ रगड़ती रही, तब क्या समझता ? सारी पेंट की क्रीज़ ख़राब कर दी...चल दीं लगा के काला चश्मा !...माता...वाताजी !'' स्वर में विद्रूप था ! जोश में शरद कह तो गया लेकिन फिर प्रतिक्रिया देखने लगा।

''हाय, कोई सुने इनकी बातें...? चालीस साल की बुढ़िया के बारे में ऐसा कहते शर्म भी तो नहीं आती ? सुने तो क्या कहे कोई ?'' जया ने टिपिकल औरतों के लहजे में कहा। लेकिन वास्तव में इस तरह की बात उसके दिमाग़ में भी घूम रही थी; फिर भी पता नहीं क्यों जब शरद ने यह बात कही तो उससे विरोध किए बिना नहीं रहा गया—''वह तो आपको बिलकुल लड़के की तरह प्यार करती हैं—और आप हैं कि ऐसे गन्दे मतलब निकालते हैं। सच, सुबह आपकी बड़ी तारीफ़ कर रही थीं।''

''अरे मेरा लड़का !'' शरद और तेज़ हो गया, ''मैं यह सब समझता थोड़े ही हूँ ? दूध पीता हूँ ?'' शरद की इतनी देर से रुकी हुई घुटन और विक्षोभ अब फूटा पड़ रहा था—''गले में बाँह डालकर अँधेरे में लड़के को ही तो पान खिलाया जाता है—? तुम लोगों को पान देते वक़्त जिस तरह ढाई घंटे लदी पड़ी रही—वह सब लड़कों के साथ ही तो होता है ? भैंस की तरह पड़ गए और हाथ बढ़ा दिया—'लो उठाना शरद !' जैसे शरद इनके नौकर हों !...।'' शरद ने कार की बात याद करके होंठ चबाए।...

''आप भी तो बड़े बने हुए हैं—अब दिखा रहे हैं तेज़ी। तब तो माताजी यह, माताजी वह...उस वक़्त तो खुद रस ले रहे होंगे...।''

''रस ले रहे थे तभी तो निकल आए थे...।'' लेकिन जया की पहली बात सुनकर शरद के सारे उफान पर जैसे किसी ने पानी डाल दिया—''कहीं कुछ समानता भी तो हो...''

''लेकिन उनके मुँह तो लगा हुआ है ख़ून...'' जया ने तलख़ी से कहा।

गहरी साँस लेकर शरद बड़ी संजीदगी से बोला—''बड़ी विचित्र स्थिति है। नाराज़ उसे कर नहीं सकते। लाख बिगड़ी हो, देशबन्धुजी पर उसका असर है। नौकरी करनी है तो सबको मक्खन लगाना होगा। क्या करें ? भुनते रहते हैं और ऊपर से दाँत निपोरते रहते हैं। कभी-कभी तो जया, मन होता है, भागो छोड़-छाड़कर ! कहाँ झंझट में आ फँसे ? हर आदमी साला, यहाँ का कुछ विचित्र साँचे में ढला है। नॉर्मल कोई है ही नहीं। और लाख कमज़ोरियाँ होते हुए भी मुझे आदमी देशबन्धु पसन्द है। वह कम-से-कम बैलेन्स्ड (सन्तुलित) तो है, हर चीज़ पर नियन्त्रण रखना तो जानता है। मान लिया—उसमें बुराइयाँ हैं, कमियाँ हैं—सो किसमें नहीं होतीं ? सूरजजी में नहीं हैं ? हम-तुम में नहीं हैं ? और हर आदमी बात को अपने ढंग से रँग कर रखता ही है। रही आदर्श और सिद्धान्त की बात, सो आज के युग में कोरा सिद्धान्तवादी बनकर आदर्श बघारने से कुछ नहीं होता। सबको झुकना पड़ता है—समझौता करना पड़ता है। खाएँ क्या ? क्या करें ? आख़िर हर आदमी के सपने हैं, आकांक्षाएँ हैं—उन्हें एक अनिश्चित युग के लिए कब तक वह स्थगित करता चला जाए ? मन हो या न हो, आत्मा को कुचलना पड़ता है—उल्टा-सीधा अपने आपको समझाकर सन्तोष करना पड़ता

है। लेकिन जया, कभी-कभी तबीयत बड़ी बेचैन हो जाती है, आख़िर यह ढोंग कब तक चलता रहेगा ? क्या कोई ऐसी शक्ति नहीं है, जो इस सबको ख़त्म कर दे...?" शरद के उद्वेगपूर्ण शब्दों में बड़ी व्याकुलता थी। असल में वह यह बात जया को नहीं बता रहा था—इतने दिन से अपने मन के भीतरी स्तरों में चलनेवाले मन्थन को यह जवाब दे रहा था। कोई चीज़ थी जो उसके अवचेतन मन में उसे कहीं निरन्तर कचोटती थी—एक बोझ बनकर बैठी हुई थी—और वह निरन्तर उससे लड़ता रहता था। अब उसे ही यह सब जवाब देकर शान्त कर देना चाहता था। तालाब का पानी ऊपर से शान्त रहता है; लेकिन उसमें चलनेवाला मछलियों का द्वन्द्व कितनी तेज़ी पर है इसे सतह देखनेवाला कभी सोच भी नहीं पाता।

भीतर के कमरे की रोशनी बरामदे को हलका प्रकाशित कर रही थी—रोशनी की एक चौड़ी-सी पट्टी, दरवाज़े से लेकर पूरे बरामदे में आड़ी लेटी थी। बाहर चौक में और भी अधिक घना अँधेरा दिखाई देता।—बाहर से झाँकनेवाला जामुन का पेड़ ऐसा लगता था, जैसे अँधेरा काला-बुर्क़ा पहने खड़ा हो। बाहर ठंडी हवा चल रही थी। बरामदे में चारपाई पर, सिर के नीचे दोनों हाथ रखे शरद एकटक बाहर अँधेरे में ताक रहा था—एक वात्याचक्र था, जो उसके माथे में चक्कर लगा रहा था, और वह उसे समझने की कोशिश करता चुपचाप पड़ा था। उसकी छाती पर सिर रखे, धड़कन से कान लगाए जया लेटी थी।

"सच जया," शरद ने सिर के नीचे से हाथ निकालकर जया की कोमल चिकनी कनपटी को सहलाते हुए कहा—"कभी-कभी तो ऐसा पाग़लों का-सा नशा आता है कि इस सब कुछ को तोड़-फोड़कर कहीं दूर ऐसी जगह भाग जाएँ—जहाँ ज़रा चैन की साँस तो मिले। यह हर वक़्त अपने आपसे लड़ना, अपने को तोड़ना और उस तोड़ने को परिस्थितियों पर डालकर झूठा सन्तोष बटोरना, इससे आदमी बड़ा कमज़ोर हो जाता है।" फिर धीरे से हँसकर बोला—"और जया, तुझसे इतना भी नहीं होता, कभी ज़रा हिम्मत बँधाए रहो। क्या अपनी ज़िन्दगी यों ही इन छोटे-मोटे झगड़ों में गुज़र जाएगी ? सुबह लड़े और शाम को समझौता हो गया—और वही बँधी-बँधाई करोड़ों की ज़िन्दगी, कुछ थोड़ी-सी भी तो विशेष नहीं। मुझे हमेशा लगता रहता है, ज़िन्दगी का इससे गहरा कुछ और भी अर्थ है—लेकिन वह समझ में नहीं आता—उसे मैं निरन्तर महसूस करता हूँ, कह नहीं पाता। और वह स्थिति तुम जानती हो, जब आदमी किसी चीज़ को महसूस तो करे, लेकिन कह न सके—कैसी होती है...?"

जया की समझ में नहीं आया, इसके जवाब में वह क्या कहे—वह एक ऐसा तन्द्रिल-आलस्य अपनी नस-नस में अनुभव कर रही थी, एक ऐसे सुख की मादकता उसके अणु-अणु में समा गई थी कि मन होता था कि कुछ न सोचे, कुछ न करे और अनन्तकाल तक यों ही पूर्ण और सन्तुष्ट सपनीली-अवस्था में पड़ी रहे। उसने कहा—"तुम समझते हो, शरद, मेरा मन इन सब बातों में रमता है ? लेकिन ख़ुद ही मैं समर्थ होती तो तुम्हारा हाथ क्यों पकड़ती ? तुम मुझसे कहो, और उसका पालन करने

में मैं ज़रा भी झिझक दिखाऊँ, तो जो जी में आए कर डालना। शुरू से मुझे तुम्हारा विश्वास बहुत बड़ा बल देता रहा है यहाँ सिर पर छत तब भी है, मैं तो तुम्हारे साथ पेड़ के नीचे पड़ने की हिम्मत लेकर निकली हूँ...।" और पता नहीं आनन्द से या इस समर्पण की अभिव्यक्ति से उसकी आँखों से आँसू निकल पड़े।

अँधेरे में खड़खड़ाते उस जामुन के पेड़ को एकटक ताकते हुए शरद को एक क्षण को वास्तव में ऐसा लगा कि सचमुच जया के विश्वास और प्यार की तुलना में वह बिलकुल बौना है, वह उसे छू नहीं सकता। अगर देशबन्धु जैसा कोई आधार नहीं होता, तो क्या वह यों निर्लक्ष्य, निरुद्देश्य अन्धाधुन्ध एक झोला लेकर निकल खड़ा हो सकता था ? अगर वह लड़की होता तो क्या इतनी हिम्मत कर सकता था ?—शायद कभी नहीं। सच बात तो यह है कि उसके मन में भीतर कहीं विश्वास था कि थोड़े समय बाद वह घर लौटकर चला जाएगा, और जो बवंडर, तूफ़ान जया के साथ चले आने के बाद में उठ खड़ा हुआ होगा वह शान्त हो चुकेगा। तब जीवन उसी शान्त और स्निग्ध-गति से चल निकलेगा। उसके घरवालों की नाराज़गी तब तक समाप्त हो चुकेगी ! क्या जया भी इस तरह लौटने की बात सोच सकती है ? शायद इससे बढ़कर अपमान की बात उसके लिए दूसरी कुछ नहीं होगी कि वह स्वयं लौटकर अपने घर जाए। कैसा यह पाग़लपन था जिसने उसे ज़रा भी आगा-पीछा नहीं सोचने दिया, और उसके हाथ यों अपने को सौंप दिया ? क्या वह इस एकान्त-समर्पण को उसी एकनिष्ठता से ग्रहण करने का दावा कर सकता है...? नहीं, नहीं ! उसके मन का द्वन्द्व, द्विधा, कभी भी एक नहीं हुए। शायद वह कभी भी जया की तुलना में अपने प्रति ईमानदार नहीं रहा। पानी सोखते हुए स्पंज की तरह उसका हृदय पुलककर फूल उठा—पाग़ल लड़की नहीं जानती किस अयोग्य आदमी के हाथों उसने एकान्त-समर्पण की आरती दे दी है...। वह बोला, "जया, सोते, घूमते, उठते-बैठते, मेरे दिमाग़ में सिर्फ़ एक चीज़ घूमती है, वह है तू। मैंने कभी भी नहीं सोचा, मैं तुम्हें कभी भी कोई आश्रय देने का गर्व करूँगा, शायद मुझसे यह सम्भव भी नहीं है, लेकिन एक हिम्मत है, एक छाया है, जो हमेशा बल देती है, आशा देती है...वर्ना इस अँधेरे और अकेले में मैं यहाँ पड़ा होता...? जहाँ अपने मन का कोई नहीं है। मेरे मन और आत्मा पर तुमने इतना अधिकार कर लिया है, सच मानों, इस बात को मैं खुद नहीं जानता था। तुम्हें मैंने अप्राप्य-वस्तु समझकर छोड़ दिया था, और यदि उन दिनों तुम वह स्थिति न ला देतीं तो शायद मेरे साहस के लिए तुमसे वह कह सकना बिलकुल असम्भव होता...।" शरद स्वप्नाविष्ठ-सा अधमुँदी आँखों से जया के सिर को देखता, उसकी कनपटी और बालों को सहलाता, कहता रहा...।

जिस समय कोठी के दूसरे सिरे पर बारह के घंटे बजे तो पास ही कहीं ताले में चाभी घुमाने की आवाज़ खड़खड़ा उठी, किवाड़ खोले गए।

"शायद सूरजजी आ गए।" शरद ने कहा।

"बड़ी रात को लौटे हैं, कहीं पी-पाकर तो नहीं लौटे ? बारह बजे हैं !"

"इस बेचारे की भी क्या ज़िन्दगी है।"

"मुझे तो ऐसा लगता है, इनके साथ कोई दुर्घटना हो गई है—दिल पर बड़ा शॉक लगा है।"

"हो सकता है..." शरद अन्यमनस्क हो गया। उसके ऊपर से जैसे किसी ने जादू की चादर उतार ली हो, जैसे धीरे-धीरे सपना समाप्त हो गया हो, या क्लोरोफ़ॉर्म की बेहोशी से जगा हो। यह कैसा अजब क्षण था, जब वे लोग इतने भावाविष्ठ होकर बातें कर रहे थे ! क्या-क्या बातें उसने ख़ुद कही हैं, उसे याद ही नहीं आ रहा था। अभी-अभी वह किस लोक में विचर रहे थे ? आदमी के मन में लहर की तरह आ जानेवाली यह क्या चीज़ है ? वह उस समय किस स्तर पर पहुँच जाता है...?

"बड़ा अँधेरा है।" जया ने जँभाई लेकर कहा।

"अब सो जाओ, काफ़ी देर हो गई है—सुबह उठना है।"

जया चुप हो गई। शरद सोचता रहा। कितना सन्नाटा इस समय चारों ओर छाया था—ठंड धीरे-धीरे बढ़ रही थी—आज शरद का यहाँ तीसरा दिन है। जया सो गई थी—कैसी चिड़िया के बच्चे की तरह चिपककर सो रही थी।—नल की तरह मैं छोड़कर चला जाऊँ तो ?

सहसा जया ने सिर उठाकर कहा—"कल कपड़ा ले आना कुर्सियों के कुछ गद्दियाँ और कवर दे देंगे सिलने। लेकिन पता तो चले। सच, रुपयों की ज़रूर पूछ लेना।"

शरद हँस पड़ा—स्नेह से अभिभूत वाणी में विद्वानों की तरह हँसकर बोला—"क्या महत्त्वपूर्ण बात कही है आपने ? क्यों री, नींद नहीं आ रही है तुझे ?"

जया फिर चुप होकर सो रही।

शरद को फिर हँसी आई, ख़ुद ही बोला—"है तो आख़िर औरत ही !" कुनमुनाकर जया और भी चिपक गई—जैसे कह रही हो—सोने दो, चुप रहो।

और नींद में गहरा उतरता शरद सोचता रहा कि उन लोगों ने आग की धुँधआती लपटों के चारों ओर बैल की तरह चक्कर काटकर साथ रहने का निश्चय नहीं किया—किसी एजेंट को बीच में नहीं लिया !—आख़िर स्त्री-पुरुष के बीच एक निश्छल, आत्यन्तिक-समर्पण में इस सब खाना-पूरी और ढोंग के लिए जगह कहाँ है ? वह ज़िन्दगी-भर घिसटते रहें या कल ही लड़-भिड़कर अलग हो जाएँ—लेकिन जीवन के इस लोकोत्तर-आनन्द का दुनिया के किसी भी आडम्बर से क्या मतलब है...? सब कितने झूठे हैं—कितने दिखावटी, फ़ालतू लोगों का दिमाग़...। धीरे-धीरे पता नहीं कब उसकी आँख लग गई...

अचानक चौंककर जब वह हड़बड़ाकर उठा तो देखा, जया कुछ कह रही थी—शायद सोते में ही बर्रा रही थी। अभी सोते-सोते नींद में उसे लगा था जैसे एक बार कोई खिलखिलाकर हँसा हो, फिर रोने लगा हो। वह घबरा गया। उसने जया को झकझोरा, "जया, जया—सुनती हो...?"

"दादा, तुम वहाँ मत जाओ...तुम्हें वे दोनों खा जाएँगी..."

शरद ने देखा, जया पसीने से बुरी तरह भीग गई थी, उसने आश्वासन देते हुए बड़े प्यार से कहा—"जया, उठ तो सही, मैं कहाँ जा रहा हूँ पगली...?"

"ऐंऽऽ...?" जया चौंककर उठ गई। उसकी साँस बड़ी उखड़ी-उखड़ी और हाँफती चल रही थी—शरीर ऐसा भीग गया था जैसे नहा गई हो। वह हक-बकाकर इधर-उधर देखने लगी—जैसे समझ रही हो। फिर धीरे-धीरे उसकी चेतना एकाग्र हुई। नींद में दोनों कनपटियों पर बह आनेवाले आँसुओं को उँगली से छिटककर वह बोली—"मैं क्या कह रही थी ? आप क्यों उठ गए...?"

"अरे, तूने तो मुझे घबरा दिया। कमबख़्त, क्या-क्या बकती है सोने में ?" शरद ने सन्तोष की साँस ली। अब उसकी घबराहट ख़त्म हुई, बोला, "क्या देख रही थी ? कौन खाए जा रहा था मुझे ?"

"कहाँऽऽ ?" जया झेंपकर उसकी गोद में लिपट गई।

"बड़ा ख़राब सपना दिखाई दिया...।" जया ने बच्चों की तरह भय से जैसे मुँह छिपाकर कहा।

"अच्छा, अब सुबह बताना। सपने सबको दिखाई देते हैं, लेकिन ऐसे रोता-हँसता कोई नहीं है। भई, मैं घबरा जाता हूँ—आगे से यह नहीं होगा।"

"मैंने क्या जानबूझकर कुछ किया है ?"

"अच्छा, पानी पियोगी ? तबीयत ठीक हो जाएगी।"

"नहीं—हमें डर लगता है।"

शरद हँस पड़ा। दोनों लेट गए। अब शरद के दिमाग़ में एक नई चीज़ आ गई थी—जया के मन में यह बात क्या सचमुच इतनी गहराई से घर किए बैठी है ?

शायद दो बजे थे...

बत्तीस पुतलियों का सिंहासन

आज शरद को वाक़ई बड़ा धक्का लगा। उसे ऐसा लगा जैसे उसके हृदय के सुरक्षित कोमॅल-स्थान में किसी ने सुरंग लगा दी हो। देशबन्धुजी की ओर के दरवाज़े को उसने तीसरी बार खोलने की कोशिश की; चपरासी से चिट भिजवाई। दरवाज़ा तो ख़ैर खुला ही नहीं, हाँ, चपरासी ने आकर बताया—"इस वक़्त नेता भैया पूजा पर हैं।" और शरद बैठा-बैठा काग़ज़ों को इधर-उधर उलटता-पलटता रहा। 'बिगुल' के प्रूफ़ अभी तक रखे थे। बालानी साहब के उसे अभी दर्शन ही नहीं हुए थे। वह चाहता था कि किसी तरह ज़रा काम को समझ ले, कुछ इस सम्बन्ध में संकेत ले ले, फिर तो जैसे-तैसे घसीट ही ले जाएगा—लेकिन शुरू में ही उसे सबसे अधिक कठिनाई लग रही थी। असल बात तो यह है कि उसे काम क्या करना होगा—यही समझ में नहीं आया था। हाँ, यह विश्वास था कि जो सामने आता जाएगा, उसे अधिक-से-अधिक समझता अवश्य जाएगा। लेकिन अब इस सामनेवाले काम के लिए भी तो कोई लाइन चाहिए ही न ! दूसरी बात यह वह साफ़ पूछ लेना चाहता था कि उसे आख़िर तनख़ा क्या मिलेगी ? अपने ख़र्च को किस तरह समेटे या फैलाए। यों उसके सपनों की क्या है, वह केवल ड्राइंग रूम ही अपना इस तरह सजा डाल सकता है कि सात सौ रुपए महीने का बजट भी उसके लिए ना-काफ़ी हो। तीसरी बात, वह जया के सम्बन्ध में करना चाहता था कि उसे अपने स्कूल में कहीं जगह दे दिला दें, ताकि वे लोग निश्चिन्त होकर अपने आपको यहाँ हर प्रकार से सैटिल्ड अनुभव कर सकें। अब जो ज़रा-ज़रा-सी बातें लेकर उन लोगों के बीच में ग़लतफ़हमी आ जाती है—वह तो दूर हो। शरद समझता है कि मायादेवी जैसी स्त्री के प्रभाव से जया को बचाना चाहिए—जहाँ तक सम्भव हो दूर रखना चाहिए और जया समझती है कि मुझ इतनी बड़ी को ये बच्ची समझते हैं कि हर कोई ऐरा-ग़ैरा प्रभाव में ले ले, या बहका ले। आख़िर उसने भी तो इक्कीस साल भाड़ नहीं झोंका। स्कूल की नौकरी में तो तरह-तरह के लोग आते हैं—पिछली बार वह अपनी प्रिंसिपल और मैनेजर का ही क़िस्सा सुनाने लगी थी। और चौथी बात यह थी कि उसे कुछ रुपया उधार दिलाया जाए। अपने पिछले अनुभव से वह जानता था कि मानसिक रूप से वह चाहे जितनी तैयारी करे, देशबन्धुजी के सामने ज़ोर देकर अपनी बात नहीं कह सकता। यह सब बातें उसे उनके सामने बड़ी तुच्छ लगती हैं। इस बार उसने स्पष्ट ही चिट पर लिख दिया था कि कुछ व्यक्तिगत काम से वह उनसे मिलकर बातें करना

चाहता है, जिस समय ख़ाली हों, उसे बुला लें। कम-से-कम एक शब्द में वह यह तो जान ही जाएगा कि इस सम्बन्ध में वह किससे बातें करे। यहाँ किसी से भी तो उसका ऐसा सम्बन्ध नहीं है—बस, सूरजजी हैं या केशव। सूरजजी और देशबन्धुजी में जो आन्तरिक सम्बन्ध हैं, उनको ध्यान में रखकर उनकी सलाह को हर क़दम पर स्वीकार करना उसे अपने भविष्य के लिहाज़ से अधिक उचित नहीं लगा। केशव नौकर है—उससे बातें करते समय कुछ-न-कुछ तो ध्यान रखना ही पड़ता है।

इन्हीं सब बातों को ध्यान में रखकर उसने चिट ही इस तरह की भेजना उचित समझा कि बात उसी हिसाब से शुरू हो। दूसरी चिट के जवाब में बताया गया कि वे कुछ ज़रूरी काग़ज़ात देख रहे हैं—और अभी एक-डेढ़ घंटे शायद न ही मिलें। शरद झुँझला उठा मन-ही-मन। मिलने को कौन वह उनके दर्शन के बिना मरा जा रहा है—कम-से-कम यही बता देते, या चपरासी से कहलवा भिजवाते कि इस वक़्त नहीं, सन्ध्या को मिलेंगे। ऐसा भी आख़िर बड़प्पन क्या ?

और उसके झुँझलाने का उचित कारण था भी : पिछले दिन देशबन्धुजी उसे जिन कमरों में होकर ले गए थे और अपनी बैठने की जगह दिखा चुके थे—शरद का ख़याल था कि जब भी अवसर आएगा या आवश्यकता होगी—वह इसी रास्ते उन तक पहुँच जाया करेगा। सबसे पहली बात तो उसे यही खटकी कि जब कल के रास्ते से वह ऑफ़िस आने लगा तो एक छोटा-सा जैसे, अनिच्छापूर्वक हो—सलाम झुकाकर चपरासी ने अत्यन्त ही विनम्र शब्दों में कहा—"बाबूजी, आप इधर से क्यों जाते हैं ? इधर से तो आपको बहुत चक्कर पड़ जाएगा—आइए मैं आपको सीधा रास्ता बताऊँ," और जैसे ही वह चलने को हुआ, तभी बड़े रौब से सफ़ेद खद्दर का नीचा झकझकाता कुर्ता-जाकट, चूड़ीदार पाजामा और सिर पर थ्री-नॉट-थ्री की नुकीली टोपी डाटे, कथूरियाजी आ पहुँचे। वही साँवला खुटा हुआ चेहरा—उड़ते हुए पक्षी के फैले पंखों की तरह की मूँछें, काले होंठ, नगों से चमकती उँगलियाँ और चौड़ी घड़ी—पाँव में जयपुरी सलीमशाही। हाथ में वही पुराने ढंग से पकड़ी हुई सिगरेट, जिसे हर बार मुट्ठी बनाकर वह होंठों से लगा लेते और चुटकी बजाकर झाड़ते हुए ऐसे निर्द्वन्द्व होकर लापरवाही से धुआँ छोड़ते जैसे इंजन में कोयला डाला जा रहा हो। उनके अंग-प्रत्यंग और हर चाल-ढाल से पता चलता था कि वे अत्यन्त ही महत्त्वपूर्ण आदमी हैं। दूसरे हाथ में बड़ा चमड़े का थैला।

जब वे शरद के पास तक आ पहुँचे तो शरद ने अत्यन्त ही विनम्रता से नमस्कार किया। यों इस उजड्डनुमा व्यक्ति को नमस्कार करना उसे स्वयं अच्छा नहीं लगा। किवाड़ बन्द थे; तब भी शरद को लगा कि न जाने कैसे दफ़्तर के भीतर पता चल गया है कि कथूरियाजी आ गए हैं, और कोई शान्त सोए पानी में बड़ा-सा ढेला उठाकर डाल दे—इस तरह की एक हलचल पूरे दफ़्तर में हो गई—पर सब चुप-चुप ही। चपरासी जो उसे रास्ता दिखाने ले जा रहा था ऊपर से नीच तक थर्रा उठा। उसने सैल्यूट मारकर बड़े अदब से थैला ले लिया और कुत्ते की तरह दुम हिलाता-सा पीछे खड़ा हो गया।

शरद को ऐसा अनुभव हो रहा था जैसे इस आदमी के व्यक्तित्व और रौब के सामने वह स्वयं अत्यन्त ही तुच्छ है।

"कहिए शरद बाबू, कोई तकलीफ़ तो नहीं है आपको ?" उसके पास आकर एक क्षण को कथूरियाजी रुक गए। उन्होंने इतने ज़ोर का कश लगाकर बात पूछी कि सिगरेट एकबारगी ही आधी रह गई।

उनकी सिगरेट पर दृष्टि गड़ाकर शरद ने भरसक अपने आपको न घबराने देते हुए कहा–"आपकी कृपा चाहिए–बस।"

"अजी, कृपा तो नेता भैया की है आप पर–फिर आपको किसी चिन्ता की ज़रूरत ही क्या है ?" वे इस तरह दाँत निकालकर हँसे जैसे कोई बड़े गहरे मज़ाक़ की बात कह गए हों। फिर एकदम गम्भीर होकर बोले–"हाँ, वो आपकी 'वाइफ़' हैं न, नेता भैया ने कहा है, अपने स्कूल में उनके लिए, सो आप मुझे एक एप्लीकेशन–या यों ही एक काग़ज़ की चिट पर उनकी सारी क्वालिफ़िकेशन्स लिखकर दे दीजिए। कल तो शायद छुट्टी है, परसों किसी पार्टी का इन्तज़ाम करना है–बस, इसके अलगे दिन से सब काम हो जाएगा, ठीक।"

"जी, मैं ज़रूर दे दूँगा।" शरद कृतज्ञ हो उठा–उसे लगा वह बेकार ही इस आदमी का इतना रौब खा रहा था–यह आदमी शायद अच्छा है। तब उसके दिमाग़ में सूरजजी का शब्द गूँज उठा–'रोग्ज़ !' मन-ही-मन वह उन पर हँसा–हुँह, सूरजजी भी आदमी सनकी हैं। उसने पूछा–"पार्टी कैसी ?"

"प्रान्त के मन्त्री आ रहे हैं न, परसों।" चलते-चलते कथूरियाजी बोले और जैसे मन्त्रीजी के नाम के साथ ही उनसे सम्बन्धित सैकड़ों काम याद आ गए; इसलिए वे सचेत हो गए।

शरद ने उन्हें नमस्कार किया और जब चपरासी उनके पीछे-पीछे चला गया तो उसे अपनी स्थिति बड़ी अजीब लगी। चपरासी उसे दूसरा रास्ता बताने आया था–वह उनके साथ लगा चला गया। शायद पहुँचाकर आए। शरद मेंहदी की लाइन से टहलता हुआ स्वेदश-महल के बिलकुल सिरेवाली बाउंड्री-लाइन पर आ गया, जिसके पीछे वह पतली-सी कच्ची सड़क थी, जो एक ओर घूमकर उसके क्वार्टर के पास से निकली है–दूसरी ओर मुख्य सड़क से जा मिली है। इस बाउंड्री लाइन को बनाती थी करौंदे की ताइन। स्वदेश महल में दो तरह की लाइनें थीं–चारों ओर तथा अन्य मुख्य लाइनें करौंदे के पेड़ों से ज़रा ऊँची और भारी बनी थीं। सड़कों के आस-पास या भीतर के हिस्से में मेंहदी की ज़रा सुन्दर दिखाई देनेवाली हलकी लाइनें थीं। शरद करौंदे की लाइन के पास खड़ा होकर कच्ची सड़क के दूसरी ओर एक काफ़ी खुले मैदान के बीच में कोई बिल्डिंग बनती हुई देखने लगा। अभी केवल दीवारें उठी थीं। दूर होने के कारण आवाज़ें तो सुनाई नहीं देती थीं–लेकिन लोग काम करते दिखाई देते थे। आज बादल बिलकुल नहीं थे और धूप साफ़ थी। कहीं रुई के गोले की तरह एकाध चित्ती फैली हुई थी। काम करते लोगों को देखना उसे बड़ा अच्छा लगा। स्त्रियाँ गिट्टियों के ढेर

पर बैठीं आमने-सामने मुँह किए गिट्टी कूट रही थीं–उनकी पीली ओढ़नी और लाल लहँगे साफ़ बता रहे थे कि वे राजस्थान की तरफ़ की है। बाँहों तक हाथी-दाँत के चूड़े, सिर पर 'बोरला' मोती-गुँथे बाल, ढेर-सारे गहने और आधे-आधे कुछ खुले दिखाती हुई चोलियाँ–पिंडलियों तक ऊँचे लहँगे और मर्दाना जूता–शरद ने प्रायः सभी राजस्थानी स्त्रियों को इसी वेश में देखा था–अतः उसने इनके विषय में भी यही कल्पना कर ली। उससे भी आकर्षक दृश्य उसे लगा; ईंटें पहुँचाने का काम : एक स्त्री ऊपर दीवार पर बड़े आराम से बैठी थी, नीचे एक-दूसरी औरत खड़ी बड़े साधकर ईंटें फेंकती और ऊपरवाली उसे लपक लेती–यह क्रम इतनी तेज़ी और सधे हुए रूप में चल रहा था कि चकित-सा शरद, करौंदे की पत्ती अनजान रूप से दाँतों से चबाता-थूकता, मुग्ध दृष्टि से उसे देखता ही रह गया।

"चलिए, बाबूजी।" चपरासी ने कहा।

जैसे ही शरद ने घूमकर देखा–उसकी निगाह लम्बी नागफनी की लाइन पर पड़ी। एकदम वह चौंक गया–करौंदे के घने पेड़ों की पत्तियों में छिपी कँटीले तारों की लाइन थी–जिन्हें पकड़े खड़े लोहे के टुकड़े लाइन में इस तरह छिप गए थे कि दिखाई नहीं देते थे, और इस लाइन के नीचे ही नागफनी की घनी लाइन चली गई थी। चौड़े-चौड़े पत्तों में चमकते सफ़ेद काँटे देखकर, शरद को एक हलकी फुरहरी हो आई। यह नागफनी की लाइन ज़रा झाँककर देखने पर ही दिखाई देती थी–नागफनी की लाइन ! नागफनी की लाइन ! दो-तीन बार जैसे शरद के मन में यह बात घूम गई। ऐसी कोई विशेष बात नहीं थी, फिर भी न जाने क्यों उसे कुछ अजब-अजब लगा। चलते हुए उसने कहा–"चलो।"

चपरासी साथ चल दिया। शरद ने यों ही कहा–"बड़ी लम्बी लाइन है नागफनी की।"

"इसका काँटा बड़ा ज़हरीला होता है।" चपरासी ने समझाया–"एक दफ़ा लगा और चुभा–फिर तो पके बिना नहीं रहता।"

शरद ने इस विषय में काफ़ी सुन रखा था–फिर भी आश्चर्य का भाव दिखाकर कहा–"अच्छा !"

कुछ देर तक चुपचाप चलकर बोला–"तुम यहाँ कब से हो, भाई ?"

"हमें बाबूजी, तीन-चार साल हो गए।"

"इससे पहले क्या करते थे–?"

"हम 'आज़ाद हिन्द फौज़' में जमादार थे बाबूजी, फिर एक जगह बर्तन माँजने लगे थे–अब यहाँ नौकर हो गए।"

"अच्छा !" शरद ने फिर आश्चर्य दिखाया। उसे एक क्षण को लगा–हर आदमी के पीछे ज़िन्दगी की एक लम्बी कथा घिसटती है–वह उसी में उलझा है–जुड़ा है। उसकी कल्पना में भेड़ों के लम्बे-चौड़े झुंड जैसे हज़ारों आदमियों की भीड़ कौंध गई; सिर पर उनके भारी-भारी बोझ हैं–ऐसे ही बोझ जैसे अभी-अभी उसने मज़दूरों के सिरों पर देखे हैं...और उनके पीछे लम्बे-लम्बे फ़ीते घिसट रहे हैं।–यह उनकी पिछली

ज़िन्दगियाँ हैं जिन्हें वे घसीटे ला रहे हैं। सिर पर रखा हुआ बोझ वर्तमान है। क्या इन फ़ीतों को केंचुली की तरह छोड़ा नहीं जा सकता ?–लेकिन कभी-कभी तो यह फीता चिपककर रह जाता है। अब यही आदमी बेचारा क्या करे ?–कैसे उस फ़ीते को छुड़ा दे; जो देश के लिए बन्दूक़ लेकर लड़ा–वह आज बर्तन माँज रहा है, या चपरासी है; जो ज़बान से दुनिया-भर की बातें बघारते रहे, जिन्होंने देश-भक्ति को भी अपना व्यापार बना लिया–उनकी कोठियाँ हैं और वे नेता हैं। उस एक क्षण को उसे ऐसा लगा, क्या यह अन्याय सचमुच कभी ख़त्म नहीं होगा ?

"देखिए, यह सीधा-सा आपके कमरे का दरवाज़ा है।" चपरासी ने बताया और आगे बढ़कर किवाड़ खोल दिए। ये लोग एक चौड़े से बरामदे में चढ़ आए थे।

शरद ने देखा, भीतर देशबन्धुजी की लाइब्रेरी या स्टडी है–अरे, यह इतना सीधा रास्ता भी है ! उसे आश्चर्य इसलिए हुआ कि जब देशबन्धु उसे इस लाइब्रेरी में लाए थे, तब ऐसा लगा था कि न जाने किस गुफा में जाकर यह बनी है और वहाँ तक जाने के लिए कितने ही कमरे पार करने पड़ते हैं।

"अच्छा बाबूजी, अब मैं चल रहा हूँ।" चपरासी ने किवाड़ बन्द करते हुए कहा–"पता नहीं, कौन आ जाए–आजकल वैसे ही लोग बहुत आ रहे हैं।"

"अच्छा !" शरद कृतज्ञ होकर बोला।

वह भीतर आ गया। लाइब्रेरी ख़ाली थी, वहाँ फ़्लिट की गन्ध भरी थी। लाइब्रेरी से कमरे के दरवाज़े की ओर जाते हुए उसने सोचा–शायद मन्त्री महोदय आ रहे हैं–यही भीड़ है। उसने अपना कमरा खोला। आज कमरा बिलकुल साफ़ और उसी के हिसाब में ठीक-ठाक किया हुआ था। मेज़ पर नीली-सी ट्रे में ढेर-सी चिट्ठियाँ और पैकेट रखे हुए थे। उसकी कलवाली फ़ाइलें मेज़ की खुली दराज़ों में रखी थीं वह अपनी उसी घूमनेवाली कुर्सी पर आ बैठा। एक बार सब चिट्ठियों को टटोलते हुए उसने मन-ही-मन निश्चय कर लिया कि पहले देशबन्धुजी से मिल ही ले; यह दो एक बातें निश्चय कर ले, फिर इकट्ठा बैठकर शाम तक उनके भाषणों की काट-छाँट करेगा। पूरी डाक पर जब सरसरी निगाह डाल चुका तो उठकर लाइब्रेरी में आ गया–लेकिन देशबन्धुजी की ओर आनेवाले कमरे का दरवाज़ा कई बार खींचे जाने पर भी नहीं खुला। सचमुच बड़ा आश्चर्य हुआ–कल ही तो सब कुछ देशबन्धुजी ने उसे खोलकर दिखाया था। फिर उसने कांग्रेस के दफ़्तर की लाइनवाले दरवाज़े को खोलना चाहा–वह भी बन्द था। उसे थोड़ी झुँझलाहट हुई। वह अपने कमरे में लौट आया। कुर्सी पर बैठकर उसने जब बटन टटोला तब उसकी भवें कुछ पास-पास सिकुड़ आई थीं, माथे पर एक बल उभर आया था। बाहर घंटी बजी और चपरासी प्रगट हुआ। शरद ने पूछा–"नेता भैया कहाँ हैं इस वक़्त ?"

"अपने कमरे में ही–पूजा पर हैं।"

"अच्छा, उनके पास यह चिट भिजवा देना–पूजा के बाद देख लेंगे।"

"चिट मैं भिजवाए देता हूँ–दरवाज़ा खुलते ही पहुँच जाएगी।" उसने सिर हिलाया।

शरद फिर व्यस्त होकर चिट्ठियों को देखने लगा। वह शायद कुछ और कहे, कई सेकेंड राह देखने के बाद चपरासी किवाड़ बन्द करता हुआ चला गया, तो शरद ने आनन्द से दोनों पाँव उठाकर मेज़ पर रख लिए और एक अख़बार खोलकर इधर-उधर की ख़बरें टटोलने लगा। दरवाज़े बन्द होने से उसे जो मन में हलकी विरक्ति लगी थी—उसे उसने यह समझाकर दूर कर दिया कि देशबन्धुजी पूजा कर रहे हैं—बहुत सम्भव, वे चारों ओर से बन्द करके पूजा करते हों। इतनी जल्दी होनेवाली मानसिक प्रतिक्रिया की आदत को उसे छोड़ना पड़ेगा। दरवाज़ा बन्द मिला और वह झुँझला गया—यह भी कोई बात हुई ! आध-पौन घंटे में उनकी पूजा ख़त्म हुई जाती है—लेकिन फिर वह उनसे प्रश्न किस तरह करेगा—? किस तरह बात शुरू होगी ? उसे ही करनी होगी ? अच्छा हो, पॉइंटस बना लिए जाएँ। बीच-बीच में बस एक-एक बात पूछ ली, जैसे यों ही बात करने के दौरान में पूछी जाती है। जया की बात का तो उन्हें ध्यान है, यह समस्या तो लगभग हल हो ही गई। इसकी वजह यह है शायद, कि जया उन लोगों में काफ़ी घुलमिल गई है। मायादेवी मेरे लिए ही सही उसे उलझाए रखना चाहती हैं ? मायादेवी ! और घृणा का एक विकट ज्वार उसके मस्तिष्क में छा गया। हद है ! मेरी और उसकी उम्र में आख़िर कोई तुलना भी तो हो ! और देख रही है कि अकेला नहीं हूँ—जया है। तब भी ? कल तो सचमुच उसने पोज़ीशन बड़ी ख़राब कर दी—लद बैठी। न यह ध्यान कि आस-पास के लोग क्या देखेंगे, न यह ख़याल कि जवान बड़ी लड़की है ! वह क्या इन सब बातों को समझती नहीं है ? खुद पैंतीस-चालीस से कम तो किसी भी हालत में नहीं होगी। दस-बारह साल का फ़र्क़ कुछ हुआ ही नहीं ? छिः और उन सब बातों की कल्पना करके उसके कन्धे इस तरह सिहरकर काँप उठे जैसे मुँह में कोई लिजलिजी और गिलगिली चीज़ आ गई हो। बिलकुल ऐसी ही उत्कट घृणा उसे एक बार उस समय हुई थी, जब उसने अपने एक मित्र से उनका क़िस्सा सुना; एक बार रात में जब वे दूध पी रहे थे तो बार-बार उनके मुँह में मलाई जैसी कोई चीज़ आ जाती थी। उन्हें कुछ शक हुआ—और यह शक तब हुआ जब मोटी मलाई का गुट्ठल समझकर उन्होंने दाँतों से उसे दबाया तो पंजे-से लगे। फ़ौरन रोशनी मँगाई—देखा एक छिपकली थी—पता नहीं कब से कढ़ाई में औट गई थी। इस क़िस्से को सुनकर उसके मन में जैसा कुछ लगा था, बिलकुल वैसा ही जब-जब वह कल की बात याद करता, तब लगता। यद्यपि जया से इस बात को बताकर अपने आपको शान्त कर चुका था, तब भी कल से उसकी बड़ी प्रबल इच्छा हो रही थी कि इस बात को वह सूरजजी से बताए और उस पर उनकी आलोचना सुने। वे मायादेवी से वैसे ही ख़ार खाए बैठे हैं।

लेकिन सूरजजी से मुलाक़ात अभी तक नहीं हुई थी। सुबह ही फिर कहीं निकल गए थे—थोड़ी देर बाद आकर केशव ने बताया कि वे प्रेस में बैठे दातौन कर रहे हैं। शरद को कुछ आश्चर्य हुआ। उनके लिए बाज़ार से कुछ सामान मँगाने केशव सुबह आया था—तभी उससे भी काफ़ी देर बातें हुई थीं। बातचीत में ही उसने आश्वासन

दिलाया था कि शीघ्र ही एक छोटा-सा लड़का काम करने के लिए तलाश कर लाएगा—तब तक माली के छोटे-छोटे बच्चों में से कोई यह काम कर देगा। वह दस-बारह मिनट में उसके नौ-दस साल के छोटे-से लड़के को भी पकड़ लाया। इसका नाम था नैना। साँवला-सा लड़का, चौड़ा-चौड़ा काजल, गले में एक मैले पुराने डोरे में बाँधकर लटकाया गया मूँगा—बनियान और उसके ऊपर से कुहनी तक की बाँहोंवाली बंडी, फटा-सा एक नेकर। बाद में उस नैना को शरद और जया विनोद से समझाते रहे थे कि अगर तू हमारे यहाँ काम करेगा तो अच्छे-अच्छे कपड़े बनवाकर 'बाबूजी' बना देंगे और बढ़िया-बढ़िया खाना खाकर तू इतना मोटा हो जाएगा कि अपनी बड़ी बहन को जब चाहे तब उठाकर पटक सकेगा। लेकिन छोटे भाई को अगर मारेगा तो सिपाही से उसकी शिकायत कर दी जाएगी, जो न सिर्फ़ उसके नाक-कान काट ले जाएगा बल्कि ले जाकर हवालात में भी बन्द कर देगा। काम कराने के बाद जया ने उसे डबलरोटी दी, पैसे दिए और बातों से इतना ख़ुश कर दिया कि उसने ख़ूब सिर हिला-हिलाकर सन्ध्या को आने का वचन दिया। शरद और जया उससे उसके पूरे परिवार की बातें पूछ-पूछकर हँसते रहे। सूरत चाहे कैसा ही चालाक और घुटा हुआ लगता हो—केशव उसे बुरा नहीं लगता; लेकिन पता नहीं क्यों, जया को वह फूटी आँखों नहीं सुहाता। इस बात को वह कई बार कह चुकी थी।

मायादेवी के समबन्ध में रह-रहकर हलकी बेचैनी उसे होती। सूरजजी से वह इस बात को कैसे कहे ? उसे थोड़ी-थोड़ी देर बाद ऐसा लगता, जैसे वह कोई इतनी महत्त्वपूर्ण और रहस्यमय बात जानता है कि अकेला उसे पचा नहीं सकता, उसे किसी से कह-सुनकर उस पर आलोचना-प्रत्यालोचना करना ज़रूरी है। ठहाके बिना उसे क़ब्ज़ हो जाएगा। तब उसे बड़ी तीव्रता से अपने कुछ मित्रों की याद हो आई—जिनके साथ सन्ध्याएँ इसी प्रकार हँसी-मज़ाक़ में निकल जाती थीं। पता नहीं अब साले, उसके बारे में क्या-क्या बातें करके हँसते होंगे। क्यों न अजित को एक ख़त लिख डाला जाए ? लेकिन ज़रा अपना पता दिया—और उन्होंने नगर में ढिंढोरा पीटा। अभी दो-चार महीने ठहरकर ही ठीक रहेगा। लेकिन अजित ऐसा नहीं है—उससे ख़ासतौर से कह भी दूँगा तो बात की गम्भीरता और सहानुभूतिपूर्वक लेगा। तब एकदम सीधा बैठकर वह अजित को ख़त लिखने लगा। उसने बड़े रौब से दराज़ से नीले बढ़िया काग़ज़ का लेटर हैड निकाला जिस पर लाल डाई में छपा था—'देशबन्धु' फिर ज़रा नीचे 'एम.पी.'—बदमाश पर रौब तो पड़ेगा कुछ !

काफ़ी देर ख़त लिखकर—उसे दुबारा देख चुकने के बाद देशबन्धुजी के ही एक लिफ़ाफ़े में उसे रखकर गोंदवाले हिस्से पर जीभ फेरते हुए वह उठा। लाइब्रेरी में आया। देखा, किवाड़ अब भी बन्द थे। फिर आश्चर्य हुआ और उसने दूसरी चिट भेजी—लिखा—कुछ व्यक्तिगत काम की बात करनी है, दो-चार मिनट का कोई समय आप दे सकें तो बड़ी कृपा होगी। लेकिन चपरासी बता गया कि इस समय वे कथूरियाजी और सत्य बाबू के साथ बैठे कुछ ज़रूरी बातें कर रहे हैं। थोड़ी देर में चिट

भिजवाई जाएगी। यह कहकर चपरासी चला गया तो उसने ज़ोर से लिफ़ाफ़ा मेज़ पर पटका ! ''भाड़ में जाए ज़रूरी काम, दो मिनट का वक़्त नहीं दिया जा रहा !'' उसने अत्यन्त ही उपेक्षा से सिर झटका। उसके मन में एक सन्देह जागा, कहीं ऐसा तो नहीं है कि लाइब्रेरी के जो दरवाज़े उसे बन्द मिले हैं वे बन्द ही हो गए हों और उसके लिए देशबन्धुजी से बातें करने का रास्ता या तो यह सफ़ेद फ़ोन रह गया हो या फिर चपरासी द्वारा चिट। उसने सोचा, क्यों न फ़ोन खटखटाया जाए, लेकिन बात उसे उचित नहीं लगी—एक तो वह अकेले में जिस प्रकार बात करना चाहता है—वैसा वातावरण नहीं होगा; क्योंकि वहाँ कथूरिया इत्यादि सभी तो बैठे होंगे। दूसरे यह बड़ी जल्दबाज़ी-सी लगेगी। सोचेंगे, इसे ज़रा भी सब्र नहीं है। उसने चपरासी से कह दिया कि, ''जब उनकी ज़रूरी बातें ख़त्म हो जाएँ तो उसे बुलवा लें।''

फिर जब वह उनके भाषणों को पढ़ने की दृष्टि से उलट-पलट रहा था तो छपे हुए भाषणों की फ़ाइल में तीन-चार हाथ से लिखे पन्ने देखकर, उत्सुकता से उसने उठा लिए—वे डायरी के पन्ने थे, ऊपर तारीख़ें छपी थीं—और नीचे लिखा था। स्वाभाविक जिज्ञासा से समझ लिया कि देशबन्धुजी की डायरी है। उसने पढ़ने से पहले जल्दी-जल्दी सारे काग़ज़ उलट-पुलट डाले, शायद कहीं कुछ और पन्ने मिलें, लेकिन कुछ नहीं मिला तो, ऐसे डरते हुए उन्हें पढ़ने लगा जैसे कोई आ न जाए। पन्ने पच्चीस साल पुराने थे और मैले पड़ गए थे। काग़ज़ पर काली स्याही उभर आई थी, और एकदम उसका ध्यान गया सारे पन्नों पर जगह-जगह कापिंग पेंसिल से लगे हुए गहरे निशानों पर; 'अरे !' अचानक उसी जगह पेंसिल से दो-एक जगह किए गए हस्ताक्षरों को देखकर वह चौंक उठा। इन्हें वह ख़ूब पहचानता था—यह महात्मा गाँधी के हस्ताक्षर थे, और गुजराती-हिन्दी में 'बापू' लिखा हुआ था, उसने उत्सुकता से उन पृष्ठों को पढ़ना शुरू किया :

सोमवार : दिनांक : 20.10.29

4 से 5— घंटी सुनी, उठते ही दातौन करके प्रार्थना में गया। गीता पाठ के समय नींद से बचने के लिए बहुत प्रयत्न करना पड़ा। कुछ समझ में नहीं आया और उसके बाद बालकोबाजी के पास जाकर शाम को प्रार्थना के बाद गीता के हर अध्याय का भावार्थ समझाने के लिए मना लिया।

5-6— 5.30 तक शौचादि से निवृत्ति पाकर कपड़ा पानी में उबालने के लिए सरोजनी बेन को दिया। पीछे से धोबी-घर में धुलाई का काम करके रसोई-घर गया। सरदी की तकलीफ़ होने के कारण गरम पानी में नमक डालकर नाक से पिया। तब तक छः बज गया। नाश्ता किया।

6.15-7.15— सड़क तथा छात्रालय के फाटक की सफ़ाई की।

7.15-7.30— प्रार्थना।

7.30-9.20— भंडार का काम, कल का हिसाब पूरा किया।

9.20-10.30— पाखाना सफ़ाई की। वक़्त पर इत्तला मिली।

10.30-10.45— फिर भंडार में काम।

10.45-11.30— कपड़ा धोया।

11.30-12.15— तपन नायर के साथ बातचीत करने के समय थोड़ा गरम हो गया। लोगों के दोषों को नम्रता के साथ समझाने की शक्ति मुझमें बिलकुल नहीं है। इसलिए बहुत हिंसा करनी पड़ती है। मन में हिंसा-भाव बिलकुल न होते हुए भी औरों के अन्दर क्रोध क्यों पैदा होता है ? मुझे मन में किसी से द्वेष नहीं है। तो भी कई लोग मुझे पसन्द नहीं करते—क्यों? 'हे ईश्वर, लोगों के साथ नम्रतापूर्वक बोलने की शक्ति मुझे दो।'

12.15-1.15— भोजन करने के पश्चात् कई दिनों के बाद आज अख़बार पढ़ा—वह भी सिर्फ़ 'यंग-इंडिया'।

1.15-2— माल बनाया और 182 तार काते। इसके बाद जल्दी भंडार-घर में आकर बी.पी.पी. के तीन पत्र लिख डाले। दो बज गया।

2-5.15— भंडार का काम। ताँत का स्टॉक लिया; और रसीद बनाई, बिल्स नहीं बनाए, पर पैकेट्स सब भेज दिए।

5.15-5.30— शौच के बाद हाथ-पाँव धोकर भोजन-शाला में पहुँच गया।

5.30-6.15— खाना खाने के बाद आनन्दजी के साथ टहलने गया। वह आश्रम से बिलकुल भी सन्तुष्ट नहीं हैं। उनका कहना यह है कि आश्रम आदमी को पंगु बना देता है। मानसिक शक्तियाँ ज़रा भी विकसित नहीं हो पातीं। उनका इस विषय में प्रमाण यह है कि आश्रम में केयरफुल आदमी नहीं मिलते—सभी लोग मुर्दा, बुझे और सुस्त हैं। पारस्परिक विचार-विनिमय के लिए तो ज़रा भी समय नहीं है। इसलिए आश्रम में रहना अपने बहुमूल्य समय का व्यर्थ नाश करना है।

7.15-8.5— प्रार्थना के बाद आज का हिसाब उतारकर बालकोबाजी के पास गया। कृष्णदास भाई से मिला, उनके चेहरे से ब्रह्मचर्य की प्रेरणा मिलती है। गीता के 16-17 अध्याय जो कल आनेवाले थे—उनका भावार्थ समझा। आज प्रार्थना के बाद बापूजी 20 मिनट तक बोले। छगन भाई जो सन् 10 से रहते थे—आज उन्होंने जाने का निश्चय कर लिया। बापूजी ने अनुमति दे दी। कारण, उनका कहना था कि आश्रम के नियम विकास को रोकने और बाँधनेवाले हैं। अपने आत्म-निरीक्षण के समय छगन भाई ने अपने को मन्त्री-पद के अयोग्य पाया। इस वक़्त वे यहाँ से हट जाने को अपने और आश्रम के लिए श्रेयस्कर मानते हैं। रमणीक भाई नए नियमों को बापू की एकाधिकारिणी-प्रवृत्ति मानते हैं। बापू ने कहा—"इसमें दुख मानने के लिए कुछ भी नहीं है। यह जब-जब आने की इच्छा करें—आश्रम का द्वार हमेशा इनके लिए

खुला है। बाहर जाकर भी वे दोनों हमारा ही काम करेंगे।" बाल गंगाधर को बिना कुर्सी पर बैठे काम करने का अभ्यास नहीं था। उनके इस दोष के कारण उन्हें जो आश्रम से निकाला गया, उसके विषय में बापू ने कहा—"उनको आश्रम में रखने का भी मुझे अधिकार नहीं था। उसी समय उनको कह दिया था कि किसी भी त्रुटि के लिए उनको जाना होगा। शहर में अगर उसने जानबूझकर भी 'चेयर' लिया तो वह आश्रम में रहने के लायक़ नहीं रहा। और अगर ध्यान न रहा तो भी ऐसे ग़ैर-जाग्रत आदमी को यहाँ रखना मुनासिब नहीं है। शायद मैं ग़लती पर हो सकता हूँ। लेकिन हमको जो ठीक और सत्य मालूम होता है वह करने में कुछ भी कम नहीं होना चाहिए।" 26 तारीख़ के लिए बापू ने कहा कि, "उपवास और कातना मुख्य होना चाहिए। ज़्यादा बोलना नहीं चाहिए। हमको ऐसा कुछ काम करना चाहिए, जो कि बाहर के लोग न करते हों।"

"यह भी सुना गया है कि मुझे सरकार जल्दी पकड़ेगी। अगर मुझे पकड़े तो हमको सन्तोष मानना चाहिए। नहीं पकड़े तो ठीक है। लेकिन इस विषय में बातचीत करके समय तो नष्ट नहीं करना चाहिए।"

8.10-9— माया बहन को पत्र लिखा, फिर 'यंग-इंडिया' पढ़कर सो गया।

शनिवार : दिनांक : 2.1.30

4.10-5— घंटी पर उठते ही प्रार्थना-भूमि में गया। प्रार्थना के समय मुझे नींद आती है, और समूह में बैठने के अलावा मैं प्रार्थना में कोई लाभ नहीं देखता।

5-6— शौच के बाद शीतला सहायजी से सफ़ाई के विषय में बातचीत की। वह सब काम खुद करना चाहते हैं, ऐसा मुझे मालूम हुआ। इसलिए मैंने यह निश्चय किया कि सफ़ाई से हट जाऊँ, क्योंकि इस रीति से 'फ्रिक्शन' बढ़ जाने की सम्भावना है।

6-6.15— नाश्ता करके सफ़ाई में चला गया।

6.15-7.15— सफ़ाई के बाद प्रार्थना—मीरा बेन के कमरे के पीछे बैठा।

7.30-10.15 भंडार में काम। चिट्ठियाँ लिखीं, विद्यापीठ के बिल बनाए, परचून का काम किया—और इसी बीच में 'डेली-मेल' भी पढ़ा।

10.15-11— श्रीप्रकाश भाई का व्याख्यान हुआ। एक नया विचार उन्होंने दिया कि कभी दुनिया में सब मतवालों की एक साथ उन्नति नहीं हुई। हमेशा आगे बढ़ जानेवाली एक पार्टी से ही उन्नति हुई है। इसलिए हमको यूनियन कान्फ्रेन्स के काम में समय व्यर्थ न खोकर आगे बढ़ना

चाहिए—तब सभी पार्टियाँ पीछे आएँगी। हमारे लिए सुन्दर दुनिया आगे आनेवाली है।

11.15-12— भोजन। आज आलस्य के कारण स्नान नहीं किया।

12.15-1.15— 180 तार काता। पूणी बहुत ख़राब थीं, बनाने के लिए वक़्त ही नहीं मिलता। बड़ी देर अमेरिकन अतिथियों के साथ बातचीत की।

1.15-5— गिरवरधारी ने बताया—बापूजी ने कहा है कि "देशबन्धु के कारण ही मैंने तुम्हें आश्रम से हटाया नहीं।" सचमुच बापू का मेरे ऊपर बड़ा प्रेम है। मैं उनके लायक़ कब बनूँगा !

5-6— सफ़ाई की—फ़िर भोजन किया।

6-7— सुरेन्द्रजी के साथ घूमने गया। और प्रार्थना-भूमि में बैठ गया। प्रार्थना के बाद बापूजी ने कहा—"शाखें काटनेवालों की आवाज़ कम होनी चाहिए। नाश्ता रसोई में ही करना चाहिए। दो महत्त्वपूर्ण बातें हैं जिनके विषय में आपसे कहना चाहता हूँ। वामन पतकी, जो यहाँ रहते थे, कल चले गए। इसका कारण जानने लायक़ है। उन्होंने नारायणदास को एक बड़ा मीठा पत्र लिखा था, जिसे उन्होंने मुझे दिखाया। उसमें उन्होंने बताया कि वे आश्रम के लायक़ नहीं हैं और कई बार विकार के अधीन हो जाते हैं। उनका कहना था कि आश्रम में मनुष्य-प्रकृति को कुचला जाता है—और इससे फ्रस्ट्रेशन तथा विकार पैदा होते हैं, अपने से लड़ने में वक़्त जाता है और रचनात्मक कार्य कुछ नहीं होता।" बापू ने कहा—"लेकिन हमारे यहाँ ऐसा कोई नहीं है, जो विकार के अधीन न हो। मैं खुद विकार-हीन नहीं हूँ। लेकिन विकार-हीन न होना एक बात है, और विकार में आनन्द लेना दूसरी बात है। जो विकार को बुलाते रहें और उनमें रस लेते रहें—ऐसे लोगों का आश्रम में जगह नहीं है। मैंने उनको बुलाकर पूछा तो उन्होंने कहा कि यह उनसे नहीं होगा। अब वह वारडोली आश्रम में जाकर सुधार का काम करेंगे और जब आश्रम के लायक़ बन जाएँगे तब लौट आएँगे। वह एक पवित्र आदमी हैं। उसके इस आत्मनिरीक्षण ने मेरे ऊपर बहुत असर डाला। मुझे यह पक्का विश्वास है कि एक समय यही आदमी आश्रम का उत्तम पुरुष हो जाएगा। दूसरे किशनजी भी आश्रम छोड़कर जाते हैं। कारण यह है कि आप दो बार प्रार्थना में नहीं आए। मैंने खुद उनसे कहा कि तुमको अब सिर्फ़ दो मास हैं—इसलिए प्रयत्नशील रहो। लेकिन वह इसलिए भी तैयार नहीं थे—और प्रार्थना को वक़्त बर्बाद करना समझते हैं। आश्रम की रीति-नीति की तरफ़ भी उनका उपेक्षा भाव था। इसलिए उनका जाना ही अच्छा है। इन दोनों उदाहरणों से मैं आपको सावधान करना

चाहता हूँ।

8.30-9— मैथ्यूजी बात करता रहा। फिर माया बहन को ख़त लिखा। उसका ध्यान् मुझे बार-बार आता है। जैसे विकार की बात बापूजी ने कही—क्या वह मेरे भीतर नहीं है ?

देशबन्धु

सोमवार : दिनांक : 17.2.30

4.10-5— देर में सोने के कारण ठीक चार बजे उठकर दातौन नहीं कर सका। घंटी के बाद 4.10 को प्रार्थना-भूमि में पहुँच गया। पंगति में बैठाने का काम आज अच्छा हुआ। प्रार्थना मेरे लिए बिलकुल ही शून्य वस्तु रह गई है—यह मैं हर क्षण अनुभव करता हूँ। तोते की तरह बोलने से क्या लाभ ?

मैंने एक दफ़ा पूज्य बापू से कहा था कि सिवाय समुदाय में बैठने के आनन्द के मुझे इस प्रार्थना में ज़रा भी आनन्द नहीं है, न कोई फ़ायदा लगता है। इसका कारण है कि प्रार्थना मनुष्य का सहज-नैसर्गिक आत्म-निरीक्षण या आत्म-समर्पण है। अगर उसके लिए कोई भाषा हो तो वह आत्मा की ही भाषा होनी चाहिए। यह वैयक्तिक प्रार्थना में ही हो सकता है। सामुदायिक-प्रार्थना कम-से-कम एक ऐसी भाषा में होनी चाहिए जो आसानी से सब समझ सकें। लेकिन इस समय जो प्रार्थना है वह तो बिलकुल एक विदेशी भाषा में है। अगर बापूजी के प्रति श्रद्धा न होती तो मैं इस प्रार्थना से बहुत पहले ही सत्याग्रह करता। मैं दो मास रिवाड़ी आश्रम में भी रहा था और मेरी श्रद्धा बहुत ही कम थी। लेकिन वहाँ की प्रार्थना मुझे बहुत ही अच्छी लगी, क्योंकि उसका एक अच्छा अंश बोधगम्य भाषा में था। उस वक़्त कई दिनों मेरी आँखों में अश्रु निकल आते थे। वे शब्द हृदय को छूते थे—यही मेरा अनुभव गिरजाओं का भी है। लेकिन यहाँ की प्रार्थना ने कभी हृदय को छुआ होगा—मैं तो नहीं सोचता। अतः यह प्रार्थना आध्यात्मिक-दृष्टि से व्यर्थ है। मुझे कभी-कभी ऐसा लगता है कि प्रार्थना के नाम पर कितनी आत्माओं का हनन यहाँ होता है।—लेकिन क्या करें ?

5-6.30— शौच-दातौन इत्यादि से फ़ारिग होकर आनन्द हिंगोरानी के लिए रोकड़ी मँगाने के लिए गोशाला में गया। रसोई में बर्तन साफ़ किए और नाश्ता भी किया।

6.30-7— रणछोड़ भाई के साथ बातचीत की। सत्याग्रह आश्रम से ही प्रारम्भ होगा, ऐसी चर्चा तेज़ी से फैल रही है।

7-10— कपड़ा धोया। भंडार में आज हिसाब नहीं मिला। मन में बड़ा असन्तोष रहा। 1 रु. 12 आने का फ़रक रहा। आज माया बहन का पत्र आने को था, नहीं आया। फ़िक्र है।

4.30-5.15— जवाहरलाल और डॉ. मुहम्मद का व्याख्यान हुआ। 'हिन्दू-मुस्लिम यूनिटी ऑफ़ कल्चर एंड अंडरस्टैंडिंग' पर बोले।

5.30-6.15— 170 तार काता।

6.15-6.30— भोजन करके घूमने गया। शान्ता और माधुरी को देखा। माधुरी अच्छी होने लगी है।

6.30-7.30— प्रार्थना के बाद कोंडा वैकंटापैया और राजेन्द्र बाबू ने व्याख्यान दिए कि इस महत्त्वपूर्ण संग्राम के अवसर पर सारी दुनिया की निगाह आश्रम पर है। आश्रम को पहले-पहल इस यज्ञ में आहुति देनी है—यही आश्रम का आदर्श और उद्देश्य है।

7.30-8.30— बाद में बापू के पास गया। प्रेमा बेन ने एक बहुत ही मीठी बात सुनाई—"आज मेरे लिए बहुत ही खुशी का दिन है। इसलिए कि सबेरे महात्माजी ने मेरे, 'चीक' पर मारा। डॉक्टर ने मेरी तबीयत को अच्छी बताया। शाम को मेरे कन्धे पर महात्माजी हाथ रखकर घूमने गए। और आख़िर मेरे पौधे पर दो कलियाँ खिल आईं। इन सबके अलावा मेरा वज़न भी बढ़ गया।" यह बातें कितनी बच्चों जैसी और सहज हैं !

8.15-9— नारायण दास भाई के साथ बातचीत करने में मैंने उन्हें चिढ़ाया। मैं क्या करूँ—अपने इस स्वभाव के लिए ? फिर मैं सो गया।

डायरी के पन्ने ख़त्म हो गए थे—वह जैसे आश्रम के उस वातावरण में खोया रहा—तो देशबन्धुजी वहाँ काफ़ी रहे हैं। मन-ही-मन विक्षुब्ध होते हुए भी वह इस बात को सोचे बिना नहीं रह सका कि कहीं-कहीं बातें इसने काफ़ी साहस और सच्चाई से लिखी हैं, और डायरी में ऐसी हर जगह हस्ताक्षरवाली पेंसिल से ही क्रॉस के चिह्न बने थे—अर्थात् या तो उन पर बाद में बहस हुई, या ग़लत समझा गया है। उसने पन्नों को अलग रख दिया।

फिर वह बैठा-बैठा उनके भाषण पढ़ता रहा। कल का 'बिगुल' का मैटर अभी तक रखा था। सामने रखे क़लमदान में से पेंसिल उठाकर मुख्य-मुख्य स्थानों पर निशान लगाने के लिए वह तैयार हो गया। मन में यद्यपि झुंझलाहट थी और हर बार कुछ-न-कुछ सोचने लगता था—फिर भी वह मन को खींच-खाँचकर इधर लाता। अपनी इस बात पर वह बुरी तरह विक्षुब्ध हो उठा कि चाहने पर भी वह क्यों अपना मन लगाने में असमर्थ है, लेकिन अचानक देशबन्धुजी का किसी पब्लिक-मीटिंग में दिया हुआ भाषण उसे इतना रोचक लगा कि उसका मन अपनी सारी चंचलता भूलकर वहीं जमकर बैठ

गया। भाषण के कुछ अंश इस प्रकार थे :

"यह आर्थिक-विषमता, यह अन्न की कमी, यह भुखमरी, यह बीमारियाँ सच पूछा जाए तो यह सब जैसा कुछ है, वह तो है ही, लेकिन इसका बहुत बड़ा कारण मनोवैज्ञानिक है। लोग बात को बढ़ा-चढ़ाकर कहने के आदी हैं। फ़ैशन हो गया है कांग्रेस को—गवर्नमेंट को गाली देना। जो जितनी ज़्यादा गालियाँ देता है, दम भरता है उतना ही बड़ा जनता का रहनुमा बनने का ! ये लोग एक मनोवैज्ञानिक माहौल पैदा कर देना चाहते हैं—करते हैं। गुल मचाते हैं और भोले-भाले लोगों को बरग़लाते हैं। असल में ये पैसा पाते हैं इस काम का। यही इनकी लीडरी है और यही इनका नेतापन। लेकिन जनता इस भुलावे में अधिक नहीं रहनेवाली है—वह चाहती है रचनात्मक काम—कोई ठोस क़दम, जो उसे आगे बढ़ने में मदद दे। ऐसा रचनात्मक काम जो सत्य और अहिंसा का मार्ग खोले। जिसे बापू और विनोबा ने अपनी हड्डियों से सींचा है—क्रान्ति में ? अहिंसा-युक्त क्रान्ति में हमें विश्वास है। भारत युग-युग से यही सन्देश देता आया है और गीता उसकी सबसे अमर पुस्तक है। हिंसा और ख़ून-ख़राबी हमारी प्रकृति और परम्परा के अनुकूल नहीं है।

"मैं नहीं कहता कि यह सब कमियाँ—यह सब कष्ट भुखमरी नहीं हैं। लेकिन जैसा मैंने बताया उतनी नहीं जितनी बढ़ा-चढ़ाकर दिखाई जाती है। आप खुद सोचिए, जो देश कल सोना उगलता था आज उसे आख़िर हो क्या गया है ?—यह सब बकवास है। इसका असली कारण है कि जगह उतनी ही है। कुछ जगहों को छोड़कर पैदावार भी आख़िर ज़मीन के अनुपात से ही तो बढ़ेगी। जितनी ज़मीन होगी, उसी हिसाब से तो बढ़ेगी। लेकिन खानेवाले मुँह रोज़ बढ़ रहे हैं। आबादी बुरी तरह रात और दिन दुगुनी और चौगुनी होती जा रही है। आख़िर ज़मीन कितना बोझ सहेगी ? लोग सन्तति-निग्रह करना नहीं चाहते—फिर समस्या कैसे हल हो ?—उसकी प्राकृतिक प्रतिक्रिया होती है, भुखमरी फैलती है, हैजा, प्लेग फैलते हैं, ज़मीनें फटती हैं, आँधी, तूफ़ान और अकाल पड़ते हैं, मूसलाधार वर्षा और बाढ़ें आती हैं, रेलें टकराती हैं और इस तरह दुनिया तबाह होती है। इन सबसे बचने का एक तरीक़ा है और वह है सन्तति-निग्रह तथा प्रकृति से प्रेम। सच पूछा जाए तो ये वनमहोत्सव और वृक्षारोपण का आन्दोलन इन्हीं महान् उद्देश्यों की पूर्ति के लिए है—यह हमारी सभ्यता और संस्कृति की रक्षा का प्रश्न है ! आपको पता है अहिंसा और शान्ति के महान पुजारी भगवान बुद्ध के अनन्य शिष्य संघमित्रा और महेन्द्र ने विश्व को भारत की महानतम देन के नाम पर क्या दिया था ?—हीरे-जवाहरात, दास-दासी, धन-धरती कुछ नहीं। उन्होंने दिया केवल 'बोधिवृक्ष' की डाल को—आप सोचिए वृक्ष की डाल ! आप विश्वास रखिए, यहाँ का हर वृक्ष बोधिवृक्ष है—हर भारतीय के हृदय में भगवान बुद्ध हैं—उन्हें जगाओ। हम लोग तत्त्व-द्रष्टा हैं। यह पाश्चात्य भौतिकता हमारा रास्ता रोकती है। हमें इसकी चिन्ता नहीं करनी चाहिए। यहाँ की संस्कृति तो यह है कि लोग भूखे रहे हैं—नंगे रहे हैं, जंगलों में धूप, लू और वर्षा सब सहते हुए रहे हैं, और उन्होंने विश्व को कुछ दिया—कुछ दार्शनिक

चिन्तन दिया। क्या उनके पास सुख नहीं था ? यदि वे चाहते तो महलों में नहीं रह सकते थे। रेशमी पाटम्बर नहीं पहन सकते थे ? छत्तीस प्रकार के भोजन नहीं कर सकते थे ? मैं पूछता हूँ, आख़िर क्या नहीं प्राप्त कर सकते थे ? वे सर्व-सामर्थ्यवान थे। वे सब कुछ कर सकते थे। वे सब कुछ पा सकते थे; लेकिन नहीं, उनकी दृष्टियों ने परख लिया था कि यह सब झूठा है—यह सब क्षणिक है। माया है—वे अनन्त सुख और आनन्द की खोज में लगे रहे। इसलिए उन्होंने उसे पाया। अगर वे भी रोटी-कपड़े और रोज़मर्रा की किचकिच, नोन-तेल-लकड़ी में फँसे रहते तो हम क्या रखते दुनिया के सामने ? आज हमारा माथा गर्व से ऊँचा है, हम जानते हैं, हर भारतीय महान् चिन्तक है, दार्शनिक है—वह भौतिकता के पार देखता है ! जैसा कि किसी ने कहा भी है इंडियन्स आर बौर्न फ़िलॉस्फ़र्स।''

और शरद की इच्छा हुई कि भाषण को रखकर ज़ोर का ठहाका लगाकर हँस पड़े...क्या-क्या नतीज़े निकाले हैं कि सुननेवाला भी चकित रह जाए। अब इसमें क्या छाँटे ?...यह तो पूरा ही भाषण 'महान्' है। फिर भी कहीं-न-कहीं तो पेंसिल से निशान लगा ही दिए जाएँ ताकि लगे, हाँ, इसे पढ़ने का कष्ट उठाया गया है। बड़े असमंजस में पेंसिल उसने उठाई ही थी कि टेलीफ़ोन की घंटी बजी...''हलो ?'' उसने सफ़ेद टेलीफ़ोन उठा लिया।

''कौन, बालानी साहब हैं ?'' उधर से पूछा गया।

''नहीं, मैं शरद कुमार हूँ, कहिए।''

''आहा, भई वाह, शरदजी हैं—इस समय आप सम्पादकाचार्य सूरजजी से बातें कर रहे हैं।'' उधर की आवाज़ जैसे फूट पड़ी हो।

''अरे वाह ! सूरजजी—आप भी साहब, आदमी हैं ? कल से आपके लिए 'बाँसों में कुएँ डाल दिए,' पता लगा, सुबह से ही ग़ायब हैं। रात को भी बारह-एक बजे आए थे—फिर आज सुबह अख़बार पर जा डटे, कुछ नाराज़ तो नहीं हैं ?'' शरद वास्तव में खिल उठा। बहुत-सी बातें कहने-सुनने के लिए उसे सूरजजी की ज़रूरत थी। वह टेलीफ़ोन कान से चिपकाकर बड़े आराम से सहारा लेकर बैठ गया।

''नाराज़ तो हम बहुत हैं, और क्यों न हों ? आख़िर आप चुपचाप सिनेमा देखें और यहाँ नाराज़ भी होने का हक़ नहीं है ? भई वाह, यानी कि सूखे घूमने के लिए सूरजजी और सिनेमाओं के लिए दूसरे। हाँ भाई, मज़े हैं तुम्हारे।''

''आपसे मना किसने किया था ?—आप थे कहाँ ? पर ख़ैर आपसे बहुत ज़रूरी मिलना है। बहुत-सी बातें हैं। अब आप मिल कब रहे हैं ?''

''कौन, सूरजजी ? लो सूरजजी अभी तुम्हारी छाती पर आए जाते हैं। या ऐसा करो, तुम्हीं न आ जाओ—।''

''नहीं, मैं तो नहीं हटूँगा, यहाँ पर एक ज़रूरी काम से बैठा हूँ। आपसे सलाह लेनी है। हाँ, आपको बालानी साहब से क्या काम था—?''

''वही 'बिगुल' का मैटर लेना था—कुछ और नए के सम्बन्ध में बात करनी थी,

लेट हो जाएगा वर्ना।''

''नया क्या ?–मेरे ख़याल में पूरा मैटर है यहाँ तो...''

''नहीं जी, पूरा मैटर दूसरा तैयार करना पड़ा है। वर्ना कोई सूरज ने भाँग खाई है कि चार बजे ही ऑफ़िस में आ जमें ? रात को ही दरवाज़े की सन्धि से ऑर्डर हमें मिल गया था कि मन्त्री महोदय का अचानक आगमन हो रहा है। परसों उनके सम्मान में पार्टी है, इसलिए इस अंक में उनके साहित्यिक और राजनीतिक जीवन के सम्बन्ध में प्रकाश डालते हुए कुछ अधिक सामग्री दी जाए। सो आज ही सब कुछ करना था। उनके ऊपर लेख तैयार कर रहे हैं, करा रहे हैं। एक यहाँ दुनिया के हर विषय पर तोल के हिसाब से लेख लिखनेवाले महान् लेखक हैं–वे भी लेख तैयार कर रहे हैं। आज सुबह से ही छः दफा आदमी दौड़ा चुका हूँ। वे सुबह से एक-दूसरे आदमी के लिए उपन्यास लिखने में लगे हैं–एक बजे तक उनका कहना है वे उसे ख़त्म कर देंगे। फिर एक-डेढ़ घंटे में मन्त्रीजी के जीवन पर एक अधिकारी लेख तैयार करके दे देंगे। सो यह एक अलग चिन्ता है, क्योंकि ठीक टाइम पर आदमी नहीं पहुँचा तो वे फिर दूसरे आदमी के लिए उपन्यास लिखने में लग जाएँगे जो उन्हें शाम तक दे देना है...''

शरद ने बोर होकर कहा–''आप अपने क़िस्से को तो दीजिए छोड़। बालानी साहब तो हैं नहीं–अब आप बताइए मैटर आपने कर लिया कम्प्लीट ? आप दस-पन्द्रह मिनट को यहाँ आइए। ऐसा क़िस्सा सुनाऊँ कि आपकी सुबह की सारी थकान मिट जाए और आप रिफ्रैश हो जाएँ।''

''अच्छा लो भाई, तुम भी क्या कहोगे ! तो दस मिनट में सूरजजी तुम्हारे कमरे में प्रकट होते हैं। मन्त्रीजी के साहित्यिक जीवन और कृतित्व' पर लेख लिख रहा हूँ...बस ज़रा-सा रह गया है और उसमें सिर्फ़ यह बताना है कि किस प्रकार व्यास, वाल्मीकि, कालिदास और तुलसी के बाद भारतीय साहित्य का जो आकाश सूना रह गया था, उसमें हमारे मन्त्रीजी महान सूर्य बनकर चमके हैं और वे सीधे उसी परम्परा में जाते हैं। उन्हें प्राप्त करके किस प्रकार भारतीये साहित्य ने कहानियों के क्षेत्र में चेखोव्, मोपासाँ और ओ' हैनरी का जवाब प्रस्तुत किया है, ऐतिहासिक उपन्यासकारों में ड्यूमा, स्कॉट और ह्यूगो को उल्टा कर दिया है, नाटकों में शेक्सपियर, इब्सन और शॉ को रुला दिया है, आत्मकथा लिखने में क्या...?''

शरद खिलखिला पड़ा। उसने टेलीफ़ोन रख दिया और मन-ही-मन हँसा, कमबख़्त को ज़रा भी समय मिलता है तो भाषण देने से बाज नहीं आता। सूरजजी आ रहे हैं इसलिए उसने इधर-उधर बिखरे काग़ज़ों को ठीक-ठाक किया, चपरासी को बुलाने को घंटी बजाई।

''चिट पहुँचवा दी ?'' चपरासी के आ जाने पर उसने पूछा।

''वो तो साहब, गैस्ट-हाउस में चले गए। उनकी तबीयत ख़राब हो गई।'' चपरासी को शायद ऑफ़िस की ओर से पत्र डालने को मिले थे–उन्हें गिनते हुए उसने कहा।

"क्यों, अभी तो ठीक थे ?" आश्चर्य से शरद ने पूछा। झुँझलाहट तो ऐसी आ रही थी कि पूछ डाले 'मरे तो नहीं।'

"साहब, उन्हें कभी-कभी दिल का दौरा आ जाता है।" चपरासी जाने को हुआ तो उसे अपने ख़त की याद भी हो आई। उसने काग़ज़ों में सिर झुकाए ही अजित का ख़त उसकी ओर बढ़ाकर कहा—"अच्छा, इसे भी ले जाओ। चिट बिलकुल ही नहीं पहुँचवाई ?"

"नहीं जी, चिट तो गई।"

चपरासी चला गया। शरद को बड़ा आश्चर्य हुआ। अभी अच्छे-ख़ासे पूजा की है–बैठकर ज़रूरी बातें की हैं, और अब तबीयत भी ख़राब हो गई। तबीयत न हुई छुई-मुई हो गई। वह जानता है कि व्यक्तिगत बातें सिवा वेतन और ख़र्चे के क्या होंगी–सो हमारे लिए अब तबीयत ख़राब हो गई। लेकिन उसने भी निश्चय कर लिया था कि आज बात साफ़ हो ही जानी चाहिए। उसने झटककर सफ़ेद फ़ोन उठा लिया–हालाँकि उसी वक़्त उसके दिमाग़ में आया कि बीमार ही हैं तो ज़रा गम्भीर होकर सहानुभूतिपूर्वक उन्हें देखने जाना अधिक प्रभावशाली रहेगा, यह फ़ोन करना कुछ अधिक अच्छा नहीं लगता। लेकिन फ़ोन उसने उठा ही लिया था। सोचा अभी उन्हें मालूम क्या है मैं उनकी बीमारी की बात जानता हूँ ? उसने माँगा—'गैस्ट-हाउस।' और ध्यान से 'गैस्ट-हाउस' में बजनेवाली घंटी की प्रतिक्रिया का अनुमान लगाने लगा।

दो बार के बाद किसी ने रिसीवर उठाया और कराहते हुए कहा—"कौन है भाई ?"

"मैं हूँ शरद कुमार—।" शरद ने स्वर के कराहने से ज़रा संकुचित होकर कहा। आवाज़ से वह पहचान गया कि देशबन्धुजी हैं।

"अच्छा-अच्छा—कहो भाई तबीयत तो ठीक है न—?"

"जी, मैं तो ठीक हूँ...आपका सुना था..."

"हाँ भाई, कभी-कभी जब ज़्यादा प्रैशर हो जाता है ख़ून का तो दिल का दौरा पड़ जाता है। भाई, अब नहीं बर्दाश्त होता स्ट्रेन। हद है ! आख़िर आदमी, आदमी है, मशीन तो है नहीं। वो तो भैया मैं हूँ, कैंड़े का आदमी...वर्ना दूसरा होता तो अब तक तो रामनाम सत्य हो गई होती और अब अपनी भी क्या ठीक है...हाँ, तो क्या कह रहे थे तुम...?"

ऐसी बीमारी की हालत में अपनी बात कहना शरद को बड़ा तुच्छ-सा लगा। क्या कहें ऐसी बात और जबकि वे बीमार हैं, स्वर तक कराहता-सा है, फिर भी काफ़ी बेशर्मी और हिम्मत करके उसने हकलाते हुए कहा—"वो 'चिट' आपको..." शायद सामने होते तो वह यह शब्द भी लाने की हिम्मत नहीं कर सकता था।

"हाँ, मिली थी—" कहकर जिस प्रकार वे बोले उससे शरद को ऐसा लगा जैसे अत्यन्त ही कष्टपूर्वक उन्होंने करवट ली हो। बहुत ही अपनत्व-भरे उलाहने के शब्दों में उन्होंने झिड़का—"अरे कमबख़्त, जब से दौरा पड़ा है, मुझे होश तो अपना है नहीं। चार आदमी उठाकर यहाँ डाल गए हैं। रज़ाई में लिपटा पड़ा हूँ...बोला जाता नहीं है।

हर पाँच मिनट पर ग्लूकोज़ के इंजैक्शन्स लग रहे हैं, ब्लड-प्रैशर लिया जा रहा है, बाँहें छलनी कर दी हैं डॉक्टर और नर्स ने मिलकर ! पता नहीं कब यह हार्ट-फ़ेल कर जाए... ।'' फिर वे कराह कर ज़रा रुक गए...''और तुझे व्यक्तिगत बात करने की लगी है। फिर कभी ही कर लेना... ।''

शरद लज़्जा से जैसे कट गया : सचमुच उसे बड़ी ग्लानि हुई। ऐसे समय अपनी इतनी स्वार्थ की बातों पर अड़ना उसे सख़्त ग़लती लगी। क्या सोचेंगे, कितना क्षुद्र है ! उसने अत्यन्त ही ख़ुशामद के लहजें में बड़ी मुश्किल से गला साफ़ करके कहा—''जी नहीं, मुझे पता नहीं था...अगर...''

''यह तो नहीं कि मेरी ज़रा मदद कर देते ऐसे में...सच, दिल डूबा जा रहा है... ।''

''कहिए-कहिए... ।'' मदद करने की बात के जवाब में शरद ने फ़ौरन कहा, क्योंकि, अपनी इस ग़लती के प्रक्षालन का उसकी समझ में इससे अच्छा अवसर नहीं आया।

''अरे भाई, कहना क्या ? एक घंटे-भर का काम है, मेरी ज़रा-सी मदद हो जाएगी। तुम्हें पता ही है, परसों मन्त्रीजी आ रहे हैं...सो हमारे यहाँ उनकी पार्टी है। इससे पहले एक पब्लिक मीटिंग भी है। सत्य बाबू की इंच्छा है, तभी मज़दूरों के लिए एक अस्पताल का शिलान्यास भी करा लिया जाए। उसमें मुझे भी तो कुछ-न-कुछ तो बोलना ही होगा न। पता नहीं तब तक यह तबीयत ठीक हो या नहीं...तुम ज़रा उस वक़्त कुछ बोलने के लिए तैयार करने में मदद कर दोगे, तो दिमाग़ से एक बोझ उतर जाएगा। दूसरे साथियों का कहना यह भी है कि 'बिगुल' में पूरा भाषण छप जाए तो उसकी कुछ प्रतियाँ बँटवाई भी जा सकेंगी। लेकिन मेरा कहना है, अपने ही अख़बार में—कुछ अच्छा नहीं लगता। तुम्हारा क्या विचार है—?''

''नहीं जी, इसमें तो मुझे कोई बुराई दिखाई नहीं देती। तो मैं अभी आ रहा हूँ—आप कुछ 'हिंट्स' दे दीजिए मैं उन्हें डैवेलप कर दूँगा—और वैसे भी इस समय आपको ज़्यादा मस्तिष्क पर ज़ोर नहीं देना चाहिए—''

''हाँ, यही डॉक्टरों का कहना है— ।'' स्वर चिन्तित था।

''तो मैं अभी आ रहा हूँ।''

''नहीं, अभी कोई ऐसी जल्दी नहीं है। दो-डेढ़ घंटे बाद आ जाना। तब तक मैं ज़रा आराम भी कर लूँगा। दवा असर कर रही है।'' और फिर फ़ोन का रिसीवर इस तरह चुप हो गया जैसे किसी बहुत दिनों के बीमार के हाथ में काफ़ी बोझ रहने से विवश होकर उस बोझ सहित ढुलक पड़ा हो— ।

''वाह सा'ब वाह...सूरजजी को बुला लिया और आप जा रहे हैं। कहाँ जा रहे हो...? मायादेवी हैं क्या फ़ोन पर ?'' दरवाज़े का पल्ला छोड़कर मुस्कराते आते सूरजजी की परिचित मूर्ति फ़ोन रखते ही शरद को दिखाई दी। वह व्यंग्य से मुस्करा रहे थे।

वह खिल पड़ा। एकदम उठकर खड़ा हो गया। आवेश में उसने दोनों हाथ मिलाने को बढ़ा दिए, और उल्लसित स्वर में बोला—"आइए-आइए।"

बिना उसके उत्साह की ओर ध्यान दिए अत्यधिक व्यस्तता दिखाते हुए-से सूरजजी ने कहा—"हाँ, सो तो आ ही गया और बिना आपकी बातें सुने जाने का कोई विचार नहीं है—लेकिन हुजूर कैसे इस कुर्सी से चिपक गए हैं ?" और वे शरद के बिलकुल सामनेवाली कुर्सी को खिसकाकर मेज़ से सटकर बैठ गए। अपनी सारस जैसी गर्दन तानकर उसके इधर-उधर कुर्सी को देखते हुए बोले—"नई कुर्सी का इतना मोह मत करो—बड़ी ख़तरनाक बात है यह ! और है कौन-सी कुर्सी यह ? वही रुटेटिंग-चेयर होगी ?" और एक टाँग मेज़ के नीचे मज़े से तानकर उन्होंने अपने पैंट की जेब से बटुआ और पान की डिबिया को इस तरह निकाला जैसे कुएँ में से बड़े कष्ट से डोल निकाल रहे हो। फिर अपनी अथाह सफलता को प्रशंसा-भरी आँखों से देखते हुए दोनों को मेज़ पर रख दिया।

"हाँ, है तो वही।" शरद ने स्वयं बड़े चिन्तित होकर इस तरह कुर्सी के नीचे देखते हुए कहा जैसे उसके नीचे कहीं एटमबम तो नहीं रखा। पूछा—"क्यों क्या बात है इसमें—"

"अहा !" महान् संगीतज्ञ की मुद्रा में उन्होंने अपने पूरे नीचेवाले जबड़े को खोलकर एक हाथ फैलाकर इस तरह कहा जैसे ध्रुपद शुरू करनेवाले हों। सामने बैठे शरद को पान के कारण बिलकुल काले पड़े हुए मुँह, दाढ़, जीभ के अलावा उनके विस्तृत खुले हलक़ में बड़ा-सा कौवा तक दिखाई दिया—तब वह समझा क्यों उनका टैंटुआ इतना बड़ा है। लेकिन सूरजजी ने निर्द्वन्द्व होकर कहा—"यह तो महान् कुर्सी है। इसे आप विक्रमादित्य का सिंहासन समझिए, बत्तीस पुतलियोंवाला—जो इस पर बैठा सो चक्रवर्ती बना।"

"क्यों भाई, क्यों ? ऐसी आख़िर क्या बात है इसमें ?" शरद ने फिर उसके हत्थे इत्यादि ग़ौर से देखे, शायद लकड़ी या बनावट के लिहाज़ से यह कुछ नई हो। लेकिन कोई ख़ास बात नहीं थी।

"अजी—ऐसे ही वह चीज़ दीख गई तो फिर यह बिचारी कुर्सी ही क्या रही ?" बड़े मनोयोग से कत्थे के कपड़े को इधर-उधर करके सूरज ने लाल गीले कपड़े में सजे रखे पानों को मुग्ध-दृष्टि से देखा—कैसे सुन्दर लगते हैं। फिर बड़े सँभालकर दो पानों को इस तरह उठाया जैसे वे जीवित हों, ज़ोर से पकड़ने से घायल हो जाएँगे। निगाहें वहीं रखकर बड़े आनन्द में उन्होंने कहा—"सो ही तो मैं कहूँ; शरद बाबू को ऐसा क्या उस कुर्सी से मोह हो गया है कि सूरजजी बुला रहे हैं मगर नहीं, ज़िन्दा हैं तब तक नहीं उठेंगे ?"

इस कुर्सी-विषयक उत्कट-उत्सुकता के बीच भी शरद सोच रहा था कि वे ज़रा अपनी बात में ब्रेक दें, तो चाय वगैरह मँगाए—आख़िर उसने मुँह खोलकर उसमें भरने ले जाते हुए पानवाले उनके हाथ को एकदम कलाई से पकड़कर कहा—"नहीं सूरजजी

ज़रा ठहरिए। चाय मैं मँगवाता हूँ उसके बाद खाइए आप पान।''

सूरजजी ने एक क्षण सोचा, मानो थोड़े असमंजस में हों, फिर बड़ी उदारता से सिर हिलाकर बोले—''ख़ैर आप मँगवाइए। दो चीज़ों को तो कभी मना करता ही नहीं—पान और चाय। और दोनों जब एक-दूसरे के ऊपर हो जाएँ तो फिर आप दूध-मलाई समझिए। इससे अपने पान के स्वाद में ज़रा भी फ़र्क़ नहीं आएगा। आपको एक बात शायद नहीं मालूम है। श्री सूरजजी जब सोते हैं तो पानदान खाट के नीचे होता है। सोते वक़्त दो पान मुँह में भर लिए। पता नहीं सोते-सोते ही कब वह ख़त्म हो जाता है, अपने आप ही नींद टूट जाती है, सीधा हाथ पानदान पर ही जाता है। चाहे जितना अँधेरा हो, ऐसा अन्दाज़ बँध गया है कि न चूना ज़्यादा होता है न कत्था—दो पान गाल में दबाए और निद्रा देवी हाथ बाँधे सामने ! अब तो यह इतने अभ्यास में आ गया है कि सुबह याद भी नहीं रहता रात में पान खाए भी थे या नहीं।''—पान सूरजजी ने मुँह में रख लिए और बटुआ खोला।

''अच्छा ! नई बात है !'' घंटी बजाकर शरद ने आश्चर्य से कहा—लेकिन उससे भी अधिक उत्सुक वह कुर्सीवाली बात जानने को था। जैसे ही चपरासी ने किवाड़ खोला उसने उसे बिना भीतर आने का अवसर दिए ही कहा—''चाय के लिए कह दो—साथ में कुछ अच्छे बिस्कुट भी।'' फिर निश्चिन्ततापूर्वक बटुए में से सुपारी, इलायची, तम्बाकू, पीपरमेंट, और दो-एक गोलियाँ मुँह में डालते सूरजजी की ओर आकृष्ट होकर कहा—''हाँ तो, कुर्सीवाली बात क्या थी ?''

उन्होंने हाथ से रोक दिया कि पान खा लेने दो। पान की डिबिया उसकी ओर बढ़ा दी, उसने कहा—''मैं तो अभी दो मिनट बाद ही खाऊँगा।'' और वह उन्हें पान खाते हुए देखता रहा। उसकी आँखों में लालसा तैर आई। तम्बाकू खानेवाले जिस ढंग से मुँह के गह्वर में मसाले रखकर परम-आनन्द और चरमतृप्ति की प्राप्ति की अभिव्यक्ति करते हैं, और उनके मुँह से जो एक अत्यन्त ही मधुर गन्ध उड़ती है—वह सब प्रक्रिया शरद को सदा से ही एक स्पृहा की वस्तु लगी है। वह उसे ऐसा मुग्ध होकर देखता है, और अनजान रूप से मुँह के पानी को गटकता है, मानो सामनेवाला कोई अमृत खा रहा हो, जिससे वह वंचित रह जाएगा। इसी जोश में एक शुभेच्छु तम्बाकू-दाँ मित्र की सलाह पर उसने दो-एक बार तम्बाकू खाने की कोशिश की; लेकिन वह इतनी असह्य थी कि बड़ी मुश्किल से वह अपनी क़ै को रोक सका। घंटों सिर घूमता रहा, अतः उस आनन्द को भविष्य में देखकर ही सन्तोष का विषय बना रहने देने में उसने कल्याण समझा।

सूरजजी ने छत की ओर निचला होंठ करके कहा,—''ठहड़ो भाई, शाधना में विघ्न मट डालो।'' वे फिर सख़्त अनिच्छापूर्वक उठे, और खिड़की तक जाकर चटखनी खोली। पल्ला खोलते ही बिना यह देखे कि उधर कौन है, उन्होंने ढेर-सी-पीक उलट दी। हथेली से होंठ पोंछते हुए, लौटकर अपनी जगह बैठकर बोले—''यार शरद, रौब हैं तेरे भी। एक सूरजजी हैं, साले घुड़साल में पड़े रहते हैं। यहाँ यह ठाठ का कमरा है, चमचमाता

फ़र्नीचर आँखें चौंधिया जाएँ। गर्मी हो तो 'रूम-हीटर' लग जाए, और जाड़ा हो तो 'कूलिंगप्लान्ट'। तेरी यार, फ़ेट-लाइन बड़ी ज़बर्दस्त है, मानते हैं दोस्त !" अन्तिम बात कहते-कहते सूरज का चेहरा कुछ अप्रत्याशित रूप से सुस्त हो गया।

शरद ने मज़ाक़ किया—"जिसे जिस जाति का देखा, उसे वहीं तो रखा है। आख़िर नेता भैया की निगाह कुछ तो वेट रखती ही है। और, गर्मियों में 'रूम-हीटर' और जाड़ों में 'कूलिंग-प्लान्ट' रखवाकर क्या मरवाना है ?"

लेकिन सूरजजी, इस बीच में फ़ौरन ही सँभल गए—"नहीं यार, मैं तो सचमुच चौंक गया। अरे सा'ब, मायादेवी की जिस पर कृपा हो उसका कहना ही क्या ?" चश्मे में से भी उन्होंने अपनी एक आँख इस तरह झपकी कि शरद चौंक गया, तो क्या सचमुच यह भी जानते हैं !

सूरजजी कहे जा रहे थे—"फिर इस कुर्सी पर तो उनकी विशेष कृपा है।"

"क्या, आख़िर बताइए न ?" इस हद तक आदमी की उत्सुकता बढ़ाए जाना शरद को पसन्द नहीं आया। उसके स्वर में थोड़ी खिन्नता बिलकुल स्पष्ट थी।

और उसकी खिन्नता का आनन्द लेते हुए सूरजजी पान की जुगाली किए जा रहे थे।

चाय की ट्रे लेकर लड़के ने प्रवेश किया।

"लो भाई, अब बना भी तुम्हीं लो—क्यों हमें कष्ट देते हो ?" जैसे ही ट्रे मेज़ पर रखी गई सूरजजी ने कहा। कहीं उत्सुकता का तार उन्होंने ज़्यादा तो नहीं खींच दिया, जानने के लिए शरद की ओर देखा।

लड़के की उपस्थिति से अचानक एक ऐसी चुप्पी छा गई, जिसे कोई नया आदमी देख लेता तो आश्चर्य किए बिना न रहता। शरद हाथ की लाल पेंसिल को मेज़ पर रखे काँच के टुकड़े पर रखता और उठाता रहा और अपनी पैंट से क़मीज़ बाहर खींचकर—जो वैसे भी काफ़ी ढीली थी, उसके सामनेवाले हिस्से से सूरजजी चुंधी आँखों से देखते हुए चश्मे के शीशे मुँह की भाफ़ देकर साफ़ करते रहे। लड़का, जिसके माथे पर एक आड़ा लम्बे घाव का निशान था, और सफ़ेद ज़ीन की टोपी के पीछे चूहे की पूँछ-सी चोटी निकली हुई थी—चाय बनाता रहा। प्यालों की आवाज़ होती और डूब जाती। जब चीनी डालने का नम्बर आया तो सूरजजी ने कहा—"अच्छा, अब तुम जाओ।"

उसके जाते ही सूरजजी ने कहा—"लीजिए, सुनिए शरदजी, अब इस कुर्सी की गाथा ! इस कुर्सी को आप ऐसा-वैसा मत समझिए—यह बड़े ऐतिहासिक महत्त्व की कुर्सी है। यहाँ किसी ज़माने में बैठा करती थी मिस रूपा दर, जो पहले सत्य बाबू की स्टैनो और टायपिस्ट थी—लेकिन उन्हें दूसरी मिल का इन्तज़ाम वग़ैरा देखने जाना पड़ा मद्रास की तरफ़ और वहाँ उन्हें कोई अच्छी मिस लूथर मिल गईं। इधर आपके श्री नेता भैया को कुछ इतना काम आ पड़ा कि उन्होंने इन्हें यहाँ बुला लिया। ख़त वग़ैरा उन्हें काफ़ी डिक्टेट कराने होते थे, सो अक्सर जब भी चपरासी या कोई मिलनेवाला आता तो

देखता कि अत्यन्त व्यस्त होकर देशबन्धुजी घूमते हुए बोल रहे हैं; पीछे हाथ बाँधे सिर झुकाए–जैसे आपने 'फ़ॉल ऑफ़ बर्लिन' फ़िल्म में हिटलर को देखा होगा ! और मिस दर शॉर्टहैंड में उसे नोट कर रही हैं, कभी जल्दी से लिख लेने के बाद जब मिस दर ठोड़ी में पेंसिल टिकाए, अपने लिखे पर अपलक दृष्टि गड़ाए, कान उठाए, अगली बात सुनतीं तो वे बोलना और हिलना दोनों भूल जाते। फिर सहसा जैसे सोते से जागते और आगे बोलना शुरू कर देते। सो इस तरह नेता भैया ने उन दिनों काम कर-करके ढेर कर दिया। हर आदमी चकित ! लेकिन एक दिन विधना का विधान देखिए कि– ।" अब तक सूरजजी प्याले में चीनी मिलाने के लिए चम्मच को इस तरह हिला रहे थे, जैसे चक्की चला रहे हों, अब बात रोककर गाल में दबे पान को एक ही घूँट में सटक गए और ज़ोर का एक सड़ाकेदार 'सिप' लगाया। शरद अभी तक प्याला हाथ में पकड़े निर्निमेष सूरजजी के क़िस्से को सुनने के साथ उनके चेहरे की बदलती रूप-रेखाओं को भी देख रहा था। उसने भी प्याला होंठों से लगाया।

"कमबख़्त मायादेवी को भी उन्हीं दिनों स्वास्थ्य सुधारने यहाँ आना था–"

बात काटकर शरद ने कहा–"बीच में एक बात बता दीजिए, इन मिस दर की उम्र क्या थी, और थीं कैसी ?"

"हुँः ?" सूरजजी विद्वत्ता से मुस्कराए–उन्होंने पूरा बिस्कुट मुँह में रखकर इस तरह सिर हिलाया, जैसे तुमने अब पकड़ा पॉइंट–"उनकी उम्र समझिए आप छब्बीस-सत्ताईस साल। गेहुँआ रंग, बॉब्डहेयर, होंठों पर लिपिस्टक। अजी साहब, फिर तो उसने ऐरों-ग़ैरों की चिन्ता करना छोड़ दिया, और ऐसी धकधकाती चली आती जैसे नया कैनेडियन इंजन। टेढ़ी कमानियों का हरे शेड का चश्मा, और साँप-सा लचकदार शरीर–जिधर से निकल जाती, 'वैसलीन ब्रिलियैन्टाइन' की खुशबू भर जाती। पूरा दफ़्तर घायल हो गया था।"

"हाँ, तो, फिर आ गईं मायादेवी–" काफ़ी देर की प्रतीक्षा के बाद भी जब मिस दर का रूप-वर्णन नहीं समाप्त हुआ तो शरद ने टोका।

"हाँ, तो एक दिन क्या हुआ..." अपनी कमज़ोरी पर मुस्कराते हुए चाय का घूँट भरकर सूरजजी बोले–"किसी कमबख़्त ने नेता भैया की व्यस्तता की कथा मायादेवी से जा भिड़ाई। मेरा तो ख़याल है, केशव की ही करतूत थी। वैसे भी भिड़ाने की बात यों नहीं है कि उन दिनों खाना तक यहीं मँगा लेते थे, और ग्यारह-ग्यारह बजे तक काम करते थे–रात को। सो, एक दिन जब वे बड़े मननपूर्वक मिस दर के कन्धे पर हाथ रखकर झुके हुए, उनके सामने रखे टाइपरायटर में काग़ज़ पर किसी भूल को सुधरवा रहे थे–तभी मायादेवी ने कमरे में प्रवेश किया, और फिर तो मिस दर के बॉब्ड-हेयर मायादेवी के हाथ में थे, और मायादेवी के पट्टीदार बालोंवाली चुटिया मिस दर के हाथ में। सुनते हैं उस दिन जो सभ्य, शिष्ट, महान् और फ़ोर्सफुल गालियों का विनिमय हुआ, उन्हें पाकर दुनिया का कोई भी साहित्य युग-युग तक अपने को धन्य समझता। मेरा तो अब भी विचार है कि यदि उन दोनों प्रतिभा-सम्पन्न महिलाओं को ऐसे किसी कोश

के निर्माण का काम दिया जाए–तो आपके डॉक्टर रघुबीरा, महापंडित राहुल या पंडित ख़ूबसूरत लाल दाँतों तले उँगली दबाकर देखें। दोनों लोहू-लुहान हो गईं–" अपना क़िस्सा ख़त्म करके सूरजजी ख़ूब खुलकर ज़ोर से हँसे–"सो वही महान् यह कुर्सी है।"

"ख़ूब !" शरद को मायादेवी की कलवाली बात याद हो आई–और इतनी ज़ोर का हँसी का गोला उसके पेट में उठा कि मुँह में भरी चाय उसने प्याले में उलट दी और बुरी तरह गला फाड़कर हँस पड़ा। जितना ही वह शान्त होने की कोशिश करता उतनी ही उसे हँसी छूटती। उसके पेट में दर्द होने लगा, आँखों में आँसू आ गए। इसी बीच में उसे अपना केशव के साथवाला वार्तालाप याद आ गया–देशबन्धुजी के यहाँ न बैठने की बात को वह किस तरह टाल गया था। पर फिर भी साथ ही मन में शंका जागी–मायादेवी से चूहे-बिल्ली का खेल कहीं उसे ले न बैठे।

"सो साहब, दोनों एक-दूसरे की ओर बिल्लियों की तरह पंजे निकाल-निकालकर झपटती थीं–और उसका नतीज़ा यह हुआ कि देशबन्धुजी को हार्ट-अटैक हो गया–!" सूरजजी कह रहे थे।

शरद की हँसी एकदम ग़ायब हो गई–"क्या मतलब ?"

"मतलब यह कि उन्हें ऐसे मौक़ों पर हार्ट-अटैक हो जाया करता है।" सूरजजी ने दूसरा 'कप' तैयार किया।

"सो तो आज भी हो गया है।" शरद बोला।

"आहा !" आनन्दातिरेक से सूरजजी खिल पड़े, होंठों तक पहुँचा हुआ प्याला उन्होंने बड़ी मुश्किल से मेज़ पर रखा, और बोले–"यह अलग पुराण है, किसी दिन ज़रा फ़ुर्सत से बताऊँगा। आज तो बहुत काम पड़ा है। बालानी साला आया नहीं है। अब जो मेरी समझ में आता है सो करता हूँ। हाँ, तो आप क्या कह रहे थे–जल्दी बताइए।" सूरजजी चिन्तित हो आए।

"आपकी इस मिस दर की बात में मैं तो भूल भी गया कि क्या कह रहा था ?" वास्तव में शरद को याद नहीं आया, फिर टालकर बोला–"अच्छा मरने दीजिए, अब नहीं याद आता। आज मुझे सचमुच बड़ा क्रोध आ रहा था। आपने सब उड़ा दिया। हाँ, तो मिस दर का फिर क्या हुआ ?"

"मालूम होता है मिस दर में आप बहुत ज़्यादा इंटरैस्टेड हैं। मिला दूँ ?" सूरजजी दुष्टता से मुस्कराए–"होता क्या, केशवजी गोद में भरकर फाटक के बाहर डाल आए, टूटा हुआ चश्मा उनकी छाती पर रख दिया गया। फिर नहीं मालूम क्या हुआ।"

शरद ने विस्मय से कहा–"यह सब भी यहाँ होता है ?"

एक गहरी साँस लेकर सूरजजी उठ खड़े हुए, और ज़ोर से शरद का हाथ पकड़कर लम्बी आवाज़ में बोले–"अभी दोस्त तुमने देखा ही क्या है ? आ गए हो, देखो दुनिया क्या है ! अच्छा, काम क्या था, नहीं बता रहे। ख़ैर फिर सही। लाओ वो 'बिगुल' का मैटर दो–अच्छा, चलें अब।"

सूरजजी ने मैटर उठाया और बड़े आनन्द से चल दिए। लेकिन द्वार से निकलकर

पल्ला छोड़ते-छोड़ते फिर भीतर लौट आए—"हाँ, एक बात मैं भूले ही जा रहा था—सात बजे कपिल साहेब के यहाँ आपकी दावत है। मैं भी हूँ।" फिर वे चाबी भरे खिलौने की तरह एड़ी पर घूमकर चले गए।

"कपिल साहब के यहाँ दावत ?" उनके सम्मान में उठे हुए शरद ने आश्चर्य से दुहराया—वह पूछता ही रह गया—"पूरी बात तो बताइए कैसे क्या ?"

"अब नहीं शाम को, जल्दी है अब—अच्छा बाई-बाई।" वे चले गए। शरद हँसकर बैठ गया—"अजीब आदमी है।"

तभी उसे याद आया कि उसने मायादेवीवाली बात ही तो बताने के लिए उन्हें बुलाया था—जिसे मिस दर की रोचक कथा में वह भूल ही गया।

दो घंटे का समय, अर्थात् बीच का पर्दा

जैसे ही शरद और जया ने सूरजजी के साथ पतली-पतली दो-तीन गलियों में होकर श्री कपिल साहब की बैठक में प्रवेश किया कि घड़ी ने सात के घंटे बजाए। सफ़ेद पैंट और सफ़ेद क़मीज़ पहने कपिल द्वार तक उन्हें लेने आया था। बड़ी कृतज्ञता के भाव से मुस्कराकर बोला—"आप लोग बिलकुल ठीक समय पर आ गए।"

"जी हाँ, सूरज ने पहले बता दिया था कि आप बदक़िस्मती से एक ऐसे व्यक्ति के यहाँ जा रहे हैं, जिसे न जाने कैसे अंग्रेज़ यहाँ से जाते समय भूल गए थे। हिन्दुस्तानी लिबास में साक्षात् अंग्रेज़ समझिए।" सूरजजी ने निहायत बेतकल्लुफ़ी से दरवाज़े में खड़े कपिल की बग़ल से बैठक में प्रवेश करते हुए कहा।

शरद और जया को आने के लिए रास्ता छोड़ता हुआ कपिल एक तरफ़ हट गया, और लखनवी अन्दाज़ से ज़रा झुककर उनके इस्तक़बाल में दोनों हाथ फैला दिए।

"नहीं, यों नहीं," सूरजजी ने वहीं से कहा—"साथ में शेर भी पढ़िए न, वही—

"वो हमारे घर पै' आएँ ख़ुदा की क़ुदरत है।

कभी हम उनको औ' कभी अपने घर को देखते हैं।"

"अब हमने कहा तो, और आपने कहा तो—एक ही बात है।" कपिल ने झेंप मिटाने को कहा।

सूरजजी के इस व्यवहार पर जया का चेहरा लाल पड़ आया; लेकिन भौंहें तनी रहने देकर मुस्कराहट छिपाने की कोशिश की। सामने पटली और पल्ले पर लाल धारियोंवाली शिफ़ॉन की क्रीम-कलर साड़ी, और लेडी हैमिल्टन का हलके काहिया रंग का ब्लाउज़, जिसकी बाँहें कुहनियों तक आई हुई थीं, और पुट्ठों पर फ़िट कपड़ा, रीढ़ की हड्डी पर इसी कपड़े से मढ़े हुए गोल-गोल बटनों की सीधी लाइन में चुस्ती से कसा हुआ था। वही पर्स और लहराती वेणी—कभी-कभी बग़ल में साथ-साथ झूल उठते थे। शरद कुर्ते-पाजामे में था—बैठक में प्रवेश करके उसने कहा—"आप तो उस दिन सूरजजी के ही यहाँ दावत खा रहे थे, यह ख़ुद कैसे चक्कर में आ गए ?"

"अरे साहब, यह इन्हीं से पूछिए—" बड़े चिन्तित ढंग से कपिल बोला। "कल बड़े हैरान-परेशान-से आए, बोले—'बच्चे दोनों यहाँ आकर बिगड़े जा रहे हैं—अकेले-अकेले सिनेमा देखने जाते हैं। यही रहा तो ख़ैर नहीं है। इसका प्रबन्ध तो होना ही चाहिए। मैंने कह दिया, लो, एक शाम का प्रबन्ध तो मैं किए देता हूँ।" और एक ठहाके के

साथ हँस पड़ा। सूरजजी भी हँसे पर जैसे खिसिया गए हों।

शरद ने नाराज़ी के भाव से कहा—"देखिए सूरजजी, आपकी यह आदतें ठीक नहीं हैं। आप इस प्रकार हर बात को ब्रॉडकास्ट करेंगे तो कैसे होगा ? दिस इज़ नो गुड !"

"लेकिन शरदजी, आपको जानकर निहायत दुख होगा कि प्रोफ़ेसर रूप किशोर कपिल अपने एक मित्र प्रोफ़ेसर और उनकी पत्नी के साथ उसी 'शो' में कुछ नीची क्लास में बैठे थे।" गम्भीरता से अभिनय के साथ कपिल बोला।

"अरे, कोई छिपी हुई बात है—सारा शहर जानता है, आप मायादेवी के साथ सिनेमा गए थे।" सूरजजी ने रद्दा कसा।

"और आप अगर ज़रा झाँककर उस वक़्त नीचे देख लेते तो आपको पता लगता किस तरह लोग शुतुरमुर्ग़ की तरह गर्दनें घुमा-घुमाकर सामनेवाला सिनेमा नहीं, पीछे वाला सिनेमा देख रहे थे।" कपिल ने सिगरेट का पैकेट निकालकर उसे खोलते हुए कहा।

"क्या मतलब ?" जया चौंकी और शरद का दिल इस तरह धक् से रह गया, जैसे किसी ने चोरी करते देख लिया हो। फिर ज़रा विद्रूप से बोला—"ख़ैर यह तो आप लोगों की आदत है !"

"नहीं, मतलब कोई ख़ास नहीं।" सिगरेट पेश करने के उत्तर में शरद के हाथ जोड़ देने पर कपिल ने खुद अपने लिए सिगरेट निकाली और डिबिया पर उल्टी-सीधी करके ठोंकते हुए इस तरह कहा जैसे कोई अत्यन्त ही तुच्छ बात बतला रहा हो। फिर मुँह में लगाकर सिगरेट जलाई और हिलाकर दियासलाई बुझाते हुए पहले कश का ढेर-सा धुआँ छोड़कर बोला—"बस, इतना ही मतलब था कि हमने सोचा जरा ऊपर जाकर आपको कुछ 'कम्प्लीमेंट' 'पे' कर आएँ। इन्टरवल में गए भी—सो इसलिए लौट आना पड़ा कि उस वक़्त आपकी ख़ातिरदारियाँ हो रही थीं।" अपनी आँखों की दुष्टता छिपाने के लिए उसने झुककर ऐश-पॉट में दियासलाई ठूँस दी, फिर जैसे उसे ध्यान हो आया कि वह मेज़बान है—"अरे, आप लोग अभी खड़े ही हैं ! भई वाह, बैठिए न ?"

सचमुच अभी तीनों खड़े ही थे। कपिल के व्यंग्यों पर हलके-हलके मुस्कराती अन्यमनस्कता दिखाती हुई जया मुड़कर ऊपर की ओर गर्दन-किए तस्वीरें देख रही थी। चौड़ाई से अधिक लम्बी, यह बैठक 12×18 के लगभग थी। एक ओर नए फ़ैशन का ज़रा पुराना-सा पलंग पड़ा था—उस पर साफ़ चौड़े चार-ख़ाने का हरा बैड कवर, उसके पास ही एक मेज़ पर कपड़े से ढँका रेडियो, सामने मछली के आकार की पीतल की एक राखदानी और एक दवा की शीशी रखी थी। एक ओर तीन हाफ़-ईज़ी-चेयर्स पड़ी थीं— जिनके ऊपर पीठ पर सफ़ेद कवर चढ़े थे और गहरे कत्थई पुराने रेशम की गद्दियाँ पड़ी थीं—जया ने एक बार में ही देख लिया कि ये गद्दियाँ पुरानी धोतियों में से बनी हैं, क्योंकि कहीं-कहीं हरी किनारी दिखाई दे जाती थी। बीच में एक गोल गेज़ थी, जिस पर रबर के मोमजामे का चौकोर टेबिल-क्लॉथ था—इसमें जगह-जगह काटकर फूल-पत्ती बनाई गई थीं। पूरे कमरे में तो केवल सीमेंट का फ़र्श था, लेकिन इन कुर्सियों के नीचे एक पुरानी-सी दरी और ग़लीचा बिछा दिया गया था। पलंग के सिरहाने की ओर बाँस

की एक आलमारी रखी थी—और उसमें किसी पत्रिका की बहुत-सी फ़ाइलें-कॉपियाँ तथा काग़ज़ भरे थे। कमरे में दो दरवाज़े थे—एक बाहर गली में खुलता था—दूसरा इसके सामने ज़रा दाहिनी ओर हटकर भीतर घर में जाता था। उस पर नीला, किसी मोटे कपड़े का पर्दा झूल रहा था, जिसे इनके आते ही कपिल ने ठीक से फैला दिया था। दीवार में बिना किवाड़ों की, दो आलमारियाँ थीं, और दोनों ही किताबों से भरी थीं। अधिकांश किताबें बिना जिल्द की थीं। 'बर्मा-शैल' का एक बड़ा-सा कलेंडर दरवाज़े से घुसते ही सामने दिखाई देता था। इधर-उधर दो-तीन फ़ोटो लटके थे, जो प्रायः सभी 'ग्रुप' थे। पलंग के ठीक सामने एक लिखने की दराज़ोंवाली मेज़, पास ही कुर्सी। वहीं नीचे दीवाल पर एक चार्ट-सा लटकाया हुआ था। मेज़ पर कॉपियाँ और कुछ किताबें सजाकर रखी गई थीं। एक खुली कॉपी पर पेपरवेट रखा था। 'स्वान' की स्याही की एक बोलत, और पास ही पेन। मेहराबदार टेबिल-लैम्प। इस मेज़ के पास ही दो-तीन बच्चों के छोटे-छोटे जूते, चप्पल सजाकर रखे थे। कुर्सियों के आस-पास ये लोग खड़े थे, और ठीक ऊपर ही एक पंखे की पंखड़ियाँ हटाकर शेष हिस्से को कपड़े से बाँध दिया गया था—जो हनुमानजी की गदा की तरह लटक रहा था ! जया इन लोगों का वार्तालाप सुनते हुए एक हाथ को कुहनी पर रखकर दूसरे से निचला होंठ हलके-हलके, नोंचती हुई घूम-घूमकर देखती रही। एक ओर बल्ब जल रहा था।

तभी किसी छोटे-से बच्चे ने पर्दा पकड़कर चुपके से झाँका—कपिल बोला—"बेटा अम्मू, अपनी भाभी को भीतर ले जाओ।" और उसने जया की ओर देखा कि उसके साथ भीतर चली जाए। शरद ने कहा—"जाओ, भीतर चली जाओ।" बच्चा स्वयं शरमाकर भाग ही रहा था कि जया ने स्वयं उसकी उँगली पकड़ ली, और पर्दे के भीतर चली गई।

"आप लोग बैठिए न !" सूरजजी बोले और पलंग के ठीक बीचों-बीच पीछे हाथ टिकाकर बैठ गए—जैसे बहुत थक गए हों।

शरद बीच की एक कुर्सी पर बैठ गया, और मन-ही-मन पहचानने की कोशिश करने लगा, कपिल किस तरह और किस स्तर का व्यक्ति है। अवचेतन मन में वह भीतर स्त्रियों और बच्चों की भनभनाहट सुनने लगा। जया क्या कह सुन रही होगी इसकी कल्पना उसकी आँखों में तैर गई।

सफ़ेद रबर के स्लीपर पहने हुए कपिल ने आगे बढ़कर रेडियो पूरे वॉल्यूम पर खोल दिया—और उसके गर्म होने तक वहीं खड़ा देखता रहा। सहसा रेडियो में से कोई चिंघाड़कर पक्का गाना गा उठा। लेकिन आधे मिनट बाद ही कपिल ने उसे यह कहकर बन्द कर दिया कि—"मैं समझता हूँ, यह लोगों को डिस्टर्ब करेगा।" इसके बाद एक बार उसने पुनः दोनों दरवाज़ों के पर्दे ठीक से फैला दिए, और तब शरद के सामने आकर बैठ गया। सूरजजी दीवार का सहारा लेकर पूरे पलंग पर बैठ गए थे, और धीरे-धीरे कुछ गुनगुना रहे थे।

"इसके बाद तो कुछ करना नहीं है ?" कपिल ने पूछा।

"मेरा ख़याल है, कोई ख़ास काम हमें नहीं है। लेकिन मेरी समझ में नहीं आया कि आप जैसा समझदार आदमी एकदम कैसे इस तरह के तकल्लुफ़ में पड़ गया ?" फिर सूरजजी की ओर देखकर मुस्कराकर कहा—"सूरजजी की तो कोई बात नहीं है। इन्होंने आते ही अपनी समझ का परिचय दे दिया।"

सूरजजी वहीं से घुड़के—"ऐऽऽ, सूरजजी के बारे में अभी आपने कुछ कहा ? ख़बरदार जो उन्हें घसीटा होगा। हम इस समय ज़रा गहरे 'मूड' में हैं।"

"नहीं, कहना तो मैं तभी चाहता था सिनेमा में ही; लेकिन आप सच मानिए, बल्कि नीचे दरवाज़े से लौट आया।" नाक से धुआँ निकालते; होंठों से जीभ तर करते हुए पहला सूत्र पकड़ा।

"तो सचमुच आप गए थे ?" शरद ने गम्भीर स्वर में पूछा।

"अरे, लाहौल-विला-क़ुव्वत !—आप उस वक़्त मायादेवी के साथ चाय पी रहे थे, मैं कोई झूठ कह रहा हूँ?" उँगलियों में फँसी सिगरेट वाले हाथ को शरद की ओर करके कहा। फिर सूरजजी की ओर देखकर बोला—"सूरजजी इन्हें समझाइए न, भाई जान, सँभलकर रहिए ज़रा। चूसकर यों गँडेली की तरह फेंक देगी कि बाद में बस मक्खियाँ भिनभिनाया करें !—उसने बड़े-बड़ों को चरका दिया है, और आप समझिए वह यहाँ पड़ी कैसे है खुले-आम ? आप किसी भुलावे में मत रहिए। देख लीजिए, हमारे सूरजजी हैं न, घायल !"

अब शरद की भी राय मायादेवी के सम्बन्ध में कुछ इसी तरह बनती जा रही थी, लेकिन उसने जोश में हाथ झटककर कहा—"मेरी समझ में एक बात नहीं आती है, आप लोग किसी के बारे में जो दुराग्रह एक बार बना लेते हैं, उसे क्या किसी भी क़ीमत पर नहीं छोड़ना चाहते ?"

कपिल कुर्सी पर सहारा लिए बैठा था, एकदम तनकर बोला—"प्रमाण मिलने पर भी जब आदमी इस तरह की बातें किए चला जाता है तो गुस्सा आ जाता है। आपके साथ हुआ या नहीं हुआ; लेकिन यहाँ सैकड़ों ऐसे उदाहरण हैं। लीजिए, आज की ही बात सुनिए; एक हमारे मित्र हैं, मित्र क्या साथी समझिए। सूरजजी, वो हैं न डॉक्टर अग्रवाल, सो उनको और उनकी मिसेज़ को छोड़ने हम गए स्टेशन पर। वे जा रहे थे भोपाल। उनकी मिसेज़ काफ़ी ज़िद करती रहीं कि कपिल साहब, आप कभी नहीं चलते हमारे साथ, इस बार ज़रूर चलिए—बड़ा हिस्टॉरिकल शहर है, कल्चर का सैंटर है। गाड़ी छूटने में ज़रा देर थी, हम तीनों ने मिलकर चाय-वाय पी, सो देखा तो कुली से सिर पर सामान लदवाए श्रीमती मायादेवी भी चली आ रही हैं। हम बड़े चकित हुए कि पद्मा कहाँ है, नेता भैया भी तो आने चाहिए इन्हें छोड़ने। और शायद किसी से सुना भी था कि दो-तीन महीने के लिए आई हुई हैं। वैसे इससे कम समय के लिए वे आती भी नहीं हैं। ख़ैर साहब, फ़र्स्ट क्लास कहाँ लगेगा यह अन्दाज़ करके उन्होंने सामान वहीं लगवा लिया, और जिस तरह वो मरखनी गाय की तरह बिफर रही थीं—उससे पता लगता था कि ज़रूर दाल में कुछ काला है। मिसेज़ अग्रवाल मुझ से बार-बार पूछें—इन्हें

आप जानते हैं क्या ? अब मैं क्या जवाब देता ? ख़ैर साहब, गाड़ी आई और आप मज़ा देखिए, श्रीमती मायादेवी उसमें नहीं बैठीं। बार-बार गेट की तरफ़ देखती रहीं। गार्ड ने सीटी दे दी और मैं ताज्जुब कर रहा था कि जा क्यों नहीं रही हैं ? आख़िर गाड़ी भी चल दी। अच्छा, मैं लौट ही रहा था कि किसी ने मेरी बाँह पकड़ ली–देखा तो मिसेज़ बैनर्जी इसी गाड़ी से अपने भाई के साथ उतरी थीं। वे हठ करने लगीं–'चलिए, हमारे यहाँ से चाय पी के जाना होगा। कोलिकाता की ख़ास दोकान शे शन्देश रोशोगुल्ला लाया है।' मुझे नहा-धोकर कॉलेज जाने को देर हो रही थी–ख़ैर जैसे-तैसे गेट से बाहर निकले तो देखा, देशबन्धुजी बदहवास कार से उतरकर धोती का अगला हिस्सा हाथ से उठाए, भागते चले आ रहे हैं।...तभी मेरी समझ में आ गया मामला क्या है। ये ज़रूर उन्हें मनाकर लौटा ले जाने आए होंगे।" सिगरेट का कश खींचकर, अँगूठे और उँगली से पकड़े हुए छोटी उँगली से उसकी राख झाड़ते हुए वे बोले।

"अच्छा !" आश्चर्य से शरद बोला। वह सोचने लगा, कल रात को उसके साथ घटी सिनेमा की घटना, और देशबन्धुजी के आज के दिनभर के व्यवहार के पीछे इस घटना का कहाँ तक हाथ है।

"यह कोई नई बात नहीं है, उसके साथ," सूरजजी ने कहा–"जब भी वह यहाँ रहती है; यह घटना ज़रूर दुहरा दी जाती है। इसे यह ट्रम्प-चाल की तरह चलती है, और वह फिर बौखलाया-सा घूमता है इधर-उधर !" अचानक उन्हें सुबह हुई शरद की बातचीत याद हो आई–"आख़िर कोई मैं यों ही थोड़े ही कह रहा था सुबह। ऐसी हर घटना के बाद उसे दौरा आ जाता है। और मज़ा यह कि यह दौरा उन्हें हमेशा एक-सा ही आता है। शरदजी आप तो उन्हें देखने गए थे न, जो कुछ आपने देखा होगा वह आप सूरज से पूछ लीजिए। ग़लत बता रहा होऊँ तो टोक दीजिए। बन्धु, यहाँ इतने साल भाड़ नहीं झोंका है। एक-एक की नस पहचानते हैं।"

शरद ने विस्मय से पूछा–"मैंने क्या देखा?" जब वह उनसे भाषण की रूप-रेखा और उनकी मिजाज़-पुरसी करने गया था, उस समय का पूरा दृश्य उसकी आँखों के आगे आ गया।

"आपने कोई नई बात नहीं देखी होगी। गर्मी के मौसम में ऊपर के पंखे के अलावा मेज़ पर टेबिल-फ़ैन लगा होता है। आजकल तो रज़ाई ओढ़े–गर्दन तक लिपटे, बड़ी हलकी-हलकी रोशनीवाले कमरे में कराहते पड़े होंगे, अत्यन्त पतिव्रता की तरह जाँघ पर उनका सिर रखकर मायादेवी उनके गंजे सिर पर चमेली के तेल की मालिश कर रही होंगी, और पास में एक नर्स उन्हें ग्लूकोज़ बनाती या इंजेक्शन की तैयारी करती इधर-से-उधर फुदकती फिर रही होगी–कहिए यही दृश्य था या कुछ और ?" आत्म-विश्वास से सूरजजी ने पंजे फैलाकर पूछा।

"हाँ।" मुस्कराकर शरद बोला। उसे वास्तव में आश्चर्य हुआ कि सूरजजी ने कैसे एक-एक शब्द सही बता दिया।

"कहिए कुछ और बताऊँ ?" सूरजजी विजेता की तरह बोले–"मैं तो आपको वह

सब भी बता सकता हूँ जो उन्होंने कहा होगा। जैसे अभी मरनेवाले हों--इस तरह उन्होंने आपको बैठने को कहा होगा। पास में पड़े स्टूल पर ही आप बैठे होंगे, बातचीत के सिलसिले में उन्होंने यह ज़रूर बताया होगा कि किस प्रकार माया बहन ने उन्हें दिल डूबने की बीमारी से बचा लिया--वर्ना उनकी अर्थी निकल गई होती। वे रात-भर जागीं--या पैरों में काँसे की कटोरियाँ मलती रहीं, या इसी तरह की बातें। फिर मायादेवी ने अपनी जाँघ से सिर उठाकर एक तरफ़ रख दिया होगा और धीरे से उठ गई होंगी--क्यों, है न यही बात ?"

शरद को ताज्जुब यह हुआ कि थोड़े हेर-फेर के साथ एक-एक बात ठीक थी। इन लोगों ने क्या वास्तव में नस-नस पढ़ रखी है ? कपिल कभी सूरजजी की ओर, कभी शरद की ओर इस तरह देख रहा था जैसे दो कुश्ती लड़नेवालों को देख रहा हो। उनके चुप होते ही बोला--"यार, मैं तो यह सोचता हूँ, वह लड़की क्या सोचती होगी, अपनी माँ की हरकतें देखकर ? मुझे तो सौतेली लगती है ?"

"सौतेली-वौतेली तो नहीं है, है तो ख़ास ही। लड़की बड़ी अच्छी है--सैन्सिटिव है थोड़ी--। लेकिन आप देख लीजिए, या तो उसे टी.बी. हो जाएगी या हिस्टीरिया--यों ही कुढ़-कुढ़कर मरेगी।"

"सैन्सिटिव नहीं सेन्टिमेंटल बेवक़ूफ़ है। पढ़ गई, लिख गई, क्यों नहीं शादी कर-करा लेती कहीं ?--क्यों अपनी तन्दुरुस्ती ख़राब कर रही है बेकार ?" कपिल ने सुझाव दिया।

"आज दिन-भर तो वह जया के पास रही है।" शरद ने बात को इस तरह टालकर कहा जैसे वह कोई ख़ास बात नहीं है। फिर मुख्य विषय पर आकर बोला--"कपिल साहब, एक बात मेरी समझ में नहीं आती--"

"साहब नहीं, 'साहेब'।" सूरजजी बीच में बोले और कपिल से आँख मिलते ही मुस्कराए।

"हाँ, 'साहेब' ही सही।" शरद भी हँसा और अपनी बात पर ज़ोर देकर बोला--"आप लोग स्त्री का मूल्य, केवल उसके शरीर के उपयोग से ही नापना चाहते हैं, कि कितने आदमियों ने या एक आदमी ने कितने समय उसका उपयोग या उपभोग किया है ? क्या 'सैक्स' के अतिरिक्त आदमी अपने आपमें कुछ नहीं है ? यदि सैक्स की दृष्टि से वह शुद्ध एकनिष्ठ है, तो अच्छा है--या अच्छी है, वर्ना कितनी भी अच्छाई उसमें क्यों न हो, उसका कोई महत्त्व-मूल्य नहीं है। हमारा संस्कारगत और धार्मिक दृष्टिकोण जितना ही सैक्स को नगण्य, महत्त्वहीन और साधारण बताने के नारे लगाता है, व्यवहार में उतना ही अपने आपको उस पर केन्द्रित कर लेता है। मनुष्य की सारी अच्छाई-बुराई सब कुछ उसी से नापता है। मैं पूछता हूँ कि एक स्त्री और रूपों में समाज के लिए दस-बीस अच्छे आदमियों के बराबर उपयोगी है, मान लीजिए वह बहुत अच्छी समाज-सेविका है, बहुत अच्छी टीचर है, नर्स है, या वैज्ञानिक है; और कुछ नहीं तो वह बहुत अच्छी कलाकार है; लेकिन यदि इस रूप में ही 'लांछित' है तो क्यों नहीं उसे

उसके गुण का उचित प्रतिदान मिलता ? क्या हमेशा ही पन्तजी के शब्दों में 'पूत-योनि वह, मूल्य चर्म पर उसका अंकित' वाली घटना चलती जाएगी !'' फिर कुछ याद करता-सा बोला–"मुझे याद है, समरसैट मॉम ने कहीं लिखा है–जब हम सदाचार की, 'वर्चू' की बात करते हैं तो हमारे दिमाग़ में सिर्फ़ एक चीज़ होती है, वह है सैक्स; लेकिन सैक्स सदाचार का न तो अनिवार्य हिस्सा है, न सबसे अधिक प्रधान ही।''

"भाई, महत्त्व तो नहीं है, लेकिन कुछ बातें समाज अपनी व्यवस्था की रक्षा के लिए भी करता है, और उन्हें कड़ाई से 'ऑब्ज़र्व' करता है।'' सूरजजी ने इस तरह कहा, जैसे स्त्री के मूल्यांकन की इस रीति से वे सहमत ज़रा भी नहीं हैं, लेकिन समाज में इतनी कड़ाई बरती जाने की ढील देना पसन्द करते हैं।

"लेकिन यहाँ मामला बिलकुल ही दूसरा है,'' कपिल ने हर शब्द पर ज़ोर देकर कहा–"यह स्त्री की स्वच्छन्दता का प्रश्न नहीं है। यदि स्त्री इतनी जाग्रत् है, और अपनी स्थिति और अधिकारों को समझती है, तब तो उसे अधिकार है कि इस तरह की 'छूट' को क्रान्तिकारी क़दम कहकर पेश करे–लेकिन एक जाहिल औरत जो सिर्फ़ पैसा ऐंठने के लिए ही यह कार्यक्रम बना लेती है, मैं तो उसे एक वेश्या से अलग नहीं मानता।''

"फिर भी कभी-कभी ऊपर से ऐसे छिछले लगनेवाले सम्बन्ध भीतर बड़े गहरे होते हैं। ऐसी स्त्रियाँ अवसर आने पर प्राण तक निछावर कर सकती हैं।'' सूरजजी ने कहा–"मैं इस विषय पर अधिक बोलना इस समय पसन्द नहीं करूँगा; लेकिन मैं बता दूँ कि लाख घृणा और मतभेद होते हुए भी मायादेवी के प्रति मेरे हृदय में बड़ी सहानुभूति है। उस स्त्री ने अपना नाश खुद कर लिया है।''

"ख़ैर सूरजजी, यहाँ मैं आपका विरोध करता हूँ,'' शरद ने कहा–"एक प्राकृतिक भूख और साथ की आवश्यकता के लिए आप यदि साथ खोजते हैं, तो उसे किसी-न-किसी तरह सहा जा सकता है–'जस्टीफ़ाई' किया जा सकता है; लेकिन इन दोनों मानवीय-भावों को आप किसी घोर भौतिक-स्वार्थ-साधन के काम में लाएँ तो सचमुच वह वेश्यावृत्ति है, और घातक है।''

"नहीं जी, सो कैसे 'जस्टीफ़ाई' किया जा सकता है ?'' तड़पकर कपिल बोला–"प्राकृतिक भूख और साथ खोजने की भावना पर यदि आप कोई अंकुश नहीं रखते–कोई सामाजिक-बन्धन नहीं देते, तो पशु और मनुष्य में अन्तर ही क्या है ? वही कुत्ते-बन्दरों का दृश्य आप उपस्थित कर देंगे। मैं स्त्री को स्वतन्त्रता देने का हामी हूँ; लेकिन यह स्वतन्त्रता नहीं है; और चाहे जो हो।''

"यदि आपकी यही ज़िद है कि जो कुछ कुत्ते-बन्दर करेंगे वह आप नहीं करेंगे–तब तो वाक़ई बड़ी मुश्किल पड़ जाएगी। लेकिन मैं एक बात पूछता हूँ : फिर यह जो आप स्वतन्त्रता-स्वतन्त्रता चिल्लाते हैं, यह स्वतन्त्रता क्या है ? आप वास्तव में स्त्री को स्त्री की दृष्टि से अधिकार नहीं देना चाहते–आप केवल उसे अपनी पुरुष की दृष्टि और बुद्धि से–कुछ 'छूट', कन्सैशन्स, देना चाहते हैं; वह भी अपने विशेषाधिकार क़ायम रखते हुए।'' शरद को अपने उस भाषण का एक-एक शब्द याद आ रहा था, जो उसने

ट्रेन में जया को दिया था, वह बोला—"कहने को आप यह बड़ी आसानी से कह देते हैं कि हर स्त्री को घूमने-फिरने, बोलने-चालने की स्वतन्त्रता है, बस, सैक्स की दृष्टि से वह एकनिष्ठ रहे; लेकिन सच पूछो तो मानसिक रूप से हम खड़े हैं वहीं, जहाँ आज से बीसियों साल पहले डी.एच. लॉरेन्स खड़ा था, और जैसे हम बैठकर बातें कर रहे हैं, वैसे ही 'लेडी चेटरलीज़ लवर' में बातें होती थीं। बोलने-चालने की स्वतन्त्रता है, और विचार-विनिमय की आज़ादी है—यह कहते समय कभी भी आप सोचते हैं कि विचार मनुष्य का सूक्ष्म और निराकार व्यक्तित्व है ? उस व्यक्तित्व को तो आप इतनी छूट दे सकते हैं कि वह एक-दूसरे का स्पर्श करे—समानता खोजे—लेकिन साकार-व्यक्तित्व के स्पर्श-मात्र में ही सतीत्व और नैतिकता के बन्धन टूटें—यह बात वाक़ई समझ से परे है। स्त्री से आप यदि यह कहते हैं कि आप बड़ी अच्छी हैं, तो कुछ नहीं बिगड़ता; लेकिन यदि इसी सूक्ष्म या निराकार प्रशंसा के बदले आप उसका चुम्बन लेकर उसी प्रशंसा को साकार कर देते—तो आपके सारे धर्म और नैतिकता के टट्टू चीखने लगते हैं—।"

"हियर ! हियर !" कपिल ने ज़ोर से ताली बजा दी, पर साथ ही बोला—"मि. शरद, हम लोग बहस में इधर-उधर बहक रहे हैं। मैं एक शब्द में पूछ लूँ, कि आप कहना क्या चाहते हैं ? मायादेवी जैसी स्त्रियों को आप कैसा कहेंगे—या उनके साथ क्या व्यवहार करना पसन्द करेंगे ?" और उसने विजेता की-सी मुस्कान से शरद की ओर देखा, फिर उँगलियाँ जलाती सिगरेट को पीकर धीरे-धीरे ऐश-पॉट में ठूँसने लगा।

"मैं...मैं..." शरद हकलाकर रह गया।

बात काटकर सूरजजी बोले—"आप लोग भी क्या 'बोर' बहस लेकर बैठे हैं। अरे, इनसे कुछ आना-जाना नहीं है। कभी इन बहसों से कोई नतीज़े नहीं निकले। और निकले भी हों तो उनका निकलना न निकलना ही बराबर क्योंकि उनसे कुछ होता-हवाता नहीं है। सूरज का तो दृढ़ विश्वास होता जा रहा है कि ये सब ड्राइंग-रूमी बहसें हैं—हमेशा होती हैं, हमेशा होंगी। दुनिया का हर मसला यहाँ बैठकर तय होगा—लेकिन दुनिया वहीं-की-वहीं रहेगी। इसलिए आप इन बेकार की बातों को तो दीजिए छोड़ और कोई अच्छा विषय बात करने का पकड़िए।" सूरजजी थोड़ी देर के लिए इनकी बातें चुपचाप सींक से दाँत कुरेदते हुए सुन रहे थे, अब बोले—"यार कपिल, देर कितनी है खाने-पीने में ? देर हो तो ला, दो पान ही खा लिए जाएँ।"

"मेरा ख़याल है, तैयार हो गया होगा।" उसने आवाज़ दी—"सुधा !" लेकिन खुद ही यह कहकर भीतर उठकर चला गया—"लाइए, मैं ही देखकर आता हूँ।"

शरद वास्तव में बड़े पसोपेश में पड़ गया। मायादेवी जैसी स्त्री को, वह क्या दंड देना पसन्द करेगा—यदि यह अधिकार उसे दे दिया जाए ?—गोली मार देगा ?—इसलिए कि वह भूखी है, युवा-शरीर उसे आकर्षित करता है, और उस समय वह भूल जाती है कि ठीक उन सब बातों को सोचने-समझने लायक़ ही नहीं, बल्कि उससे भी कुछ बड़ी, उसकी लड़की यह सब देखती है ? क्या यह उचित है ?—तो क्या गोली मार देने

का दंड ही उचित है ? या फिर उसे अपनी इस भूख की खुली अभिव्यक्ति करने के लिए इनाम और अन्य सुविधाएँ देकर छोड़ दिया जाए ? एक क्षण को उसे अपने वकील साहब का ध्यान हो आया—जहाँ वह पहले काम सीखता था। उन लोगों के साथ की एक लड़की थी—व्यास; नमिता व्यास। वह भी इम्तहान पास करके उन्हीं वकील साहब से काम सीखती थी। विवाहिता थी, और अच्छे घर की भी। कार में आती। वकील साहब की उम्र लगभग साठ की होगी। वकील साहब जहाँ रहते थे, वह जगह रास्ते में पड़ती थी। नमिता अक्सर उन्हें आते वक़्त साथ ले आती, और जाते वक़्त छोड़ जाती। गाड़ी में ही कुछ मुक़दमों की बातचीत होती, इसलिए दोनों पीछे बैठते। लेकिन वकील साहब पूरी सीट छोड़कर धीरे-धीरे कोने में सिमटी-सिमटाई नमिता की तरफ़ खिसकते आते। एक दिन तो वह चलती कार में ही उठकर खड़ी हो गई—"वॉट डज़ इट मीन ?" लेकिन जैसे ही वह बैठी, वकील साहब ने उसकी जाँघ पर हाथ मारा। नमिता ने झटककर हाथ अलग कर दिया, और गाड़ी रुकवा दी। और साठ साल का वह वकील, जिसकी सबसे छोटी लड़की रमा, नमिता की उम्र की थी : अर्थात् 25 साल ! स्वयं वह वकील साहब 'बार' के सबसे अच्छे वक़ील, प्रसिद्ध। बड़े-बड़े 'जज' उनसे काँपते और यूनीवर्सिटी की कॉपियाँ उनके पास आतीं। अब इस साठ साल के बुड्ढे की तुलना में तो वाक़ई सैंतीस साल की मायादेवी सभ्य हैं। क्यों मायादेवी गोली मार देने लायक़ हैं, और क्यों वकील साहब नज़र-अन्दाज़ कर देने योग्य ? और सचमुच शरद को इसका कोई जवाब नहीं मिल पाया—एक अदृश्य दीवार थी जो उसके सवाल और जवाब के बीच में आकर खड़ी हो जाती थी, और जितनी ही यह दीवार उसे दृढ़ लगती, उतनी ही उसके मन में यह विचित्र बेचैनी पैदा करती। उसकी इच्छा हुई वह इस विषय पर और बहस करे।

तभी मैली-सी बनियान और उतना ही मैला नेकर पहने एक पाँच-छः वर्ष का लड़का बाहर निकल आया। नेकर से निकली हुई दो तनियाँ उसकी छाती और पीठ पर क्रॉस बनाती हुईं कन्धों पर गई थीं और बाएँ हाथ की तनी इतनी ढीली थी कि लड़के को कन्धा झटककर और मोटर का हैंडिल घुमाने की तरह हाथ घुमाकर बार-बार उसे ठीक स्थान पर लाना पड़ता था। बाल उसके बिखरे हुए थे और मुँह शायद सुबह से नहीं धुला था। वह सूरजजी से परिचित था, इसलिए शरद की ओर देखता-झिझकता सीधा सूरजजी के पास जा पहुँचा।

"कहो बेटे अमिताभ, खाने में कितनी देर है ? देखो, हम लोग भूख के मारे मरे जा रहे हैं !" सूरजजी उसी तरह दीवार से सिर अड़ाए लेटे रहे। फिर शरद से बोले—"यह इनका बड़ा लड़का है—अमिताभ कपिल। बेटा, इन्हें नमस्कार करो—चाचा हैं।"

लड़के ने मुड़कर शरद को देखा और वह आती हुई नाक को ज़ोर से सड़ाके की आवाज़ के साथ खींच गया। शरद ने उस ओर देखकर दूसरी ओर मुँह फेर लिया। उसकी बेचैनी और भी बढ़ गई। जैसे ध्यान बँटाने के लिए उसने पूछा—"कितने बच्चे

हैं इनके ?"

"इनके ?" सूरजजी ने बताया—"इनके तीन बच्चे हैं, एक गोद में है। एक इससे छोटी लड़की है।"

"हूँऽऽ" कहकर शरद फिर चुप हो गया।

सूरजजी बोले—"यार, मैं तो एक निष्कर्ष पर पहुँचा हूँ, ज़िन्दगी में बहस-मुबाहसों में कुछ नहीं रखा है। जो है सो, सब ठीक ही है। हम और आप उसमें कुछ बदल नहीं सकते। सब चलता है।"

"हाँ—अपना-अपना ख़याल है।" शरद बोला। पर्दे के अत्यन्त पास ही कहीं धीमे स्वर में बातचीत करने की आवाज़ उसका ध्यान खींच रही थी। उधर ध्यान आकर्षित होते ही उसे जया का ख़याल आ गया था। पता नहीं, भीतर कैसे बैठी होगी—अकेली चुपचाप बैठी 'बोर' न हो रही हो ? फिर भी जाते ही ज़रूर जान-पहचान हो गई होगी। स्त्रियों की इस विशेषता पर उसे अत्यधिक आश्चर्य होता था, साथ ही उनके इस गुण की वह तारीफ़ भी करता था—कैसी भी दो अपरिचित स्त्रियों को एक जगह बैठा दीजिए, पाँच मिनट बाद ही ऐसा लगेगा जैसे वे दोनों युग-युग से परिचित हों।

कपिल पाँव से पर्दा हटाता हुआ, कटोरियों इत्यादि से भरी दो थालियाँ दोनों हाथों में उठाए हुए कमरे में आ गया—शरद ने यह भी देख लिया कि ऊपर से पर्दा उठाकर ऊँचा करनेवाला एक चूड़ीदार गोरा-सा हाथ था। उसने एक स्वाभाविक कौतूहल-वश और भी कुछ कनखियों से देखना चाहा; लेकिन कुछ नहीं दिखाई दिया। हाथ में कड़े और अँगूठी उसे ख़ूब भरे हुए दिखाई दिए। थाली लाकर कपिल ने पढ़नेवाली मेज़ पर रख दी, और फिर परदे के पास जाकर तीसरी थाली ले आया। इस थाली को भी वहीं रखकर उसने पर्दे को पुनः ठीक कर दिया। सूरजजी सीधे बैठ गए और उन्होंने बीच की मेज़ से राखदानी इत्यादि उठाकर रेडियो के सामने रख दिए। शायद वे वहाँ इससे पहले भी खा चुके थे और सभी 'नियमों' से परिचित थे। शरद चुपचाप बैठा हुआ था, उसने कहा—"लाइए, मैं भी कुछ मदद कर दूँ आपकी।" लेकिन उसने मदद करने के कोई लक्षण इसलिए नहीं दिखाए कि वह जानता ही नहीं था, क्या मदद की जा सकती है।

"नहीं, आप बैठिए।" कहकर कपिल फिर भीतर चला गया। सूरजजी ने दोनों थालियाँ उस बीच की मेज़ पर सटाकर रख दीं और स्वयं सामने बैठ गए। बोले—"यहाँ देखिए, खाएँगे हम ठाठ से।"

तीन साग, रायता, एक छोटी-सी प्लेट में दो-तीन अचार और चटनी, पराँठे शायद आलू के थे—शरद ने बैठे-ही-बैठे निगाह मारी।

हाथ में एक काँच का बड़ा जग और तीन ख़ाली गिलास लाते हुए कपिल ने कहा—"आप लोग शुरू कीजिए न।"

"आइए, आप भी आ जाइए।" शरद बोला।

"नहीं जी, मुझे तो ऐसे ही खाना होगा—भागते-दौड़ते।" कपिल ने गिलास भरकर इनके सामने रखते हुए कहा।

"अच्छा है, हज़्म हो जाएगा।" सूरजजी ने अपना अभ्यस्त हाथ थाली की ओर इस ताक में बढ़ाया कि पहले किस चीज़ पर हमला किया जाए।

खाना शुरू हो गया। अमिताभ जो अपने पिता के साथ-साथ दो-चार बार बाहर-भीतर आ-जा चुका था, अब पढ़ने की मेज़ से बिलकुल चिपककर कपिल की थाली में घूरने लगा। जब देखा कि उसकी निगाह का कोई असर कुर्सी पर बैठकर खाते हुए कपिल पर नहीं हो रहा है तो उसने निस्संकोच, जिन उँगलियों को अभी नाक और मुँह में ठूँस रहा था उनसे ही कपिल की सफ़ेद पैंट पकड़कर कहा—"डैडी, हम भी खाएँगे।"

शरद मुस्कान नहीं रोक सका—उसके मन में किसी ने दुहराया—"डैडी !" इच्छा हुई ज़ोर से हँस पड़े। लेकिन उसने छिपी निगाहों से इधर-उधर देखा, किसी ने उसे मुस्कराते देख तो नहीं लिया। उसे ट्रेन का वह क्रिश्चियन परिवार याद हो आया।

"भई, क्या आफ़त है ! खाना खाते वक़्त इसे भीतर भी नहीं रखा जा सकता।" कपिल ने लड़के का हाथ झटक दिया और एकदम उसकी कलाई पकड़कर उसे घसीटता हुआ परदे के भीतर कहीं ले गया। भीतर से आवाज़ आई—"सुधा कहाँ है ? मैं कहता हूँ, उससे इसे खिलाया भी नहीं जा सकता ?"

"सुधा चौके में है—तुम अपने साथ क्यों नहीं खिला लेते ?" स्त्री-स्वर ने उतनी ही तेज़ी से कहा।

"नहीं, मैं वहाँ नहीं खिलाऊँगा—कपड़े इसके तुमसे बदले जाते नहीं हैं। वहाँ भेज देती हो। अब के आया तो इसके हाथ-पैर तोड़ दूँगा।"

"बड़े आए हाथ-पैर तोड़नेवाले ! मैं तुम्हारी नौकरानी नहीं हूँ कि दिन-भर बच्चों का, इसका, उसका करती रहूँ। मुझसे नहीं होता !"

"अच्छा बक-बक मत करो, नहीं होता तो भाड़ में जा पड़ो !" झुंझलाया हुआ बाहर निकल आया।

बाहर पराँठे ख़त्म हो गए थे।

कपिल ने वहीं से आवाज़ दी—"सुधा !"

थोड़ी देर बाद ही एक बड़ी प्लेट में पराँठे लिए हुए बारह-तेरह साल की लड़की ने प्रवेश किया। यह सीधे पल्ले की धोती पहने थी और बिलकुल गुड़िया-सी लग रही थी। धोती उससे सँभल नहीं रही थी। उसके हाथ से प्लेट लेकर कपिल ने खाना परोस दिया। लड़की ने कहा—"भाई साहब, भाभीजी कह रही हैं, कितनी देर में चलना है ?"

"अरे, अभी खाना तो खा लेने दे, अभी से क्या चलने की लगाई है ? जाओ कह दो, आज नहीं जाना।" कपिल ने हँसकर शरद की ओर से कहा।

पता नहीं क्यों, शरद का दम इस वातावरण में घुटने लगा था। उसे ऐसा महसूस हो रहा था जैसे वह चारों तरफ़ से दबा हो, भिंचा हो। खुलकर अपने शरीर को फैला नहीं सकता। वह कपिल की स्थिति को समझने की कोशिश करता रहा। उसे कपिल की इस हँसी पर आश्चर्य हुआ। ऐसी बातों के बाद कैसे कोई हँस सकता है—कम-से-कम उसका 'मूड' तो दो-ढाई घंटे को ख़राब हो जाए। लेकिन इस तरह के

अभिनय की शायद इसे आदत पड़ गई है। क्या उनके बीच में स्थिति ऐसी ही आ सकती है ? आगे जानबूझकर उसने इस विषय पर कुछ नहीं सोचा। लेकिन जया को जल्दी क्या है ? घर तो कोई काम है नहीं।

"सुना है सम्पादकजी, परसों तुम्हारे यहाँ मिनिस्टर साहब आ रहे हैं ?" कपिल ने बात शुरू की।

"कहाँ खाने जैसी रोचक चीज़ में मिनिस्टर का ज़िक्र ले आए"–इस बात से ग्रास-सहित हाथ झटककर सूरजजी बोले–"हमारे तो प्राण ले लिए इस साले मिनिस्टर ने। क़लम घिसते-घिसते उँगलियाँ दर्द कर रही हैं। सारी कमर टूट गई है !"

"हाँ, हमने सुना है उनके साथ डॉक्टर दांडेकर भी हैं !" जैसे अचानक बात याद आ गई हो, इस तरह खाते-खाते रुककर कपिल बोला।

"कौन दांडेकर ?" सूरजजी ने सिर उठाकर पूछा। शरद ने भी इसी भाव से मुड़कर देखा।

"अरे वही, पटना यूनीवर्सिटी के इकॉनौमिक्स के हैड।"

"होंगे कोई। हाँ, तो फिर ?" सूरजजी ने पूछा।

"उनसे कुछ काम करा सकते हो, तुम्हारे नेता भैया के लँगोटिया हैं।"

"वैसे तुम तो हमारे और नेता भैया के सम्बन्ध जानते ही हो–बनता हुआ काम भी बिगड़ जाएगा। लेकिन तुम काम बताओ।"

"कुछ नहीं–काम तो कुछ ख़ास नहीं है। बस, सिर्फ़ बात इतनी है कि उस आदमी के हाथ में बड़ी पॉवर्स हैं। वह चाहे जिसको ऐक्ज़ामिनर बनवा दे–चाहे जिसको सैटर बनवा दे। बस, तुम्हारे नेता भैया इस काम के लिए सबसे ठीक आदमी हैं।"...सुधा फिर पराँठे ले आई थी, अतः बात रोककर कपिल ने पराँठे ले लिए और उठाकर एक-एक परोस दिया।

"भई, इसके लिए तो ये शरदजी बैस्ट आदमी हैं। आजकल मायादेवी और नेता भैया से इनकी ख़ूब घुट भी रही है। जिसको जो चाहें सो बनवा दें !" अपनी वाणी के व्यंग्य को भरसक दबाकर सूरजजी ने कहा।

दोनों शरद की ओर देखने लगे। शरद बड़ी विचित्र स्थिति में पड़ गया था। घनिष्ठता है, लेकिन यह बात कैसे कही जा सकती है–यह तरकीब उसकी समझ में नहीं आ रही थी। उसने एक घूँट पानी पीकर पूछा–"देशबन्धुजी आपको जानते हैं ?"

"हाँ शायद जानते तो हैं। वैसे आज या कल में आप उन्हें मेरा परिचय दे सकते हैं–कहिए तो मैं खुद किसी समय आ जाऊँ। कोई ऐसा समय बता दीजिए, जब वे भी ज़रा फ़ुर्सत में हों। परिचय अच्छी तरह हो जाएगा। हमारा बड़ा काम निकल जाएगा। बाई द वे, आपके पास आ जाऊँगा तो अधिक बुरा नहीं लगेगा।" वाणी में असाधारण नम्रता और आग्रह लाकर कपिल बोला।

यह एक-दूसरी विचित्र स्थिति थी। कैसे वह देशबन्धुजी से उसका एक दिन में इतना घनिष्ठ परिचय करा दे कि वे अपने मित्र से उसे 'ऐक्ज़ामिनरशिप' दिलवाने की

ज़ोरदार सिफ़ारिश कर दें। वह खुद नहीं जानता, देशबन्धुजी पर उसका कितना प्रभाव है। लेकिन एकदम मना भी नहीं कर सकता था। उसने थोड़ा घबराकर कहा–"ख़ैर, आने को तो आप जब चाहें तब आइए–घर आपका है। लेकिन यह बताना बड़ा मुश्किल है कि नेता भैया को फ़ुर्सत कब मिलती है। मैंने तो उन्हें कभी भी फ़ुर्सत मिलती देखी नहीं।" शरद फिर चुप हो गया जैसे कोई आसान-सी तरकीब सोच रहा हो।

"कहलाने को तो मैं मिसेज़ सिंह के ज़रिए कहला दूँ, और डॉ. दांडेकर की वे टॉट भी रह चुकी हैं। मना नहीं करेंगे; लेकिन अपने सम्बन्ध मिसेज सिंह से कुछ इस दूसरी तरह के हैं कि वह बात मैं उनसे कह नहीं सकता।"

"दूसरी तरह के कैसे ?" सूरजजी ने पूछा–"मधुर ?"

कपिल बहुत हलके से मुस्कराया और पुनः आशा से शरद को देखने लगा। सूरजजी के व्यंग्य की ओर उसने ध्यान नहीं दिया। शरद चुपचाप सोचता रहा। एक तरकीब सूझी। कल किसी तरह कपिल को देशबन्धुजी से ले जाकर मिला दे। बाक़ी बातें यह खुद कर लेंगे–आवश्यकता होगी तो थोड़ी बातें वह भी साध देगा।

इस बार सुधा जब खाना लाई तो अत्यधिक आग्रहपूर्वक, उसके मना करने पर भी कपिल ने उसकी थाली में खाना रख ही दिया। जब लोग फिर पूर्ववत् बैठ गए तो शरद ने कहा,–"एक तरकीब हो सकती है–आप कल दोपहर के समय उधर आइए–मैं आपका परिचय देशबन्धुजी से करा दूँगा। फिर जैसी स्थिति होगी देखेंगे।"

"अच्छी बात है–ग्यारह के क़रीब मैं आ जाऊँगा।" कपिल बोला।

शरद ने शिष्टता के नाते कहा–"फिर ऐसा क्यों नहीं करते–उधर ही साथ खाना खाएँगे, इसके बाद आपका परिचय हो जाएगा।" शरद ने सोचा जब कपिल ने उन्हें खाने को बुलाया है तो उसका भी फर्ज़ हो जाता है।

"नहीं भाई, खाने-वाने का क्या है। फिर कभी सही।" बहुत अधिक नम्र स्वर में कपिल बोला।

"फिर कभी क्या, कल ही आइए–" शरद ने मन-ही-मन हिसाब लगाया, जल्दी उठकर वह जया को मदद देगा–माली का लड़का बुलवा लेंगे। दस बजे तक खाना बन जाएगा। इसके बाद ऑफ़िस से ग्यारह-बारह बजे आकर साथ ही खा लेंगे। मन-ही-मन निश्चय करके कहा–"यह ठीक रहा। आप कल ठीक ग्यारह बजे आ रहे हैं, अपनी मिसेज़ को भी ले आइए।"

"ये झगड़ा तुमने बुरा अटकाया।" सूरजजी बीच में ही बोल उठे–"अपने कपिल साहेब, अपनी मिसेज़ के आने-जाने में ज़्यादा विश्वास नहीं करते। हाँ, दूसरे किसी की मिसेज़ के साथ, सिनेमा, स्टेशन, चाय, पिकनिक सभी जगह आने-जाने को तैयार हैं।"

बात काफ़ी बड़ी थी–कपिल का चेहरा एकदम 'फ़क्' पड़ गया। एक क्षण तो उसे कोई शब्द नहीं सूझा, फिर खँखारकर बड़ी मुश्किल से आवाज़ निकालकर बोला–"नहीं–वह बात तो नहीं है। वैसे हमारी 'वो' अक्सर बीमार रहती हैं। फिर साथ में छोटे-छोटे बच्चे हैं; कहाँ आएँ, कहाँ जाएँ ? घर पर किसे छोड़ें ? यह छोटी बहन सुधा है। फिर घर

की देखभाल भी तो रहती है।"

शरद के दिमाग़ में 'खट्' से कुछ बजा। उसे लगा सूरजजी की बात बिलकुल ठीक है। कपिल के बार-बार परदा ठीक करने पर इस बात को वह मन-ही-मन महसूस तो कर रहा था, लेकिन शब्द नहीं दे पा रहा था। जैसे एकदम साफ़ हो गई। अभी इतनी देर में इसने तीन बार दूसरों की पत्नियों का नाम लिया। फिर भी इतनी तीखी बात सूरजजी को नहीं कहनी चाहिए। उसके प्रभाव को मज़ाक़ में उड़ाने के लिए उसने कहा—"बच्चे होना तो किसी और की ग़लती नहीं है।" और ज़ोर से हँस पड़ा।

"अब हो जाते हैं साले, तो मैं क्या करूँ ?" लेकिन कपिल के कान लाल पड़ गए थे—शायद बात उसके दिल को छेदती चली जा रही थी।

"कोई प्रिकॉशन लीजिए न।" शरद ने विद्वत्ता से कहा, हालाँकि मन-ही-मन वह स्वयं जैसे इस अनजान भय से दबा जा रहा था—कम-से-कम ऐसी स्थिति जो उसने अभी कपिल की देखी—या ऐसा बच्चा वह किसी क़ीमत पर नहीं चाहता।

"सब प्रिकॉशन-व्रिकॉशन रखे रह जाते हैं; जो होना होता है, होकर रहता है। सूरजजी बेचारे इन सब बातों को क्या जानें—लेकिन अब आप आए हैं इस लाइन में, देखेंगे आपको।" यथासम्भव स्वर के तीखेपन को दबाकर कपिल मुस्कराया। कुछ रुककर उसने दहाड़कर आवाज़ दी—"सुधा !"

सुधा पर्दे के पास तक आ चुकी थी; लेकिन कपिल ने उसे झिड़का—खाना खिलाती हो या मज़ाक़ करती हो। किसी को कुछ ज़रूरत है या नहीं, इसकी चिन्ता नहीं !"

और जैसे खाने का मज़ा एकदम ख़त्म हो गया। शरद और सूरजजी दोनों ने मना कर दिया। सूरजजी सिर झुकाए खा रहे थे—शायद अपनी ग़लती महसूस की। वह चुपचाप अपनी-अपनी थालियों का शेष सामान ख़त्म करने में दत्त-चित्त हो गए। चारों तरफ़ एक मौन था जो बड़ा घना और बोझिल होता जा रहा था। आख़िर शरद ने, स्वयं खाना ख़त्म करके यह राह देखते हुए कि दूसरे भी खा लें, खुद ही इस मौन को तोड़ा—"आप निश्चिन्त रहिए, जहाँ तक मुझसे हो सकेगा, मैं इसे अवश्य ही करा दूँगा।"

"नहीं, कोई ख़ास ज़िद नहीं है—अगर आसानी से हो सके तो ठीक है, वर्ना छोड़िए।" कपिल ने अन्तिम ग्रास खाकर पानी का गिलास मुँह से लगाए ही उठते हुए कहा।

"खाना आज कुछ ज़्यादा खा लिया।" सूरजजी बोले। उन्होंने एक ऐसी बात कह दी है जो कपिल को काफ़ी चुभ गई है, इसे खुद अनुभव कर लेने के बाद वे उसके प्रभाव को कम करना चाहते थे—इसलिए कपिल को प्रसन्न करने के लिए प्रशंसा के स्वर में बोले—"शरद बाबू, आपने मथुरा के चौबों के बारे में एक क़िस्सा सुना है ?"

"नहीं।" शरद ने उत्सुकता से कहा। शायद सूरजजी के क़िस्से से वातावरण का बोझ और आपस का अदृश्य-तनाव कुछ कम हो।

कपिल भी रुक गया—सूरजजी की ओर मुँह करके।

"तो सुनिए।" सूरजजी ने आनन्द में आकर कहा—"एक चौबेजी कहीं दावत खाने

गए। वहाँ उन्होंने इतना खा लिया, इतना खा लिया कि चलना मुश्किल; आँखें झपकती जाती थीं, पेट बीच में आ गया था, इसलिए सड़क नहीं दिखाई देती थी—अब गिरे, अब गिरे की चाल थी। ख़ैर साहब, किसी तरह घर आकर लगे—पत्नी से बोले 'जल्दी से बिस्तर तैयार करो।' पत्नी इस बात को जानती थी, उसने लड़के की बहू से कह दिया, 'जल्दी खाट-वाट बिछा दे, तेरे ससुर आ रहे होंगे।' अब बहू बड़बड़ाती जा रही है, और बिस्तर बिछा रही है—'हमारे तो करम फूट गए। माँ-बाप ने क्या देखकर हमें यहाँ दे दिया। ज़िन्दगी ख़्वार हो गई। कुल-ख़ानदान कुछ भी तो नहीं देखा। कैसे होगी।' सास ने सुना तो बहू से पूछा, 'क्या बात है ?' बहू ने रुआँसे-से स्वर में कहा—'कुछ नहीं अम्माजी, अपने भाग्य को रो रही हूँ। हमारे माँ-बाप ने तो कुछ भी नहीं देखा। उन्होंने तो ऊँचे चौबे समझकर हमारी शादी यहाँ की और यहाँ'—'यहाँ क्या ?' सास ने बात काटकर पूछा। बहू ने दुखित होकर कहा—'यह भी कोई खाने का तरीक़ा है कि यहाँ बिस्तर लगे। हमारे बाप को तो वहीं से बिस्तर पर रखकर लाते थे।' " सूरजजी ने अपनी बात का निष्कर्ष निकाला—"सो बन्धु, यही कुछ स्थिति अपनी है। अब तो तबीयत होती है बिस्तर यहीं लग जाए।"

शरद और कपिल दोनों ठहाका लगाकर हँस पड़े। काफ़ी देर हँस चुकने के बाद शरद बोला—"सचमुच, यह है तो भगवान का अन्याय ही, ऐसे किसी मौक़े-बेमौक़े के लिए उसे एक-दूसरे पेट का प्रबन्ध और करना चाहिए था—" शरद समझ गया यह अप्रत्यक्ष रूप से कपिल के खाने की प्रशंसा हो रही है। इसलिए उसने भी मज़ाक़ में सहयोग दिया।

"नहीं, फिर तो रावण की तरह कई मुँह भी देने पड़ेंगे—एक से खाते-खाते थक गए, तो फिर दूसरे से खाने लगे।" सूरजजी बोले।

सुधा काँच के जग को फिर भर लाई थी। यह सब लोग बाहर उस सँकरी गली में निकल आए। कपिल ने सबके हाथ धुलवाए—और बाद में अपने कन्धे पर पड़ी तौलिया सबको दी। जब सब पुनः कमरे में लौटे, तब तक सुधा सारी थालियाँ उठा ले गई थी और इस समय क़लई की एक आयताकार तश्तरी में पान इत्यादि ला रही थी। कपिल ने उसके हाथ से तश्तरी लेकर सबकी ओर पान बढ़ाए। सुधा तश्तरी लौटा ले जाने के लिए खड़ी रही, उसने कहा—"भाई साहब, भाभीजी ने फिर पूछा है आपको कितनी देर लगेगी ?"

"उन्हें जल्दी क्या है ?" कपिल ने इस बार शरद की ओर देखा—'कहीं उन लोगों का कुछ और तो प्रोग्राम नहीं है ?'

"अभी चलते हैं बस, दस मिनट में। उनसे कह दो, दस मिनट में आ जाएँ।" आश्चर्य शरद को भी था—आख़िर जया इतनी जल्दी क्यों मचा रही है ? घर पर तो कोई काम है नहीं—फिर क्या कुछ ख़ास बात है ? कहीं पद्मा से तो कोई समय निश्चित नहीं कर रखा। उसकी इच्छा हुई बुलाकर पूछे। सूरजजी अपने पान के विविध मसाले एक-एक करके मुँह में भरे जा रहे थे।

"सूरजजी, सच पूछा जाए तो खाने के काम में लेते हों या न लेते हों; लेकिन मुँह तो हम लोगों के अभी भी दो-दो-तीन-तीन हैं।" कपिल ने मुँह में पान भरकर सिगरेट जलाई और 'गोल्ड-फ़्लेक' का डिब्बा बीच की मेज़ पर फेंक दिया कि उठाकर जो चाहे, पी ले। आगे कपिल ने कहा—"हम लोग सिद्धान्त और आदर्श की तो ऊँची-ऊँची बातें बघारते हैं; लेकिन सच देखा जाए तो हमारे व्यवहार क्या हैं ? मित्रों में बैठकर हम कुछ कहते हैं, अपने मालिकों के सामने कुछ और। लिखते कुछ और हैं, और सोचते कुछ और हैं।"

शरद और सूरजजी समझ गए—यह उनकी बात का क्षोभ है, जो अब एक बहुत निर्बल-सूत्र पकड़कर अपने को अभिव्यक्त कर रहा है। सूरजजी बात के लक्ष्य और आशय को समझे; और जैसे नासमझ बनकर बोले—"इस तरह के कई मुँह होना किसी का शौक़ नहीं है, कपिल साहेब ! यह आज के समाज की विवशता है और उसने मनुष्य के व्यक्तित्व को इस तरह कई हिस्सों में तोड़ दिया है और वह किसी भी ओर अपनी पूर्ण निष्ठा नहीं दे पाता। हम समझ नहीं पाते कि हमारे व्यक्तित्व का सच्चा हिस्सा कौन-सा है। अभी मैंने एक मज़ाक़ पढ़ा था। बच्चे को मास्टर ने बताया कि देखो, 'ब्रह्मा के चार मुँह हैं।' उसने चिन्तापूर्वक पूछा—'तब तो जब वह सोता होगा तो उसका एक-न-एक मुँह ज़रूर दबता होगा।' सो बन्धु कई मुँह होना हमारी विवशता है—लेकिन ध्यान हमें यह रखना है कि कहीं इतनी दूर न पड़ जाएँ कि हमारा एक मुँह जब सामने हो तो दूसरा दबे, या ठीक उसकी विरोधी दिशा में पड़ जाए।" सूरजजी ने अपने प्रहार को ज़रा और भी साफ़ किया—"यह स्थिति वास्तव में बड़ी भयावह है कि सड़क, बाज़ार सभी जगह हम जिन लोगों का मज़ाक़ उड़ाते हैं—गाली देते हैं; सामने आने पर या मतलब पड़ने पर हम उनके पैरों पर झुकने तक को तैयार हो जाते हैं।" अभी तक पान को दाढ़ के नीचे दबाए-दबाए सूरजजी बात कर रहे थे, अब उन्होंने ढेर-सा तम्बाकू ऊपर मुँह उठाकर चुटकी से भर लिया।

कपिल तिलमिला उठा। प्रहार लगभग सीधा था। वह जैसे विक्षुब्ध होकर कह उठा—"सूरजजी, मैं पूछता हूँ यही बात कहाँ नहीं है ? आप किसी एक को इसके लिए गाली कैसे दे सकते हैं ? आप अपने को भी तो देखिए—आप क्या वही सब करते और लिखते हैं जो चाहते हैं ? आज क्या आपने मन्त्रीजी के विषय में वही बातें लिखी हैं जो आपने कहने की आवश्यकता समझी हैं ? आप जो अपने को क्रान्तिकारी और समाजवादी कहते हैं,—क्या सचमुच वही व्यवहार करते हैं ? वही बातें कहते हैं ? मैं कहता हूँ, आप समस्याओं से भागते हैं—वास्तविकता से भागते हैं। आप हद दर्जे के पलायनवादी और भाग्यवादी हैं। निश्चित रूप से, मुझे तो यह लगता है, कि ज़िन्दगी में आपके कोई सिद्धान्त नहीं हैं। आपकी सारी तेज़-तर्रारी एक अवसरवादिता के सिवा कुछ नहीं हैं।" कपिल की आवाज़ तेज़ हो गई थी। उसे पता नहीं था वह क्या कह रहा है।

दरवाज़े तक जाकर—मुँह की पीक को आवेश में थूककर सूरजजी ने बड़े बेमुलाहिज़ा

स्वर में कहा—"आप तो सूरजजी को सिर्फ़ तीन 'वादी' ही बताकर रह गए—कुछ और 'वाद' शायद आपके शब्दकोष में हैं नहीं ?" फिर अपने आपको भरसक शान्त, लेकिन वाणी की तेज़ी को क़ायम रखते हुए बोले—"जैसे आपने मुझे पलायनवादी, भाग्यवादी और अवसरवादी कहा न, ठीक वैसे ही कुछ लोग कम्युनिस्ट होने का फ़तवा सूरज पर चिपका देते हैं तो वो क्या करे ? मुझसे पूछें तो मैं कोई वादी नहीं हूँ ! मैं अनारकिस्ट था और निहिलिस्ट यानी शून्यवादी हो गया हूँ। ज़्यादा प्रतिक्रिया हुई तो शायद फ़ासिस्ट हो जाऊँ।" और अपने ही व्यंग्य से उनका चेहरा विकृत हो उठा—"मैं जानता हूँ, यह सब कुछ आप नहीं कह रहे—मेरा वह रिमार्क कहलवा रहा है। और जब मैंने वह बात कही थी तब मुझे अफ़सोस था—मगर अब ?—अब कोई अफ़सोस नहीं है, क्योंकि अब वह बात ठीक है।"

शरद कभी कपिल को देखता, कभी सूरजजी को। समझते और मन-ही-मन अनुभव करते हुए भी यह विक्षोभ उसे बड़ा अस्वाभाविक और अप्रत्याशित लगा। एक क्षण को तो उसकी इच्छा हुई कि दोनों को लड़ता छोड़कर भाग खड़ा हो। उसे बड़ी ऊब लग रही थी।—यह सब क्या हो रहा है ? वह देखता रहा, शायद दोनों अगली बात पर शान्त हो जाएँगे, लेकिन ऐसे कोई लक्षण दिखाई नहीं दिए। उल्टे ऐसा लगा जैसे बात प्रति क्षण कड़ी और ज़हरीली होती जा रही है। उसने व्यक्तिगत बात को साधारण के स्तर पर लाने का प्रयत्न करते हुए कहा—"मिस्टर कपिल, और सूरजजी मैं आपसे भी कहूँगा, कि बात को इतने व्यक्तिगत स्तर पर लाने की ज़रा भी ज़रूरत नहीं थी। सचमुच वास्तविकता तो यह है कि हम सब टूटे हुए व्यक्तित्व के लोग हैं। हमारे स्वाभाविक गठन और व्यक्तित्व को कुछ इस तरह मरोड़ दिया गया है, जैसे गीली मिट्टी से बनी सुन्दर मूर्ति को कोई अत्यन्त निर्दयता से मरोड़ डाले। इस तरह की कुछ हमारी सूरतें हो गई हैं। हम देखते कहीं हैं, चलते कहीं हैं, और वास्तविकता कुछ और है। और हम इतने मुड़े-तुड़े हैं कि अपनी सारी शक्तियों को कहीं एक जगह केन्द्रित भी नहीं कर पाते, इसलिए भटकते-लड़ते हैं, और कष्ट पाते हैं। एक-दूसरे को दोषी ठहराते हैं। मैं अपनी ही बात कहूँ, विवाह से पहले हमने और जया ने स्त्री और विवाह समस्या पर जिस तरह के स्वप्न देखे थे, जिस तरह की बातें की थीं, क्या उन्हें आज मैं निभा पाता हूँ? मैं कहता हूँ, मैं नहीं निभा पाता। इस जीवन में नहीं निभा सकता, नहीं निभा सकता। हर जगह समझौता करना पड़ता है, हर जगह झुकना पड़ता है; वर्ना क्या करें ?—कहाँ जाएँ ? यों गोर्की ने लिखा है कि समझौते से बढ़कर दुनिया में कोई ऐसी चीज़ नहीं है जो मनुष्य की आत्मा को तोड़ती हो—कमज़ोर बनाती हो। लेकिन अब आत्मा को देखें या ज़िन्दा रहें ?" लेकिन शरद अपनी बात अधिक नहीं चला पाया—क्योंकि बीच में सोचने के बहाने जैसे ही उसने रुककर इधर-उधर दोनों की ओर देखा—इन पर क्या प्रभाव पड़ रहा है, तभी पर्दा हटाकर सामने जया आ गई। पर्दे से निकलकर उसने भीतर की ओर मुँह करके छोड़ने आनेवाली महिला को प्रणाम किया—होंठों पर मुस्कान आई और ग़ायब हो गई। शरद ने चकित होकर उस ओर

देखा—पता नहीं जया को चलने की क्या जल्दी है। बात को बीच में ही रोककर वह उठ खड़ा हुआ, बोला, "अच्छा, कपिल साहेब, शेष बातें फिर कभी करेंगे। आज के स्वादिष्ट भोजन और आपके कष्ट के लिए बहुत-बहुत धन्यवाद।"

"छोड़िए, आप भी क्या फ़ॉर्मेलिटीज़ में पड़े हैं।" पिछले कड़वेपन को घूँट भर पीकर वह बलात् मुस्कराया—"अभी बैठिए, जल्दी क्या है ?"

"नहीं, चलेंगे अब !" शरद ढीले पाजामे को ज़रा और ऊपर खिसकाकर बोला—"अगर आप कुछ ग़लत अर्थ न लगाएँ तो मैं भी कहूँगा कि खाना और दिन से ज़्यादा खा लिया।"

"क्या इसे प्रशंसा समझा जाए ?" कपिल ज़ोर से हँस पड़ा।

सूरजजी चुप रहे। सब लोग बाहर निकल आए।

"आइए—आपको गली के मुँह तक छोड़ आएँ।" कपिल बोला।

"अब आप बैठिए—आराम कीजिए। तकल्लुफ़ में क्या रखा है ?" शरद अत्यधिक नम्रता दिखाकर जैसे सूरजजी की ओर से पैदा हुई कड़वाहट को भी भुला देना चाहता था—"हाँ, तो आप कल आ रहे हैं ?"

"देखिएऽ..." अन्यमनस्क स्वर में कपिल ने उत्तर दिया।

"देखिए क्या होता है ?—कल आप ज़रूर आ रहे हैं।" शरद के मुँह पर आकर पत्नी को साथ लाने की बात रुक गई—माथे तक हाथ जोड़कर उसने मुड़ते हुए कहा—"अच्छा, अब आप बैठिए, नमस्कार।"

जया आगे जाकर खड़ी हो गई थी—मानो उसे जाने की सबसे अधिक जल्दी हो। उसने वहीं से मुड़कर नमस्कार किया। सूरजजी एक हाथ जेब में ठूँस और एक में टॉर्च लिए हुए बिलकुल निर्लिप्त की तरह गली के दोनों ओर के बन्द किवाड़ों या ऊपर तक चले जाते मकानों और गौखों को देख रहे थे। गली के मोड़वाले कोने में हाथ भर की छड़ के सिरे पर लटका लट्टू छोटे-छोटे भुनगों और कीड़ों में घिरा जल रहा था। लगभग पूरी गली शान्त थी। चलते-चलते उन्होंने बिना किसी को लक्ष्य किए हुए ऐसी लापरवाही से एक हाथ माथे की ओर फेंका जैसे दीवार को नमस्कार कर दिया हो। कपिल ने लौटकर दरवाज़े के भीतर जाते ही पूरी ताक़त से सिगरेट के बचे हिस्से को नाली में फेंका और ज़ोर से किवाड़ बन्द कर लिए।

मोड़ सभी लोगों ने चुपचाप ही पार किया। केवल चप्पलों और जूतों के बजने की आवाज़ें, गली की ऊबड़-खाबड़ ईंटों से आती रहीं। गली अनेक दुर्गन्धियों के विभिन्न मिश्रण और सीलन से भरी थी। थोड़ी-थोड़ी देर में कभी भीतर और कभी बिलकुल गली के किनारे ही रेडियो की आवाज़ सुनाई दे जाती थी। नीचे के हिस्से अक्सर बन्द थे, और दूसरी मंज़िलों में रोशनियाँ थीं। इस सब वार्तालाप, जया के भिंचे हुए होंठ और कठोर मुख-मुद्रा को लक्ष्य करके शरद बड़ा उद्विग्न था—जया की भवें अस्वाभाविक रूप

से ऊपर तनी हुई थीं, और माथे पर दो-तीन सिकुड़नें पैदा कर रही थीं। इस समय उसे सूरजजी का साथ अधिक अच्छा नहीं लग रहा था। उसकी इच्छा हो रही थी, उन्हें रुक जाना चाहिए। वैसे वह अपने में डूबे हुए सिर झुकाए चले जा रहे थे। वे सबसे आगे थे।

शरद ने जया के पास आकर पूछा—"क्यों, क्या बात है ? कुछ तबीयत ख़राब हो गई क्या ?"

जया ने सिर हिलाकर इस तरह का भाव दिखाया जैसे वह अधिक नहीं बोलना चाहती। उसने गली की ओर मुड़कर ज़रा झुककर ज़ोर से नाक साफ़ की और रूमाल से इतनी ज़ोर से पोंछा कि नथुने लाल होकर फड़कने लगे।

"बताओ न ?" शरद ने अनुरोध से पूछा।

अनिच्छा दिखाकर जया ने अपनी चाल तेज़ कर दी।

मुँह के पान को बीच सड़क पर ज़ोर से थूककर सूरजजी ने कहा—"देखा, लोग कितनी जल्दी बैलेंस छोड़ देते हैं। जब तुममें सुनने की शक्ति नहीं है, तो कहते ही क्यों हो कोई बात ?"

शरद जया से पूछना चाहता था, लेकिन बीच में ही उसे सरूजजी की बात का जवाब देना पड़ा—"लेकिन सूरजजी, ग़लती आपकी भी थी। आपको इतनी जल्दी उत्तेजित नहीं हो जाना चाहिए था। सुनकर आप टाल भी सकते थे।"

"मेरी ग़लती ?" सूरजजी ने मुड़कर पूछा—"सूरज की ग़लती हो आप बताइए ? मैंने कुछ ग़लत कहा ? आपने ख़ुद नहीं सुना, एक मिनट पहले ही कैसी बातें कर रहा था ? बनने को ऐसा फ़ॉरवर्ड बनता है—इसकी मिसेज़ के साथ वहाँ गया, उसकी मिसेज़ के साथ वहाँ गया। बोलो, जब मिसेज़ सिंह से तेरे ऐसे ही सम्बन्ध हैं तो क्यों इस-उसकी ख़ुशामद करता फिरता है ?—क्यों नहीं उसी से कहलवा देता ? लेकिन वहाँ तो 'ऐरिस्टोक्रैट' के चाचा बने रहेंगे।" विद्रूप से उनकी वाणी काँप रही थी।

"अरे, सूरजजी, सब चलता है। देखिए कमज़ोरी हर आदमी में होती है—।"

"ठीक है। फिर दूसरे की कमज़ोरी पर इतनी चिल्ल-पों मचाने की क्या ज़रूरत है ?" सूरजजी ने बात काटी—"यों तुम भरे बाज़ार में देशबन्धुजी को गाली देते हो, लेकिन दूसरी ही साँस में उनके आगे दुम हिलाने की इच्छा प्रकट करते हो। इसका सीधा मतलब तो यह हुआ कि तुम्हारी गालियाँ सिर्फ़ तुम्हारी ईर्ष्या और असफल इच्छाओं का इज़हार हैं, वर्ना मन-ही-मन चांस तुम भी वही खोजते ही जिस पर दूसरे को गालियाँ देते हो—यह नैतिकता है ? हुँःहः..." कहकर सूरजजी फिर चुपचाप चलने लगे। शरद ने एक क्षण राह देखी कि यदि सूरजजी का उफान शान्त हो तो वह फिर जया से उसकी इस अस्वस्थता का कारण पूछे। लेकिन आठ-दस क़दम उस टेढ़ी-मेढ़ी, लेकिन पहले की अपेक्षा अधिक चौड़ी गली में चलते हुए जो सामने मुख्य सड़क में खुल गई थी—सूरजजी बोले—"लेकिन तुम्हारी बात मुझे पसन्द आई। सचमुच आज की समाज-व्यवस्था में जीवन का संघर्ष इतना विषम और कठिन हो गया है कि स्वतन्त्र

रूप से आपके व्यक्तित्व का विकास हो ही नहीं पाता। व्यक्तित्व के किसी हिस्से पर अंकुश रखकर किसी को कुचलकर, किसी अनावश्यक हिस्से का ज़बर्दस्ती विकास करके आपको अपनी इच्छा के विरुद्ध उसे तोड़ना-मरोड़ना और ढालना पड़ता है। आप साफ़ बात कहना चाहते हैं, अन्याय का विरोध करना चाहते हैं—लेकिन कुछ बातें सोचकर आपको चुप रहना पड़ता है। सब कुछ कह दें तो पता नहीं कल पागलख़ाने में हों, या सड़क पर भीख माँग रहे हों। ज़िन्दगी हमारी कितनी विकृत हो गई है ? यह सब क्यों होता है, पता है ?" सूरजजी ने सोचकर पूछा।

"समझौता—अपनी इच्छा के विरुद्ध समझौता।" सूरजजी को उसकी बात पसन्द आई, इसलिए उत्साह से शरद ने कहा।

"सो तो है ही।" फिर कुछ क्षण चुप रहकर उन्होंने अपनी फैली उँगलियोंवाले हाथों को इस तरह करके कहा, जैसे अदृश्य वस्तु को पकड़कर ला रहे हों—"मैं बौद्धिकता के विरुद्ध नहीं हूँ; फिर भी मुझे ऐसा अनुभव होता है कि इस बौद्धिकता ने हमारे सारे विश्वासों की जड़ें हिला दी हैं। जैसे हमें कुएँ से निकालकर बाहर उजाले में लाकर खड़ा कर दिया है। इस कुएँ में हम सदियों से पड़े थे—और अब एकदम बाहर आकर इतने चकाचौंध हो गए हैं कि प्रकाशान्ध हो गए हैं। भगवान, धर्म, नैतिकता, समाज-व्यवस्था, आदर्श, सभी के प्रति एक अविश्वास, एक भयंकर अविश्वास हमारी नस-नस में समाया हुआ है—क्योंकि उस सबका हमने निर्मम रूप से विश्लेषण कर डाला है—और पाया है कि सचमुच हम बन्दरिया के बच्चे की तरह इन मरी हुई चीज़ों को और कैसे इतने अधिक समय छाती से चिपकाए रहे ? आख़िर यह सब सम्भव कैसे हुआ है ?"

"तो आपका मतलब यह कि हम सब उन्हीं सड़ी-गली मान्यताओं से चिपके रहते ?" शरद ने बीच में ही पूछ डाला।

"नहीं। यह अच्छा ही हुआ कि हमने उस सब मृत, घृणित और वीभत्स को छोड़ दिया, अविश्वास से उन्हें एक ओर फेंक दिया। वह भगवान, वह धर्म, वह नैतिकता—सब कुछ इतने मर चुके थे कि यदि हम उन्हें और भी चिपकाए रहते तो निश्चित रूप से हम भी मर जाते। लेकिन यह अविश्वास हमारे ख़ून के रेशे-रेशे में इस तरह समा गया है कि अब किसी भी नई बात को ग्रहण करते समय आ खड़ा होता है। एक प्रश्न है, कि जो हमारे हाथ पकड़ लेता है : कहीं पुराने को नए से बदलने के जोश में हम पुराने से भी ख़राब तो नहीं लिए ले रहे ? कहीं एक अन्धविश्वास को छोड़कर दूसरे में तो नहीं फँस रहे ? इसलिए किसी भी नई चीज़ को उन्मुक्त होकर ग्रहण नहीं कर पाते। फलतः हम सिद्धान्तों की ज़बानी बात करते हैं; नई नैतिकता की, नए आदर्श की बात करते हैं—नए समाज की बात करते हैं और इतने ज़ोर से करते हैं कि अपने चारों ओर एक भ्रम, एक माया-जाल बनाए रखना चाहते हैं—कि ये बातें सच हैं ! उसी भाषा-जाल में भूले रहना चाहते हैं, जैसे बच्चे धूल में खेलते हुए इतनी धूल उछालते हैं कि उसी में भूल जाते हैं। लेकिन सच पूछा जाए तो उनमें से एक भी सिद्धान्त, एक भी आदर्श पर हमें विश्वास नहीं है। अन्तर्तम में हमारे पास सचमुच कुछ भी ऐसा नहीं

है जिसके लिए मर सकें—जिसके लिए सारे जीवन को हम धनुष की प्रत्यंचा की तरह तानकर उस पर टूट पड़ें। कोई भी सपना हमारी आत्मा में ऐसा नहीं है जो हमारी कल्पना, हमारी आशा, हमारी बौद्धिक-चेतना और सारी निष्ठा को पकड़कर रख ले, और जिसे लक्ष्य करके हमारा व्यक्तित्व एक नुकीले भाले-सा बन जाए। एक अनोखा दिग्भ्रम हमारे चारों ओर छाया हुआ है। वर्तमान ने हमारी कमर को ऐसा तोड़ दिया है कि किसी सुन्दर भविष्य की बात सोचना असम्भव हो गया है, और जब हम भविष्य की बात सोचते हैं तो निश्चित रूप से जानते हैं कि उस सुन्दर भविष्य तक हमें जीवित नहीं रहना है। कोई और है जो हमारी लाशों पर उगे हुए भविष्य के इन सपनों के फल खाएगा : हमारे लड़के—उनके लड़के, पता नहीं कौन है ! लेकिन निश्चय ही हम नहीं हैं। यों अविश्वा.. ने हमारी एकाग्रता को—मानसिक एकाग्रता को तोड़ दिया है, और हमने बिलकुल निश्चेष्ट की तरह अपने व्यक्तित्व को खंड-खंड में बिखर जाने की छूट दे दी है। हम लोग जैसे अँधेरे और बन्द कमरों में भटक रहे हैं—आँखों पर पट्टी बँधी है, और इधर-उधर टटोल रहे हैं। एक-दूसरे को गालियाँ देते हैं। लेकिन आप सोचिए, इसमें सिर्फ़ एक या कुछ आदमी ही दोषी क्यों हों ?" सूरजजी ने चलते-चलते रुककर पूछा।

"सूरजजी मेरा विश्वास कुछ और है—" शरद ने काफ़ी ग़ौर से उनकी बात को समझते हुए कहा—"मैं आपके विश्लेषण से पूरी तरह सहमत हूँ, और मानता हूँ कि अँधेरे कमरों में भटकते और टटोलते हुए हम अविश्वासी और निराश हो गए हैं, इतना ही शायद कहना काफ़ी नहीं होगा। मुझे तो ऐसा लगता है, इस बौद्धिक अविश्वास और चारों ओर की वस्तुगत निराशा ने एक-दूसरे विचित्र से अन्धविश्वास को हमारे भीतर जन्म दे दिया है कि हमारे बीच में ही कहीं कुछ ऐसा चमत्कार हो जाएगा और ये सारी अँधियारी और कष्ट के बादल धुएँ की तहों की तरह ग़ायब हो जाएँगे; हम लोगों में ही कोई एक असाधारण चमत्कारी-व्यक्तित्व होगा, जो फूँक से इन सारी विषम परिस्थितियों को बिना ख़ून-ख़राबे के बदलकर रख देगा। एक सुबह हम लोग उठेंगे और देखेंगे कि दुनिया एकदम बदली हुई है; सारी विषमताएँ और अव्यवस्थाएँ एकदम सुलझ गई हैं। और उस अनजान असम्भाव्य व्यक्तित्व के ऊपर ही हम सब अपने भाग्यों और कार्यक्रमों को छोड़कर बैठे हुए हैं—क्या आप सचमुच कह सकते हैं कि इस तरह का अन्धविश्वास हम लोगों में नहीं है ?" मुख्य सड़क पर आते हुए शरद ने पूछा। वे लोग अब बाज़ार में थे, लेकिन इनकी सड़क जिस ओर जाती थी उस ओर दूकानें कुछ दूर-दूर खुली थीं, और बाज़ार में भीड़ भी इस समय कम ही थी।

"मैं मानता हूँ कि इस तरह का एक अन्धविश्वास हम लोगों में है—और हम चांस अर्थात् परिस्थितियों के आकस्मिक परिवर्तन के आधार पर ही सही, कम और बेश भाग्यवादी बने हुए हैं। कपिल ठीक कहता था, मैं भी भाग्यवादी हूँ। लेकिन उसके साथ एक विचित्र अन्तर्विरोध यह है कि हमारी अन्तर्तम की सजग और सतर्क बौद्धिक चेतना वास्तव में विश्वास उस पर भी नहीं करती। भले ही हम इस अन्धविश्वास को पाले रहें कि लेनिन और माओ जैसे प्रचंड व्यक्तित्ववाले किसी चमत्कारी पुरुष की अध्यक्षता

में एक लाल फ़ौज—या मुक्ति फ़ौज आकर हम सबको इस मकड़ी के जाले से छुड़ाएगी, और इसके लिए हमें करना कुछ नहीं है, केवल शान्तिपूर्वक बैठकर उसकी राह देखनी हैं; लेकिन सच बात, जैसी कि मैंने अभी बताई, विश्वास हमें उस पर भी इसलिए नहीं कि आज की कोई भी सजग-बुद्धि ऐसे चमत्कारों पर विश्वास नहीं करती—कर नहीं सकती। इसलिए हम सब जानते हैं कि यह कुछ नहीं होगा, और स्थितियाँ हमारी बुरी-से-बुरी होती जाएँगी। साथ ही हम निरन्तर एक उत्कट द्वन्द्व मन-ही-मन अनुभव करते हैं कि कहीं कुछ हो, कहीं कुछ हो। इसमें से हरेक सोचता है कि ठीक है, कुछ विशेष और अनिवार्य परिस्थितियाँ मेरे साथ हैं जिनके सामने मैं विवश हूँ, मुझे झुकना, समझौते और समर्पण करने पड़ते हैं—न चाहते हुए भी कुछ समय की मुसीबत कहकर अपने को उनके अनुकूल ढालना पड़ता है; लेकिन हम झुँझलाते इसलिए हैं कि हम तो असमर्थ हैं ही; हमारा यह दुष्ट पड़ोसी, हमारा यह मित्र भी क्यों हमारी तरह ही कमज़ोर है, क्यों समझौता पसन्द है ? उसमें क्यों नहीं इतनी हिम्मत है कि इन सबको जिसे वह और हम ग़लत समझते हैं, झुठला दे, इन सबके विरुद्ध जिहाद बोल दे। चूँकि हम सब एक-से हैं इसलिए वह भी हमारी तरह से जकड़ा है। फलतः यह निष्क्रियता की ग्लानि झुँझलाहट बनकर फूटती है—हम उसी चीज़ के लिए जो हम करते हैं—दूसरे को कोसते हैं—गालियाँ देते हैं और उससे लड़ते हैं—और उस सबके पीछे हमारा सबका अपना असामर्थ्य और विक्षोभ है ! मैं सचमुच इसमें किसी एक को दोषी नहीं ठहराता !" अपना यह निर्णय निकालकर सूरजजी का उद्वेग लगभग शान्त हो गया और वह चुप होकर सोचने लगे।

"लेकिन सूरजजी, दिक़्क़त तो असल में यही है। कल के भगवान पर हमारी ज़रा भी आस्था नहीं है, कल के धर्म को हम ढकोसले के सिवा कुछ नहीं मानते—कल के पाप-पुण्य की परिभाषाएँ ओछी और छिछली हो गई हैं, और आनेवाले कल पर भी हमें कोई विश्वास नहीं है—क्योंकि, कल होगा भी या नहीं, इस पर ही हमारा विश्वास नहीं है—और उस समय तो यह विश्वास और भी ध्वस्त हो गया है जब पूँजीवाद और हाइड्रोजन-बम का गठबन्धन हो गया है। क्योंकि हम जानते हैं पूँजीवाद एक ऐसी मरती हुई शक्ति है जो अपने बचाव के लिए—या कहना चाहिए अपनी आसन्न-मृत्यु से—इतनी भयभीत हो उठी है कि उसे बचने का तरीक़ा एकमात्र यही दीखता है कि हाइड्रोजन-बम फ़ोड़कर खुद अपने कपड़ों में आग लगाकर मर जाए, इस तरह पूँजीवाद के साथ कोई भी ईमानदार बुद्धिजीवी आना नहीं चाहता। दूसरी ओर कम्युनिज़्म से वह डरता है, क्योंकि उसे वह समझता नहीं है और जितना कुछ समझता है वह एक हौए के रूप में। इसलिए कोई एक बीच का रास्ता वह खोज डालना चाहता है। त्रिशंकु की तरह लटकता है और सबसे अलग रास्ते के राग अलापता है; या पुनरुत्थानवादी हो जाता है, अपनी सारी वर्तमान समस्याओं के हल अतीत में खोजता है। जैसे खेल-खेल में किसी लड़के की काँच की गोली कोई दूसरा बच्चा निगल जाए और उसकी छाती पर चढ़कर, उसके मुँह में उँगली डाले, मारे, दबोचे 'ला मेरी गोली—ला मेरी गोली।' ठीक वैसे ही

ये लोग इतिहास को मरोड़ते हैं, उसे सीधे वैज्ञानिक विकास-क्रम में देखने की बजाय उल्टी-सीधी तोड़-मरोड़ करते हैं और जैसे हर बार ऐसा करते समय वह पूछते हों, 'निकाल आज की समस्या का हल—निकाल आज की समस्या का हल।' शेष किन्हीं अनोखे सपनों—अनोखे भगवान बनाने की उलझनों में फँसे होते हैं। लेकिन भीतर से बीमारी सबकी एक है—एक कसक है जो सबको इधर-उधर भटकाती है। जमने नहीं देती। समझ में नहीं आता, क्या किया जाए, किस दुर्ग का द्वार है जिस पर चोट की जाए और कौन वह भीम होगा जो उसे एक चोट में तोड़ेगा।" शरद गम्भीर चिन्ता में पड़ा हुआ जैसे बहता चला गया—उस क्षण वह बिलकुल भूल गया कि अभी जया की व्याकुलता और व्यथा को वह बाँटना और जानना चाहता था।

लेकिन जया बिलकुल भी नहीं भूली थी और उसका मन इन बेकार की बातों (कम-से-कम उसने उस क्षण यही समझा) में ज़रा भी नहीं लग रहा था। एक गोला था जो उसके कलेजे से उठकर गले में अटक जाता था और साँस लेनी मुश्किल हो जाती थी। अभी सुने शब्द गोलियों की तरह उसकी छाती में घुस गए थे और अब रग-रग जलाए दे रहे थे। वह उन्हें शरद से कहकर अपनी जलन की व्यथा को कम करना चाहती थी; लेकिन कमबख़्त सूरजजी साथ थे। बार-बार न चाहने पर भी सब कुछ अपमान की प्रताड़ना बनकर उसकी आँखों के आगे आ जाता।

पर्दे के भीतर जैसे ही उसने पाँव रखा, उसे लगा जैसे उसने एक बिलकुल अलग दुनिया में क़दम रखा हो।

दूसरे कमरे में बड़ी हलकी ताक़त का बल्ब जल रहा था और यह कमरा लगभग बैठक की तरह का था। पहले क़दम पर जया की ठोकर एक काठ के खिलौने से लगी—उसने झुककर उसे उठा लिया। लकड़ी का एक घोड़ा था जिसके पूँछ-कान, पहिए इत्यादि सब टूटे हुए थे और गले में एक रस्सी का टुकड़ा—जो मैल से जैसे लदा हुआ था, बँधा था। उसे छूते ही जया के हाथ में चिप-चिपा, चिप-चिपा-सा कुछ लग गया। शायद बच्चों की लार-थूक इत्यादि लगते रहने से यह उसका स्थायी गुण हो गया था।

"यह हमारा खिलौना है !" कहकर अमिताभ ने उसे ले लिया। इस कमरे में खाट पर एक ओर ढेर से बिस्तर रखे थे, और उसके पास ही बड़े ऊँचे तक सन्दूकें चुनी हुई थीं। अलगनी पर इतने कपड़े लटके हुए थे कि उनके पार कुछ देख पाना असम्भव था। जया ने जब यह कमरा पार कर लिया तो अपने को एक ऐसे चौक में पाया जो दो तरफ़ बरामदों से घिरा था—यह बरामदे चौक से आधी-आधी फ़ुट की ऊँचाई से शुरू होते थे। एक ओर जो दरवाज़ा बना था उसमें से निकलते हुए धुएँ और वहाँ की कालिमा इत्यादि से अनुमान लगाया जा सकता था कि वह चौका है। चौके के बग़ल में ग़ुसलख़ाने-नुमा स्थान में दीवार में लगा नल दिखाई दे रहा था। चौक के दूसरी ओर दो-एक दरवाज़े और ऊपर जाने के लिए ज़ीना था, शायद बाहर निकलने के लिए सीधा रास्ता भी था। ऊपर एक लोहे का जाल या टट्टर डला था, और वहाँ स्त्री-पुरुषों, बच्चों

के हल्ले-गुल्ले से स्पष्ट था कि कोई दूसरा परिवार है। सामनेवाले बरामदे में एक खाट पड़ी थी, और उसके आधे-लटकते कपड़ों में कोई बच्चा लेटा हुआ था। यहीं भीतर जाने को दरवाज़ा था, और जब जया चौक में आकर इधर-उधर देखने लगी तो इसी में से किसी महिला का शरीर आता दिखाई दिया। बरामदे के दूसरी ओर खाटें खड़ी थीं—कुछ घड़े, डिब्बे, डलिया, सूप और चौक के किनारे ही एक ओर पीने का पानी इत्यादि रखे थे। चारों ओर पूरे घर में कहीं कोई गन्दे कपड़े का टुकड़ा, कहीं पानी फैलाता हुआ लुढ़का गिलास, कहीं औंधा जूता और कहीं डिब्बे-डिबिया-सी पड़ी थीं। जया को यह सब बड़ा घुटा-घुटा-सा लगा—हालाँकि चौक का बल्ब काफी तेज़ था।

महिला बरामदे में आ गई तो जया ने बड़ी शालीनता से नमस्कार किया। उनकी गोद में बच्चा था। और उसे वह इतनी गन्दी गद्दी में पोटली की तरह बन्द किए थी कि जया को उबकाई-सी आने लगी। गहरे हरे रंग की रेशमी, इधर-उधर से ढीली, सीधे पल्ले की साड़ी और गुलाबी नैनसुख का जम्पर। गले में तीन लड़ की सोने की माला, हाथों में नाख़ून तक डूबी हुई मेंहदी के बाद अँगूठी, सोने के दस्तबन्द, पाँवों की उँगलियों में सोने की चुटकी जो चलने में बजती थी। कमर में तीन-चार लड़ की ही तगड़ी सुन्दरता इत्यादि का काम काम देती थी, फिसलती साड़ी को साधने का अधिक। महिला का रंग गोरा था, और सिन्दूर की मोटी रेखा बड़ी दूर तक चली गई थी। आँखों में लगे काजल का चिकनापन आँखों को चिपचिपा-सा बनाए हुए था, माथे के बीच में गोल-बिन्दी, कानों में जड़ाऊ कर्णफूल। गाल फूले हुए, पतली-सी नाक और दबी हुई ठोड़ी, जिसके कारण दाँत कुछ बाहर निकले दिखाई देते थे, और आँखें फूले गालों के कारण गड्ढों में घुसी-सी लगती थीं। स्त्री ने मुस्कराने की कोशिश करते हुए नमस्कार का उत्तर देने के लिए हाथ जोड़े, लेकिन गोद में बच्चा होने के कारण उसके हाथों की उँगलियाँ कमर के पास ही एक-दूसरे को छू सकीं। यहाँ तक लाकर अमिताभ थोड़ी देर तो चुपचाप खड़ा रहा—फिर माँ के पीछे जाकर छिप गया। नमस्कार करने के बाद दोनों एक-दूसरे की ओर देखकर मुस्कराईं। वे जैसे शरमा गईं—कुछ देर दोनों को लगा कि अब बातचीत बिना किसी मध्यस्थ के कैसे शुरू की जाए। लेकिन जया ने ही परिचय की अत्यन्त प्रसन्नता दिखाकर कहा—"आपकी तबीयत ठीक है ?"

"हमारी तो ठीक है, लेकिन इसके—" उन्होंने बाँह के बच्चे को ज़रा ऊपर उठाकर कहा—"दाँत निकल रहे हैं, रात-रात-भर तंग करता हैगा।"

जया प्रतीक्षा कर रही थी कि वे उससे बैठने को कहेंगी; लेकिन इसकी ओर जैसे उनका ध्यान ही नहीं था। जया पहली ही निगाह में समझ गई कि महिला अशिक्षता है। उसने बैठने की कोई चीज़ इधर-उधर देखते हुए कहा—"क्या उम्र है ?"

"अभी छः महीने का भी कहाँ है पूरा ?" अत्यन्त शिकायत-भरे नाक के स्वर में उन्होंने बताया, और ज़रा-सा कपड़ा हटाकर उसकी सूरत दिखाई। छोटे-से गोल गुलाबी मुँह पर, आँखों और माथे पर लगे तीन काजल के धब्बे, और गले में पड़े दो-तीन मोती के दाने दिखाई दिए। जया को बच्चा बड़ा प्यारा लगा। वह चौक में खड़ी थी, और

वे बरमादे में। सुधा चौके में, चूल्हे पर कुछ भून रही थी। जया ने बुरी तरह ऊबते हुए उधर देखा—उसके चेंहरे पर प्रश्नात्मक भाव आ गया।

"हमारी ननद हैं।" प्रोफ़ेसरनी ने कहा। जब जया ने काफ़ी देर खड़े रहने के कारण पैर बदले तो न जाने कैसे उन्हें याद आ गया कि बैठने के लिए कहा जाए। कहा—"बैठो न !" उन्होंने बैठने की चीज़ के लिए इधर-उधर देखा। जया ने भी नए सिरे से देखा और बोली—"नहीं-नहीं, कोई बात नहीं है।"

"बेटा अम्मू, चाची को बैठने को मुढ़िया ले आओ।" पीछे खड़े अमिताभ के सिर पर प्यार से हाथ रखकर प्रोफ़ेसरनी बोली; लेकिन वहाँ से हिली नहीं।

जया को लगा वह बेकार भीतर चली आई है। इससे अच्छा तो वहीं बैठती। उसने कहा—"नहीं ज़रूरत क्या है, किसी पर बैठ जाएँगे।" उसने दीवार के सहारे खड़े, काठ के पटरे की ओर देखा, वह उधर बढ़ी।

"मैं दिए दे रही हूँ।" प्रोफ़ेसरनी ने घूमकर पाँव से पट्टे को गिरा लिया, और जया की ओर सरकारकर कहा। पाँव में महावर की मोटी रेखा के ऊपर चाँदी के तोड़िए थे।

जया उस पर बैठ गई। प्रोफ़ेसरनी कमरे के दरवाज़े की चौखट पर टाँग फैलाकर बैठ गई और बच्चे को जाँघ पर लिटा लिया।

जया ने पूछा—"कितने बच्चे हैं। ?"

"यह तीसरा है। सच बहनजी, मुसीबत हो जाती हैगी—दो लड़के हैं; और एक लड़की है।" प्रोफ़ेसरनी की इस शिकायत में भी उनकी कोख की सुफलता के आनन्द की अभिव्यक्ति थी—"तुम तो अभी इन सबसे बरी होगी ?" वे मुस्कराईं।

जया लाल हो गई। वह एकदम गर्दन मोड़कर दूसरी ओर देखने लगी। न जाने कहाँ से निकलकर महरी पीने के पानी के पास सिल पर धनियाँ पीस रही थी। जया उसका धनियाँ तोड़ना देखती रही। सिल पर हरे धनिए का ढेर था।

"नई शादी हुई मालूम पड़ती हैगी ?" अनुभवी की तरह प्रोफ़ेसरनी ने पूछा "कितने दिन हो गए ?"

"दो-तीन महीने।" जया ने टालने के लिए कह दिया। यों यह एक स्वाभाविक प्रश्न था, लेकिन जया को प्रोफ़ेसरनी के इस प्रश्न में कुछ ऐसा तीक्ष्ण-तिक्त लगा जैसे वह तहक़ीक़ात कर रही हों।

"बस ?" और गम्भीरता से पूछा—"क्या-क्या दे दिया तुम्हारे पिताजी ने ?" लेकिन यह प्रश्न पूछते समय उनके होंठों के कोनों पर ऐसा महीन मुस्कानमय व्यंग्य था जिसे वे अभिव्यक्ति भी होने देना चाहती थीं, और दबा भी रही थीं।

जया एकदम हकबका उठी, इस प्रश्न का क्या उत्तर दे ? वह थोड़ी देर चुप रही—जैसे वह महरी को देखने में अधिक व्यस्त है, और उसने प्रोफ़ेसरनी की बात नहीं सुनी। तब तक अमिताभ उसकी बग़ल में लटके हुए पर्स को न जाने कहाँ से आकर धीरे-धीरे खोलने की कोशिश करने लगा था।

"शादी में क्या-क्या मिला ?" प्रोफ़ेसरनी ने फिर पूछा। गोद का बच्चा कुनमुनाने लगा—वे ज़रा सीधी तनीं और अपना भारी-सा स्तन निकालकर बच्चे के मुँह से ठूँसते हुए पूछा।

आख़िर जैसे बड़ा साहस करके जया ने वाणी को भरसक स्वाभाविक रूप देकर कहा—"हम लोगों ने शादी अपनी इच्छा से की है।"

"अच्छा !" कुछ विस्मय से कहकर प्रोफ़ेसरनी मुस्कराई—जया को वह मुस्कान बड़ी गूढ़, बड़ी व्यंग्यपूर्ण, बड़ी व्यथा और ईर्ष्यापूर्ण लगी। ज़रा रुचिपूर्वक पूछा—"पहले से जान-पिछान होगी ?"

"बिना जान-पहचान के कैसे हो जाती ?" जया भी ज़रा धीरे से हँसी।

"अंग्रेज़ी तरीक़े से हुई होगी—गिरजाघर में जाके ?" प्रोफ़ेसरनी ने पूछा—"हमने तो सुना है, वहाँ तो अँगूठी बदल ली और कमर में हाथ डालकर चल दिए।"

"अंग्रेज़ी ढंग से क्यों होती ? अपने हिन्दुस्तानी ढंग से हुई है, आपस में।" जया की आँखों के आगे शरद से मिलने के दृश्य आ गए।

"यार-दोस्त तो सब आए ही होंगे ?" प्रोफ़ेसरनी को सन्तोष नहीं हो रहा था, वे हर बात जानना चाहती थीं। फिर उन्होंने महरी की तरफ़ मुँह करके ज़ोर से पूछा..."आलू छील दिए ?"

"हाँ, बीबीजी।" महरी ने सिल पर लोढ़ी चलाना छोड़कर हथेली के पीछेवाले हिस्से से इधर-उधर बिखर आए बाल और धोती की किनारी ऊपर सरकाकर कहा।

आख़िर जया ने ज़रा गर्व से कह ही दिया—"हम लोगों ने आपस में ही तय करके की। यार-दोस्त किसी को भी नहीं बुलाया।"

तब तक सुधा जया के पास आकर खड़ी हो गई थी। उसके हाथ आटे में सन रहे थे। जैसे ही जया की बात ख़त्म हुई, वक्र दृष्टि से उधर देखकर प्रोफ़ेसरनी ने पूछा—"क्या बात है ?"

"भाभीजी—आटा मँढ़ गया है। भैया कह रहे हैं पराँठे सेको।"

"एकाध डालो तो सही, चलो-चलो उधर ही चलो।" प्रोफ़ेसरनी ने आँख से इशारा करके कहा।

इस बार जया ने पूछ लिया—"प्रोफ़ेसर साहब को, क्या आप भी पहले से जानती थीं ?"

"हमारे करनेवाले तो सब बाप-भैया थे।" इस बार प्रोफ़ेसरनी का गर्व करने का नम्बर था—उन्होंने अत्यन्त ही दृढ़-कंठ से कहा।

जया को लगा जैसे, वह कहना चाहती हैं कि तुम्हारे बाप-भैया नहीं थे, इसलिए तुम्हें ख़ुद करनी पड़ी। जया ऊब उठी—जाहिल औरत ! क्या बात की जाए ! उसने झाँककर देखा, सामने के खुले किवाड़ोंवाले कमरे के दूसरे दरवाज़े पर वह पर्दा दिखाई दे रहा था—जहाँ सब लोग बैठे थे। अमिताभ की हिम्मत काफ़ी बढ़ चुकी थी। वह जया के कन्धे पर लदकर उसका पर्स उतारने की कोशिश कर रहा था। जया की इच्छा हो

रही थी कि एक झटका दे कि दूर जा गिरे। पहले तो वह कन्धे को इधर-उधर करके मन-ही-मन कुढ़ती हुई (कि ब्लाउज़ और साड़ी ख़राब हो रही है) विरोध प्रकट करती रही, फिर उसने पर्स निकालकर दे दिया। अमिताभ ने सबसे पहले उसकी दोनों घुंडियों को दाँतों से दबा लिया। जया भुन गई। "भैया, इसे यों मत करो—ख़राब हो जाएगा।" उसने झुककर उससे पर्स लेने की कोशिश करते हुए कहा—ज़ोर से वह छीन भी नहीं सकती थी। अमिताभ और भी पीछे सरक गया।

"दे दे रे, दे क्यों नहीं देता हैगा ?" प्रोफ़ेसरनी ने जैसे बिना किसी को लक्ष्य किए हुए यों ही हवा में शब्द फेंक दिए, और पूछा—"कितने भाई-बहन हो तुम ?"

"मेरी दो बहनें हैं, और एक भाई।" जया झल्ला गई मन-ही-मन; क्या बेकार की बातें पूछ रही है जैसे कोई और विषय ही बात करने को न हो। अब पूछेगी—कौन कितना बड़ा है ? कहाँ है ? इसलिए उसने खुद ही कहा—"भाई आठवें में है, बहन एक दसवें में पढ़ रही है, एक ग्यारहवें में।"

"तुम्हारी इनसे जान-पिछान कॉलेज में ही हुई होगी ?" प्रोफ़ेसरनी फिर पहले विषय पर खिसक आई, और मुस्कराकर पूछा।

जया की इच्छा हुई, उन्हीं की भाषा और स्तर पर आकर ज़रा विनोद में कह दे—"हमारे पड़ोसी थे सो आँख लड़ गई ?" लेकिन उसने उत्तर दिया—"हमारे यहाँ शुरू से ही आते-जाते थे ये—। इनके पिताजी, हमारे पिताजी के साथ छोटे स्टेशन मास्टर थे। फिर हम लोग शहर में आ गए—इनके पिताजी कहीं दूर चले गए।" उसने उन्हें सन्तोष देने के लिए कुछ झूठ, कुछ सच कह दिया।

"हुँऽऽ सो ही तो—हमारे यहाँ भी पड़ोस में एक मास्टर आवै थागा। ज़रा खिड़की खुली रह जाती सो मटर-मटर ताकै थागा मरा..." वे 'मास्टर' शब्द लपककर बोलीं।

"कहाँ यहीं ?" जया ने उत्सुकता से पूछा।

"नहीं, तब हमारी शादी नहीं हुई थीगी, सो मरा पढ़ावै-लिखावै तो कुछ थागा नहीं, जब देखो तब अख़बार पढ़ता दिखाई देवै थागा। अख़बार सामने रख लिया और बैठ गए दोनों—जाने क्या घुसुर-पुसुर किया करें थेगे।" उँगलियाँ नचाकर प्रोफ़ेसरनी बोली।

"फिर ?" जया समझी नहीं, वह क्या कहना चाहती है।

"फिर क्या, पेट रह गया। उसके बाद कमबख़्त का पता ही नहीं चला कहाँ चला गया। आजकल बहनजी, लड़कियों को पढ़ाना पाप है।"

यह सब सुनाकर वे क्या संकेत करना चाहती हैं, या क्या समझाना चाहती हैं, जिसे जया चुपचाप स्वीकार कर ले—इसे जया कुछ समझी भी, कुछ नहीं। और जितना समझी उससे उसका मन एक विचित्र उबकाई से भर उठा।

"लड़कियों को पढ़ाते तो प्रोफ़ेसर साहब भी होंगे।" जया ने हिम्मत करके एक सीधी बात कह दी—उसका आधा ध्यान पर्स में लगा था, जिसे अमिताभ खोल नहीं पाया था, लेकिन खोलने की हर मुमकिन कोशिश कर रहा था। कहीं तोड़-ताड़ न डाले।

"भाभी, भैया खाना मँगा रहे हैं।" सुधा ने चौके में से कहा।

"भाभी को खा लो—एक मिनट चैन से बात नहीं करने देते हैंगे।" प्रोफ़ेसरनी ने दाँत भींचकर कहा, और एक हाथ धरती पर टेककर दूसरे से बच्चे को सँभाले हुए ही उठते-उठते बोली—"हमारे प्रोफ़ेसर साहब ऐसे नहीं हैं।"

जया के मन में आया कह दे—सड़क पर लड़कियों को घूरनेवाले तो हैं। जब वह पढ़ती थी तो कई बार बाढ़-रिलीफ़ इत्यादि का चन्दा लेने उसे घरों में लड़कियों के साथ जाना पड़ता था, और उन दिनों तरह-तरह की राय ऐसी लड़कियों के विषय में सुनने को उसे मिलती थीं जो स्कूल-कॉलेज में पढ़ती हैं—जो घर-घर चन्दा माँगने के बहाने घूमती हैं, जो अस्पतालों में नर्स हैं। लगभग उसी तरह के लोगों में से प्रोफ़ेसरनी भी उसे लगी। लेकिन यहाँ हर बात में एक ऐसी चुभन—हर साँस में वातावरण में व्याप्त एक ऐसी घुटन, उमस थी कि वह रह-रहकर गरदन उठाकर इस तरह चारों ओर देखती जैसे डूबता हुआ आदमी पानी से सिर निकलने पर इधर-उधर सहारे के लिए सिर घुमाकर देखता है। हर बार उसकी निगाह चौक तथा दो दरवाज़े पार लटके पर्दे पर जाकर अटक जाती—उसकी इच्छा होती ज़रा-सा पर्दा हिल जाए और शरद बैठा दिखाई दे जाए तो वह संकेत से ही कहे कि मुझे बुलवा लो। लेकिन हर बार पर्दे को कोई ठीक कर देता। कभी-कभी बहस का एकाध शब्द उसके कानों में पड़ जाता।

प्रोफ़ेसरनी बच्चे को दूसरे बच्चे की बग़ल में खटिया पर लिटा चुकने के बाद कह रही थीं—"महरी, यह तुम्हारी क्या आदत हैगी, एक काम दे दो, बस उसी में लग जाती होगी। अब बर्तन मँजे नहीं हैंगे, 'मरदों' को खाना काहे में जाए ?"

जया ने पुचकारकर अमिताभ से कहा—"ला भैया, मैं खोलूँ।" लेकिन अमिताभ ने दोनों हाथ दूसरी ओर कर लिए—"उहुँक।" अशिष्टता से भौंहें ताने वह बोला।

"दे क्यों नहीं देते होगे ? जब से जान खा रहे हो ? जाओ, उधर अपने डैडी के पास।" प्रोफ़ेसरनी ने पर्स खींचकर जया की गोद में डाल दिया और बाँह पकड़कर उसे उठाते हुए वे लगभग घसीटती हुई चौक के बीच तक ले गईं। बड़ा ठुनकता और घिसटता हुआ-सा वह जाकर चौक में खड़ा हो गया—प्रोफ़ेसरनी ने हलके से बैठक की ओर धकेलकर कहा 'जा' और स्वयं चौके में घुस गईं। थोड़ी देर खड़े रहने के बाद अमिताभ धीरे-धीरे बैठक में चला गया।

महरी ने चौक में गुसलख़ाने के पास की दीवार में लगा हुआ नल खोल दिया और नीचे लाकर बर्तनों का ढेर लगा दिया। जया बर्तनों पर पड़ती धार को देखती रही। फिर उसे ध्यान आया कि उसे चौके में जाकर कुछ सहायता के लिए पूछना चाहिए। उसकी गोद में बच्चे की थूक इत्यादि से गीला पर्स पड़ा था—जिस ढंग से वह उसकी गोद में डाला गया था वह उसे बहुत ही बुरा लगा। लेकिन जल्दी ही उसने इस बात को भुला दिया।

चौके की चौखट पर पहुँचकर उसने कहा—"लाइए, आपकी कुछ मदद कर दूँ।"

"नहीं-नहीं, तुम वहीं बैठो।" उन्होंने ऐसे कहा यदि जया छू लेगी तो शायद चौका ख़राब हो जाएगा। अपनी बात के प्रभाव को कम करने के लिए आगे उन्होंने

जोड़ा—"तुम देखती रहो, मैं सब कर लूँगी। ज़रा-सा चौका है, धुआँ है, तुम कहाँ आओगी यहाँ ?"

जया सहमकर थोड़ी देर चुपचाप खड़ी रही, उन्हें पराँठे बेलते, उनमें आलू भरते और सेंकते देखती रही—फिर आकर अपनी उसी जगह बैठ गई। कहाँ आ गई ? इससे अच्छा, न ही आती। वहाँ पद्मा के पास चली जाती तो कुछ बातें होतीं। यहाँ दम वैसे ही घुटा जा रहा है। ऊपर की मंज़िल पर चौक के ऊपर पड़ा जंगल रह-रहकर किसी स्त्री-बच्चे के आने-जाने से बज उठता, तब जया की दृष्टि स्वतः ही ऊपर उठ जाती। ऊपर से गुज़रती हुई स्त्रियों की जाँघें तक नीचे से खुली दिखाई देती थीं—जया घृणा से भर उठती। लेकिन शायद यहाँ के सभी लोग इसके काफ़ी अभ्यस्त थे, और किसी को भी इस बात का ध्यान नहीं था। जया कभी चौके में देखती; कभी बाहर 'मरदों' को खाना खिलाती सुधा को। सुधा जब खाना ले जाती तो पर्दा उठाते ही मेज़ पर कपिल खाना खाता दिखाई देता—उस समय हर बार वह जया को बैठे देख लेता। मेज़ से लगा अमिताभ खड़ा था। बर्तन काफ़ी थे और महरी माँजे चली जा रही थी। कभी बैठक में जाने से पहले पर्दे के पास खड़ी होकर सुधा अपने कपड़े ठीक करती, साड़ी की सलवटें निकालती।

इस बीच में उसने दो-एक बार ऊबकर जल्दी चलने को पुछवाया भी। यहाँ बैठी-बैठी जँभाई लेती क्या करती ?

और जया को याद आ गया जब मरदों के खा चुकने के बाद वहीं उनके लिए ज़मीन पर ही सुधा ने गिलास रखे, तो इतनी देर से आलस्य-ऊब और जड़ता छुड़ाने के लिए पर्स एक ओर डालकर उत्साह से वह उठ खड़ी हुई थी, उसने कहा था—"लो तुम बैठो, मैं पानी भरती हूँ।" उसने महरी के पास से लोटा उठाकर घड़े से भर लिया था। तभी चूल्हे से बड़े-बड़े कोयले, सामने चिमटे से निकालकर उन्हें अँगीठी इत्यादि के लिए बुझा रखने के विचार से पानी डालकर ढेर-सा धुआँ और राख उड़ाकर प्रोफ़ेसरनी वहीं से दहाड़ी—"सुधा, पानी तुम खुद क्यों नहीं ले लेती होगी, उन्हें क्यों तंग कर रही होगी ?" जया का कलेजा इस दहाड़ से हिल उठा। उसने लोटा वहीं रख दिया। खाने से पहले मुँह-हाथ धोने के विचार से वह सिर झुकाकर, छींटे उछालती महरी से, अपनी साड़ी उठाकर बचाती हुई ग़ुसलख़ाने में आ गई—ग़ुलख़ाना उसने भीतर से बन्द कर लिया।

तौलिए से मुँह पोंछते हुए उसने सुना, प्रोफ़ेसरनी भिंचे गले से कह रही थी—"सुधा, तुम अन्धी हो रही होगी। मेरा दस आने का घड़ा ख़राब कर दिया—जाने कौन जात की हैगी, यह कमबख़्त राँड़।"—जया धक् से हो गई।

फिर आवाज़ और भी पास, लेकिन और भी दबी आई—महरी पूछ रही थी—"कौन जात हैं ?"

जया ने कल्पना की, प्रोफ़ेसरनी ने उँगलियाँ मटकाकर कहा होगा—स्वर उसने सुने थे—"पता नहीं, जाने कौन जात है ? इन लोगों की शादी थोड़े ही हुई है ?"

"तो ?" महरी ने पूछा। जया चुपचाप दम साधे सुनती रही। शायद उनमें से किसी

को उसका ध्यान नहीं था।

"अरे, प्रोफ़ेसर साहब के दोस्त हैं न, सूरजजी-सूरजजी, वो कह रहे थे—भाग आए हैं दोनों। अभी सुना नहीं तुमने, ख़ुद भी तो बता रही थी ? मुझसे पूछा, शादी से पहले तुम भी प्रोफ़ेसर साहब को जानती थीं ? मैंने तो कह दिया, हमारे क्या बाप-भैया मर गए थे सो मैं जानती ? इत्ता-सा मुँह निकल आया !"

"ख़ुद कह रही थी ?"

"सच महरी, हमारी तो आज भी हिम्मत नहीं पड़ती हैगी, जैसी वो अपने ख़सम के बारे मे कह रही थीगी; और उसका दीदा थोड़े ही लग रहा थागा, हमसे बात करने में। झाँक-झाँककर बाहर देख रही थीगी। उसे तो चाट है न, मरदों में बैठकर मटकने की, आँखें लड़ाने की।"

"बहूजी, मैं तो देख कै ही समझ गई—टिकैगी थोड़े ही—तुम देख लेना।"

"अरे, उसका टिकै सींग ! ऐसी औरतें कहीं टिकती होंगी एक जगह ? उन्हें तो घर-घर की झूठन की चाट लग जाती हैगी। बोलो, पच्चीस साल गुलछर्रे उड़ाए, जब देखा होगा अब नहीं चलता, तो भग आई। महरी, मुझे तो यों लगै, कैसे हिम्मत पड़ जाती हैगी इन रंडियों की ? सुधा वहाँ खड़ी-खड़ी बात सुनने लगी, मैंने तो फ़ौरन हटा दिया। तुम जानो, बुरी बातों का असर बड़ी जल्दी पड़ता हैगा लड़कियों पर।"

जया से आगे नहीं सुना गया था—वह क्रोध, झुँझलाहट और ग्लानि से ऊपर से नीचे तक काँप उठी थी—और पता नही कैसा एक हवा का बगूला-सा उसके पेट में उठकर गले में आ रुका था; लाख रोकने पर भी आँसू उससे रुके नहीं थे। बिना बाहर वालों की चिन्ता किए उसने दुबारा मुँह-हाथ धोएँ, गला साफ़ किया, नाक साफ़ की, और जब ज़ोर से निर्द्वन्द्व होकर किवाड़ खोले तो दोनों बड़ी सहमी और अपराधिनियों की तरह कनखियों से देख रही थीं खाना लगाया जा चुका था—दो थालियों में।

उससे ज़रा भी ख़ाना नहीं खाया गया। शिष्टता का बन्धन न होता तो वह ठोकर मारकर चली आती—और ज़िन्दगी-भर कभी इस औरत की सूरत देखना पसन्द न करती। लेकिन उसे थाली के सामने बैठना पड़ा, मुस्कराना पड़ा, और इधर-उधर की बातें सुननी पड़ीं। प्रोफ़ेसरनी ने बताया, कौन-सी साड़ी कब ख़रीदी थी—कौन-सा गहना किस की शादी में बनवाया था, उस समय सोने का भाव क्या था और बनवाई-घड़ाई क्या थी—आज उसका अनुमानित मूल्य कितना बढ़ा हुआ हो सकता है। कौन-सा बच्चा किन दिनों में कहाँ हुआ, या उनके बच्चे किस प्रकार खेलते-कूदते और बातें करते हैं। जया के सिर में दर्द हो रहा था—बार-बार झुँझलाहट की लहर आती और खाना उसके गले के नीचे नहीं उतर रहा था। उसे ऐसा लगता जैसे वह या तो भूसा खा रही है या मिट्टी। ज़रा देर पहले चौके से उठनेवाली गन्ध कभी-कभी जो उसकी भूख को निमन्त्रित कर रही थी—वह सब झूठ था। वह मुश्किल से आधा पराँठा खा सकी। बहुत अनुरोध पर भी उससे खाया ही नहीं गया। उसने बताया उसके सिर में बहुत ज़ोर से दर्द हो रहा है—उससे ज़रा भी नहीं खाया जाएगा, और इस तरह अचानक कभी इतने ज़ोर का दर्द उठ आने

की उसे काफ़ी दिनों से बीमारी है कि खाना-पीना सब हराम हो जाए !

वह चलते-चलते सोच रही थी, क्यों वहाँ गई ? अब उसके दिमाग़ में बस एक ही धुन थी—कब वह घर पहुँचे और कब वह ख़ूब फूट-फूटकर, बिखर-बिखरकर रो उठे। बड़ी मुश्किल से वह उमड़ी, उठी चली आती रुलाई को रोके, दाँत भींचे, बिना शरद और सूरजजी की बहस सुने चली जा रही थी। उसे यह भी नहीं मालूम था, वे लोग कहाँ जा रहे हैं—वह स्वयं कहाँ जा रही है—या उसके आस-पास क्या निकला जा रहा है—जैसे स्वप्नाविष्ठ, लीन। बस, एक चक्रवात था जो उसके मस्तिष्क में बिजली की चक्कियों की घड़घड़ाहट करता गूँज रहा था। तभी उसने सुना सूरजजी कह रहे थे--

"क्या बजा होगा ?"

रोशनी का लट्ठा पास आने पर शरद ने कलाई उठाकर ग़ौर से देखकर कहा—"नौ समझिए।"

"बस ?—मैं समझ रहा था, दस-साढ़े दस का टाइम होगा। अब क्या करोगे तुम जाकर ?"

"मैं...मुझे तो कुछ नहीं करना, सोना है बस ?" उसने जया की ओर देखा इस आशा से कि जया भी बताए उसे आख़िर क्या जल्दी थी—उसे घर क्या काम है ?

जया को सूरजजी पर गुस्सा आ रहा था—इन्होंने कपिल से क्यों कहा सब ? शरद का आशय समझकर भी वह अनजान रही। हालाँकि शरद जो बार-बार घूम-घूमकर उसकी ओर देखता था, उस बेचैनी और व्यथा को वह समझ रही थी।

"तो चलें, आओ आज तुम्हें सूरजजी की जगह दिखाएँ। रेल के पुल के खम्भे पर, जहाँ मैं अक्सर जाकर बैठता हूँ—बड़ा मज़ा आता है ! नीचे बहती नदी—रेल का पुल, खुला आसमान, दूर पर किनारे—सब कुछ शान्त, ऊपर हँसता चाँद, बिलकुल ऐसा लगता है जैसे आप स्वप्न-लोक में आ गए हैं।" अपने हाथ की टॉर्च को उन्होंने चलते-चलते इस हाथ से उस हाथ में लेकर खेलते हुए कहा।

"इतनी रात को ?" शरद ने फिर जया की इच्छा जानने को उधर देखा, फिर पूछा—"वहाँ कोई रोक-टोक नहीं है ? कोई पुल तोड़नेवाला ही पहुँच जाए !"

"अरे, पुराना होने पर कस्टमर को सभी जगह सुविधाएँ मिल जाती हैं। मैं वहाँ दो बजे तक पड़ा रहता हूँ।" खुले चाँद को देखकर वे बोले।

जया की इच्छा हुई कह दे, आप लोग जाइए, मेरी तबीयत ठीक नहीं है। मैं घर जाकर पड़ती हूँ।

"क्यों जया, चलें ?" शरद ने पूछा।

जया ने सिर हिला दिया—बोली कुछ नहीं।

चाँदनी, प्रेम और बन्दूक़ की गोली

सूरजजी ने जया को टॉर्च से रास्ता दिखाकर हँसते हुए कहा—"सँभल-सँभलकर उतरिए; वर्ना बेकार ही सूरजजी और शरद बाबू एक लड़की को डुबा मारने के अभियोग में कल बन्द दिखाई दें !"

सचमुच पुल के खम्भे के ऊपर की सड़क में से, पेंच और लोहे के इतने झाड़-झंखाड़ों में एक पतली-सी सीढ़ी डाल देने में बनानेवालों की जितनी चतुराई और दूरदर्शिता थी, उससे अधिक आश्चर्य शरद को हुआ सूरजजी की इस स्थान की खोज निकालनेवाली बुद्धि पर। पुल पर रेल की पटरी थी और इधर-उधर पैदल चलनेवालों के लिए अलग से रेलिंगदार फुटपाथ-से बने थे। उसी में एक खम्भे के लिए यह रास्ता था। शरद पहले उतर आया था और खुले खम्भे पर खड़ा होकर वातावरण को देख रहा था। उसने ऊपर देखते हुए अपना हाथ जया की ओर बढ़ा दिया—"लो, पकड़ लो हाथ।"

सूरजजी ने वहीं से मज़ाक़ किया—"हाथ क्या पकड़ती हैं, वह तो ज़िन्दगी-भर के लिए पकड़ा ही हुआ है। कन्धे पर पाँव रखिए और उतर जाइए।"

जहाँ शरद खड़ा था, पुल लगभग उसकी छाती की ऊँचाई से शुरू होता था—वहाँ मोटा-सा गार्डर था—इसके बाद लगभग इतनी ही ऊँचाई पर रेल की पटरियों की सतह थी। लोहे की नसैनी के आठ-दस डंडे उतरने पड़ते थे। उतरते समय जया को ऐसा लगा जैसे किसी बहुत भारी कारख़ाने में उतर रही हो : चारों तरफ़ लोहे की पटरियाँ-लट्ठे, रेलिंग और तानें—उसके बीच में पड़ी पतली-सी सीढ़ी। बचपन में उसे मोटर-लॉरी के पीछे लगी नसैनी से चढ़कर बन्दर की तरह छत पर पहुँच जाने का बेहद शौक़ था—और उतरने-चढ़ने में उसे कभी डर नहीं लगा। लेकिन अब उसका दिल धक्-धक् करने लगा था। बड़े सँभाल और साध-साधकर वह एक-एक पाँव रखती—और हर पाँव रखने से पहले इधर-उधर पकड़ने के लिए कोई बड़ा-सा पेंच, तान पर रेलिंग का मोड़ देखती। जब नीचे पहुँच गई, तो झुककर उसने एक हाथ शरद को पकड़ा दिया, लेकिन एक से रेलिंग पकड़े रही। आगे पकड़ने को कुछ नहीं था, चार-पाँच डंडे रह गए थे। सूरजजी ने ऊपर से पूछा—"बस ?"

जवाब शरद ने दे दिया, 'बस', और जया को नीचे खींचता हुआ बोला—"कूद पड़ो न ! रेलिंग छोड़ती क्यों नहीं हो ?" टॉर्च बन्द हो गई।

"हम अपने आप उतर आएँगे, खींचिए नहीं।" जया ने अनुनय के स्वर में कहा। बड़ी मुश्किल से वह एक डंडा और उतरी, लेकिन लम्बा हाथ किए रेलिंग को पकड़े रही। तब शरद ने हलके-से उसे झटका देकर नीचे खींच लिया। वह वहीं से दूसरा हाथ फैलाकर कूद पड़ी और ज़ोर से शरद की गर्दन से लटक गई। शरद के नथुने उस चिर-परिचित मादक सुगन्धि से भर गए, और अचानक जाने क्या हुआ कि उसने दोनों हाथों से जया को भींचकर उसके गालों को चूम लिया। एक क्षण को उतरने के श्रम तथा भय से धड़कती जया की छाती शरद के हृदय और नस-नस में बजती रही, और उसकी इच्छा हुई इस संगीत को वह यों ही युग-युग तक सुनता रहे, लेकिन हठात् उसे सूरजजी का ध्यान हो आया। उसने अलग होकर हाँपते-काँपते स्वर में कहा—"हो बड़ी वो, अभी दोनों नीचे जा पड़ते तो ?" उसने ऊपर देखा, कहीं सूरजजी ने देख तो नहीं लिया। लेकिन अभी वे सीढ़ियाँ ही उतर रहे थे और उनकी टाँगें ही नीचे दिखाई दे रही थीं, शेष शरीर पुल में छिपा था। शरद के कान के पास ही जया धीरे से बोली—"क्या होता ? गिरते तो दोनों ही।"

"ओ हो, बड़ी कविता सूझ रही है। नीचे गिर जाओगी तो 'बचाओ-बचाओ' के सिवा कुछ ध्यान नहीं आएगा।" शरद ने हँसकर कहा।

पुल के कारण खम्भे के कुछ हिस्से पर छाया थी—शेष चाँदनी में डूबा हुआ था। जया मुस्कराकर धीरे-धीरे उधर टहलती चली गई। शरद ने देखा अच्छे-ख़ासे कमरे की लम्बाई-चौड़ाई की जगह थी—पुल पर से गुज़रते हुए या ऊपर से यह जगह ऐसी नहीं दिखाई देती थी।

"क्या बात है ?" सूरजजी ने उतरकर पूछा।

"कुछ नहीं, जया कह रही थी, जगह तो बहुत अच्छी है !" शरद ने इधर-उधर देखकर कहा।

"अरे सूरजजी की चॉयस है ! ऐसी-वैसी जगह थोड़े ही छाँटता हूँ मैं !" सूरजजी ने गर्व से इधर-उधर मुँह घुमाकर कहा।

जया देख रही थी : नदी के इस सिरे-से उस सिरे तक काँतर की तरह पड़ा पुल चाँदनी में स्तब्ध था। ऊपर बादलों के आवारा घूमते टुकड़े और शायद त्रयोदशी का चाँद, नीला गहरा चुपचाप सोया आसमान, नीचे नदी की चिलकती-चमकती चौडी-धार—और हलका-हलका पड़ता कोहरा। थोड़ी दूर जाकर नदी की धार इस तरह आसमान में खोती हुई लगती थी जैसे कहीं आसमान से ही उतरकर आ रही हो। एक ओर ओंघती बत्तियों में मिचमिचाता शहर सोया-सा पड़ा था, मकान काग़ज़ के डिब्बों से एक-दूसरे पर रखे दिखाई दे रहे थे—और धार घाट की सीढ़ियों को छूकर सरकती जा रही थी। मिल और कारख़ानों की चिमनियाँ, एकाध मन्दिर का कलश और कोई ऊँची हवेली—धुँधले-धुँधले दिखाई दे रहे थे। दूसरे किनारे पर पानी से लगा बालू का किनारा चमक रहा था, और फिर उस रेत में बने खेत शुरू हो गए थे, जिनके बीच-बीच में पेड़ों के झुंड थे। कोई पेड़ अकेला भी खड़ा था। और बीच में चाँदनी के अभ्रक के चूर्ण में विभोर रेशमी

साड़ी-सी नदी फैली थी। लगभग यह खम्भा बीच में था; इसलिए नदी का एक पूरा 'व्यू' दिखाई देता था। पानी की उठती-गिरती सतह पर बादल भाग रहे थे, और चाँद जैसे खंड-खंड होकर लहर-लहर में बिखरा था। नदी में चाँद का प्रतिबिम्ब कहीं एक जगह न होकर एक चौड़ी अगणित चाँदी की पट्टी बन गया था, जो नदी के बीच में फैलती-फैलती क्षितिज में जाकर डूब गई थी। किनारे पर धोबियों के पत्थर तक चाँदनी में दिखाई दे रहे थे। बीच में यहाँ हवा तेज़ थी, और कुछ अधिक ठंड थी। जया ने यह सब देखा, और उसका शरीर आनन्द की एक विचित्र अनुभूति से रोमांचित हो आया। उसे हवा में लहराते, कनपटी के नीचे झूल आए बालों के कम्पन में अभी भी एक तप्त मधुर-स्पर्श अनुभव हो रहा था—और जैसे-जैसे लहरों की गुदगुदाती हवा उसके रोम-रोम में समा रही थी—उसके हृदय का इतनी देर से छाया विक्षोभ एक अछूते स्वप्न का उच्छ्वास बनकर हृदय में फूले स्पंज की तरह पुलक उठा था। आनन्द से उसकी आँखों में आँसू आ गए और पता नहीं, जी रोने-रोने को कर आया। जैसे हर बार उसके मन में कोई दुहराता—'ओह, इतना सुन्दर !' उसे लगता इस सुख के बोझ के नीचे उसका हृदय इतना दब गया है—या उल्लास से इतना अधिक फैल जाना चाहता है कि छाती में जगह नहीं है, और फूट-फूटकर रोने से ही हलका हो सकेगा। वह अभी थोड़ी देर पहले गुज़री सारी बातें भूल गई—उन्हें याद नहीं करना चाहती थी। उसने उसे फिर कभी सोचने को स्थगित कर दिया। वह जैसे अपने अस्तित्व की हर चेतना से, हर एन्द्रिय-बोध से उस दृश्य को पी जाना चाहती थी, अपने भीतर समा लेना चाहती थी—या उसमें घुलकर निराकार हो जाना चाहती थी। काश, उसके पंख होते और परी की तरह पानी की सतह के ऊपर-ऊपर निःशब्द पंख फड़फड़ाती चाँद की इस रेखा के सहारे-सहारे दूर क्षितिज में चली जाती—चलती चली जाती...। आसपास पेड़-पौधे, मैदान, नगर, पहाड़ और रेगिस्तान गुज़रते चले जाते, लेकिन न उसके पैरों में थकान होती, न धारा समाप्त होती और न कभी यह चाँद की रेखा टूटती। बादलों की परछाइयाँ कैसी तैर रही थीं। दोनों कोरों से ढुलकनेवाले आँसुओं को उसने अपनी अनामिका से लेकर अँगूठे की सहायता से छिड़क दिया। उसके मन में उठा, एक छलाँग लगाकर वह नदी के अथाह पानी में कूद पड़े—और शरीर को निश्चेष्ट बहते रहने के लिए छोड़कर अपने प्राणों को इस अप्रमेय आनन्द में घुल जाने के लिए मुक्त कर दे। पानी कितना नीचा है, यह देखने के लिए उसने डरते हुए ज़रा-सा झुककर देखा—खम्भे से कट जाने के कारण लहरें शब्द कर रही थीं और खम्भों की लम्बी कंघी से छनता पानी, ऊपर पुल होने के कारण घरघराता हुआ गूँज रहा था—यह घरघराहट ऐसी थी जैसे कोई सुबह की मीठी नींद में चक्की चला रहा हो। पुल पर लगे टेलीफ़ोन के तार जैसे इस घरघराहट को दुगुना कर रहे थे। पुल जहाँ समाप्त होता था, वहाँ सिगनल की लाल-बत्ती चमक रही थी। पीछे दूर, कभी-कभी सियार बोल उठते थे।

"उधर मत जाओ, ज़रा से में पाँव डगमगा जाए।" शरद बोला।

उसने मुड़कर देखा, सूरजजी दोनों टाँगें फैलाकर पीठ के पीछे हथेलियाँ टेककर बड़े

आराम से बैठ गए थे। शरद आलथी-पालथी मारकर बैठा था। सूरजजी एक हाथ से बता रहे थे : देखिए, वो स्टेशन है; उधर जो कई बत्तियाँ एक साथ चमक रही हैं न, वहीं उधर कॉलेज है, वो सामने 'सत्या कॉटन मिल्स' है, उधर मकानों के पीछे ज़रा हटकर 'स्वेदश-महल' है...

शरद चुपचाप हाँ-हूँ करता सुनता रहा। जया पास आकर खड़ी-खड़ी सुनने लगी, शरद ने हाथ धरती पर थपथपाकर बैठने का संकेत किया। जया बैठ गई, घुटने समेटकर उसने उन पर अपनी ठोड़ी टिका दी। उसके दोनों हाथ घुटनों के इधर-उधर झूलते रहे—वह नदी की धार को अपलक देखती चुपचाप सुनती रही। बड़े धीरे-धीरे कनपटी के दोनों ओर उड़ते उसके बाल शरद को बड़े भले लगे—वह उन्हें देखता रहा—सामने से जया चाहे इतनी सुन्दरी न हो, लेकिन उसका 'प्रोफ़ाइल' ग़जब कर रहा था...

शहर में कहीं लाउडस्पीकर से सिनेमा के गीत की लय झूमती-सी कभी-कभी सुनाई दे जाती थी।

पता नहीं, उन लोगों की बातें कब ख़त्म हो गई और तीनों चपुचाप बैठे रहे। शरद धीरे-से जया के पाँव के पंजों पर सिर रखकर चित्त लेट गया। बड़ी कठिनाई से वह जया की गोद में सिर रखकर लेटने की उत्कट इच्छा को रोक पा रहा था। उसके मस्तिष्क में जया की जाँघों का मांसल गुदगुदापन छाया हुआ था। सूरजजी ऊपर मुँह किए आसमान ताकते अपने पान का आनन्द सटक रहे थे। जया घुटनों पर ठोड़ी रखे चुपचाप बैठी थी। ऐसा लगता था जैसे खम्भे के साथ ही यह तीन मूर्तियाँ किसी ने बना दी हों—जो हिलना-डोलना-बोलना कुछ भी नहीं जानतीं ! या जादू के ज़ोर से इन्हें पत्थर का बना दिया है। शरद ऊपर देख रहा था; सफ़ेद बादलों के टुकड़ों के नीचे धुएँ के गुब्बारों-जैसे काले बादल तैरते चले जा रहे थे। चाँद कभी पूरा ढँक जाता तो एक हलकी-सी छाया सारे वातावरण में व्याप्त हो जाती और कभी बादलों में से चमकता चाँद ऐसा लगता जैसे सफ़ेद मलमल के दुपट्टे की आड़ करके कोई झाँक रहा हो। एक स्वप्न था जो ठहर गया था !

और पता नहीं, कब शरद को अपने माथे पर जया के हाथ का हलका स्पर्श महसूस हुआ। अनजाने और अनायास ही जया का हाथ शरद के माथे पर घूमता और बालों को थपथपाता हुआ फिर माथे पर आ जाता—और जैसे हर बार एक मन्त्र, एक सम्मोहन-सा शरद की नस-नस में उतरता चला जा रहा था, समाया चला जा रहा था। जया का यह हाथ उसके घुटनों की आड़ में था। शरद की सनसनाती कानों के लबों को जया की शिफ़ॉन की साड़ी का मुलायम किनारा हवा में बार-बार सहला रहा था। क्रीम-कलर साड़ी चाँदनी में डूब गई थी।

कहीं रेल की लाइन-क्लियर होने की घंटी बड़ी दूर बजी।

सूरजजी ने फेफड़े फुलाकर, ढेर-सी साँस, बाहर निकालकर बड़े उच्छ्वसित स्वर में कहा—"मेल आ रहा है। यही मुझे अक्सर सचेत कर देता है। कभी मन हुआ तो

चला जाता हूँ, नहीं तो पड़ा रहता हूँ। आज यह लेट है।''

जया के दिल में इस आदमी के लिए बड़ी ममता महसूस हुई। बेचारा कैसे अपनी ज़िन्दगी काटता है—अकेला, न जिसके कोई आगे है न पीछे। क्या है इसका भी ! एक ऐसा भी तो नहीं है, जहाँ कभी-कभी हृदय हलका कर लिया करे।

एकदम जैसे सारे ऐन्द्रिजालिक वातावरण के जाल को झटके से एक ओर फेंककर सूरजजी सचेत हो गए। सीधे बैठकर दोनों हथेलियों को एक-दूसरे में मारकर धूल झाड़ते हुए सूरजजी बोले—''आइए, आज मैं आप लोगों के हाथ देखूँगा।''

शरद जाग रहा था—ख़ूब सचेत था; लेकिन यह वातावरण, यह हवा, यह चाँदनी, जया का सान्निध्य—यह माथे पर घूमते कोमल स्पर्श की मोहिनी—जैसे वह बिलकुल अचेत हो गया था—बेसुध। शायद अब काफ़ी देर हो गई थी, और इस सम्मोहन के समर्पण की स्थिति को स्नायविक संवेदन हलके-हलके अस्वीकार करने की आवश्यकता अनुभव कर रहे थे। शरद भी बड़ी कोमलता से जया का हाथ हटाकर स्प्रिंग के झटके से जैसे सीधा बैठ गया।

सूरजजी ने पास उल्टी रखी टॉर्च उठाकर हाथ में ले ली।

''अब ?—अब क्या ध्यान आया आपको ?'' शरद ने पूछा।

''यों ही—आप दोनों, अपने हाथ धरती पर फैला दीजिए।'' सूरजजी ने टॉर्च उठा ली।

शरद जया के घुटनों से सटकर बैठ गया और लगभग उन पर लदते हुए-से उसने जया के दोनों हाथ अपने हाथों से पकड़कर धरती पर फैलाकर रख दिए—''पहले इसका हाथ देखिए।'' यद्यपि शरद को ज़रा भी आस्था नहीं थी, फिर भी कुतूहल के लिए उसने सूरजजी की बातों में रुचि दिखाते हुए कहा।

''नहीं, दोनों साथ फैलाइए।'' सूरजजी टॉर्च बिलकुल हथेली से सटाकर झुक गए। जब शरद ने भी बराबर में अपनी हथेलियाँ फैला दीं तो कभी इसे और कभी उसे झुक-झुककर देखते रहे। सूरजजी नीचे झुके थे, और उन लोगों के सिर एक-दूसरे को स्पर्श कर रहे थे। शरद को शैतानी सूझी तो उसने जया के कान के लब को दाँतों से काट लिया। जया ने ज़ोर से सिर झटककर कहा—''अरे, यह क्या...''

''क्या ?'' सूरजजी ने ग़ौर से देखना छोड़कर सिर उठाकर पूछा।

शरद बीच में ही बात काटकर बोला—''दिन में शायद अधिक अच्छी तरह दिखाई देता।''

''ख़ैर, जो देखना था सो तो मैंने देख लिया।'' सूरजजी ने एक बार चारों हथेलियों पर निगाह मारकर टॉर्च बन्द कर दी।

''हाँ, अब बताइए।'' जया ने हथेलियाँ उठा लीं और कुहनी से शरद को सीधा बैठा दिया। उसकी कलाइयाँ थक गई थीं—उन्हें मसलती रही थी।

''अब आप जो पूछिए सो बताया जाए।'' सूरजजी ने कहा।

''नहीं, आप बताइए, आपने क्या देखा ?''

"ख़ैर, तो सुनिए। पहली बात तो यह है कि आप लोगों ने इन्टरकास्ट मैरेज की है।"

"यह तो मैंने खुद ही आपको बताया था, यह भी कोई बात हुई।"

जया बोली—"अब आप हमें ही बनाने लगे ! ये हाथ में लिखा होता है ?"

सूरजजी ने बिना उत्तर की चिन्ता किए हुए ही कहा—"दूसरी बात यह है कि आप लोगों ने मैरेज नहीं की, यों ही चले आए हैं।"

शरद 'धक्' से रह गया। यह बात सूरजजी को कैसे पता चली ? फिर उसने अपने को तुरन्त ही सँभाला; वैसे ही चले आए हैं तो क्या बुराई की है। सूरजजी ने इस तरह के दो-एक संकेत उस दिन खाना खाते समय भी किए थे। उसने जया की ओर देखा जया चुपचाप गुमसुम बैठी थी। सहसा उसे प्रोफ़ेसरनी का एक-एक शब्द याद हो आया। सूरजजी के प्रति एक विक्षोभ से वह तिलमिला उठी। उसके हृदय की सारी भावुकता जैसे उड़ गई। वह शब्द और अवसर खोजने लगी—कब सूरजजी से कहे। शरद ने कहा—"यह आपने हाथ में देखा या यों ही उड़ा रहे हैं ?"

"ग़लत कह रहा हूँ ?" सूरजजी ने पूछा।

"ग़लत न भी सही, लेकिन मैं पूछता हूँ, क्या यह हाथ की लाइनों की रीडिंग है ?" शरद ने पूछा।

"शरदजी, आप यह समझते हैं—और आप ही क्या, हर भावुक उम्रवाले लोग यही समझते हैं कि उनको छोड़कर दुनिया के सारे लोग बेवक़ूफ़ हैं। जब आप चढ़ते जाड़े के मौसम में दो अटैची और एक बिस्तर लेकर चले आए, तब क्या यह समझना कुछ ज़्यादा मुश्किल था ? और मैं ही क्या 'स्वदेश महल' का हर आदमी समझ गया। किसी ने आपसे कहा नहीं है तो मतलब यह कि कोई समझा भी नहीं ?—आपस का व्यवहार, यह सामान, सभी ने सिद्ध कर दिया कि आप कैसे आए होंगे। यदि सचमुच वास्तविकता यह न भी होती, और आप इसी तरह आए होते तब भी लोग इसी तरह उड़ाते।" सूरजजी ने कहा—उनकी दृष्टि दूर टिकी थी।

शरद को कुछ नहीं सूझा, मन-ही-मन इस बात को उसने अनुभव किया था, लेकिन स्पष्ट रूप से नहीं समझ पाया। उसे लगा सूरजजी उसे उसकी असावधानी के लिए जैसे डाँट रहे हैं। अपराधी की तरह उसने सिर झुका लिया—अपने पाँव के नाख़ून को टटोलता रहा।

"आप इसे बुरा समझते हैं ?" आख़िर हिम्मत करके जया ने कहा—वह राह देख रही थी कि क्यों नहीं शरद कह देता कि 'आए हैं तो क्या किसी के बाप का कुछ लेकर आए हैं। लोगों के पेट में दर्द क्यों होता है ?"

सूरजजी ने उसके स्वर के रूखेपन को समझकर कहा—"बुरा समझने का तो कोई प्रश्न ही नहीं उठता। आते ही सूरजजी ने जो कुछ अपना रूखा-सूखा खाने की दावत दे डाली थी, वह अपने आपमें इस बात का काफ़ी अच्छा सबूत था कि मैं आपको पुरस्कार ही देना चाहता था। और आप विश्वास कीजिए, यदि मेरे पास उस समय

'ताजमहल' होता तो बिना अधिक आगा-पीछा सोचे हुए, उसे भी इनाम दे सकता... ।'' सूरजजी को सहसा पान की याद हो आई।

''ठीक है...'' जया सोचकर रह गई कि बात को उतने ही कड़वेपन से कहे, जितने से उसने स्वयं अनुभव की है या कुछ सुधार दे। इसी पसोपेश में वह चुप रही।

''क्या ठीक है ?'' सूरजजी ने पूछा।

''शायद आपने ही यह बात कपिल साहब की 'वाइफ़' को बताई थी।'' जया ने अपने स्वर की तेज़ी को छिपाने की ज़रा भी कोशिश नहीं की।

''क्या उनकी 'वाइफ़' कुछ कह रही थी ? मैंने उनसे तो बात भी नहीं की–बोलता नहीं हूँ। हाँ, कपिल से शायद इस तरह की बातें हुई थीं।'' सूरजजी ने कुछ चिन्तित स्वर में कहा–''वे क्या कह रही थीं ?''

''कहती क्या ?'' जया ने विद्रूप से मुँह मटका दिया। उसे इतनी देर में भूली हुई बातें याद हो आईं और पता नहीं कैसे गला रूँध आया। उसने बड़े गीले स्वर में कहा–''आपको यह सब कहना नहीं चाहिए था।'' और उसने ज़ोर से पल्ले से आँखें पोंछ लीं।

सूरजजी और शरद दोनों चौंक पड़े। शरद समझ गया, इस बात को लेकर शायद कपिल की पत्नी ने जया से कुछ कहा है। उसकी सुस्ती और जल्दी मचाना सब उसे याद आ गए। सान्त्वना के स्वर में पूछा–''तुमने कुछ कह दिया क्या ?''

जया ने उत्तर कुछ नहीं दिया। आँखों से पल्ला लगाए रही।

इस बार शरद ने क्रुद्ध स्वर में कहा–''अब जो कोई कुछ कहे न, तो साफ़ तड़ाक् से कह देना, तुम्हारे तो बाप का कुछ लेकर नहीं भागे ? भागे होंगे अपने माँ-बाप का कुछ लेकर भागे होंगे। पता नहीं लोगों के क्यों पेट में दर्द होता है ? हाँ, हम लोग भागे हैं, जिससे कुछ हो सके कर डाले। हम भी देख लेंगे।'' और उसने ढाढ़स बँधाने के लिए जया का पल्ला उसकी आँखों से हटा दिया। वह मानो इस तरह कहनेवाले, भूत और भविष्य के सभी लोगों को जवाब दे रहा था।

इस बार सूरजजी अपराधी की तरह हाथ की तम्बाकू की चुटकी यों ही हाथ में लिए चुप रहे। कुछ देर बाद बोले–''सचमुच मुझे बहुत अफ़सोस है शरद बाबू, मैंने जिस आदमी से और जिस रूप में बातें कही थीं, कभी सोचा भी नहीं था कि वह इस रूप में पहुँचेंगी। सचमुच जया बहन, मैं बहुत दुखी हूँ।'' स्वर उनके दुख में डूबा था। चुटकी की तम्बाकू को दूसरे हाथ की हथेली पर रखकर यों ही उँगली से मसलते रहे। वैसे उन्हें तम्बाकू मलकर खाने की आदत नहीं थी। कोई बात थी, जो उनके मन में घुमड़ रही थी–और उसे वह कहना चाहते थे। आख़िर उन्होंने कहा–''आप लोगों की हिम्मत का तो मैं बहुत-बहुत आदर करता हूँ ! काश, यह हिम्मत सब जगह होती तो...'' अगले शब्द उनके गले में आकर अटक गए, फिर सारी झिझक को एकदम धकेलकर उन्होंने कह ही डाला–''तो सूरज की ज़िन्दगी कुछ और होती।''

''क्या मतलब–?'' शरद और जया दोनों अपनी बात भूलकर एकदम चौंके।

सूरजजी के मुँह से इस बात की कल्पना भी नहीं की थी—तो सूरजजी के साथ भी कुछ इस तरह की चीज़ है ! शरद ने अनुभव किया कि सूरजजी के भीतर का कुछ है जो इस समय खुलकर बह पड़ने के लिए आतुर हो रहा है। वह निर्णय नहीं कर पा रहा था कि इस समय वह उन्हें उकसाए या चुप रहकर राह देखे। वह सूरजजी के चेहरे को ग़ौर से देखता हुआ उनके सिर के पीछे दूर तक देखता रहा। सिगनल झुक गया था, और लाल की जगह हरी बत्ती चमक रही थी।

सूरजजी ने कुछ नहीं कहा--उनकी हथेली पर रखी तम्बाकू न जाने कब खिसककर नीचे जा गिरी। बड़ी दूर क्षितिज से कहीं रेल की गड़गड़ाहट उभरती चली आ रही थी। बड़े कोमल स्वर में शरद ने ही कहा—"ख़ैर, ज़रा जोश में हम लोगों ने कोई तेज़ बात कह दी या ऐसी चीज़ कह दी हो जो आपको नागवार गुज़री है, तो सच ही हम क्षमा चाहते हैं। हमारा यह मंशा कभी भी नहीं था। लेकिन एक बात मैं पूछने की कई दिनों से सोच रहा था। कपिल की बात मुझे काफ़ी हद तक सही लगी—एक ओर तो आप इतने प्रचंड तर्कवादी, युक्तिवादी और रैशनल हैं, दूसरी ओर इतने अधिक भाग्यवादी कि जीवन और जगत् के भविष्य को हथेली के मोड़ से पड़नेवाली रेखाओं में खोजने की कोशिश करते हैं ! एक ओर तो इतने पुरमज़ाक़, परिहास-प्रिय और 'विटी' हैं, और दूसरी ओर दुनिया की हर चीज़ के प्रति आपका रवैया कुछ ऐसा है जैसे 'अरे होगा भी; हमें क्या लेना है !'—एक ओर अत्यधिक क्रान्तिकारी, तेज़ और किसी से न दबनेवाले और दूसरी ओर ऐसे विसर्जनवादी, समर्पणशील कि आश्चर्य हुए बिना नहीं रहता। इन चार-पाँच दिनों में ही मैंने आपको इतने अद्भुत अन्तर्विरोधों से भरा पाया है कि आश्चर्य होता है। कभी लगता है कि आप बहुत अधिक बातूनी और झक्की हैं, कभी लगता है आप ज़रूरत से ज़्यादा चुप हैं। कल आपके जिस रूप का आभास केशव ने दिया, उसे तो मैं सोच भी नहीं सकता था—

"क्या ?" स्वर बड़ा तन्द्रिल और खोया था।

"यही कि कल आप दिन-भर नदी के खादरों में घूमते रहे। यह आख़िर सब क्या है ? मैं मानता हूँ अन्तर्विरोध—व्यक्तित्व की यह विसंगतियाँ हम सभी में हैं और जब तक यह समाज-व्यवस्था है तब तक हमारा व्यक्तित्व, हमारी जीवन-शक्ति इन अन्तर्विरोधों द्वारा तोड़ी जाती रहे—यह अत्यन्त ही स्वाभाविक है। लेकिन इतने तीखे रूप में तो मैंने इन्हें शायद देखा ही नहीं। आपमें यह अन्तर्विरोध बड़े ही शार्प हैं।"

रेल की गड़गड़ाहट पास आ गई थी—और दूर इंजन की रोशनी दीख रही थी। सूरजजी बोले—"फिर पूछने की बात ही क्या है ? जवाब आपने खुद ही दे लिया। जहाँ यह समाज-व्यवस्था, और साफ़ कहो तो, वर्ग-विषमता जितनी ही स्पष्ट तीखी और एक-दूसरे की विरोधी है, व्यक्तित्व की भी वहाँ यही हालत है। यही समझ लीजिए कि मैं इस विषमता का बहुत अधिक शिकार रहा हूँ।"—सूरजजी के स्वर में कोई भाव नहीं था।

"नहीं," शरद ने दृढ़ता से कहा—"मानव-हृदय या मनुष्य का मनोविज्ञान वर्ग-विषमता और समाज-व्यवस्था का प्रतिबिम्ब ज़रूर है; लेकिन वह इतना सीधा और

जड़ प्रतिफलन है, इसे मैं स्वीकार नहीं करता। कभी-कभी तो मनुष्य की बौद्धिक-चेतना, यानी प्रतिरोध की जीवन-शक्ति इतनी बलवती होती है कि वह वर्ग के प्रभाव को सीधे उसी रूप में नहीं स्वीकार करती, जैसा दिखाई देता है। वैज्ञानिक शब्दावली लें तो अपने अनुसार जैनरेट करती है। यदि ऐसा न हो तो मध्य वर्ग से आनेवाले मार्क्स और उच्च वर्ग से आनेवाले एंगिल्स को सर्वहारा-वर्ग का हितैषी सिद्ध करना बड़ा मुश्किल पड़ जाएगा।''

जया अपने सहज ज्ञान से जैसे सूरजजी की मनःस्थिति को हृदयंगम कर रही थी। वैसे भी इस वातावरण में यह वैज्ञानिक बहस उसे पसन्द नहीं आई। सूरजजी से कुछ जानने की उत्सुक वह भी थी। अधीर होकर बोली–''आप भी क्या बातें लेकर बैठ गए ? जो बात पूछ रहे थे वह पूछिए।''

''तो मैं पूछ रहा था कि अन्तर्विरोधों का यह सम्मिश्रण आप एक साथ ही सह कैसे सकते हैं–कैसे सह पाते हैं ?'' शरद ने बिना उस ओर ध्यान दिए पूछा।

रेल का कैनेडियन इंजन ज़ोर से गोली लगे सिंह की तरह दहाड़ा और उस सुनसान रात में उसकी दहाड़ हवा में पर्दों को फाड़ती हुई आसमान के इस सिरे से उस सिरे तक फैल गई–जैसे कोई भारी लट्ठा सनसनाता चला गया हो; फिर कहीं दूर जैसे किसी दीवार से टकराकर खंड-खंड में बिखरकर सारे वातावरण में फैल गया। आवाज़ की गूँज बड़ी देर तक हवा में लरज़ती रही। सूरजजी मन-ही-मन उलझ रहे थे, पराजित हो रहे थे। फिर एक बार अपनी पराजय को मज़ाक़ में उड़ा देना चाहा, बोले–''इसमें सह सकने और सह पाने का सवाल ही नहीं है। यह तो मेरा व्यक्तित्व बन गया है। हमारी सांस्कृतिक-परम्परा ही समन्वयवादी रही है। शिव के व्यक्तित्व में सिवा विरोधी-तत्त्वों के सम्मिश्रण के और क्या है ?''

शरद ने प्रार्थना के स्वर में कहा–''सूरजजी, आप तेज़ आदमी हैं, मेरी बात को मज़ाक़ में उड़ा सकते हैं। लेकिन सचमुच हम लोग जानने को उत्सुक हैं कि आपके जीवन की क्या विवशताएँ रही हैं, ज़िन्होंने आपको इस तरह ढलने को बाध्य कर दिया ? पूछने का अवसर मैं दो-तीन दिन से खोज रहा था, लेकिन आज जब आपने ख़ुद ही स्वीकार किया कि 'यदि सभी लोगों में इतनी हिम्मत होती तो शायद आपकी ज़िन्दगी कुछ और होती'–इस बात ने तो हमारी उत्सुकता को बहुत बढ़ा दिया है। यदि आप कोई हानि और हर्ज न समझें तो हम लोग आपके पिछले जीवन की कुछ बातें सुनना चाहेंगे।''

''क्या ज़िन्दगी...कुछ बात भी तो हो सुनाने लायक़।'' सूरजजी की वाणी में ऐसी व्यथा थी–और वह आवाज़ ऐसी मरी और निजान थी जैसे अगरबत्ती जल गई हो और उसकी फुसफुसी राख रह गई हो। वे होंठ बन्द करके इस तरह चुप हो गए जैसे आगे कुछ बोलना ही न हो।

तब तक रेल पुल पर आ गई थी। सारा वातावरण भयंकर गड़गड़ाहट से गूँजने लगा था–चुटीले साँप की तरह फुफकारता इंजन सरकता चला आ रहा था और पुल

थरथरा उठा था। लोहे की पटरियों से पहिए जूझ रहे थे—खनन-खनन करके पटरियाँ बज उठती थीं। कभी-कभी ऐसा लगता जैसे किसी बड़े कारख़ाने में घन के साथ सैकड़ों जगह लोहा कुट रहा हो। पुल के हिलने का कम्पन खम्भे पर स्पष्ट महसूस होता था—टनों भारी भागती रेल के बोझ से त्रस्त होकर पुल धसक-धसक उठता था—और यह गूँज नदी के पानी पर हवा में मीलों फैलती चली जा रही थी। नाचती लहरों में दीपमालिका दौड़ रही थी—रेल की खुली खिड़कियों से निकलती रोशनी के चौड़े फ़ीते पुल पर लगे आड़े-तिरछे लट्ठों से कट-कट जाते और प्रतिबिम्ब पानी पर पट्टियों की गति के साथ थिरक-थिरककर दौड़ता—भंयकर स्वर करती रेल को लगभग अपनी छाती पर चली आती, निरन्तर कम होती निकटता का अनुभव कैसा विचित्र था—कैसा भयोत्पादक, कैसा रोमांचकारी, थ्रिलिंग।

...और मेल इनके सामने से गुज़र गया। पुल काफ़ी ऊँचा था। डिब्बों के भीतर की स्थिति तो दिखाई नहीं देती थी—लेकिन हर खिड़की में कोई सिर चमक उठता था। और जब भी रोशनी गुज़रते हुए सूरजजी के चेहरे पर पड़ जाती, तो जया को ऐसा लगता जैसे एक मर्मान्तिक-व्यथा से सूरजजी का चेहरा विकृत हो उठा है और चश्मे के पीछे से झाँकती आँखों की चमक का स्विच किसी ने बन्द कर दिया है। जैसे यह रेल, कहीं भीतर उनके दिमाग़ में—दिल की गहराइयों में गड़बड़ाहट का शोर करती, भाप और कोयले छोड़ती, फुफकारती गुज़र रही है। इस विचित्र संवेदन से जया का रोम-रोम काँप उठा। वह अपनी बात बिलकुल भूलकर फिर जैसे 'स्व' हीन हो गई थी...

आख़िर रेल गुज़र गई—और सबसे पीछे की लाल बत्ती अँधेरे में सरकती चली गई—सरकती चली गई। सारी आवाज़ें धीरे-धीरे हवा में खो गईं। तीनों चुप थे।

सूरजजी कटी डाली की तरह ज़मीन पर चित्त लेट गए और एकटक चाँद को देखते हुए उन्होंने चश्मा उतारकर सिर के पास रख लिया। उँगलियों से आँखें मसलते हुए बोले—"तो लीजिए, आज सूरजजी की आत्म-कथा ही सुन लीजिए; और जिस तरह मध्यकालीन पेशेवर क़िस्सागो हर कहानी को कुछ शेर, दोहों और छन्दों से प्रारम्भ करते थे, कुछ वैसे ही वह कहानी शुरू होती है, अब आप लोग भी आराम से बैठ जाएँ तो अच्छा...।"

"जी हाँ, ठीक हैं हम लोग।" कहकर जया जो एक ही तरह बैठने से थक गई थी, पीछे हथेलियाँ टिकाकर, आराम से पाँव फैलाकर अधलेटी हो गई—और इतनी देर से उठनेवाली इच्छा को जब शरद न रोक सका तो जया की जाँघ पर सिर रखकर सूरजजी की ओर मुँह करके लेट गया। जया ने कोई विरोध नहीं किया। सूरजजी की बात पर ध्यान केन्द्रित करके शरद के हाथ अपनी छाती पर जया की वेणी से खेलने लगे थे...

सूरजजी ने गहरी साँस लेकर कहा—"तो शे'र है :

काबे की तरफ़ जा रहा हूँ, निगह सूए दैर है,
फिर-फिर के देखता हूँ, कोई देखता न हो...

'असल में मैं आज तक ठीक से नहीं कह सकता कि मेरे माँ-बाप कौन थे। आपको याद होगा मैंने पहले ही दिन कहा था कि 'सूरज इस धरती पर आ कैसे गया, यह एक रहस्य है।'' जब मैंने होश सँभाला—या कहो जहाँ तक बचपन की बात मुझे याद है, उसमें उभरकर एक ही बात बार-बार आती है। एक छोटा-सा बच्चा बार-बार मेरी गोद में ठूँस दिया जाता था। दोनों बाँहों में बड़ी मुश्किल से उसे बाँधे मैं मुँह फाड़कर चीख़ते बच्चे को चुप कराने के लिए इधर-से-उधर घूमा करता। मेरे हाथ दुख जाते थे—''मैं घूमता-घूमता थक जाता था; लेकिन पता नहीं वह बच्चा किस धातु का बना था कि मैं ज़रा रुका कि उसने दहाड़ मार-मारकर रोना शुरू किया। उसे गाना सुनाओ, घुमाओ। धरती पर छोड़ना तो उसे गोली मार देने के बराबर था। अब आप कल्पना कीजिए, बालिश्त भर के सूरजजी, सिर घुटाए, शरीर पर केवल जाँघिया पहने, कमर पर बच्चे को लादे; बोझ से दुहरे होकर घूम रहे हैं। एक कमरे में बैठा एक लड़का-सा मास्टर आठ-दस लड़कों को पढ़ाया करता। बच्चों को देखकर कभी मैं वहाँ जाकर खड़ा होता कि गोद का वह पिल्ला गला फाड़कर रो उठता। मास्टर और लड़के सब मुझे भगा देते। फिर तो शायद उन्हें ऐसा अभ्यास हो गया कि उन्होंने ज़रा मेरी सूरत देखी और भगा दिया। मुझे उनके पास खड़े होकर चुपचाप देखने का बड़ा शौक़ था। जितना ही वे मुझे भगाते उतना ही मैं छिप-छिपकर देखता। जहाँ तक मुझे याद है, बाल घुटाते समय मेरे सिर पर एक चूहे की पूँछ-सी चुटिया भी रखी गई थी। उसकी कोई और उपयोगिता चाहे हो या न हो, एक उपयोगिता थी। घर की स्त्रियाँ और उनके देखा-देखी मुझसे बड़े और बराबर उम्र के बच्चे, वक़्त-बेवक़्त उस चुटिया को पकड़कर मेरे गालों पर तड़ातड़ चाँटे मारते। चुटिया पकड़े जाने से मैं अपने बचाव के लिए, मुँह इधर-उधर भी नहीं घुमा सकता था। और यही क्यों, मारना तो उन लोगों में कुछ ऐसा आवश्यक काम समझा जाता था जैसे घड़ी का घंटे बजाना। हर इधर-उधर से आने-जानेवाले से मैं डरता था कि इसने मेरी चुटिया पकड़ी और इधर-उधर से दो तमाचे मेरे गालों पर जड़े। फिर वह मारनेवाला निर्लिप्त होकर इस तरह चला जाता था जैसे कोई भी ख़ास काम नहीं था। बराबरवाले बच्चों से तो मैं आँख दिखाकर बच भी लेता था; लेकिन बड़ों की मार पर सिवा रोने के और था भी क्या। चोट लगती थी तो मैं रोता था और जब तक वे आँसू सूख पाते तब फिर नई चोट लग जाती। आप विश्वास कीजिए, अगर एकाध-घंटा यों ही चला जाता तो मुझे खुद आश्चर्य होता। जैसे मैं उसकी प्रत्याशा करने लगा था ! 'क्यों रे, यहाँ धूप में क्यों खड़ा है—बच्चे की तबीयत ख़राब हो जाएगी।' 'भीतर क्या घुसा बैठा है, बाहर हवा में खिला।' 'रोटी खातों को क्या टुकुर-टुकुर ताक रहा है—बख़्त पर मिलेगी, जा बच्चे को घुमा ला।' 'हाथ टूट गए हैं—हाथों में दम नहीं है क्या ? ठीक से क्यों नहीं हिलाता है उसे।' 'चल उधर चल, इधर मास्टर पढ़ा रहा है' इत्यादि वाक्य मुझे ज्यों-के-त्यों याद हैं। बच्चे को कभी रेत में बैठाकर हमउम्रों के

साथ खेलने लगता और वह रो उठता तो ऐसा क्रोध आता कि जमुना में डुबा दूँ। सब बातें तो याद नहीं हैं, बस इतना याद है कि मार ख़ूब पड़ती थी और कोई अपना था नहीं। एक बार पता नहीं क्या किया कि कनेर की टहनियों से मार पड़ी। रात-भर मैं खाट पर बेहोशी में उछल-उछल पड़ता था; लेकिन कोई अपना था ही नहीं। एक बार खेलने में मेरी बराबर का लड़का शायद हार गया। हारकर नोचने-काटने लगा—मैंने उठाकर दे मारा। उन दिनों शरीर कुछ तगड़ा था। बस फिर क्या था, मालिक के लड़के को गिराना कोई छोटा-मोटा जुर्म नहीं था। सबसे पहले तो लात-घूँसों और न जाने किस-किससे मेरी मरम्मत हुई। मुर्ग़ा बनाया गया, पूरे दिन कोठरी में बन्द रखा गया—दो दिन खाना नहीं दिया गया। और आप ताज्जुब करेंगे जिस बच्चे के लिए मैं पिटा या जिसे मैंने उठाकर दे मारा, उसी ने अपने हिस्से का खाना मुझे चुराकर खिलाया था। यह सब मुझे एक-एक बात याद है। वही मुझे कभी-कभी बताया करता कि मास्टर साहब ने आज यह पढ़ाया, वह पढ़ाया। शायद उन्होंने ही मेरा नाम मुरलीधर रखा था, क्योंकि वे लोग मुझे मुरला या मुल्ला कहकर पुकारते थे। कानों पर मुल्ला-मुरला की दनादन गोलियों जैसी आवाज़ें लगती थीं—मुझे अपने इस नाम तक से घृणा हो गई थी—

"शायद तभी आपने अपना नाम सूरज रख लिया—क्योंकि मनोवैज्ञानिक रूप से आप उस नाम से बुरी तरह घृणा करते थे।" शरद ने पूछा।

"नहीं, 'सूरज' नाम किसी प्रतिकार-स्वरूप रखा गया नाम नहीं है। मैं मानता हूँ, वह भी अपने आप में ऐसा अच्छा नाम नहीं है; लेकिन जिसने भी यह नाम पहले रखा था, वह कुछ ऐसा मधुर-क्षण है कि मैं बयान नहीं कर सकता। और शायद यह उसी की प्रतिक्रिया है कि जहाँ मैं एक नाम को बिलकुल सुनना नहीं चाहता था, वहाँ यह दूसरा नाम इतना प्रिय था कि इसे बार-बार सुनना चाहता था और इसी झोंक में शायद अपना नाम कभी-कभी खुद भी लेने लगा। अब तो यह मेरे व्यक्तित्व का एक हिस्सा हो गया है। ख़ैर, यह बात अभी आएगी। तो पहले जीवन की मुझे बस एक बात और याद है कि न जाने कैसे, पास-पड़ोस के किसी नौकर से या कैसे, मैं बीड़ी पीने लगा और एक दिन जब पकड़ा गया तो ऐसी मार पड़ी कि शायद आज तक याद नहीं है, उतनी मार बाद में कहीं खाई हो। हाथ-पाँव बाँध कर एक घंटे-भर कुएँ में अधर लटका रहा।"

"हाय ! नीचे जा पड़ते तो...?" उस दृश्य की कल्पना से सिहरकर जया बीच में बोल पड़ी।

"जा पड़ते तो उनकी बला से। सचमुच जयाजी, अब जब कभी मैं उस बात को सोचता हूँ, तो यह बात मेरे सामने साफ़ हो जाती है कि मैं किसलिए बीड़ी पीने पर पीटा गया। मैं इसलिए नहीं पीटा गया कि कोई बुरा काम सीख रहा था, या एक ऐसी आदत सीख रहा था जिससे मेरा कोई नुक़सान हो जाने की सम्भावना थी—बल्कि कहीं मेरी इस आदत से उनके सुपुत्रों में ऐसी कोई आदत न लग जाए—यह था मुख्य कारण।"

"सचमुच आपको अपनी माँ की कोई बात याद नहीं ?" जया ने फिर बीच में पूछा। वह सोच रही थी कि ऐसे दुख और मार के बाद वह कौन-सी गोद थी जहाँ यह व्यक्ति अपनी आत्मा को शान्ति देता था।

"माँ ? मैंने बताया न, अपने माँ-बाप का मुझे कोई ध्यान नहीं है। हाँ, तरह-तरह की बातें ज़रूर सुनी थीं। जैसे वे लोग मुझे किसी अनाथालय से उठा लाए थे—और मैं किसी विधवा या कुमारी के पेट की उपज था; या मेरी माँ खुद ही मुझे इनके हाथों बेच गई थी—या मैं कहीं भटक रहा था; इन लोगों ने पाल लिया। पता नहीं कौन-सी बात ठीक है। हाँ, इतना ज़रूर है कि उन्हीं दिनों एक भयंकर अकाल पड़ा था, और हो सकता है कि मेरे बेचे जाने की बात सही हो। ख़ैर, तो जहाँ उन लोगों की गाय-भैंसों के लिए भुस रखा रहता था उसी में एक ओर मेरी जगह थी। बस, वहीं जाकर मैं अक्सर रोया करता। फिर पता नहीं, उन लोगों का क्या हुआ—तबादला हो गया या क्या हुआ। हो सकता है, मैं ही भाग खड़ा हुआ होऊँ और मुझे याद न हो।

"दूसरी बात मुझे एक मोटर के अड्डे की याद है। मोटरों के क्लीनर और ड्राइवर दोनों चीख़-चीख़कर आवाज़ें लगाते थे—सवारियों को बुलाते थे। कभी-कभी तो आपस में अपनी-अपनी मोटरों पर चढ़ाने के लिए सवारियों की खींचा-तानी करते, पोटली कोई रख रहा है—हाथ दूसरा खींच रहा है। और भीतर बैठी हुई सवारियाँ गर्मी में घबराती और हाँफती, चलने की जल्दी मचातीं। कभी-कभी सिर चकराने से क़ै भी कर देतीं—लेकिन जब मोटर ऊपर-नीचे ख़ूब लद लेती, तब चलती। शायद उस शहर से किसी गाँव की तरफ़ मोटर जाती थी। मोटर के आने-जाने के बीच के वक़्त के लिए एक अलाव जलता रहता, जिसमें से गाँववाले चिलम भर-भरकर पीते। वहीं हम बनियान और एक अँगोछी-सी बाँधे इधर-उधर पड़े रहते। तीन-चार थे। शायद पैसे माँगते, चिलम भरते थे और किसी का सामान इधर-उधर रख देते थे। किसी चाट-खोमचेवाले से कोई मुसाफ़िर कुछ खाता होता तो आँखें फाड़-फाड़कर उसे देखते—वह चाटवाला भारी-भारी गालियाँ देता हुआ अपने मक्खी उड़ानेवाले डंडे से हमें और पास खड़े हुए कुत्ते को डाँटकर भगाता—तो हम कुछ दूर खड़े हो जाते। यहाँ मैं बता दूँ कि इतनी मार-पीट के बाद भी बीड़ी पीने की आदत हमें लग ही गई थी—सो इधर-उधर फेंकी हुई बीड़ियों को झट उठाकर पीने लगते या वक़्त-बेवक़्त के लिए बुझाकर कान में लगा लेते। कभी-कभी तो एक-एक बीड़ी के लिए आपस में ऐसे भंयकर युद्ध हुआ करते कि दाँतों और नाख़ूनों से सब लहू-लुहान हो जाते। जाड़ा होता तो हलवाई की भट्टी या उस अलाव के पास या कहीं इधर-उधर घुसकर काट देते। मोटरों के इंजन में पानी भरनेवाला, जो मुसाफ़िरों को भी पानी पिलाता था—एक महाराज था। वह अपनी मोटी हाथ की बुनी गाढ़े की रज़ाई बिछाकर एक दूकान के तख़्ते पर खाट डालकर सोता था। उसकी रज़ाई आधी लटकती रहती थी। उसकी खाट के नीचे मैं घुसकर सो जाता। पेट कैसे भरता था—और भरता भी था या नहीं यह अब याद नहीं है।

"हाँ एक बात और है—या तो कहिए कि मैं पिछले ऐसे जीवन से आया था जहाँ

पढ़ने का महत्त्व, मुझे आस-पास न आने देकर मेरे दिमाग़ में बैठा दिया गया था—या कुछ स्वाभाविक-रुचि थी। अक्सर अड्डे के इधर-उधर के मकानों पर बड़े लम्बे-चौड़े विज्ञापन लिखने के लिए पेंटर आया करते थे। पेंट के डिब्बों में तार बाँधकर डोल की तरह लटका लिया और कोई आज यहाँ सफ़ेद पोतकर लाल लिख रहा है, कोई नीला पोतकर सफ़ेद। अब अन्दाज़ा लगाता हूँ शायद बालामृत घुट्टी या हैज़े, क़ै से बचने की कोई अचूक दवा या फिर स्त्री-पुरुषों की गुप्त बीमारियों के इलाज। जो भी हो, मैं वहाँ खड़ा-खड़ा बड़े ग़ौर से हर अक्षर को बनते देखता और आश्चर्य करता। मुझे यों खड़ा देखकर कभी-कभी वह पेंटर मेरे हाथ में सफ़ेदे की डोलची पकड़ा देता—और शान से बीड़ी पीता हुआ अक्षर बनाता। उससे बीड़ी का पारिश्रमिक ठहरता। या कोई मुसाफ़िर अख़बार पढ़ता होता तो मैं चकित होकर भौंचक-सा उसके चेहरे को देखा करता कि आख़िर ये लोग इतनी देर तक इस काग़ज़ में क्या घूरते हैं ? कभी-कभी तो बेचैन होकर अख़बार पढ़नेवाले को ही मुझे भगाना पड़ता। कहना न होगा कि यहाँ भी कुत्ते की तरह चिढ़ाना और दुतकारना अपना जीवन था और यह सब इतना स्वाभाविक था, कि इसके अलावा मैं कुछ सोच ही नहीं पाता था।

"वहीं पास में एक प्राइमरी स्कूल था। मैं वहाँ जाकर घंटों खड़ा रहता। मास्टर चारपाई बिछाकर सोता रहता, दो लड़के पैर दबाते, दो हवा करते—और चॉक के छोटे-छोटे टुकड़ों पर लड़ते। सन के टाट के पट्टे बिछे रहते और तरह-तरह के लड़के आमने-सामने बैठ कालौंच रँग कर दवातों या चौड़े चूड़ी के टुकड़ों से पट्टियाँ ख़ूब घोंटते और फिर आपस में मिलाते कि किसकी पट्टी अधिक चिकनी है। ज़रा-सा पाँव छुलने पर किताबों और पट्टियों को बार-बार माथे से लगाते और स्याही या कालौंच से चितकबरे चीथड़ों में ख़ूब दत्तचित्त होकर निचला होंठ दाँतों के नीचे दबाकर, रच-रचकर किताबें लपेटते। फिर बैठकर खड़िया की दवात में जिसे वे 'बुद्दका' कहते, पानी मिली खड़िया को क़लम के पिछले हिस्से से बिलोते और समझते स्याही गाढ़ी हो रही है। चाक़ू से नरसल की क़लमें बनाते और उसके भीतर से जो सींक-सी निकलती उसे 'विद्या रानी' का 'परसाद' समझकर खाते। एक-दूसरे पर टोटके-टोने करते। पट्टी धोते समय धुली हुई पट्टी को हिला-हिलाकर हवा में सुखाते हुए गाना गाते, और जब एक-दूसरे पर छींटें पड़तीं, तो या कंचों पर या अन्य किसी बात पर लड़ मरते और एक-दूसरे को उठाकर पटक देते। तब मास्टर हड़बड़ाकर उठ बैठता और अपने किसी 'प्रिय' विद्यार्थी को इसलिए दो-एक थप्पड़ मारता कि क्यों नहीं उसने उसके बेंत को सँभालकर रखा। बेंत मिलते ही इसकी-उसकी जो सामने पड़ता, उसकी धुनाई करता, फिर सबको लाइन में बैठाकर पढ़ने का आदेश देकर ख़र्राटे भरने लगता। शायद दिन में आध घंटा वह पढ़ाता होगा। उस समय भी अधिकांश वह लड़कों से ही ब्लैक-बोर्ड पर सवाल करवाया करता और ग़लत होने पर सही बतानेवाले लड़कों से या तो पूरे क्लास के लड़कों को चाँटे मरवाता या फिर ख़ुद मेज़ पर हथेली फैलवाकर रूल मारता ! ख़ैर जो भी हो; सुबह प्रार्थना करने से लेकर शाम के कबड्डी के खेल तक मुझे सारा

दृश्य बड़ा ही आकर्षक लगता और मुझे उन लड़कों से बड़ी ईर्ष्या होती। वह जैसे एक ऐसा स्पृहणीय स्वप्न-लोक था जहाँ तक पहुँचने का रास्ता मुझे नहीं मालूम था। यह मेरे जीवन का दूसरा मोड़ है। आप लोग सो तो नहीं रहे हैं ?'' सूरजजी ने रुककर पूछा।

''नहीं-नहीं आप कहिए...।'' दोनों ने एक साथ कहा।

''मैं शायद बहुत अधिक विस्तार के साथ बता रहा हूँ। ख़ैर, अब अधिक संक्षेप में बताऊँगा। बात यह है कि जब पिछला जीवन कोई याद करने बैठता है तो सचमुच उसके सामने बड़ी दिक़्क़त आ खड़ी होती है कि क्या छोड़े और क्या न छोड़े ? बुरा हो या अच्छा, अपना होने के कारण उसमें इतना कुछ आकर्षण होता है कि आदमी विवश हो जाता है। मेरी तो इच्छा है कि मैं भी 'भूतनाथ' की तरह अपनी जीवनी कम-से-कम बीस खंडों में लिखकर दूँ, लेकिन देखिए कब होता है, और सब होता भी है या नहीं। हाँ, तो अब संक्षेप में ही बताऊँगा। ज़िन्दगी का तीसरा हिस्सा है मेरा जेबकट के रूप में। स्टेशन पर, कहीं टिकटघर के आस-पास, कहीं मुसाफ़िर-ख़ाने में या प्लेटफ़ॉर्म के पुल के नीचे बैठे रहना, ओंघते पड़े रहना और ताकना कि कौन मुसाफ़िर टिकट ख़रीदकर या खाने-पीने की चीज़ ख़रीदकर पैसे कहाँ रखता है। इसमें हम पाँच-छः लड़के थे। तब मैं बारह-तेरह साल का हो चुका था। बैठकर हम सब बीड़ी पीते, सिगरेट पीते और जुआ खेलते। ताश में माँग-पत्ता का खेल होता है। एक पत्ता निश्चित कर लिया और उस पर पैसे लगाकर बाँटने लगे—जिसके हिस्से में ताश आ गया वह सारे पैसे समेट ले गया। हमारे साथ रेल के क़ुली, ख़लासी भी आ जाते थे। सिपाही अक्सर हमें तंग करते थे। उन्हें दो-चार आने देने पड़ते, वर्ना वे लोग थाने में ले जाकर मारते थे। मारने से भी बुरा उनका नोचना होता था। वे बग़ल के पीछे के पुट्ठे के नीचवाले मांस को मुट्ठी-भर पकड़ लेते और बुरी तरह मसलकर नोंचते, तब सारा शरीर तड़पकर रह जाता। यह मारने से कई गुना भयंकर कष्ट था। मज़ा यह कि नोंचते समय हमें बिलबिलाता और तड़फड़ाता देखकर सिपाही या थानेदार राक्षस की तरह खिलखिलाकर हँसते थे। ख़ाली वक़्त में इधर-उधर आँखें बचाकर अटैची-बिस्तर उड़ा देना। लेकिन इन सभी कामों में हमारी एक सीमा थी इससे आगे हमें नहीं जाने दिया जाता था। क्योंकि फिर लम्बे-लम्बे हाथ मारनेवाले बड़े-बड़े लोग थे। अपने क्षेत्र में क़दम रखते देखकर वे लोग हमें मारकर भगा देते थे। आप विश्वास कीजिए शरद बाबू, भारतीय रेलों से बढ़कर चोरी-डकैती का दूसरा स्थान नहीं है—केन्द्र समझिए, केन्द्र। वहाँ एक काम होता है ? ब्लैक के माल से लेकर चोरी-छिपे नाजायज़ शराब, गाँजा इत्यादि ले जाने का कारबार, हत्या, डकैती, चोरी का काम, जेब काटने-लूटने का काम, लड़कियाँ इधर-उधर ले जाने, भगाने-ख़रीदने-बेचने का काम, औरतों को बहकाने, बलात्कार का काम—एक काम है वहाँ ? मेरा तो दावा यह है कि आप दुनिया का कोई भी अपराध किसी भी स्तर पर करना चाहते हों—भारतीय रेलवे से बढ़कर सारी सुविधाएँ आपको एक जगह मिलना बहुत ही कठिन है। इस क्षेत्र में चाहे आप सिक्खड़ हों या

माहिर, आपके लिए पूरा क्षेत्र खुला है। लूट का ऐसा खुला रूप शायद कहीं नहीं दिखाई देता। क़ुली-ख़लासी से लेकर टी.टी. हो या सिपाही—यह सब तो बाक़ायदा हाथ में से अठन्नी तक झपटने के लिए स्वतन्त्र हैं ही—बड़े लोगों के बड़े क़ायदे हैं। उनके हिस्से बँधे हैं। आप उनका हिस्सा दे दीजिए और निर्द्वन्द्व होकर अपना काम किए जाइए; कोई आपसे पूछनेवाला नहीं है। कोई लड़की अकेली प्लेटफ़ॉर्म पर बैठी है, वेटिंगरूम में है; किसी टी.टी., ए.एस.एम., एस.एम. या एस.ओ. साहब की तबीयत आ गई—फिर वह लड़की बचकर नहीं निकल सकती। ऐसे केस तो हज़ारों होते थे, जैसे नए विवाहित पति-पत्नी या ऐसे ही कोई जा रहे हैं, किसी स्टेशनवाले का मन आ गया। ज़रा देर से एस.ओ. साहब आएँगे—'आप लोग भागकर आए हैं।' ज़बर्दस्ती उन्हें थाने ले जाया जाएगा, साथवाले आदमी में दो-एक धौल-डंडे जमाए जाएँगे, उसकी जेब ख़ाली करा ली जाएगी, और यदि किसी पहले स्टेशन पर इसी तरह उनकी जेब ख़ाली करा ली गई है तब तो उनकी पिटाई की ख़ैर नहीं है; फिर उन्हें हवालात में बन्द कर दिया जाएगा। अब साथवाले महोदय सीख़चों के पीछे बैठे देख रहे हैं कि उनकी पत्नी, प्रेयसी या बहन स्टेशन के इस अफ़सर के पास से उस अफ़सर के पास ले जाई जा रही है। आप कुढ़ रहे हैं, कुछ कर आप सकते नहीं, क्योंकि मौक़े पर एक भी गवाही आपको नहीं मिलेगी। हिन्दुस्तान में दो ही ऐसी जगहें हैं जहाँ चाहे आप प्रारम्भिक स्थिति में जाएँ या कुछ सीखकर, आप उस दिशा की चरम सीमा छूकर ही रहेंगे; बीच में चाहें भी तो नहीं रुक सकेंगे—वे हैं जेल और रेल ! और समझ लीजिए मैं उसी चक्कर में पड़ गया था। ब्लेड में एक ओर कपड़ा, काग़ज़ या पुट्ठा बाँधकर उसे इस लायक़ किया जाता कि काटनेवाले की उँगली न काटे, फिर पैंतरे ताके जाते। मेरी भाँपने की कला इन दिनों जैसी विकसित हो गई थी—उसे सोचकर आश्चर्य होता है—उसी का तो प्रताप है कि—"

"तब तो आपसे होशियार रहने की ज़रूरत है।" सूरजजी फिर बहक रहे हैं, यह बात समझकर जया ने जँभाई लेते हुए मुँह के आगे हाथ रखकर हँसी में कहा।

"होशियार तो आप लोग वैसे भी काफ़ी हैं।" सूरजजी बोले और वे करवट बदलकर लेट गए। उन्होंने हथेली पर अपना सिर उठा लिया और कुहनी धरती पर टेक दी। अभी तक वे आकाश की ओर देख रहे थे—इसलिए जया इस ख़याल से जाँघ पर शरद का सिर लिए चुपचाप बैठी थी कि वे ऊपर देख रहे हैं। अब वह उसका सिर हटाने के लिए कुनमुना उठी; शरद ज़बान से कुछ न बोलकर सारी ताक़त से सिर को वहीं जमाए रहा—जो आदमी जीवन के अपने गुह्यतर स्तरों को यों बेझिझक होकर बोल दे रहा है, उससे क्या पर्दा ?

आख़िर सूरजजी ने कहा—"बैठी रहिए न, कोई ऐसी अनोखी बात तो यह है नहीं कि जिसकी मैं कल्पना भी नहीं कर सकता।"

जया लज्जा से कटकर बुरी तरह संकुचित हो उठी। शरद ने पूछा—"हाँ फिर ?"

"हाँ तो, जेब काटने का यह काम ज़्यादा नहीं चला। क्योंकि इसके साथ ही एक काम हम और करते थे—यार्ड में खड़े, या इधर-उधर पड़े हुए मालगाड़ी के डिब्बों में

से सामान निकालना। बोरियों चीनी, सोडा, दाल, नमक–चाय और अन्न हमने इधर-उधर किया। फलों की तो कोई शुमार ही नहीं थी। इन सबको बाज़ार में बेचना और पैसे सीधे करना–फिर सिनेमा, थिएटर, जुआ और दावतें। एक बार पकड़कर छः महीने को ठूँस दिए गए। यों तो एक हफ़्ते तक कभी-कभी हवालात में रहे थे; लेकिन इतनी लम्बी सज़ा यह पहली थी। वहाँ का कुछ और ही हाल था। छः महीने की सज़ावाले को तो कोई पास खड़ा रहने देना पसन्द नहीं करता था–मार कर भगा देते थे। वहाँ तो कोई गर्व से कहता चार साल, कोई कहता छः साल, कोई कहता आठ साल, और इसी हिसाब से उसकी इज़्ज़त होती। अपनी तो कोई गिनती ही नहीं थी। वहाँ हमें पढ़ाया भी जाता था। ख़ैर, बाहर आया तो फिर उसी काम में लग गया। लेकिन पता नहीं क्यों, मन वहाँ से ऊब गया। दुनिया-भर की ज़लालत, मार-पीट, जेल और गाली; यह हमारे सिर थी और हिस्सा सबका होता था। सबको खिलाओ-पिलाओ; एक दिन न दो तो बेमुरव्वत होकर गर्दन काट दें; जेल भेजने में ज़रा भी न हिचकें। पचास पर हाथ मारो तो हिस्सा दे दिलाकर वही पाँच बच रहते। आख़िर मैंने फिर लाइन बदलने का निश्चय कर लिया। वहाँ रहते हुए यह सम्भव नहीं था–क्योंकि किसी एक लाइन में सैट हुआ आदमी इतना बँधा होता है–ऐसा विवश होता है कि वह चाहे तो भी लाइन नहीं बदल सकता। साथवाले, हिस्सेवाले, शुभचिन्तक, यार-दोस्त, पूरा एक षड्यन्त्र होता है जो आपको ज़रा भी फ़ुर्सत नहीं देता। आप हिल ही नहीं सकते। और आख़िर मैं भाग खड़ा हुआ। इस कार्य से मुझे घृणा हुई एक छोटी-सी घटना से। एक दिन हमने मालगोदाम के डिब्बे से छः-सात सेर काजू चुराए, जैसे ही निकलने को हुए कि एक दीवान की निगाह पड़ गई। कोई देखता होता तो वह ज़रूर मारता, पर अब उसने आधा हिस्सा ले लिया। आगे बढ़े तो देखा ए.एस.एम. साहब चले आ रहे हैं, उन्हें देना पड़ा। और संक्षेप में बात यह कि मुट्ठी-भर काजू अपने हिस्से में आए। और वे काजू मैंने लिए कैसे थे ? डिब्बे में से चुराकर जैसे ही बाहर आया, देखा तो चौकीदार खड़ा है। मैं भागा। रास्ते में तार लगे थे काँटेदार। सिनेमा में देखता था कैसे पतली-सी जगह में से हीरो छलाँग लगाकर बचता हुआ निकल जाता था। मैंने भी उसी तरह छलाँग लगाई। पार तो ख़ैर किसी तरह जा पड़ा; लेकिन घुटने की खाल बड़ी लम्बी फट गई। पीछे चौकीदार लगा था। जब मैं गिर पड़ा तो बोला–"लड़के, रुक जा, तुझे मारूँगा नहीं।" लेकिन वहाँ होश किसे था। जैसे-तैसे गिरता-पड़ता भागा तो सामने दूसरा दीवान खड़ा था। उस दिन मुझे बड़ी झुँझलाहट आई। मैंने वह मुट्ठी-भर काजू भी उठाकर नाली में फेंक दिए। स्टेशन पर आ पड़ा हावड़ा एक्सप्रेस आई। चौदह-पन्द्रह साल का एक गोरा-सा लड़का बैठा था एक डिब्बे में। दाँव लग गया तो उसका बटुआ हमने पार कर दिया। उसमें रुपए तो अधिक नहीं थे–शायद दस हों, लेकिन टिकट इत्यादि सभी कुछ था। जैसे ही मैं डिब्बे में से निकला–उधर से घुस आए दो टी.टी.। उस दिन 'गेंग' चल रहा था; स्पेशल मैजिस्ट्रैट ड्यूटी पर था। लड़का पकड़ा गया–और बन्द कर दिया गया। गेंग तो अगले स्टेशन को चला गया–लेकिन उस लड़के की जो हालत हुई उसे

न कहना ही अच्छा है। बलिया की तरफ़ के दो-तीन उजड्ड सिपाही थे। लड़का किसी अच्छे घर का था। शायद लड़कर या भागकर आया था। दो-एक दिन तो उसने नाम ही नहीं बताया—फिर नाम बताया तो माँ-बाप को आते-आते दो दिन लग गए। इस बीच में उन कमबख़्त सिपाहियों ने उस लड़के का सत्यानाश कर डाला था। इसके बाद जब घर पहुँचाया गया तो सुना दूसरे या तीसरे दिन उसकी मौत हो गई। यह एक ऐसी बात थी कि मैं आज तक अपने को अपराधी समझता हूँ। रह-रहकर मन में उठता—यह हत्या तेरे सिर है। कई दिनों मैंने इस आवाज़ को झुठलाया—और आख़िरकार भागना ही पड़ा।

"इसके बाद बोझा उठाने से लेकर इधर-उधर के बहुत से काम किए। फिर पता नहीं किस तरह अख़बार बेचने लगा। पहले आवाज़ लगाने के लिए किसी राह चलते से कोई लाइन पढ़वाकर उसकी आवाज़ लगाता था—धीरे-धीरे ख़ुद भी हिज्जे करके पढ़ने लगा। क्योंकि जो सुनता था उसे ही मोटे अक्षरों में पहचानने की कोशिश करता। उन दिनों पेंटरोंवाले अक्षर दिमाग़ में उभर आते थे। साल-डेढ़ साल अख़बार बेचे। फिर एक किताब की दूकान में नौकरी कर ली और टूरिंग एजेंट हो गया। बस, दो सन्दूकें किताबों की भरीं और घूम रहे हैं। समझिए किताबों की दूकान में नौकरी करना मेरी ज़िन्दगी का बहुत बड़ा मोड़ था।

"घर-घर जाकर किताबें दिखानी पड़ती थीं, लोगों को समझाना पड़ता था। इसलिए पहले से किताब को उलट-पलट देखना पड़ता था। आगे-पीछे पढ़ना भी पड़ता था। इस दिशा में मैंने अपने और साथियों की अपेक्षा ज़रा अधिक मेहनत की। मैं चाहता था कि जितनी किताबें मैं ले जाऊँ या मेरे साथ हों उन पर मैं अधिकार के साथ ग्राहक को बता सकूँ, चुनाव कर सकूँ। क्योंकि मेरा ख़याल है कि किताबें बेचना शायद सबसे अधिक विचित्र अनुभव है। मैं जहाँ जाता था, सराय या रास्ते के होटल में सामान रखा, एक क़ुली के सिर पर बक्सा लदवाया ख़ुद थोड़ी-सी किताबें लीं और चल दिए। स्कूल के मास्टरों, लाइब्रेरियों इत्यादि सभी जगह घूमने से दो बातें मेरी समझ में आ गईं। एक तो बोलने-चालने का सलीक़ा सबसे ज़्यादा ज़रूरी है, दूसरे हैं कपड़े। सो दोनों ओर मैं अधिक-से-अधिक ध्यान देता। आप सच मानिए एक साल-भर बाद यह पहचानना मुश्किल हो गया कि यह आदमी कितना पढ़ा-लिखा है। हाँ, तो मैं बेचने के विचित्र अनुभव बता रहा था। मैं जातना था कि निम्न-मध्यवर्गीय लोगों, और अधिकांश बाबू लोगों की स्थिति ही नहीं होती कुछ ख़रीदने लायक़; इसलिए उधर जाना बेकार था। अतः कोठियों या रईस व्यापारियों की तरफ़ ही मैं जाता। कहीं तो बड़ा आदर होता, कुर्सी पर बैठाया जाता, पानी इत्यादि के लिए पूछा जाता—चाय तक कहीं-कहीं दी जाती। कहीं ड्राइंगरूम में बैठे कैरम खेल रहे हैं—साग-सब्ज़ीवाले की तरह कह दिया—'दिखाओ, क्या-क्या है ?' अब एक-एक किताब दिखा रहे हैं। हम तो उस किताब का वर्णन करने में ख़ून-पसीना एक किए दे रहे हैं, और वे लोग अपने चैप, कट, फ़्लुक और रिबाउंड में लगे हैं। तबीयत कुढ़कर ख़ाक हो जाती थी। एक ही परिवार में अलग-अलग तरह

की रुचियाँ देखने में आतीं। लड़की कोई चटपटा-सा उपन्यास चाहती है, अम्माजान मोटे अक्षरोंवाली गीता की माँग करती हैं और बाप मियाँ कोई दर्शन-शास्त्र की किताबें चाहते हैं। अंग्रेज़ी अपनी समझ से परे थी इसीलिए अंग्रेज़ी की किताबें मैं रखता नहीं था। लेकिन ऑर्डर ले लेता था। क्योंकि जिस दूकान पर काम करता था वे लोग अंग्रेज़ी की किताबें भी बेचते थे। सच मानिए शरद बाबू, ज़िन्दगी जितनी अच्छी तरह घूमनेवाले को दिखाई देती है, किसी भी दूसरे आदमी को नहीं। कोई जगह मैंने छोड़ी थी ? शहर-शहर, गली-गली और दर-दर घूमा। हर अच्छे-बुरे आदमी के पास मैं गया। पहले तो झिझक लगती थी। पता नहीं यह ख़रीदेगा या नहीं; लेकिन फिर झिझक खुल गई। कारख़ाने दफ़्तर सभी जगह मैं जाता और तब देखता। तरह-तरह के लोगों से मुठभेड़ होती। इस तरह मैंने उन दिनों एक नया रूप देखा। लगा, जीवन का दर्शक बनने में बड़ा सुख है।

''जिस मकान में मैं कोठरी लेकर रहता था, वह एक हवलदार की विधवा का मकान था—उसके एक लड़की थी और एक छोटा लड़का। इस मकान के अतिरिक्त उसकी एक पनचक्की थी। विधवा चालीस-पैंतालीस साल की होगी। बहुत ही कर्मठ थी। खुद ही सब देखभाल करती थी। एक नौकर चक्की पर रख दिया था—और सब कामों पर निगाह रखती थी। मुझे अक्सर रहना तो बाहर ही पड़ता था; लेकिन जब भी यहाँ आ जाता तो दूकान पर डिस्पैच इत्यादि का काम करना पड़ता। मेरा 'टूर' मालिक ही तैयार करके देता था। उन दिनों कभी होटल में खा लिया—कभी खिचड़ी डाल दी। रात को सैकेंड-शो, या इधर-उधर घूमने चला जाता, और काफ़ी रात को लौटता। सुबह या कभी छुट्टी के दिन बैठा-बैठा किताबों से सिर मारा करता। मेरा तो विश्वास यह है कि आप चाहे कैसी भी कम्पनी में क्यों न रहे हों, पन्द्रह से चौबीस साल के बीच में निश्चित-रूप से दो-एक साल का समय ऐसा आता है, जब लगता है कि आपसे ज़्यादा अकेला, उदास और अभागा दुनिया में कोई नहीं है। कम-से-कम मेरा हाल यही था। दिन-भर भटकता-घूमता; निरुद्देश्य। पिछले जीवन की ओर लौटने या लौटकर देखने की कोई ख़ास इच्छा नहीं होती थी, थोड़ा बहुत पढ़कर या खुद देख-सुनकर मैं समझने लगा था कि वह जीवन कोई विशेष अच्छा नहीं था। बल्कि उससे उत्कट घृणा हो गई थी, जो जीवन के इस छोर से उस छोर तक छाई रहती। 'टूर' की तो ख़ैर कोई बात नहीं—तब तो दिन पता भी नहीं लगता था, लेकिन यह दिन सचमुच बड़े कठिन हो जाते।

''कभी मैं अपनी कोठरी में बैठा ले जाने के लिए, या लाई हुई किताबें सँभालने लगता तो हवलदारिन की लड़की 'चन्द्रा' आकर खड़ी हो जाती। वह आठवें या नवें में पढ़ती थी। वह मुझसे माँगती—'हमें कोई किताब दे दो न ! लेकिन अच्छी-सी देना, जिससे हमारा मन लगे।' मैं उससे कहता, 'आप छाँट लीजिए।' वह एक-दो उलट-पलटकर देखती, फिर कहती, 'आप ही देख दीजिए न' बात को ज़्यादा न बढ़ाकर मैं बता दूँ कि उसको कौन-सी किताब अच्छी लगेगी, यह देखने के लिए मैं रात-रात-भर दिया जलाकर किताब पढ़ता था। उसे देता; फिर पूछता कैसी लगी। कभी जब मैं एकाध

महीने बाद लौटकर आता तो वह बैठकर मेरी यात्रा का पूरा विवरण सुनती। अब मन की बात छिपाने से कोई फ़ायदा भी नहीं है, मैं उन दिनों किसी ऐसे साथ के लिए भटक रहा था जहाँ अपने तन, मन, प्राण, सपने, सभी निछावर कर दूँ। यों लड़कियों का साथ दो-एक बार पहले भी हो चुका था और उस समाज में जिससे मैं आया था, स्त्री का क्या उपयोग है—यह मैं समझ चुका था। लेकिन उन पढ़ी हुई किताबों ने पता नहीं मन में कैसी एक भूख जगा दी थी। मैं नारी के साथ के लिए तरसता था—माँ-बहन या किसी भी सगे-सम्बन्धी के रूप में स्त्री को नहीं देखा था। आप विश्वास कीजिए, बहुत शुरू से ही मैं स्त्रियों को देखकर विचित्र-विचित्र बातें सोचा करता था। आख़िर ये लोग कौन हैं—जो पुरुषों से भिन्न हैं ? क्यों इन्हें भगवान ने ऐसा बना दिया है ? मन में जिज्ञासाओं का ज्वार उमड़ पड़ता था। अब कभी चन्दा मेरी यात्रा के विषय में मुँह फाड़े, आकांक्षा-भरे नेत्रों से सुनती, मैं किन-किन शहरों में गया, वहाँ क्या-क्या देखा, किस प्रकार दिन और रात बीते, तो मुझे ऐसा लगता कि यह महीने-भर की यात्रा मैंने केवल इसीलिए की थी कि एक दिन बैठकर चन्दा को सुनाऊँगा। अक्सर वह या तो दोपहर को आती या स्कूल जाते या आते समय। मैं कुछ भी करता, चन्दा मेरे दिमाग़ में होती। धीरे-धीरे मुझे ऐसा लगने लगा जैसे मेरे अस्तित्व और व्यक्तित्व के एक-एक कण में—रग-रग में चन्दा समा गई है। मैं चन्दा के लिए दुनिया का कोई काम कर सकता हूँ, किसी भी शक्ति से टक्कर ले सकता हूँ, कहीं भी जा सकता हूँ। उन दिनों तो सचमुच नहर खोदना भी मुझे कोई विशेष कठिन काम नहीं लगता। अक्सर हमारी बातचीत पत्रों द्वारा होती। यह उन दिनों पढ़ी हुई किताबों का प्रभाव कहिए, अधकचरे दिमाग़ का उफान कहिए या जो कुछ—इतने लम्बे ख़त मैंने जीवन में कभी नहीं लिखे। जैसे ख़त मैं लिखता, उनसे अधिक भावुकतापूर्ण वह लिखती। और मुझे यह विश्वास हो गया कि हमारा अलग कहीं कोई अस्तित्व नहीं है। हम एक-दूसरे से अलग नहीं रह सकते। उन दिनों चलनेवाले गानों की कोई लाइन हमने नहीं छोड़ी—कोई अच्छा 'कुटेशन' नहीं था जो उसकी कोर्स की किताब में बचा हो। मुझे काम पर जाना या टूर पर जाना अच्छा नहीं लगता, और जब लौटकर आता तो पाँवों में पंख लगे होते। उसकी माँ और पास-पड़ोसी न जाने कैसी-कैसी निगाहों से देखते। शायद आपस में कुछ कहते-सुनते भी। माँ उसे रोकती—डाँटती भी। एकाध दिन रोना नाराज़ होना—फिर वही सब ठीक से चल निकलता। उन दिनों उसके पत्रों में सिवाय 'मृत्यु' और 'भाग्य के खेल' के कुछ और होता ही नहीं था—वही अधकचरे मस्तिष्क का उबाल, 'दुनिया हमारी इतनी पवित्र और निश्छल मुहब्बत पर कुढ़ती क्यों है ? क्यों वह दो आत्माओं के मिलन में दीवार बनकर आती है ?' शायद कोई हफ़्ता नहीं जाता था जब हम लोग पत्र-व्यवहार न कर लेते हों। वह 'टूर' में भी मुझे ख़त भेजती। मैं ख़ुद अपने पते पर उसको लिखता।

"संकेत-रूप में बता दूँ यह नाम उन्हीं दिनों का है। मैं अक्सर उससे पूछता—'चन्दा, तू इतनी सुन्दर है ? सिर्फ़ मुझे जलाने को ?' वह कहती—'अभी क्या है ?—अभी तो

और जलाऊँगी। तुम तो जलने को ही बने हो। जितना जलोगे उतना ही तो मैं सुन्दर बनूँगी।' मैं कहता—'तो यों क्यों नहीं कहती कि तू सोना है ? वाह री, लड़की; अपने को सोना कहते तुझे शर्म भी नहीं आती ? यानी कि हम जलें और आप तप-तप कर निखरें। इस भ्रम में भी न रहना।' वह हँसकर मुँह मटकाकर चली जाती, और मेरा रोम-रोम जैसे कदम्ब के फूल की तरह कंटकित हो आता। एक दिन कहीं क्लास में उसने जायसी की यह लाइन पढ़ ली—'चाँदे कहाँ जोत औ करा। सुरज कै जोत चाँद निरमरा।' चाँद में अपनी ज्योति कहाँ है ? वह तो केवल सूरज की ज्योति से निर्मल चमकता रहता है। और जिस दिन उसने यह लाइन पढ़ी उस दिन लिखा—'मेरे सूरज, तुम्हारी ज्योति में, तुमसे अलग मैं चाँद की तरह प्रकाशित रहूँ, और मिलने के समय तुम्हारे प्रेम की ज्वलित बाँहों में डूबकर खो जाऊँ यही मेरी आकांक्षा है, जीवन का लक्ष्य है।' मैं उसे लिखता—'मेरे भाग्य के चाँद ! मेरी चन्दा, मैं सूरज ही सही, लेकिन मेरी सारी भाग-दौड़—जीवन का यह स्पन्दन और गति, प्रकाश और ज्योति केवल तेरे लिए है—केवल तेरे लिए ?' इस तरह हम लोगों में यह सूरज-चाँद के सम्बोधनों का विनिमय होने लगा। यह नाम मुझे स्वयं इतना मोहक और मधुर लगता कि कल्पना में मेरे कानों की लौ के आस-पास हमेशा ही 'सूरज !' 'मेरे सूरज' कहते-कहते उसके होंठ नाचा करते। मैं पाग़ल हो गया था—सचमुच प्रेम के ऐसे उन्मत्त नशे की मैंने कभी कल्पना ही नहीं की थी। रात-दिन एक ही बात। आपने वे लाइनें पढ़ी हैं ? शायद ह्यूगो की या किसकी हैं—'कोई आपको प्यार करता है, इस अनुभूति से बढ़कर सुख संसार में कुछ भी नहीं है।' मुझे उस सुख ने उद्भ्रान्त कर दिया था। मुझे उससे पहले कभी प्यार नहीं मिला था। वही ताड़ना, मार-पीट, अपमान और लांछना मेरा जीवन रहा था। मैं उसी कीचड़ में सिर से पाँव तक डूबा हुआ था—और उसी में सिर छिपाकर सो रहता था—फिर मुझे मिला प्यार—वह भी ऐसा कि जिसके लिए देवता तक तरसें; राक्षस पाएँ तो देवता बन जाएँ। मेरी समझ में नहीं आता था कि मैं अपने सौभाग्य को कहाँ रखूँ। दुनिया का हर प्राणी अपने से ईर्ष्या करता और मुझसे उसे छीनने को आतुर लगता। और मैं था कि ग़रीब के धन की तरह उसे छाती से लगाकर मर जाना चाहता था।

"और तीन साल बाद उसका विवाह हो गया। जिन दिनों उसके विवाह की बातचीत चल रही थी, उन दिनों के पत्र यदि आज मिल जाएँ तो मैं दावे के साथ कह सकता हूँ शरदबाबू, आप फूट-फूटकर रो पड़ेंगे। ऐसे करुण और ऐसे कातर पत्र। मैंने उससे हज़ार बार कहा—'चल, हम लोग कहीं भाग चलें। मैं तेरे लिए चोरी करूँगा, डकैती डालूँगा, कपड़े-लत्ते बेच दूँगा और अगर चाहेगी तो अपनी ख़ाल से तेरे जूते बनवा दूँगा।' आप विश्वास कीजिए, मैं उसके पाँवों पर सिर रखकर हिलककर-हिलककर रोया और जिस दिन उन कोमल गुलाब जैसे पाँवों में शादी की महावर लगी, उस दिन तो मैंने अपने आँसुओं से उसकी महावर धो दी थी। मैं उससे अन्त समय तक कहता रहा—'चल, मेरे पास काफ़ी रुपए हैं ! हम लोग कहीं दूसरी दुनिया बसा लेंगे। तू जो चाहेगी, वह मैं करूँगा।' रोती वह भी थी, और दो-एक बार तो वह बेहोश हो गई; लेकिन

उसमें हिम्मत नहीं थी। वह जिन जंज़ीरों से बँधी थी उनके भीतर ही रोती थी, बिलखती थी—लेकिन ज़रा भी उन्हें झकझोरने की बात उसके मन में नहीं आती थी। शक्ति थी; चाहती तो वह उस सड़ी-गली दुनिया के पार आ सकती थी; लेकिन इच्छा-शक्ति नहीं थी। उसके भीतर उबाल आते थे और सोखकर-जलाकर ख़त्म हो जाते थे। उस समय उसकी उम्र सत्रह-अठारह साल की थी और वह इन्टर के इम्तहान की तैयारी कर रही थी। वह ख़ुद भी कहीं कुछ कर सकती थी। एक तरफ़ तो वह यों कहती कि 'मैं मर जाऊँगी, मुझे टी.बी. हो जाएगी, मैं आत्म-हत्या कर लूँगी। दूसरी तरफ़ वह रोती कि मुझे मर जाने दो सूरज, मुझे मर जाने दो। यही भाग्य में लिखाकर लाई हूँ—मेरे भाग्य के आगे मत खड़े होओ—नहीं तो तुम भी जल जाओगे।' मैंने उसे हरचन्द समझाने का कोशिश की, कि 'मैं तेरे भाग्य को, जीवन को बदल सकता हूँ।' लेकिन बस, रोती थी और कहती कुछ नहीं थी। एक दिन तो मैं उसके सामने पड़ गया—'जाती हो तो मुझे ठुकराकर चली जाओ, मेरे ऊपर से चली जाओ—मेरी छाती पर लात रखकर चली जाओ अगर जीवित रहा तो विश्वास करो, विष्णु की तरह पाँव का निशान जलते लोहे से छाती पर दगवा लूँगा।' वह वहीं गिरकर बेहोश हो गई—पार नहीं जा सकी। उसके दाँत भिंच गए। मैं घबरा गया।

"आख़िर उसकी शादी हो गई। और, मैं एक दिन और एक रात इस सड़क से उस सड़क पर घूमता-भटकता रहा। उस दिन वह मेरे सारे पत्रों के बंडल मेरे कमरे में रख गई। लिख गई—"मैं इस लायक़ नहीं हूँ कि तुम्हारे प्यार की इन पवित्र यादों को सह सकूँ—रख सकूँ। इसलिए लौटा रही हूँ। मैंने तुम्हारे विश्वास को धोखा दिया—मैं बड़ी कमज़ोर निकली। मुझे माफ़ कर देना, भूल जाना।' मैंने चुपचाप सारा सामान कोठरी में से निकाला और आधी रात को नदी के किनारे जाकर, एक-एक चीथड़ा करके, सब कुछ जला दिया। पहला एक तिनका भी नहीं रखा। मैं अपने को देवदास समझने लगा। जो कुछ पैसा था मेरे पास, सबकी देशी शराब पी गया—रंडियों को दे आया और हर-क्षण सोचता, 'देखो, मेरा प्रेम कितना सच्चा है। मैं अपने को उसके लिए तिल-तिल गलाए दे रहा हूँ। यों ही अपने को उसके लिए चुपचाप गला दूँगा। यों ही किसी दिन अनजान पेड़ के नीचे मर जाऊँगा; कराहता, दम तोड़ दूँगा और राह चलता कोई उठाकर फेंक देगा, चील-कौवे, कुत्ते और सियार खा जाएँगे। इस तरह मैं अपने को सच्चे प्रेम के नाम पर मिटा दूँगा। मुझे हर क्षण अनुभव होता, 'मेरी आत्मा में समाया हुआ दुख कितना महान् है, कैसा पवित्र है ! वह धीरे-धीरे मुझे परम शान्ति देगा, नया प्रकाश देगा। आप विश्वास कीजिए, मुझे अपने को कष्ट देने में पता नहीं क्यों, बड़ा ही सुख मिलता। और ऐसा लगता जैसे किसी अनजाने, लेकिन महान् लक्ष्य की ओर यह कष्ट मुझे लिए जा रहा है। कभी-कभी मैं ज़ोर से धरती पर या दीवार से अपना सिर दे मारता और उससे जो तकलीफ़ होती उसे गहराई से अनुभव करके सुख पाता। उस समय जैसे मेरा अणु-अणु कह उठता—'देख चन्दा, तेरे लिए—तेरे प्यार के लिए, मैं अपने को मिटाए दे रहा हूँ, गलाए दे रहा हूँ। एक दिन चुपचाप यों ही नाम-शेष हो जाऊँगा—तू जान

भी न सकेगी। और अच्छा है, न जाने ! तेरे सुख की दुनिया को अपने जले दिल की राख से धुँधला करने मैं नहीं आना चाहता। मैं नहीं चाहता कि मेरा ध्यान तुझे ज़रा भी दुख पहुँचाए—कभी इच्छा हो तो, मेरा नाम ले लेना, और बस। मुझे इसी में सबसे अधिक सुख मिलेगा कि तू सुखी है।'

"तब मैंने हिन्दुस्तान का कोई ऐसा शहर नहीं छोड़ा, जहाँ मैं नहीं गया होऊँ। दो-दो, तीन-तीन दिन भूखा रहता और घूमता। पता नहीं देवदास के विपरीत मेरे भीतर यह क्या चीज़ थी जो मुझे घुमाती थी, एक जगह टिकने नहीं देती थी। हर प्रसिद्ध और बदनाम जगह देखने का मुझे मर्ज़ था। आज सुनकर ही बेवक़ूफ़ी लगती है, लेकिन शायद इसका कारण यह था कि मैं अपने को इतिहास में अब तक गुज़रनेवाले सब प्रेमियों से महान्, सच्चा और ऊँचा समझता था, और अपनी प्रसिद्धि के विषय में मुझे इतना विश्वास था कि मेरे प्रेम और प्रेम के लिए किए जानेवाले त्याग की कथाएँ सुनकर लोग संसार के हर प्रेम-स्मारक को भूल जाएँगे। शायद उन्हीं सबको चुनौती देता मैं घूमता था। ताजमहल और कुतुबमीनार को देखकर जिस घृणा से मैंने थूक दिया था—वह मुझे अब भी याद है, जैसे कहा हो—'हुँह, यह ताजमहल ? ज़्यादा-से-ज़्यादा एक हज़ार साल और होगा, बस ! लेकिन, मैं ? मेरे प्रेम को इतिहास छू नहीं सकता।' और शायद इसी भाव से मैं कन्याकुमारी से लेकर बद्रीनाथ अमरनाथ तक, बर्मा से लेकर कराँची तक भटका। अब तो उन दृश्यों को याद करके हँसी आती है, जब दो-दो दिन बरसते पानी में मैं पेड़ के नीचे एक अलौकिक सुख अनुभव करता पड़ा रहता था। धूप में सोया रहता और अद्भुत सन्तोष से मेरी आत्मा शीतल रहती। लेकिन उस समय तो सब कुछ इतने विश्वास, गम्भीरता और सावधानी से, सीरियसली सारी बेवक़ूफ़ियाँ करता कि मुझे खुद आश्चर्य होता, इतनी कष्ट-सहिष्णुता मुझमें कहाँ थी। मैं तो यह कहता हूँ, अगर कोई पुराना ज़माना होता और मेरे हाथ में तलवार होती तो निश्चित रूप से विश्व-विजय करके ही लौटता। उस वक़्त जुनून सचमुच इस हद तक था कि मैं कुछ भी करने से नहीं झिझक सकता था। अब चाहे मैं उस सबको 'क्विक्ज़ोटिक' नशा या पाग़लपन कह लूँ; लेकिन तब मैं जो करता था उसमें मेरा पूरा विश्वास था—" सूरजजी अपने प्यार की सच्चाई का बखान करने में सन्तुलन को बार-बार भूल जाते थे। कई बार उनका गला भर्राया, बीच में अपनी काँपती वाणी पर अधिकार करने के लिए वे रुके, और अब पूर्णतया स्वस्थ हो गए थे।

आख़िर जया ने पूछा—"चन्दा फिर नहीं मिली ?" वह बड़े ग़ौर से सूरजजी की ओर एकटक देखती सुन रही थी। सूरजजी का एक-एक शब्द उसके हृदय में उतरता चला जा रहा था। वह भूल गई कि सामने लेटे व्यक्ति की ही आत्मकथा सुन रही है। उसे लगा जैसे किसी कहानी का करुण-प्रसंग उसकी आत्मा को छाए दे रहा है।

शरद सोच रहा था—'सचमुच ?' सचमुच यह ऊपर से इतना तर्कवादी और रूखा-बातूनी आदमी ही इस जीवन से गुज़र चुका ? यह उसकी जीवन की परिचालिका कथा रही है ? उसे सूरजजी के प्रति समय-समय पर दिखाई गई उपेक्षा या कड़े शब्दों

के प्रति पश्चाताप हुआ। उसे विस्मय हुआ : पहले जब वह मिला था तो कैसे उसने निश्चय कर लिया था कि इस आदमी से उसकी नहीं पटेगी। इस सरल व्यक्ति से जिसकी नहीं पटे, वह मूर्ख है !

सूरजजी ने बड़े कष्ट से जैसे कहा—"चन्दा ? हाँ, चन्दा मिली। मैंने निश्चय कर लिया था कि खुद कभी नहीं मिलूँगा, सो वह मुझे मिली दिल्ली के बिड़ला मन्दिर में। पीछेवाले मन्दिर की ओर मैं जा रहा था—बाल बढ़े थे, बेतरतीब दाढ़ी थी और कमीज़ भी फटी हुई थी। मैंने शायद आपको बताया नहीं उसकी शादी एक थानेदार से हुई थी। अपनी नई क़लफ़ लगी ख़ाकी-वर्दी में पिस्तौल लटकाए, कन्धे पर स्टार लगाए थानेदार साहब रौब से जा रहे थे—और उनके बग़ल में जा रही थी चन्दा। क़ीमती कपड़े, ज़ेवर। उसका रूप निखर आया था। मैं पेड़ के नीचे पत्थर की बेंच पर बैठकर नाग के मुँह से छूटते फ़व्वारे को देखने लगा। मैंने आँखें मल-मलकर देखा—हाँ, चन्दा ही थी। कोई भ्रम नहीं था : मैं ज़ोर से बोल उठा—'चन्दा।' एक ही क़दम में मैं उसके सामने जा खड़ा हुआ। चन्दा चौंक गई। उसका मुँह एकदम फ़क् पड़ गया। भौंचक होकर उसका मुँह खुला रह गया। मैंने फिर याद दिलाया—'चन्दा तुमने मुझे नहीं पहचाना ? सूरज ?' चन्दा ने शायद पहली ही बार पहचान लिया था। अब उसका मुँह एकदम कठोर हो गया। थानेदार साहब लौट पड़े थे। पूछा—'कौन है ?' वे कभी चन्दा को और कभी मुझे देखते। आख़िर चन्दा बोल उठी—'पाग़ल है, इसे हटाइए न, देखिए कैसी आँखों से देख रहा है ? मुझे डर लग रहा है।' और दारोग़ाजी ने मुझे धक्का देकर एक ओर हटा दिया। तब सचमुच मैं पाग़लों की तरह गला फाड़कर आसमान की ओर मुँह करके हँस पड़ा—अट्टहास कर उठा। जाते हुए मैंने खुद सुना, चन्दा बता रही थी—'यह हमारे यहाँ नौकर था। बड़ा अच्छा नौकर था। पता नहीं किसी ने कुछ खिला दिया या क्या कर दिया कि पाग़ल हो गया। तब हमने निकाल दिया !' उस समय सचमुच ऐसा लगा जैसे मैं किसी घूमनेवाले चरख़े पर बैठा हूँ और मेरे चारों ओर बिड़ला मन्दिर घूम रहा है। उस दिन मैं ख़ूब हँसा—ख़ूब हँसा। मुझे विश्वास हो गया कि मैं पाग़ल हूँ, और कुछ नहीं।

"बहते झरने में मैं अपना मुँह देखता और हँसता। मेरे दिमाग़ में सड़े तरबूज़ की तरह कोई चीज़ भरी थी। उन दिनों मैं सचमुच पाग़ल हो उठा था। लेकिन उस पाग़लपन में भी कोई था कि धिक्कारता था, यह पाग़लपन, यह आत्मघात सब किसके लिए ?—उसके लिए जिसने तुझे पहचानने से इनकार कर दिया ! यों मुँह फेरकर चली गई, जैसे कभी कोई साथ न रहा हो ! कहाँ गए उसके वे विश्वास, आश्वासन, वायदे ? मैं उन पत्रों को जला चुका था; वर्ना मैं उसके पत्रों की वे लाइनें लाल पेंसिल से रेखांकित करके उसकी आँखों में ठूँस देता जिसमें उसने लिखा था, 'मुझे फूल से ही उपमा देने की इच्छा है तो चन्दा केवल एक फूल बनने को तैयार है—सूरजमुखी का फूल ! तुम प्रकाशित रहो—और मैं मुग्ध-सर्पिणी तुम्हारे प्यार के संगीत पर झूमती देखा करूँ।' सूरजमुखी ! सूरजमुखी ! सूरजमुखी ! लानत है ! मैं उसी के लिए अपने को

भी करना पड़ा था। आधे समय सिनेमा के पोस्टर और प्लेकॉर्ड रँगता और सन्ध्या को कहीं बैठकर हाथ देखता था। लेकिन सचमुच मैं मानता हूँ, मेरे भीतर बड़े विचित्र अन्तर्विरोध हैं, और उन्हें जानते हुए भी मैं छाती से लगाए रहता हूँ—क्योंकि वह जिसकी देन है वह सचमुच मुझे बहुत प्रिय है। शायद इसका कारण यह हो कि मेरा विकास, स्वाभाविक और प्राकृतिक-क्रम में नहीं हुआ—वह बड़े मोड़ और मरोड़ लेकर हुआ है। कहूँ तो मैं रुक-रुककर बढ़ा हूँ। अविश्वास और घृणा यह दो चीज़ें मुझे चलानेवाली शक्तियाँ रही हैं—मैं ऊपर से चाहे कितना भी सीरियस रहा होऊँ, भीतर मेरे यही दो साँप अँधेरे में अपनी आँखें चमकाते, कुलबुलाते रहे हैं। अविश्वास मैंने नहीं किया है तो बस एक बात पर, और वह अपनी जीवनी-शक्ति पर। चाहे कुछ भी हो जाए मैं मरूँगा नहीं—कम-से-कम हारूँगा नहीं—यह विश्वास मेरे भीतर दृढ़ है। ख़ैर, जो भी हो, शरद बाबू, एक बात बताऊँ, अगर आप ग़लत न समझें तो, जिस दिन से मैं आपसे मिला हूँ—या कहिए जिस दिन से आप जयाजी के साथ यहाँ आए हैं, उस दिन से मेरे भीतर फिर एक उठा-पटक होने लगी है...।'' सूरजजी भी लेटे-लेटे थक गए थे—वे सीधे बैठकर देखने लगे।

''क्या ?'' शरद ने रुचिपूर्वक पूछा। जया भी सचेत हुई।

'' 'क्या' का जवाब ठीक-ठीक नहीं दे सकता। लेकिन लगता है कि जिस पुराने पाग़लपन और जिन 'सिनिक' विचारों के ध्वंसावशेषों को मैं लादे हुए हूँ, वे सब सही नहीं हैं। प्रेम सफल भी होते हैं।...''

शरद ज़ोर से गला फाड़कर हँस पड़ा—''वाह ! सूरजजी, क्या बात आपने कही है ! सचमुच इतनी लम्बी कथा का यह निष्कर्ष देखकर तो हँसे बिना नहीं रहा जाता। अच्छा एक बात पूछूँ—आप मज़ाक़ तो नहीं समझेंगे ? क्या सचमुच चन्दा को आपने इतना ही प्यार किया था कि वह नहीं मिली तो आपकी शक्ति का एक-एक कण यों बिखर गया ? यदि आप बुरा न मानें तो कहूँगा कि चन्दा के प्रति आपके इस एकान्त-समर्पण में—या कहा जाए अप्रतिरोध्य-आसक्ति में प्रेम की चली आती परम्परा का 'अनकांशस' पालन ही अधिक दिखाई देता है। असल में हम प्रेम को एक अलौकिक युग की चीज़ समझते हैं—क्योंकि हमारे आस-पास के क़िस्से-कहानियाँ, सिनेमा, उपन्यास, काव्य-कविता सब उसी तरह के क़िस्सों को रटते है न, और नतीजा होता है कि हमारे अधकचरे और भावुक मस्तिष्क, जीवन जैसा है उसे वैसा न स्वीकार करके, या प्रेम को उस जीवन की संगति के अनुसार न समझकर इन क़िस्से-कहानियों के ढाँचों में फ़िट करने निकलते हैं। आज के युग में प्रेम क्या हो, मैं नहीं कह सकता; लेकिन इतनी बात तो आप भी मानेंगे कि जीवन से हटी हुई—और कहीं-कहीं उसकी विरोधिनी भी—कला जब हमारे लिए अनुकरणीय और आदर्श बन जाती है तो इस तरह के अन्तर्विरोध और कुंठाएँ उत्पन्न होती हैं। अपनी असम्भाव्यता के कारण वह हमारे पलायन का शरणस्थल भले ही बन जाए, निश्चित रूप से वास्तविक वह नहीं बन सकती। ख़ैर, मैंने तो प्रेम को एक बहुत ही स्वाभाविक रूप में ग्रहण किया—जीवन में समवयस्क स्त्री-पुरुष को

एक-दूसरे के पूरक और प्रेरक के रूप में जितना भी महत्त्व उसे दिया जाना चाहिए था—उससे ज़रा भी अतिरिक्त महत्त्व मैंने नहीं दिया। इसलिए वह अपनी असफलता में कुंठाएँ उत्पन्न करे या एक रोग बन जाए इसका अवसर ही नहीं आया। हमारा यह दावा नहीं है कि यह प्रयोग सफल ही होगा। हो सकता है, कल हम लोग अलग हो जाएँ और यह प्रयोग असफल हो जाए। लेकिन प्रयोग की असफलता को जो लोग निश्चित-अन्त या नियति कहकर सन्तोष करते हैं—उसकी असफलता पर प्रसन्न होते या हँसी उड़ाते हैं—मैं समझता हूँ जीवन की गति और शक्ति में उन्हें विश्वास नहीं रह गया है। वे स्वयं तो निश्शक्त, जड़ और नपुंसक हो ही जाते हैं किसी और को भी बढ़ते—या बढ़ने का प्रयत्न करते देख भी नहीं सकते। प्रयोग चाहे और कुछ न हो अपनी वर्तमान स्थिति से असन्तोष या नई राहें खोजने की छटपटाहट को तो व्यक्त करता ही है—और जैसा कि गोर्की ने कहा—'पवित्र है वह असन्तोष, जो मनुष्य को जीवित रखता आया है, आगे बढ़ाता लाया है; अदम्य है वह नई राहें खोजने की लालसा, जिसने मानवता के इतिहास को नए मोड़ दिए हैं'।" फिर उसने जया की पीठ के पीछे से हाथ ले जाकर प्यार से दूसरे कन्धे को दबाते हुए कहा—"इनकी यह जानें, लेकिन अभी तो मुझे अपने प्रयोग में असफलता के आसार नज़र आते नहीं हैं।" बात ख़त्म करके वह फिर उन्मुक्त रूप से हँस पड़ा। सूरजजी केवल चकित से देख रहे थे। चाँद का हलका प्रकाश उनके चश्मे के शीशों में चमक रहा था। बात ख़त्म करके शरद ने हाथ की घड़ी रोशनी की तरफ़ घुमाकर देखते हुए कहा—"ओः, डेढ़ बज गया। चलिए काफ़ी देर हो गई अब।"

तीनों इसे अनुभव कर रहे थे। सूरजजी अपनी कथा कहते हुए भी महसूस कर रहे थे कि काफ़ी देर हो चुकी है। तीनों ही उठ खड़े हुए। उठते हुए हँसकर जया बोली—"और इस प्रकार आज की मीटिंग के मसीहा शरद कुमार हुए।" एक साथ ही बड़े ज़ोर का क़हक़हा लगा। शरद को लगा कि उसने ज़रूरत से ज़्यादा आत्मप्रशंसा कर दी है और जया इसी का मज़ाक़ बना रही है। उसने लजाकर विभोर स्वर में कहा—"बड़ी दुष्ट हो तुम !" जया कृतार्थ हो उठी। अभी कपिल के यहाँ जो सुन-देखकर आई थी; उससे उसके भीतर एक आत्मग्लानि और वितृष्णा भर उठी थी—जैसे सच ही उन लोगों ने कोई अपराध किया हो—जिसकी भर्त्सना उन्हें मिल रही है—और वे वैध रूप से विवाहित लोगों से सचमुच ही हीन और नीचे हैं। लेकिन अब वह एक गर्वपूर्ण उल्लास से अपने को फूल-सा हलका अनुभव कर रही थी—सचमुच उन लोगों ने कुछ ऐसा किया है जो मानवता को बँधी लीकों और सड़ी रूढ़ियों से आगे ले जाएगा—कम-से-कम यह एक नई राह है, और यदि कुछ के लिए द्वेष की वस्तु हो सकती है तो कुछ के लिए स्पृहा और आकांक्षा की भी। फिर द्वेषवाले लोग कौन हैं और स्पृहावाले कौन हैं ?—इसका अन्तर देखकर जया पुलक उठी। नहीं, उन लोगों ने कोई बुरा काम नहीं किया। आश्चर्य की बात तो यह है कि कैसे वह उस अशिक्षिता-स्त्री की बात सुनकर रो सकी ?—उसे तो तभी उपेक्षा से मुँह बिचकाकर चल देना चाहिए था।

तीनों चुपचाप एक-एक करके पुल पर आ गए। पुल के इधर-उधर लगे गॉर्डरों और लट्ठों से छन-छनकर आती चाँदनी ने पुल की सड़क पर आड़ी-तिरछी लकीरें खींच दी थीं—और सतह में धँसी दो सीधी रेल की पटरियाँ दूर तक चली गई थीं। इधर-उधर नीचे खम्भों से उलझता पानी और घना पड़ता कोहरा। ठंड काफ़ी पड़ने लगी थी। जया ने साड़ी चारों ओर लपेट ली और दोनों हाथ उरोजों को सहारा देते हुए से सामने कस लिए। शरद ने कुरते के नीचे पहने हुए स्वेटर को खींचा और कुरते की जेबों में दोनों हाथ ठूँस लिए। क़मीज़ के कॉलर ऊपर उठाए सूरजजी टॉर्च झुलाते यों ही चले जा रहे थे। लोहे के शान्त और निस्तब्ध पुल पर चप्पल, जूतों और सैंडिलों की 'खट-खट' ध्वनि-प्रतिध्वनित हो रही थी। और लट्ठों की छायाएँ पीछे गुज़रती जाने लगी थीं। दोनों जैसे सूरजजी की इस विचित्र कुंठामय कथा के धागों में आवेष्ठित और आच्छादित से चल रहे थे। शरद सोच रहा था कि इस समय सूरजजी से बात करना ठीक होगा या नहीं। उन्हें अपनी आत्मा-कथा के पुनरावलोकन में डूबने-उतराने दिया जाए, या उन्हें उस स्थिति से उबार लेना उनके लिए कल्याणकर होगा। उसने चलते-चलते जैसे अपने आपसे कहा—"एक चीज़ तो वाकई मुझे भी कभी-कभी बहुत उद्विग्न करती है—प्रेम को उतनी उत्कट और अनिवार्य तीव्रता से, या प्रेम के उस अन्धावेग को उतने आवेश से हम लोग क्यों नहीं अनुभव करते या ग्रहण कर पाते जैसा सुनते और पढ़ते हैं ? वह जीवन में एक ऐच्छिक विषय बनकर क्यों रह गया है ? वे सारे क़िस्से ही झूठे हैं या हम लोगों की मानसिक बनावट ही कुछ बदल गई है ? मैंने एक उपन्यास पढ़ा 'गर्म राख' उसमें भी यह बात यों ही उठाकर छोड़ दी गई थी—"

"इतनी फ़ुर्सत आजकल किसे है कि दिन-रात बस, प्रेम को बैठा ही गाया करे ? जीवित रहने के संघर्ष ने सब उड़ा दिया है। यह तो फ़ुर्सत, और मोटी शब्दावली लें तो, पेट-भरे लोगों के क़िस्से हैं।" जया ने सूरजजी की ओर देखकर उनकी चुप्पी को उकसाने के लिए कहा—"आज तो सुबह उठे, भागे ट्यूशन कर रहे हैं—फिर उल्टा-सीधा निगलकर नौकरी या कॉलेज भाग रहे हैं। शाम को ही दो-एक घंटे की फ़ुर्सत मिली-मिली, नहीं तो वह भी नहीं। ज़िन्दगी में प्रेम की बात सोचने की फ़ुर्सत कहाँ रह गई है ? अब तो पहली तारीख़ की राह ज़्यादा देखी जाती है।"

"हाँ, सूरजजी एक बात मैं भूल न जाऊँ इसलिए कहे देता हूँ।" शरद ने एकदम भौतिक-स्तर पर उतरते हुए कहा—"पैसे अपने पास बिलकुल ख़त्म हो गए हैं, कुछ उधार दिलवाएँगे ?"

"नहीं।" सूरजजी ने बड़ी रुखाई से कहा—"आप माँगेंगे नहीं देशबन्धुजी से, और मेरे पास हैं नहीं। होंगे, तब भी मैं देना नहीं पसन्द करूँगा। मेरी समझ में नहीं आता कि आप दुनिया-भर की बातें कर सकते हैं देशबन्धुजी से, बस पैसे नहीं माँग सकते ?" थोड़ी देर सब चुपचाप चलते रहे। शरद ने मुस्कराकर कहा—"अच्छा, आपकी इच्छा। चलिए, ज़रा जल्दी-जल्दी चलें—सुबह उठकर मुझे देशबन्धुजी का भाषण तैयार करके देना है। रूप-रेखा तो उन्होंने दे दी है।"

"अच्छा, आपको दे दिया गया !" सूरजजी एकदम पहलेवाले सूरजजी हो गए। उन्होंने इस तरह कहा जैसे इस बात को वे बहुत पहले से जानते हों—"लेकिन आप लोगों को क्या है ? आप लोग तो अपने दिलों में उबलते उपदेशों के गुबार को सूरजजी पर उलटिए। मैं चुप रहा तो यार मेरों ने बुरी तरह उपदेशों के गट्ठर ही लाद दिए। ख़ैर, और जो हुआ सो हुआ—वक़्त आज ख़ूब कट गया ! शायद एक बात आप लोगों को मैंने नहीं बताई..."

"क्या ?"

"सूरजजी बरसों ऐक्टर भी रहे हैं ! बम्बई में तो ऐक्सट्राओं में था, लेकिन नाटक-मंडलियों में बहुत काम किया है।" और सूरजजी अपनी इस ट्रम्पचाल पर ख़ूब ज़ोर से ठहाका लगाकर हँसे।—"और क़िस्से गढ़ना पत्रकारों का पेशा है !"

चकित होकर शरद और जया उन्हें आँखें फाड़े देखने लगे—क्या सचमुच यह व्यक्ति अपने ऊपर ऐसी उदासीन-निर्लिप्त और कटु-अनासक्ति से क़हक़हा लगा सकता है ?

तभी सामने का आकाश ज्वाला के क्षणिक-विभ्राट से प्रकाशित हो उठा—जैसे बिजली कौंध गई हो; और एक के बाद एक लगातार तीन-चार धमाकों की आवाज़ें हवा के पर्दों को चीरती चली गईं। एक क्षण के अन्तराल के बाद फिर प्रकाश फैल गया और धमाके उछलकर आसमान में घुसे चले गए...

सूरजजी हँसना भूल गए। उनकी आँखें फैल गईं—हताश की तरह बड़बड़ा उठे—"शायद चल गई..."

"क्या चल गई...?" चिन्तित स्वर में दोनों ने पूछा।

सूरजजी झुंझला उठे—"आप देख नहीं रहे ?—'सत्या-मिल्स' में गोली चल रही है—पिकेटिंग करते हड़ताली-मज़दूरों के ऊपर।" सूरजजी बेचैनी से आन्दोलित हो उठे।

शरद को समय-समय पर मिल की गड़बड़ी के सम्बन्ध में सुनी हुई बातें याद हो आईं। वहाँ कुछ खींचतान हो रही है—यह उसे पता था। लेकिन गोली तक नौबत पहुँच जाएगी—इसका आभास नहीं था।

"अच्छा मैं चल रहा हूँ—सुबह मिलूँगा।" सूरजजी ने बदहवासी से कहा—और बिना उत्तर की राह देखे वह तेज़-तेज़ लम्बे डग रखते चल दिए।

"चलिए हम भी चलें न ?" शरद ने ज़ोर से पूछा।

"नहीं,—सुबह मिलेंगे। टॉर्च उठा लीजिए।" बिना ज़रा भी रुके वे बोले और टॉर्च को ज़मीन पर रखकर पहले काफ़ी तेज़ और फिर छाती पर दोनों हाथ रखे भागते हुए कुहरे में खो गए।

आश्चर्यचकित और हक्के-बक्के से हम दोनों उन्हें देखते रहे और जब वे बिलकुल ग़ायब हो गए तो गहरी साँस लेकर सिर लटका लिया। दोनों चलते रहे। मौत का सन्नाटा चारों ओर छाया था।

"गोली चल गई !" शरद ने स्थिति की भयंकरता को अपनी वाणी से बाँधने की

कोशिश करते हुए कहा। स्वर में कोई भाव नहीं था।

जया ने कहा—"आज सूरजजी का सोया हुआ व्यक्तित्व जाग पड़ा है—कुछ हो न जाए, कहीं कुछ कर-करा न लें।" उसके स्वर में चिन्ता थी। पास पहुँचकर उसने झुककर टॉर्च उठा ली।

"अब यह भी तो पता नहीं है, कौन-सा व्यक्तित्व जागा है ? कहीं पाग़लपन न उमड़ आया हो।" गोली चलने का दृश्य और उसके परिणाम की विभीषिका शरद की कल्पना को मथ रही थी। बयालीस में जिस भीड़ में वह था उस पर गोली चली थी; और गोली का क्या अर्थ है वह जानता था। एक साल पहले जब लखनऊ में विद्यार्थियों पर गोली चली थी, उसके वर्णन भी उसकी आँखों के आगे घूम रहे थे...

जब उन लोगों ने 'स्वदेश महल' में प्रवेश किया तो मायादेवी की तरफ़वाले कमरे के शीशों से रोशनी छन-छनकर बाहर आ रही थी। दोनों को आश्चर्य हुआ—क्या अभी तक ये लोग जगे हैं ?

भूखे !

बड़ी अनिच्छापूर्वक खिन्न-हृदय और नक़ली स्निग्ध-मुस्कान से कार की खिड़की के पास जाकर शरद ने पूछा—"कहिए, आपकी तबीयत कैसी है ?"

देशबन्धुजी कार की खिड़की से कुहनी टिकाए अपने चमकदार चिकने माथे को हाथ से पकड़े बड़े सोच में बैठे थे। सिर उठाकर बोले—"हाँऽऽ, कल से तो ठीक है। सिर में ज़रा भारीपन है। बेचारी माया बहन रात-भर तेल लगाती रहीं।"

कल सूरजजी की इस सम्बन्ध में कहीं गई बात ध्यान करके शरद मुस्करा उठा। उसने कुछ पूछने की इच्छा से उधर देखा।

"क्यों, कोई ख़ास काम तो नहीं कर रहे थे ?" देशबन्धुजी ने बड़े कष्टपूर्ण लेकिन स्निग्ध स्वर में पूछा—"मैंने सोचा, चलो मिनिस्टर साहब से मिलने जा रहे हैं, शरद बाबू को भी मिलाते लाएँ।"

"नहीं तो, कोई ख़ास काम नहीं था।" शरद ने कहा।

"तो आओ फिर—या एक बार पूछने जाना होगा ?" बादल घिरे आसमान की ओर मुँह करके कनखियों से इधर-उधर देखते हुए वे मुस्कराए।

वैसे शरद जया को बता तो आया था, सुबह-ही-सुबह बुलाया है और केशव ने बता दिया था कि ड्राइवर गाड़ी निकाले खड़ा है, तो साफ़ है कहीं जाना है; फिर भी वह एक बार जया को बता आना चाहता था। उसने देशबन्धुजी के होंठों में छिपे हलके व्यंग्य को लक्ष्य किया, बोला—"नहीं जी, मुझे कहीं नहीं जाना।" वह जैसे इसी बात को साबित करने के लिए दरवाज़ा खोलने के लिए झुका।

"नहीं, मैंने यों ही कहा। नई-नई शादी है। ऐसा होता ही है !" देशबन्धुजी विनोद से हँस पड़े। उन्होंने बढ़कर दरवाज़ा खोल दिया। शरद उनकी बग़ल में आ बैठा। दोस्ती से उसके दोनों कन्धे पकड़कर स्नेह-गद्‌गद्-स्वर में बोले—"और कहिए, मिस्टर शरद कुमारजी—कोई तकलीफ़ तो नहीं है। मन-वन लग रहा है न ? मैंने कथूरियाजी से कह दिया है।" स्टीयरिंग पर बैठे, पीछे मुड़कर देखते ख़ाकी कपड़े पहने ड्राइवर की ओर देशबन्धुजी ने कहा—"चलो।"

कार हिली और पानी पर तैरती-सी सर्प-गति से लाल बजरी पर सरक उठी।

"कथूरियाजी ज़िक्र तो कर रहे थे; जल्दी हो जाता तो अच्छा था। एकदम नई-नई गृहस्थी है, ख़र्चा सँभल जाता। वैसे अब भी कभी-कभी बड़ी दिक़्क़त पड़ जाती है।

आने-जाने और हर चीज़ जमा करने में काफ़ी ख़र्चा पड़ जाता है न।" शरद ने बड़ी कठिनाई से चिन्तित स्वर में पीछे छूटती स्वदेश महल की बाउंड्री को देखते हुए आख़िर कह ही डाला।

देशबन्धुजी ने ध्यान से सुना। शरद के कन्धों की पकड़ ज़रा ढीली हो गई। सोचकर बोले—"ट्रेंड तो हैं न ?"

"जी हाँ, एक-डेढ़ साल पढ़ाने का भी ऐक्सपीरिएन्स है।" शरद बोला। उसे ध्यान आया कि इस बात को पहले भी बता चुका है।

उल्लसित स्वर में बोले—"तब क्या है ?—तब तो हो ही जाएगा। बस, कल की बात और है। कल ये लोग मिनिस्टर साहब की पार्टी कर रहे हैं न; बेचारे कथूरियाजी उसी में लगे हैं। कल मिल में फिर कुछ गड़बड़ी हो गई है—सो उसमें..."

पैसों की बात को इस प्रकार उड़ा जाने और न सुनने पर शरद मन-ही-मन देशबन्धुजी पर झुँझला रहा था; लेकिन अब एकदम उत्सुकता से उसने पूछा—"हाँ, मिल में कल सुनते हैं काफ़ी गड़बड़ी हो गई है—कोई कह रहा था...

देशबन्धुजी के सलवटदार माथे और भौंहों पर चिन्ता के बादल घिर आए। बोले—"हाँ, शायद गोली भी चलानी पड़ी है।" फिर निराशा से दोनों पंजे, अब क्या करें की मुद्रा में फैलाकर बोले—"पता नहीं, क्या स्थिति आ गई थी ? इन्हीं सब झंझटों की वजह से शरद बाबू, मैं ज़्यादा हस्तक्षेप नहीं करता; क्योंकि इस तरह की कोई बात आ जाती है तो फिर मुझे बड़ा कष्ट होता है। तुम विश्वास करो, कल रात-भर छटपटाता रहा हूँ। अब हफ़्तों आत्मा में बड़ी ग्लानि और बेचैनी कोंचती रहेगी। कहते हैं उपवास से बड़ी शान्ति मिलता है; मिलती है थोड़ी-बहुत, लेकिन...।" उनका स्वर भर्राए गले में डूब गया।

शरद ने चौंककर उनकी ओर देखा, फिर सामने देखते हुए पूछा—"ऐसी ख़राब स्थिति आ कैसे गई ?"

"मेरी तो समझ में नहीं आता कैसे लोग ऐसी स्थिति ले आते हैं ? हमारे साहबज़ादे ज़रा तेज़ तबीयत के है। शरद बाबू, मेरा तो सिद्धान्त यह है—अब तुम समझदार हो गए, नहीं सुनते, तो सँभालो। अब कल से परेशान हैं। मैं कहता हूँ; आपस में ज़िद करने में क्या रखा है ? तुम झुको या वे झुकें, इसमें तो कोई छोटा-बड़ा होने का प्रश्न नहीं है। मज़दूर एक आ गया मशीन में, चार-पाँच दिन पहले की बात है। मशीन तो मशीन है—आप लापरवाही से काम करेंगे तो वह बख़्श थोड़े ही देगी ? उसमें तो मशीन की तरह ही जड़ और सक्रिय बन जाने की ज़रूरत पड़ती है—वहाँ मानवीय-कमज़ोरियों के लिए 'कन्सीडरेशन' की जगह थोड़े ही है ? और बापू इस मशीन के विरोधी क्यों बने ? इसीलिए कि वह जड़ बना देती है—और वह तो मानवता का मसीहा था—यह सब कैसे देखता ? मशीन के सम्पर्क में आप रहेंगे, तो मशीन ही होंगे। सो मज़दूर क्या आ गया, यारों को ले उड़ने का अवसर मिल गया। हम हरजाने या कम्पैन्सेशन को मना कब कर रहे है। ? लेकिन यह तो नहीं होगा कि उसके नाम पर एक ख़र्रा भर माँगे

आप पेश कर दें और दबाव डालें कि मंजूर हो ही जाएँ–"

"माँगें अगर जायज़ हों तो उन पर विचार करने में क्या बुराई है ?" शरद ने ज़रा साहसपूर्वक बात काटकर पूछा।

"भाई मेरे, यहाँ तक तो बुराई नहीं है; लेकिन सवाल तो असली जायज़-नाजायज़ का है ही नहीं। सवाल तो, जैसा मैंने एक बार तुमसे शायद कहा भी था, नेतागीरी का है। लोग दस मरें या बीस, बस, हमें नेता मान लिया जाए। अब बताइए, इस मनोवृत्ति को आप कैसे सहेंगे ?" देशबन्धुजी ने कार की अगली सीट की पीठ पर दोनों हाथ रखकर उधर मुँह करके कहा–"बड़ी मोटी-सी मिसाल लोग देते है न, इन नेताओं के बारे में–अगर रूस में पानी बरसने लगे तो यह लोग यहाँ छाता लगाएँ। अपनी परिस्थितियाँ, अपना देश तो कुछ नहीं, बस जो वहाँ होता हो सो यहाँ कर डालने की धुन ! मैं कहता हूँ, आप लाख कोशिश कीजिए, ज़िन्दगी-भर कोशिश कीजिए, हिन्दुस्तान रूस नहीं होगा, नहीं होगा।"–फिर जैसे बिफरकर कहा–"रूस में होते तो अब तक गोली से उड़ा दिए जाते।"

शरद को लगा जैसे देशबन्धुजी का उफान कोई बहाना ढूँढ रहा था–जैसे वे अपने किसी ऐसे विरोधी से बातें कर चुके हों जिसके तर्कों या दलीलों का वे उस समय जवाब न दे पाए हों और अब वही सब 'भड़ास' निकालकर उस अनुपस्थित प्रतिपक्षी को चुप कर रहे हों।

लेकिन यह सब बातें उसे बताने की ज़रूरत क्या है ? उसके मन में क्या सुबह से ही कम ऊब और खीझ है ? भेज दिया केशव को–जाओ बुला लाओ ! रात को वैसे ही देर से सोए थे, सुबह बार-बार जया कहती–"अब उठने दीजिए न, देखिए कितना दिन चढ़ गया है, इतनी-इतनी धूप चढ़े तक सोते हैं कहीं ?" तो वह नींद में ही बच्चे की तरह कुनमुनाकर उसे बाँहों में बाँधकर, उसकी छाती पर सिर रखकर–उसके कुचों की मांसलता को कानों और कनपटी से भींचे हुए सो रहता–"सोने दो न, सुबह ही सुबह तंग मत करो–एक तो रात को वैसे ही दो बजे सोए थे, और अब तुम तंग कर रही हो, आफ़त है !" जया चुपचाप टकटकी लगाए सामने जामुन के पेड़ और उसके पार नीले आसमान में उड़ते हिम खंडों जैसे बादल के टुकड़ों को ताकती रही। जब भी वह मन में अनुभव करता कि जया आँखें खोले हुए देख रही है तो हाथ रखकर उसकी पलकें बन्द कर देता। जया धीरे से हाथ खिसकाकर फिर देखने लगती। फिर जैसे अचानक ध्यान आने पर, अपने चारों ओर कसी उसकी बाँह हटाकर फड़फड़ाकर उठने का प्रयास करती तो शरद और भी कस लेता। तभी बाहर किवाड़ ज़ोर से खड़के, केशव ने आवाज़ दी। शरद झुँझला उठा। दोनों ने एक-दूसरे की ओर देखा; दृष्टि से उठकर लजीली-मुस्कान गालों में झेंपकर रह गई। जब तक शरद किवाड़ खोलने गया, तब तक जया ने बिस्तरा समेट-समाटकर एक ओर रख दिया और तेज़ी से गुसलख़ाने में घुस गई। सन्देश था कि–"कुछ कर न रहे हों तो नेता भैया ने बुलाया है।" जया ने जब यह सुना तो यह बड़बड़ा उठी कि यह ढर्रा डालना ठीक नहीं है।

वक़्त-बेवक़्त हर वक़्त जब मुँह उठा, बुलवा रहे हैं। शरद ने भी स्वयं यही अनुभव किया था...

देशबन्धुजी की अन्तिम बात पर वह स्वयं भी उफन पड़ने को आतुर हो उठा। फिर भी अत्यन्त संयत स्वर में बोला—"यह तो ख़ैर, सब फैलाई हुई बातें हैं—क्योंकि जितने भी लोग लौटकर आए हैं; किसी ने भी ऐसा नहीं बताया।"

"हुँ:ह; यह तो सब राजनीतिक-शिष्टिता या कहिए 'डिप्लोमैटिक-कर्टसी' है। वहाँ कौन देखने गया है ?" उपेक्षा से देशबन्धुजी ने कहा।

शरद की इच्छा हुई कि कोई अत्यन्त ही कड़ी बात कह दे—"वे ही कौन देखने गए हैं ?" लेकिन चुप इसलिए हो जाना पड़ा कि कहीं व्यर्थ ही रूस की तरफ़दारी करने में देशबन्धुजी की आइडिया न बिगड़ जाए और उसके न चाहने पर भी 'रूसी एजेंट' की मुहर न लग जाए। यह एक ऐसी ट्रम्प-चाल है, जिसे आपका विरोधी किस समय चलकर आपको चकित-विमूढ़ कर देगा, कोई नहीं जानता। उसने अत्यन्त अरुचि से कहा—"होगा !" वह फिर सुबह के मधुर-दृश्य में खो गया। भागती कार से बाहर गुज़रते मकानों, दूकानों और कोठियों पर वह निगाह जमाए रहा। उसकी चुप्पी का कहीं कोई ग़लत अर्थ न लगाया जाए, इसलिए उसने कहा—"मन्त्रीजी कहाँ ठहरे हैं ?"

"(नगर का नाम) के सरकिट हाउस में। अभी पहुँचे जाते हैं; डेढ़ घंटे में। बस, ज़रा मिल तक होकर जाना है। मुश्किल से साठ-पैंसठ मील तो है ही।" देशबन्धुजी ने उसकी ओर एक बार मुड़कर देखा, फिर बताया—"बस, कल की आफ़त और समझो। साथ में गवर्नर भी तो हैं।"

शरद ने बनावटी आश्चर्य से कहा—"अच्छा !"

"भाई, बात असल में यह है कि यह सब अपने साथ रहे हुए लोग हैं। अब यह मन्त्री हैं न, मेरे साथ बरसों देवली-कैम्प में रहे, साथ सोए, साथ काम किया और साथ लड़े—फ़ोन पर बोले—'जितनी जल्दी हो चले आओ।' वह तो भाई मेरा, फ़ोन ही नहीं छोड़ रहा था। एक तरफ़ तो कह रहा था कि मैं हजामत बनाते हुए तुमसे बात कर रहा हूँ; साबुन मुँह पर लगा है—दूसरी ओर रिसीवर से यों चिपककर बैठ गया जैसे छोड़ेगा ही नहीं। मैंने लाख कहा कि यहाँ मिल में गड़बड़ी है, बोला—'सब यहीं ठीक हो जाएगा।' मैंने भी सोचा, चलो मित्र है अपना, शायद कोई अच्छी सलाह सामने आ जाए। सो तुम्हें सुबह-ही-सुबह इसलिए तकलीफ़ दी।" कनखियों से उधर देखकर देशबन्धुजी बोले।

"नहीं जी, तकलीफ़ मुझे क्या ऐसी।" शरद ने कहा, फिर उसके दिमाग़ में रुपए की बात आ गई।

"अभी वह भाषण तो तुमने लिखा नहीं होगा।" अत्यन्त स्वाभाविकता से भरसक व्यंग्य या किसी भी प्रकार की ध्वनि को बचाते हुए देशबन्धुजी कहकर सामने भागती सड़क को देखते रहे।

यही एक आशंका थी जो शरद के हृदय में बड़ी देर से धड़क रही थी—वह हर क्षण

आशा कर रहा था कि देशबन्धुजी इसी बात को पूछनेवाले हैं, और यही काम उसने नहीं किया है। लाख सैद्धान्तिक या अन्य बातें सही; पर वह नौकरी करने आया है, और नौकरी उसे करनी चाहिए। शेष सारी बातें इसके बाद की और फ़ुर्सत की हैं। देशबन्धुजी भी क्या सोचेंगे, एक ज़रा-सा काम दिया, वह भी नहीं किया गया। संकोच से अत्यन्त ही कटकर उसने कहा—''अभी तो उसका समय ही नहीं—'' स्वर में आजिज़ी थी।

''नहीं-नहीं, कोई बात नहीं। उसे कर लेना। मुझे तो कल चाहिए। मैंने तो यों ही एक बात पूछी।'' देशबन्धुजी उसी चिन्तन की मुद्रा में निर्विकार भाव से बाहर देखते रहे, फिर बोले—''कल आए भी तो आप लोग काफ़ी देर में थे।''

इस बार शरद मन-ही-मन चौंका। उसने ग़ौर से एक क्षण उनके चेहरे को देखा। अभी तक इतने पास से उनके चेहरे को देखने का अवसर उसे नहीं मिला था। ताज़ी बनी हुई शेव से गालों पर ऊपर की ओर कुछ रोंएँ छूट गए थे। भौंहें देशबन्धुजी की कुछ घनी थीं—और आँखें भी एक बेमालूम हलका भूरापन लिए हुए। एकदम उसके मन में टकराया, कहीं पद्मा सचमुच इन्हीं की लड़की तो नहीं है ? देशबन्धुजी की बात का जवाब देना ज़रूरी था, उसने कहा—''यों ही ज़रा घूमने निकल गए थे, देर हो गई।''

''भाई, और जो है सो है, मुझे तुम्हारी जया बहुत पसन्द है। बड़ी समझदार लड़की है। तुम सचमुच सौभाग्यशाली हो। हरेक को ऐसा साथी नहीं मिलता। वैसे तुम जैसे लापरवाह ऊँट को चाहिए भी ऐसी ही नकेल थी। धीरे-धीरे सब ढर्रे पर आ जाओगे।'' और वे स्वयं ज़ोर से हँस पड़े। शरद झेंप गया।

जब कार पीतल के बड़े-बड़े उभरे और दूर-दूर अक्षरों में हिन्दी, अंग्रेज़ी में 'सत्या मिल्स लि.' लिखे हुए विशाल फाटक में घुसी तो दोनों गेट-मैन गोलियों की पेटियाँ सँभालते 'सेल्यूट' मारकर उधर लपके। गाड़ी धीमी पड़ी और भीतर झाँकते चपरासी से देशबन्धुजी ने पूछा—''कथूरियाजी हैं ?''

''जी सा'ब !''

''सत्य बाबू ?'' देशबन्धुजी ने पुलिस के तीन बन्दूक़-धारी सिपाहियों को देखते हुए फिर प्रश्न किया। ये संगीन-युक्त बन्दूक़ें लिए एक ओर खड़े थे।

'जी, वे भी हैं।'

गाड़ी बढ़ी और बढ़िया सीमेंट की सड़क पर चलने लगी, जिसके दोनों ओर मेंहदी थी। यह मिल थी। इधर-उधर लॉन, रास्ते, क्यारियाँ पड़ रही थीं—एक ओर बड़ी विशाल हॉलनुमा बिल्डिंग थी, और इनमें एक पर एक दुमंज़िले रोशनदानों की लाइनें चली गई थीं; चौखट और शीशे धुएँ से काले पड़ गए थे। टीन की शेडदार छत पर छोटी-छोटी चिमनियाँ—उससे ज़रा हटकर वैसी ही एक और बिल्डिंग, और आसमान छूती हुई लम्बी-लम्बी छोटी ईंटों से बनी दो चिमनियाँ। सड़क के दूसरी ओर दफ़्तरों की सलेटी सफ़ेदीवाली चौकोर आधुनिक ढंग की सपाट चौमंज़िला बिल्डिंगें। बाहर की ओर खुले हुए बड़े-बड़े काँच के पल्लेवाली खिड़कियों की क़तारें, जो आधी-आधी पर्दों से ढँकी थीं। थोड़ी-थोड़ी दूर पर साँप से चढ़ते पाइप। कैंटीन। इन सबको देखते हुए शरद

देशबन्धुजी के वैभव से आतंकित सोच रहा था—कमबख़्त अपनी सारी बात धीरे-धीरे मुस्करा-मुस्कराकर कहता जाएगा और दूसरे को ज़रा भी मौक़ा नहीं देगा। मिल बिलकुल सुनसान पड़ी थी जैसे महीनों से बन्द पड़ी हो। मज़दूरों के बैठने की बेंचें और शेड सुनसान थे। शरद को अपनी देखी हुई दो-एक मिलों का ध्यान आया—उन सबके मुक़ाबले में यह बहुत बड़ी अवश्य थी; लेकिन कैसा सन्नाटा था यहाँ ! बस, ऊपर की मंज़िलों के पर्दे फड़फड़ा रहे थे और इक्का-दुक्का चपरासी इधर-उधर दिखाई दे जाता था। तभी शरद को ध्यान हो आया, बाहर मिल के आगे उसने बीड़ी पीते और गप्पें लड़ाते मज़दूरों के दो झुंड देखे थे और शायद कुछ दूर पर दो पुलिस की ट्रकों के पिछले हिस्सों की झलक भी मिली थी। सामने तीन सिपाही तो खड़े ही थे। हुँः, तो मिल में हड़ताल चल रही है ! कहीं यह मन्त्री और गवर्नर तक भागदौड़ इसी सिलसिले में तो नहीं हो रही ? कल गोली चली थी, पता नहीं क्या हुआ ? और शरद पूरी स्थिति जानने के लिए जैसे मन-ही-मन बेचैन हो उठा। दुष्ट को सब पता है, मैं किस समय गया था किस समय लौटा। पूरी आँख रखता है। मायादेवी भी जानती ही होंगी। यह भी तो शायद जाग रहे थे। ऊपर से कैसा भोला-भाला दीखता है—भीतर से बड़ा तेज़ है। और ऐसी सावधानी न बरते तो कैसे इतना सब कारबार, कारख़ाना चले ? बातें कितनी मीठी करता है कि आदमी पिघल जाए !

बड़ी ऊँची सुन्दर-स्वच्छ बिल्डिंग के लहरदार छज्जे की तरह सामने निकले शेड के नीचे, बिलकुल बरामदे की सीढ़ियों के सहारे जब बेमालूम तरीक़े से कार खड़ी हुई, तब आकाश के श्वेत हिम-खंड सुरमई होकर एक जगह सिमट आए थे और छाया हो गई थी। देशबन्धुजी गम्भीर थे—शायद मिल की सूरत देखकर सुस्त लगते थे। बरामदे में खड़े चपरासी ने दौड़कर दरवाज़ा खोला तो शरद को लगा सचमुच देशबन्धुजी कहीं गहरे डूबे हैं; वर्ना उसका अध्ययन तो यह है कि किसी भी खोलनेवाले से पहले वे स्वयं दरवाज़ा खोलकर बाहर निकल आते हैं।

"तुम यहीं बैठो, मैं अभी आता हूँ।" कहकर देशबन्धुजी बाहर निकलकर बरामदे से ऊपर जाती सीढ़ियों पर चढ़े चले गए। सीढ़ियों पर चढ़ते समय वे धोती की पटलियों को हाथ में उठा लेते थे। पीछे से उनकी खुली पिंडलियाँ और उन पर घने बाल दीख रहे थे—दूसरी निगाह चमकते चन्द्राकार चाँद के हिस्से पर जाती थी। शरद उन्हें देखता रहा। वह पूरी तरह फैलकर उस गद्देदार सीट पर अध-लेटा हो गया। उसने देख लिया, ड्राइवर ध्यान से सामने के शीशे में उसकी गतिविधि देख रहा था। वह मुस्कराया। हम लोगों की बातें सुनकर ये क्या सोचते होंगे ? हम लोगों ने शायद यह सोचना ही बन्द कर दिया है कि स्टीयरिंग-ह्वील सँभाले यह जो जीव बैठा है, वह भी हमारी बातों की कोई प्रतिक्रिया ग्रहण करता है तो क्या मशीन के सम्पर्क में आकर मनुष्य मशीन ही बनता जा रहा है ? लेकिन इस मशीन के दानव से डरकर गाँधीजी की तरह अध्यात्म और अतीत की रेत में मुँह घुसा लेना ठीक है या उसमें प्राण-प्रतिष्ठा का प्रयत्न ? यह प्राण-प्रतिष्ठा कैसी होगी—कौन करेगा ? हम लोग तो हारे और टूटे हुए लोग हैं;

विसर्जनवादी और पलायनशील; हर ऐसे किसी भी क्षण से कतराते और बचते हैं—भागते हैं ! तभी शरद को सूरजजी का ध्यान हो आया। सूरजजी कहाँ भाग गए ? जब वह सुबह तन्द्रिल सपनीली-अवस्था में लेटा था और कल के उस ऐन्द्रजालिक वातावरण को मन में बाँधकर साकार करने की कोशिश कर रहा था—तब उसे सूरजजी की कथा का ध्यान आया था; और सूरजजी कहाँ हैं, कैसे हैं, जानने की उत्सुकता उसे हुई थी। इसके बाद तो फिर सोचने का मौक़ा ही नहीं मिला। सूरजजी तथा मिल के विषय में जानने की उसके हृदय में इतनी प्रबल उत्सुकता हुई कि वह एक झटके से उठ बैठा और खुले दरवाज़े से बाहर आ गया।

बादल और अधिक सिमटकर एकाकार हो गए थे। वातावरण घना हो गया था। हवा में एक सीलन आ गई थी। 'शेड' से बाहर निकलकर शरद ने आसमान की ओर देखा; शायद आज फिर बारिश होगी। अजब मौसम है ! जाड़े के दिनों में बारिश हो रही है। हवा में काफ़ी ठंड थी, शरद ने जर्सी को गले पर ज़रा ठीक किया और पतलून की जेब में हाथ डाले टहलता हुआ इधर-उधर चहलक़दमी करने लगा। थोड़ी देर अभी नहीं हुई नेता भैया की ! आदमी बड़ा धूर्त है ! 'बिगुल' को अपना व्यक्तिगत पेपर बना लिया है। लेकिन है तेज़—ठाठ से मायादेवी के साथ मौज करता है, और कोई उँगली उठानेवाला नहीं है। पैसे की माया है। शरद के पास पैसा होता तो वह भी जया को लेकर रौब से कहीं रहता—अब चोरों की तरह भाग रहा है। जाने क्या सलाह हो रही है ऊपर ? ऊपर नहीं ले गया साथ; हर काम को धीरे-धीरे मनोवैज्ञानिक रूप में करता है—जल्दबाज़ी नहीं करता। शायद ऊपर कोई गम्भीर सलाह हो रही हो और एकदम मुझ पर इतना विश्वास न कर सकता हो। उसे शायद शक है मैं कहीं 'लैफ़्टिस्ट' यानी कुछ कम्युनिस्ट विचारों का तो नहीं हूँ। देशबन्धुजी की एक कला की प्रशंसा शरद ने भी की। जितनी बात चाहता है, बस उतनी ही जानने देता है। आगे आदमी प्रयत्न भी करे तो शायद कुछ अधिक न जान पाए। तभी फिर उसे कल की बात याद हो आई। वैसे पहले-पहल मिलने में या दूर से ऐसा लगता है कि देशबन्धुजी इतने उदार-हृदय, उन्मुक्त स्वभाव के, तथा हरेक के इतने अपने हैं कि कभी किसी को भी उनसे मिलने में कोई दिक़्क़त ही नहीं होगी; वे इतने निकट और स्पष्ट हैं कि कुछ भी छिपाकर नहीं रखते। लेकिन अब यह उसके सामने बिलकुल स्पष्ट था कि यह कितना बड़ा भ्रम का जादू है जिसके प्रभाव में मनुष्य पहले-पहल आता है; फिर धीरे-धीरे उसे पता चलता है कि देशबन्धुजी एक विचित्र रहस्य के वातावरण में लिपटे हुए व्यक्ति हैं—जैसे हर समय वे रहस्य का नक़ाब ओढ़कर चलते हैं; जो अदृश्य है, पारदर्शी है; लेकिन इतना सत्य कि आप उसे छू सकें—अनुभव कर सकें। वे जब चाहेंगे और जितनी देर के लिए चाहेंगे तभी आप उनसे मिल सकेंगे,—अपनी इच्छा से नहीं। आप उनके दर्शनों तक के लिए तरस जाएँगे—सामने फ़ोन रखा रहेगा और आप बात नहीं कर सकेंगे। शरद ने तो अनुभव किया है ! विचित्र है व्यक्तित्व इस आदमी का !

शरद की निगाह एक अलग खड़े हुए सीमेंट के नोटिस बोर्ड पर जा पड़ी और

वह धीरे-धीरे टहलता हुआ उसके पास आ गया। साइक्लोस्टाइल किया हुआ लम्बा-सा पर्चा चिपका था। ऊपर मोटे अक्षरों में लिखा था–''मज़दूर भाइयों को सूचना।'' शरद की निगाह नीचे गई, हस्ताक्षर थे, कथूरिया–जनरल मैनेजर। उसने जल्दी-जल्दी पढ़ने की कोशिश की। आशय था कि चौबीस-घंटे का समय मज़दूरों को दिया जा रहा है। जो इस बीच में बिना शर्त लौट आएँगे उन्हें पुनः ले लिया जाएगा और पिछले दिनों को काम के दिनों में शुमार कर लिया जाएगा, तथा उनका बोनस भी इस बार से बढ़े इस पर मैनेजिंग कमेटी विचार कर रही है; लेकिन जो इस समय में नहीं आएँगे वे अपने को मिल से बिलकुल अलग समझें। भविष्य में किसी हालत में उनके केस पर विचार नहीं होगा और उनकी जगह दूसरे मज़दूर रख लिए जाएँगे। इसके अतिरिक्त और भी सुविधाओं और धमकियों की बातें थीं। चौड़ा नोटिस-बोर्ड दो हिस्सों में बँटा था। एक ओर अकेला यह नोटिस था और दूसरी ओर 'मज़दूर भाइयो सावधान' के शीर्षक से एक और नोटिस लगा था। उसका स्पष्ट आशय था–''मज़दूरों को कम्युनिस्टों के चक्कर से बचना चाहिए, ऐसे पेशेवर उत्पातियों को पहचनवाओ और जल्दी से पकड़वाओ। यह तुम्हारे बीच में कीड़े हैं जो ज़हर फैला रहे हैं। इन्हें इस ज़हर फैलाने का पैसा मिलता है। ये रूसी एजेंट इस बात की तनखा पाते हैं। तुम्हें भड़काएँगे, लड़ाएँगे और मुसीबतों में डालेंगे–इनसे बचना हमारा फ़र्ज़ है। मजूदर और मालिक का सम्बन्ध राज़ी और इच्छा का सम्बन्ध है, किसी से लड़कर आप कुछ नहीं ले सकते। उसके बनकर–उसके हृदय को जीतकर, उसके मन में घर करके आप जो चाहेंगे पाएँगे–यह सही रास्ता है। यही मार्ग हमारी भारतीय-संस्कृति का मार्ग है और बापूजी का बताया मार्ग है। तोड़-फोड़ करनेवालों को कुचल दो। परमा मर गया !–मालिकों ने तो उसे मारा नहीं–वह तो उल्टा हरजाना देने को तैयार हैं। अब वह तो आने का नहीं है; लेकिन उसके नाम पर निकल आनेवाले बरसाती मेंढकों की नेतागीरी हमें और आपको ख़त्म करनी है। हड़ताल होती है, गोली चलती है, लाठी चार्ज होता है–किसका नुकसान होगा ? कौन मरेगा ? मालिकों ने नोटिस दे दिया है, वे बाहर से मज़दूर मँगा लेंगे तब बेकार दर-दर कौन घूमेगा ?–आपके भूख से तड़पते बीवी-बच्चों को ये लोग खाना देंगे ? लड़कर किसी ने आज तक कुछ पाया है ? और जबर से लड़ोगे तो मार खाओगे। आज अपना देश स्वतन्त्र है, यह नुक़सान किसी बाहरवाले और विदेशी का नुक़सान नहीं है। यह आपका अपना नुक़सान है। इसलिए मज़दूर भाइयो, आओ, हम सब लोग इस अशान्ति को समाप्त कर दें।'' नीचे बीस-पचीस मज़दूरों के नाम थे। पहले नाम के आगे ही लिखा था,''मन्त्री, भारतीय मज़दूर संघ।''

यह पर्चा जिस बोर्ड पर चिपका था उस पर बहुत पतले काग़ज़ में कार्बन करके लिखे हुए आठ-दस पर्चे और चिपके हुए थे; उन्हीं में से एक को ढँकता हुआ यह चिपका था। शेष को खुरच-खुरचकर छुड़ाने का भरसक प्रयत्न किया गया था। शरद उसकी भाषा को पढ़ने की इच्छा को नहीं रोक सका–उसने झुककर ज़रा पास के एक-एक अक्षर उखाड़कर पढ़ा...

"मज़दूर-एकता ज़िन्दाबाद ! दुनिया के मज़दूरो एक हो !" के बाद 'साथियो' से वह शुरू होता था। "मालिकों की धमकी हमारे सामने है। अब हमारे दो ही रास्ते हमारे आगे हैं : या तो उनके आगे समर्पण करके हम अपने 'अपराध' के लिए क्षमा माँग लें, या जिन अधिकारों की प्राप्ति के लिए हमने क़दम उठाया था उन्हें लेकर रहें, और उस शोषण का डटकर विरोध करें जो मालिक लोग तरह-तरह से करते हैं ! उनके हाथों में परमा और परमा जैसे हज़ारों निरीहों के ख़ून के धब्बे हैं—पुलिस और फ़ौज उनकी है, हवाई जहाज़ और एटम-बम उनके हैं—सरकार उनकी है ! लेकिन हमें भरोसा अपनी एकता का है। इतिहास बतलाता है, ताक़त से कभी ज़बानें बन्द नहीं हुईं—दमन ने कभी एकता को नहीं तोड़ा। मालिकों के गुर्गे हमें तरह-तरह के प्रलोभन दे रहे हैं—फोड़ रहे हैं। लेकिन वे देख रहे हैं कि उनकी हर चाल बेकार जा रही है। ये किराए के टट्टू माफ़ी और बोनस के सब्ज़-बाग़ दिखाकर सामने आते हैं। हमें भीख नहीं चाहिए, जो कुछ हम माँग रहे हैं वह हमारा अधिकार है। मालिक लोग सामने आकर बता दें वे ऐसे सब्ज़-बाग़ और आश्वासन कितनी बार दे चुके हैं ? क्या उन्होंने कभी अपने वायदे पूरे किए ? पिछली बार जब बॉइलर फट जाने से आठ मौतें हुई थीं तब मालिकों ने क्या किया था—क्या कहा था ? परमा की जान की क़ीमत बस पाँच सौ रुपया ? एक आदमी जिसकी बीवी है, दो बच्चे हैं—पाँच सौ में आ जाएगा ? यह मज़ाक़ और खिलवाड़ आख़िर कब तक चलता रहेगा ? मिल की डिस्पेंसरी में दवाएँ नहीं हैं—पानी दिया जाता है। मरीज़ों को डाँटकर भगा दिया जाता है। रीडिंग-रूम में प्रचार के मुफ़्ती पत्र पड़े रहते हैं—अमेरिकन रिपोर्टर की बीस-बीस प्रतियाँ डाली जाती हैं 'कल्याण' के अंक पड़े रहते हैं—क्या हमारे ज्ञान और जिज्ञासा यहीं तक है ? लेबर-ऑफ़ीसर दिन-रात मालिकों के जूते चाटता है; क्योंकि उसे तनख़ा मिलती है—उसे हमारे हितों से क्या मतलब ? हमें न्याय दो ! अपनी माँगों को समझने-समझाने का हमें मौक़ा दो ! हमारी माँगें—"

और एक-दो-तीन नम्बर डालकर लिखी हुई माँगों क़ो पढ़ने का प्रयत्न शरद कर ही रहा था कि कार का तीखा हॉर्न बजा। उसने मुड़कर देखा कथूरियाजी के साथ-साथ देशबन्धुजी नीचे उतर रहे थे। पीछे-पीछे दो सज्जन और थे। शरद धीरे-धीरे टहलता हुआ कार के दूसरी ओर आ खड़ा हुआ। चारों बरामदे में खड़े-खड़े बातें कर रहे थे। खुले दरवाज़े को हाथ से पकड़े, झुका हुआ ड्राइवर अन्तिम कश खींचकर सिगरेट को पावदान पर रगड़कर बुझा चुका था—और नाक से निकाला हुआ धुआँ उसकी कनपटी के पास से ऊपर उड़ रहा था। शरद चुपचाप खड़ा रहा और दरवाज़े में समाए शीशे पर उँगली फेरता रहा। जब ढीली-ढाली हलकी गुलाबी बुश्शर्ट पहने मोटा-सा आदमी बातचीत करते हुए घूमा तो शरद पहचान गया—इन्हें उस दिन सूरजजी ने 'कोतवाल साहब' कहा था। साथवाले आदमी को वह नहीं पहचानता था। वह सज्जन बार-बार अपनी पतलून को ऊपर खींचते थे, और उनकी टाँगें घोड़े की टापों की तरह स्थिर नहीं रह पाती थीं—एक उठाते, एक रखते रहते थे। गेहुँआ रंग—फूले गाल, भरा

मुँह—मुस्कराते होंठ। शरद ने दूर से ही अनुमान लगाया यह आदमी काफी नम्र है—और वह जिस ढंग से कथूरियाजी तथा देशबन्धुजी की ओर बार-बार कोई बात कहने के बाद देखता था उससे स्पष्ट था कि वह हर बार यह देख लेता है कि उसकी बात का क्या असर हुआ। खुशामदी क़िस्म का है। उसने शोफर से पूछा—''क्यों भाई' यह कौन है ?''

''कौन वो ? कोतवाल साहब।''

''नहीं—उनके पास जो चुपचाप नहीं खड़ा हो पा रहा ? हाथ में फ़ाइल लिए ?''

''ये सा'ब, लेबर-ऑफ़ीसर है यहाँ के—सोढ़ी साहब।''

''अच्छा !'' शरद ने फिर अपने मन में कहा—''अच्छा तो यही हैं, वह लेबर-ऑफ़ीसर ! मालिकों और मज़दूरों की बीच की कड़ी।'' और वह रुचिपूर्वक उन्हें देखने लगा। उनका टाँगें चलाना—जैसे गर्म-धरती पर खड़े हों; और बार-बार पतलून खिसकाना उसे बड़ा मनोरंजक लगा। तभी सीढ़ियों से एक अट्ठाइस-तीस वर्ष का युवक उतरता हुआ वहाँ आ गया। वह चूड़ीदार पाजामा, काली अचकन पहने हुए था; उसके हाथ की घड़ी और कोई मोटा-सा सफ़ेद नग ज़रा हाथ हिलने से झिलमिला उठते थे। भिंचे हुए होंठ, भरे हुए गाल, सुन्दर मुँह—उसके चेहरे के 'रौब', चलने के ढंग तथा अन्य लोगों के उसके साथ के व्यवहार से शरद को समझते देर न लगी, मिल के असली मालिक यही सत्य बाबू हैं। वे लोग बड़ी देर तक बात करते रहे। शरद केवल भनभनाहट ही सुन सकता था—या मुख-मुद्राओं के उतार-चढ़ाव से बात के विषय को समझ और उसके हलके, गम्भीर-स्तर का अनुमान लगा सकता था। वह कार की लम्बाई में टहलता रहा—सिर झुकाए। उसे अलग छोड़ दिया गया है, यह बात उसे कुछ अच्छी नहीं लग रही थी; लेकिन जब उसे वे अलग ही रखना चाहते है। तो क्यों और कैसे जा मिले ? सालों के दिमाग़ तो ठिकाने आ गए हैं। अब नहीं मुस्कराते नेताजी बात-बात में ! अब तो ऐसी मुर्दनी बरस रही है जैसे अम्मा मर गई हो—''

एकाध-बार जब उधर देखा तो कथूरियाजी से निगाह मिलते ही उसने हाथ जोड़े थे—जिसका उन्होंने उड़ता-सा उत्तर दिया था। बात शायद काफ़ी गम्भीर चल रही थी। 'सत्या मिल्स लिमिटेड !' शरद ने मन-ही-मन दुहराया, बस चार आदमियों ने मिलकर काम रोक लिया और मिल में कुत्ते लोटने लगे। मज़ा तो आ जाए, अगर मज़दूर जमे रहें ज़रा। सारी नेतागीरी और उपदेश भूल जाएँ। जेब में पैसे नहीं, पेट में रोटी नहीं, इनके उपदेश सुनो बैठकर... शरद को ध्यान आ गया, बिना नाश्ता किए ही आज तो आना पड़ा है। चाय तो कमबख़्त ने पी लेने दी होती—सुबह-ही-सुबह ऐसी क्या आफ़त मची थी ! पता नहीं अब कब नसीब हो। पानी और बरसा आ रहा है, ऊपर से... अचानक बात ख़त्म हो गई और देशबन्धुजी कार की ओर बढ़ आए। कोतवाल साहब ने दरवाज़ा खोला, तो झुककर कार में प्रवेश करते-करते जैसे उन्हें कुछ याद हो आया; निकलकर बोले—''हाँ, सत्य बाबू ये हमारे नए साथी हैं; शरद कुमार !''

शरद ने हाथ जोड़े। दोनों के बीच में शानदार कार थी, इसलिए हाथ नहीं मिलाए जा सकते थे। लेबर-ऑफ़ीसर साहब ने भी हाथ जोड़े। तब तक देशबन्धुजी भीतर बैठ

चुके थे—सत्य को छोड़कर शेष सब लोग झुके हुए उनसे बातें कर रहे थे। दूसरे दरवाज़े से शरद भीतर आ गया। कार स्टॉर्ट हो गई, तब देशबन्धुजी ने उनसे कहा—"हाँ, आप लोग बिलकुल निश्चिन्त रहें, मैं सब बातें कर लूँगा। हाँ कथूरियाजी, वो प्रबन्ध ज़रा ठीक कर लीजिए।"

"जी, बिलकुल हो जाएगा।"

जब कार बाहर आई, तो शरद ने फिर देखकर अनुमान लगाया, कहाँ गोली चली होगी; कल रात को। जहाँ मज़दूर थे, वहाँ आठ-दस जिज्ञासु व्यक्तियों की भीड़ थी। मिल से निकलकर सिगनल देकर जैसे ही ड्राइवर ने कार मोड़ी देशबन्धुजी ने कहा—"बड़े अस्पताल !"

शरद चौंका। उसने मुड़कर देशबन्धुजी की ओर देखा। देशबन्धुजी पीठ टिकाए बड़े थके-से पड़े थे। एक हाथ से उन्होंने चश्मा उतारकर गोदी में रख लिया था; और दूसरे से नाक के ऊपर भँवों के बीच की जगह को चुटकी में पकड़कर वे चुपचाप बड़ी गम्भीरता से कुछ सोच रहे थे। चेहरा पीला था और मुख-मुद्रा बड़ी संजीदा। उस एक क्षण को सचमुच इस व्यक्ति के प्रति शरद को बड़ी दया हो आई। वाक़ई इस एक आदमी की जान को कितने बवाल हैं ? कुछ न करता हो; पर इतना सब देखना-भालना क्या कम मुसीबत का काम है ? न रात को आराम, न दिन को चैन। और इतना करने पर भी क्या इसे दो क्षण अपनी इच्छानुसार आराम करने का अधिकार नहीं है ? उस समय भी लोग इसे माफ़ नहीं करना चाहते ? जब मायादेवी को स्वयं कोई आपत्ति नहीं है तो क्यों लोगों के पेट में दर्द होता है ? लाख बुरी सही—आपस में निभ रहे हैं और चल भी रहे ही हैं। लेकिन पद्मा ? हाँ, पद्मा बेचारी की ज़िन्दगी ज़रूर इस घुटन में पिसी जा रही है। पता नहीं, जब-जब वह पद्मा की बात याद करता तो एक विचित्र तरह की हलकी टीस, एक गहरी साँस उसकी छाती के गहरे भाग से उठती-सी लगती...

उसने बड़े मुलायम स्वर में कहा—"नेता भैया, आपकी तबीयत कुछ ख़राब है क्या ?"

"मुझसे यह सब बरदाश्त नहीं होता, शरद ! अभी दौरे से उठा हूँ और यह मानसिक द्वन्द्व—इसीलिए सब झगड़े से दूर मैं अलग जा बसा था; लेकिन क्या किसी से कहा जाए...!" देशबन्धुजी ने एक गहरी साँस ली और आँखें मलकर चश्मा लगा लिया—"सच बात तो यह है कि मैं इस तरह के कामों के लायक़ अब रह नहीं गया हूँ। लेकिन मनुष्य के भीतर आत्मा नाम की जो चीज़ दी गई है न, वह बड़ी बुरी है ! यही तो उसे चैन से नहीं बैठने देती है। गोली चले, लाठीचार्ज हो और दुनिया-भर के हंगामे हों, यह सब भी तो नहीं देखा जाता। हारकर मुझे हस्तक्षेप करना पड़ता है। लेकिन सत्यबाबू को यह पसन्द नहीं है—तुमने देखा नहीं ? वो ज़्यादा रुचि नहीं दिखा रहे थे।"

"नया ख़ून है—सब समझ जाएँगे।" शरद ने सान्त्वना दी, और अचानक उसके दिमाग़ में यह बिलकुल साफ़ हो गया कि बाप-बेटे में अधिक बनती नहीं है।

"हाँऽऽ बस, यही समझकर चुप हो रहता हूँ—सब ठिकाने आ जाएँगे। वैसे बुरा

तो लगता ही है जब...।" और कुछ कहते-कहते वे सहसा चुप हो गए। बहाव में आकर भी वे अगली बात न कहने का संयम रखते थे, इसका यह कारण था, या यह कि कार अब मुख्य बाज़ार से होकर गुज़र रही थी और देशबन्धुजी पर नमस्कारों की बौछारें हो रही थीं—यह, इस बात को शरद नहीं समझ सका। लेकिन करुणा उसके चेहरे पर सिमट आई थी। यह बिलकुल स्वाभाविक था कि बाप-बेटे के रवैयों में थोड़ा-बहुत अन्तर और विरोध हो। फिर भी जिसके लिए सब कुछ किया, उससे इस प्रकार का व्यवहार कष्ट तो देता ही है।

शरद बाहर देखने लगा—साइन-बोर्ड, शो-केस, आलमारियाँ, भीड़-भाड़, दूकान पर खड़े और बैठे हुए लोगों का ईर्ष्या-भरी निगाहों से इधर-उधर देखते हुए नमस्कार फेंकना, रंग-बिरंगे कपड़े; प्रदर्शित वस्तुएँ, टुनटुनाती-साइकिलें, रिक्शे-ताँगे। बाज़ार बहुत सँकरा था। कार रुक-रुक चल रही थी। शरद के मन में हुआ, काश इस समय उसके परिचितों में से कोई उसके रौब को देखता ! मित्रों में से—या घरवालों में से। देशबन्धुजी बड़ी नम्रता से मुस्कराने की कोशिश करते हुए नमस्कारों का उत्तर देते चल रहे थे। किसी-किसी से हाथ हिलाकर उसकी तबीयत ठीक है या नहीं, इस बात का प्रश्न-संकेत करते। एक ही क्षण बाद व्यथा से निढाल हो जानेवाले और हँस-हँसकर सबके नमस्कारों के जवाब देनेवाले देशबन्धुजी में कोई तुलना नहीं थी।

चौराहे पर कार के मुड़ते ही बड़े अस्पताल की बाउंड्री के सहारे चौड़ा फ़ुटपाथ चलने लगा था। 'एमर्जेंसी' का बोर्ड लगे हुए फाटक के मुँह पर जैसे ही कार खड़ी हुई, भीतर भरे हुए सैकड़ों मज़दूरों की निगाहें उधर घूम गईं। भीतर काफ़ी भीड़ थी, और सबके चेहरे सुस्त थे। मैले, गन्दे, फटे, काले कपड़े पहने हुए मज़दूर, बढ़ी हुई दाढ़ियाँ, संघर्षों और श्रम से जीर्ण-शीर्ण चेहरे, इकाइयों में अलग-अलग होते हुए भी सब जैसे मिलकर एक इकाई बनाते थे। पता नहीं, वहाँ क्या स्थिति थी कि देशबन्धुजी के आते ही जैसे किसी सोए पानी में ढेला फेंक दिया हो। एक भनभनाहट यहाँ से वहाँ तक गूँजती चली गई—मानो मक्खियों का छत्ता हिल गया हो।

"नेताजी आए हैं !"

"अपनी करतूत देखने ?"

"मन तो होता है, कार को चकनाचूर कर दें—बड़े नेता बने हैं !"

"ऊपर से कैसे साधु-सन्त बने हैं।"

पता नहीं लज्जा से या ग्लानि से अपराधी की तरह सिर झुकाए जब देशबन्धुजी 'एमर्जेंसी-वार्ड' की ओर बढ़ रहे थे—और भीड़ काई की तरह फटती, उनके लिए गली छोड़ती जा रही थी—तब साथ चलते शरद का हृदय भय से धक्-धक् बज रहा था। कहीं इनमें से कोई जोशीला नौजवान आगे बढ़कर इनका गिरहबान पकड़कर दो झटके न लगा दे।—और व्यर्थ में कुछ अघटनीय न घट जाए ! बुड्ढा आदमी है, एक झापड़ के बाद इससे उठा भी नहीं जाएगा। इस समय सचमुच उनके प्रति उसके हृदय में आदर और श्रद्धा उत्पन्न हुई—कितना निरीह आदमी है, अकेला, निर्बल, लेकिन कितना साहसी

है। निर्द्वन्द्व चला जा रहा है ! वह स्वयं शायद ऐसी हिम्मत नहीं कर पाता। उसे तो साथ चलने में भी डर लग रहा था। गुज़रते हुए कनखियों से या सामने से हटते हुए मज़दूरों की आँखों, मुँह और प्रत्येक भंगिमा से फुफकारती घृणा मन में आतंक उत्पन्न कर रही थी। बँधे शेर की भूखी निगाहों से वे उन्हें घूर रहे थे।

स्ट्रेचर उतरने-चढ़ने के लिए बिना सीढ़ियों की ढालू जगह से चढ़कर जैसे ही देशबन्धुजी भीतर जाने के लिए दरवाज़े के सामने आए, तभी भीतर से अस्पताल के नौकर ने निकलती हुई पहिएदार स्ट्रेचर के लिए दरवाज़ा खोला। आगे-पीछे तीन स्ट्रेचर थीं। मैले कपड़े ओढ़े हुए उस पर तीन शरीर पड़े थे। देशबन्धुजी जैसे हठात् धक्के से चलते-चलते रुक गए; ज़रा एक ओर हट आए—वे ग़ौर से सिर झुकाए देख रहे थे। जैसे ही दूसरी स्ट्रेचर उनके पास से गुज़री उन्होंने काँपती उँगलियों से बढ़कर ज़रा-सा कपड़ा उठाकर देखा—भीतर ख़ून से लथपथ मुँह था। कपड़ा उनके हाथ से छूटने को हो आया !

''नेता भैया, अपनी करतूत को यों देखिए !'' तभी किसी ने एक झटके से पूरा कपड़ा हटा दिया। शरद ने देखा गन्दा कुर्ता और मैला पाजामा पहने, चश्मा लगाए बिखरे बालोंवाले कोई सज्जन थे।

एकदम जैसे सब सकते की हालत में आ गए। तब तक उस व्यक्ति ने तीनों स्ट्रेचरों के कपड़े उन्मत्त की तरह हटाकर अलग फेंक दिए थे—तीन लाशें सामने थीं। एक के दाँत टूट गए थे, एक की पसली ख़ून से लथपथ थी और एक की कनपटी फूट गई थी। एकाध जगह और पट्टियाँ बँधी थीं। भीड़ एकदम वहाँ सिमट आई ? सब झुक-झुककर देखते—और वहाँ से लाशें दीख जातीं, वहीं इस तरह रुक-रुककर फटी-फटी आँखों से रह-रहकर कुछ निगलते हुए घूरते, जैसे उनका सिर किसी दीवार से टकरा गया हो ! शरद ने निगाहें उठाकर देखा—आँखें—आँखें—आँखें ! लाशों से उठकर देशबन्धुजी पर पड़ती हुई आँखें और वहाँ से गिरकर लाशों पर तैरती आँखें ! सैकड़ों दृष्टियों के तीखे-तेज़ स्पर्श शरद को अपनी खाल पर महसूस हो रहे थे। अनजाने वह भी उन निगाहों का केन्द्र बन गया था !—जैसे देशबन्धुजी के साथ वह भी इस अपराध में शामिल हो। उसकी आत्मा के बहुत भीतर जैसे कोई बोला—उसे कहाँ खड़ा होना चाहिए—और वह कहाँ खड़ा है ? हर दर्शक कुछ क्षण बड़े ध्यान से लाशों को देखता और फिर एक गहरी साँस लेकर निर्जीव की तरह पीछे हट जाता—दूसरे के लिए जगह छोड़ देता। अचानक दो-तीन जगह से सिसकियाँ फूट पड़ीं—और कोई डकराकर रो उठा—''भैया !''

''दादा !'' और फटे गले से कोई भीड़ के पीछे से चिल्लाया, साफ़ लगा कोई भागता-हाँफता हुआ बेतहाशा दौड़ा चला आ रहा हो !

और तब ज़बर्दस्ती रुलाई रोके हुए दो-तीन कंठ एक साथ फट पड़े। ''वली कैसा लग रहा है, जैसे अभी सोया हो !'' भीड़ में कोई लाश का साथी सिसक पड़ा। कुछ उमड़ती रुलाई को रोकने के लिए मुँह फाड़े साँसें ले रहे थे, और कुछ एकाध मिनट, भर आती आँखों पर नियन्त्रण पाने की कोशिश करते, फिर अचानक आँखों पर बाँह

रखकर फफक पड़ते।

''रोओ मत, रोओ मत !' बिखरे बालों और चश्मेवाले उसी व्यक्ति ने कड़ककर ऊँची आवाज़ में कहा—भावावेश में उसकी आवाज़ काँप रही थी—''हमारी क़िस्मत में यही बदा है—यही लिखा है। ज़िन्दा रहोगे तो तुम्हारा ख़ून मिलों में निचोड़ा जाएगा—तुम बॉयलरों में जल-जलकर मरोगे, और वैसे मरने से इनकार कर दोगे तो नतीजा सामने है ! जब तक यह खद्दर के दूध के धुले चोग़े पहने राक्षस तुम्हारी-हमारी छातियों पर हैं—हमारी क़िस्मत यही है ! ये खड़े हैं नेताजी, मैं इनसे आज आपके सामने पूछता हूँ—यह अहिंसा है ? रामराज्य है ? क्या यही सब कुछ है वह, जिसके लिए ब्रिटिश राज्य को गाली देने में यह अपने कोश की सारी गालियाँ ख़ाली कर देते थे, और अभी क्या है—वली, रामा और सोना आपके सामने हैं—हमारे पाँच साथी भीतर मरने का इन्तज़ार कर रहे हैं। मैं कहता हूँ, दे दो इन लाशों को नेताजी को, शो केसों में बन्द करके अपने 'स्वदेश महल' में सजा लेंगे।'' और आवेश के कारण वह हाँफने लगा, उसने कुछ देर सुस्ताने के लिए रुकने के बहाने लोगों को ग़ौर से देखा। उनकी कातर व्याकुलता एक अवाक् स्तब्धता में बदल रही थी और उनकी दृष्टियाँ उस व्यक्ति के पास खड़े हुए शरद और नेताजी पर जम गई थीं। इस व्यक्ति के होंठों के कोनों में झाग आ गए थे, आगे कुछ कहने के लिए उसने छाती में साँस भरकर मुँह फाड़ा।

तभी स्प्रिंग के जालीदार किवाड़ खोलकर सफ़ेद फ्रॉक पहने, लाल पेटी बाँधे सिस्टर ने निकलकर कहा—''आप लोग शोर मचाएगा तो पेशेंट का तबीयत और बिगड़ जाएगा !''

और जैसे कोई उफनते हुए दूध पर पानी डाल दे, तना हाथ कटे पंख की तरह नीचे गिर पड़ा, और एक बार हृदय की सारी घृणा, सारी नफ़रत को दृष्टि में भरकर उसने तीखी निगाह से देशबन्धुजी को देखा, फिर सिर नीचे लटका लिया। जैसे वह निगाह बिजली की तरह कौंधती चली गई। अचानक कुर्ते का आगे का हिस्सा आँखों से लगाकर वह फूट-फूटकर रो पड़ा !

तब देशबन्धुजी निर्जीव की तरह पाँव घसीटते सिर झुकाए लौट आए। वे केवल सामने ज़मीन को देख रहे थे। जगह बनती रही और लोग उन्हें घूम-घूमकर देखते रहे। पीछे-पीछे शरद क़दम नापता चल रहा था। लोग उसे देशबन्धुजी का साथी समझ रहे हैं यह बात उसे खाए जा रही थी। वह कैसे बताए कि वह पूर्णतया उन्हीं के साथ है; सिर्फ़ देशबन्धुजी के साथ चल रहा है—यही उसका अपराध है ज़रा भी ज़रूरत होगी तो वह उन्हीं के साथ होगा।

''चली नहीं नेतागीरी !' किसी ने ज़बान में सारा ज़हर घोलकर कहा।

''अपनी करतूत देख ली और दुम दबाकर निकल दिए।''

''इनका तो सिर साँप की तरह कुचला जाएगा, तब इन्हें होश आएगा !''

लेकिन इन सारे फ़िक़रों के प्रति बिलकुल निरपेक्ष देशबन्धुजी कार तक आ गए। ड्राइवर ने बिना बाहर निकले ही हाथ बढ़ाकर पिछला दरवाज़ा खोल दिया। भीड़ कार

के चारों ओर सिमट आई थी। उस समय एकदम शरद को लगा स्थिति बड़ी भयंकर हो उठी है। जिस समय वे वहाँ आए थे उस समय लोग एक आशा और उत्कंठा से उन्हें देख रहे थे—अब उनकी मुद्राओं में कुछ और था—कुछ और था ऐसा, कि डर लगता था। शरद को डर था कि कार के हिलते ही कहीं मुद्राओं की भाषा मुखर न हो जाए ! उसे हर क्षण आशंका होती कि किसी दिशा से एक नुकीला पत्थर अब कार के पिछले शीशे पर बजा ! उसके मन में हुआ, देशबन्धुजी इतने धीरे-धीरे क्यों चल रहे हैं ? क्यों नहीं तेज़ी से चलकर कार में जा बैठते ? या वह ही देशबन्धुजी को एक ओर हटाकर तेज़ी से कार में जा घुसे। कम-से-कम इन निगाहों से तो बचे। तभी अपनी कमज़ोरी पर उसे ग्लानि हुई—उसे याद आया, सन् '42 में जब वह उसी तरह की भीड़ में होता था तब कभी उसके दिल को किसी भी तरह के डर ने नहीं छुआ, और अब क्या यह साथ का प्रभाव है कि इस तरह घबड़ा रहा है ?

जैसे ही ये लोग गाड़ी में बैठे और झटके के साथ दरवाज़े बन्द हुए, भीड़ का घेरा और सिमट आया !

"कांग्रेसी राज।" अचानक किसी ने आवाज़ लगाई।

"मुर्दाबाद !" भीड़ दुहरा उठी।

"लाठी गोली की सरकार।"

"नहीं चलेगी ! नहीं चलेगी !" भीड़ से प्रतिध्वनि हुई।

"खद्दरशाही का।"

"नाश हो !"

"हड़ताल के शहीद।"

"ज़िन्दाबाद।"

"नेता भैया !"—किसी ने ख़ूब ज़ोर लगाकर कहा।

"हाय ! हाय !" अपेक्षाकृत कुछ कम कंठों से आवाज़ उठी।

कार की 'घुर्रघूँ' भीड़ में डूब गई थी। अचानक देशबन्धुजी ने झटके से दरवाज़ा खोला और बाहर निकल आए। उनके मुख पर दृढ़-निश्चय था। पिछला दैन्य ग़ायब हो चुका था। उन्होंने दोनों हाथ ऊपर उठाकर अत्यन्त ही सधे स्वर में निरुद्विग्न-भाव से कहा—"भाइयो, अगर आप सचमुच यही समझते हैं कि इस मामले में मेरा हाथ है, और मेरा अपराध है, तो मैं सामने खड़ा हूँ, आप जो चाहें दंड दीजिए। मैं चूँ नहीं करूँगा। लेकिन आप विश्वास कीजिए, इस घटना का मुझे कितना दुख है, मैं ही जानता हूँ। मैं यहाँ अकेला आया हूँ—सिर्फ़ इसीलिए कि आप लोग किसी ग़लतफ़हमी में न पड़ जाएँ। मैं पुलिस और गारद लेकर भी आ सकता था—कम-से-कम पाँच अपने आदमी अपनी सुरक्षा के लिए ला ही सकता था। लेकिन मैं क़सम खाता हूँ इस घटना का मुझे कोई ज्ञान नहीं है। मेरा इसमें कोई हाथ नहीं है। मैं भरसक इस कोशिश में हूँ कि मामला जल्दी और शान्तिपूर्वक ही निपट जाए। मैं विश्वास दिलाता हूँ कि सत्य मेरा लड़का सही; लेकिन मैं आज जो कुछ हूँ वह सत्य की बदौलत नहीं, आपके विश्वास की बदौलत

हूँ। और इस विश्वास के लिए मैंने कभी किसी की चिन्ता नहीं की। आज भी अगर मेरे लड़के और आपके विश्वास का सवाल हो तो आप सच मानिए, मैं आपके साथ हूँ। कल मैं दौरे में बेहोश था—आज जब मुझे सुबह पता चला तो मैं अपने आपको रोक नहीं सका। मुझे एक अवसर दीजिए कि आपकी बात को, आपके हित में तय करा सकूँ। आप अपना नुमायन्दा भेजिए कि मैनेजिंग-कमेटी की बैठक में अपनी बात को रख सके, और उस वक़्त मैं आपकी बात के लिए जान न अड़ा दूँ तो आप मुझे गोली से उड़ा दीजिए। यों अब भी मैं खड़ा हूँ, आप जो चाहें सो कीजिए !" और उन्होंने खद्दर की जाकिट की जेब से तह किया हुआ रूमाल निकाल चश्मा माथे पर सरकाकर अपनी आँखें पोंछीं। फिर धीरे-से झुककर कार में आ बैठे।

लोग चुप थे। जैसे निर्णय नहीं कर पाए हों कि इस बात पर विश्वास किया जाए या नहीं। और जब अविश्वास की एक निश्चयात्मक-भावना उनके मुख पर आई तब धुएँ की पतली-सी लकीर, और अगणित क़दमों से मिटते हुए चिह्नों को कुचलती, मुलायम भीगी धरती पर टायरों की जालीदार छाप छोड़ती हुई कार चौराहे से मुड़ रही थी। आसमानी बॉडी के पिछले मडगार्ड के दोनों ओर लाल चौकोर बत्तियों के शीशे, हॉर्न बजने के साथ ही चमक उठते थे। मज़दूरों ने एक-साथ हल्ला किया—"भागा !"

देशबन्धुजी ने पीछे अपने शरीर को डालकर चश्मा उतार लिया और रूमाल खोलकर कसकर अपने मुँह पर फेर कर एक बड़ी थकी गहरी साँस छोड़ी। शरद उत्सुकता से आशा कर रहा था कि वे कुछ-न-कुछ कहेंगे—मगर वे वैसे ही निढाल पड़े रहे। वह मानसिक रूप से इस समय इनके विरोध में था; लेकिन उसने उनकी चमकदार चाँद—गेहुँए चेहरे से लेकर घुटनों तक बड़ी प्रशंसा-पूर्ण दृष्टि से देखा—परिस्थिति को सँभालने की इस व्यक्ति में अजीब क्षमता है; वर्ना अभी कार के सारे शीशे टूट गए होते और दोनों कहीं अस्पताल में पड़े होते। उसकी आँखों के सामने वह तीनों लाशें घूम गईं और जैसे उसका दिल कहीं धसक उठा। वह समझ नहीं पा रहा था कि ऐसे समय उसका क्या कर्तव्य है—और इस बीच में वह जैसा निर्लिप्त या तटस्थ रहा है, यह अच्छा हुआ या बुरा। देशबन्धुजी ने उसके विषय में क्या सोचा। लेकिन देशबन्धुजी की वाणी का प्रभाव और प्रत्युत्पन्नमति को वह मान गया। स्नायुओं पर अस्वाभाविक उत्तेजना के पश्चात् एक मौन था—एक स्तब्धता थी जो दौड़ती कार में छाई थी। उसके दिमाग़ में 'जूलियस-सीज़र' का वह दृश्य नाच रहा था जब 'सीज़र' को छुरा मारकर 'ब्रूटस' बाहर जनता के सामने आता है; या जिस समय मार्क एंटोनी अपने भाषण से रोमन जनता को प्रभावित करता है ! उसके दिमाग़ में लगातार गूँज रहा था—गिरती शक्ति का वकील 'एंटोनी' फिर जीत गया !

"सीधे ?" ड्राइवर ने मुड़कर पूछा।

"हूँ।" देशबन्धुजी ने कहा। वे उसी तरह खोए रहे। चश्मा उन्होंने लगा लिया था और एकटक छत को ताक रहे थे। उनकी आँखें भर आई थीं—शरद ने देख लिया और चुप रहा। आँखें उसी तरह डबडबाई रहीं। फिर गला साफ़ करके थूकने के लिए वे सीधे

बैठकर खिड़की की ओर झुक गए—झुके रहे !

सामने चूड़ीदार पाजामा और अचकन तथा सादा क़मीज़ और पाजामा पहने दो छायाएँ दिखाई दीं—ड्राइवर ने हॉर्न दिया, दोनों व्यक्ति जैसे चौंककर एक ओर उछले। उन्होंने मुड़कर कार की ओर उसी दृष्टि से देखा जिससे हर पैदल चलनेवाला ऐसे अवसर पर देखता है। देशबन्धुजी से निगाहें मिलीं—और अचकनवाले सज्जन ने एक ज़ोरदार नमस्कार फेंका। उनकी मुखमुद्रा एकदम बदल गई। देशबन्धुजी ने फ़ौरन कहा—''रोकना।''

ब्रेक की रगड़ के साथ गाड़ी ज़रा आगे जाकर रुक गई। अचकनवाले सज्जन अपने साथी को छोड़कर एकदम कार की ओर भागे। जब बग़ल में आ गए तो देशबन्धुजी ने ज़बर्दस्ती मुख पर मुस्कराहट लाकर कहा—''कहिए चम्पकजी, आज तो आप सचमुच दूल्हा बने हुए जा रहे हैं—किधर ?''

शरद फिर चौंका। वह इस आदमी को देख-देखकर आश्चर्य करता था कि कैसे यह एकदम बदल लेता है अपने आपको ? कमबख़्त ग़ज़ब का ऐक्टर है ! कहीं यह बात अपने साथ हो जाती—इससे छोटी भी बात होती तो तीन दिन 'मूड' ख़राब रहता। इस पर कोई असर नहीं। जैसे वह एक चिकना पत्थर है, जिस पर इस तरह की घटनाओं की धार बहती जाती है और कोई असर ही नहीं पड़ता। उसकी आँखों के आगे तो एक-एक सेकेंड के बाद, जब उन लाशों का चित्र आता है, तो ऐसी अदमनीय फुरहरी उठती है कि सारा शरीर रोमांचित हो जाता है। मज़दूरों की आँखों में कैसा जड़भाव था ! मुख पर कैसे भाव आ-जा रहे थे; जैसे युग-युग से तपते पत्थर पर पानी की बूँदें पड़ें और छन-छनाकर उड़ जाएँ। उस बात की कल्पना करके डर लगता है। पता नहीं वे लोग क्या कर रहे होंगे अब ? देशबन्धुजी और उन चम्पकजी की बातों में उसे कोई रुचि नहीं थी—वह स्वयं बड़ा उदास और अन्यमनस्क-सा एक ओर निस्पन्द चुपचाप बैठा रहा। उसका सिर भन्ना रहा था, भूख तो लग ही रही थी, पता नहीं यहीं कारण हो। चाय भी नहीं पी थी। अब पता नहीं कब नसीब हो। उसके दिमाग़ में स्ट्रेचर—मज़दूरों के सिर और झटके से कपड़े हटाते उस व्यक्ति की मुद्राएँ घूमती रहीं। कभी-कभी देशबन्धुजी की बातचीत सुनाई दे जाती थी। हवा में हलकी फुहार फैल रही थी, और सफ़ेद, एक-रस छाए बादलों पर काले बादल धुएँ की तरह हवा में भागे जा रहे थे।

''कुछ नहीं जी, यों ही...।'' इतने बड़े नेता उनके लिए कार रुकवाकर उनसे यों बातें कर रहे हैं, इस कृतज्ञता से गद्‌गद 'हिंः-हिंः' की आवाज़ गले से निकालते हुए उन्होंने अचकन की गले की पट्टी को दो उँगलियों से ठीक किया और नम्र स्वर में बोले—''आपके पास भी तो निमन्त्रण गया था—हाँ, आप तो उद्‌घाटन ही करनेवाले थे न ? वह भारतीय-हायर-सेकेंडरी स्कूल की रजत-जयन्ती का कवि सम्मेलन हो रहा है, उसे 'प्रिसाइड' करना है बस उसी के लिए स्टेशन जा रहा था...।'' भावावेश के कारण वे अपनी बात ठीक से नहीं कह पा रहे थे। शरद को बड़ी घृणा हुई—आख़िर ऐसी

भी क्या 'नर्वसनैस'।

"अच्छा...वह दलपतपुर का ? चलो तो, उधर तो हम भी चल रहे हैं, रास्ते में उतार देंगे—कुछ देर का सत्संग हो जाएगा।" पीछे क़मीज़-पाजामा पहने उनका साथी भी तब तक पास आ गया था। हलके-से हँसकर देशबन्धुजी बोले—"कॉमरेड बीरबल तो हमसे बहुत नाराज़ हैं। भाई जब फाँसी लगवाओ तो लगवा देना—यों एकदम दर्शनों तक को तो मत तरसाओ।"

कॉमरेड बीरबल ने दो दिन की बढ़ी दाढ़ीवाले केवल बाएँ गाल और बाएँ सिरे के होंठों से ही मुस्कराते हुए कहा—"आप लोग बहुत बड़े आदमी हैं, यहाँ पैदल चलने को जूते भी नसीब नहीं होते, हमारा आपका साथ क्या ?"

इस तीख़ी बात को पीकर देशबन्धुजी ज़ोर से गला फाड़कर हँस पड़े और उनके दोनों हाथ, अपने हाथ में लेकर बोले—"मन में तो कहते होंगे; दो-चार दिन चला लो चमड़े का सिक्का।"

चम्पकजी कभी कॉमरेड की ओर देखते और कभी देशबन्धुजी को। शरद को उनके चेहरे से लगा जैसे उन्हें यह बात अधिक अच्छी नहीं लग रही थी उन्हें उचित महत्त्व नहीं मिल रहा। सहसा इस स्थिति को एकदम समाप्त करते हुए वे बोले—"अच्छा बीरबल भाई, हम लोग उस विषय पर फिर कभी और बात करेंगे, घर पर ही मिलना—या हमारी तरफ़ आ जाना।" और बिना अधिक बातचीत का अवसर दिए वे हैंडिल घुमाकर दरवाज़ा खोलते, अचकन सँभालते भीतर आ गए।

देशबन्धुजी ने बीरबल के हाथ छोड़ दिए और उन्हें जगह देने के लिए वे शरद से सटकर बैठ गए—शरद और सरक गया। बीरबल के चेहरे पर एकदम कठोर भाव आया। उसे लक्ष्य करके देशबन्धुजी बोले—"भई चम्पकजी, यह तो तुम्हारी ग़लत बात है। बेचारे कॉमरेड को न जाने कहाँ से घसीटे ला रहे हो और यहाँ लावारिस की तरह छोड़कर चलते बने।"

कॉमरेड के मन की बात किसी ने कह दी। चेहरे की कठोरता ग़ायब हो गई। फिर भी व्यंग्य से मुस्कराकर बोले—"अजी, यह क्या कोई इनकी नई आदत है ? इनके साथ तो यह सोचकर चलना ही चाहिए कि जब कोई अधिक महत्त्वपूर्ण आदमी मिल जाएगा तो आपको चाहे जहाँ से घसीटे ला रहे हों—लावारिस की तरह छोड़कर उसके साथ लग लेंगे।"

"अपनी लड़ाई में मुझे काहे को महत्त्वपूर्ण आदमी बनाते हो भाई ?" नेता भैया ने शिकायत की—"तुम भी उधर चल रहे हो तो, तुम भी आ जाओ।"

"उधर क्या, दलपतपुर तो मैं जा ही रहा था—मेरा गाँव है। इन्हें वहाँ करना है 'प्रिसाइड'; सो रास्ते में मिल गए। न जाने कहाँ-कहाँ तो शहर भर में घुमाते फिरे, इधर मेरी शिष्या है, उधर मेरा शिष्य है; तो सुबह से इनका साथ हुआ था। सुबह से साथ घसीटा और यह भी तो नहीं कि मेरे यार ने एक कप चाय पिलाई हो; बोले स्टेशन पर पिलाएँगे, सो अब यों छोड़कर चल दिए।" स्टार्ट होती हुई कार का अगला दरवाज़ा

खोलकर कॉमरेड ड्राइवर के बग़लवाली सीट पर आ जमे।

"अच्छा, छोड़ो भाई, इस बार इन्हें और माफ़ कर दो।" इस विचित्र और लज्जाजनक स्थिति से चम्पकजी को बचाने के लिए देशबन्धुजी फ़ौरन बोले–"तुम्हारा अपने इस नए मित्र से परिचय कराएँ–देखिए, यह शरद कुमार हैं, बहुत ही इंटेलिजेंट आदमी हैं। हमें काम में मदद देंगे...।"

"यानी प्रोपेगंडा इंचार्ज ?" कॉमरेड बोले।

"तुम यार कॉमरेड, दूसरे को सदैव ग़लत समझोगे !" इतनी देर से चुप बैठे चम्पकजी ने कॉमरेड की बात को काटा और अत्यन्त ही शिष्टता से हाथ जोड़कर उन्हें देशबन्धुजी के पार बढ़ाकर शरद के प्रत्युत्तर में जोड़े हुए हाथों को अपने दोनों हाथों में लेते हुए बोले–"आपके दर्शन करके अत्यधिक प्रसन्नता हुई, मुझे 'चम्पक' कहते हैं और यों ही ज़रा गुनगुनाने का शौक़ है।"

"नहीं शरद बाबू, मैं देता हूँ, इनका परिचय।" उन दोनों के हाथ-पर-हाथ रखते हुए देशबन्धुजी ने कहा–"यह हिन्दी की नई पीढ़ी के सबसे सजग कवि हैं–हमारे इस छोटे से प्रान्त के गौरव। आपको शायद देखने का मौक़ा मिला हो। मैंने इनके नए संग्रह पर 'बिगुल' में पाँच सम्पादकीय लिखे थे। बड़ा दम है भाई, इनके शब्दों में–आग फूँक देते हैं, आग !"

चम्पकजी अत्यन्त ही कृतज्ञता से रोमांचित कभी नम आँखों से नेता भैया की ओर देखते, और इसकी क्या प्रतिक्रिया हो रही है इसे देखने के लिए कभी शरद की ओर ! मुँह उनका खुला का खुला रह गया। देशबन्धुजी को अपनी बात कह लेने का पूरा अवसर देकर घिघियाते-से बोले–"शरद भैया, नेता भैया का तो मेरे ऊपर इतना अधिक स्नेह है, और शुरू से ही इनकी ऐसी कृपा रही है कि मेरे विषय में कहने में आप सन्तुलन नहीं रख पाते हैं। मैं तो भैया, सरस्वती का एक तुच्छ उपासक हूँ–और क़लम घिसकर पेट भरता हूँ।"

"अपनी एक क्वालिफ़िकेशन आप भूले जा रहे हैं।" कॉमरेड जो बारी-बारी से अत्यन्त व्यंग्यात्मक दृष्टि से देख रहा था, बोला–"आप हर कवि-सम्मेलन के स्वयंभू सभापति हैं।

"कॉमरेड, तुम तो आज बहुत काट रहे हो बेचारे कविजी को, क्या सचमुच बहुत नाराज़ हो ?" नेता भैया ने तरफ़दारी ली।

"काट नहीं रहा नेता भैया ! हमारा-इनका यही रिश्ता है। झूठ कह रहा होऊँ तो पूछ लीजिए ! क्यों सा'ब झूठ बोल रहा हूँ ?" कॉमरेड अगली सीट पर पीछे मुड़े। वे सीट की पीठ पर कुहनी और उस पर ठोढ़ी रखे बातों में हिस्सा ले रहे थे।

"स्टैलिन ने तो लैंग्वेज के नए थीसिस में इस तरह के किसी रिश्ते की बात लिखी नहीं है।" चम्पकजी हर बात को कहने से पहले एक बार शरद को और एक बार नेता भैया को देख लेते थे–उन्हें कॉमरेड के समय-असमय किए जानेवाले रिमार्क काफ़ी बुरे लग रहे थे; क्योंकि वह उनके पहली बार के परिचय के प्रभाव को उतना गम्भीर नहीं

बनने दे रहा था, जितना वे चाहते थे। इसीलिए उन्होंने जवाब में तीख़ा व्यंग्य किया।

कॉमरेड ने बिना ज़रा भी अप्रतिभ हुए कहा—''लेकिन चम्पकजी, लैंग्वेज का नया थीसिस तो अभी सिर्फ़ अंग्रेज़ी में आया है, आपने कहाँ से पढ़ लिया ?'' कॉमरेड मुस्कराता रहा।

चम्पकजी तड़पकर रह गए—''आप क्या अपनी तरह मुझे भी बे-पढ़ा समझते हैं ?''

शरद ने थोड़ी देर तो दोनों की चों-चों का आनन्द लिया। अब जब देखा मज़ाक़, मज़ाक़ नहीं रह गया है तो बोला—''आप दोनों की प्रेम-वार्ता में परिचय तो अधूरा ही रह गया।''

''परिचय में क्या है ? मेरा नाम बीरबल है। कम्युनिस्ट पार्टी का एक छोटा-सा वर्कर हूँ। मज़ाक़ की बात नहीं, असली परिचय तो चम्पकजी का चाहिए था—ये हमारे नगर के गौरव हैं।'' कॉमरेड बोला।

''हाँ साहब, इसमें तो शक नहीं है।'' देशबन्धुजी ने गम्भीरता से ताईद की।

''नहीं नेता भैया। क्यों बना रहे हो सब लोग मिलकर ! किसका मुँह देखकर चला था आज !'' चम्पकजी बोले।

''इसी डर से तो आप शीशा देखकर चले थे !'' कॉमरेड ने एक तरफ़ के मुँह से मुस्कराकर कहा।

देशबन्धुजी ने मज़ाक़ पर ध्यान न देकर कहा—''और कहिए चम्पकजी, कैसी चल रही है आपकी साहित्य-गोष्ठियाँ ? कोई नई कविता नहीं दिखाई दी ! इधर कुछ कम कर दिया है क्या ?''

''नहीं जी, बात यह है कि आजकल एक खंड-काव्य लिखने में लग गया हूँ। एक प्रकाशक से तय भी हो गया है—वह शायद किसी कोर्स में लगवाएगा। आजकल ज़रा मुसीबत में हूँ न।'' कुछ गम्भीर स्वर में चम्पकजी बोले।

''आप ऐसी दिल तोड़नेवाली बात क्यों करते हैं चम्पकजी ! आख़िर हम किस वक़्त काम आएँगे ? 'बिगुल' आपका है—उसमें तो आप लिखते ही नहीं हैं। रचनाओं पर वहाँ तो अच्छे पारिश्रमिक की भी व्यवस्था है, वैसे भी हम कह देंगे सूरजजी से।'' स्नेह से उन्होंने कहा—फिर शरद की ओर मुड़कर बोले—''शरद बाबू, चम्पकजी की एक बात का मैं बहुत क़ायल हूँ और शुरू से ही मेरे दिल में इस बात के लिए बड़ी इज़्ज़त है। वास्तव में यह आदमी शंकर है। कितनी मुसीबतों और कष्टों में इसने अपनी ज़िन्दगी शुरू की है कि कोई सोच नहीं सकता; लेकिन यह डिगा नहीं। आप सोच सकते हैं कि घर-घर जाकर कपड़ों और अन्न के बदले में चीनी-मिट्टी और काँच के बर्तन बेचनेवाला किसी दिन देश का गौरव बन जाएगा ? इस तरह इसने पढ़ाई जारी रखी, कविता करता रहा, और आज आप देख ही रहे हैं। लगभग शंकर की तरह संघर्षों के विष को पचाकर आनन्द की वर्षा करना, गंगा-सी निर्मल धार से धरती को जीवित और शीतल करना हरेक के वश का नहीं है। भाई, संघर्षों में रहकर संघर्षों की बात करना,

सुख में रहकर सुख की बात करना—कोई ख़ास प्रतिभा और महत्त्व का काम नहीं है—महत्त्व का क़ाम है संघर्षों में रहकर, नित्य सत्य को अपनी वाणी में गाना। जो युद्ध में रहकर शान्ति के गीत गा सकता है, जो सुख में रहकर दुखियों की बात कह सकता है, वास्तव में महान् तो वह है। कीचड़ में रहकर कीचड़ बने तो क्या हुआ—कीचड़ में रहकर कमल बनो।"

शरद ने ध्यान दिया—देशबन्धुजी चाहे भाषण देते हों या साधारण बातचीत करते हों, उनकी वाणी में एक ऐसा आत्मविश्वास, एक ऐसा घनत्व और भारीपन है जैसे यह बात केवल उनकी अपनी है; उसे केवल वही कह सकते हैं, और यह सत्य उनकी आँखों के आगे बहुत स्पष्ट है। यह सारी बात उन्होंने इतनी आसानी और स्वाभाविकता से कह दी जैसे इसमें ज़रा भी कोई असाधारण बात नहीं है। जितनी देर वे बोलते रहे, चम्पकजी फटी आँखों से, मुँह फाड़े उनके होंठों का चलना देखते रहे थे। हर बार मुड़कर या कनखियों से देखते कि कमबख़्त कॉमरेड के आग लग रही होगी। साला मुस्करा रहा है, कुछ-न-कुछ कहेगा ज़रूर। वे इतने गद्गद् हो गए थे कि उनका गला रुँध गया। उन्हें शायद थोड़ा आश्वासन मिला कि कॉमरेड अत्यन्त उपेक्षा से सीधा बैठ गया था और सामने देखने लगा था—शायद मुस्कराता हुआ। उन्होंने विह्वल होकर देशबन्धुजी की पिंडलियाँ छू लीं, भरे गले से बोले—"शरद भाई, सब नेता भैया का प्रताप है। इन्होंने मुझे शुरू से ही प्रोत्साहन और प्रेरणा दी है; वर्ना मेरी क्या हिम्मत है ! इनका बल न होता तो अभी तक कहीं काँच और चीनी के बर्तन ही बेचता।" उन्होंने फिर कॉमरेड को देखा।

नेता भैया ने उनके हाथ पकड़ लिए और नीचे झुकने से रोकते हुए कहा—"जिसमें अपना कुछ नहीं होता, उसे दुनिया में कोई नहीं बना सकता। सच पूछा जाए तो यह अपने आप ही बने हैं। इतनी साधना और तपस्या कम 'क्रेडिट' की बात नहीं है। इनकी कविताओं में जो एक शाश्वत-सत्य की खोज, और उसे प्राप्त करने की आकुलता है, और जिस आध्यात्मिक-क्रान्ति की मूल-चेतना है, वह उन्हें अमर बना देगी—क्योंकि वह भारतीय संस्कृति की असली चीज़ है। आप सोच सकते हैं, यह चीज़ें उसने लिखी हैं जिसे पता नहीं कि सन्ध्या को खाएगा क्या ! घर में एक दाना अनाज़ का नहीं; लेकिन पट्ठा मस्त है और लिख रहा है—क्या मजाल जो ज़रा भी तलख़ी आ जाए। यह हमारे ऋषियों की परम्परा है। यह एकनिष्ठ-एकाग्रता आज मिलती कहाँ है ?" फिर ज़रा मुस्कराकर बोले—"वैसे, बीच में एक दफ़ा यह बह भी गए थे, इन कॉमरेड लोगों के चक्कर में आकर कुछ इधर-उधर की बातें लिखने लगे थे—"

चम्पकजी इस तरह विस्फारित मुद्रा से देख रहे थे जैसे देशबन्धुजी की बातें किसी अज्ञात रहस्यमय लोक के पर्त पर पर्त खोलती चली जा रही हों, जिसे उन्होंने पहले कभी नहीं देखा हो, और अब विश्वास नहीं कर पा रहे हों कि क्या सचमुच यह सब उन्हीं के विषय में कहा जा रहा है ? अन्तिम बात से उन्होंने अपराधी की तरह झेंपी मुस्कराहट से नीचे देखते हुए इस तरह का भाव दिखाया जैसे वे कुछ कहना चाहते हैं,

लेकिन कह नहीं पा रहे हैं। सिर्फ़ अपने दोनों पंजे फैलाकर एक पंजे की उँगलियों के सिरे को दूसरे पंजे की उँगलियों के सिरे से छुलाते उन्हें ग़ौर से देखते रहे।

कॉमरेड एकदम मुड़ा और शरद के मन की बात कह दी—''और नेता भैया 'गॉर्की' के बारे में आपका क्या मत है ? वह भी तो चिथड़े बीनता था। 'डिकेन्स' प्लेट धोता था।''

नेता भैया जानते थे कि अपनी जाति का ज़िक्र आने पर कॉमरेड चुप नहीं रह सकेगा। वे उसे समझाते हुए बोले—''भाई, गॉर्की बहुत बड़ा लेखक हो सकता है, कौन मना कर सकता है उसके बड़प्पन को ?—लेकिन हर बात में यह रूस की तरफ़ दौड़ने की आदत ही, मैं सच कहता हूँ, तुम्हें ले डूबेगी। हर देश की संस्कृति अलग होती है, कुछ उसका भी तो ध्यान रखना चाहिए। दुनिया का हर आदमी जानता है कि सब प्रतिभावान नहीं हो सकते। धन हरेक के पास आ सकता है; लेकिन प्रतिभा हरेक के पास नहीं होती, और चम्पकजी जैसी प्रतिभा मैं तो समझता हूँ, मामूली बात नहीं है। अब यदि ये इस अमूल्य चीज़ को किसी महत्त्वपूर्ण दिशा में न लगाकर इधर-उधर भटकाते हैं—तो मैं समझता हूँ, ग़लती करते हैं। इन्होंने आख़िर ग़लती मानी भी। आज जो चम्पकजी लिखते हैं। उसमें गहराई है, उफान नहीं। और कॉमरेड मानो या न मानो, उफान में टिकाऊपन नहीं होता। आप कैसे कह सकते है गॉर्की यदि अपनी प्रतिभा को शाश्वत तत्त्वों की खोज में लगाता तो दुनिया को क्या दे जाता ?''

रस विभोर और गद्गद् स्थिति में होते हुए भी चम्पकजी को लगा कि अब उनकी प्रशंसा बहुत ज़्यादा हो गई है। नम्रता से बोले—''नेता भैया कहाँ गॉर्की और भारतीय साधकों की तपस्या; और कहाँ मैं ? मैं तो एक तुच्छ...उनके चरण छूने लायक़ भी नहीं हूँ।'' वे हकला रहे थे। बोले—''आपकी कृपा रही तो कुछ बन जरूर जाऊँगा।'' अपनी इस नम्रता की प्रतिक्रिया जानने के लिए उन्होंने चारों ओर देखा, कॉमरेड की ओर निगाह फेंकी। फिर जैसे अचानक कोई नई बात याद आ गई हो, इस तरह चौंककर, विषय परिवर्तन करने की इच्छा का भाव दिखाते हुए बोले—''हाँ, नेता भैया, एक सूचना मैंने आपको दी या नहीं ? मैं यही सोच रहा था कि जब भी मिलें तो सूचना तो कम-से-कम दे ही दी जाए। हमारी साहित्य-गोष्ठी में एक प्रस्ताव आया है—पाँच आदमियों की एक कमेटी बन गई है। मैंने लाख मना किया कि मुझे मत फाँसो; लेकिन कमबख़्तों ने न-न करते हुए भी मुझे ही संयोजक बना दिया है...''

उत्सुकता से शरद और कॉमरेड, और देशबन्धुजी सब चम्पकजी के सुन्दर चेहरे को देखने लगे। गोरा रंग, भरा मुँह, भव्य व्यक्तित्व, ढंग से पीछे काढ़े हुए बाल, शेरवानी के ऊपर के तीन बटन खुल थे—सफ़ेद डोरी लगी हुई गले की काली पट्टी ख़ूब खिल रही थी। भीतर सिल्क का कुर्ता और उसमें लगे हाथी-दाँत के बटन चमक रहे थे। उन्होंने सबकी उत्सुकता का आनन्द लिया और बोले—''आपको किसी अवसर पर अभिनन्दन-ग्रन्थ देना चाहते हैं...''

उनकी बात पूरी होने से पहले ही देशबन्धुजी पूरा गला फाड़कर ज़ोर से हँस

पड़े—और यों ही हँसते रहे। हँसते हुए ही उन्होंने चम्पकजी के दोनों कन्धे पकड़ लिए। बड़ी कठिनाई से हँसी रोककर बोले—"भैया मेरे, कहो तो मैं हाथ जोड़ लूँ—पैर पकड़ लूँ तुम्हारे। मुझे ज़िन्दा रहने दो दुनिया में—या कहो तो यों ही संन्यास ले लूँ ! यहाँ ज़िन्दगी मुहाल हुई जा रही है और आपको 'अभिनन्दन-ग्रन्थ' देने की सूझ रही है। देखा कॉमरेड किस तरह यह लोग आदमी को चढ़ाते हैं ! भैया चम्पकजी, खपच्चियाँ लगा-लगाकर मुझे रावण मत बनाओ, कोई यों ही 'भक्' से जला देगा। और मेरी मानो तो इन बेकार की बातों में वक़्त बर्बाद करने में कुछ नहीं रखा है। अपना काम देखो। तुम ठहरे मेहनत-मज़दूरी करनेवाले आदमी, इस चक्कर में पड़ोगे तो कैसे होगा ?"

शरद की सारी उत्सुकता मर गई। उनकी हँसी उसके कानों में घंटे की तरह ब— उठी। कौन कहता है, यह वही आदमी बोल रहा है जो अभी तीन निरीह मज़दूरों की लाश देखकर आ रहा है; जिनकी मृत्यु का कारण स्वयं उसे ठहराया जा रहा है। मुश्किल से पन्द्रह-बीस मिनट पहले की बात है। यह आदमी सचमुच कितना बड़ा ऐक्टर हो सकता था—और कौन जानता है, अब वह ऐक्टर नहीं है !

बड़े अन्दाज़ और बड़प्पन से चम्पकजी बोले—"नेता भैया, यह बात हमारे समझने और समझाने की है, आपका हस्तक्षेप इसमें शायद ही किसी को पसन्द आए। यह तो मेरी ग़लती है कि आपको बता दिया।"

"कॉमरेड, देख रहे हो ? हमें बोलने का अधिकार नहीं है। अच्छा भाई, जैसी तुम्हारी मर्ज़ी !" और अत्यन्त अफ़सोस की मुद्रा बनाकर लाचारी दिखाते, वे चुप हो गए। फिर सहसा बोले—"हाँ भाई, आज तुम हमारा हस्तक्षेप कैसे सहन करोगे—आज तुम सभापति के रौब में हो न ! झूठ नहीं कहता, चेहरे से रौब बरस रहा है।" और कुटिलता से मुस्कराकर अत्यन्त आदर से हाथ जोड़कर बोले—"तो हे सभापति जी !—आप कल हमारे यहाँ पार्टी में पधार रहे हैं न ?"

"पार्टी ? कैसी पार्टी ?" चम्पकजी चौंके—"सच, नेता भैया मुझे कुछ नहीं मालूम।"

"भाई, कल मिनिस्टर साहब अपने यहाँ आ रहे हैं न ! अपने बहुत पुराने दोस्त हैं। हमने कहा इस बहाने मिल भी लेंगे सब लोग एक दूसरे से, कुछ सत्संग हो जाएगा आप लोगों से, वर्ना इस व्यस्त जीवन में कहाँ मिल पाते हैं ! और साफ़ कहे देता हूँ, कल आपको वहाँ कविता सुनानी है। पुरानी नहीं, नई-से-नई। वर्ना समझ लो दरवाज़े पर ही रोक लूँगा, भीतर नहीं जाने दूँगा। यह नहीं कि कोई घिसी-पिटी ले आएँ पुरानी-सी। आज रात को नई तैयार कीजिए। और कॉमरेड तुम भी आ जाना घूमते-घामते...।"

"मैं ?" कॉमरेड चौंका, वह अचानक कुछ सोचने लगा था। बोला—"मेरा क्या काम है नेता भैया ?—आप लोग कलाकार, साहित्यकार और बड़े लोग मिलेंगे, हम लोग फटीचर, ज़मीन-छाप आदमी, सभा सोसाइटियों के तौर-तरीक़े भी तो नहीं मालूम।" वह बाईं ओर से होंठों से मुस्करा रहा था।

"क्या बात है, एकदम सुस्त कैसे पड़ गए कॉमरेड ? मेरी बात बुरी लग गई

क्या ?–भाई, मज़ाक़ में तो सब चलता ही है !" चम्पकजी देशबन्धुजी की बातों से बड़े सन्तुष्ट, गद्गद् और तृप्त थे।

"तुम्हारा यह सम्मान देखकर कुढ़ रहा हूँ !" कॉमरेड बोला। शरद को लगा, चम्पकजी के हृदय में कॉमरेड की सुस्ती को लेकर कहीं यह बात ज़रूर थी।

"भई, एक बात माननी पड़ती है कॉमरेड इसे चाहे तुम अपनी तारीफ़ समझना या जो भी कुछ–कम्युनिस्टों की हर बात से मैं असहमत हूँ; लेकिन एक चीज़ है जिसके सामने माथा झुकाता हूँ..." देशबन्धुजी ने प्रसन्न-भाव से अब कॉमरेड की ओर मुख़ातिब होकर कहा–"वर्षा हो, धूप हो, रात हो, दिन हो–हर कॉमरेड धुनी आदमी होता है; एक 'कप' चाय पिला दो और रात-दिन काम करा लो; न बालों में तेल है, न हजामत बनी है, कपड़े फटे हैं तो भी कोई चिन्ता की बात नहीं है। ऐसी लगन से तो भगवान का भी सिंहासन हिल उठता है।"

"लेकिन मैंने तो यह देखा है नेता भैया, बैल की तरह काम करो, फिर भी कुछ मिलता-मिलाता नहीं है। भीतर से सबमें पोल है। क्यों शरद भाई, आपका इस सम्बन्ध में क्या विचार है ?" शरद का समर्थन लेने के लिए चम्पकजी बोले। असल में शरद की सुस्ती और अकेला-सा बैठा रहना रह-रहकर सबका ध्यान अपनी ओर आकर्षित कर ही रहा था।

किसी में पोल है या नहीं, तुम्हें इससे क्या है ! तुम अपने मतलब की बात करो–शरद ने मन-ही-मन कहा। एक-दूसरे के मक्खन लगाओ। क्या मज़ा आ रहा है : एक-दूसरे को अभिनन्दन-ग्रन्थ दे रहा है–दूसरा उसे शाश्वत-सत्य को खोज निकालनेवाला 'कोलम्बस' बताकर दुनिया का सबसे बड़ा कलाकार सिद्ध कर रहा है। धन्य हो ! यहाँ भूख के मारे दम निकली जा रही है। फुहार अब और गहरी हो गई थी, इसीलिए शरद ने खिड़की का शीशा हैंडिल घुमाकर चढ़ाते हुए कहा–"आपका परिचय जिस रूप में नेता भैया ने दिया है, उस हालत में आपकी बात को ग़लत मानने का कोई कारण मुझे तो दिखाई नहीं देता।"

"ख़ैर, इस तरह का परिचय देना तो नेता भैया की आदत हो गई है। लेकिन आप देखिए, इन्हीं कॉमरेड को–घर में बीवी-बच्चे बीमार हैं–उनकी दवा-दारू का प्रबन्ध नहीं और कॉमरेड लगे हैं मज़दूरों का संगठन करने में, जुलूस निकालने में या पैम्फ़लेट तैयार करने में। कुछ नहीं तो 'लिटरेचर' बेच रहे हैं। वही आदमी अचानक पार्टी से ऐक्सपैल कर दिया जाता है। आप बताइए, कोई आदमी किस विश्वास पर कुछ करने की हिम्मत करे ?..." चम्पकजी बोले।

"ऐंऽऽ, ऐक्सपैल हो गए ?" देशबन्धुजी जैसे कहीं बिजली गिरने से चौंके–"तुम तो भाई, सबसे मशहूर और पुराने वर्कर्स में से थे। एक बार तो तुम शायद सेक्रेटरी भी थे..."

"हाँऽऽ, सब ऐसे ही है..." टालने के लिए कॉमरेड ने कहा। इस विषय के प्रति अनिच्छा ज़ाहिर करते हुए वह बोला–"यार कोई और विषय ले लो। क्या लेकर बैठे

हो ?"

"नहीं, तब भी हम लोग जानना चाहते हैं," चम्पकजी ने जोश में कहा—"यह गैस्टापो लोगों के गुप्त-संगठन जैसा रहस्य कब तक चलता रहेगा ? आप लोग 'जनता की पार्टी' कहते हैं तो जनता को भी तो निर्णय करने का अधिकार दीजिए।"

शरद को लगा जैसे चम्पकजी के भीतर देशबन्धुजी की आवाज़ बोलेने लगी है—उसने घृणा से उनकी ओर देखा।

कॉमरेड की घनी भौंहों के नीचे एक हलकी छाया-सी एक क्षण को आई और वह एकदम ज़रा-सी देर को सुस्त हो गया ! देशबन्धुजी की निगाह से वह छिपा नहीं। वे बोले—"कॉमरेड, तुम कह सकते हो, हम लोग तो जनता नहीं हैं—ठीक है। मैं मानता हूँ, हम ज़रा भी जनता नहीं हैं। लेकिन आपकी पार्टी क्या हमें इन्हीं रवैयों से आकर्षित करेगी ? कल तक जो आदमी ख़ून-पसीना एक कर रहा था, अत्यन्त ही महत्त्वपूर्ण था—वह दूध की मक्खी की तरह निकालकर फेंक दिया जाता है..."

"लेकिन नेता भैया, यह तो और इस बात का सबूत है कि हमारे यहाँ..."

"हमारे यहाँ मत कहो—अब तो उसे कम्युनिस्ट पार्टी कहो।" बात काटकर चम्पकजी बोले।

कॉमरेड मुस्कराया, जैसे इस समय चम्पकजी ने क्यों उसकी बात काटी—इसका गूढ़ अर्थ वह जानता हो। फिर उसने अपनी बात पूरी की—"ख़ैर, कम्युनिस्ट पार्टी में ही सही, किसी की बपौती नहीं है। कोई डिक्टेटर बनकर जमा नहीं रह सकता।"

'यार, यह बात तो मत कहो। स्टैलिन क्या है ? दुनिया में सारे परिवर्तन हो जाएँगे—लेकिन वह अपनी जगह जमा ही है—यह सब क्या है ?" चम्पकजी बोले।

"रूस की तरफ़ अब आप भाग रहे हैं।" कॉमरेड हँसा।

"अच्छा, उसे छोड़िए भी, आप कह सकते हैं कि पॉलिट-ब्यूरो का निर्णय है उसमें बेचारा स्टैलिन क्या करे ! जवाहरलाल नेहरू हर बार कांग्रेस के प्रेसीडेंट बन जाते हैं—यहाँ तक प्राइम मिनिस्टर होते हुए भी प्रेसीडेंट बने रहते हैं—इनको वे बेचारे क्या करें ! लेकिन मैं तो एक सीधी-सी बात पूछ रहा था," नेता भैया बोले—"रोज़ आपकी पार्टी की नीति बदलती है और कल की नीति न केवल जड़-मूल से ग़लत साबित कर दी जाती है; बल्कि जो उस नीति को चला रहे थे—या समर्थक थे उन सबका 'कोर्ट-मार्शल' होता है। और मज़ा यह कि नीति के दौरान में कोई कुछ बोल नहीं सकता—अनुशासन की कार्रवाई की जा सकती है। अजब मज़ाक़ है। एक मोटी-सी बात लीजिए, कल तक देश-विदेश के सारे पूँजीपति छोटे और बड़े, आपके दुश्मन थे, जब चीन में क्रान्ति हो गई तो नीति निर्धारित की गई—नहीं; देशी पूँजीपतियों से हमारा कोई मतभेद नहीं है ! और पिछली नीति को चलानेवाले सब बेवक़ूफ़ साबित किए गए।"

शरद को ऐसा लगा जैसे एक हिरन के पीछे दो शिकारी कुत्ते लग गए हों—कोई इधर से काटता है; कोई उधर से। अभी तक वह अपने भूत-भविष्य इत्यादि सबको सोचकर चुप था; दूसरे भूख और घुटन के कारण उसका मन ही नहीं लग रहा था।

वह पीछे छूटते हरियाले खेतों को देख रहा था—जगह-जगह हल चल रहे थे। उसने अत्यन्त ही विनम्र स्वर में कहा—"लेकिन भैया, इस बात को तो आप मानेंगे कि पार्टी की नीति निर्धारित करने में, या बदलने में—दूसरे देशों के उदाहरण से सीखकर ही सही, कुछ पढ़े-लिखे समझदार आदमी बहस करते हैं, उन निर्णयों पर फिर और बहसें इन्वाइट की जाती हैं, तब एक क़दम उठाया जाता है। इस निर्णय में क्या सचमुच आपको कोई अन्तर नहीं दिखाई देता..." शरद हिचक गया, बात उसकी ज़बान पर आते-आते रुक गई।

शरद भी इस बात के ऊपर कुछ कहेगा इसकी देशबन्धुजी ने कल्पना नहीं की थी, वे मुड़कर बोले—"अन्तर किससे ?"

'हुँः, होगा सो देखा जाएगा,' शरद ने कह ही डाला—"इस निर्णय से कि एक व्यक्ति पचासों लाख आदमियों का जीवन, शिक्षण और भविष्य नष्ट करके यह कहकर छुट्टी पा लेता है कि वह मेरी 'हिमालय' जैसी ग़लती थी। गाँधीजी ने जीवन भर और क्या किया? सिर्फ़ अन्तरात्मा के नाम पर इतने बड़े-बड़े क़दम उठा लेना और हर ऐसे बड़े क़दम के बाद 'हिमालय जैसी भूल' कहकर आमरण-अनशन कर डालना—कहाँ तक 'जस्टीफ़ाई' किया जा सकता है, मेरी समझ में नहीं आता।" उसका स्वर बहुत नम्र था। शायद अपने देशबन्धुजी के साथ के दिनों में यह पहला सैद्धान्तिक विरोध का वाक्य था। उसका हृदय धड़क उठा। वह जानता था कम्युनिस्टों के ख़िलाफ़ जो आज देशबन्धुजी बोल रहे थे, उसमें काफ़ी हाथ उस अपमान का भी है जिसे अभी वे पीकर चले आ रहे हैं।

तीनों ने ज़रा ग़ौर से शरद को देखा। कॉमरेड का मुँह खिल उठा। चम्पकजी विस्मित हुए। उनकी दृष्टि कह रही थी : 'अच्छा तुम भी !' देशबन्धुजी के लिए यह बात अप्रत्याशित थी, उन्होंने माथे पर दो सलवटें लाकर शरद को ज़रा तेज़ देखा, और फिर एकदम हँस पड़े—"भाई शरद बाबू, ख़ूब ! जब मैंने तुम्हारे सर्टिफ़िकेट देखे थे तब यह विश्वास नहीं था कि सचमुच तुम इतने तेज़ हो। भई चम्पकजी, कॉलेज डिबेट में एक ही सब्जैक्ट पर दोनों तरफ़ से बोलकर फ़र्स्ट प्राइज मार चुके हैं ये। फिर एल-एल.बी. हैं। लेकिन भाई बापू की बात छोड़ो। वे महान् थे। उन्हीं की बदौलत तो हमें यह स्वतन्त्रता मिली है—है कहीं अहिंसात्मक क्रान्ति का ऐसा जोड़ दुनिया में दूसरी जगह ?"

नाराज़गी की जगह पर यह हँसता क्यों है ?—शरद इस बात से कुढ़ गया। उसे सचमुच बड़ी झुँझलाहट होती थी, जब देखता कि अपनी नाराज़गी को यह दुष्ट हँसी में बदल देता है। हँसी में न सिर्फ़ बात उड़ जाती है; बल्कि दूसरा आदमी व्यर्थ ही अप्रतिभ भी हो जाता है। भारत को अहिंसात्मक क्रान्ति से स्वतन्त्रता मिली और पाकिस्तान को, जिसने उसका मज़ाक़ उड़ाया ? इस अहिंसात्मक क्रान्ति से देश को स्वतन्त्रता मिली या बेड़ियों की धातु बदल गई—इस बहस में वह नहीं पड़ना चाहता था। उसने दबे स्वर में कहा—"गाँधीजी की व्यक्तिगत-साधना और सिद्धि में मुझे ज़रा

भी शंका नहीं है—मैं सिर्फ़ राजनीति की बात कहता हूँ।''

''अगर यही बात है तो कम्युनिज़्म के सैद्धान्तिक रूप से विरोध किसे हो सकता है ?'' देशबन्धुजी ने स्पष्ट ही विषय टाल दिया। बीच में शरद का तर्क उन्हें पसन्द नहीं आया—यह मुद्रा से साफ़ जाहिर था। बोले—''ख़ैर छोड़ो इस बहस को। मैं तो कॉमरेड से ऐक्सपैल होने का कारण यों ही जानना चाहता था।''

यह बात को टाल देना दूसरी ऐसी आदत थी जिससे शरद जल उठता था। नाराज़ हो गए ? रानी रूठेगी अपना सुहाग लेगी, किसी का भाग तो नहीं लेगी। हो जाए नाराज़ ! दो रोटी ज़्यादा खा लेंगे। यहाँ तो आज करा दिया कबाड़ा—दिन-भर भूखे मरे। उसने अपना गाल काँच से टिका दिया—जिसके दूसरी ओर बूँदें सरक रही थीं। उसे याद आया—इसी तरह वह जब देशबन्धुजी से मिलने आ रहा था तो काँच के ऊपर बूँदें सरक रही थीं—उसे धीरे-धीरे उस लड़की और उस ईसाई-परिवार की याद हो आई, और घूमती हुई स्मृति जया पर आकर टिक गई।

कॉमरेड को शायद इस हलके तनाव का आभास हुआ। इस बहस से वह ऊब भी गया था। उसने अपनी गले तक खुली एक आलपीन से बटनों की जगह जुड़ी कमीज़ के दोनों कॉलर खड़े किए और कार की पिछली खिड़की के काँच से छूटती पेड़ों की लाइन को ताकते हुए कहा—''पार्टी चाहती थी यहाँ 'लिटरेचर' बेचने के लिए एक सुव्यवस्थित केन्द्र हो जाए—लेकिन वह पैसा लगाने की स्थिति में थी नहीं। एक सिम्पैथाइज़र' तैयार भी हो गए उसी का कुछ झगड़ा था।''

''क्या ? उसका क्या झगड़ा था ?'' देशबन्धुजी ने कुछ याद करते हुए पूछा—''हाँ इस तरह की कोई किताबों की दूकान किसी ने खोली है—ऐसा सुना था।''

''अच्छा वो !'' चम्पकजी बात लपककर बोले—''उसे मैं बताता हूँ, यह तो बताने में हिचकेंगे ? मुझे पूरा क़िस्सा मालूम है। इनके पड़ोस में रहते हैं एक सज्जन—बेचारे कहीं नौकर हैं या कुछ करते हैं किसी के यहाँ। उनके छोटे भाई को यह कभी-कभी किताबें देने लगे। धीरे-धीरे वह 'सिम्पैथाइज़र' हो गया। वह कॉलेज में पढ़ता था—शायद कभी मौक़े-बेमौक़े रुपए-पैसे से भी उसने इनकी मदद की—क्योंकि इनकी रेलवे से नौकरी छूट गई थी; तो दाने-दाने को मुहताज थे। अब यह उसके पीछे लगे कि हम और तुम किताबों की दूकान खोल लें—इस तरह की किताबों की कोई दूकान है भी नहीं। उसने कहा कि 'भाई, मैं कॉलेज कैरियर ख़त्म कर लूँ तो कुछ करूँगा।' तब इन्होंने उसे समझाया कि भाई के सिर खाने से क्या-क्या नुक़सान है, और इस किताबों की दूकान में उसे कुछ नहीं करना है। मँगा भर ले किताबें—यानी रुपया दे और मज़े से बैठा अपना बराबर का हिस्सा मारे। पढ़ाई का ज़रा भी नुक़सान नहीं होगा। ग़रज़ यह कि उसे ऐसा फाँसा—ऐसे सब्ज़-बाग़ दिखाए कि बिना भैया को बताए, भाभी को बहका-बहकूकर उसने उनके कुछ गहने-पत्ते बेचकर दो हज़ार रुपए निकाल लिए। तय यह था कि आठ-दस महीने में यह सब रुपया लौट जाएगा और भाई साहब को पता भी नहीं लगेगा। उसने यह सब बाद में मुझे बताया था—क्यों कॉमरेड ग़लत तो नहीं

कह रहा हूँ—झूठ कह रहा होऊँ तो टोक देना...'' चम्पकजी प्रसन्न-मुद्रा में बताए जा रहे थे।

''नहीं-नहीं तुम कहे जाओ।'' कॉमरेड का चेहरा 'फक्' पड़ गया था। इस बार चम्पकजी का दाँव था। उसने निरीह-सी दृष्टि से उन्हें देखा—उसकी तेज़ी उड़ गई थी।

''इधर इन्होंने पार्टी से आज्ञा ले ली इस नाम पर, कि लिटरेचर का एक सेंटर बनवा रहे हैं। और जब किताबें आ गईं—बोर्ड बन गया, दूकान ले ली गई, अपने हिस्से में से एडवांस ले लिए, तब इन्होंने अपने हाथ-पाँव फैलाने शुरू किए। जानते थे कि वह खुद तो किताबें लेकर बेचेगा नहीं—उसे कॉलेज की पढ़ाई करनी है। तब इन्होंने अपनी माँगें रखीं कि मैं यह करूँगा, यह नहीं करूँगा। आपको यह करना होगा। पहले यह चौबीस घंटे कुत्ते की तरह उसके पीछे लगे रहते थे, अब वह बेचारा इनके घर के दस-दस चक्कर लगा रहा है और कॉमरेड बीरबल नहीं मिल रहे हैं। भीतर बैठे हैं, और मना करवा रहे हैं। हमारी शर्तें मान लो और हमें इतना एडवांस और दे दो—यह अड़े रहे। उस बेचारे ने लाख कहा कि यह सब बातें आपको पहले करनी चाहिए थीं—मैं काम ही नहीं करता। अब पूँजी तो है उतनी ही—उसमें आपका भी परिवार पले और काम भी चले, यह कैसे सम्भव है ? कुछ मध्यस्थ भी डाले गए; लेकिन कॉमरेड ने सबको यह कहकर कंडैम कर दिया कि आप लोग तो उसी वर्ग के हैं, उसे ही पचेंगे—क्योंकि जो भी भला आदमी निर्णय करता, वह इनके विरुद्ध जाता। नतीजा यह हुआ कि कॉमरेड सारा एडवांस मार गए, और 'मैंने एक किताबों की दूकान चलाई है,' की क्वालिफ़िकेशन लगाकर दूसरी एक दूकान में ठाठ से नौकर हो गए। अब उस बेचारे के पास किताबें सड़ रही हैं...।'

''शाब्बाश ! शाब्बाश ! बहुत अच्छे !'' देशबन्धुजी उछल पड़े—''वाह, कॉमरेड; मान गए तुम्हारी प्रतिभा को ! तुमने तो कमाल कर दिया। देखो, यह है कम्युनिज़्म ! आपने अपने वक़्त के लिए दो-ढाई सौ सीधे किए—वह जाए जहन्नुम में।'' देशबन्धुजी ने कॉमरेड के उदास और अप्रतिभ चेहरे की ओर देखकर गम्भीर स्वर में बड़े अनुरोध से कहा—''सच बताना कॉमरेड, इसमें और धोखेबाज़ी में अन्तर क्या है ? इसकी क्या सैद्धान्तिक व्याख्या करते हैं आप ? साथ ही यह भी बात दें कि चीटिंग क्या है ?''

''तो मेरे यहाँ खेती तो होती नहीं थी—आख़िर मैं जब उसका काम करता तो खाने को कहाँ से लाता !'' कॉमरेड ने बाएँ गाल की खिसियानी मुस्कराहट से कहा।

''इस तरह का आपने उससे पहले तय किया था ? अगर आपकी ऐसी ही स्थिति थी तो उससे साफ़ नौकरी तय करते—कहते, आपका काम करूँगा, इतने पैसे लूँगा। मंजूर हो तो करो...।'' देशबन्धुजी ने उस अज्ञात व्यक्ति के प्रति सहानुभूति से कहा।

''नहीं यह कैसे हो सकता था ?'' चम्पकजी ने कॉमरेड को बोलने न देकर उसकी ओर से ही कहा—''वह तो श्रम का शोषण यानी 'ऐक्सप्लॉयटेशन ऑफ़ लेबर' होता न—दूसरे जैसा उसने मुझे बताया : ऐसी स्थिति में 99 प्रतिशत आशंका थी कि वह काम ही न करता, कह देता जब पैसे होंगे तब करूँगा। फिर यह कैसे झटक पाते रुपए

उससे ! अब इसमें इन्होंने दोनों साइड सेफ़ रखीं; अगर इनकी जा-बेजा शर्तों को मानकर भी वह काम करता है, तो इनका बराबर का हिस्सा है ही—नहीं करता तो 'एडवांस' इनकी जेब में।"

"अच्छा, 'सिम्पैथाइज़र' बना ! वह बेचारा तो मारा गया।" देशबन्धुजी चिन्तित स्वर में बोले।

"इनकी बला से !" चम्पकजी ने बात बढ़ाई—"अब पार्टी में भी इनके कुछ ऐसे प्रतिपक्षी पहुँच गए हैं कि इसी सवाल को लेकर इन्हें ऐक्सपैल करा दिया। असल में बात यह है कि वर्ग-संस्कार उन बेचारों के भी नहीं छूटे...।"

"क्यों यार, बेकार में भिड़ा रहे हो !'- आजिज़ी के स्वर में कहकर कॉमरेड ने अगली बात कहने के लिए मुँह खोला...

"कॉमरेड, मैं मानता हूँ, तुम अपनी तरफ़ से इस बात की सफ़ाई दे सकते हो। बता सकते हो कि तुमने कुछ नहीं किया, परिस्थितियाँ ही ऐसी थीं; लेकिन मैं एक सवाल पूछता हूँ। तुम इस काम को ज़रा भी बुरा नहीं समझते; उल्टे बड़े प्रसन्न और सन्तुष्ट हो कि एक 'पूँजीपति' से कुछ-न-कुछ झटक ही लिया। यही मेरा सवाल है।" देशबन्धुजी ने अकाट्य तर्क देने की मुद्रा में चुनौती की दृष्टि से कॉमरेड को देखकर शरद को देखा—इस विरोध के बाद वह और भी निढाल होकर पड़ रहा था। वे जैसे कहना चाहते थे कि शरद बाबू, बहुत समर्थक बनते हो, तुम भी जवाब दो—"आपने एक बड़ी प्रसिद्ध बात सुनी होगी चम्पकजी, कहा जाता है कि दुनिया का हर आदमी आधा-कम्युनिस्ट है। जहाँ तक दूसरे के धन में हिस्सा लगाने का सवाल है—हर आदमी कम्युनिस्ट है।, जहाँ अपने धन में हिस्से की बात है, वह सबसे बड़ा 'कैपिटलिस्ट' है। 'गेस्टापो' मशीनरी का मूलमन्त्र क्या था, पता है ? वह 'क्रिश्चिएनियटी' से बिलकुल उल्टा था—अपने पड़ोसी, अपने परिचित, अपने मित्र और अपने अफ़सर या नीचेवाले पर शक करो— शक, सन्देह ! हर दूसरे आदमी पर सन्देह करो। हर आदमी एक-दूसरे पर सन्देह करता था—यह वहाँ की रीढ़ थी। जाने या अनजाने हर कम्युनिस्ट की रग-रग में यही बात समाई हुई है—हालाँकि वे इसे मानते नहीं हैं, लेकिन व्यवहार में यह बिलकुल साफ़ है—कि अपने अलावा हर आदमी को 'कैपिटलिस्ट' समझो ! और उससे जो कुछ झटक सको सो झटको, क्योंकि इस तरह तुम उसे 'सर्व-हारा' बनाने में मदद दोगे। मैं पूछता हूँ कॉमरेड, इसमें और एक डकैत में क्या अन्तर है ?—बस, बात सिर्फ़ इतनी है कि उसके पास यह लफ़्फ़ाजी, आल-जाल नहीं है। आप चाहते हैं क़ैदख़ाना ! एक जेलख़ाने की तस्वीर आपके लिए आदर्श है—क्योंकि जिस ढंग की समानता की बात आप सोचते हैं। वह तो सिर्फ़ वहीं है। आप कुर्ता पहनते हैं, दूसरा आदमी क़मीज़ पहनता है—आपके लिहाज़ से वह कैपिटलिस्ट है। आपके कमरे से उसका कमरा दो इंच बड़ा है, वह बुर्जुआ है। आपके कपड़ों से उसके साफ़ हैं, वह ज़रा ढंग से है—आप इलजाम लगाते हैं, मध्यवर्गीय ज़हनियत का शिकार है ! सो भाई, बिलकुल ढले-ढलाए—एक-दूसरे के 'प्रोटो-टॉइप' क़ैदख़ाने में ज़रूर मिल जाते हैं : एक-सी ड्रेस

है, एक-सी बैरक, एक-सा खाना और एक-सा काम। यह आदमी-आदमी के बीच दुश्मनी की बातें हैं या एके की ?—भाई, इतनी छूट आप नहीं रखेंगे तो आख़िर संगठन किसका करेंगे ? 'सिम्पैथाइज़र' बनने का नतीजा यह है कि आप अकेले में उसे धक्का दे दें और उसकी जेब से छीनकर भाग जाएँ ? आप लोगों के दिमाग़ में यही साफ़ नहीं है कि आपका असली दुश्मन कौन-सा है ? यों आपस में एक-दूसरे को लूटने में क्या रखा है ? इतना फ़र्क़ तो समाज में हमेशा ही बना रहेगा। और कोई अक़्ल की बात भी तो हो ? एक की बीवी ज़्यादा ख़ूबसूरत है—अब यह कहाँ तक सही है कि उसे सारी पब्लिक के लिए सुलभ करने की बात की जाए ? उसका बड़ा भैया क्लर्क या छोटा-मोटा नौकर होगा—न जाने कैसे जी-जान से पेट काटकर किसी वक़्त के लिए उसने गहने बनवाए होंगे—उनकी उस कमाई को झटककर आप समझ रहे हैं आपने बड़ी भारी 'क्रान्ति' कर ली। कुछ तो सोचो ! रुपया चाहते हो ? हमसे लो, कितना चाहिए ?—हज़ार, दो हज़ार, तीन हज़ार—लेकिन कहो साफ़, मुझे इतना रुपया चाहिए...। यह मुझे नापसन्द है कि उसके किताबों में लगवा दिए, अब वह पड़े भाड़ में, आप अपना हिस्सा लेकर अलग हुए। हमारे यहाँ कांग्रेस में भी हज़ारों स्वयं सेवक ऐसे आते हैं, कोई चन्दा खा जाता है, कुछ कर डालता है—मैं तो प्रेसिडेंट हूँ न, रोज़ भुगतना पड़ता है। रुपया ! रुपया हरेक की कमज़ोरी है बन्धु...। आप उसे गाली देते हुए लें, या लार टपकाते हुए—परिणाम यही चाहते हैं कि दूसरे का रुपया आपकी जेब में आ जाए !" इतने लम्बे लैक्चर के बाद देशबन्धुजी ने घृणा से मुँह बिचकाया—"हूँः, देख लिया तुम्हारा कम्युनिज़्म।" कॉमरेड सीट की पीठ पर ठोड़ी रखे सिर झुकाए चुपचाप सुनता रहा अपराधी की तरह। शरद को अनुभव हुआ, यद्यपि यह विश्लेषण और बातें बहुत-कुछ ठीक हैं—यही सब बातें थीं जो इसके दिमाग़ में भी टकराती थीं—लेकिन यह मानने को उसका मन तैयार नहीं होता था कि यह सब कहने का अधिकार देशबन्धुजी को है। देशबन्धुजी की हर बात के पीछे एक घनीभूत-स्वार्थ, एक व्यक्तिगत-दृष्टिकोण, एक प्रतिक्रिया का प्रतिकार है—यह वही और अकेला वही समझ रहा था। और उसने देखा कि इतनी तेज़ी से उछलनेवाले कॉमरेड ने यों आत्मसमर्पण कर दिया है तो उसे झुँझलाहटें हुई; गुस्सा भी आया। यही तो वे लोग हैं जो कम्युनिज़्म के नाम पर कलंक हैं। आज यह सहानुभूति रखनेवालों को लूटते हैं—कल जब सारे 'सिम्पैथाइज़र्स' भाग जाएँगे तो यही दुश्मनों से मिलेंगे और अपने साथियों की पीठ में छुरा मारेंगे। मन में यह समझेंगे कि हम पूँजीपतियों से कुछ-न-कुछ झटक ही रहे हैं...

कुछ देर के सन्नाटे के बाद देशबन्धुजी ने कहा—"एक-दूसरे स्तर पर बिलकुल यही स्थिति हमारी मिल में चल रही है।"

"हाँ नेता भैया, मिल में तो सुनते हैं बड़ी भारी गड़बड़ चल रही है ! कल कहते हैं कि गोली भी चल गई ! क्या हुआ ?—हम लोग तो बिलकुल ही भूल गए।" एकदम सीधे तनकर बैठते हुए घबरा और बौखलाकर चम्पकजी बोले। विषय बदल गया था, इसलिए वातावरण में एक नई जागृति आ गई। कॉमरेड ने भी सिर उठाया।

और इस बार देशबन्धुजी के चेहरे की मुर्दनी लौट आई। तर्क और बहस के दौरान में उनकी आँखों में जो चमक आ गई थी, वह जैसे किसी ने 'स्विच' बन्द करके बुझा दी। अपनी चमकदार चिकनी खोपड़ी पर हाथ फिराते हुए वे पीछे टिक गए। एकदम उनकी आँखों के आगे पिछला दृश्य आ गया। उन्होंने ऐसा भाव दिखाया जैसे उस दृश्य की कल्पना से उनका रोम-रोम काँप उठा हो। गला बैठ जाने पर जैसी आवाज़ निकलती है कुछ वैसे ही स्वर में उन्होंने कहा—"हम लोग वहीं से तो आ रहे हैं। ओफ़्फ़ोह ! बड़ा भयानक दृश्य था। वह बेचारा परमा तो गया ही—अपने साथ पाँच को और ले गया...?"

"ऐंऽऽ क्या मतलब ? पाँच और मर गए ? कल रात को तो शायद दो मरे थे ?—तीन की मृत्यु क्या अभी हुई ?" चम्पकजी अपनी जगह से उचक पड़े। फिर गहरी साँस लेकर बोले—"च्चू-च्चू ! नेता भैया, बड़ा बुरा हो रहा है..."

चम्पकजी की इस सहानुभूति से देशबन्धुजी अप्रत्याशित रूप से एकदम उत्तेजित होकर बैठ गए—"मैं ख़ुद कहता हूँ, इस तरह कुत्ते की मौत मरने से क्या फ़ायदा ? यह उस क्रान्तिकारी-स्पिरिट का अपमान है। मैं इस व्यवस्था से ख़ुश हूँ ? आएँ कम्युनिस्ट, मैं सबसे पहला आदमी हूँगा जो उनके स्वागत में लाल-झंडा लेकर निकलूँगा ! लेकिन कोई काम योजना-बद्ध तो हो ! यह क्या, यहाँ दाँव लगा तो यहाँ 'इन्क़लाब-ज़िन्दाबाद' करा दिया, कहीं और मिला तो वहाँ करा दिया। मैं तो ख़ुद कहता हूँ; मज़दूर पाँच ही क्यों मरे ?—पाँच हज़ार क्यों नहीं मरे ? मरते पाँच हज़ार कि गवर्नमेंट का तख़्ता हिल जाता—दुनिया जान जाती, कि हाँ हैं 'सत्या मिल्स' के मज़दूर हिन्दुस्तान में, मज़दूर-क्रान्ति के लिए अपने को झोंक दिया।' सचमुच मैं ख़ुश हो जाता अगर वे 'सत्या मिल्स' की सच्चे मायनों में ईंट-से-ईंट बजा देते। इतने बड़े लक्ष्य के लिए मरे कितने ?—सिर्फ़ पाँच आदमी...!"

शरद की इच्छा हुई कि उछलकर इस कार के सारे शीशे तोड़ दे और इस दम-घोटू वातावरण से निकलकर बाहर जा खड़ा हो। हद है नीचता की ! कितनी खोखली बातें करता है ! पाँच क्यों पाँच हज़ार क्यों नहीं मरे ? हँह उन्होंने तो सिर्फ़ बड़ी आसानी से तीन बिन्दियाँ बढ़ा दीं, पाँच की जगह पाँच हज़ार बता दिए ! उन पाँच में ख़ुद भी एक होते तो पता चलता—ख़ुद तो ज़रा सिर में दर्द हुआ, जाकर मायादेवी की गोद में पड़ गए। दुनिया-भर में एक साथ क्रान्ति हो जाए ! गद्दार ! देशबन्धुजी जोश में आकर या ढीले पड़कर चाहे जितनी भी एक्टिंग करते हुए उखड़ी-पुखड़ी बातें करें—सबके पीछे उनकी एक ही मनोवृत्ति की दृढ़ और निश्चित धारा है इसे वही समझता है। उसे अब नस-नस में ऐसी झुँझलाहट चुनचुनाती लग रही थी कि इस व्यक्ति के चेहरे का एक-एक नक़ाब उतारकर फेंक दे ! वैसे तो शरद भैया, शरद भैया, और यहाँ भूखे-प्यासे कुकड़े जा रहे हैं। फुहारों के बावजूद उसने शीशों को खोल लिया और खिड़की पर मुँह रख दिया—हलकी-हलकी फुहार उसके मुँह पर पड़ती रही और शेष शरीर ठंड से रोमांचित होता रहा, मुँदी-सी दृष्टि कभी सामने शीशे पर पड़ जाती थी, जहाँ दोनों

'वाइपर' घूम रहे थे।

"स्थिति इस समय क्या है ?" चम्पकजी चिन्तित स्वर में पूछ रहे थे।

"स्थिति तो इस समय बहुत ही अच्छी हो सकती है, अगर कॉमरेड लोग ज़रा अक्ल से काम लें; क्योंकि उसे बिगाड़ना और बनाना इन्हीं के हाथ में है। लेकिन भैया, ये हमारी क्यों सुनेंगे ! वे सुनेंगे कॉमरेड बीरबल की, हम तो उनके दुश्मन हैं न।" देशबन्धुजी जाकेट की जेब से तह किया रूमाल निकालकर सिर झुकाए चश्में के काँच को साफ़ कर रहे थे–इसलिए कॉमरेड उनके चेहरे का भाव नहीं देख सका। चश्मे को झटके से आँखों पर लगाकर, सिर उठाकर वे बोले–"बार-बार लेबर-कमिश्नर की शिकायत लेकर 'लेबर-मिनिस्टर' तक जा रहे हैं, केस को हाई-कोर्ट तक खींचने की धमकी देते हैं; लेकिन बैठकर आपस में तय नहीं करते। मैं कहता हूँ, क्या रखा है इन झगड़ों में ? उधर हैं, 'ख़र-दिमाग़' हमारे सत्य बाबू–वे कहते हैं कि चलने दो लॉक-आउट। देखें, कब तक चलता है ? आज मैनेजिंग एजेंट्स की बैठक हो रही है। मैं तो भाई, इन सब पचड़ों में हूँ नहीं–मैंने तो कह दिया, आग लगे इन सब में, मैं तो अपने दोस्त से मिलने जा रहा हूँ।"–देशबन्धुजी के चेहरे पर बेहद परेशानी थी–"अब मज़दूर कहते हैं; एक हमारा प्रतिनिधि हो, एक अपना आदमी आप रख लीजिए और एक लेबर-कमिश्नर हो–यह तो कल तक की ज़िद थी, पता नहीं अब नई क्या स्थिति बढ़ गई है। इस सब ज़िद्दा-जिद्दी में ग़रीब आदमी पिसता है। यह पाँच-छः बेचारे बेक़ुसूर मारे गए, आठ-दस घायल होंगे। रोज़ दो-एक ऐसे होंगे जिन्हें पुलिस आत्महत्या का प्रयत्न करते पकड़ लेती है। तुम सच मानो चम्पकजी, मेरा मन नहीं मानता ! जानता हूँ, हम लोगों से ही झगड़ा है; फिर भी कल दो जीप भर कर अन्न बँटवाया–बात यह है कि वे तो जानते नहीं हैं न, कि इस बात का क्या होगा। उनकी आँखों के आगे तो सब्ज़-बाग़ हैं, लेकिन उनके छोटे-छोटे दुध-मुँहे बच्चों ने क्या किया है ? मेरे मन में जैसे हर समय कोई ईसामसीह का वह वाक्य दुहराया करता है–हे प्रभु, तू उन्हें क्षमा कर, ये खुद नहीं जानते कि ये क्या कर रहे हैं..."

उनकी बात पूरी भी नहीं हुई थी कि कॉमरेड चौंककर सिर उठाते हुए बोला–"अरे...अरे रोकना भाई, मैं तो इधर से ही चला जाऊँगा..."

देशबन्धुजी की वाग्धारा टूट गई। झटककर बाहर देखा, गाँव प्रारम्भ हो गया था। कुँए-पुर इत्यादि, चरते हुए पशु, किसान दिखाई दे रहे थे। पेड़ों की आड़ से ही छप्पर वाले मकान शुरू हो गए थे–पास ही एक बड़ा-सा पोखर था। सामने ऊँचे-ऊँचे पहाड़ सिर उठाए खड़े थे। यहीं से चढ़ाई शुरू होती थी, तलहटी पर ही दलपतपुर था।

कार रुक गई। दो- एक बार झटका देकर कॉमरेड ने दरवाज़ा खोला तब चम्पकजी बोले–"अच्छा नेता भैया, हम और कॉमरेड दोनों इधर से ही निकल जाएँगे साथ-साथ वर्ना कॉमरेड फिर कहीं कस देंगे कि बड़े आदमियों में छोटों को भूल जाते हैं। पास ही है..."

"अच्छी बात है–भई, मेरी तरफ से उन संयोजकजी से बहुत-बहुत माफ़ी माँग

लेना। दिमाग़ में बड़ी अशान्ति है, वर्ना मैं ज़रूर आता। कल तो मिनिस्टर साहब के साथ ज़रूर ही आऊँगा और भाई, तुम ही कर देना उद्घाटन, कम-से-कम मुझसे तो ज़्यादा ही इम्पॉरटैंट हो...'

"हाँ, इसमें तो कोई शक नहीं है !" चम्पकजी ने बनावटी गम्भीरता से कहा–"अच्छी बात है, मैं कह दूँगा।"

"अच्छा तो आप दोनों कल आ रहे हैं न ?" देशबन्धुजी ने कहा, "और भैया कॉमरेड, कोई ऐसी-वैसी बात कह गया होऊँ तो माफ़ कर देना। यही समझ लेना, बुड्ढा आदमी है, सठिया गया है।"

"अरे नेता भैया, आप क्या कह रहे हैं ? आप ऐसा कहेंगे तो हम कहाँ रहेंगे !" कॉमरेड बोला।

"लौटोगे किस वक़्त ?"

"मैं ? मैं तो सन्ध्या तक लौटूँगा। कहिए कोई काम है क्या ?" कॉमरेड ने पूछा।

"नहीं, काम-वाम तो कुछ नहीं है। मैंने यों ही पूछा।" देशबन्धुजी अन्यमनस्क से कॉमरेड के पीछे देखते रहे–"सन्ध्या या रात को कोई टाइम मिले तो आना उधर, हमारी तरफ़। ज़रा एक ज़रूरी काम है।"

"अच्छी बात है–देखिए, समय मिला तो ज़रूर आऊँगा।"

"नहीं, वैसे समय न मिले तो कोई बात नहीं।" देशबन्धुजी ने अब चम्पकजी से कहा–"तो चम्पकजी, आपको याद है न, कल आप कोई नई कविता ला रहे हैं।"

"आपकी आज्ञा से बाहर कैसे जाऊँगा !" हाथ जोड़कर खीसें निपोरे हुए चम्पकजी बोले और चलते-चलते मुड़कर कहा–"अच्छा, शरद भैया नमस्कार!" शरद अन्यमनस्क-सा बैठा था–उसने एकदम चिहुँककर कहा–"नमस्कार ! नमस्कार भाई चम्पकजी !"

दोनों ने देशबन्धुजी को बड़ी नम्रता से झुक-झुककर नमस्कार किया।

फिर काफ़ी देर तक कार में चुप्पी छाई रही। चढ़ाई शुरू ही हुई थी, इसलिए मोड़ थोड़ी-थोड़ी दूर पर आ रहे थे।

"क्यों शरद बाबू, आज तुम्हारी तबीयत कुछ ख़राब है क्या ? जब से बहुत उदास और सुस्त हो।" नेता भैया ने स्नेह से तबीयत ख़राब है या नहीं, यह देखने के लिए शरद का हाथ पकड़ लिया।

"मेरी तबीयत ? नहीं, बिलकुल ठीक हूँ मैं तो !" शरद को लगा उसने अभी कुछ देर पहले उनकी तबीयत पूछी थी–उसी का प्रतिकार है।

"तो क्या बात है ? लड़ाई-वड़ाई तो नहीं हो गई ?" देशबन्धुजी गम्भीरता से मुस्कराकर बोले–"अभी से लड़ोगे तो कैसे होगा ? अभी तो बहुत ज़िन्दगी पड़ी है। शायद उसी चक्कर में तुम उस भाषण की आउट-लाइन नहीं बना सके।"

"नहीं नेता भैया, ऐसी तो कोई भी बात नहीं है। भाषण की यह वजह नहीं..."

"अरे भैया, मैं कोई सफ़ाई थोड़े ही माँग रहा हूँ ? आदमी की व्यस्तता क्या होती है, मैं जानता हूँ ? अब तुम मुझे नहीं देखते हो ? डाक मेरी तुमने देखी ही होगी, कोई

कुछ लिखता है, कोई कुछ। किस-किसको क्या-क्या करूँ ! वे सबके सब निश्चित रूप से मुझे ही गालियाँ देते होंगे। कभी-कभी सचमुच बड़ी मुश्किल में पड़ जाता हूँ। अगले-पिछले सम्बन्धों को निभाना, फिर उसमें भी बड़े-बड़े दिमाग़ मिलते हैं। तुमने कॉमरेड को ही देखा। शुरू में कैसा उछल रहा था—बाद में सारी चौकड़ी भूल गया..." देशबन्धुजी ने अपनी बात अधूरी छोड़कर कहा—"तो बन्धु, ज़िन्दा रहने का एक मूलमन्त्र है, प्रसन्न रहो।"

नेता भैया के अचानक प्रसन्न हो जाने के रहस्य को शरद जानता था। उन्होंने अपने सबसे बड़े विपक्षी, एक कॉमरेड को फोड़ लिया था।

"यार, चम्पकजी भी एक ही मस्त कवि हैं।" अचानक कुछ सोचकर प्रसन्न होते हुए नेता भैया बोले—"तुम विश्वास मानो, वह अचकन-वचकन किसी की माँग कर लाया होगा—लेकिन रहता ख़ूब निश्चिन्त है। बोलो, कुछ नहीं तो अभिनन्दन-ग्रन्थ ही भेंट किए दे रहे हैं। यही बात इन्होंने एक दफ़ा पहले भी उठाई थी। अच्छा इसके बारे में तुम क्या समझते हो शरद बाबू ?"

"मैं तो समझता हूँ कि अभिनन्दन-ग्रन्थ दिया जाना चाहिए।" शरद ने बिना किसी विशेष उत्साह का प्रदर्शन किए ही कहा। असल में वह सोच रहा था कि वह इस समय अपनी विजय पर प्रसन्न हैं, इसी समय कोई विषय आ जाए तो वह रुपयों की बात कर दे। उसे ही दिमाग़ में रखकर बोला—"मैं तो यह समझता हूँ जो जिसका अधिकारी है, उसे वह मिलना ही चाहिए। समाज का यह कर्त्तव्य है कि वह उसे दे। आख़िर आपने देश के लिए कुछ कम कष्ट सहे ? जिस आदमी ने जीवन का सर्वश्रेष्ठ समय देश को अर्पित कर दिया है..." कहता-कहता शरद कुछ सोचने लगा। यह शब्द ऊपर-ही-ऊपर से अपने आप फिसले आ रहे थे—जैसे होंठों से आगे यह नहीं जा रहे हों।

"हम ही क्या, और भी बहुत से हैं।" देशबन्धुजी पिछली स्मृतियों में खो गए। एक गहरी साँस लेकर बोले—"वह भी क्या तूफ़ानी दिन थे। दिन-को-दिन और रात-को-रात नहीं समझा हमने कभी ! कुछ कहो साहब, बुड्ढे के भीतर थी कुछ चमत्कारी शक्ति। कितने लोग एक आवाज़ पर मरने को तैयार हो जाते थे—मामूली बात है ? सत्याग्रहियों में मैं ही सबसे ज़्यादा शान्त था। अब तब भी ज़रा तेज़ हो जाता हूँ कभी-कभी; पर उन दिनों तो मुझे कभी गुस्सा ही नहीं आया। हमेशा हँसता रहता था, बापू अक्सर सुबह घूमने जाते समय कहा करते थे—'देशबन्धुजी, तुम मेरे सच्चे बेटे हो, तुम्हारा यही प्रसन्न रहने का गुण ही तुम्हारी दृढ़ इच्छा-शक्ति का कारण है।' और भी वे घंटों गीता पर बोला करते थे। गीता पर जो मैंने चिन्तन किया—सब उन्हीं के प्रदर्शन के आधार पर। कभी-कभी जब मैं अपनी पिछली ज़िन्दगी देखता हूँ, तो ऐसा लगता है शरद बाबू, जैसे कोई पहाड़ की चोटी पर खड़ा होकर पगडंडी को देखे—कहीं तो वह दरारों से चली आ रही है, कहीं कगारों पर, और कहीं अधर.." फिर जैसे अचानक कुछ याद आ गया हो—"अच्छा एक काम करो शरद बाबू, मैं तुम्हें अपने पिछले जीवन की विस्मृत कथा कभी सुनाऊँगा। तुम आवश्यक नोट्स ले लेना। फिर फ़र्स्ट-पर्सन में

ही उन्हें डेवलप कर देना। मुझे ज़रा भी टाइम होता तो मैं ज़रूर ही कर देता। जब भी जहाँ भी दिक़्क़त हो मुझसे सलाह ले लेना। किताब ऐसी चटख़दार-शैली में आए कि लोग भी दंग रह जाएँ और समझें कि हाँ, आत्मकथाओं में कोई नई किताब आई है। मैं समझता हूँ उसके तीन भाग हो सकेंगे : पहला चढ़ाव...''

चढ़ाव था। कार कभी पहले और कभी दूसरे गेयर पर चल रही थी। दर्द के मारे शरद का सिर भन्ना रहा था।

'आह से उपजा होगा गान'

"वाह, यह क्या गत बना लाए ?" जया साड़ी का पल्ला मुँह पर रखकर खिलखिला पड़ी—"देखिए, पद्मा जीजी, ज़रा देखिए मुड़कर !"

शरद के सिर में वैसे ही हवाई जहाज़ भन्ना रहा था, जया की हँसी से जैसे वह भड़क उठा। सिर से पाँव तक वह पानी में शराबोर था। बालों को सख़्त हाथ से—ताकि पानी निचुड़ जाए—उसने पीछे कर लिया था, तब भी कनपटियों से धार बही आ रही थी। पलकें और भवें भीगी थीं। जरसी का ऊन तो खूब पानी पीकर शरीर से चिपक गया था, और चौड़ी पतलून टाँगों से इस तरह लिपट गई थी, जैसे साइकिल पर चढ़ने से पहले ख़ूब मोड़कर क्लिप लगा लिए हों। ठंड से वह काँप रहा था और उसके होंठ नीले पड़ गए थे। जया शॉल ओढ़कर खिड़की में बैठी थी, और पद्मा एक क्लब-चेयर खींचकर—उसी के पास। दोनों बुनने में व्यस्त थीं। 'पद्मा जीजी' वाला सम्बोधन अगर वह न सुन लेता तो, भीतर आते-आते पता नहीं किस रूप में अपने क्रोध की अभिव्यक्ति करता; लेकिन द्वार में प्रवेश करते-करते जैसे ही उसे पद्मा दिखाई दी, उसने अपनी तनी भौंहों और झुँझलाई आकृति को भरसक साधारण बनाने की कोशिश की। वह सीमेंट के फ़र्श पर जूतों की छाप और टपकते पानी की लाइन बनाता भीतर आ खड़ा हुआ। जया अब भी हँस रही थी।

पद्मा ने सिर उठाकर देखा—"अरे सचमुच, लीजिए शरदजी, आप तो ऐसे आ रहे हैं जैसे किसी ने गोता लगा दिया हो। पानी तो ऐसा नहीं पड़ रहा, यह आप भीग कहाँ से आए ? बैठें न, खड़े क्यों हैं ? अच्छा हो, आप कपड़े बदल लें पहले।" फिर जया से बड़े चिन्तित स्वर में कहा—"जया कपड़े दो न, हँस क्यों रही हो ?"

शरद को आश्चर्य हुआ, अभी उस दिन तो 'आप' और 'भाभी' का सम्बोधन था, अब इतना व्यवहार उन्मुक्त हो गया।

"हँसने की तो बात ही है जीजी, जाने कहाँ से भीग आए हैं और अब कैसे शैतान बच्चे की तरह सीधे-सादे खड़े हैं !" जया हँसती रही।

"अच्छा हाँऽ, अब बहुत काफ़ी हँस लीं। जल्दी से मुझे तौलिया-वौलिया दो; वर्ना मैं तो बिलकुल बेहोश होकर गिर जाऊँगा।" शरद बोला।

"ग़ुसलख़ाने की तरफ़ तो आप जा ही रहे हैं, वहीं आपके कपड़े टँगे हैं। बरामदे में खूँटी पर तौलिया है।" जया ने बड़ी खुशामद और निहोरे के स्वर में

कहा—"प्लीज़ !"

"प्लीज़-व्लीज़ कुछ नहीं—आप उठिए और चलकर दीजिए। मैं सुबह से भूखा-प्यासा भीगा खड़ा हूँ और आप यहाँ मस्ती से बैठी 'प्लीज़' कर रही हैं।" शरद ने बड़ी रुखाई और कड़े स्वर में कहा। वह जाने को उद्यत हो गया।

"चली जाओ न।" पद्मा ने बुनते हुए कहा।

"हमें ही तंग करते रहते हैं !" नाक के स्वर में भुनभुनाती जया बुनने की सलाइयाँ और ऊन झटके से खिड़की के पत्थर पर रखकर भीतर चली गई। शरद भी पीछे-पीछे चला गया—बोला—"पद्माजी, इन्हें समझाइए और किसे तंग करूँ ? यहाँ बैठकर मक्खियाँ-सी मारने के सिवा और कोई काम तो इसे है नहीं।"

जैसे ही वह भीतर बरामदे में पहुँचा, जया ने न जाने कहाँ से तौलिया और अन्य कपड़े लाकर उसके कन्धों पर लाद दिए—"लीजिए !"

बलात् रोका गया गुस्सा शरद के नियन्त्रण से बाहर होता लगा—गुर्राकर बोला—"दिमाग़ तो नहीं ख़राब हो गया ?"

"अभी तक तो ठीक था, अब और रही आपके साथ तो हो जाएगा।" जया ने भी धृष्टता से उत्तर दिया।

"अच्छा, अब बहुत ज़्यादा बक-बक मत करो।" सख़्त स्वर में वह बोला—और जब उसी क्षण उसे लगा कि वह ज़रूरत से ज़्यादा उत्तेजित हो उठा है तो ज़रा नरम पड़कर कहा—"गुस्सा आ ही रहा है तो दौड़कर चाय बना दो। खाने-पीने को है कुछ ? दम निकला जा रहा है। साले ने सुबह से भूखा मार डाला।"

लेकिन जया को शरद के इस व्यवहार से गुस्सा आ ही गया था। शरद ने बिना उसकी बड़बड़ाहट सुने ज़ोर से गुसलख़ाने के किवाड़ बन्द कर लिए। भीतर उसे अपनी उस उत्तेजना पर दुख हुआ। कपड़े बदलते हुए सोचा, उसे इतनी जल्दी असन्तुलित नहीं हो जाना चाहिए। लेकिन क्या यह जया का बिलकुल भी सोचने का कर्त्तव्य नहीं है कि भूखा-प्यासा सुबह से आया हूँ और आप बैठी आनन्द ले रही हैं ? ऐसे आख़िर कैसे चलेगा ? यह तो केवल जीवन का प्रारम्भ ही है, अभी से अगर ऐसी बातें आ जाएँगी तो...

जब वह बाहर निकला तो जया बैठी हीटर पर चाय बना रही थी। चाय क्या बना रही थी, ज़मीन पर रखे हीटर पर पानी रखा था, और वह घुटनों पर सिर लटकाए धरती की तरफ़ देखती चुपचाप पाँव के नाख़ून पर खुट-खुट कर रही थी। किवाड़ खोलकर शरद बिलकुल पास आ खड़ा हुआ, यह वह जान गई; लेकिन सिर नहीं उठाया। शरद थोड़ी देर खड़ा रहा। देखता रहा फिर यह सोचकर कि पद्मा अकेली बैठी होगी, कमरे में आ गया। चलते-चलते जया शाल को कुर्सी पर डाल गई थी, उसे उठाकर उसने ओढ़ लिया, और कुर्सी पर चुपचाप बैठ गया। कोफ़्त और थकान के कारण सिर भारी था और बार-बार आँखों के आगे अँधेरा छा जाता था। उत्साहहीन सूखे हुए मुख पर स्पष्ट ही एक चिड़चिड़ाहट लक्षित होती थी। वह आँखें बन्द किए चुपचाप बैठा रहा।

क्या जया ज़रा भी सोचने की ज़रूरत नहीं समझती कि थका-माँदा आया हूँ, एक बात कह ही दी तो इस तरह बुरा मानकर नाराज़ होने की क्या ज़रूरत है !

पद्मा बुनती रही। वह ऊनी कपड़े का सलवार-कुर्ता पहने थी, आसमानी रंग का 'समर' था। दुपट्टा लापरवाही से गले में पड़ा हुआ था। सिर झुकाए रोएँदार अँगोरा ऊन से वह तेज़ी से बुनती रही। मशीन-सी, तीव्र-गति से उँगली के साथ ऊन उछलता और सलाई फन्दे बदलती। 'सेंटर-टेबिल' के चारों ओर की चार कुर्सियों में से एक को खिड़की के पास खींचकर पद्मा बैठी थी, और बीच में वह था। पद्मा उससे ज़रा तिरछी ओर पड़ती थी। जब भी शरद ने मुड़कर देखा सिर झुकाए पद्मा का एक कनपटीवाला हिस्सा ही वह देख सका। चिकने चमकदार सँवारकर बनाए हुए बालों की दो चोटियाँ मोड़कर मेढ़े के घुमावदार सींगों की तरह गरदन पर कुंडलाकार पड़ी थीं। कान में हीरे का गोल टॉप झलमला रहा था।

"कहाँ-कहाँ घूम आए ? आप तो बिलकुल विरक्त साधु की तरह बैठे हैं।" आख़िर पद्मा ने ही सिर उठाकर गर्दन सीधी करने के बहाने पूछा।

"घूम कहाँ आए ? बस यही समझ लीजिए, दम नहीं निकला।" शरद जैसे इसी की राह देख रहा था। कुर्सी को मोड़कर मुँह उसकी ओर करते हुए बोला–"वैसे तो आज आप प्रसन्न दिखाई दे रही हैं।"

"आज से क्या मतलब ?" फिर कुछ मुस्कराई–"यह मेरी बात का बदला है ?"

शरद सोचता रहा : मुँह पर आई बात को कहे या न कहे ? लेकिन बात मन में इतने दिनों से घुमड़ रही थी, कि वह रह नहीं सक रहा था। बोला–"मेरी आँखों का ही दोष है या क्या; लेकिन मैंने अक्सर आपको बड़ा सुस्त और उदास ही देखा है।"

पद्मा की उदासी जैसे फिर उसके खिले चेहरे पर छा गई। कोशिश करने पर भी उठती हुई साँस दबी नहीं, वह बोली–"नहीं तो ? मैं तो जैसी हूँ अक्सर वैसी ही रहती हूँ। शायद चेहरा ही मनहूस हो।" वह फिर मुस्कराई।

"चेहरे को तो देखनेवाले ही अच्छा जान सकते हैं।" परिहास से वह कह उठा, फिर सहानुभूति से कहा–"सचमुच पद्माजी, यह आपका हमेशा निर्लिप्त और उदासीन रहना ही तो अच्छा नहीं लगता। अगर आप ग़लत न समझें तो कहूँ कि सुन्दरता भगवान काफ़ी ग़लत लोगों को दे देता है, जो उसका महत्त्व नहीं जानते। कभी-कभी तो आपकी उदासी और उदासीन व्यवहार यह मानने को विवश कर देता है जैसे आप किसी से भी, ज़रा भी परिचित नहीं हैं। तब यह विश्वास करना कठिन हो जाता है कि हम लोग एक ही कमरे में दो वर्ष बैठे भी हैं। क्या इसका मेरी ओर से विशेष कारण है ?"

पद्मा चुप रही, पर फिर बलात् हँस पड़ी–"उँह, आप भी क्या विषय लेकर बैठ गए हैं ? कोई और बात करें न !"

"नहीं, आप मज़ाक़ में मत उड़ाइए। अगर सचमुच कोई इस तरह का कारण हो तो मैं उसे जानने का आग्रह करूँगा।" शरद ने गम्भीर होकर कहा।

पद्मा ने अपनी लम्बी-लम्बी बरौनियाँ उठाकर एक क्षण के लिए उधर देखा। उसकी

जुड़ी भौंहों के बीच में, कुछ ऊपर उठकर, एक काली बिन्दी चमक रही थी। दृष्टि फिर फन्दों पर झुक आई—"आप मानें, ऐसी कोई बात नहीं है। आपसे कोई ऐसी बात भी तो नहीं हुई कि नाराज़ हुआ जाए। वैसे ही..." पुनः स्वर में आ जमती उदासी को उसने एक बार फिर उतार फेंकने की चेष्टा की..."सचमुच कोई बात नहीं, शरदजी।"

"अच्छा ख़ैर, मान लेते हैं।" शरद ने गहरी साँस लेकर कहा। दो-तीन प्लेटें लेकर उधर गुमसुम आती जया को देखकर बोला—"आप पर तो इस कमबख़्त जया ने जादू किया है।"

"किस पर जादू किया है, यह तो मुझे ख़ुद दिखाई दे रहा है न।" पद्मा ने जया को देखा—"जादू की तरह सारा काम हो गया, यहाँ दावत को भी तरसते रह गए।"

पुलककर प्रशंसापूर्ण नेत्रों से उसने जया पर निगाह डाली : उसका चेहरा यों ही दृढ़ था, उसमें ज़रा भी परिवर्तन नहीं हुआ था, "आप दावत की बातें कर रही हैं, यहाँ रूखा खाना मिल जाए यही बहुत है। आप ख़ुद देख लीजिए, जो तेज के मारे एक मिनट भी आँखें टिकती हों। सात दिन हुए हैं; हम लोगों को साथ आए—या ठीक से सात दिन भी नहीं हुए; कल होंगे, और व्यवहार देखिए, रौब देखिए, दबदबा देखिए। मुझे तो यह डर है कहीं जल्दी ही टिपीकल अंग्रेज़ी मज़ाक़ यहाँ सच्चे होकर न दुहराए जाने लगें।"

पत्नियों द्वारा पतियों पर किए गए कई अत्याचारों के मज़ाक़ जया और पद्मा के दिमाग़ में साथ आए। मुस्करा दोनों पड़ीं; लेकिन जया जल्दी से दूसरी चीज़ें लेने भीतर चली गई।

"दुहरा ही दिए जाएँगे तो कौन आफ़त हो जाएगी !" पद्मा ने ज़रा ज़ोर से, ताकि जया सुन ले, कहा।

"हो तो कुछ नहीं जाएगा।" शरद बोला—"हाँ, एक दिन मेरे हाथ में सूरजजी ने एक्सीडेंटनुमा चीज़ बताई है इन दिनों, कहीं उसी के लिए तो भगवान यह सब बहाने नहीं तैयार कर रहा ?"

खाने का अन्य सामान लाती जया उमड़ती धृष्ट-मुस्कराहट को दबाए ही बोली—"पद्मा जीजी जो जिस ज़माने का होता है, वह उसी में ख़ुश रहता है।"

"सुन लिया ?" पद्मा की ओर देखा—"अब आप 'बीमा' कराइए !"

शरद ने इस मज़ाक़ का कोई जवाब नहीं दिया। कोई सब्ज़ी जया रख गई थी, एक-एक चम्मच जब-तब मुँह में डालकर वह अपनी बेसब्र भूख को दुलराता हुआ बोला—"आपके हाथ में सूरजजी ने क्या बताया है—यह आप क्यों नहीं बताना चाहतीं ?"

"इस बात को आप कितनी बार पूछ चुके हैं ? इस वक़्त अपना 'मूड' ऐसी बातें करने का नहीं है।" पद्मा ने फिर सलाइयाँ उठा लीं। फिर उसे शायद यह ध्यान आ गया कि पहले भी इस बात के लिए वह इनकार कर चुकी है, शरद नाराज़ न हो जाए, टालने के लिए कहा—"बात तो उन्होंने कुछ बताई नहीं थी, हाथ देखकर वह चौंक गए

थे। बोले, 'तुम्हारे हाथ में हैड-लाइन के ऊपर, जुपीटर और सैटर्न के बीच में क्रॉस है, हैड-लाइन, लाइफ़-लाइन से बहुत ऊँची उठी हुई है, झुकाव उसका बहुत नीचे है और क्रॉस पर ख़त्म हो गई है, शायद ल्यूना तक चली गई है,' और पता नहीं क्या-क्या बता रहे थे। सारी ख़राबियाँ उन्होंने हैड-लाइन में ही बताईं...।'' जल्दी-जल्दी उसने बात ख़त्म कर दी।

''हैड-लाइन में चाहे ख़राबियाँ हों या न हों; लेकिन हैड में तो हैं ही।'' शरद की यह बात सुनकर पद्मा मुस्कराकर रह गई, लेकिन उसकी यह मुस्कराहट मिटती-मिटती जैसे किसी कोहरे में खो गई। अपलक दृष्टि ऊन की डोरी पर लगाए वह बुनती रही। बाहर बारिश समाप्त हो रही थी। बाहर कहीं-कहीं ठहर गए पानी में दो-तीन चिड़ियाँ नहा रही थीं। चारों तरफ़ की हरियाली निखर आई थी। दो-तीन बजे होंगे। दिमाग़ में एक क़ैदख़ाना था, जिसमें से एक-एक करके बादलों के दल-के-दल निकल-निकलकर फैलने लगे थे। शरद की आवाज़ से फिर उसका ध्यान टूटा।

''आइए, पद्माजी, थोड़ा साथ दीजिए !'' शरद कह रहा था।

पद्मा ने सचेत होकर उत्तर दिया—''नहीं-नहीं जी, आप खाएँ, मैं बिलकुल खाकर ही आ रही हूँ।''

''जो कुछ आप खाकर आ रही होंगी—उसकी तो यहाँ धूल भी नहीं मिलेगी, लेकिन फिर भी अगर साथ दें सकें तो आइए। अच्छा नहीं लगता, आप यों ही बैठी रहेंगी।''

शरद के स्वर में एक आग्रह के अतिरिक्त और भी कुछ ऐसा था कि पद्मा ने एक बार उधर देखा और फिर कहती हुई उठी—''कहते हैं तो साथ बैठ जाऊँगी, लेकिन सच मानें, मुझे भूख नहीं है।''

बीच में चाय की केतली तथा अन्य खाने का सामान देखकर, एक कुर्सी पर बैठती हुई पद्मा बोली—''यह तो आप लोग शायद खाना खा रहे हैं। मैंने समझा ख़ाली चाय होगी। खाना शायद जया ने भी नहीं खाया है। मुझसे तो कहती थी कि सुबह ही खा चुकी हूँ।''

दोनों बैठे राह देख रहे थे कि जया आए तो खाना शुरू किया जाए; लेकिन जया नहीं आ रही थी। शरद जानता था कि वह नहीं आएगी। खाना सामने रखकर प्रतीक्षा करना असह्य लग रहा था।

काफ़ी देर बाद पद्मा ने कहा—''आपने बेचारी को नाराज़ कर दिया है, आते ही आते। लाइए मैं लाऊँ।'' वह उठने लगी।

''ठहरिए, देखिए मैं अभी बुलाता हूँ।'' उसने आवाज़ दी—''जया, यहाँ पानी तो रख ही नहीं गईं।'' वह समझता था कि यदि वह भीतर चला गया तो नाटक लम्बा हो जाएगा।

जया उसी तरह चुपचाप पानी लेकर आई—दो गिलासों में। जैसे ही झुककर वह मेज़ पर पानी रखकर, सीधी होकर लौटने लगी तो शरद ने उसका हाथ पकड़ लिया—''जयाजी, बैठिए न, यों ज़रा-ज़रा-सी बात पर नाराज़ नहीं होते हैं।'' उसने दूसरे

हाथ से कुर्सी उसके पाँव के पास सरकाकर, ज़बर्दस्ती नीचे खींचकर उसे बैठा दिया। जया की नाराज़गी और अपने इस व्यवहार से उसे बड़ी झेंप इसलिए लग रही थी कि सामने बैठी पद्मा इस सबको देखकर क्या सोचेगी ? बचपने का यह अभिनय जितनी जल्दी समाप्त हो जाए, अच्छा है। उसने बच्चों की तरह उसे मनाते हुए कहा—"अच्छा आप ही बताइए पद्माजी, मैंने कुछ कहा है ? लाख यह मास्टरनी रही सही, लेकिन इसमें एक ख़राबी है। आने-जानेवाले किसी का ध्यान नहीं रखती।" और उसका एक हाथ पकड़े ही उसने अपने हाथ से उसके मुँह में ग्रास देने की कोशिश करते हुए कहा।

अपने हाथ से शरद की ग्रासवाली कलाई पकड़कर रोकते हुए जया बोली—"नहीं, हमें नहीं खाना—आप ही बहुत ध्यान रखते हैं आने-जानेवालों का ! मानिए न...!"

शरद ने एक बार पद्मा को देखा। पद्मा शायद यह सोचकर कि यह उन लोगों की व्यक्तिगत बातें हैं, और उसका हस्तक्षेप या देखना पता नहीं कैसा माना जाए, सिर झुकाए सलवार की सिलाई के किसी छूटे हुए डोरे को तोड़ने लगी थी। शरद ने ठोड़ी घुमाकर उधर इशारा किया—'देखो, क्या कहेगी मन में ?' और अपना प्रयत्न जारी रखा। जया ने शरद का इशारा देखकर भी अनदेखा कर दिया और पिघलती आ रही आवाज़ में नाक के स्वर में बोली—"जब देखो, तब लड़ते रहते हैं। हरेक के सामने डाँट देते हैं। इस वक़्त मैंने आपसे क्या कहा था ?" उसकी आँखें डबडबा आईं। मुँह फेर कर बोली—"यहाँ सुबह से भूखे राह देख रहे हैं !"

शरद प्रति क्षण अनुभव कर रहा था, यदि उनके बीच का यह खिलवाड़ और चला तो शायद पद्मा उठकर चली जाए। वह ज़रूर इस समय अपने आप को बड़ा अनावश्यक और ग़ैर-सा अनुभव कर रही होगी। उसने कहा—"अच्छा बाबा, जो हुआ सो माफ़ करो, देखो पद्माजी क्या सोचेंगी मन में ? कभी तो समझा करो, या रीति-काल के नायक-नायिकाओं की तरह पैरों पर सिर पटकवाकर मानोगी ?"

'झन्न' से जया के दोनों कपोल लाल हो आए। रीति-काल का नायक किस अवसर पर नायिका के चरणों में सिर रखता था, इस बात का ध्यान आते ही वह लज्जा से कट गई। किस वक़्त क्या कहना चाहिए, इसकी तो ज़रा भी तमीज़ नहीं है। जब जो मुँह में आया सो बक दिया। बरबस कसे हुए होंठ ढीले हो गए और चमकदार सफ़ेद दाँतों की पंक्तियाँ खुल पड़ीं। शरद ने तभी उसके मुँह में ग्रास ठूँस दिया। पद्मा सिर मोड़कर पीछे कुछ देख रही थी। जया ने शरद के पाँव के अँगूठे को अपनी चप्पल से भरपूर ज़ोर से दबाते हुए, सिर झुकाए कसकर मुँह पोंछा और मुस्कराकर बड़ी झेंपी-झेंपी-सी कौर चबाते हुए पद्मा को देखकर शरद के प्रति नाराज़गी के स्वर में बोली—"देखा पद्मा जीजी, यह है आजकल का ढंग। सुबह से हम तो यहाँ बैठे हैं भूखे-प्यासे; लेकिन वहाँ चिन्ता किसे है ? आए भी तो फाड़ते-खाते। फिर क्या इन्हें पूजा जाए ?"

"यहाँ कौन-सा मोहनभोग खाकर आ रहे हैं ? तुमने चाय तब भी पी ली होगी, यहाँ चाय की सूरत अब देखी है।" शरद ने अपने अँगूठे के दर्द से होंठ सिकोड़कर

हँसती आँखों से दाँत भींचकर एक हथेली पर दूसरी से हलाल करने का संकेत किया—'चली जाने दे पद्मा को, तुझे यों हलाल करूँगा !' उसे मन-ही-मन सन्तोष और आनन्द हुआ कि जया ने उसके लिए प्रतीक्षा की।

जया ने होंठ मटका दिए, और पद्मा से बोली—"पद्मा जीजी, आप खा नहीं रही हैं।"

"हाँ, आपने बताया नहीं, यह गत कहाँ बनवा आए थे ? आजकल तो होली भी नहीं है ?" पद्मा को शायद प्रसन्नता हुई कि विषय बदला।

इसी बात पर लड़ाई शुरू हुई थी—जया और शरद की निगाहें मिलीं, मुस्कराईं—और शरद बोला—"आपके नेता भैया का प्रसाद था—वही ले गए थे मन्त्रीजी से मिलाने।"

"मेरे नेता भैया क्यों होने लगे ?" पद्मा के मुँह में कोई कड़ी बात आई; लेकिन उसने जैसे उसे होंठों पर ही रोक लिया। बोली—"आप तो गाड़ी में ही गए थे न, उनके साथ ?"

खाना चलता रहा।

"पद्माजी, अगर आप बुरा न मानें तो एक कहावत कहने का लोभ मुझसे नहीं रोका जा रहा...." शरद ने ग़ौर से उसे देखा।

"तो एक बात मेरी भी सुन लें," पद्मा ने दृढ़ स्वर में कहा—"आप इस विश्वास को बिलकुल अपने मन से निकाल दीजिए, कि मैं किसी की भी बुराई सुनकर बुरा मानूँगी। यहाँ कोई भी मेरे लिए ऐसा नहीं है जिसका पक्षपात करने की बात मैं सोच भी सकूँ। मैं खुद यहाँ बुरी तरह ऊब रही हूँ।"

"यह तो ख़ैर मैं जानता था।" शरद आश्वस्त होकर बोला—"तो सुनिए, बड़ी गँवारू कहावत है कि 'मालिक के अगाड़ी और घोड़े के पिछाड़ी कभी नहीं आना चाहिए'—यह चाहे सच हो या न हो; लेकिन यह ज़रूर सच है कि जब भी आप बड़े आदमी के साथ चलेंगे या तो घिसटेंगे, या लटकेंगे; क्योंकि न तो आप उतने ऊँचे हैं और न उतना तेज़ चल सकते हैं।"

"आज तो आप कुछ-कुछ सूरजजी जैसी तलख़ी से बोल रहे हैं !" पद्मा मुस्कराई।

"जैसे-जैसे आदमी अनुभव करता जाता है, लोगों को उससे यही शिकायत होती जाती है..."

बात काटकर जया बोली—"पद्मा जीजी, इनकी इसी बात पर मुझे झुँझलाहट आ जाती है। भीगे कैसे, यह बात आप पूछ रही हैं और दुनिया-भर की बातें बघार रहे हैं, बस यही नहीं बता रहे..."

पद्मा और शरद मुस्कराए।

आसमान की ओर देखकर शरद ने कहा—"कल्पना कीजिए, उस समय की जब मैं तो

भूख और क्रोध से भुन रहा हूँ और नेता भैया मुझे यह समझा रहे हैं कि जीवन में उनकी दो साधनाएँ रही हैं; या कहिए साधना तो एक ही है; लेकिन उपलब्धियाँ दो हैं; एक आर्थिक–वह जैसी भी है–उसकी उन्होंने कभी चिन्ता नहीं की; और दूसरी यह देशभक्ति की तथा आध्यात्मिक। वे मुझे समझाते रहे कि इन भौतिक सुख और समृद्धि के बन्धनों में किस तरह उनका मन रमा नहीं, और हर समय उन्हें ऐसा लगता रहा जैसे वे एक यात्री हैं जो केवल किसी अगली ट्रेन की प्रतीक्षा में प्लेटफ़ॉर्म पर बैठा है–एक ऐसा वीतराग संन्यासी, जो रम तो ज़रूर गया है; किन्तु उसकी आत्मा निरन्तर इन बन्धनों को तोड़कर भागने के लिए विद्रोह करती और तड़फड़ाती रही है।" फिर शरद हँसा और उसने बजरी पर पड़े पत्थर के एक छोटे-से टुकड़े को झुककर उठा लिया। यों ही निरुद्देश्य उसे झटके से फेंकता हुआ बोला–"उनकी भौतिक प्राप्तियों को सँवारनेवाला तो उनका पुत्र उन्हें मिल ही गया है–और उन्हें सन्तोष है कि वह इतना कुशल है कि बिना दिक़्क़त के इस उत्तरदायित्व को निबाहे चला जा सकता है; लेकिन उनकी इस आध्यात्मिक-प्राप्ति के लिए ठीक उत्तराधिकारी उन्हें नहीं मिल रहा। वे चाहते हैं कि मैं यदि इसे सँभालने का ज़िम्मा ले लूँ तो वे मुक्ति की साँस ले सकें–और सचमुच उनकी आत्मा को बड़ी शान्ति मिलेगी। तब वे चैन से वास्तविक संन्यास ग्रहण कर सकेंगे। आप विश्वास मानिए पद्माजी, अनुरोध से उन्होंने मेरे दोनों हाथ पकड़ लिए और देर तक मेरी आँखों में झाँकते रहे। कुछ क्षण तो मुझे ऐसा लगा जैसे वे हिप्नोटाइज़ कर रहे हों। पता नहीं क्यों, मैं उनकी उपस्थिति में उनके व्यक्तित्व से बड़ा ढँका और दबा-सा रहता हूँ।"

पद्मा मुस्कराई और उसने एक पाँव 'स्वदेश महल' की लाल ईंटों से बनी डेढ़ फ़ुट ऊँची बाउंड्री तक उठी सीढ़ियों में से एक पर रख लिया। इसी दीवार पर थोड़ी-थोड़ी दूर लोहे के डंडे गड़े थे। जहाँ यह लोग खड़े थे पीछे के लिए दो-एक सीढ़ियों के बाद छोटा-सा रास्ता था, उसमें लोहे का एक तिकोना चक्कर था जिसे घुमाकर आना-जाना होता था। जया एक ओर छाती पर हाथ कसे, दोनों पाँव दूर-दूर रखकर 'आराम' की मुद्रा में खड़ी थी। पद्मा ने उधर देखकर कहा–"एक बात तो आप मानेंगे ही, हिप्नोटाइज़ करने की बात चाहे ठीक न भी हो; लेकिन प्रभावित करने की उनमें विचित्र शक्ति है।"

"मैं तो खुद ही कह रहा हूँ..."

शरद की बात काटकर जया बोली–"तो भिक्षा और ख़ानाबदोश-वृत्ति की विरासत वे आपके नाम कर रहे हैं ? उँह, आप भी क्या हैं ? मैं होती तो कह देती, इतनी महत्त्वपूर्ण चीज़ आप मुझे क्यों दिए दे रहे हैं ? अच्छा हो, अपने पुत्र की विरासत मुझे दे दें...और यह उन्हें सौंप दें।"

तीनों हँस पड़े।

पद्मा ने कँटीले तार के काँटे को बचाकर उसे मुट्ठी भरकर पकड़ा और फिर लोहे के खम्भे से पीठ टिकाकर खड़ी होती हुई बोली–"पता नहीं क्यों, इतने दिन हो गए,

उनकी कम्पनी में मैंने कभी 'एट-होम' फ़ील नहीं किया। बात-बात में 'पद्मा बेटी'–'पद्मा बेटी' मुझे तो इस सम्बोधन में हमेशा ऐसा लगा...'' पद्मा सहसा चुप हो गई।

शरद ने चौंककर इधर-उधर देखा–शायद कोई आया हो; लेकिन दाँतों से तिनका कुतरती जया यों ही खड़ी थी। शरद ने पूछा–''क्यों, आप चुप क्यों हो गईं ? कहिए न।''

''अच्छा, इस सब्जैक्ट को छोड़ें–कोई और बात करें।'' पद्मा बोली।

''आपत्ति तो मुझे कोई भी बात करने में नहीं है; लेकिन आपके साथ यह 'मूड्स' की बात बड़ी विचित्र है।'' शरद ने उसकी ओर ग़ौर से देखकर कहा।

''नहीं, 'मूड' नहीं–अब मैं क्या कहूँ ?...'' पद्मा अनमनी होकर सोचती रही। आख़िर उसने कहा–''मुझे तो हमेशा ऐसा लगा; जैसे अपने भीतर की किसी बात को छिपाने के लिए यह बात-बात में 'बेटी' का सम्बोधन है। मुझे वहाँ हमेशा बड़ा घुटा-घुटा और बना-बना-सा लगता है।'' पद्मा ने बड़ा साहस करके अपने स्वर को हर उतार-चढ़ाव से बचाने का प्रयत्न करते हुए कहा–''अब माताजी का तो जो भी कुछ है, आप खुद जानते हैं। वे यहाँ बहुत काफ़ी रहीं हैं, और इस वातावरण में अपने को 'फ़िट' पाती हैं। लेकिन मेरी तो दूसरे ही घंटे यहाँ से तबीयत बड़ी उकताने और उखड़ने लगी थी। मैं खुद सोचती थी कि आप भी न जाने क्या सोचते होंगे। लेकिन क्या करती, कुछ ऐसी मनहूसियत इस बिल्डिंग की दीवारों में है, जैसे किसी को घुटे कमरे में कोई बन्द कर दे। बड़ा उदास-उदास...सुस्त, सिर भारी-सा–मैं समझ नहीं पाती मुझे क्या हो जाता है। हमेशा रोने-रोने को मन करता रहता है। कल-परसों से ज़रूर इन जया भाभी के साथ तबीयत बहलने लगी है; वर्ना हर क्षण मुझे तो ऐसा लगने लगा था कि या तो मैं भाग जाऊँगी कहीं या मर जाऊँगी।'' बात समाप्त करके पद्मा अपलक उदास एक ओर एकटक देखती रही, बोली–''सचमुच शरदजी, आप सोच नहीं सकते, हर पल कितनी तीव्रता से मैं अनुभव करती, लड़ती रहती हूँ कि मुझे कहीं भाग जाना चाहिए।

शरद सोचता रहा, जब अपनी माँ जैसे निकट व्यक्ति के बारे में कोई बोलता है, तो क्या सोचता होगा–पद्मा जिस समय बोल रही थी, उस समय क्या सोच रही होगी ? एक व्यथा थी, एक उदासी, जो पद्मा के शब्द-शब्द से झनक रही थी। शरद और जया उसे हृदयंगम करने का प्रयत्न करते रहे। पद्मा चुप हो गई थी, लेकिन लगता था जैसे वह अपने से लड़ती-लड़ती चुप हो गई है कि उसके भीतर जो कुछ भी दुर्निवार उमड़ रहा है, उस सबको कह डाले या पचा जाए। और वह चुप्पी जैसे एक प्रतीक्षा की फैलती हुई घड़ी थी।

''सचमुच, यही मैं सोचता था। पता नहीं पद्माजी को क्या हो गया है, बस, उस दिन खाना खाते समय ज़रा खुश देखा था, फिर तो हमेशा बड़ा खोया-खोया, और बड़ी गहन-गम्भीर दार्शनिक समस्याओं में डूबा-सा पाया। जब दूसरी बार आप रिक्शे में मिली थीं या...गम्भीर आप पहले भी थीं, लेकिन यह गम्भीरता...? जैसे किसी ने ज़बर्दस्ती मुँह

बन्द कर दिया हो।'' शरद ने कहा।

''दार्शनिक समस्याएँ !'' पद्मा पीड़ा से हँसी–''मेरी मानसिक स्थिति तो आप सोच ही नहीं सकते शरदजी ! ख़ैर, यह तो अपनी-अपनी क़िस्मत और तक़दीर का खेल है–और क्या कहूँ !'' एक गहरी साँस लेकर पद्मा चुप हो गई। उसकी खुली आँखें धीरे-धीरे आर्द्र होती आईं–और नीचेवाली कोर पर पानी की हलकी-सी लकीर झलक उठी।

इतने दिनों में शरद क़िस्मत और तक़दीर की बात को इस तरह भूल चुका था, या सुनकर भी महत्त्व देना छोड़ चुका था कि उसे बहुत अधिक अजब-अजब लगा–पद्मा ज़िन्दगी में तक़दीर को इतना महत्त्व देती है। और कोई समय होता तो वह बिना इस विषय पर एकाध बात किए नहीं रहता। लेकिन अब पद्मा का मुँह देखकर चुप हो गया। सुन्दर मुख बादलों से ढँक गया था।

''मैं तो जब से पैदा हुई हूँ, शायद ही कभी निश्चिन्तता और सुख जाना हो, हमेशा-हमेशा एक घुटन, प्रताड़ना ! जैसे भीतर कहीं एक लाश के पास बैठा कोई दिन-रात बिसूरा करता हो। बड़ा अकेला-अकेला लगता रहता है जैसे किसी ने अनजान लोक में पकड़कर छोड़ दिया हो। शरदजी, आप इसे मेरा पागलपन मानेंगे–कभी-कभी तो मैं आँखें फाड़-फाड़कर इन लोगों की बातें सुनती हूँ–आप लोगों को देखती हूँ और मुझे ऐसा लगता है जैसे मैं न किसी को देख पाती हूँ, और न किसी की बातें समझ पाती हूँ। मुझे लगता है जैसे मैं मनुष्य-लोक से बाहर की कोई हूँ कि हर आदमी मुझे ऐसे देखता है जैसे सफ़ेद रीछ को देखता हो !'' पद्मा ने पिंडलियों तक नीचे कुर्ते का छोर उठाकर उसके सिरे से धीरे-धीरे आँखें पोंछी। उसके होंठ काँपते रहे–''दिन-रात मन में यही आवाज़ गूँजती है, कहीं भाग चल, कहीं चल !''

''लेकिन इस मानसिक स्थिति का आपने विश्लेषण तो किया होगा कभी ?'' शरद ने बहुत कोमल, सहानुभूति के स्वर में पूछा।

''जो 'सफ़र' करता है, या सहता है, वह विश्लेषण नहीं करता। विश्लेषण तो वह ही कर पाता है जो या तो सह चुका हो, या इस सहने का तटस्थ-दर्शक हो।'' पद्मा ने कहा–''पिछले दिनों यहाँ आकर मैंने 'टैस' ख़त्म किया है हार्डी का, उफ़ ! कैसी एक पीड़ा है, दर्द है जो उसके हर पन्ने में व्याप्त है ! कितना बेचारी ने सहा ! मुझे हमेशा ऐसा लगता रहा जैसे मैं ही वह हूँ और सब कुछ सह रही हूँ।'' पद्मा जैसे अपने पढ़े हुए में खो गई।

''हार्डी आपको पसन्द है ?'' शरद ने पूछा। बात व्यक्तिगत से उठकर सामान्य-स्तर पर आ रही है, यह देखकर उसे सन्तोष हुआ। यद्यपि पद्मा के विषय में अधिक-से-अधिक जानना चाहता था, लेकिन पद्मा ऐसी भरी पड़ी थी कि उसकी पीड़ा को किधर से भी छूना कम ख़तरनाक नहीं था। मायादेवी को लेकर यह अधिक ख़तरनाक हो उठी थी। वे पद्मा की माँ हैं, पता नहीं क्या शब्द उसके मुँह से ऐसा निकल जाए कि औचित्य की सीमा को लाँघ जाए। वैसे मायादेवी के हर व्यवहार का एक-एक चित्र, उनका एक-एक शब्द उसकी आँखों के आगे आ-आकर झलमलाने लगा था। वह

पद्मा की मानसिक स्थिति को समझ रहा था। उसे कपिल का उस दिनवाला 'रिमार्क' याद हो आया।

"हार्डी...? हाँ, हार्डी ही क्यों...?" पद्मा कहीं गहराई से बोल रही थी—"मुझे हर वह लेखक पसन्द है, जिसके पात्रों ने ख़ूब कष्ट सहे हैं। पता नहीं क्यों; मेरे दिमाग़ में हर समय वैसे ही पात्र घूमते रहते हैं—जैसे मैं उन्हीं के बीच में रहती होऊँ। टॉलस्टाय की 'अन्ना' के साथ तो मैं वर्षों रही हूँ, और जब मैंने उसके रेल से कटने का वर्णन पढ़ा तो मैं इस तरह रो उठी जैसे मेरे परिवार का आदमी मर गया हो। आन्द्र ज़ींद के 'स्ट्रेट इज़ द गेट' की अलीसा की डायरियों को तो आज भी जब मैं याद करती हूँ, तो रोने लगती हूँ। और तो और 'चेख़व' की कहानी 'डार्लिंग' वर्षों मेरे दिमाग़ पर छाई रही। 'ओल्गा' का अभाव मन को बहुत दिनों कचोटता रहा। जेन आयर को जेन ने बहुत रुलाया। दोस्तायव्स्की के बाद तो मुझे बहुत कम लेखक पसन्द आए..."

"वही जिसके हर पात्र का सिद्धान्त है—'सफ़रिंग प्यूरिफ़ाईज़ द सोल'—दुख आत्मा को माँजता है ?" शरद ने अनजान बनकर पूछा।

"ख़ैर, आप जो भी कहें—मुझे वह बहुत ही पसन्द है।" पद्मा निर्बाध रूप से सधे स्वर में कहती रही—"मीरा मुझे इसीलिए बहुत-बहुत पसन्द है कि उसकी वाणी में एक ऐसा विचित्र दर्द बोलता है कि आत्मा का तार-तार झनझना जाए। पीड़ा की कितनी तल्लीन अनुभूति है उसमें। उसके उस अपार्थिव और अदृश्य-लक्ष्य को छोड़ भी दें तो मानवीय भावनाओं की संवदेनशीलता मीरा में जितनी है, उसकी सतही झलक कभी-कभी सूरदास की गोपियों में भले ही मिल जाए..." पद्मा गम्भीर पीड़ा में हलकी-सी मुस्कराती, जैसे बड़ी दूर कहीं क्षितिज में खो गई हो, बोली—"कभी मन जब बड़ा अकेला और असहाय अनुभव करता है तो वास्तव में इन पात्रों के साथ बड़ी सान्त्वना मिलती है। मुझे जब कभी ऐसा लगा कि कहीं मैं धीरे-धीरे पाग़ल तो नहीं होती जा रही हूँ। मन इतना ऊब जाता है, इतना ऊब जाता है कि रुलाई किसी तरह नहीं रुकती और मैं तकिए पर सिर रखकर रोने लगती हूँ—आप लोग शायद विश्वास नहीं करेंगे—मुझे अक्सर ऐसा लगा है जैसे मेरी एक ओर भवभूति की सीता बैठी रो रही है और एक ओर कालिदास की शकुन्तला !"

"शरत् ने कभी आपको नहीं छुआ ?" शरद ने एक बार जया को देखकर कि वह इन बातों में रुचि ले रही है या नहीं, पद्मा से पूछा। जया बड़े ध्यान से सुन रही थी। हरी घास का एक तिनका उसके हाथ में था, जिसे कभी वह उँगलियों में घुमाती और कभी दाँतों से कुतर लेती।

"शरत्...हाँ इस क्षेत्र में वही तो असल में मेरा गुरु है..." पद्मा ने उसी स्वर में कहा—"पिताजी उस समय थे, माँ भी साथ थीं; लेकिन पता नहीं क्यों मुझे शुरू से ही ऐसा लगता रहा है जैसे मैं अनाथ हूँ—अकेली हूँ। कोई मेरे मन की बात नहीं जानता। और बच्चे खेलते रहते थे; मैं अकेली गुम-सुम बैठी रहती थी—उनकी हँसी, किलकारी किसी में भी साथ देने को मन ही नहीं करता था। कह नहीं सकती, इसका कोई भौतिक

कारण था या नहीं—लेकिन जैसे-जैसे मैं समझदार होती गई, यह भावना और भी अधिक जड़ जमाती रही—यहाँ तक कि शायद मेरी प्रकृति बन गई। पिताजी से माँ की कभी नहीं बनी। इसके मूल में शायद नेता भैया ही थे। क्योंकि जब मुँह उठता, या लड़-भिड़कर जब भी इच्छा होती तभी वे यहाँ आ जातीं और तीन-तीन चार-चार महीनों में जातीं। उन दोनों की इस लड़ाई में मेरी उपेक्षा होती थी, इसीलिए मैं अधिकांश होस्टलों में रही। वहाँ भी साथ की लड़कियों, खेल-कूद ऊधम-दंगा किसी में भी मन नहीं लगता था। तब मेरा परिचय शरत्चन्द्र से हुआ—फिर तो ऐसा लगा जैसे यही एक मेरा साथी है जिसके साथ उठते-बैठते खाते-पीते हर समय अपने को रख सकती हूँ। दिमाग़ से पारो, किरणमयी, चन्दा, राजलक्ष्मी, विजया, सुमित्रा और पल्ली-समाज की रमा निकल ही नहीं पाती थीं, मैं उन्हीं के साथ सोती, उन्हीं के साथ खेलती..."

शरद बड़े झिझकते हुए बोला—"यदि आप अन्यथा न समझें तो, एक बात मैं पूछना चाहता हूँ। आपकी माताजी मुझे कुछ बहुत ही विचित्र महिला लगीं..."

उसे बीच में ही रोककर पद्मा ने कहा—"जाने दीजिए, यह प्रसंग मुझे कुछ ख़ास अच्छा नहीं लगता। वे जैसी हैं, अब मैं क्या कहूँ ? छोड़िए।" फिर वह बड़े विचित्र ढंग से हँसी—"किसी शरत् जैसे कलाकार की निगाह उन पर पड़ी होती तो संसार की सर्वश्रेष्ठ महिला होतीं। कौन जानता है, जिन स्त्रियों के नाम ले रही हूँ, उसके भौतिक प्रतिरूप—जिनसे इनके रचयिता प्रेरित हुए होंगे—दुनिया की निगाहों में क्या समझे जाते होंगे ?" और बहुत देर से तार को पकड़कर, पीछे खम्भे से पीठ टिकाए खड़ी-खड़ी पद्मा थक गई थी—उसने बड़े सँभलकर तार छोड़ा और सीधी खड़ी हो गई। फिर नीचे सिर झुकाए एक-एक क़दम रखती हुई टहलती रही। तीनों चुपचाप बजरी पर चहलक़दमी करते रहे। बजरी सीझ रही थी और इधर-उधर क्यारियों में चिड़ी-पान इत्यादि के आकार में लगी छोटे-छोटे सुन्दर रंग-बिरंगे फूलों की डिज़ाइनें धुलकर निखर आई थीं।

शरद ने एक गहरी साँस ली। व्यथा से जिस समय रो उठने को स्थिति हो उस समय पद्मा का विचित्र ढंग से लुटा-लुटा-सा मुस्कराना हमेशा से शरद के हृदय में चुभ जाता था। हमेशा एक कसक से उसका दिल काँप उठता। वह पद्मा की बनावट को धीरे-धीरे भली प्रकार हृदयंगम कर रहा था। सहानुभूति से उसका हृदय उच्छ्वसित हो आया था। जिस स्थिति में पद्मा रही है उसमें सचमुच आदमी सोच ही क्या सकता है—बन ही कैसा सकता है ? पता नहीं, यह मौन कब तक रहता कि जया की एक बचपने की हरकत से उसका ध्यान टूटा।

जया ने फूल पर बैठी एक बड़े-बड़े पंखोंवाली तितली को दोनों परों से झुककर पकड़ लिया और उल्लास से चमकती आँखों से, दूसरे हाथ की हथेली पर बैठाकर उसे देखती हुई बोली—"कुछ हो, इन बंगाली लेखकों की भावुकता जबरन आँखों से आँसू निकाल लेती है।"

"कभी-कभी तो भई, मैं 'बोर' हो जाता हूँ—ज़रा-सी बात हुई और बैठकर रुला दिया।" शरद ने उसके हाथ की तितली को देखते हुए कहा।

"बाद में आप चाहें जो कहें—लेकिन उस वक़्त बिना प्रभावित हुए नहीं रहा जाता।" पद्मा इस समय तक अपनी भावनाओं और मानसिक उद्विग्नता पर अधिकार पा चुकी थी—इसलिए अपेक्षाकृत स्वस्थ स्वर में कहा—"अब रवीन्द्रनाथ की सुभाषिणी, देखिए हमेशा दिमाग़ पर छाई रहती है..."

"पद्मा जीजी, एक बात मैं देख रही हूँ..."

जया की बात काटकर शरद ने झिड़का—"बात देखते-देखते उसके पंख क्यों उखाड़े ले रही है ?"

"बीच में टोकना ! मैं कुछ बोलूँगी तभी बीच में टोकेंगे ! नहीं छोड़ते, हम अपनी तितली !" बच्चों की तरह भड़क उठी।

पद्मा समझदारी से मुस्कराई। इतनी देर से उसने कुछ नहीं बोला इसलिए स्नेह से मुस्कराकर पूछा—"हाँ कहो। शरदजी थोड़ी देर चुप रहें !"

"इतने नाम आपने लिए, सभी में एक बात ध्यान देने की है।" जया ने दूसरे हाथ से झोंपड़ी-सी बनाकर तितली को बन्द करके कहा—"पहले मैं यह पूछना चाहती हूँ कि आपने अपनी पसन्द की पात्रियों में 'शेष प्रश्न' की कमल का नाम भूल से छोड़ दिया है या जानबूझकर ?"

"टिपीकल मास्टरनियों की तरह पूछती है !" शरद ने कहा।

उसकी बात पर ध्यान देकर पद्मा ने उत्तर दिया—"जहाँ तक उस चरित्र का सम्बन्ध है—वह मुझे बहुत ही पसन्द है, लेकिन उसमें जो एक तेज़ी या यह कहना चाहिए एक प्रखरता और तेज है,—वह मेरी समझ में नहीं आता, या गले से नहीं उतरता।"

"हाँऽऽ यही बात।" जया जैसे इसी उत्तर की आशा करती थी। बोली—"तो दूसरे शब्दों में आपको केवल वही चरित्र पसन्द है जो कष्ट, दुख, दर्द में रहे अवश्य—लेकिन उससे कुछ सीख नहीं सके। यों ही पराजित होकर उन्होंने अपने को, दुख को समर्पित कर दिया और अन्त में ख़त्म हो गए। न तो वे इस स्थिति से कुछ सीख पाए और न शक्ति सँजो पाए, और अगर कुछ सीखा भी हो तो उसका उपयोग नहीं कर पाए। कहना चाहिए, जिन्होंने कष्ट सहे और उनसे कभी उबरे ही नहीं, ऐसे चरित्र आपको पसन्द हैं।" वह उतनी देर में बोली है लेकिन उसने अत्यन्त ही महत्त्वपूर्ण बात कही है, इस भावना से उसने शरद की ओर देखा।

पद्मा कुछ देर सोचती रही, फिर बोली—"तुम जो सोचो, मैंने कहा न, विश्लेषण करने की स्थिति में मैं नहीं हूँ। लेकिन मान लो ऐसी बात है भी, तो मैं पूछती हूँ कितने उबरते हैं—कितने उबर पाते हैं ?"

"नहीं पद्माजी, देखिए बात इसने महत्त्वपूर्ण कही है, लेकिन इससे कहना नहीं आया। इसे यों समझिए—" शरद ने जया को प्रंशसा-पूर्ण नेत्रों से देखकर कहा—"दुख कितना असहनीय है—अगर सचमुच विवशता में किसी ने उसे उतनी ही तीव्रता से सहा है तो शायद वह कभी नहीं चाहेगा कि वैसा दुख कभी उसके ऊपर आए—या कभी किसी पर भी आए। जहाँ तक, दुख से न उबरनेवाले लोगों का, दुख से पराजित, समर्पित

या कुचले हुए 'क्रश्ड' लोगों का सवाल है, हमें उनसे सहानुभूति है—हमदर्दी है। हम उनके साथ रोने को भी तैयार हैं; लेकिन उस दुख के विरुद्ध उन लोगों ने किया क्या ?''

पद्मा ने लापरवाही से कहा—''यही तो मैं भी कहती हूँ शरदजी, सभी तो जोन ऑफ़ आर्क या महारानी लक्ष्मीबाई नहीं होतीं।''

''यह मैं मानता हूँ; लेकिन नतीजा उसका क्या हुआ ?'' शरद ने तार्किक के उत्साह से कहा—''आपने यह सब चरित्र पढ़े, पसन्द किए और आपके भीतर भी एक भावना—अपने आपको कष्ट में रखकर आनन्द लेने की भावना बद्धमूल हो गई। मनोविज्ञान की भाषा में इसे 'आत्मपीड़न रति' कहिए। स्वस्थ-मस्तिष्क की उपज तो यह है नहीं।''

''ख़ैर यह आपका मन है। आप उसे मनोविज्ञान की कोई परिभाषा दीजिए। लेकिन मैं यह पूछती हूँ कि क्या इस प्रकार की रुचि बिना व्यक्तिगत परिस्थितियों के ही हो जाती है ?'' प्रश्न करने के पश्चात् सीधी दृष्टि से शरद को देखती पद्मा के पतले-पतले होंठ खुले रहे।

''नहीं, बिना व्यक्तिगत परिस्थितियों के नहीं होती।'' शरद को बराबर ध्यान था कि उसका उत्साह कहीं पद्मा की कोमल भावनाओं को ठेस न पहुँचाए, इसलिए उसने बहुत नम्र स्वर में कहा—''और मैं उन कलाकारों की प्रशंसा किए बिना नहीं रह सकता जो इतने सशक्त पात्रों का निर्माण कर डालते हैं कि हर पाठक उन्हें अपनी व्यक्तिगत परिस्थितियों की सृष्टि (प्रोडक्ट)—जैसा ही समझ लेता है। लेकिन यह जो उन्हीं में सुख लेने की बात है, उन्हीं परिस्थितियों को भाग्य मानकर धीरे-धीरे गलना है—यह पाठक को भी उधर ही धकेलता है—और वह उस गलने को भी अपना लक्ष्य और सुख मानता है ! यह निष्क्रिय बनानेवाला दर्शन, पता नहीं कैसे लोगों को आकर्षित कर लेता है !''

''ख़ैर, बहस में पड़ना नहीं चाहती—और शायद जीत भी नहीं सकती। आपको बाक़ायदा बहस करना सिखाया गया है।'' पद्मा ने जया की ओर देखकर कहा—''आपको जीवन में शुरू में सफलता ही सफलता मिली है, शायद असफलता और निराशा से आपका सामना हुआ नहीं है—और भगवान करे कभी न हो—तभी आप ऐसा और इतनी आसानी से कह पाते हैं। यहाँ तो...'' उच्छ्वसित स्वर में कहकर पद्मा चुप हो गई। उसका गला भर्रा आया और अगली बात घुट गई।

शरद उधर नहीं देख रहा था—उसने दूर आहूजा की कोठी में देखते हुए कहा—''आपकी बात न भी लें, तो भी मैं कुछ लोगों को जानता हूँ, जो अगर चाहें तो अपने आपको प्रसन्न रख सकते हैं—लेकिन नहीं रखते। वैसे हिन्दी में इधर 'प्रोफ़ेशनल-सफ़रर्स' या शौक़िया दुख उठाकर उस दुख को महिमान्वित करने, उसके गीत गानेवाले लेखकों की संख्या काफ़ी बढ़ रही है...। वे दर्द को अमृतांजन की तरह हमेशा साथ रखते हैं...''

लेकिन उसकी बात बीच में ही टूट गई, जया ने उसकी बाँह में नोचकर ध्यान

पद्मा की ओर आकृष्ट कर दिया। पद्मा आँखों पर सफ़ेद रूमाल लगाकर सुबक उठी थी।

यहाँ एक ओर की रविश ने ज़रा-सा खुलकर एक छोटे गोल-मटोल आम के वृक्ष को अपने घेरे में ले लिया था। आधी रविश पर यह पेड़ छाया किए था। जब शरद ठिठककर रुक गया तो तीनों इसी के नीचे आ चुके थे।

"अरेऽऽ, पद्माजी, यह क्या ? यह क्या, आप तो..." उसकी समझ में नहीं आया कि क्या कहकर सान्त्वना दे। उसके बढ़े हुए हाथ रुक गए, पद्मा का शरीर छूने की हिम्मत उसे नहीं पड़ी।

पद्मा ने पेड़ के तने पर हाथ टिका लिया और बाँह पर आँखें रखकर और भी ज़ोर से सिसक उठी।

दोनों एक-दूसरे को अपराधी की तरह देखते, हत्-बुद्धि और बुद्धुओं की तरह खड़े थे। शरद के मन में बड़ा प्रबल ज्वार उठा कि निकट पहुँचकर, प्यार से पद्मा की पीठ थपथपाकर उसे सान्त्वना दे। लेकिन वह यों ही खड़ा रहा।

तभी सचेत होकर जया ने आगे बढ़कर पद्मा का हाथ पकड़ लिया—"चलिए पद्मा जीजी, आप तो इनकी बातों का बुरा मान गईं ! इनकी तो ऐसी ही आदत है, मुझे भी ऐसे ही तंग करते हैं..." फिर भर्त्सना से शरद को देखकर बोली—"रुला दिया न ? अब कैसे खड़े हैं ? हाँऽऽ, नहीं तो ! चलिए जीजी, चलें।"

और जिस तरह जया पद्मा को गोद में भरकर ले चली उसे देखकर शरद को लड़की का ससुराल के लिए विदाई का दृश्य याद आ गया। उसने बड़ी मुश्किल से मुस्कराहट को रोका—वह पीछे-पीछे चला; सिर लटकाए...

जैसे झंकार की गूँज अभी तक वातावरण में साँस लेती इधर-से-उधर थरथरा रही हो और उसके स्वर की प्रत्येक तरंग उसके तन-मन और आत्मा को छू रही हो, अँधेरे में शरद चुपचाप बैठा रहा। बाहर हवा तेज़ होती जा रही थी। सीले मौसम में ठंड की तेज़ हवा बड़ी चुभनी हो जाती है—जैसे अणु-अणु को भेद जाएगी। अभी जया यह कहकर कि 'आइए पद्मा जीजी, हम आपको छोड़ आएँ थोड़ी दूर तक' पद्मा के साथ उसे पहुँचाने चली गई है, लौटती होगी। अँधेरे में उठकर बत्ती जला लेने की जरूरत है। हुँः, होगी। मन नहीं कर रहा। पद्मा का आज दिन-भर का व्यवहार; रो पड़ना और फिर गीत—सभी कुछ जैसे आत्मा में समा गया है, उसे गलाए दे रहा है। उफ़् ! बेचारी कितनी सुन्दर है और किस तरह धीरे-धीरे गली जा रही है। काश !—ख़ैर छोड़ो।

पद्मा को रुला देने के अपने अपराध के प्रक्षालन के लिए ही जैसे कृत्रिम रूप से हँस-हँसकर शरद उन दोनों को बड़ी देर तक अपने भीगने की कथा सुनाता रहा था।

"तो सा'ब, इस तरह विरासत की बातें, क्यों नहीं सब मज़दूर एक साथ मर गए, इत्यादि क्रान्ति की बातें बताते हुए जब देशबन्धुजी सरकिट हाउस में पहुँचे तो पानी मूसलाधार बरस रहा था।" शरद बताने लगा—"सरकिट-हाउस के बाहर फाटक के

भीतर की ओर दो-चार पेड़ों के नीचे एक कैम्प लग रहा था। वहीं गाड़ी रुकवाकर बोले, 'ऐसा करो शरद बाबू, तुम यहाँ उतर जाओ—भीतर पास-वास की ज़रूरत पड़ेगी—बस मैं अभी आता हूँ दस मिनट में, जाते हुए ले लूँगा।' ख़ैर, हमें उतरना पड़ा। उस वक़्त नेता भैया यह बिलकुल भूल गए कि यह कहकर लाए थे कि "चलो मन्त्रीजी से मिला लाएँ।" कार का दरवाज़ा खोलकर दौड़कर हम कैम्प में आ गए। कैम्प क्या, छोलदारियाँ थीं जिन्हें कुछ अजब ढंग से एक-दूसरे से मिलाकर बीस-पचीस आदमियों के बैठने के लायक़ जगह बना दी गई थी। पुरानी लम्बी-लम्बी दो-तीन मेज़ें पड़ी थीं। उन्हीं के पास पड़ी कुर्सियों पर या वैसे ही मेज़ों पर, आठ-दस बेपढ़े लिखे-से आदमी बैठे थे। बीच में मेज़ पर एक अत्यन्त पुराने फ़ैशन का टेलीफ़ोन लिए अधेड़-सा व्यक्ति बैठा था। समझिए, वही कुछ भला आदमी-सा लगता था। टेलीफ़ोन के रिसीवर और माइक अगल-अलग थे और पीतल के बने थे। जैसे ही मैं उस कैम्प में खड़ा हुआ सब एकदम चुप हो गए—पहले मेरी ओर देखा और फिर बीड़ियाँ पीने, क़हक़हे लगाने और भद्दी-से-भद्दी गाली में एक-दूसरे को 'प्यार' का सम्बोधन करने में लग गए। एक कुछ भीगे हुए-से आदमी ने, जो एक नेकर और बाहर निकली मैली-सी क़मीज़ पहने था, दियासलाई की सींक से दाँत कुरेदते हुए पूछा—'आप किधर से आ रहे हैं ?' उसके पूछने का ढंग ऐसा था जैसे उनमें से हर कोई किधर-न-किधर से आ ही रहा हो। मैंने कुछ लापरवाही से कहा—'मैं बाहर से आ रहा हूँ।' पता नहीं उसने कहाँ से सुन लिया 'सेंट्रल'। और एक बार यह 'सेंट्रल' शब्द लोगों में गूँज उठा—सेंट्रल से आए हैं। मैं तब भी नहीं समझा। फिर जो आदमी मुझसे बातें कर रहा था, उसका ध्यान अपनी ओर करने के लिए कन्धा पकड़कर खींचते हुए उसका साथी जोश में बताने लगा—'यार, अपनी तो दम निकल गई, सुबह से वहाँ छिपकली की तरह रोशनदान के नीचे लगे खड़े थे। मैं सोच रहा था कोई रिलीव करने आए—वहाँ कोई साला पहुँचा ही नहीं।' यह बात कहते समय वह हर बार मेरी ओर देख लेता कि क्या असर पड़ रहा है। धीरे-धीरे मेरी समझ में आ गया—सब इंटैलिजेंस विभाग के लोग हैं, और मन्त्रीजी की रखवाली कर रहे हैं। उनमें से कोई कहीं बाहर पेड़ के नीचे भीग रहा था, कोई पंखे की डंडी में सीलिंग के ऊपर लटका था और कोई खुरपी लेकर बोरा ओढ़कर क्यारियाँ निरा रहा था। मुझे सब इसलिए आदर और सम्मान से देख रहे थे, कि उनकी समझ में मैं सेंट्रल से पहुँचा था। ज़रा भी कहीं कोई ऐसा-वैसा सवाल आ जाता तो अपने राम को निकालकर बाहर खड़ा कर दिया जाता और पता नहीं, बाहर खड़े कब तक भीगते, इसलिए गम्भीरतापूर्वक चुपचाप खड़े रहे। अचानक उन लोगों में भगदड़ मच गई..." शरद ने ज़रा रुककर देखा कि पद्मा और जया पर क्या प्रतिक्रिया हो रही है और वे उसकी बातों में रुचि ले रही हैं या नहीं।

पद्मा ज़रूर खोई-खोई थी। उसकी गुलाबी आँखों का सूनापन अब सिमटता आ रहा था। जया ख़ूब ध्यान से सुन रही थी। दोनों घुटनों पर कुहनियाँ रखकर, हथेलियों पर कनपटियाँ टिकाए ज़रा आगे झुकी वह एकटक उसे देख रही थी। कभी-कभी उसके

इस देखने की याद आते ही वह सचेत हो जाता था, तब उसकी ज़बान पर शब्द आते-आते रुक जाते—'ऐसे क्यों देख रही हो ?' पर फिर वह सँभलकर कहने लगा—"अचानक पता चला कि मन्त्रीजी चल दिए। सब लोग एकदम शैतान बन्दरों की तरह, कोई इधर भाग गया, कोई उधर। वहीं पाँच-छः आदमी रह गए। मैं भी धबराया-सा इधर-उधर देखने लगा। पानी कम हो गया था। मोटर की आवाज़ सुनाई दी और सामने से सिपाहियों से भरी एक 'स्टेशन-वैगन' गुज़री—फिर बरसातीवाली पिक-अप। उसमें भी सिपाही भरे थे। फिर बहुत बढ़िया लम्बी-सी कार जिसमें पीछे नेता भैया के साथ कोई दो और बैठे थे। आगे ड्राइवर की बग़ल में कोई और साहब डटे हुए थे। कार एक सेकेंड को रुकी और नेता भैया ने मुझे इशारे से बुलाया। मैं पहुँचा तो, बस उनका यह वाक्य ही सुन सका—'पीछे बैठ आना, मैंने कह दिया है।' तभी गाड़ी 'सर्र' से चल पड़ी। पीछे अपनी गाड़ी थी, लेकिन उसमें पन्द्रह-बीस, पता नहीं कौन-कौन लोग भरे थे, और उसमें तिल रखने की जगह नहीं थी। वह भी निकल गई। फिर एक 'पिक-अप' आई। उसमें पीछे केवल दो ही व्यक्ति बैठे थे। वह मेरे सामने रुक गई। मेरे साथ इस कैम्प के एक और सज्जन आ चढ़े। हमारे ऊपर पाँव रखते ही एक ज़ोरदार झोंक लेकर 'पिक-अप' दौड़ पड़ी। सब कुछ ऐसी भाग-दौड़ में हो रहा था जैसे कहीं हमला करने जाना हो। इस 'पिक-अप' में पीछे कोई बरसाती नहीं थी और पानी सीधा पड़ रहा था। अब इसके बाद पद्माजी, आप समझ लीजिए वहाँ से और यहाँ तक क्या हालत हुई होगी।"

"पहाड़ी सड़क, उतार का मौक़ा, और अन्धाधुन्ध भागती गाड़ियाँ—जैसे 'रेस' हो रही हो ! पहाड़ पर पल में तो ऐसी बारिश लगती कि तड़ातड़ खोपड़ी पर गोलियाँ पड़ रही हों, और पल में सूखा आ जाता। मैंने कसकर दोनों तरफ़ से पकड़ लिया था। क़दम-क़दम पर मोड़ थे और वे पट्ठे ड्राइवर एकदम ऐसे सपाटे से मोड़ लेते थे कि एक साथ ब्रेक चीख़ उठते—उस समय एक ओर नीचे सैकड़ों फीट पहाड़ की ऊँचाई तह-पर-तह चली जाती तलहटियाँ—घास-फूस से दिखाई देनेवाले बड़े-बड़े पेड़, दरारें—पतली लकीर-सी नदी और फिर दूर-दूर तक चला जाता हुआ फैला खुलाव—जब उधर देखते तो डर के मारे प्राण सूख जाते। दूसरी ओर सड़क से सटी ऊँची पहाड़ी दीवार, जिस पर से बह-बहकर आती पानी की धाराएँ चिकनी सड़क पर बाढ़ ला रही थीं। सुन रखा था ऐसी हालत में सावधान-से-सावधान गाड़ी का फिसल जाना ज़रा भी मुश्किल नहीं है। सारी घाटियाँ मोटरों की ज़न्न्-ज़न्न् से गूँज रही थीं—और ऐसा लगता था जैसे किसी तोप में से छूटे रॉकेट हों। विश्वास हो गया कि आज किसी हालत में बचना नहीं है। पहाड़ पर जबकि गाड़ियाँ पचीस-तीस से ज़्यादा नहीं चलतीं, उस समय हम लोग पैंतालिस-पचास पर चल रहे थे। आगेवाली गाड़ी जितनी तेज़ चलती, उतनी यह भी। मेरे साथ मन्त्रीजी का अर्दली लाल वर्दी में था—बॉडीगार्ड था और पता नहीं कौन था—वे लोग अपनी-अपनी डींगें हाँक रहे थे। एक बता रहा था उसने वहाँ पिस्तौल छिपा रखी है कि चाहे कितना पानी बरसे उस पर असर नहीं पड़ेगा। जब भी गाड़ी

मोड़ लेती—तो एक-दूसरे से टकराने के बाद इधर-उधर टकराकर वे सब लापरवाही से कराह उठते। उनमें से कोई कह उठा—'आज यह मारकर छोड़ेगा।' दूसरा कहता, 'आज सहाब की गाड़ी क़िदवई के ड्राइवर के हाथ में है न, वह साला धरती पर तो चलता ही नहीं है। मजाल जो पचास से नीचे कभी उतरे।' मुझे रह-रहकर झुँझलाहट आ रही थी—कहाँ आ फँसे..." शरद फिर रुका, पद्मा उस दुर्दशा, और उस समय की मानसिक स्थिति की कल्पना करके मुस्कराने लगी थी, और उसके मुख के उतार-चढ़ाव देखकर जया हँस रही थी।

उन लोगों को और भी प्रसन्न करने के लिए उसने कहा था—"मेरे बाल उड़-उड़कर आँखों पर थपेड़े मार रहे थे, और हवा इतनी तेज़ थी कि पलकें खुलती ही नहीं थीं—फिर बूँदों की मार। हर बार लगता था, गाड़ी इस बार गई। बस अब के नहीं बचेगी—कभी-कभी तो नीचे के ढाल से बस आधा-आधा फुट रह जाती थी। मिनटों में गाड़ियाँ नीचे आ गईं—पहाड़ पीछे छूटने लगे। अब तो सीधी सड़क थी। मेरा ख़याल है, सुई कम-से-कम सत्तर से आगे ही होगी। पेड़, तार के खम्भे किसी पर निगाह रुकती नहीं थी—जगह-जगह सैल्यूट करते सिपाहियों को जब तक देखो तब तक वहाँ से दो फर्लांग दूर निकल आते थे। ख़ुदा न ख़्वास्ता, अगर कहीं सामने की गाड़ी किसी वजह से रुक जाती तो पिछली किसी भी गाड़ी के बचने की कोई उम्मीद नहीं थी। मैं तो भाई, आज तक ज़िन्दगी में इतनी तेज़ रफ़्तार की किसी भी चीज़ पर बैठा नहीं हूँ। मेरे तो होश गुम हो गए थे। बस बार-बार यही लगता अब गए—अब गए ! बेचारी जया खाना परोसे बैठी राह देखगी—यहाँ कहीं चकनाचूर हुए रखे होंगे। बात की बात में यहाँ ला रखा। जब मोटर रुक गई तो भी बड़ी देर तक दिमाग़ में वही पेड़ और खेत भागते रहे। जैसे दिन और रात भाग रहे हों—अँधेरा नाच रहा हो, धरती हिल रही हो। बड़ी देर में तो मैं सीधा खड़ा हो पाया। फिर जैसे-तैसे झूमता-झामता यहाँ आया तो यह कमबख़्त मज़ाक़ उड़ाने लगी।"

जया हँसते-हँसते दुहरी हो गई थी। वह पेट पर हाथ रखकर कुर्सी के एक हत्थे पर औंधी लदकर हँसे चली जा रही थी। बड़ी मुश्किल से अपने पर नियन्त्रण करके बोली—"देखो, पद्मा जीजी, बन्दर की बला तबेले के सिर। यहाँ आकर हमारे ऊपर दाँत और पंजे निकालकर पड़े, और यह नहीं कहेंगे कि वहाँ मिनिस्टर साहब से मिलने गए थे—सोचा होगा मिनिस्टर साहब बग़ल में बैठा कर लाएँगे।"

"अरे मर गए, मिनिस्टर साहब !" शरद ने मुँह बना दिया। असल में वह अनुपस्थित मिनिस्टर साहब के प्रति अवज्ञा प्रदर्शित करके जया को बताना चाहता था कि उसकी पहली झुँझलाहट का कारण वह स्वयं नहीं थी, इसलिए जया को ऐसी गम्भीरता से उसे लेना भी नहीं चाहिए।

"अब कहाँ गए ?" पद्मा ने फिर सुस्त पड़कर पूछा।

"सरकारी 'गेस्ट-हाउस' में ठहरेंगे शायद। मुझे तो उस वक़्त होश ही नहीं था, क्या हो रहा है। और गए होंगे भाड़ में।" शरद ने पिछला आक्रोश व्यक्त किया—"कहीं

सभापतित्व करेंगे, कहीं नींव रखेंगे, कहीं उद्घाटन करेंगे, हमें क्या करना है ?''

''आपको न करना सही, हमें तो करना है।'' पद्मा ने एकटक शरद के कुर्सी के हत्थे को देखकर कहा।

''क्यों, आपको क्या करना है ?'' दोनों चौंके।

''कल पार्टी है न, हमें तो उनके सम्मान में परफॉर्मेंस देना है।'' बड़े कष्ट से वह बोली।

''अच्छाऽऽ।'' शरद को ध्यान आ गया—''तो इसमें ऐसे सोच की क्या बात है ? आप तो ऐसी सुस्त हो गईं जैसे कोई बहुत बुरी बात होने जा रही हो। अरे, इसमें क्या है—यह तो कला का प्रदर्शन है।''

''सुस्त ?—सुस्त कहाँ ?'' पद्मा चौंककर खिसियानी-सी हँस पड़ी—''सचमुच मैं भी बड़ी बेवक़ूफ़ हूँ।'' वह झेंप गई।

विचित्र लड़की है। ज़रा-सी देर में ऐसी सुस्त होकर बैठ जाती है जैसे वर्षों से हँसना नहीं सीखा हो। थोड़ी देर चुप रहने के बाद उसने बड़े अनुरोध से कहा था—''पद्माजी, आप कहाँ क्या सीखकर आई हैं इससे हम लोग ही क्यों वंचित रह जाएँगे ?''

''वंचित क्यों ?—आप भी सुनिए, देखिए कल।'' बड़ी निरीह दृष्टि से पद्मा ने देखकर कहा।

''कल तो देखेंगे ही—और वहाँ हम ही अकेले क्यों होंगे, सभी होंगे ? कल रहे, न रहे, कौन जाने।'' और उसने समर्थन प्राप्त करने के लिए जया की ओर देखा।

और थोड़ी ही देर बाद जया और शरद, पद्मा की ओर जब उत्सुकता से गीत सुनने की प्रतीक्षा करते देख रहे थे, तब लाल-लाल बादलों के किसी कोने से लुक-छिपकर डूबते सूरज की दो-चार किरणें तिरछी होकर जंगले से आ रही थीं। आख़िरी किरणों की तेजहीन लकीरें—बढ़ते चले आते अँधेरे में बड़ी कातर उदासी बिखेर रही थीं। पश्चिम का आसमान फूल रहा था—और बादलों के हाथी-घोड़े, मन्दिर अँधेरे पर्दे के पीछे क्षितिज के नेपथ्य में खो चले थे। चिड़ियों की चूँ-चूँ शान्त पड़ रही थी और बड़ा विचित्र सीला-सीला सन्नाटा उमड़ता चला आ रहा था।

पद्मा चुप होकर धीरे-धीरे गुनगुनाती रही थी, और शरद कुर्सी के हत्थे पर दोनों पाँव लटकाकर तिरछा बैठा ध्यान से उसे देख रहा था। जया हलके-हलके निचला होंठ नोंचती हुई एकटक ऊपर छत की ओर ताकती प्रतीक्षा करती रही थी। गुनगुनाहट मुखर हुई, होंठों से स्वर फूटे—

'हे री मैं तो दरद दिवाणी, मेरा दरद न जाणें कोय'...

चलती हुई हवा ठिठक गई थी, बढ़ता हुआ अँधियारा रुक गया था, और होंठों पर उँगली रखे वातावरण स्तब्ध खड़ा सुनता रहा था।

'घायल की गति घायल जाने, की जिन लाई होय'...

साँस लेने में भय लगता था कि कहीं गीत की पीड़ा भंग न हो जाए, कहीं इतनी देर में कुछ छूट न जाए, और कहीं साँस से बिखरकर दर्द का पराग छिन्न-भिन्न न

हो उठे...

पद्मा के फड़कते नथुने, शरद की दृष्टि में पैठे चले गए। केवल एक तन-मन को भुला देनेवाली तन्द्रा की सम्मोहिनी अपना चौड़ा फन फैलाकर वातावरण में झूमती रही थी। शरद की आँखों में आँसू भर आए थे, उसका कलेजा पिघलने लगा था। अवचेतन मन में वह सोचता रहा था, कौन-सा दर्द है जो इस लड़की की आत्मा में इतना गहरा उतर गया है—इसके मन में इतना व्याप्त हो गया है कि इस खिले फूल की मुस्कान छीन ली है।

और जब पद्मा 'दरद दिवाणी' को धीरे-धीरे क्रमशः मन्दतर दुहराती हुई, चुप हो गई, तो उसे ऐसा लगा जैसे उसकी वीणा का अन्तिम सिरा घुटकर उसके रुँधे-गले की भर्राहट में खो गया है। अँधेरा उस समय काफ़ी उतर आया था और एक-दूसरे की केवल छायाकृतियाँ ही दिखाई देती थीं। गीत ख़त्म हो चुका था लेकिन सब लोग चुप बैठे थे।

पता नहीं कब तक वे लोग इसी तरह बैठे रहे। अँधेरा काफ़ी घना हो गया था।

तब पद्मा ने एक गहरी साँस लेकर उठते हुए कहा था—"अच्छा, शरदजी, जया, अब चलें। देखो, कब से बैठी हूँ। आज तो सच, पूरा दिन यहीं कटा है।" फिर बिना उत्तर की प्रतीक्षा किए वह उठ खड़ी हुई थी।

"चलिए, जीजी, आपको मैं वहाँ तक छोड़ आऊँ।" जया भी चौंककर उठी।

"नहीं, रहने दो ना, तुम बैठो।"

"नहीं—बात क्या है इसमें।" और वह भी साथ ही चल दी थी।

"अच्छा, शरदजी, कोई ऐसी-वैसी बात हो तो माफ़ कीजिए।" द्वार पर ठिठककर पद्मा ने कहा, और दोनों अँधेरे में खो गईं।

"कैसी बात कर रही हैं, पद्माजी ?" शरद ने वैसे ही कहा।

पद्मा का स्वर बाहर सुनाई दिया। वह जया से कह रही थी—"सलाई और ऊन सुबह ले जाऊँगी।"

वह यों ही अँधेरे में बैठा सोचता रहा—या कहो, शून्य, विचार-शून्य-सा बैठा रहा। पाँव उसके अब भी कुर्सी के हत्थे पर लटके थे—पद्मा बेचारी बड़ी दुखी है। अब उसकी समझ में पद्मा की उपेक्षा, उदासीनता और मौन मनोविज्ञान आ रहा था। काश !—वह—पद्मा उसे बहुत शुरू से पसन्द है, लेकिन हमेशा उसे देखकर ऐसा लगता रहा है जैसे वह कोई ऊँचा फूल हो—जिसे लेने की कोशिश बेकार हो और जिस तक हाथ पहुँचाना एक स्वप्न हो, दुस्साहस हो। वह हमेशा इतनी चुप आत्मलीन और 'रिज़र्व'-सी रही है कि इस तरह की कोई बात सोचने में मन स्वयं ही धिक्कार उठता है। कुछ बोलने की कभी हिम्मत ही जैसे न पड़ती हो। लेकिन ईमानदारी की बात तो यह है कि उसके मन में जमी बैठी उदासी को जादू के मन्त्र से उड़ा देने की, उसके पास भी तो कोई तरकीब नहीं है। मान लो पद्मा तब भी इतनी ही दुखी रहती तो ?—जया बहुत जल्दी ही उससे ऐसी घुल-मिल गई है जैसे वर्षों साथ रहीं हो। बुरी तो जया भी नहीं है। न सही उतनी

सुन्दर, लेकिन जया में जो एक तेज है, एक साहसपूर्ण प्रखरता है, वह अपने सम्पर्क से वास्तव में बड़ा बल देती है। बेचारी ने कम त्याग किया है ?—घर-बार सब छोड़कर चली आई है। जैसे कभी कहीं रही ही न हो और केवल मेरे साथ रहना ही उसके जीवन का चरम उद्देश्य हो। अब कह सकता है कोई कि वह कहीं और भी रही है ? मुझे भी इतना ज़रा-ज़रा-सी बात में भड़कना नहीं चाहिए। इसमें उसका क्या क़सूर है ? मेरा तो ख़ैर कुछ नहीं है—ज़रा बेशर्म हुए और सारी दुनिया को जूते की नोंक उड़ा दिया—लेकिन एक लड़की के लिए इससे ज़्यादा बदनामी और क्या होगी ? "भाग गई'—भाग गई !'—वह जया के प्रति सहानुभूति से विभोर हो आया था—

"दादा—आपसे ज़रा-सी बत्ती नहीं जलाई गई, अँधेरे में बैठे हैं ?" आते ही जया अनुमान से स्विच की ओर बढ़ी।

"जया !" तन्द्रा से चौंककर शरद ने प्यार भरे स्वर में कहा—"यों ही रहने दो न। पहुँचा आई ?" घुटनों के नीचे के पाँव सुन्न हो आए थे—वह सीधा बैठ गया।

"हाँऽऽ, बाहर हवा बड़ी ठंडी है, अँधेरा भी तो देखो कितना घना है न।"

शरद ने खिड़की से बाहर झाँका, बैठे-बैठे ही। क्वार्टर से थोड़ी दूर सीमेंट के लट्ठे पर लगा ग्लोब कोहरे के वृत्त में जैसे मुँह झुकाए चुपचाप खड़ा था। बड़ी हलकी रोशनी की एक छाया-सी खिड़की के बाहर आकर ही समाप्त हो गई थी। काले तख़्ते पर चौक के बिन्दुओं जैसे रोशनी के धब्बे इधर-उधर कहीं-कहीं पत्तियों की गोदी में दिखाई दे रहे थे।

"जया"

"जी"

जया धीरे से आकर कुर्सी के हत्थे पर पीछे टेक का आधार लेकर बैठ गई—शरद के कन्धे पर जैसे प्यार का बादल लद आया। उसने पीछे—जया के वक्ष पर सिर टिका लिया। एक मांसल दबाव से उसकी गर्दन का पिछला भाग सजीव-सचेत हो आया। जया ने दोनों हाथ उसके सिर पर रख दिए और धीरे-धीरे माथे पर फिराती रही। जब उसकी कोमल गुदगुदी हथेली और उँगलियाँ माथे पर छूती हुई बालों को पीछे करतीं तो बालों की जड़ों में महसूस होनेवाला हलका खिंचाव—बड़ी दूर तक दिल की गहराइयों में तैरता चला जाता।

"तू मुझे दादा क्यों कहती है ?...ऐं !"

"फिर क्या कहूँ ?" नाक के स्वर में उसने कहा, और अपना गाल उसके सिर पर टिका लिया।

"जानती है दादा माने 'बड़े भैया' है !"

"जो भी हो, मुझ से नहीं कहा जाता कुछ और !" फिर कुछ देर चुप रहकर—"मेरे लिए तो एक सम्बोधन है—मतलब चाहे जो हो !"

"हाँ—यह बात भी ठीक है," शरद ने कहा, रुक-रुककर धीरे-धीरे—"तुम दादा नहीं कहती तो हमें और तुम्हें मिलने ही कौन देता ? सचमुच हमारे समाज में यह स्थिति

कहाँ आई है कि हम लोग साहसपूर्वक कह सकें; हमारा-तुम्हारा सम्बन्ध मित्रता का है, भाई-बहन का नहीं। प्रकृति लेकिन थोड़े ही रुक जाएगी ? वह धीरे-धीरे उन शब्दों को बेकार कर देती है जो उसकी स्वाभाविक गति और प्रवाह को रोकते हैं। देखो, एक हिन्दुस्तानी मध्यवर्गीय-परिवार में बाहरी पुरुष के कितने गिने-चुने रास्ते हैं, भाई-बहन बन गए, मास्टर-शिष्या बन गए, देवर-भाभी या फिर जीजा-साली—कोई और रास्ता ही नहीं है। आख़िर प्रकृति को भी तो इन्हीं में अपना रास्ता खोजना है और शब्द पके फल के छिलके की तरह व्यर्थ हो जाते हैं...''

''कोई और बात कीजिए न, क्या लेकर बैठ गए हैं ?'' हाथ वैसे ही माथे को सहलाता रहा।

''क्या बात करें।'' शरद ने हलकी साँस लेकर कहा—''मन नहीं करता। आज बहुत थक गया हूँ। तुम्हारा हाथ बड़ा अच्छा लग रहा है। सचमुच तू अगर थोड़ी बेवक़ूफ़ न होती तो बड़ी अच्छी थी।'' उसने दोनों हाथ पीछे उठा, जया के गले में मंडलाकार डाल लिए।

और एक विभोर-आलस्य में खोए दोनों बड़ी देर तक यों ही बैठे रहे।

फिर जैसे कहीं बड़ी दूर से बोल रही हो, इस तरह जया ने कहा—''पद्मा जीजी, बिचारी बड़ी दुखी हैं।''

शरद कुछ नहीं बोला। कुछ देर बाद पूछा—''कुछ कह रही थी क्या ?''

''कहतीं क्या !'' उसने एक गहरी साँस ली।

''भावुक भी तो है बहुत।'' शरद ने कहा—''फिर अपनी माँ की हरकतें देखकर करे क्या''...एक गहरी साँस लेकर—''पढ़ी-लिखी, सुन्दर, कलामयी और किस तरह बिचारी की ज़िन्दगी ख़राब हुई जा रही है।''

''मायादेवी भी तो गज़ब करती हैं—पता है वह मन-ही-मन क्या चाहती हैं ? फिर कुछ रुककर उसने स्वयं जवाब दिया—''वे चाहती हैं, पद्मा सत्य बाबू, को फाँसे।''

''अच्छा !'' शरद को विस्मय हुआ—''तुमसे कह रही होंगी ? लेकिन नहीं, पद्मा ऐसी नहीं है...।''

''और पद्मा जीजी चाहती हैं, एक उनके मौसी के या दूर की चाची के लड़के हैं—उन्हें। बहुत दिनों से चाहती हैं...'' जया कहे जा रही थी।

''करता क्या है ?''

''पी.एच-डी. हैं शायद, कहीं प्रोफ़ेसर हैं।''

''अच्छा ! तूने तो दो ही दिन में सब खोद-खादकर निकाल लिया।'' प्रशंसा से शरद ने कहा, फिर पूछा—''वह चाहता है ?''

''बहोत ?'' उसने कहा—''मैंने तो एक-एक पत्र पढ़ा था, सच, मेरी आँखों से तो आँसू निकल आए...।''

''तो फिर दिक़्क़त क्या है ?'' शरद बोला—''क्यों गला रही है अपने आपको ?''

''पता नहीं...कुछ रिश्ते का भी चक्कर है, और कुछ और बातें हैं। वो ख़ुद तो

जाने क्या-क्या बता रही थीं...''

''क्या ?''

''असल में उन्हें कुछ इस तरह का विश्वास हो गया है कि उनके आस-पास दुर्भाग्य का एक घेरा रहता है। जो भी कोई उनके सम्पर्क में आता है, उसे वह ग्रस लेता है। कुछ अजीब-अजीब धारणाएँ उन्हें अपने बारे में हो गई हैं। कहती हैं कि 'मैं उन्हें चाहती हूँ और ज़िन्दगी-भर यों ही चाहती चली जाऊँगी। हमारा यह आत्मा-आत्मा का प्यार; शरीर और भौतिकता की अपेक्षा क्यों करे ?' वह उसे अपने अस्तित्व की गहराई से प्यार करती हैं कि उनकी क्षेम-कामना अपने दुर्भाग्यपूर्ण मंडल से उन्हें दूर ही रखना चाहती हैं—कुछ विचित्र-विचित्र बातें हैं। अपनी समझ में तो आई नहीं।''

''मुझे भी कुछ झमेला ही लगा...''

''और सच बात तो मेरी समझ में यह आई कि...'' वह चुप हो गई।

''कि क्या ?'' थोड़ी देर राह देखकर शरद ने पूछा।

''...कि सभी अपनी तरह बेशर्म थोड़े ही हैं।'' अँधेरे में जया के मुस्कराते गालों को शरद ने अपने बालों पर महसूस किया।

''बेशर्म !'' शरद धीरे से हँसा और चुप हो गया। कुछ क्षण बाद बोला—''जया, पता नहीं तुम्हें लगता है या नहीं, मुझे तो ऐसा लगता है कि सूरजजी की तरह इसे भी हम लोगों ने ही बहुत परटर्ब कर दिया है...''

शरद रुका कि जया कुछ कहे—इसके समर्थन में या विरोध में। लेकिन जया ने कुछ नहीं कहा, तो वह बोला—''लोग घुटते हैं, गलते हैं, छटपटाते हैं लेकिन ज़रा-सी हिम्मत नहीं कर पाते ! अपनी निष्क्रियता और कमज़ोरी को तरह-तरह का नाम देते हैं; अलग-अलग रूपों में व्यक्त करते हैं और आख़िरकार उस पर अध्यात्म की चिप्पी लगाकार सन्तोष की साँस ले लेते हैं। ये दुनिया-भर की मनोवैज्ञानिक विकृतियाँ, ये सारे निराशावादी-दर्शन—सब बस ज़रा-सी कायरता और कमज़ोरी को 'सब्लाइम' करने, सुन्दर बनाकर प्रस्तुत करने के तरीक़े हैं—और जब हम जैसा बेशर्म कुछ साहस का काम कर डालता है तो वे चकित होकर आँखें फाड़-फाड़ देखते हैं, लांछित करते हैं; लेकिन खुद परटर्ब हो जाते हैं। क्योंकि सपने, जिनकी गर्दन मरोड़-मरोड़कर उन्होंने अवचेतन की कोठरियों में फेंक दिया था, भावनाएँ और अकांक्षाएँ निराशा और आत्म-दमन की धूल डाल-डालकर जिन्हें दफ़न कर दिया था—वही सब सपने फिर सिर निकाल-निकालकर झाँकने लगते हैं—उनकी सुन्न पड़ी हुई मस्तिष्क की शिराओं में रेंगने लगते हैं, और फिर उनकी पिछली कायरता पश्चात्ताप की लपट बनकर उन्हें भूनने लगती है तब उस दर्द और असमर्थता को वे गालियों में छिपाते हैं—जो स्वयं नहीं कर पाए उन्हें दूसरों को करता देखकर गाली देते हैं—और स्वयं शहीद बनने का ढोंग करते हैं।'' जया अपने परिहास को रोक नहीं सकी। हँसकर बोली—''तो यों कहिए, हम लोग मसीहा बनकर आए हैं।''—लेकिन तभी उसे कपिल की पत्नी तथा इसी तरह के और लोगों की निगाहें ध्यान हो आईं। वह सुस्त हो गई।

"अब जो समझो।"

मौन...एक प्रिय मौन...थकावट के बाद एक संजीवन-मौन...

"पद्मा बेचारी शुरू से ही उपेक्षित रही है न, उसे कभी निश्छल-स्नेह नहीं मिला--जो भी ज़रा सहानुभूति दिखा देता है, वहीं उसकी आँखें छलछला आती हैं...।" शरद पद्मा के बारे में सोच ही रहा था।

"तुम्हें बहुत अच्छी लगती हैं ?"

शरद ने बहुत ध्यान से सुना, उस स्वर में कोई व्यंग्य नहीं था—एक हलकी सहानुभूति में हर अक्षर डूबा हुआ था। उसने कहा—"मुझे उससे बड़ी संवेदना है। लेकिन तू यह क्यों पूछ रही है ?"

"कुछ नहीं...यों ही..."

और फिर एक चुप्पी। शरद उसकी गर्दन के बालों पर धीरे-धीरे थपथपाता रहा। उस दिन का जया का बर्राना याद आ गया।

"तुझे याद नहीं आती...घर की ?"

"उँह, छोड़ो।" जया ने एक जँभाई ली, फिर बोली—"पैसे नहीं लिए ?"

पैसे की बात से शरद को कार की पूरी बातें पुनः याद हो आईं।

"पैसे ? हाँ पैसे की बात मैंने कही थी, लेकिन कल तक वे बहुत अधिक परेशान हैं। मैं भी सोचता हूँ यह मिनिस्टर-विनिस्टर का झंझट समाप्त हो जाने दूँ, तो खुलकर सारी बातें तय कर डालूँ। ऐसा लगता है अगर हमने सारी बातें तय नहीं कीं तो बड़ा धोखा हो जाएगा—।" बोलते-बोलते शरद के दिमाग़ में अस्पताल का चित्र सजीव होकर कौंध गया—"जया, आज मैंने बड़ा भंयकर दृश्य देखा, उफ़ ! अब भी दिल काँप जाता है ! तुमने कभी गोली खाया आदमी देखा है—?"

"हाँ, एक दफ़ा। एक डाकू लाया गया था। हमारे यहाँ स्टेशन पर, रात-भर लाश रही, तब हम सब लोग बहुत छोटे थे, रात-भर डर लगा था—"

बात काटकर शरद बीच में ही बताने लगा—"मैंने तो आज तीन लाशें देखीं, बेहोश होते-होते बच गया। और वहाँ एक कोई और था जिसने लाशों से कपड़ा उठा दिया—उफ़, कैसी कड़क थी आवाज़ में। जब हज़ारों लोगों की आवाज़ समो कर आदमी बोलता है तो कैसी भाले-सी नुकीली और फ़ौलाद-सी ठोस आवाज़ हो जाती है लेकिन यह कमबख़्त बड़ा क्रूर है—"

"कौन ?"

"यही देशबन्धु, बड़ा चालाक है। बातें बनाकर वहाँ से चला आया और फिर ऐसे बातें करने लगा जैसे कुछ हुआ ही न हो—मेरी आँखों में तो अभी तक वह दृश्य नाच रहा है। ये लोग बड़े निर्दयी मालूम होते हैं—"

शरद का वाक्य पूरा भी नहीं हुआ था कि बाहर से आवाज़ आई—"भैयाजी ! भैयाजी !"

शरद ने पहचाना केशव की आवाज़ थी। वह बड़ा घबराया-सा लगता था। जया

छिटककर अलग खड़ी हो गई और शरद सीधा बैठ गया।

"क्यों, केशव ?—क्या बात है।" वह बाहर की ओर चला। किवाड़ अभी तक खुले थे। जया पता नहीं क्यों किवाड़ की आड़ में खड़ी हो गई। शरद ने बिजली जला दी।

"भैयाजी—सूरजजी कहाँ हैं ?"

"सूरजजी ?—सूरजजी का हमें क्या पता ?" वह स्वयं भी घबरा गया—"कल रात से ही पता नहीं है।"

"कब आएँगे—कुछ पता है ?" उसने सूरजजी के कमरे के ताले को देखते हुए कहा।

"मैं कैसे बता सकता हूँ ? आख़िर बात क्या है, कुछ मालूम तो हो।"

"एक ऑर्डर है।" केशव ने हिन्दी में टाइप की हुई एक चिट जेब से निकालकर शरद की ओर बढ़ाते हुए कहा—"यह उन्हें अभी मिलना है, वैसे तो डाल भी जाता।"

काँपते उत्सुक हाथों से लेकर शरद ने पढ़ा—"आपकी सेवाओं की 'बिगुल' को अब आवश्यकता नहीं है। कृपया सुबह सात बजे से पहले 'क्वार्टर' ख़ाली कर दें।" नीचे हस्ताक्षर—'देशबन्धु।'

शरद के पाँवों के नीचे से धरती खिसक गई। ऑर्डर सूरजजी के लिए था। उसके मुँह से निकल पड़ा—"क्यों ? क्या बात हो गई ?"

"हमें तो पता नहीं है, भैयाजी ? अख़बार में उन्होंने उल्टा-सीधा छाप दिया सुनते हैं, मिल के बारे में।"

"अच्छा !" शरद ने जैसे सब समझकर भरे से स्वर में कहा, और चिट लौटाने को बढ़ा दी। परसों सूरजजी का उन्मत्त-रूप, दिन-भर की अनुपस्थिति, सब जैसे उसके सामने स्पष्ट हो उठी।

"फिर ?" केशव ने बड़ी गहरी दृष्टि से भीतर—शायद जया को खोजनेवाली दृष्टि से देखते हुए पूछा।

"फिर क्या, जो समझो सो करो।" बड़ी मुश्किल से स्वर निकला।

"बड़ी मुश्किल है। उनके मिलने का भी तो कुछ ठीक नहीं है।"

बिना विशेष सुने ही शरद मुड़ गया और उसने हाथ से चौखट पकड़ ली। उसकी आँखों में अन्धकार हहर रहा था...

बातें ! बातें ! बातें...

दिन सातवाँ। समय–सन्ध्या के लगभग साढ़े चार।
स्थान–'स्वदेश महल' के ऊपर की मंज़िल का लाउंज़।

तारों में लटकते छोटे-छोटे ख़ूबसूरत गमलों के पास बाहर पीतल की रेलिंग से टिका शरद अपने क्वार्टरों को देख रहा था, जो ज़रा तिरछे पड़ते थे। पीछे ख़ूब चौड़ा लाउंज़, लाल चिकना, चमकदार, साफ़-सुथरा फ़र्श, उस पर एक ओर पड़ी-बेंत की पीली-पीली चार सुन्दर कुर्सियाँ—बीच में बेंत की ही मेज़। कुर्सियों और मेज़ पर सुन्दर कढ़ावदार गद्दियाँ और मेज़पोश। कुर्सियों के पीछे—जिधर यह लाउंज़ भी घूमकर पीछे की ओर गया था—एक चमकदार पॉलिश किए हुए तख़्ते और जंज़ीरोंवाला झूला हवा में हिलता हुआ। लाउंज़ में खुलनेवाले इस कमरे के तीन दरवाज़ों में से सिर्फ़ एक इस समय खुला।

कुछ देर झूले पर बैठकर वहाँ पड़े हुए पत्रों—कॉलियर्स, ईव्ज़-वीकली और 'सरिता'—के चित्रों में बनी स्त्रियों के कानों में कुंडल, माथे पर किसी के गोल, किसी के लम्बा टीका, और किसी के भौंहें और मूँछें बनाकर वह वहाँ आ खड़ा हुआ था—और गले में पड़े कैमरे का 'केस' खोलकर, छाती के ज़रा नीचे साधकर इधर-उधर मुड़कर अपने क्वार्टरों को फ़ोकस में लेने की कोशिश कर रहा था। तस्वीर खींचने का क़तई इरादा नहीं था, इसलिए कभी आँख से लगाकर व्यू-फ़ाइंडर से फ़ोकस करता, कभी—स्क्रीन पर झुककर देखने में उलटी दिखाई देती, कटी-छँटी हरी-हरी क़तारें, रविशें, क्यारियाँ और क्वार्टर इत्यादि बड़े सुन्दर दिखाई देते थे। उसके कन्धे पर बड़ा सुन्दर छोटा-सा थैला लटका था और उसमें पड़े फ़्लैश-बल्बों के दो डिब्बे अटैचमेंट फ़िल्टर और फ़्लैशहोल्डर का रिफ़्लैक्टर साफ़ दिखाई दे रहे थे।

उसने कैमरा आँख से लगाया ही था कि पीछे से आवाज़ आई, "प्रेस-फ़ोटोग्राफ़र साहब को नमस्कार।"

शरद चौंककर यों ही पीछे मुड़ गया। पद्मा बड़े नाटकीय-अन्दाज़ से दोनों हाथ जोड़कर ज़रा आगे को झुकी नमस्कार कर रही थी। 'क्लिक' की आवाज़ हुई और शरद ने भी कुशल फ़ोटोग्राफ़र की तरह झटके से कैमरा आँखों के आगे से हटाकर सलाम मारा—"थैंक् यू !"

दोनों ज़ोर से खिलखिलाकर हँस पड़े। पद्मा भौं तरेरकर बोली—"यह क्या किया आपने ?"

"वैल बिगन इज़ हाफ़ डन !" शरद बोला—"आज नेता भैया ने पूछा 'फ़ोटो खींचनी आती है ?' मैंने कहा, 'हाँ, दोस्तों के कैमरे इस्तेमाल किए ही हैं' तो उन्होंने अपने यह कैमरे दे दिए। लाइका और रॉलीफ़्लैक्स हैं। उनका कहना यह है कि कुछ अच्छे अवसरों पर मन्त्रीजी के फ़ोटो ले लेना। अच्छे अवसरों से उनका मतलब शायद था, जब वे भी साथ हों, लेकिन मैंने सोचा किसी अच्छी चीज़ से ही शुरू किया जाए। इसीलिए उधर देख रहा था कि क्वार्टर से जया निकलेगी तो..."

"होश से बात करें, शरदजी।" बनावटी क्रोध से माथे पर दो बल डालकर वह बोली—"यानी कि जया और मैं आपकी निगाह में बराबर ही हैं !" शरद ने देखा, बल डालने पर उसके माथे पर क्रॉस जैसा चिह्न बन जाता था।

शरद थोड़ा सकपकाने को हुआ, फिर उसके मुँह की ओर देखकर धृष्टता से हँसकर बोला—"न सही मेरे लिए बराबर, कैमरे के लिए तो बराबर ही हैं।"

पद्मा ने एक क्षण को अपनी कंजी-आँखें शरद के मुँह पर गड़ा दीं और फिर हँस पड़ी—"दुष्ट !"

सफ़ेद दूधिया जॉर्जेट की साड़ी, सफ़ेद ब्लाउज़ जिसकी चुस्त बाँहों पर केवल एक-एक एम्ब्रॉइडरी 'मिरर' लगाकर पतली रेखाओं में सीधा-साधा एक ही बूटा कढ़ा था—सिर के पीछे सफ़ेद मोतिए के फूलों का बड़ा चौड़ा-सा जूड़ा—जो उसके सिर के चारों तरफ़ ज्योतिर्मंडल की फूटती किरणों-सा खिल रहा था। दो बड़ी घनी मालाएँ उसने अपनी कलाइयों में लपेट ली थीं।—शरद को ऐसा लगा जैसे आकाश से गिरती गंगा की श्वेत-शुभ्र धार में कुन्दन-सा चाँद का प्रतिबिम्ब चमक रहा हो। उसकी पलकें कई बार चौंधिया कर झपकीं। जया में इतनी 'रिफ़ाइंड' सुरुचि नहीं है। उसने हँसकर कहा—"ख़ैर, वह तो कोई नई विशेषता नहीं है।" वह पद्मा की इस बात से पुलक उठा था। कुछ देर डूबा रहा; लेकिन फिर सहसा सचेत होकर कहा—"तो कहने मैं आपसे यह आया था कि नेता भैया का फ़ोन आया है ! अभी वे लोग चलनेवाले हैं। आपकी सिखाई हुई लड़कियाँ 'राष्ट्रीय-गान' गाएँगी—वे तैयार हैं न...?"

"तैयार हैं या नहीं इससे मुझे क्या मतलब ?" पद्मा इस अयाचित और अप्रत्याशित नीरस बात से भौं तानकर बोली—"मुझे तो सिर्फ़ उन्हें गाने का ढंग बता देना था। अब उनकी 'टीचर' जाने या प्रिंसिपल।"

"जी नहीं मादाम, राष्ट्रीय-गान ठीक से हो इसकी पूरी ज़िम्मेदारी आपकी ही है।" शरद ने उसकी झुँझलाहट का आनन्द लेकर ऐसे अदब से कहा जैसे या तो वह नूरजहाँ या क्लियोपेट्रा के सामने बोल रहा हो।...

"भाड़ में जाए राष्ट्रीय-गान, मैं तो सच शरदजी, कल यहाँ से भागती हूँ। अच्छी इल्लत लगी जान को ! अब दो रिहर्सल तो ले लिए, मैं खुद तो स्टेज पर खड़ी होकर बेंत लेकर कसरत करने से रही कि यहाँ उतार है, यहाँ चढ़ाव है। आख़िर म्यूज़िक-टीचर किस मर्ज़ की दवा है ?" पद्मा उफनते क्रोध से रुआँसी हो आई।

"यह सब छोड़िए—चलिए अब। आप उस समय रहेंगी तो आँखों का इशारा भी

काम देगा। हाँ, सुना यही है कि म्यूज़िक-टीचर नेता भैया के स्कूल की दवा नहीं, बल्कि ख़ुद मर्ज़ हैं।" शरद ने उसे ख़ुश करने को कहा।

पद्मा ने गुस्से में गरदन झटक कर होंठ सिकोड़े, "सुबह से जान निकल गई। तमाम बदन थककर चूर-चूर हो गया है। ख़ुद नाचो-गाओ, फिर ऊपर से यह।" उसकी आँखें छलछला आईं—"मैं तो यहाँ आकर पछताई।"

"आप तो हर चीज़ को बड़ी विचित्र लाइट में लेने लगी हैं पद्माजी, कभी-कभी ऐसा हो ही जाता है। इसमें नेता भैया का उद्देश्य आपसे बेगार कराना थोड़े ही है। वे तो गर्व से लोगों को बताते हैं, 'देखो हमारी पद्मा बेटी कितनी होशियार है'।" ख़ुशामद से वह बोला।

"यह तारीफ़ उन्हें ही मुबारक रहे। जब मैं नहीं थी तब भी तो यह सब होता ही था न। ऐसा ही है तो मुझे पिंजरे में बन्द करके टिकट लगा दें। सच, इन बेकार की बातों से बड़ा गुस्सा आ जाता है।"

"यह गुस्सा आज और बाँधकर रखिए। कल फिर हम और आप इकट्ठे ही बातें करेंगे उनसे। आइए चलें, देर हो रही है।"

"सचमुच, उधर अगर वे लोग आ रहे हों तब तो चलें—नहीं तो थोड़ी देर यहीं बैठ जाएँ। उधर तो तबीयत बड़ी उकताती है—दुनिया-भर की भागदौड़, चिल्लपों, चीख़-पुकार। जैसे कहीं या तो चढ़ाई हो रही हो या किसी की बारात आ रही हो। न हुए मिनिस्टर-साहब, कोई आफ़त हो गई ! मुझे तो अच्छा भी नहीं लगा—सूखा-सा मुँह, धुँधले चश्मे के पीछे से झाँकती घुग्घू-सी आँखें। सुबह परिचय हुआ था।" पद्मा ने कन्धे पर पड़े पल्ले की सलवटें निकालते हुए कहा, फिर जैसे ख़ुद ही बोली—"पता नहीं फ़ोटो कैसा आया होगा—यों ही बिना कहे-सुने ले लिया। मुझे क्या पता था आपके हाथ में कैमरा है। नहीं जी, हमारी फ़ोटो लौटा दें।...

"वह तो फ़ोटो बन जाने के बाद की बात है।" फिर पहली बात के जवाब में दोनों हाथ पहलवानों की तरह छाती पर बाँध पर रेलिंग से टिककर वह बोला—"तो आपको न तो हमारे मिनिस्टर साहब पसन्द आए, न यह पार्टी ?" फिर उसने अपने होंठ कस लिए।

"पार्टी का कुछ सिर-पैर ही समझ में नही आ रहा। बस मिनिस्टर साहब आ रहे हैं, इसलिए सौ-दो-सौ आदमियों को बुलाकर चाय पिला दी जाए ! इसमें तो कुछ तुक नहीं लगती।" उसने पंजों की उँगलियाँ एक-दूसरे में फँसाकर हाथ सामने लटका लिए।

शरद ने एक गहरी साँस ली और बाँहों में बँधी उसकी छाती एक बार उठी और बैठ गई। गम्भीर स्वर में बोला—"आप नहीं समझ सकतीं, इसमें बहुत बड़ी तुक है। इस चाय में पाँच आदमियों की मौत का ख़ून धुलेगा, इस चाय में औरतों और बच्चों के सिसकते आँसू धुलेंगे, इस चाय में 'बिगुल' की क्रान्तिकारी परम्परा धुलेगी—सूरजजी की जवानी के सपने धुलेंगे। मन्त्रीजी जो आज कहीं शिलान्यास कर रहे हैं—कहीं उद्घाट्न, कहीं उनका अभिनन्दन हो रहा है, कहीं यह पार्टी हो रही है—इस सबका कोई

अर्थ ही नहीं आपको दिखाई देता ?"

पद्मा सुदूर क्षितिज में देखती रही और यों ही अपलक देखते हुए बोली—"यह सब बातें देख-देखकर कभी तो ऐसा लगने लगता है, यह दुनिया हम जैसों के रहने लायक नहीं है। आह ! कल्पना का यह सुन्दर-जगत मधुर कितना होता है।"

"बहुत घिसी-पिटी बातें हैं पद्माजी—'कनफ़्यूशस से लेकर शंकर तक सब अपने-अपने ढंग से यही बातें कहते रहे हैं। चूँकि यह दुनिया पाप, झूठ, मक्कारी और फ़रेब से भरी है—इसलिए इससे आँख मूँदकर ब्रह्म में लीन हो जाओ, मोक्ष प्राप्त कर लो। इसलिए तो मार्क्स ने बड़े गर्व से कहा था कि 'अभी तक तो दार्शनिकों ने केवल जगत् की व्याख्या में ही सारी शक्ति लगाई कि दुनिया ऐसी है वैसी है, हमारा यह दर्शन दुनिया को बदलने की दिशा में पहला प्रयत्न है।" प्रतिध्वनित आत्म-विश्वास से उसका मुख दीप्त हो उठा, लेकिन तभी उसके मन में उठा—वही टिपीकल-मध्यवर्गीय-मनोवृत्ति—वही ऊँचे-ऊँचे ड्राइंग-रूम के फ़िल्मी संवाद और फिर कुछ नहीं।—जैसे कोई दियासलाई जलाकर पानी भरे गिलास में डुबा दे—उसका मन बुझ गया। उसने सचेत होकर कहा—"अच्छा चलिए, आपको आज का दिन जैसे-तैसे निकालना है, और मुझे अपनी नौकरी बजानी है।"

दोनों चुपचाप चल दिए। चौड़ा लाउंज़ जहाँ मोड़ लेता था—वहीं आगे चलकर एक कटघरा लगा था और नीचे सीढ़ियाँ चली गई थीं। सीढ़ियाँ काफ़ी चौड़ी थीं और बीच में जाकर एक मोड़ लेती थीं। एक-एक क़दम उतरते हुए शरद ने कहा—"बचपन में एक कहानी पढ़ी थी, फूलों की राजकुमारी...।"

पद्मा का नीचे की सीढ़ी पर पड़ता क़दम ठिठककर रुक गया, उसने गर्दन मोड़कर शरद की ओर देखा और उसे ऐसा लगा जैसे वह दृष्टि उसके दिल की तहों को बेधती चली गई। उस दृष्टि में बड़ी आर्द्र-करुणा, मूक और घुटी याचना, असहाय वर्जना थी। एक बार शरद को फिर ऐसा लगा जैसे उसने पद्मा की दृष्टि नहीं, कैमरे के 'व्यू-फ़ाइंडर' में आँख लगाकर बरसते पानी में सहम-ठिठुर कर एक डाल पर बैठा आठ-दस चिड़ियों का झुंड देख लिया है। वह निगाह और होंठों के कोनों पर तड़पती घायल मुस्कान ! एक-एक सीढ़ी उतरता हुआ पद्मा की पीठ से उसकी पिंडलियों तक झूमते पल्ले को देखकर वह सोच रहा था—काश ! वह मध्य-युग में हुआ होता, और पद्मा किसी देश की राजकुमारी होती तो उसके पीछे फैले भारी-भरकम वस्त्र को उठाकर चलनेवालों में से एक शायद वह भी होता—जैसे स्कॉट का वॉल्टर रेले चलता था। लेकिन उस दृष्टि ने जैसे सब कुछ 'भक्' से उड़ा दिया। उसने चुप होकर सिर झुका लिया। दोनों सीढ़ियाँ उतरते रहे।

नीचे बिलकुल ऊपर की तरह बरामदे में यह सीढ़ियाँ समाप्त होती थीं। अन्तिम सीढ़ी पर पाँव रखते हुए पद्मा ने इस तरह हँसकर कहा जैसे कोई बात ही न हो। "हाँ, आपने बात पूरी नहीं की बचपन की कहानीवाली—कहानी का पूरा नाम था 'फूलों की राजकुमारी और भयंकर राक्षस'।" दोनों ख़ूब ज़ोर से खिलखिलाकर हँस पड़े। एकदम

बात बदलकर पद्मा फिर बोली—"आज कितनी फ़ोटो खींच डालीं ?"

"मैंने ? बस अभी फ़िल्म लगाई ही है समझिए। सुबह से तो घनचक्कर की तरह घूम रहे थे और रिपोर्ट ले रहे थे। सुबह उठकर ही नेता भैया के लिए भाषण लिखा और फिर जीप में इधर-उधर घूमे। अब कैमरे गले पड़ गए। आप तो एक डांस भी देंगी शायद ?" उसके मुख को देखकर शरद ने पूछा—"दिन-भर रिहर्सल किया होगा।"

फिर थकान चेहरे पर और उभर आई—"थकी नहीं दिखाई देती ? पता नहीं क्यों, शरदजी भीड़ से मेरी तबीयत बहुत ही उखड़ती है। झूले पर लाउंज़ में पड़ जाना और अधमुँदी-आँखो सें आसमान की तरफ़ देखते जाना—देखते जाना !—मुझे इसमें बड़ा ही अच्छा लगता है। कोई बोले नहीं—कोई डिस्टर्ब न करे..."

चलते हुए एक मोड़ जैसे ही लिया शरद की निगाह काले चश्मे की कमानी, कान को ढँकते हुए बालों की पट्टी और वहाँ झूलते हुए इयरिंग पर पड़ी तो वह चुप हो गया।

वातावरण में गूँजते हॉर्न, बजरी पर सरसराते पहिए, इधर-से-इधर सपाट से गुज़रती जीपें, कारें और क़िस्मत की लकीरों की तरह आड़ी-तिरछी छापें...

स्वदेश महल में बाहर-भीतर जिधर देखो कारें ही कारें दिखाई देती थीं, नई, पुरानी, हरी-नीली, आसमानी-चाकलेटी, लम्बी चमचमाती कारें चींटियों की क़तार की तरह एक-दूसरे की पूँछ से मुँह मिलाए। जिनमें किसी में ड्राइवर पड़े सो रहे थे और किसी-किसी के बाहर मडगार्ड से टिके ठोड़ी सहलाते इस लम्बी-चौड़ी शानदार बिल्डिंग, हरे-पीले और सफ़ेद झंडे की लहराहट—ऊँचे एरियल, फिर लाउंज़ को देखते, देशबन्धुजी को गालियाँ देते और ईर्ष्या करते दार्शनिक मुद्रा में कुछ सोच रहे थे। एकाध जगह दो-तीन इकट्ठे मिलकर घास पर उकड़ूँ बैठे, बीड़ी के गुल को अनामिका से झाड़ते, नाक से धुँआ निकालते, कनखियों से इधर-उधर ताकते इस विषय पर क्षोभ प्रकट कर रहे थे कि उनकी कोई पूछ नहीं हो रही है। जब मिल का कोई नौकर या 'स्वदेश महल' का कोई कर्मचारी खद्दर की सफ़ेद साफ़ धुली वर्दी में किसी बड़े होटल के बैरे के-से अन्दाज़ से आस-पास से गुज़रता तो या तो उसकी इस अकड़ पर वह कोई भारी-भरकम गाली सुनाते या उसको सुनाकर कोई रिमार्क...! एक ओर एक दल अपने-अपने साहब और मेम लोगों के स्वभाव का वर्णन कर रहा था कि अमुक साहब कैसा कबाड़ी और अमुक साहब कैसा शानदार है कि दस रुपए का नोट देकर यह भी नहीं पूछता कि कितना पेट्रोल डाला और कितने पैसे बचे। वह तो फ़लाने साहब की बीवी ही हैं जो सब्ज़ी तक का भाव नौकर द्वारा बाज़ार में पुछवाकर पूरा हिसाब ले लेती हैं। लेकिन इन सारी शिकवे-शिकायतों का रुख़ एकदम बदल गया जब दो दिन की दाढ़ी बढ़े हुए एक ड्राइवर महोदय ने बड़े चटख़ारे ले-लेकर यह बताना शुरू कर दिया कि कैसे उसके मालिक की, कॉलेज में पढ़नेवाली लड़की का 'इश्क़' उससे चल रहा है। फिर तो हरेक के पास अपना एक क़िस्सा था जो बाहर निकलने के लिए फड़फड़ा रहा था...

एक अधिक सचेत या अधिक ऊँचे अफ़सरों की गाड़ी के ड्राइवरों के दल का

विषय था—कैसे मिल में भूख-हड़ताल चल रही है, लाठियाँ-गोलियाँ चल रही हैं और यहाँ जश्न मनाए जा रहे हैं...

पतलून—पतलून—पतलून, पाजामें—चूड़ीदार, चौड़ी-मुहरी के, धोतियाँ ? निगाह ज़रा और ऊपर उठी, कोट-अचकन, स्वैटर, जवाहर-जाकेट, और कुर्ते पर लापरवाही से पड़ा शॉल—मिलकर सब आपस में गड़बड़ हो गए। पतलून-पाजामे और साथ में ज़नानी साड़ियाँ—फिर एक झुंड साड़ियाँ, शलवारें और टख़नों को छूते कुर्ते-सेंडिल, खुशबू, और विभिन्न-कटों के चैस्टर, एक मुखर-भनभनाहट, दबी-दबी हँसियाँ, ज़बर्दस्ती गम्भीरता के छद्म-मुँह—और एकबारगी जैसे ज़ोर-ज़ोर से गुँजते-क़हक़हे, गप्पें, परिचय के जोश-ख़रोश और सिगरेटों के छल्लेदार-धुएँ थम गए, सिर-दर्द ज़रा हलका हुआ...

जया ने पद्मा के कन्धे पर हाथ रखकर पूछा—"क्या बात है जीजी ? हमेशा मुहर्रमी-सूरत ! यह हमें पसन्द नहीं है !"

"क्या पसन्द है तुम्हें ?" लम्बे-सोफ़े के सिरे पर पद्मा कुहनी टेके अधमुँदी आँखों से नीचे देख रही थी—उसने शराबियों की तरह बोझिल पलकें उठाकर कहा। होंठों पर धूमिल-मुस्कान झलककर खो गई।

"आज तो आपका प्रोग्राम है। ऐसे 'मूड-ऑफ़' होगा तो क्या करेंगी ? खुश रहिए।" जया पद्मा की उँगली में पड़ी मिज़राब को उतारती और पहनाती रही।

"ओः मिस पुरी, आज तो आप ऐसी लग रही हैं जैसे 'ब्यूटी-कन्टैस्ट' में खड़ी हों।" मिसेज़ सिंह को छोड़कर, मि. सिंह पुरुषों में ही रुक गए थे, अतः वे इधर चली आईं। आते ही बोलीं, और खुद ही सधे-गले से हँस पड़ीं।

जया से हाथ छुड़ाकर उनके हाथ की ओर बढ़ाकर नव-वधू की तरह लजाती-सी पद्मा बोली—"कहिए मिसेज सिंह, छोड़ दिया आपको सिंह साहब ने ?"

गुलाबी क्रेप की साड़ी पर आसमानी-चैस्टर पहने रक्त की अधिकता या पाउडर के शेड से लाल पड़ी मिसेज सिंह जया और पद्मा के बीच में धँस गईं—जया को एक ओर सरकना पड़ा। हलकी-हलकी विलायती-खुशबू से वातावरण बस उठा। जया ने पास से उनकी लिपिस्टिक देखी।

"वहाँ उनका मन थोड़े ही लग रहा है आदमियों में ?" पीछे झुककर सूद मुँह से रूमाल लगाए बोलीं—असल में वह पोज़ दे रही थीं माथुर को। उन्हें विश्वास था कि बातचीत करने के बीच में, एक ओर मुँह करके सिगरेट से धुँआ छोड़ने के बहाने वह इधर ज़रूर देख लेता है—एकाध-बार निगाह टकराई भी थी। उधर देखकर बोलीं—

"देखिए न, हर बार इधर देख लेते हैं।"

"आप तो बीच में बैठी हैं न, यहाँ तक निगाहें आ कहाँ पाती हैं ?" मिसेज़ सिंह ने ज़रा गर्व अनुभव करते हुए कहा।

"काफ़ी लेट आईं आप।" पद्मा ने उनकी कुशल-क्षेम के नाते पूछा।

"क्या बताएँ मिस पुरी, सच बिलकुल निकलना नहीं हो पाता—अब भी आई तो बेबी रो रहा था।" परेशानी के लहजे में सिंह बोली।

"हाय, ठीक तो है—अकेला कैसे रहेगा इत्ता-सा, ले आतीं न। बेचारा रोएगा नहीं तो क्या करेगा ?" तुली की सहानुभूति से सिंह रुआँसी-सी हो आई, अगले सोफ़े से पीछे मुड़कर बोली—

"यहाँ तो रो-रोकर तंग कर मारता, अब भी आया को दे आई हूँ। वैसे भी यहाँ बच्चे मना थे..."

"देखो, है न ग़जब।" तुली ने गाल फुलाकर कहा—"बोलो, बच्चे कहाँ छोड़ आएँ ?"

इस प्रकार उनके बीच में आ धँसने से जया को बुरा लगा था। वह चुपचाप उधर देखने लगी थी जिधर मायादेवी, कथूरिया की पत्नी और मिल के छोटे-बड़े अधिकारियों की गहनों में लदी बनारसी बूटोंवाली महीन साड़ियों में ढँकी बहुत-सी महिलाएँ थीं। हॉल के बीच में काफ़ी चौड़ी-गैलरी छोड़कर, इधर-उधर दो-दो सोफ़ों की लाइनें थीं—सामने स्टेज का चौड़ी तीन-राष्ट्रीय-रंगों की पट्टियों का बना पर्दा लहरा रहा था—स्टेज के इधर-उधर ज़रा पीछे जाकर पर्दे तानकर 'विंग' बना लिए थे। हॉल में दोनों ओर दरवाज़ों की पंक्तियाँ थीं—जो इधर-उधर के कमरों में खुलते थे। हर दरवाज़े पर रंग-बिरंगे रेशमी पर्दे झूल रहे थे। जगह-जगह चौकोर साइज़ के ग्राउंड-ग्लास दीवार में जड़े थे और उनसे छनछनकर रोशनी आ रही थी, किन्तु हॉल में मुख्य रोशनी का आधार छत में काफ़ी बड़े आकार में जड़े काँच थे—जिनमें मर्करी ट्यूब जल रहे थे और रोशनी बड़ी भीनी-भीनी एक-सी पड़ रही थी। बाहर हवा निकालनेवाले पंखे जिस अनुपात में धुँआ बाहर निकाल रहे थे, सिगरेटें उससे कुछ अधिक ही पैदा कर रही थीं। आगे की दो पंक्तियों को छोड़कर पीछे महिलाएँ थीं। उन्होंने तीन पंक्तियाँ घेर ली थीं—फिर 'भद्र-लोक'। हर सोफ़े की पंक्ति के आगे काले काँच जड़ी पतली-पतली मेज़ें थीं—जहाँ पार्टी की चीज़ें 'सर्व' की जानेवाली थीं। मिसेज़ सिंह सामने की मेज़ पर ठाठ से कुहनी टिकाकर पद्मा के ऊपर एकाधिकार-सा जताती उधर मुड़कर—जया की ओर चैस्टर की पीठ पर उभरे अंगूरों का गुच्छा किए—उस पर लदी-सी बैठी थीं। जया अलग-सी पड़ गई और दोनों बाँहें मेज़ पर फैलाकर एक हाथ से दूसरे हाथ की चूड़ियाँ घुमाने लगी। कभी-कभी बीच में बैठी सिंह को देखती—हालाँकि उन्होंने जाल बाँधकर बालों पर नियन्त्रण किया था और उनका जूड़ा, बर्र के धड़ की तरह पीछे लटक रहा था, लेकिन पीठ पर गर्दन के पास चैस्टर गन्दगी से काला पड़ गया था। पीछे कानों के पास पाउडर पोंछा नहीं गया था। तभी मिसेज़ सिंह के पास, हाथ बढ़ाकर पद्मा ने अपनी कलाई के फूल बचाते हुए जया का कन्धा पकड़ा।

"आइए मिसेज़ सिंह, आपका परिचय कराएँ...।" पद्मा उनकी किसी बात का सिलसिला तोड़कर बोली।

कुहनी हट गई और सिंह पीछे टिक गईं। उनकी आँखों से इधर-उधर बढ़ी हुई सुरमे की लकीर को जया ने कनखियों से देखा।

"जया सिनहा, नेता भैया के नए 'पर्सनल-सेक्रेटरी' शरद कुमार की पत्नी और

आप मिसेज़ कृष्णा सिंह–"कन्ट्रैक्टर्स एंड कमीशन एजेंट्स।" पद्मा मुस्कराई।

जया ने हाथ जोड़े, जवाब में सिंह ने हाथ जोड़े ही थे कि उन्हें बीच की गैलरी के पार की लाइन में कोई दीख गया और वे चौंक गईं–"मिस पुरी, आज तो वे भी आई हैं।"

"कौन ?" पद्मा चौंकी।

"अरे वे ही–कैप्टन मलिक की साहबज़ादी, पिछली बार अर्दली के साथ निकल गई थीं न, घूमने !' व्यंग्य से सिंह एक बार उधर देखकर बताने लगीं। आँखों में हँसी तैर आई।

"क्यों ?" जया पूछ बैठी।

"अरे 'लव' हो गया और क्यों ?" हाथ मटकाकर बोलीं–"सो ख़ूब सैर-सपाटे कराके बनारस-पटना घुमाकर लौटा लाया।"

"ये लीजिए फ़िल्मस्टार आ रही है।" पीछे से मिसेज़ भल्ला ने कहा।

पीछे पुरुषों में से कई खँखारने की आवाज़ें आईं, हलके रिमार्कों की भनक हुई और एक-एक क़दम तोल-तोलकर रखती हुई शेफाली रॉय राजसी-शान में निगाहों से ही परिचितों को तोलती अपरिचितों को हिक़ारत से दरगुज़र करती, पास आ गई। आगे और पीछे दोनों ओर माँग निकली थी और आड़ी गुँथी हुई लाइन के रूप में चोटी ऊपर इस कान से उस कान तक चली गई थी, और पीछे लगभग ज़मीन छूता दुपट्टा–नीचा कुर्ता-शलवार, सफ़ेद सुनहरी काम की जूतियाँ, आँखों का काला चश्मा निहायत निश्चिन्तता से कमानी पकड़कर हाथ में लिए हुए, जैसे अपनी कोठी के लॉन पर निकल आई थी–! एक बालिश्त-भर की बुनी हुई ऊनी जाकेट केवल कुचों के उभार को स्पष्ट कर रही थी। पीछे किसी ने मुखर फ़िक़रा कसा–"हाय, यह अदा ?"

"कौन है ?" जया ने पूछा।

"फ़िल्मस्टार है, बाप यहाँ का डी.एम. है, बेटी ने सोचा शायद कलक्टरी बम्बई में भी चल जाएगी–अपने किसी क्लासफ़ैलो के साथ पाँच हज़ार कैश लेकर बम्बई चली गई–"

"फिर ?"

"फिर क्या ? बाप ने दुनिया-भर में फ़ोन खटखटाए, भाग-दौड़ की। तब जाकर पता चला। तीन महीने बाद होटल में किसी फ़ाइनेंसर को शराब पिलाकर हीरोइन बनने का वायदा लेती हुई मिली। शान देखो–एक-एक क़दम कैसे रख रही है जैसे ग़लीचे पर रख रही हो। बाप ने हाथ-पाँव जोड़े, तब तो बड़ी मुश्किल से आने को राज़ी हुई।"

"ज़रा ख़ूबसूरत होती तो न जाने क्या करती।" किसी ने कहा। मन्द-मन्द मुस्काती शेफाली रॉय बिना किसी की चिन्ता किए आगे निकल गई। तभी उसकी किसी और परिचयवाली ने बुला लिया–और जहाँ वह बैठी, कुछ इस तरह मुड़कर बैठी कि हॉल के अन्तिम सिरे का व्यक्ति भी उसे देख सके। उसके हर हाव-भाव से लगता था कि वह इस बात के प्रति काफ़ी सचेत है कि हॉल में हरेक की निगाह उसी पर टिकी है।

"ओ हो, मिसेज़ सिंह वहाँ बैठी हैं—भई कभी हम ग़रीबों को भी याद कर लिया करो—।" अगले सोफ़े के एक सिरे से कोई सुनहली-कमानी चहकी।

"ओऽ निगम बहनजी ! मिस पुरी मैं अभी आई।" झमककर मिसेज़ सिंह उत्साह से जया के घुटनों और मेज़ के बीच से लड़ती हुई-सी निकल गईं।

"मिसेज सिंह के नीचे तो स्प्रिंग लगी है—वे एक जगह बैठेंगी थोड़े ही, अभी उन्हें हॉल के दूसरे सिरे पर देखिए, पीछे से मिस सूद ने कहा—और माथुर की निगाह को गाल पर स्पर्श करके मुस्करा पड़ीं। वेनिटी-पर्स से छोटा-सा रूमाल निकालकर उन्होंने गालों और माथे पर फेरा।

"हुँः" पद्मा ने, इस तरह जैसे बला टली, माथे की ओर दो उँगली उठाईं—"जया बहन, तुम इधर आ जाओ, नहीं तो अभी वह फिर आ जाएगी तो सारा दिमाग़ चाट लेगी।"

जया की उदासी बड़प्पन की मुस्कराहट में बदल गई। वह उसके पास आ गई। बोली—"यहाँ तो सचमुच ब्यूटी कन्टैस्ट-सा ही हो रहा है ! लेकिन अभी तक तो इनाम पद्मा जीजी, आपके ही पास है।"

"इस काँय-काँय में पाँच मिनट और बैठी तो मेरा तो दम निकल जाएगा।" पद्मा ने कहा। उसने जया का परिहास अनसुना कर दिया।

"आप भी पद्मा जीजी यों ही हैं !—वे तो सब सुबह से ही ड्रेसिंग-टेबिल के सामने से बैठी-बैठी आई हैं और आपका मन ही नहीं लग रहा।"

तभी जया ने पीछे मुड़कर देखा—दो-तीन लड़कियाँ एक-दूसरी पर लदी, एक-दूसरी के कन्धों पर ठोड़ियाँ रखे, आड़ करके पुरुषों की तरफ़ इशारा करती कह रही थीं—"वो है न, लाल-सी 'वो' लगा रखी है जिसने, मुझे उसके बाल बहुत अच्छे लगते हैं—बड़े स्टाइल से काढ़ता है।"

"अच्छे हैं ? तुम्हारा भी टेस्ट क्या है मन्नी ? घास-सी उगी है। 'वो' बाँधने की तमीज़ नहीं है—चल दिए वहाँ से—।" दूसरी ने होंठ टेढ़े करके कहा।

"देखो जी शैल—किसी के 'उन' के बारे में कुछ कहोगी तो हमारी तुम्हारी लड़ाई हो जाएगी।"

"हट्ट, क्या बकती है ? मैं तो ख़ाली बालों की बात कह रही थी।"

"जी हाँ—बालों की बात तो आप कह ही रही थीं, इलेक्शन में उनकी कन्वैसिंग मैं करती फिरी थी ? प्रेसीडेंट होने पर बधाई मैंने दी थी जाकर सबसे पहले ? और बताऊँ !"

"नहीं-नहीं, यहाँ खुले में सब कुछ बता देने की थोड़े ही है ! कुछ फिर कभी के लिए बचाकर रखो।"

"नहीं, इन्हें कह लेने दो, जी भरकर !" वह लड़की बुरा मान गई—"हाँ, सा'ब और क्या किया हमने ?" फिर लापरवाही से बोली—"लोग सब अपनी ही तरह समझते हैं, खुद वर्मा से इश्क़ लड़ाती थीं न बैठकर...।"

"कौन कहता है ?" आवाज़ भारी हुई।

"अरे कहेगा कौन, देखनेवाले अन्धे थे ? क्लास में उसे देख-देखकर मुस्कराना, आपस में नोचना—यह सब क्या था ?"

"भई लड़ना हो तो वैसे ही कह दो, उठकर चले जाएँ, यों क्यों बदनाम करती हो !"

"बदनाम करती हूँ—लो और सुनो। उस दिन गेट पर तुमने उससे लैटर नहीं लिया ? हमने पूछा, 'क्या बात है ?'—'नहीं, कुछ नहीं, नोट्स ले रहे थे, पूछो, नोट्स ब्लाउज़ में छुपाए जाते होंगे—!"

"तुम तो हँसी-हँसी में रो जाती हो।" वह लड़की स्वयं रुँआँसी हो आई थी।

"अरे छोड़ो, कोई देखेगा तो क्या कहेगा...? अरे, सब लोग इधर ही देख रहे हैं—देखो 'वो' भी इधर देख चुके हैं।"

और सब खिलखिला पड़ीं। पद्मा और जया सुनकर जैसे समझदारी से मुस्करा दीं—'बचपना है !'

अनजान रूप से महिलाएँ जैसे दो भागों में बँट गई थीं, एक गैलरी के एक ओर प्रायः युवतियाँ...दूसरी ओर अधेड़-प्राय, और उनके बीच में एकाध कहीं फँसी बड़ी चुप और उदास कोई !

"आज तनेजा देखो कैसी बैठी है, जैसे दुलहन हो।" जया का ध्यान फिर सामने के वार्तालाप पर आकर्षित हुआ।

"कौन तनेजा ?"

"अरे वही न, शेफाली के पास बैठी है, सर्जन चौधरी की लड़की के बग़ल में..."

"क्यों, वैसे क्या करती हैं ?"

"अरे वोऽ ? ऐट ए टाइम चार मजनूँ रखती हैं कम-से-कम। कोई कुछ प्रेज़ेंट ला रहा है...कोई कुछ..."

"हैं क्या ?"

"लेडी-डॉक्टर !"

"हूँऽऽ।" गम्भीर आवाज़ निकाली—"हाँ भई, तब तो ठाठ हैं ही, चार मजनूँ रखेंगी, चार-सौ बीमार रखेंगी, और चार हज़ार घायल करेंगी..."

"हर रोज़ नए कट के कपड़े पहने देख लीजिए और एक-से-एक अच्छे क़ीमती भी।"

"ब्लाउज़ तो यह भी बड़ा फ़िट है। मुझे तो कट बड़ा अच्छा लगा। कहाँ सिलाती हैं ?"

"सुनते हैं 'वीनस टेलर्स' उनका पेटेंट है।"

"हमारा तो भई, उसने इतना बढ़िया कपड़ा बिगाड़ दिया कि..."

"बाल बड़े लम्बे हैं इनके, और य'म्मोटी चोटी पड़ती है कि पिंडलियों तक जाती है—नागिन-सी लहराती हुई।"

"मुझे तो चौधरी की लड़की के टॉप्स का डिज़ाइन बहुत पसन्द आया..."

"कहाँ...? बड़ा पुराना फ़ैशन हो चुका–टॉप्स तो उधर देखो, यहाँ नेता भैया के स्कूल की टीचर है न कान्ता लाल–उसके..."

"अच्छा हाँऽऽ ! जब शेफाली इस सूट का कपड़ा ख़रीद रही थी, तभी हम लोग भी पहुँचे थे..."

"वैसे एक बात है, कुछ हो तनेजा दीखती 'सोबर' है..."

"अरे 'सोब्राइटी' देखनी हो तो पीछे देखो, पद्मा पुरी को। क्या सफ़ेद ही सफ़ेद पहने बैठी है..."

जया पद्मा को धक्का देकर खिलखिलाकर हँस पड़ी। कुछ महिलाएँ मायादेवी की तरफ़ इशारे कर-करके बातें कर रही थीं–पद्मा ने उधर से मुँह फेर लिया था। जया की बात से वह ज़बर्दस्ती मुस्कराई।

"इतना मत हँसो, नहीं तो सारे झड़ पड़ेंगे।" कहता हुआ शरद पास से गुज़र गया। जया ने देखा, कैमरा लटकाए वह एक महत्त्वपूर्ण व्यक्ति लगता था। वह चक्कर लगाकर उधर चला गया जिधर अपनी पाँच-छः एक-सी ड्रेसवाली लड़कियों को लिए स्कूल की प्रिंसिपल बैठी थी। झुककर उसने कुछ कहा। फिर उसी तेज़ी से लौट आया–दृष्टि मिली और दोनों मुस्कराए–देखो कितना व्यस्त हूँ ! पास आकर शरद ने कहा–"बस, अब मन्त्रीजी आ ही रहे हैं..." और वह फिर पीछे की ओर चला गया।

"देखो, वो बैठीं हैं न ! वह मोटी-सी ! वे यहाँ के 'गर्ल्स-कॉलेज' की प्रिंसिपल हैं।"

"शरीर तो खूब पाया है। किस चक्की का खाती हैं ?"

"जिसका अभी आपने खाना शुरू किया है।" पीछे से किसी ने मज़ाक़ किया। सूद के पास मिसेज़ सिंह पहुँच गई थीं। जया के दोनों गाल झन्ना उठे। आस-पास कई कंठों से एक साथ हँसी गूँजी।

माथुर की हँसती दृष्टि से शरीर में हलकी पुलक की फुरहरी महसूस करते हुए मिस सूद ने कहा–"मिस्टर शरद कुमार आपको बड़ा 'लव' करते हैं।"

"आपको कैसे मालूम ?" इस बार पद्मा ने पूछा।

"निगाहें नहीं देखीं–और हाँ भाई, ठीक भी है–लव-मैरेज है, कोई मज़ाक़ है।" जया सकपका उठी।

"ये हरेक की निगाह देखने की आदत छोड़िए, जब से माथुर साहब की निगाह से अटकी हुई हैं सो हमें भी दीखता है–अरे, हाँ...तो जब तक कोई कुछ कहे नहीं तो लोग-बाग सिर पर ही चढ़े जाते हैं, किसी को कुछ बदते ही नहीं।" मिसेज़ सिंह ने हँसकर ऐसे कहा कि सूद हतप्रभ होकर कट गईं। लेकिन छिपी निगाहों से एक क्षण को माथुर की तरफ़ देखने से अपने को रोक नहीं सकीं, कहीं यह सुन तो नहीं लिया–देख तो नहीं लिया।

एक बार फिर सब हँस पड़ीं। सूद की सहेली जोशी ने कहा–"पकड़ी गईं न, जब से मैं रोक रही थी कि धीरे-धीरे..."

"...बोल बलम कोई सुन लेगा...।" तपाक से सिंह ने एक सिनेमा-गीत की कड़ी से वाक्य पूरा किया—और क़हक़हा जैसे फूट पड़ा। सब मेज़ पर झुकझुक हँसने लगीं।

हँसी बन्द हुई, इसी पंक्ति के अन्तिम सिरे पर बैठी, अपेक्षाकृत शान्त, गम्भीर और अधेड़ मिसेज़ नागर के कमर से निकालकर झटककर झन्नाटे से चाबियों का गुच्छा मेज़ पर रख देने से। सभी ने गर्दन घुमाकर देखा डरा-सहमा-सा उनका चपरासी पास खड़ा है।

"क्या बात हो गई ?" कई कंठों ने एक साथ पूछा।

"हो गई पत्थर ! यहाँ भी चैन नहीं लेने देते !" रुआँसी-सी वे रस-भंग होने से बीच में भुनभुनाकर बोलीं।

"तो भी..."

"अरे क्या तो भी, जब मैं वहाँ थी तो 'टब' में बैठे रहे। अब वहाँ से पुछवा रहे है।—'वह चॉकलेट रंग की टाई कहाँ रखी है ?' मैं लाई हूँ साथ बाँधकर ? जाओ, दे देना चाबी, ख़ुद निकाल लेंगे।"

चपरासी चला गया तो मिसेज़ सिंह ने फिर कहा—" 'टब' में बैठे थे तो क्या है ? चली जातीं, शरम काहे की, कोई बाहर के आदमी तो थे नहीं।"

"अरे सब तुम्हारी तरह थोड़े ही हैं कि..."

बाद में रूमालों और साड़ियों के पल्लों में दबी-दबी हँसी के बीच जो घुसपुस बातें शुरू हुईं तो जया और पद्मा उधर से कान बन्द करके सामने देखने लगीं। तभी वातावरण में इस सिरे से उस सिरे तक फैल गया—"मन्त्रीजी आ रहे हैं।"

सारे क़हक़हे, गप्पें, धुएँ के छल्ले, शोर-गुल जैसे एकदम थम गए। उस समय पद्मा सोच रही थी कि इन्हीं स्त्रियों के सामने यह सब प्रदर्शन उसे करना होगा। वे समझेंगी ? इनके लिए इस सबका क्या महत्त्व है ?

बीच की गैलरी में लोगों का आना-जाना तेज़, सावधान; लेकिन निश्शब्द हो गया।

"पद्माजी, सामने आ जाइए।" शरद फुसफुसाता हुआ कहता, निकल गया—"आपको राष्ट्रीयगान 'कंडक्ट' करना है।"

बड़ी भुनभुनाई-सी पद्मा उठी। बड़ी अनिच्छापूर्वक, तनी भौंहों से उधर देखा और जया को उठाती बोली—"उठो।"

"मैं क्या करूँगी ? आप जाइए।"

"उठो न, नहीं तो लो मैं भी नहीं जाती।" पद्मा फिर बैठने को हुई तो जया को उठना पड़ा।

"अब अपनी असली जगह जाओ, यहाँ कहाँ कॉमन लोगों में बैठ गई थीं ?" मिसेज़ सिंह का स्वर सुनाई दिया।

पद्मा ने बड़ी निरीह दृष्टि से देखा। उसके वश में होता तो क्या वह जाती ? फिर पीछे से कई दबी-दबी फुसफुसाहटें आईं—जया बड़ी कट रही थी। वे लोग बिलकुल सामनेवाले सोफ़े पर आकर बैठ गईं—यहाँ पास के सोफ़े पर दो महिलाएँ पहले से और

बैठी थीं–शेफाली पीछे के सोफ़े पर थी। उसने बड़ी नफ़रत से मुँह टेढ़ा करके पद्मा को देखा और फिर 'हुँः' करके गर्दन झटककर उपेक्षा प्रदर्शित करती, अपनी साथवाली से अपनी नई-नई सीखी जानेवाली हॉर्स-राइडिंग के मज़े और कष्टों का वर्णन करने लगी, कि किस तरह आज उसका सारा शरीर दुख रहा है–लेकिन जिस समय घोड़ा दुलकी चलता है, कैसी हवा छाती में भर जाती है। इसी सिलसिले में वह यह भी बताने लगी कि जिस समय वह 'वॉल्ज' के स्टेप्स सीखने जाती थी–उन्हीं दिनों ड्राइविंग भी सीखी थी–और दोनों कितनी जल्दी आ गए थे और बात एकदम 'क्लब' के डांस तथा कॉकटेल पार्टियों पर आ गई। जया समझ रही थी वे लोग उन्हें नेता और सेठ वर्ग में से समझ रही हैं, और स्वयं को ऑफ़िसर्स लोगों में।

''सोफ़े पर बैठनेवालियों से परिचय हुआ तो जया ने और ग़ौर से उन्हें देखा–''आप श्रीमती राका सत्यकुमार, और आभा बड़जात्या, नेता भैया की भतीजी–''

सत्यकुमार की पत्नी असुन्दर नहीं थीं–बड़े हलके-हलके, लेकिन क़ीमती हीरे के गहने और हाथ में 'प्लेटीनम' की अँगूठी। नम्र और सलीक़ेदार। आभा के कपड़ों में राजस्थानी पुट था और जया को समझते देर नहीं लगी कि यह किसी मारवाड़ी परिवार की शोभा बढ़ा रही हैं–क्योंकि उन्होंने परिचय के बाद ही कहा–''आप तो कोठी में ही आ गए हो न ?''

''जी।'' जया ने सिर हिलाया।

''आने का जी तो भौत-भौत किया, लेकिन कुँवर साहब आ गए थे।'' फिर पद्मा को देखकर पूछा–''आप तो तन्दुरुस्त हो ?''

फूलों के मणि-बन्ध वाले हाथ जोड़कर पद्मा मुस्कराई। जया ने उनके अपेक्षाकृत भारी गहनों का निरीक्षण किया। वे बिलकुल नए फ़ैशन के ओढ़नी और लहँगा पहने थीं। ओढ़नी की पारदर्शी गुलाबी झाँईं के पार उनके मोटे बनाव के चेहरे पर 'सिलुएट' भला लगता था। बोलीं–''थारी माँजी तो उधर बैठी हैं–बड़ी-बूढ़ियों में।''

उधर देशबन्धुजी के परिवार की भी, कुछ या तो बहुत छोटी या काफ़ी उम्र की कई महिलाएँ थीं। अपने काले चश्मे को इधर घुमाकर कभी-कभी मायादेवी इधर भी देखकर जया की दृष्टि के या किसी और परिचित की मुसकान के जवाब में मुस्करा उठती थीं–और उनके कान के इयरिंग झमक उठते। प्रायः कभी इससे और कभी उससे धीरे-धीरे बातें कर रही थीं।

एक बार शान्त होकर भनभनाहट के रूप में जाग उठनेवाला कोलाहल तभी एकदम सहसा फिर शान्त हो गया। बीच का गलियारा भी एकदम रुक गया–तभी दो सरकारी फ़ोटोग्राफ़र अपने बड़े-बड़े कैमरे और काफ़ी बड़े फ़्लैशहोल्डर लगाए उल्टे-उल्टे भागते, रास्ता देखने के लिए जगह-जगह मुड़कर पीछे देखते स्टेज के सहारे जा खड़े हुए। आँखों से लगे कैमरों का फ़्लैश कई बार कौंधा। आगे पूरी वर्दी में कन्धों पर रंग-बिरंगी पट्टी लगाए पुलिस के कोई बड़े अफ़सर फिर सादा वेश में दो बॉडी-गॉर्ड और तब पतले-दुबले 'संक्षिप्त' से मुख्यमन्त्रीजी बार-बार हाथ जोड़ते हुए कोमल और सौम्य। काली अचकन,

चूड़ीदार पाजामा और हलके काले शेड का चश्मा। उभरी पतली नाक, लम्बा चेहरा। उनके एक ओर मुस्कराता प्रसन्न चेहरा और चश्मे के पीछे से चमकती उल्लासपूर्ण आँखें लिए श्री देशबन्धु और दूसरी ओर मोटा लगड़ा भारी-भरकम शरीर धारण किए एक और सज्जन। पीछे राष्ट्रीय वेश में ही डी.एम., सी.एम. तथा अन्य नेताओं का जुलूस, कोई एम.एल.ए. कोई एम.एल.सी.। पीछे लाल-वर्दी में वही अर्दली।

"बीचवाले हैं।"

"बग़ल में होम एंड लेबर मिनिस्टर श्री रामलोटनसिंह हैं।"

"अरे ये तो सिटी कांग्रेस के भूतपूर्व प्रधान हैं। क्या नाम है इनका भला सा—आचार्य जीवनलालजी।"

"यह सत्यप्रकाश हैं ! आहा चम्पकजी भी साथ हैं।"

सब लोग खड़े हो गए—कुछ ज़िद्दी अब भी बैठे ही रहे। उसमें शहर का स्वतन्त्र-चेता साहित्यिक-वर्ग था—और उसका विश्वास था साहित्यिक किसी भी हालत में राजनीतिक से नीचा नहीं होता। मन्त्रीजी मुस्करा-मुस्कराकर हाथ जोड़ते रहे। यह उनकी प्रकृति में आ गया था। क़ाफ़िला सामने आ गया। पद्मा और जया खड़ी हो गई थीं। एक क्षण में ही परिचय कराया गया।

"माया बहन की सुपुत्री पद्मा, एम.ए.।"

"ओह ! आपकी कला का तो आज प्रदर्शन है।" मन्त्रीजी मुस्कराए। शायद उनका आपस में परिचय पहले हो चुका था। जया लजाकर नीचे देखने लगी।

"मिसेज़ राका सत्यकुमार।"

"आवर होस्टेस।" सब हँस पड़े। लोग बात पर नहीं, मन्त्रीजी की हँसी के अनुसार हँसते थे।

"मिस शेफाली रॉय।"

"मिस 'टाउन'।"

पास खड़े डी.एम. फूलकर कुप्पा हो गए। शरद ने माना कि आदमी निराभिमानी, सज्जन और परिहास-प्रिय है। उसे अपने ऊपर गर्व हुआ।

"रोहिनी गोयल, प्रिंसिपल गर्ल्सकॉलेज।"

"हैल्थ मिनिस्टर।"

क़हक़हा और भी ज़ोर का पड़ा। पीछे से उठ-उठकर लोगों का झुंड और भी घना हो गया। तभी भीड़ को चीरते हुए कथूरियाज़ी के साथ पीली बुश्शर्ट और काली पैंट पहिने एक विदेशी और पैंट तथा ब्लाउज़ में ही एक विदेशी महिला ने प्रवेश किया। वातावरण में गूँज उठा—'अमेरिकन टूरिस्ट' मन्त्रीजी उन्हें देखकर मुस्कराए—"हैलो, आप लोग साइड-सीन और हिस्टॉरिकल बिल्डिंग्स देख आए ?"

"बहुत-बहुत सुन्दर।"

"मि. जेकब स्मिथ और मिस जेनी राबिन्सन—जर्नलिस्ट्स ऑन वर्ल्ड टूर।"

सब लोग कृतार्थ हुए ! मिस जेनी रॉबिन्सन अपने हरे मछली के आकार के

शीशोंवाले चश्मे में से छत और दीवार की सजावट को मुँह उठा-उठाकर देखती रही। उसे यहाँ के उपस्थित लोगों में ज़रा भी रुचि नहीं थी। उसके साफ़ गुलाबी रंग, सुनहले रेशम-से टट्टू-पूँछ-सी सजावट में कढ़े बाल, पतले-पतले होंठ और पुरुषों की उपस्थिति से बिलकुल ही अपृश्य, निस्पृह, प्रत्येक भंगिमा—और लापरवाही से जीन्स की जेबों में पड़े हाथ, पतली-पतली डोरियों में पीछे लटकता पर्स और मन-ही-मन गुनगुनाती किसी गीत की पंक्ति पर धीरे-धीरे थिरकती पाँव की उँगलियाँ—इस सबको देखकर ऐसा लगता था वह मनुष्यों में नहीं, किसी सुनसान ऐतिहासिक हॉल में खड़ी हैं ? और यही सब कुछ था जिसे देखकर शेष प्रायः सभी महिलाएँ अपने को हतप्रभ मान रही थीं—सभी का ध्यान उधर आकर्षित था। जीन्स में कसी जाँघों और नितम्बों को ललचाई-लोलुप निगाहों से सहलाते—पुरुष हँस-हँसकर परिचय प्राप्त कर रहे थे। उसके हाथ में अमेरिकन 'पैन' हवाई-यात्रा कम्पनी का नीला-सफ़ेद थैला। बग़ल में एक झोला लटक रहा था—उसमें उसका कैमरा और डायरी जैसी चीज़ें थीं। शरद ने अपने कन्धे पर हलके हाथ का स्पर्श महसूस किया। उस समय राका सत्यकुमार एक मोटी-सी फूलों की माला मन्त्रीजी को पहना रही थीं—और इस तरह लजाकर मुस्करा रही थीं जैसे वे सीता का पार्ट अदा कर रही हों ! कुछ लोगों ने हस्ताक्षर करने की कॉपियाँ उनके आगे बढ़ा दी थीं।

"एकाध ली भी है, या यों ही लटकाए हो ?" देशबन्धुजी ने धीमे-से गर्दन झुकाकर कैमरे को संकेत करके पूछा। प्रसन्नता से उनकी वाणी पुलक उठी।

"कुछ ली हैं।" शरद झेंपा, और उसे लगा—यह फ़ोटो लेने का आदेश है। ठीक तो है, उसे ऐसे अवसरों पर स्वयं घुलने-मिलने की बजाय, तटस्थ फ़ोटोग्राफ़र की दृष्टि से दूर जा खड़ा होना चाहिए और फ़ोटो लेने चाहिए। और इसी ग़लती के प्रक्षालन स्वरूप उसने दो-तीन फ़ोटो लिए। उसका क्या जाता है, फ़्लैश-बल्ब, फ़िल्म कुछ भी तो उसकी जेब से नहीं है।

परिचय-क्रिया समाप्त हो गई और नेता भैया, मन्त्रीजी, गृह-श्रम मन्त्री तथा दोनों अमेरिकन यात्री एक बड़े सोफ़े पर बैठ गए—दूसरे पर सत्यकुमार तथा अन्य लोग। बाक़ी पिछली लाइनों में भर गए।

तब पर्दा बीच से खुला और 'राष्ट्रीय-गान' जनमनगण अधिनायक के सम्मान में सब लोग उठ खड़े हुए। उस समय शरद पद्मा के पास खड़ा था। स्कूली खद्दर की पोशाक में खड़ी छः लड़कियों ने गान शुरू किया। 'जय हे' की पुनरावृत्ति पर सबके गले जवाब दे जाते थे और आवाज़ें बिखर जाती थीं। उस समय एक ओर खड़ी प्रिंसिपल का चेहरा देखने लायक़ हो जाता था और वह इस तरह असहाय दृष्टि से कनखियों से देखती थी, जैसे कोई बड़ा अपराध हो रहा हो। पद्मा जानबूझकर आँखें चुरा लेती, वह जया की ओर देखती होंठ के कोनों से मुस्कराती। जैसे-तैसे गीत समाप्त हुआ, और सब लोग

बैठ गए। कुछ देर सन्नाटा रहा। तब सहसा नेता भैया धोती सँभालते स्टेज की ओर बढ़े। हॉल में भनभनाहट गूँज रही थी।

"बैठ जाइए न," जया ने पद्मा की ओर सरक कर शरद के लिए जगह बनाते हुए कहा। बिना मुड़कर उधर देखे, पीछे हाथ बढ़ाकर रोकते हुए शरद बोला—"बोलो मत, इस वक़्त ड्यूटी पर हूँ।"

"जी हाँ, पता है...बड़े ड्यूटीवाले आए, सुबह से घूम रहे हैं, बैठिए।" जया ने उसके बढ़े हाथ की उँगलियाँ पकड़ लीं। धीरे-से आग्रह किया, हाथ खींचा।

"नहीं भाई, तुम बैठी रहो।" दूसरे हाथ में थमा कैमरा छाती से लगाए ही वह मुड़ा। उसके पास कुछ और भी लोग खड़े थे। महिलाओं की लाइन के समाने दीवार-सी बन गई थी, वे झुंझला रही थीं।

"ज़रा-सी देर बैठ तो जाएँ।" पद्मा ने बहुत धीरे से आदेशात्मक स्वर में कहा।

महिलाओं के सामने से अन्य व्यक्तियों को हटाकर शरद नीचे बैठ गया, और जैसे ही नेता भैया ने बोलना शुरू किया, उसने एक फ़ोटो लिया। फिर बड़े बेमालूम तरीक़े से फ़िल्म का नम्बर बदलता, जया और पद्मा के बीच में बैठ गया। एक साथ कई दृष्टियाँ उधर खिंचीं—मन्त्रजी ने भी एक उड़ती-सी निगाह डाली और देशबन्धुजी भी बोलते-बोलते रुक गए।

"देवियो और बन्धुओ, मेरा विचार ज़रा भी भाषण देने का नहीं है। आज दिन-भर बहुत बोलना पड़ा है। माननीय मन्त्रीजी भी बहुत थक गए हैं, आज दो जगह शिलान्यास किया, निरीक्षण किया और उद्‌घाटन-भाषण भी दिए। कल हम लोग आस-पास के गाँवों में गए थे। यों मन्त्रीजी के लिए यह स्थान नया नहीं है, न वे यहाँ पहली बार ही आए हैं, लेकिन जनता ने जिस उत्साह से स्वागत किया है, वह वर्णनातीत है। मुझे याद है जब हम लोग सील और बदबूदार कोठरियों में साथ-साथ रहते थे। मैं समझता हूँ मन्त्रीजी उस दिन को भूले भी नहीं होंगे जब सेवाग्राम में मेरा और उनका चर्ख़ा-कम्पिटीशन चला था और वह दो दिन दो रात तक चलता रहा था। कोई भी हार मानने को तैयार नहीं था। और मुझे यह कह देने में भी कोई संकोच नहीं है कि मन्त्रीजी इतने निढाल हो चुके थे कि यदि बापू स्वयं आकर हमारे पाग़लपन को समाप्त न कर देते तो मैं लगभग इन्हें हरा चुका था—हमारे श्रम-गृहमन्त्री श्री रामलोटन सिंह जी प्रान्त के उन रत्नों..."

मन्त्रीजी पुरानी बातों का आनन्द लेते हुए मुस्करा रहे थे, और कभी-कभी उस सबका अंग्रेज़ी अनुवाद करके विदेशी मित्रों को बता देते थे। शेष व्यक्ति मन्त्रीजी के मुख पर आनेवाले भावों के अनुसार ही हँसते-गम्भीर होते थे।

"आपने कपड़े इत्यादि तो कुछ पहने नहीं।" शरद ने पद्मा से पूछा।

"सब पहन लूँगी।" अनच्छिा से जँभाई लेकर पद्मा बोली। उसने क्यूटेक्स रंगे नाख़ूनोंवाली मेंहदी से लाल हथेली मुँह के आगे रख ली।

वह ध्यान से नेता भैया की बातें सुन रहा है—ऐसा भाव दिखाता धीरे-से, शरद बोला—"यह तो भाषण न देने की क़सम खाकर उठे थे—अब तो आत्म-कथा सुनाने लगे।"

"ध्यान से सुन लीजिए, ये सब बातें आपको ही लिखनी हैं।" पद्मा बोली।

जब देशबन्धुजी मन्त्रीजी को हराने की बात कह रहे थे तो शरद ने परिहासपूर्वक धीरे से पद्मा और जया को सुनाकर कहा—"शेम ! शेम !"

एकदम देशबन्धुजी का भाषण रुक गया—पता नहीं उन्होंने शब्द सुन लिए या शरद के स्वर को अपने भाषण में विघ्न समझा; उन्होंने घूमकर बड़ी तीखी नज़रों से शरद को देखा—उस दृष्टि में झिड़की थी। सहमकर शरद चुप हो गया। भाषण बीच में क्यों रुका, पीछे बातें करनेवाले भी सहसा अपनी बातें रोककर इधर देखने लगे। देशबन्धुजी यद्यपि भाषण फिर शुरू कर चुके थे, लेकिन शरद ने नहीं सुना उन्होंने क्या कहा। कहा क्या होगा ? मन्त्रीजी की तारीफ़ की होगी फिर उनका स्वागत किया होगा। उसे पता था, ऐसे मौक़ों पर क्या-क्या कहा जाता है।

"और अब मैं नगर के प्रसिद्ध कवि श्री चम्पकजी से प्रार्थना करूँगा कि वे इस अवसर पर विशेष रूप से तैयार की गई अपनी सुन्दर रचना का पाठ करें..." अपने इस वाक्य से भाषण समाप्त करके जब देशबन्धुजी वहाँ से धोती सँभालते उतरे तो तालियों की गड़गड़ाहट से शरद की मानसिक घुटन भंग हुई।

दो-एक बार पलकें झपकाते, इधर देखते जब वे सबसे उधरवाले सिरे पर मन्त्रीजी की बग़ल में जा बैठे, तब इस सम्मान प्रदान किए जाने से अत्यन्त ही कृतज्ञ, गद्‌गद् भाव से मुस्कराते खींसे निपोरते चम्पकजी स्टेज की तरफ़ जा रहे थे। वे भी इस समय राष्ट्रीय पोशाक में थे और उनके सिर पर झकझकाती टोपी से सामने की तरफ़ बालों के दो छल्ले सींगों की तरह ऊपर निकले हुए थे। उनकी सधी हुई उँगलियाँ बार-बार अचकन की पट्टी की ओर जाती थीं—जिसे ढीली करके वे अपने टेंटुए को कई बार मुक्त कर चुके थे, ताकि आवाज़ सधी और सुन्दर निकले। उनकी अचकन के कोने पर चौड़ा बटननुमा सुन्दर छोटा-सा तिरंगा बैज भी अटका था।

"पूज्य माननीय मुख्यमन्त्रीजी, माननीय गृहमन्त्रीजी, श्रद्धेय श्री देशबन्धुजी, देवियो और सज्जनो, माननीय मन्त्रीजी की उपस्थिति में मुझे अपनी तुच्छ कविता का पाठ करने का सम्मान मिल रहा है—इससे अधिक सौभाग्य की बात मेरे लिए और क्या होगी ? और मैं इसे अपने जीवन का अत्यन्त ही गौरवपूर्ण अवसर समझता हूँ। सचमुच अपने नगर के इस साहित्यानुरागी, निस्पृह, निराभिमानी व्यक्ति को पाकर हमें गर्व है। मैं श्रद्धेय देशबन्धुजी में सरस्वती और लक्ष्मी का अपूर्व समन्वय समझता हूँ। वे जितने त्यागी हैं उतने ही कर्मठ। प्रस्तुत कविता मैंने उन्हीं की प्रेरणा और आज्ञा से लिखी है..." चम्पकजी कविता का काग़ज़ हाथ में लेकर भाषण दे रहे थे। काग़ज़ काँप रहा था।

शरद को बड़ी बेचैनी महसूस हो रही थी, उसे हर क्षण लगता जैसे उसकी त्वचा को किसी की तीखी दृष्टि स्पर्श कर रही हो—और वह हर बार देशबन्धुजी की ओर देखता। उससे ग़लती हो गई है यह बात मानी, लेकिन उन्हें भाषण बीच में रोककर लोगों का ध्यान इधर केन्द्रित नहीं करा देना चाहिए था। बाद में समझा देते—डाँट देते। जब भी वह उधर देखता उसे लगता इतने लोगों के पार कनखियों से देशबन्धुजी घूर रहे

हैं ! एकाध बार तो निगाह टकराई भी, पर देशबन्धुजी ने फ़ौरन दृष्टि फेर ली।

"यह भाषण दे रहे हैं या कविता पढ़ रहे हैं...?' पद्मा ऊब गई।

"ऐसे ही लोगों के लिए तो कहा है तुलसीदासजी ने–'सिर धुनि गिरा लागि पछताना'।" जया धीरे-से बोली।

"मेरा ख़याल यह है पद्माजी, कि आप 'कस्ट्यूम्स' पहनिए..." शरद बोला। उसे लगा जैसे देशबन्धुजी ने जल्दी-जल्दी इधर देखना शुरू कर दिया है। यह तो उनकी भाव-भंगिमा से लगा कि पद्मा के पास बैठना उन्हें काफ़ी अखर रहा है। जब भी वह उधर देखता तो कनखियों से देखने के कारण चश्मे के पीछे से केवल उनकी आँखों का सफ़ेद हिस्सा दिखाई देता–और शरद को लगता जैसे वह काफ़ी क्रुद्ध हैं।

"आप क्यों घबरा रहे हैं ? इस सबका नम्बर जलपान के बाद है।" पद्मा ने कहा, फिर चम्पकजी की ओर इशारा करके बोली–"देखिए, बेचारे बार-बार आपके कैमरे को देख रहे हैं–कम-से-कम एक फ़ोटो तो ले लीजिए..."

शरद ने वास्तव में उनकी दृष्टि में ऐसी भूख देखी; लेकिन उसके कान और दृष्टियाँ–बीच की गैलरी, एक सोफ़ा और दूसरे पर बैठे इतने आदमी पार करके देशबन्धुजी के पास लगी थीं।

"मैं संघर्षों में पला हूँ–और जीवन में अब भी संघर्ष कम नहीं हैं। मैं जानता हूँ संघर्ष के बाद में प्राप्ति का सुख क्या है। इसीलिए गुलामी के बाद स्वतन्त्रता का क्या महत्त्व है। उसके सुख को हम झुठला नहीं सकते। प्रस्तुत कविता इसी से सम्बन्धित है। कविता का शीर्षक है 'रामराज्य'। इसमें मैंने बताने की चेष्टा की है कि पूज्य बापू का 'रामराज्य' कैसे राम के वास्तविक राज्य से श्रेष्ठ है–उसमें सीता को वनवास दिया गया, हम किसी सीता को वनवास नहीं होने देंगे। हम अपनी शोभा-श्री और सीता के विरुद्ध असम्मानीय बातें फैलानेवाले धोबियों–ग़द्दारों और देशद्रोहियों को, समूल उखाड़कर उनकी जड़ों को भट्ठे में जला देंगे...उसी तरह जैसे चाणक्य ने किया..."

"कुछ कविता में भी कहेंगे या सब कुछ ज़बानी ही बता देंगे–।" पद्मा झुँझला उठी। मन्त्रीजी ने शायद सुन लिया, उधर देखकर मुस्कराए। शरद को देशबन्धुजी के सफ़ेद कोए दीखे।

"धन्य हो–धन्य हो" पीछे से किसी ने ज़रा ज़ोर से कह दिया, साथ ही कई हँसी की आवाज़ें सुनाई दीं। लेकिन बीच में गैलरी में इधर-से-उधर टहलते व्यक्तियों ने हाथ उठाकर शान्ति स्थापित कर दी।

शरद के कान देशबन्धुजी के पास लगे थे–उससे सचमुच ग़लती हो गई, उसे ऐसा कहना नहीं चाहिए था। ख़ैर, बाद में क्षमा माँग लेगा। उसे लगा जैसे देशबन्धुजी के पासवाले दरवाज़े में भीतर टेलीफ़ोन की घंटी बजी–आवाज़ अस्पष्ट थी। दूसरी बार बजी–आवाज़ स्पष्ट थी। उस समय गृहमन्त्रीजी अमेरिकन से बातें कर रहे थे, और नेता भैया ऊपर मुँह किए ऊबकर झुँझला रहे थे कि जल्दी भाषण नहीं समाप्त कर रहा। शरद ने उधर देखा, टेलीफ़ोन की घंटी पर किसी ने ध्यान नहीं दिया। वह कविता सुनने

लगा, तभी जया ने उसका ध्यान देशबन्धुजी की ओर खींचा वे हाथ और उँगली के इशारे से मन्त्रीजी के पीछे मुँह करके कह रहे थे कि उठ आओ और टेलीफ़ोन अटैंड करो। शरद झटके से उठकर उधर लपका। कैमरा, झोला इत्यादि वह वहीं रखे छोड़ गया। यह देशबन्धुजी की नाराज़गी दूर करने का अच्छा अवसर था। इस बीच में यह बात उसके दिमाग़ में आए बिना न रही कि पद्मा के पास बैठना उन्हें ज़रूर बहुत ही खल रहा था–तभी तो मुझे इतनी दूर से बुलाया। इतने लोग हैं उनमें से किसी से कह नहीं सकते थे ? खुद ज़रा नहीं उठ सकते थे ? वैसे तो बड़े फुर्तीले और चुस्त बनते हैं–है कितनी दूर ? निश्चित रूप से पद्मा के पास से हटाना उनका उद्देश्य था ! तभी शरद को वह दिन याद आ गया जब उसने पद्मा और मायादेवी के साथ पहले-पहल खाना खाया था। देशबन्धुजी भी थे। टेलीफ़ोन की घंटी बजी थी तो उसके उठने पर भी उसे रोककर खुद चले गए थे। वह पद्मा से बातें करने में व्यस्त था उस समय भी। कितना उल्टा दृश्य है।

कमरे में, आड़ में मेज़ पर टेलीफ़ोन रखा था। उसने रिसीवर उठाकर झटके से कान से लगाया–"हलो...ऽ"

"हाँ, मैं पी.टी.आई. के स्थानीय दफ़्तर से बोल रहा हूँ..." आवाज़ घबराई हुई थी।

"हाँ जी–कहिए..."

"आचार्य जीवनलालजी या देशबन्धुजी में से कोई हों तो सूचित कर दीजिए, ज़रा जल्दी–उपप्रधानमन्त्रीजी का अचानक हृदयगति रुक जाने से स्वर्गवास हो गया..."

"किसका ?" शरद ने घबराकर आश्वस्त होने के लिए दुबारा पूछा।

"सरदार पटेल का !"

"ऐंऽऽ।" शरद हक्का-बक्का रह गया।

"हाँऽऽ, ज़रा जल्दी सूचना दे दीजिए।"

शरद घबराया हुआ-सा दरवाज़े पर आ गया और पर्दे की आड़ करके उसने जल्दी से हाथ से देशबन्धुजी को बुलाया।

देशबन्धुजी भीतर पहुँचे तो उसने बताया–"पी.टी.आई. के लोकल-ऑफ़िस का फ़ोन है कि सरदार पटेल की मृत्यु हो गई।"

"ऐं ऽ ऽ।" उन्हें भी जैसे धक्का लगा, वे उछल पड़े–"देना फ़ोन, मैं ज़रा वैरीफ़ाई कर लूँ–ऐसा कैसे हो सकता है ? कोई सूचना ऐसी तो नहीं थी।"

दो-एक जगह फ़ोन करके जब उन्होंने निढाल हाथों से फ़ोन रख दिया और निर्जीव की तरह ढीले पड़कर मेज़ से टिक गए–तब उनके चेहरे पर हवाइयाँ उड़ रही थीं। शरद देखकर और भी घबरा गया। उनको दोनों हाथों से सँभालकर वह इधर-उधर किसी सहायता के लिए देखकर आवाज़ देने ही वाला था कि हाँफते हुए नेता भैया ने अपना हाथ उसके कन्धे पर रख दिया। सूखे गले से बड़ी कठिनाई से बोले–"ठहरो...।" शरद को डर था कहीं 'फ़िट' न आ जाए। वह किंकर्तव्यविमूढ़ हो गया था।

देशबन्धुजी लम्बी-लम्बी साँस लेते हुए अपने मानसिक-उद्वेग, अप्रत्याशित-धक्के

और इस स्नायविक-चक्रवात पर अधिकार पाने का यत्न अपनी अधमुँदी आँखों को कभी खोलते और बन्द करते रहे। शरद उन्हें यों ही बाँहों में बाँधे रहा...

इधर-उधर देखकर शरद जाने लगा तो वे ज़रा स्वस्थ होकर बोले—"ठहरो, रहने दो..." सचेत होकर उन्होंने शरद के दोनों हाथ इधर-उधर धीरे से हटा दिए और सिर झुका लिया।

"सब चले जाएँगे !...सब चले जा...एँगे।" निराशा से हाथ झटककर उद्विग्नतापूर्वक वे बोले। हताश होकर उन्होंने झुका हुआ सिर हिला दिया।

शरद चुप रहा, उसकी समझ में नहीं आया वह क्या कहे।

"साथ-साथ लड़े-सोए, बैठे-खेले, हँसे और यों छोड़-छोड़कर चले जा रहे हैं।" वे फिर अथाह दुख से बोले। उनकी झुकी लम्बी गंजी चाँद शरद की आँखों के आगे हिली। चश्मा हटाकर उन्होंने रूमाल आँखों से लगा लिया।

शरद को ऐसा लगा जैसे उनका दुख उसके दिल को पिघलाने लगा है। कुछ देर शान्ति रही। हॉल में चम्पकजी काँपती, थरथराती आवाज़ में बड़े लयपूर्ण ढंग से अपनी मुक्त-छन्द कविता सुनाए जा रहे थे।

बड़ी गहरी साँस लेकर देशबन्धुजी ने सिर उठाया। वे मेज़ पर बैठे थे, शरद के कन्धे पर हाथ रखकर लाल आँखों और भर्राए गले से बोले—"पता नहीं क्या मर्ज़ी है अन्तर्यामी की !" फिर ठंडा उच्छ्वास भरकर कहा—"होगा, सो देखा जाएगा—अब क्या करें...।" उन्होंने बड़ी बेबसी से सिर हिलाया।

"अब इस सबका क्या होगा ?" शरद ने बड़े संकुचित बुझे स्वर में इस पार्टी के सम्बन्ध में पूछा।

फिर एक गहरी साँस, चुप्पी और तब दुखपूर्ण शब्द—"जानेवाला चला गया। अब तो हम लोग सिर्फ़ लकीर पीटेंगे। पीटेंगे भैया—क्या करें—? जैसे तू रखेगा वैसे रहेंगे !" उन्होंने छत की ओर देखा। मुँह खोलकर उमड़ते आँसुओं को रोकते रहे।

"बन्द करने को कह दूँ ?" उसने पूछा।

"शरद बाबू !" बड़ी करुण और हृदय-द्रावक मुद्रा से निरीह स्वर में देशबन्धुजी बोले—"जो होना था वह तो हो चुका, अब होते हुए को क्यों बिगाड़ते हो ? कुछ लौट तो सकता नहीं है। रंग में भंग ज़रूर पड़ जाएगा।" फिर एक बड़ी ठंडी साँस लेकर बोले—"वह तो अमर हो गया ! यह बना बनाया खेल ज़रा देर बाद ही उखाड़ देंगे। वर्ना ये सारी तैयारियाँ यों ही जाएँगी !"

फिर शरद को याद नहीं वह हँसा या रोया—या क्या प्रतिक्रिया दिखाई। कोकीन का इंजेक्शन लग जाने की तरह उसका मस्तिष्क सुन्न हो गया। उसके दिमाग़ में बस एक ही बात थी कि इस जगह इतनी घुटन, थकान और ऊब है कि जल्दी-से-जल्दी अगर वह क्वार्टर में जाकर नहीं लेटा तो उसे ज़ोर की क़ै हो जाएगी—उसका सिर भन्ना उठा !

कुछ देर बाद जब बिलकुल ही स्वाभाविक मुद्रा से देशबन्धुजी अपनी जगह आकर

बैठे तो वह लड़खड़ाता झूमता-सा सीधा जया के सामने जा खड़ा हुआ—"चाबी देना ज़रा।"

"क्यों ?" आश्चर्य-उत्सुकता से उसने आँखें उठाईं।

"काम है !" तेज़ आवाज़ में वह बोला।

जया ने चुपचाप ज़ोर से चाबी उसके फैले हुए हाथ में रख दी। पद्मा और वह दोनों चकित थीं।

उसके कान कुछ नहीं सुन रहे थे—उसकी आँखें कुछ नहीं देख रही थीं। उसे पता नहीं था वह कहाँ है ! वह गलियारे से होता हुआ बाहर की ओर चला। बीच में ही पहुँचा था कि किसी ने हाथ बढ़ाकर उसे बाँह से पकड़ लिया।

"अरे, हुज़ूर, ज़रा ग़रीबों को भी देख लिया कीजिए—"

शरद रुक गया। मुड़कर देखा, कपिल था।

बिना शरद को कुछ कहने का अवसर दिए कपिल ने उसे अपने पास बैठा लिया, और कन्धे पर बाँह डालकर ज़ोर से भींचकर बोला—"यहाँ आपको बुलाने के लिए इशारे करते-करते दम निकल गया। और आप थे कि स्वर्ग में बैठे थे !"

"देखा नहीं होगा।" शरद ने बड़े अव्यवस्थित और फटे कंठ से कहा।

"और मुझे टाइम देकर कल कहाँ चले गए थे महाराज ?" कपिल ने उसे और भी स्नेह से भींच लिया।

"यों ही ज़रा नेता भैया के साथ एक जगह जाना पड़ा था।" बड़ा अन्यमनस्क-सा वह बोला। फिर शिष्टता के नाते पूछा—"आप आए थे क्या ?"

"यार, यहाँ लाकर तूने हमें मरवा दिया।" कपिल के पास बैठे, आसमानी सूट पहने, पतले-से चेहरेवाले युवक ने कहा।

"क्यों ?"—कपिल ने पूछा। शरद ने आश्चर्य से उधर देखा।

"अरे, एक आफ़त हो तो साली से निपटा जाए। किधर-किधर आदमी मोर्चा सँभाले ? इधर से वो एटम-बम चला आ रहा है, उधर से वह हाइड्रोजन-बम निकला आ रहा है। आख़िर हम क्या करें ? कहाँ जा मरें ?" बड़ी गम्भीरता से वह महिलाओं के दल की ओर देखकर बोला। उसका सूट शायद नया था—कॉलर को बार-बार खींचकर वह आगे करता और काहिया टाई की नॉट से कौन-कौन प्रभावित हुआ, देखने के लिए दृष्टि घुमाता।

"पार्टनर, बात तुम्हारी बिलकुल ठीक है, बिना कुछ कंट्रोल हुए काम चलेगा नहीं। जब तुम बालिश्त-बालिश्त भर कमर खुली रखोगी—नीचे तक गला खुला रहेगा और फिर ब्लाउज़ ऐसा चुस्त पहनोगी कि अंग का हर उभार दीखे, तो आप खुद बताइए, साले आदमी की हालत क्या होगी ? हम तो भाई, साफ़ बात है, इस तरह की परीक्षा देने के लिए बिलकुल भी तैयार नहीं हैं।" महीन बढ़िया वॉयल की धोती और रेशमी कुर्ता—ऊनी जाकेट पहने आगे के सोफ़े से पीछे मुड़कर एक सज्जन बोले। चूँकि मुड़कर बात करते समय उनका मुँह शरद और कपिल की ओर हो गया था और पीठ महिलाओं की ओर इसलिए अँगूठे से कन्धे के ऊपर पीछे की ओर इशारा करके बोले—"अब

बालानी की लौंडिया को देख लो, कलेजे को रौंदे डाल रही है—बाल बॉब्ड करा लिए हैं, सो कभी झटके से इधर किए, कभी उधर; साड़ी कभी कन्धे पर टिकती नहीं है—आरकंडी का ब्लाउज़—मक्खन-सी कमर...भाई, साफ़ बात है, अपने तो हाथ मचल-मचलकर रह जाते हैं। चली आई लिपिस्टक लगा के—यह तो सोचती नहीं है कि किसी पर क्या गुज़रेगी ? तोप, तीर, तलवार, तमंचे सब रोएँ—ऐसी तो भौंहें बनाकर आई है, कमबख़्त ?" और उन्होंने ज़ोर की सिसकारी भरी। फिर बोले—"कमर खुली रखने के लिए तो शायद आप तर्क दे सकते हैं कि जब नेताओं ने अधिक अन्न पैदा करने का नारा लगाया तो इन बेचारियों ने 'भूमि-दान' के लिए इतना हिस्सा खुला छोड़ दिया है कि 'ग्रो मोर फ़ूड कैम्पेन' के लिए तो इतनी भूमि हमारी भी है !"

शायद कपिल थोड़ी परेशानी महसूस कर रहा था, लेकिन शरद से मुस्कराए बिना नहीं रहा गया, तो कपिल ने भी थोड़ा गम्भीरता का बाना धारण करके पहली बात के जवाब में कहा—"इसका मतलब तो यह है कि दुनिया में 'डिसआर्मामेंट' हो ही नहीं सकता ?"

"डिसआर्मामेंट ?" टाईवाला युवक विद्वता से हँसा—"क्या बच्चों जैसी बात करते हो...किसी फ़ौज के सामने इन्हें ले जाकर खड़ा कर दो, न सब एक साथ ढेर हो जाएँ तो गर्दन हमारी कटा देना।"

"तब हमारी एक सलाह है।" बग़लवाले सोफ़े के चश्मेवाले सज्जन ने भी गर्दन झुकाकर हिस्सा लिया—"गवर्नमेंट को क़ूनन निकाल देना चाहिए कि ऐसे ख़तरनाक लोगों के पीछे एक 'ऐम्बुलैंस' गाड़ी चला करे। स्वाभाविक बात है कि लोग घायल होंगे और गिरेंगे—वह गाड़ी उन्हें उठा-उठाकर ठिकाने लगाती चले।"

"आइडिया ! बहुत ख़ूब !" सबने उनकी सूझ पर दाद दी, और वह जो बात ख़त्म करते हुए मुँह फाड़कर बिना गले से स्वर निकाले निहायत काइयाँपन से हँस पड़े थे, अपनी प्रशंसा सुनकर सबसे हाथ मिला रहे थे। शरद अभी तक अपरिचित है और बड़ा विचित्र-सा अपने को अनुभव कर रहा होगा, यह सोचकर इस अवसर पर कपिल ने कहा—"दोस्तो, आपका परिचय अपने नए मित्र से कराएँ—आप हैं शरद कुमार...और आप बी.आर. रावत, हमारे कॉलेज में हिस्ट्री के प्रोफ़ेसर"। टाईवाले सज्जन से हाथ मिला।

"आप मनोहर लाल निगम, 'प्राची इंश्योरेंस कम्पनी' के प्रतिनिधि। चश्मेवाले सज्जन ने हाथ जोड़े।

"आप रत्न कुमार सेठ, 'कौमी-संगठन' के संयोजक और 'राधेलाल माधोलाल बैंकर्स' के सुपुत्र।" इस बार शरद का हाथ बहुत कोमल गुदगुदे हाथ से मिला। कुर्तेवाले अगली सीट के सज्जन का ही यह परिचय था।

"और आप श्री रामजीलाल गुप्त—हरदयाल कॉलेज में हिन्दी और संस्कृत के प्रोफ़ेसर !" कोने में सिकुड़े-सिकुड़ाए, बिना इस्त्री-क्रीज का कुर्ता-धोती पहने एक साँवले से सज्जन ने अपने सूखे-से मुँह पर खुशी की लकीरें बनाकर दाँत निपोरते हुए हाथ

जोड़ दिए। निस्तेज आँखें, मुरझाया मुँह, मशीन फिरे बालें में सूअर की पूँछ-सी मरोड़ लेकर गाँठ खाई चुटिया—शरद को देखकर मन में हुआ—बेचारे यह भी पढ़ाते होंगे ! वे हर बात पर दाँत निकाल देते थे और दुनिया की हर चीज़ को इस तरह देखते थे जैसे 'फ्राइडे' न्यूयॉर्क में आ गया हो। इस सब वातावरण में उन बेचारे की आत्मा के पंछी का दम घुट रहा है यह समझते, शरद को देर नहीं लगी।

"शरद बाबू, मैं समझता हूँ कि आप भी इस बात से सहमत होंगे कि आफ़त पुरुष की ही है।" रावत ने परिचय होते ही शरद से ऐसे कहा जैसे बहुत दिनों का परिचित है—"वह अगर औरत की तरफ़ नहीं देखता है तो औरत समझती है—हिश्ट, हिजड़ा है—और अगर देखता है तो गुंडा है। हो सकता है आपको हमारी बातें पसन्द न आएँ, आपकी नैतिकता और 'मॉरलिटी' का दम निकले कि हम कैसी बातें करते हैं, लेकिन दोस्त मैं बहुत ही 'ब्लंट' आदमी हूँ—यह दुनियाभर का प्रदर्शन, यह इठला-इठलाकर, मटक-मटककर चलना, बात बिना बात हँसना—अधिक-से-अधिक शरीर को दिखाना, यह सब किसलिए है ? हलवाई अपनी मिठाई पर वर्क़ लगाता है, सुन्दर रंग डालता है कि ग्राहक की सोई भूख जागे और ऐसी तीव्रता से जागे कि वह किसी-न-किसी तरह उसे प्राप्त करे—वह निमन्त्रण है जिसे चाहें तो भी आप नहीं झुठला सकते। शेफाली रॉय यहाँ से निकली—अभी तक खुशबू यहाँ भन्ना रही है—वह देखिए तनेजा के नक़ली पैड्स लगाकर बनाए गए कुच, सिंह के रँगे हुए होंठ—एक नुमायश लगी हुई है साली—इधर-से-उधर तक ! तरह-तरह के जूड़े, चोटियाँ, चुटीले और फूलों के गुच्छे—हर डिजाइन के गहने, कपड़े; पचास तरह के पर्स, हर रंग की साड़ी, पोशाक, शलवार, दुपट्टा, गरारा, फ्रॉक, साड़ियों के पहनने के ढंग, जैसे 'ह्वाइट वे' की दुकान में चले आए हों कि स्त्री का हर मॉडल यहाँ मिल जाएगा—सुई से लेकर हवाई जहाज़ तक ! आप मुझे बताइए, बालानी के कपड़े पहनने से कुछ फ़ायदा है ? भई, साफ़ बात है—हमसे सब्र नहीं होता। जिसकी नैतिकता और मॉरिलिटी मरती हो वह आँख बन्द कर ले—कुएँ में औंधा होकर मर जाए !" रावत बिफर उठा। यह संकेत शायद हिन्दी प्रोफ़ेसर की ओर था, क्योंकि उसने उधर ही कनखी से देखा।

"अच्छा, कविता सुन, लैक्चर मत दे।" सेठ सामने देखकर उसके लैक्चर से ऊबकर बोला।

"अबे क्या 'बोर' बात करता है ? कोई कविता है जो सुनी जाए ?" हाथ के झटके से उसकी बात उड़ाकर शरद को प्रभावित करने के लिए रावत ने फिर कहा—"सच मानिए शरद बाबू, इनमें से हर औरत चाहती है कि पुरुष की वासना-भरी दृष्टियाँ उसके शरीर को सहला-सहलाकर गुदगुदाती और रोमांचित करती रहें। कितना वह 'इन्वाइट' और आकर्षित कर पाती है, यही उसकी सफलता है।"

"बुरा क्या है ?" शरद ने जँभाई ली।

"मैं तो खुद कहता हूँ कुछ बुरा नहीं है ! तुम्हारी यही इच्छा है, तो यही सही।"

"यार, इस कपूर ने मेरी आफ़त कर रखी है।" सेठ मुड़कर गालों में मुस्कराता

बोला—"जब से बार-बार दुपट्टा गिरा देती है, और पीठ में ज़ोर-ज़ोर से निगाहें घुमा-घुमाकर मार रही है। अपनी तो तबीयत मालिश करने लगी है। यहाँ बैठा रहा तो या तो आर-पार छेद हो जाएँगे—या धड़ दो हिस्सों में कट जाएगा। बन्धुओ, मुझे बचाओ।"

सब धीरे-धीरे हँस पड़े।

"संयोजकजी, क्यों न इस विषय पर आप एक भाषण झाड़ आएँ।" कपिल ने सिगरेट पीने से मुँह में आ गए तम्बाकू के एकाध कण को जीभ से बाहर निकालते हुए कहा—"यार, इस गधे का महाकाव्य ही ख़त्म नहीं हो रहा !"

"पूरी जन्मपत्री लिखकर लाया है। अब तो यह 'बोरियत' ख़त्म होनी चाहिए।" रावत ने कहा—"कहो तो 'हूट' करूँ ?"

"नहीं, नहीं, यह कोई कॉलेज हॉल हैं ? मन्त्रीजी बैठे हैं। दो-दो; साले, दीवाल में चुनवा देंगे !"

"मन्त्रियों की—" कपिल के कान के पास मुँह लगाकर उसने ऐसी भारी-भरकम गाली मन्त्री के नाम चढ़ाई कि शरद ने शरमाकर दूसरी ओर मुँह फेर लिया।

"क्यों, शरद बाबू, दांडेकर नहीं बोलेंगे कुछ ?" कपिल ने एकदम विषय बदलकर कहा।

"अभी तो हमारे कॉलेज में बोलकर आए हैं।" झट शरद के पीछेवाले सोफ़े से एक साँवले लड़केनुमा 'क्लीन-शेव्ड्' सज्जन बोले। इन्होंने जिप लगी बढ़िया ऊनी कपड़े की जाकेट पहन रखी थी जिसकी बाँहों, किनारों पर नफ़ीस गोट लगी थी। गले में एकदम सुर्ख़ टाई। 'होल्डर' में लगी सिगरेट दाँतों में दबाए, उन्होंने अपने रूखे बालों को पीछे हटाते हुए कहा।

कपिल ने परिचय कराया, "आप हमारे कॉलेज में अंग्रेज़ी के नए लैक्चरार हैं। नाम है एम.सी. ओझा।' उन्होंने अपनी जगह से थोड़ा उठकर शरद से हाथ मिलाया और बताया कि उससे मिलकर उन्हें कितनी प्रसन्नता हुई है। फिर एकदम विभोर होकर कपिल से बोले—"यार, एक बात है—तुम्हारा ये दांडेकर बढ़िया इंगलिश बोलता है ! स्पीक्स वैरी फाइन एंड फ़लावरी इंगलिश।" उन्होंने इंगलिश उच्चारण में कहा।

"हाँ, आज दिन में मेरी एकाध बार बातचीत हुई। अपने विषय का अधिकारी विद्वान है।" शरद ने बताया।

"मैं इंगलिश की कह रहा था। सब इतनी अच्छी थोड़े ही बोल पाते हैं। हमारे जो हैड हैं, कभी उनकी इंगलिश आप सुनें तो चकित रह जाएँ।" ओझा ने आँखें ज़रा सिकोड़कर कश खींचते हुए कहा—"मैंने तो तब से उनकी धाक मान ली जब इन्टरव्यू हुआ। मैं इन्टरव्यू देना तो भूल गया बस उनकी अंग्रेज़ी सुनने लगा। मुझसे बोले आख़िर में—"वैल मि. ओझा, यू स्पीक इंगलिस, जस्ट विद द एक्सेंट ऑफ़ एन इंगलिशमैन।" उन्होंने बिलकुल उनकी नक़ल उतारकर कहा।

कपिल ने विरक्ति से कहा—"अरे साहब, कुछ बात भी कहता है या ख़ाली अंग्रेज़ी

ही बोलता है ? अंग्रेज़ी तो हर बैरा और जूनियर कैम्ब्रिज लड़का भी बोल लेता है।"

रावत इत्यादि इस समय शारीरिक अनुपातों का अध्ययन कर रहे थे, कपिल को ओझा का यह विषयान्तर अधिक पसन्द नहीं आया, बोला—"पार्टी ख़त्म करते समय हमें दांडेकर से मिलवाइए, शरद बाबू।"

"ज़रूर।" शरद ने कहा, और परसों का पूरा चित्र उसके दिमाग़ में आ गया। शायद यही कुछ ध्यान कपिल को भी आया—एकदम झटके से उठकर बोला—"अरे हाँ, हमने सुना है कि सूरजजी चक-ऑफ़ कर दिए गए।"

"जी हाँ, हैं कहाँ ? कुछ पता है ?" शरद ने सुस्त पड़कर चिन्तित स्वर में पूछा। उसकी उदासी पुनः लौट आई।

"मिल तो नहीं पाया—लेकिन सुनते हैं 'मज़दूर-संघ' के दफ़्तर में हैं। पार्टी के बाद मुझे भी बहुत ज़रूरी मिलना है।" कपिल ने चिन्तापूर्वक पूछा—"असल बात क्या थी, कुछ पता नहीं चल रहा । कोई कुछ कहता है, कोई कुछ। बात क्या थी, आपको तो पता होगी न ?"

"कुछ यों ही मिल के सम्बन्ध में उन्होंने ऐसी बातें लिख दी थीं जो मालिकों के हितों में नहीं थीं। दूसरे, इस समय तो वे उन्हें किसी भी हालत में प्रकाश में नहीं आने देना चाहते थे। फिर ग़लती उन्होंने की कि यह सारी बातें उन्होंने उस विशेषांक में दे मारीं जो मन्त्रीजी के सम्मान में निकल रहा था।" शरद ने बड़ी जल्दी-जल्दी बता दिया और पूछा—"मि. कपिल, यह मज़दूर-संघ का दफ़्तर कहाँ है ?"

"क्यों ? मिलेंगे क्या ? मैं भी साथ चला चलूँगा। तभी ले जाऊँगा।" कपिल ने कहा।

"अब क्या पता हमें कब फ़ुर्सत मिले ? बाद में पहुँच जाऊँगा।" शरद उन्हें टालना चाहता था।

"तो आप किसी से भी सब्ज़ी-मारकेट पूछ लीजिए। वहाँ जाकर अपने आप पता लग जाएगा।" और यह देखकर कि रावत काफ़ी ज़ोर-ज़ोर से बोल रहा है, कपिल ने उससे कहा—"अरे भाई ज़रा धीरे...वह सामने प्रिंसिपल साहब बैठे हैं, कुछ तो ध्यान करो।"

शरद उठ खड़ा हुआ—"अच्छा, अब मैं ज़रा बाहर जा रहा हूँ।"

"बाहर तो जा रहे हैं, लेकिन वह पार्टी कहाँ है जिसके लिए बुलाया था ? यह तो कवि सम्मेलन हो गया—इसका पुराण ही ख़त्म नहीं हुआ।"

शरद ने कहा—"चिन्ता मत कीजिए, जल्दी ही प्लेटें लग रही हैं।"

"हाँ जल्दी करवाइए, चाहे जितना फ्रॉयडियन-थ्योरी में विश्वास करें—रहना मार्क्स के घर में ही है।" कपिल ने कहा।

"क्या मतलब ?"

"मतलब यही कि लड़कियाँ देखने से पेट थोड़े ही भरता है ?"

"अरे पेट तो तब भरे जब यह महाकाव्य ख़त्म हो।" रावत ने कहा।

"यार, अब नहीं रहा जाता—अब तो सीटी बजाता हूँ। और साली कोई कविता भी तो हो ?" सेठ बोला।

"नहीं भाई, सीटी वग़ैरा नहीं, अपने क्लास की कुछ बच्चियाँ बैठी हैं, कल आफ़त कर देंगी।" कपिल डर गया।

"अम्मियाँ कह—बच्चियों को क्यों बदनाम करता है ?"

"हिन्दी में आप और कैसी कविता की आशा करते हैं। ?" ओझा ने पीछे से अंग्रेज़ी में कहा—"कविता तो इंगलिश में देखिए, क्या एक्सप्रेशन है, क्या डिक्शन और इमेजरी है कि मज़ा आ जाए ! कपिल साहब, आपने स्टीफ़ेन स्पैंडर की कविता 'द गॉड दैट फ़ेल्ड; पढ़ी है ? मास्टर-पीस। सिम्पली मार्वलस्। ऑडेन की 'शील्ड ऑफ़ एचलीज़' देखिए—पौराणिक कथाओं को नया मोड़, नई व्याख्या कैसे दी जाती है—अब हिन्दुस्तानियों को एक हज़ार साल लगेंगे कम-से-कम।"

"कविता ?" शरद के मुँह से निकल गया।

"अबे हट्ट, किसी के सामने कह भी मत दीजो, कविता है !" आँखों के आगे हाथ झटककर कपिल ने कहा—"नाम सुन लिया और चल दिए रौब झाड़ने। वह छः आदमियों की लिखी गद्य की किताब है—कम्युनिज़्म के खिलाफ़ ! और 'शील्ड ऑफ़ एचलीज़' का अभी सिर्फ़ विज्ञापन निकल रहा है—किताब छप रही है। अभी छपी नहीं।"

ओझा झेंपा, लेकिन फ़ौरन ही बोला—"इस नाम की उसकी एक कविता भी है। ऑडेन की किताब के कुछ हिस्से एक पत्रिका में देखे थे।"

"कोई कविता नहीं है। और ऑडेन ने अपने एक लेख में अपनी किताब का ज़िक्र भर किया है।"

"अच्छा अब चलें...." शरद मन-ही-मन हँसता हुआ गैलरी में बिछे मुलायम नम्दे के फ़र्श की रँगीली पट्टी पर एक सीध में चला आया। चलते-चलते उसने सेठ की आवाज़ सुनी जो अपने एक साथी से कह रहा था—"कहो तो एक 'फ्लाइंग-किस फेंकूँ ?" मुस्कराहट होंठों पर आ गई—बेचारे पंडितजी !

"यह आख़िर चलता कब तक रहेगा ?" एक कीड़ा सूरजजी के कन्धे पर रेंग रहा था उसे कैरम के स्ट्राइकर मारने की तरह झाड़ते हुए परेशानी से शरद ने पूछा।

"कह तो दिया, अब नहीं चलेगा ! बहुत चल लिया। अब सूरज के भीतर का वह भीम जागा है जिसका कोई परिवार नहीं है, घर नहीं है, माँ-बाप नहीं हैं—जो ख़ानाबदोश है। और ख़ानाबदोश शब्द भी मूलतः ग़लत इसलिए है कि ख़ाना का अर्थ है घर और दोश का कन्धे—अर्थात् जो अपना घर कन्धे पर लिए फिरता है। यहाँ कोई घर भी नहीं है—कन्धे पर क्या लिए फिरेंगे ? जहाँ पहुँच गए वह घर हो गया—सबका घर अपना है।" सूरजजी फ़र्श पर दीवार के सहारे अध-लेटे बैठे थे और उँगलियाँ एक-दूसरे में

फँसाकर उन्होंने सिर के पीछे रख ली थीं, कुहनियाँ इधर-उधर निकल आई थीं।

"आज तो आप बिलकुल भारतीय अनासक्त योगी की तरह बात कर रहे हैं।" शरद उनके पास ही पैर एक ओर फैलाकर बैठा था।

"क्या करूँ फिर ?" जोश में आकर सूरजजी एकदम सीधे बैठ गए–"यानी आप सोचिए शरद बाबू, हद हो गई ! मुझे अब ताज्जुब होता है कैसे मैं यह सब सहता चुपचाप पड़ा रहा इतने दिनों ? यानी कि आप पहले मौक़े-बेमौक़े अख़बार की हैल्प या सहायता नहीं कर रहे थे, बल्कि अपनी देश-भक्ति और क्रान्ति के प्रति सहानुभूति के नाम पर आप रुपया इन्वैस्ट कर रहे थे !–कि समय पर पूरा 'बिगुल' हथियाया जा सके ! मैंने एक बार आपसे कहा भी था, बिज़नेसमैन देता कुछ नहीं–हमेशा इन्वैस्ट करता है। सो धीरे-धीरे 'बिगुल' इनकी चारदीवारी में आ गया, और फिर आपने देखा कि मैटर तक पास होने लगा।" सूरजजी की आँखें चमकने लगी थीं–या चश्मे के शीशों पर बिजली का बल्ब प्रतिबिम्बित हो रहा था। शरद ने पहचानने की कोशिश नहीं की–वह चुपचाप सुनता रहा–"आवाज़ें ख़रीदी जाती हैं, क़लमें ख़रीदी जाती हैं, आत्माएँ ख़रीदी जा सकती हैं, दुनिया की सारी चीज़ें ख़रीदी जा सकती हैं–लेकिन सब कुछ थोड़े समय के लिए; आप हमेशा के लिए हर आवाज़ को नहीं ख़रीद सकते–हर व्यक्ति की आत्मा कुचली नहीं जा सकती ! आप व्यक्ति की आवाज़, क़लम और आत्मा ख़रीद सकते हैं; लेकिन वह व्यक्ति जिस परम्परा और समूह की कड़ी है उसे आप नहीं खरीद सकते–नहीं कुचल सकते। अंग्रेज़ ने बहादुरशाह को कुचल दिया–पीस दिया; लेकिन उसकी आवाज़–'ग़ाज़ियों में बू रहेगी जब तलक ईमान की, तख़्ते लन्दन तक चलेगी, तेग़ हिन्दुस्तान–' आनेवाले हर क्रान्तिकारी के लिए तलवार बन गई।" सूरजजी विद्रूप से हँसे–"हुंः, अच्छा मज़ाक़ था। आप गोलियाँ चलवाएँ, लाठियाँ चलवाएँ और फिर मिनिस्टरों की दावत-स्वागत में लाखों रुपया ख़र्च कर दें–और सूरजजी आपकी प्रशस्ति गाते रहें। सूरजजी न हो गए–चारण-भाट हो गए ! आपकी लच्छेदार बातों, मुस्कानों और ढोंगों में ज़्यादा देर कोई नहीं उलझा रहेगा।"

"सूरजजी, आप कल्पना नहीं कर सकते–आदमी दूर से क्या सोच सकता है–क्या समझता है ? मैं जानता था कि राजनीतिक और सामाजिक दृष्टि से अपने विचार मिलने का कोई मौक़ा यहाँ नहीं है; लेकिन इनके मिलने-जुलने, ख़त-किताबत से मैं समझता था आदमी उदार-विचारों का है–उतना रूढ़िवादी क़िस्म का नहीं है–अपना काम शायद चल-चला सकता है। न सही उग्रता, थोड़े समझौते और नम्रता से काम ले लेंगे, लेकिन सात दिन में यहाँ तो सारा चौखटा ही उल्टा निकला।" शरद ने समझ लिया कि सूरजजी भरे बैठे हैं, वह अपने मन की बात कहे बिना नहीं रह सका–"और मैंने बताया–अभी मुझे तो हर क़दम पर चौंकना पड़ा। इन सब बातों की हम लोग दूर से कल्पना भी नहीं कर सकते।"

शरद को बोलने का अवसर देकर सूरजजी अपनी अगली बात सोच रहे थे–उसके चुप होते ही बोले–"आप कल देखिए, किस तरह हम लोग इकट्ठे हो-होकर जाते हैं,

झोलियाँ बनाकर हड़तालियों के लिए भीख माँगते हैं। मैं कहता हूँ शरद बाबू, आपकी आँखों में आँसू आ जाएँगे जब आप चार-चार पाँच-पाँच साल के दुध-मुँहों को भूख से बिलबिलाते देखेंगे। औरतों की आँखें गड्ढों में घुस गई हैं—आदमियों की आवाज़ें गलों से नहीं निकलती हैं, लेकिन इनको ज़रा भी दया नहीं है।''

''वे तो मुझे यह समझा रहे थे कि बेकार झगड़ने में कुछ नहीं रखा। झुकने में कौन बड़ा—कौन छोटा ! मज़दूर ही ज़रा झुक जाएँ तो क्या बुराई हो जाए ?'' शरद को कार की बातचीत याद आ गई।

''जी हाँ, कुछ बुराई नहीं है तो आप ही क्यों नही झुक जाते ?'' मेज़ पर बैठे चिटणीस ने जीभ से लिफ़ाफ़े के गोंद को तर करते हुए कहा।

''अच्छा, मज़ा यह है कि अपने को सत्य बाबू से अलग दिखाते हैं। खुद अपनी तरफ़ से मज़दूर-हड़तालियों को चने भेजते हैं जीप में भर-भरकर; लेकिन शरद बाबू, मैं जानता हूँ कोई दिन ऐसा नहीं जाता जब रात को दो घंटे बैठकर सत्य बाबू और यह पूरी स्थिति पर विचार-विनिमय न करते हों। यों ही नेता नहीं बन गया। बड़ी सधी हुई चाल चलता है।'' सूरजजी का चेहरा लाल हो गया था। उन्होंने सिर हिलाकर कहा।

''कहते थे कि पाँच ही क्यों मरे, पाँच हज़ार क्यों नहीं मरे कि दुनिया जान जाती कि 'सत्या मिल्स' के मज़दूर हैं, जो अपने अधिकारों के लिए जान तक लड़ा देना जानते हैं—ख़ून की नदियाँ बहा देना जानते हैं।'' शरद ने बताया।

''न खुलवाओ—न खुलवाओ शरद बाबू, अब यह ज़बान बन्द ही रहने दो।'' तड़पकर सूरजजी बोले—''उन्होंने तो बड़ी आसानी से पाँच के बाद छठे नम्बर पर तीन बिन्दियाँ बढ़ा दीं। ज़बान है, पाँच हज़ार की जगह पाँच लाख भी कर सकते थे, लेकिन अगर छठा नम्बर भी इनका या इनके बेटे का होता तो देखते कैसे इतने नम्बर बढ़ा देते ? मरने की गिनती को लोग कितनी आसानी से कह देते हैं कि एक एटमबम डाला था सो नागासाकी और हिरोशिमा में दो लाख आदमी मर गए ! कमबख़्तो, उनमें तुम्हारा भी एक घर होता तो देखते कैसे तुम 'एटमबम' प्रयोग करनेवाले हो ! आदमी की ज़िन्दगी को सिर्फ़ एक जड़ गिनती बना डाला है।'' सूरजजी ने चिढ़कर कहा—''पाँच की जगह पाँच हज़ार क्यों नहीं मरे ? जो आदमी बयालीस में माफ़ी माँग कर छूटा हो—वह कहता है पाँच की जगह पाँच हज़ार क्यों नहीं मरे !''

''यह माफ़ी माँगकर छूटे हैं ?'' शरद बुरी तरह चौंका।

''जी हाँ, अभी तो जेल में 'रिकॉर्ड' रखा होगा लिखित माफ़ी माँग कर छूटा है।'' सूरजजी ने गहरी साँस लेकर कहा—''क्या सुनोगे, शरद बाबू, भरा बैठा हूँ, भरा ? जब गले तक पानी आ गया तब यह सब किया है। और सूरज इस बात को ख़ूब अच्छी तरह जानता था कि एक-न-एक दिन यह सब होना है, लेकिन पता नहीं कैसी एक जड़ता थी कि दबाए बैठी थी।''

शरद की आँखों के आगे जैसे एक पर्दा खुल गया। वह सोचता रहा। उसे देशबन्धुजी की दूसरी बात याद आ गई, बोला—''और मुझसे कहते थे एक बार, गीता

मेरी सबसे प्यारी किताब है। शान्ति का सन्देश दुनिया में अगर कोई किताब देती है तो बस गीता..."

"गीता और शान्ति का सन्देश ?" चिटणीस इस तरह उठकर खड़ा हो गया जैसे उसके पाँव के नीचे अंगारा आ गया हो—"वॉट नानसेंस ! गीता का उद्‌देश्य ही यह था कि युद्ध हो। आप बताइए, गीता किसलिए कही गई ? और जिस उद्‌देश्य के लिए कही गई—वह सफल हुआ, अर्थात् युद्ध हुआ—अन्याय के विरुद्ध युद्ध हुआ—बदमाश ! अर्थ को ख़राब करते हैं।" चिटणीस ने झटके से नाक से हवा निकालकर घृणा व्यक्त की—"तिलक गीता का भाष्य क्या लिख गए, हर नेता को गीता पर कुछ-न-कुछ उगलने का मर्ज़ हो गया। मज़ा यह कि आदमी को बहकाकर, उसका अर्थ उलटकर बीच में उलझा कर आत्मा को शान्ति देते हैं। मैं मानता हूँ कि गीता है भी ऐसी ही किताब कि जहाँ ज़रा भी आप उसके सृजन का उद्‌देश्य भूले कि भटके और महात्मा बने। वर्ना मुझे बताइए, गीता एक ऐसे आदमी के मानसिक द्वन्द्व के सिवा और क्या है, जो लड़ने में हिचकिचाता था और उसे सुनकर लड़ पड़ा ?"

सूरजजी शून्य में आँखें फाड़े देखते रहे। यों ही कुछ सोचते-सोचते रुक-रुककर बोले—"सूरज की आँखों के सामने बिलकुल साफ़ होता जा रहा है। होगा और ज़रूर होगा। फिर एक महाभारत होगा, कौरवों और पांडवों के दावे का अन्तिम निर्णय होने को है। पाप का घड़ा गले तक भर चुका है, और एक-सौ-एकवीं गाली पर ज़नता का सुदर्शन-चक्र इन शिशुपालों की गर्दन पर होगा !"

यह सूरज़जी की भावुकता के उफान हैं, यह सोचकर शरद उसके बीत जाने की राह देखता चुप रहा। जब वे फिर अपने चिन्तन में खो गए तो उसने पूछा—"अब क्या हो रहा है ?"

"होता क्या ? लड़ाई हाईकोर्ट तक जाएगी। प्रीमियर और होम मिनिस्टर को तुम दावतें खिलाकर, उद्‌घाटन कराके, अभिनन्दन करके और शिलान्यास के नाटक करके बहका लो, लेबर कमिश्नर तुम्हारा भतीजा लगता है, वह अलग कैसे जाएगा—लेकिन क़ानून तुम्हारे सिर पर चिल्लाकर तुम्हारी हत्याएँ बताएगा—"

"नहीं सूरजजी, क़ानून को आप ग़लत समझ रहे हैं।" शरद ने बात काटकर कहा—"मैं जानता हूँ क़ानून क्या है ? इससे बड़ा मज़ाक़ दुनिया में कुछ नहीं है। जिस किताब से एक वकील आपको अपराधी सिद्ध करेगा, दूसरा वकील उसी किताब से आपको छुड़ा देगा। बाज़ीगरी है पूरी यह। शब्दों के अर्थ करने का कमाल है—क़ानून, कचहरी, पुलिस, फ़ौज़, नेता सभी कुछ तो उनके हैं।"

"जब तोप मुक़ाबिल हो तो अख़बार निकालो।" सूरजजी बोले—"आप देखिए शरद बाबू—'बिगुल' निकलता है..."

"दुबारा...?"

"हाँ—अब उसकी कड़क देखिए और चमक देखिए।"

"लेकिन, 'बिगुल' तो उनके पास है, फिर निकालेगा कौन ?" चिन्तित स्वर में

उसने पूछा।

"अरे उनकी ऐसी-तैसी ! हमने फ़रारी और पाबन्दी के दिनों में 'बिगुल-बुलेटिन' निकाले थे—अब क्या वे हाथ बदल गए हैं ? 'बिगुल' क्रान्ति की आवाज़ थी और रहेगी। 'बिगुल' हम निकालेंगे, हम।" सूरजजी ने छाती ठोकी।

शरद की याददाश्त में सूरजजी ने प्रथम पुरुष सर्वनाम का पहली बार इतने शक्तिशाली ढंग से प्रयोग किया और वह विभोर देखता रहा था—जया को यह सब बताते हुए भी वह रोमांचित हो आया था।

"भाई, पार्टी का ढंग हमें ज़रा भी पसन्द नहीं आया।" बड़े से सैंडविच को मुँह में भरकर वहाँ से घोड़े के नाल के आकार का टुकड़ा काटते हुए सिंह साहब ने कहा—"यहाँ कहते हैं—हिन्दुस्तानी बिना अपना कैरेक्टर दिखाए नहीं रह सकता, यानी इतना ख़र्च किया है, सब किया है। न होता बाहर एक शामियाना तनवा देते या 'ओपन-एयर' ही रहने देते, बड़ी-बड़ी चार-छः मेज़ें हो जातीं, उन्हीं के आस-पास कुर्सियाँ डालकर या बिना कुर्सियों के ही ठाठ से 'बफ़े' होता ! यहाँ तो जैसे नाटक में ला बैठाया हो, एक वैरायटी प्रोग्राम रख दिया, अब भाषण होंगे, अब कविता, अब खाना और अब डांस और म्यूज़िक..." उन्होंने दूसरा मुँह मारा।

"वैसे तो सिंह साहब, तुम्हारा तो मन भी नहीं लग रहा होगा ?" जस्टिस मलहोत्रा ने चाकलेट-मिल्क का भारी घूँट निगलकर अपने अठ-पहलू, बिना फ्रेम के बहुत हलके नीले काँचोंवाले चश्मे को पीछे सरकाकर कहा—"यह हिन्दुस्तान-पाकिस्तान-सा बँटवारा भी तुम्हें अच्छा नहीं लग रहा होगा।" वे हँस पड़े।

"उन्हें तो कभी-कभी जाने की आदत होगी ऐसी जगह, लेकिन जस्टिस साहब, दिक़्क़त उन लोगों की है जिन्हें रोज़ क्लब में साक़ी से पीने की आदत पड़ी हो।" 'अजन्ता-प्लास्टिक' के प्रोप्राइटर प्रभूदयाल गर्ग ने अपनी कढ़ी हुई दुपल्ली टोपी को चाँद पर ठीक एंगिल देते हुए कहा और खुद ही हँस पड़ने से उनका भारी शरीर इस तरह उछलने लगा जैसे स्प्रिंग पर रखकर उछाला जा रहा हो।

"हुँः, पार्टी कुछ जम नहीं रही, अपने सारे दोस्त साले इधर-उधर चिपके हैं।" रायबहादुर जंगजीत सिंह—रिटायर्ड एस.पी. अत्यन्त तटस्थ भाव से एक-एक घूँट शराब के अन्दाज़ में पीते हुए, अपनी छोटी-छोटी आँखों की सीध में उठी हुई मूँछों को मरोड़े जा रहे थे। काली अचकन का अन्तिम बटन तक उन्होंने बन्द कर दिया था। घड़ी की सोने की बढ़िया ज़ंजीर बटन से जेब में गई थी जो उनके रौबीले शरीर की भव्यता को और भी बढ़ा रही थी। आँखें लाल, छोटे-छोटे पीछे काढ़े गए बाल, जिनमें स्पष्ट ही ख़िज़ाब लगा था, और गालों के उभरे हुए कल्ले अधिक शराब पीने से काले पड़ गए थे—लेकिन शरीर हट्टा-कट्टा था। मूँछों को मरोड़ते हुए हाथ में चौड़ी चमकदार हीरे के नगवाली चाँदी की अँगूठी—शायद नक्षत्रों या व्यक्तित्व का प्रभाव ठीक रखने के लिए थी—"एस.पी. दुधारा सिंह अपना यार होता है। बड़ा यार-बाश आदमी है—सो साला बाहर कहीं खड़ा है। चौधरी साहब कभी हमने सोचा भी था, इन दो-दो टकों के

आदमियों की गुलामी करनी पड़ेगी ? सालों में वो मार पड़वाई थी कि हड़िडयाँ तो इनकी अब भी दुखती होंगी—याद तो होगा। बड़े-बड़े नेता जो आज ये मिनस्टिर, वो मिनिस्टर हैं, गधे की तरह डकरा-डकराकर रोते थे, जब बीच में खड़ा कर दिया और लगा दिए दो सिपाही, सिर के सारे बाल उड़ा दो मार-मार के जूते, अब लग रहे हैं सिपाही धड़ाधड़-धड़ाधड़ ! सारी कोतवाली गूँज जाती थी।'' अपनी पुरानी बातें याद करके रायबहादुर की आँखें चमकने लगी थीं। हाथ उनका दूसरी तरफ़ की मूँछें मरोड़ने में लगा था। वे खुद ही हँसे।

पतलून, क़मीज़ और ऊँचा-सा कुल्लेदार साफ़ा बाँधे लम्बी नाकवाले चौधरी बंजारा सिंह ने सिर हिलाया—इंग्रेज़ हुकूमत् करणा जान्ता था—उनका रौब और दबदबा था, तब होती थी हुकूमत। अब ये लोग...(एक भारी-सी गाली) क्या खाकर हुकूमत करेंगे ? ज़िन्दगी-भर मूँग की दाल और बकरी का दूध पिया—गुड़ तक नसीब नहीं हुआ, बाप-दादे घास खोदते रहे—और आज मिनिस्टर बन गए। क्या दिल होगा इन सालों का जो उसका दिल था ?''

''और उसी का नतीजा है देख लीजिए, ज़रा-सा डाकू है ख़ज़ान सिंह। दस साल हो गए—दुनिया-भर की पुलिस और फ़ौज लगी हुई है। हाथ नहीं आ रहा है। कभी इस सूबे में चला जाता है, कभी उस सूबे में, ठाठ से राजा मशहूर हो रहा है...'' रिटायर्ड एस.पी. साहब बोले—''सुना बाटा साहब।''

''अच्छा !'' बाटा की सबसे बड़ी स्थानीय ब्रांच के मैनेजर सरदार विलायत सिंह नरूला ने चौंककर अँगूठे और तर्जनी की चुटकी की तरह होंठों पर रखा और फैलाकर मूँछें इत्यादि मुँह पर से हटाते हुए पूछा। ख़ूबसूरत पट्टी बाँधकर उन्होंने दाढ़ी को साफ़े से मिला रखा था और फ़िक्सर से मूँछें जमी हुई थीं।

''हाँ जी, ख़ज़ान सिंह राजा कहलाता है, और शेर की तरह सीना तानकर जहाँ चाहता है जाता है—और इन सालों ने एड़ी-चोटी तक का दम लगा रखा है लेकिन छाँह तक नहीं छू पाते हैं।'' यह देखकर कि इस रोचक विषय के आस-पास के लोग आकर्षित हो रहे हैं। एस.पी. साहब ने और भी अधिक भाव-भंगिमा सहित उसका वर्णन किया।

''बाटा साहब, यक़ीन कीजिए, जहाँ-जहाँ भी मोर्चे लगे, मुठभेड़ें हुईं और कमान उसके हाथ में हुई, उसने इनको छट्ठी का दूध याद करा दिया है, छट्ठी का ! ये सात-सात सौ आदमियों के दल हैं, उधर से सिर्फ़ पचास आदमी हैं और इनकी सालों की हिम्मत नहीं है कि एक को भी ज़रब लगा जाएँ।''

चौधरी साहब भी विभोर हो गए, सिर हिलाकर बोले—'वाह, कमाल है।'' लोग वास्तव में इस बात को कमाल मान रहे हैं या नहीं यह देखने के लिए उन्होंने 'बाटा साहब' को देखा। सिंह, गर्ग और मलहोत्रा की तरफ़ देखा जो अपनी बातें छोड़कर यह बातें सुनने लगे थे।

''हथियार हैं उसके पास ?'' एस.पी. ने हाथ बढ़ाकर प्रशंसापूर्ण ढंग से प्रश्न किया,

फिर खुद ही जवाब दिया—"स्टेनगन, ब्रेनगन, हथगोले—बढ़िया-से-बढ़िया रायफ़िलें, रिवॉल्वर—नए से नया। क्या नहीं है उसके पास ? और निशाना ? अहः हाथ चूम लेने को मन करता है। आज भी सड़सठ साल की उम्र में, चाहे तो आपकी टोपी गिरा दे, रायफ़िल गिरा दे—मजाल क्या जो एक भी गोली बेकार फेंकता हो।"

"अच्छा !" बाटा साहब मुँह फाड़े सुन रहे थे, गद्गद् होकर बोले।

"क्यों साहब आता कहाँ से है जी, यह सब ?"

जैसे किसी बच्चे की बात कर हँस रहे हों, एस.पी. इस तरह हँसकर बोले—"उसका सी.आई.डी. डिपार्टमेंट कुछ ऐसा वैसा है ? अरे, उसके पास ट्रांसमीटर वायरलेस सब है।" फिर ज़रा धीरे से रहस्य खोलने की मुद्रा में झुककर बोले—"तुम्हारे यही सब अफ़सर-मिनिस्टर अन्धाधुन्ध रिश्वतें खाते हैं और देते हैं।"

"हूँ !" गम्भीरता से होंठ बाहर निकालकर चौधरी साहब ने कुल्लेदार साफ़ेवाला बड़ा-सा खोपड़ा हिलाया। और एक आँख से मिनिस्टर साहब की ओर देखा।

"उसको जगह का भी तो बहुत फ़ायदा है।" सिंह ने बीच में कहा—"वह रहता ही उन ऊबड़-खाबड़ खादरों में और ऐसी जगह है कि ये लोग पहुँच ही नहीं पाते हैं। ऐसी-ऐसी दरारें और खाइयाँ हैं कि चार-चार सौ आदमी महीनों पड़े रहें, इनके बाप पता नहीं लगा सकते।" उन्हें वहाँ की चप्पा-चप्पा ज़मीन का हाल मालूम है। इन लोगों के लिए यह सब बिलकुल नया है। और ख़ैर बरसात में जब नदी चढ़ आती है तो ये लोग कुछ कर ही नहीं सकते।"

"खुले में ही क्या कर पाते हैं ?" एस.पी. साहब अब उसके पूरी तरह प्रशंसक बन चुके थे—"अभी पिछले दिनों की ही बात है। इन्हें पता लग गया, फ़लाने गाँव में डाका पड़ रहा है और उसमें ख़ज़ान सिंह है—सा'ब, चढ़ दौड़े। तीन सब-इंस्पेक्टर थे, पचास-साठ सिपाही थे, दोनों तरफ़ से डटकर गोलियाँ चलीं—फिर वो लोग भाग गए। शायद उनका कोई आदमी घायल हो गया था—उसे उठा ले गए थे। ख़ून की बूँदों के सहारे यह भी पीछे चलते गए थे। इनके साथ दो मुख़बिर थे वही इन्हें ले जा रहे थे। नदी पर जाकर सब निशान ख़त्म हो गए—वहाँ मल्लाहों के आठ-दस झोंपड़े थे—उनसे पूछा-ताछा, मारपीट की तो पता चला कि पार चले गए, नावें वे लोग खुद ले गए हैं। पार जाने का कोई रास्ता नहीं है। अब ये साले सब भूखे-प्यासे थे। वहीं दो-चार बाड़ियाँ थीं, ये खीरे-ककड़ियाँ खाने उसमें घुस गए। तभी अचानक पहाड़ी नदी के पार से गोली आई और एक मुख़बिर की खोपड़ी में लगी। वह तो ठंडा हो गया। भगदड़ मच गई। गड्ढों में और पेड़ों के पीछे से इन लोगों ने भी जवाब दिए; लेकिन वे लोग बड़े पत्थरों के पीछे काफ़ी ऊँचे पर मोर्चा लगाए बैठे थे। दो सब-इंस्पेक्टर एक छप्पर के नीचे एक ही खाट पर लेटे थे। मुख़बिर पास बैठा था—अचानक एक के बाद एक, कई गोलियों की बौछार उधर आई—एक सब-इंस्पेक्टर तो उछालकर पुर के लिए बैल के जाने का जो गड्ढा था, उसमें कूद पड़ा—दूसरे को तीन गोलियाँ लगीं। दूसरे मुख़बिर को भी उन्होंने उड़ा दिया...।" अपनी बात का निष्कर्ष निकालते हुए हँसकर

बोले—"अभी दुधारा सिंह परसों आया था कि वह सब-इंस्पेक्टर जो गड्ढे में गिरकर बच गया...रात को खाट से उछल-उछल पड़ता है। चीख़ता है।"

"मुख़बिर को नहीं छोड़ता...?" गर्ग ने भीत स्वर में पूछा।

"अजी किसी क़ीमत पर नहीं।" एस.पी. बोले—"और वो कोई पेशे से डाकू थोड़े ही है ? उसे तो डाकू बना दिया है लोगों ने। अब तो वह भले आदमियों की ज़िन्दगी बिताना चाहता है—दो-एक बार शर्त भी रख चुका है, लेकिन यह हैं कि मानते ही नहीं हैं। चाहते हैं डाकू ही बना रहे..."

"इनके दिमाग़ों में तो गोबर है।" विलायत सिंह बोले।

मलहोत्रा ने गहरी साँस लेकर अपने शरीर को पीछे डाल दिया और बोले—"कितनी-कितनी विकट शक्तियाँ हैं और कैसे-कैसे ग़लत रास्तों पर लगी हुई हैं—अब हमारे यहाँ ही एक साहब लाए गए, पतले-दुबले नाटे से, देखें आप तो समझें कॉलेज के स्टूडेंट हैं। और सिपाहियों के बीच में ऐसे चले आ रहे थे जैसे दामाद आ रहे हों। सूरत देखते तो लगता कि यह बेचारे इन कामों को कभी नहीं कर सकते लेकिन तीन बार के सज़ायाफ़्ता, स्मगलिंग उनका पेशा और रौब ऐसे जैसे कहीं के राजकुमार हों। बढ़िया सूट, टाई, चश्मा, एक स्टूडीबेकर होटल के दरवाज़े पर खड़ी रहती..."

"अच्छा-अच्छा वही तो नहीं, दिल्ली के कई वारंट जिनके नाम थे। यहाँ होटल चला रहे थे।" सिंह ने बीच में बात काटकर कहा।

"हाँ-हाँ, वही।"

"अरे साहब, वे तो जीनियस थे, जीनियस। उनकी हिस्ट्री तो बहुत ही विचित्र है।" सिंह ने सिगरेट का पैकेट निकालते हुए कहा—"वे साहब प्राइम-मिनिस्टर के सेक्रेटरी के असिस्टेंट बनकर लाखों रुपया सेठों, राजाओं और नवाबों से झटक आए। आज इस राणा के साथ जा रहे हैं कल उसके, और जब पोल खुलती दीखी तो यहाँ भाग आए, होटल ले लिया 'क़ैफ़े डी पैरिस'—अब उनके नाम वारंट निकले, और वे यहाँ शान से मर्करी-ग्लासेज़ चढ़ाए हुए होटल चला रहे थे..."

"हाँ-हाँ मैं जानता हूँ, वह स्टेशन के पास था न।" सिंह द्वारा ऑफ़र की हुई सिगरेट मुँह में लगाए हुए मलहोत्रा ने ज़रा धीरे से कहा—"लेकिन वह तो इन नेता भैया का था...और..."

"और क्या...ठीक बात है। दुनिया जानती है उसमें सब कुछ सप्लाई होता था।" सिंह ने सिगरेट मुँह में लगाए हुए ही लाइटर जलाकर हाथों से आड़ करके सबकी ओर बढ़ाकर कहा—"सब तरह का माल। हमारे गर्ग साहब तो ग्राहक रहे हैं..."

गर्ग हँसे—"क्यों बदनाम करते हो ? उस दिन उस कमबख़्त गांगुली के चक्कर में चला गया था।" गले तक का, जयपुरी कोट उनके डैनों की तरह इधर-उधर फैला था।

"तो सचमुच उसमें सब कुछ मिलता था ?" मलहोत्रा से रस लेकर पूछा।

"और लो, जस्टिस साहब की बातें ? अरे मैं झूठ थोड़ा ही कहता हूँ। बन्दा परवर, उसमें हर उम्र और हर जाति की मिलती थीं। और यही देश और धर्म के उद्धारक उसे

चलाते थे...'' सिंह ने तेज़ पढ़कर कहा।

''हो सकता है उसने उसे ख़रीद लिया हो इनसे...'' जस्टिस साहब ने दलील पेश की।

''जी नहीं...वह आख़िरी वक़्त तक सिर्फ़ मैनेजर था !'' अत्यधिक आत्मविश्वास से सिंह बोला।

''ताज्जुब है !'' बाटा साहब सिर हिलाकर बोले—''तभी यह मिनिस्टर-मन्त्री रोज़ आते थे, भाग-भागकर।''

''साले ने डाल भी तो रखी है—यह मायादेवी...।'' चौधरी साहब ने घृणा व्यक्त की।

''एक मायादेवी है उसकी ? उसके स्कूल की प्रिंसीपल—यहाँ वहाँ बीसियों हैं।'' एस.पी. जो अत्यन्त तटस्थता से सुन भर रहे थे मूँछों में मुस्कराते पुलिस की भाषा में बोले—''और मायादेवी में क्या रखा है ? साली चुसी-चुसाई। लड़की हो रही है पठिया। फूल-ऊल लगाकर आज बहार आ रही है, जोबन आ रहा है ?'' एस.पी. की आँखों में वासना की चमक कौंध गई।

''वाह ! यह बात कही है एस.पी. साहब इतनी देर बाद।'' सिंह ने हँसकर हाथ मिलाया—''क़सम ख़ुदा की, बिलकुल परी-सी लगती है—सफ़ेद।''

उनके हाथ को पकड़कर अपनी ओर खींचते हुए सिंह के कान में एस.पी. ने कहा—''अबे, तुम इधर-उधर क्यों देखते हो ? तुम तो जस्टिस साहब को कर्ज़ा दिए जाओ, और मज़े में उनकी लौंडियों पर हाथ फेरे जाओ...।''

''ओः एस.पी. साहब।'' और ख़ूब ज़ोर से ऊपर-नीचे हिलते हुए हँस पड़े।

''हम सब जानते हैं...पुलिस की नौकरी में रहे हैं, मियाँ।''

''जी हाँ, उसने ज़िन्दगी-भर पुलिस में नौकरी करते अपने बाप का नमक खाया सही, लेकिन आज तो हमारे साथ है...'' पूरा पंजा फैलाकर बतरा ने कहा।

''कौन ?'' सूरजजी ने बाहर निकलते हुए पूछा।

''वही, मैं देवकुमार की बात कह रहा हूँ।'' बतरा ने बीच में ही बताया। ''हाँ ऽ ऽ।'' दोनों बाँहों को फैले पंखों की तरह फड़फड़ा कर पहनते हुए कोट को ठीक करते हुए सूरजजी ने कहा।

''लेकिन कॉमरेड, ग़लती हम यह करते हैं सबसे बड़ी कि लोगों को बिलकुल अपरिवर्तनीय और जड़ समझ लेते हैं।'' 'बिलकुल' शब्द पर ज़ोर देकर बतरा ने सामने बैठे, चाय के कप में स्लाइस डूबा-डूबा कर खाते हुए, बिखरे बालोंवाले हनीफ़ से कहा, और मेज़ पर रखे कप में झुककर मुँह मारा।

''एक बात बतरा तुम भूल जाते हो—आख़िर उसकी वह मिडिल क्लास-ज़हनियत—जो उसके रग-रेशे में जज़्ब हो गई है, एक फूँक मारते ही तो उड़ नहीं जाएगी ? वह कहीं-न-कहीं तो अपना गुल खिलाएगी ही।'' उसने एक स्लाइस उठाकर बतरा की प्लेट

में कप के बग़ल में रख दी।

"तुम्हारे हिसाब से तो फिर यह जहनियत अलग हो ही नहीं सकती ! और सिर्फ़ एक इलाज रह जाता है कि मज़दूर तबक़े का काम मज़दूर लोग करें और किसानों का किसान। ऐसे वॉटर-टाइट पॉकेट्स बन जाएँ कि एक को दूसरे में क़दम रखने की इजाज़त ही न हो।" वह हनीफ़ के पीछे दीवाल में ठुकी बड़ी-सी लेनिन की तस्वीर को देखता रहा।

"नहीं, मेरे कहने का मक़सद कभी यह नहीं है। पर साथ ही इस बात से भी आख़िर इनकार कैसे किया जा सकता है कि एक-दूसरे की मुश्किलात और प्रॉब्लम्स को वे ही लोग अच्छी तरह समझ सकेंगे जिनकी ज़िन्दगियाँ उन हालात और सरकम्सटांसैज़ में गुज़र गई हैं।" स्लाइस खा चुकने के बाद उसने प्लेट में चाय उँड़ेलकर मुँह की ओर बढ़ाई।

"और तब तक लोग हाथ पर हाथ रखकर बैठे रहें–यही न ?" हँसकर बतरा ने कहा–"कॉमरेड, किसी लॉन में थोड़ी घास चरने जाया करो ! यह ठीक है कि मिडिल क्लास की ज़हनियत बड़ी बुरी चीज़ है और उससे पीछा छुड़ाना बड़ा मुश्किल है, लेकिन जब तक प्रोलिटैरियट क्लास से खुद लोग न आएँ, तब तक अफ़ीम खाकर पड़े रहो, यह कहाँ की दलील है ? मार्क्स और एंगिल्स खुद किन क्लासों के थे? लेनिन ने तुम्हीं जैसे लोगों को तो लुम्पन प्रोलिटैरियट बताया है।"

सूरजजी दरवाज़े में खड़े-खड़े मुड़कर देखते और मुस्कराते रहे–बतरा की अन्तिम बात पर हँस पड़े–"शाबाश !" और तेज़ी से सीढ़ियाँ उतर आए।

"बड़ी देर लगा दी।" शरद पहले नीचे आ चुका था।

"यों ही, बड़ी मज़ेदार बहस ऊपर दो कॉमरेडों में हो रही थी–ज़रा सुनने लगा था।" सूरजजी ने चलते-चलते दोनों पंजों को फैलाकर कहा–"लोगों में बड़ी बेचैनी है; बड़ी अकुलाहट है। समस्याएँ हैं कि उन्हें नोंचती खसोटती हैं, और हर आदमी अपने-अपने ढंग से उन्हें सुलझाने की कोशिश करता है।"

"लेकिन सूरजजी, क्या आप ऐसा फ़ील नहीं करते कि बातें बहुत हैं–काम नहीं है ?"

"बात यह है कि हर समस्या और हर प्रश्न के प्रति हम लोगों के दिमाग़ साफ़ नहीं हैं। इसलिए काम में लग जाने से पहले हर आदमी अपना दिमाग़ साफ़ करना चाहता है। मान लीजिए, मैंने छः साल रात-दिन एक करके एक लाइन में काम किया और एक दिन पाया कि मैं तो बिलकुल ग़लत लाइन पर काम करता आया हूँ। तो आज इन तेज़ी से बदलती हुई परिस्थितियों में कोई भी आदमी आश्वस्त नहीं है कि वह जो भी कुछ करेगा, कल उसे स्वयं उसका विवेक ठीक भी मानेगा–इसलिए काम में हिचक और झिझक है...यों सब मिलाकर एक गतिरोध है और घुमड़न है। ख़ैर।" सूरजजी शरद के कन्धे पर हाथ रखकर बाज़ार में निकल आई गली के मुहाने पर खड़े, शायद एक क्षण को यह सोचते रहे कि किस ओर चला जाए...फिर चलते हुए

बोले—"हाँ, तो हम लोग पहली बात पर आ जाएँ, आप पद्मा के बारे में कुछ कह रहे थे ?"

"हाँ, मेरा ख़याल कुछ ऐसा है—ख़याल क्या मुझे लगता है जैसे जया के दिल में कहीं थोड़ी-सी कचोट है। वह शायद पद्मा और मेरे सम्बन्ध को या पद्मा के प्रति मेरी सहानुभूति को थोड़ा ग़लत अर्थ में समझती है। मैं यह नहीं कहता कि वह बुरा ही समझती है, या यह कि स्त्रियों में चली आई ईर्ष्या उसमें भी है। लेकिन फिर भी इस तरह की समझ का मौक़ा क्यों दिया जाए ?" शरद पार्टी के बारे में सोचता-सोचता बोला—"और क्लास में तो सिवा कुछ फ़ॉर्मल बातों के और कभी हमारी बातें ही नहीं हुईं; यों मुझे वह अच्छी लगती थी।"

"इसमें तो शक ही नहीं कि वह सुन्दर है और सुन्दरता को सँवारना जानती है।" सूरजजी ने जेबों में से तलाश करके एक छोटी-सी डिबिया निकाल ली, जिसमें दाँत कुरेदने की सींकें भरी थीं।

"जो भी हो, मुझे वह अच्छी लगती थी और है भी।" शरद ने ध्यान से एक निगाह फेंककर देखा; सूरजजी के पानों में व्यंग्य कितना है। फिर अपनी बात साफ़ की—"और इसका कभी यह अर्थ नहीं है कि उद्‌देश्य एक ही हो। मुझे बहुत-सी चीज़ें अच्छी लगती हैं, ताजमहल अच्छा लगता है, फूल अच्छे लगते हैं। सबसे बड़ी बात है कि मुझे उससे बहुत ही अधिक सहानुभूति है। वह बेचारी कहाँ आकर फँस गई है, उसका यह धीरे-धीरे गलना और घुटना मुझे बहुत ही बेचैन कर देता है। पहले मैं बहुत कम सोच पाता था कि इतने साधन-सम्पन्न और ऐश के वातावरण में रहकर भी कोई इतना दुखी, अस्त-व्यस्त और 'टारमेंटेड' रह सकता है।" स्वर शरद का पिघलने लगा था।

कुछ देर दोनों चुपचाप चलते रहे। बाज़ार कहीं अधिक रौनक़दार था और कहीं कम। सन्ध्या को घूमनेवाले एकाध-दो ही दिखाई देते थे।

"सूरजजी, मेरे साथ एक बड़ी विचित्र ट्रेजेडी रही है।" शरद ने फिर धीरे-धीरे कहा—"आप मेरी बात को ग़लत मत समझिए। कुछ ऐसा अजब चांस रहा है कि जो कुछ मुझे पसन्द था या अच्छा लगा, वह हमेशा मुझसे कटता रहा और जो कुछ मैंने...मैंने नहीं सोचा वह मेरे आस-पास अदबदा कर मँडराता रहा। एक पंजाबिन लड़की थी शकुन, वह मुझे बहुत, या कहिए काफ़ी हद तक पसन्द थी। जया के बारे में मैंने सोचा भी नहीं था; यह मेरे साथ आई। पद्मा मुझे अच्छी लगती थी इससे कभी खुलकर—पिछले एकाध दिन को छोड़कर, बातें ही नहीं हुईं। मायादेवी को देखकर मेरी रूह कूच करती है—और उनका वात्सल्य मेरे ऊपर टपका पड़ता है ! कोशिश वकालत में जाने की-थी—आ फँसे यहाँ। आपसे मिलकर मैंने निश्चय कर लिया था कि इस आदमी से नहीं पटेगी—और अब आपके बिना ज़िन्दगी सूनी लगती है ?" शरद मुस्कराया।

"सात दिन में ही !" सूरजजी ने अट्ठहास करते हुए शरद को बाँहों में भींच लिया। फिर क्रमशः गम्भीर होकर बोले—"यह सात दिन—यह सात दिन शरद बाबू, बड़े

विकट रहे हैं। इसमें क्या से क्या बन गया हूँ, और इसका श्रेय बस तुम्हीं लोगों को है—नहीं तो बड़ी-बड़ी बातें यहाँ हुई हैं और मैं अप्रभावित ही रहा हूँ।''

'आइए एक-दूसरे की प्रशंसा छोड़कर हम लोग किसी और विषय पर बातें करें।'' शरद ने धीरे-धीरे से उनके बाहु-पाश से अपने को मुक्त किया। दोनों फिर ज़ोर से हँस पड़े। शरद बोला—''और चाहे कुछ हुआ हो, एक बात तो मैं भी देख ही रहा हूँ कि अब आप अत्यन्त ही आत्मविश्वासपूर्वक 'मैं' और 'हम' का प्रयोग करने लगे हैं। वर्ना अपने को अन्य पुरुष की तरह सम्बोधित सुनना वास्तव में बड़ा अजब लगता था। बाद में कई बार यह बात मेरे दिमाग़ में आई कि इसमें इसके सिवा और क्या मनोविज्ञान हो सकता है कि यह आदमी अपने से बड़ा विरक्त है, जैसे अपने आपसे घृणा करता हो—आत्मविश्वास न हो, जैसे अपने व्यक्तित्व और अस्तित्व में संगति न बैठा पा रहा हो—कुछ इसी तरह की बातें दिमाग़ में आती थीं। आप नाम भी तो अपना ऐसी तटस्थता से लेते थे जैसे 'हुंः, होगा कोई सूरज हमें क्या है।' नाम आप अब भी लेते हैं। लेकिन शायद वह पहला अभ्यास है।''

''और अब मुझ हनुमान में नल-नील ने आत्मविश्वास जो जगा दिया है।''

इस बार दोनों सड़क पर रुककर इतने ज़ोर से हँसे कि एकाध राहगीर रुककर देखने लगे।

इतनी देर की थकावट और उदासी दोनों की ही दूर हो गई। शरद ने कहा—''लीजिए, दो क़हक़हे लगाए—ज़रा खुलकर बातचीत की, सारी उदासी और मानसिक गिरावट दूर हो गई—वर्ना वहाँ तो सचमुच ऐसा लगता था जैसे दिमाग़ फटा जा रहा हो, दम घुटा जा रहा हो। कमबख़्त गंजे की वही सख़्त चालाकी से भरी निगाहें आस-पास मँडराती रहती थीं। मेरी फ़ोटो खींचो, मेरी आत्म-कथा लिखो, मुझे भाषण लिखकर दो, फिर मेरी प्रशंसा करो—फिर उस मन्त्री के पीछे लगे फिरो—मुझे तो झुँझलाहट चढ़ती है।''

''अभी आपने उसे देखा कहाँ है शरद बाबू ?'' सूरजजी चलते-चलते एक पानवाले की दूकान पर रुक गए। लैम्प जल रहा था, इधर-उधर ख़ूबसूरत औरतों की तस्वीरें, सिगरेटों के विज्ञापनों पर लगी चिपकी थीं। उन्होंने पैसे फेंककर कहा—''दो पान।''

''दूकान तो ख़ूब सजी है।'' पतलून में हाथ डालते हुए ही शरद ने इधर-उधर देखकर यों ही कहा।

''रंडी का मकान और पान की दूकान—सजावट की दो ही तो जगहें हैं बाबू।'' पानावाला पान उठाकर देते हुए बोला।

''देख लो डायरेक्टर, ज़िन्दगी से ली हुई फ़िलॉसफ़ी यह है।'' सूरजजी ने पान मुँह में भरकर हथेली पर रखी तम्बाकू मुँह में झोंकते हुए कहा।

दोनों आगे चले। बिजली के खम्भों की रोशनियाँ सिमट गई थीं। कोहरा झूल रहा था। जब खम्भे के नीचे आते तो परछाइयाँ पैरों के पास होतीं और फिर सामने लम्बी होती जातीं। अगले खम्भे की रोशनी की जगह दो आदमियों की चार परछाइयाँ हो जातीं,

फिर पीछे दो लम्बी परछाइयाँ घिसटतीं। आस-पास कोठियों के बन्द जालीदार फाटक गुज़र रहे थे। भीतर किसी-किसी बरामदे में रोशनी दिखाई दे रही थी और कहीं-कही रेडियो सिनेमा के गीत गा रहा था।

"हाँ, तो मैं कह रहा था; अभी आपने देखा क्या है ?" सूरजजी ने एक और पीक का कुल्ला करते हुए कहा—"कहीं भी मीटिंग हो, यह सबसे पहले उस जगह बैठेगा जहाँ बहुत बड़े नेता बैठे हों—या बैठने की सम्भावना हो। कहीं किसी नेता की फ़ोटो खिंच रही हो, इसने अगर कैमरे की सूरत देख ली तो फ़र्लांग भर से दौड़कर सामने आ जाएगा। इस कमबख़्त को कोई शर्म नहीं है। फ़ोटोग्राफ़र को पैसे दिलाएगा। ख़ातिर करेगा—आप अन्दाज़ा नहीं लगा सकते कि अख़बारवालों को कितने पैसे इससे बँधे हैं—एक बात है जो बताऊँ ? और एक की बात हो तो बताऊँ—यहाँ सबके सब हज़रत भरे पड़े हैं।" होंठों को कसकर हथेली से पोंछते हुए वे बोले—"इनके यहाँ की एक प्रिंसिपल हैं—बड़ी सती-सावित्री बनती हैं, खद्दर पहनेंगी, लड़कियों को सिर नहीं खोलने देंगी। बिन्दी लगाने पर प्रतिबन्ध है, फ़ैशन या ज़रा भी रंगीनी से किसी को देख लें तो स्कूल से बाहर निकाल दें। और खुद एक मासूम लड़के की जान ले ली। डायन !"

"कैसे ?" शरद ने बड़ी उत्सुकता से पूछा।

"पहले जिस मकान में रहती थी नीचे का हिस्सा लेकर, उस मकान-मालिक का सत्रह-अठारह साल का ज़रा सुन्दर-सा लड़का था। बेचारा बी.-एस.सी. में पढ़ता था। नीचे ही उसका भी कमरा था। यह उसके पास पहुँच जाती और पढ़ने नहीं देती। वह बड़ा परेशान, और आख़िर एक दिन उसे बेशर्मी से इसने रात में चूम लिया। वह बेचारा किससे कहे और कौन उसकी बात का विश्वास करे ? फिर पता नहीं उससे इस कुतिया ने क्या कहा कि उसने मना कर दिया, तो खुद ही जाकर उसके बाप से शिकायत कर आई। बाप ने बेटे की बेंत लेकर ख़ूब धुनाई की—शाम को ज़हर खाकर मर गया।"

"उफ़ !" शरद के दिल से एक गहरी साँस निकल आई। उसके आगे बार-बार मायादेवी का चेहरा आने लगा—और सिनेमा का उस दिन का दृश्य साकार हो गया। कुछ देर चुपचाप चलने पर उसने पूछा—"सूरजजी इन मायादेवी के बारे में जानने को मैं बहुत उत्सुक हूँ। यह क्या रहस्य है ?"

"रहस्य-वहस्य कुछ नहीं, बड़ी सीधी-सी बात है। लो आज बताए देता हूँ।" सूरजजी ने गुस्से में आकर पूरा पान थूक दिया, और बोले—"असल में मायादेवी की कहानी इसके कमीनेपन और बदमाशी की कहानी है। बाप ने पिछली लड़ाई में ज़बर्दस्ती पकड़वा-पकड़वाकर रँगरूट भरती कराए और रायबहादुर बन गया। लेकिन बेटा पड़ गया कांग्रेसियों के चक्कर में, पहले क्रान्तिकारियों के साथ भी गया मगर वहाँ जान लेने और देने का सौदा था, सो भागकर गाँधीजी की शरण में जाना पड़ा। अहिंसा का दर्शन इन सब बातों से बरी था। सत्याग्रह करना और जेल जाना। मायादेवी एक अच्छे, बहुत ही अच्छे घर की लड़की थीं, यह कुछ लड़कियों के साथ पिकेटिंग में जाती थीं। उन्हीं दिनों इन दोनों का परिचय हुआ। रास्ता ग़लत हो या सही, देशभक्ति दोनों को घसीटकर

पास लाई। परिचय घनिष्ठ हुआ और घनष्ठिता प्रेम बन गई—कोई अस्वाभाविक बात नहीं थी। इसने वर्षों यह छिपाए रखा कि यह विवाहित है—और प्रेम चलता रहा। और जब यह बात मायादेवी को पता चली तो इन्हें बड़ा मानसिक आघात लगा। बीमार हो गई, लेकिन फिर इसने अपने को सँभाल लिया। और कह दिया कोई बात नहीं—मैंने तुमसे प्रेम किया है—तुम्हारी आत्मा और गुणों से प्रेम किया है। तुम विवाहित हो, यह बात बता देते तो अच्छा था—और जब नहीं बताया, तो ख़ैर कोई बात नहीं है। मायादेवी ने उपन्यास पढ़े थे, कहानियाँ पढ़ी थीं, और स्वयं भी काफ़ी भावुक थीं—इसलिए इनके प्रेम को थोड़ा-बहुत समझा जा सकता है। वे इसके पीछे अन्धी थीं—और कहावत की यह बात कि अगर यह माँगता तो शायद गर्दन काटकर भी दे देतीं, उन पर बिलकुल सही उतरती। विवाह मायादेवी का हुआ, और ऐसे आदमी से हुआ जिसकी लाखों की सम्पत्ति थी, लेकिन वह पता नहीं किस ज्वर में अन्धी थी कि कभी पति की चिन्ता नहीं की। कभी-कभी भाग आती और इस कमबख़्त के यहाँ हफ़्तों रहती। पति ने ज़ोर-जुल्म भी किया—इसे भी धमकी भरे ख़त आए, लेकिन इसने साफ़ लिख दिया कि आपसे अपनी पत्नी जब नहीं रोकी जाती तो दूसरे को दोष देने से क्या लाभ है। ऐसा कुछ जादू इसने डाल रखा था। आख़िर मायादेवी के पति को अपनी पुत्री पद्मा की रक्षार्थ उसका ख़याल करके समझौता करना पड़ा कि साल में एक बार मायादेवी इसके पास आ सकेंगी। बच्ची को शिमला के किसी स्कूल में भेज दिया गया। बाप ने काफ़ी सम्पत्ति बच्ची के नाम कर दी और इधर यह रंग-रेलियाँ चलती रहीं। ऊपर से यह—देशबन्धु—और वे—मायादेवी के पति—मित्र बन गए थे। लेकिन इसने अब एक चालाकी चलनी शुरू कर दी। जब इच्छा होती, दौरे का बहाना करके पड़ जाता कि व्यापार में घाटा हो रहा है। बिजनेस नहीं चलता, अब क्या किया जाए ? और मायादेवी पति के घर से ला-लाकर इसे देती। ठीक तो कुछ नहीं, लेकिन लोगों का अनुमान यही है कि बीस-पच्चीस लाख रुपया इस तरह ला-लाकर मायादेवी ने इसके यहाँ भरा। कभी-कभी तो हीरे-पन्ने जड़े हुए गहनों से लदी आती थीं और बिलकुल सूनी कलाइयाँ लिए जातीं। ये मिल और सिनेमा सब उसी वक़्त के हैं। और तो और, यह 'स्वदेश महल' भी तभी बना। स्वदेश महल का उद्‌घाटन हुआ और इसने मायादेवी और उनके पतिदेव को बुलाया। किसी बड़े नेता ने—शायद महात्मा गाँधी ने ही—इसकी नींव का पत्थर रखा था—और उद्‌घाटन जवाहरलाल नेहरू ने किया। मायादेवी के पतिदेव आकर तीसरे-चौथे दिन यहाँ बीमार पड़ गए और फिर मर गए।"

"मर गए ? यहाँ ?" शरद ने झटके से पूछा।

"हाँ जी, बिलकुल मर गए और उस समय जब उसे ज़हर दिया जा रहा था मैं उस समय 'दवा' की बोतल लिए खड़ा था—"

"ज़हर ?" शरद बुरी तरह चौंक पड़ा "क्या मतलब ?"

"शरद बाबू, इतना क्यों चौंकते हैं ? मायादेवी के पति को ज़हर दिया गया था।" बहुत अधिक शान्तिपूर्ण स्वर में और निहायत तुच्छ बात की तरह सूरजजी ने

कहा–"यह केशव जो आप देखते हैं न, चन्द्रकान्ता के भूतनाथ की तरह इस सारे तिलिस्म की कुंजी है। यह मायादेवी का बहुत पुराना घरेलू नौकर है और इसे देशबन्धुजी ने ठोक-पीटकर अपना बना लिया, मिला लिया। यही इन दोनों के पत्र इत्यादि सब लाता, ले जाता था और शुरू से ही जानता था इनके आपस के सम्बन्ध को। बेचारा मायादेवी का पति, ज़रा से जुकाम का शिकार था–और उसके लिए जो दवा दी गई, उससे वह खाट पर जा पड़ा। अब अच्छे-से-अच्छे डॉक्टरों के इलाज शुरू हुए। जब हालत बहुत ज़्यादा बिगड़ गई तो प्रसिद्ध डॉक्टर को लेने यह देशबन्धु ख़ुद कार से गया। मैं बीमार के पास था–केशव हर वक़्त आस-पास रहता था। शायद वह दूसरे कमरे में था और कमरे में केवल मैं और खाट पर लेटा बीमार। मैं उसके सिरहाने कुर्सी पर बैठा कोई किताब पढ़ रहा था और शायद वह छत की ओर लगातार देखे जा रहा था। अचानक वह फूट-फूटकर रो पड़ा–'सूरजजी मुझे बचाओ।' मैं चौंका, शायद सोते में जागा हो, कोई सपना देखा हो। पास गया कम्बल उढ़ाया। उसने मेरे दोनों हाथ पकड़ लिए और आँखों से लगाकर और भी ज़ोर से बिलख-बिलखकर रो पड़ा–'सूरजजी, मैंने अपने कानों से सुना है, आज मुझे ज़हर दिया जाएगा। मुझे बचाओ सूरजजी–मुझे बचाओ...।' दिल मेरा भी धड़क उठा–लेकिन मैं कर ही क्या सकता था। सोचा शायद बीमार का प्रलाप हो। लेकिन तभी यह केशव आ गया। शायद इसने कुछ सुना भी हो। डॉक्टर आया, देशबन्धु आए, भाग-दौड़ शुरू हुई। छाती, नब्ज़ देखने के बाद इधर-उधर कानाफूसी हुई और दवा बताई गई। डॉक्टर के बैग में ही वह दवा भी थी। अब आप कल्पना कीजिए उस दृश्य की कि एक बीमार के चारों ओर सात-आठ आदमी खड़े हैं और उसे ज़बर्दस्ती दवा पिला रहे हैं। मेरे हाथ में शीशी थी–आवश्यकतानुसार दवा डॉक्टर के पास प्याली में थी। मरीज़ दवा को मना कर रहा था–लेकिन सभी मरीज़ मना करते हैं ! दवा नहीं पिएँगे तो ठीक कैसे होंगे–इत्यादि तर्क देकर ज़बर्दस्ती उनके हाथ-पाँव पकड़े गए–दो ने हाथ पकड़ लिए, दो ने पाँव, एक ने बीच में से इन्हें दबा लिया। उस वक़्त मैंने मौत से संघर्ष करते आदमी की ताक़त देखी–वह पाँच दिन का बीमार, कभी इधर सिर कर लेता था, कभी उधर और सात आदमियों के वश में नहीं आ रहा था। सिर पकड़ा गया, लेकिन उसने कसकर दाँत भींच लिए, एक की उँगली को किचकिचाकर काट लिया। मैं उस संघर्ष को देखकर सचमुच दहल उठा। एक बार तो उसने दवा फैला दी, लेकिन दुबारा भरी गई और आख़िर मुँह में चम्मच डालकर दवा पेट में पहुँचा दी गई–और यों दूसरे दिन वे चल बसे। तार पहुँचे, लोग आए और दुनिया भर की बातें हुईं जो होती हैं–।" सूरजजी ने जेब से रूमाल निकालकर ज़ोर से अपना मुँह-आँखें, माथा पोंछा और थोड़ी देर चुप रहे।

शरद दम साधे सुनता रहा। उस दृश्य की कल्पना करके जैसे उसका पूरा शरीर रोमांचित हो उठा। पैंट की जेब में उसकी मुट्ठियाँ बँध गईं–लेकिन वह चुप रहा। उसने चलते-चलते दो-तीन बार सूरजजी की ओर देखा।

"फिर थोड़े दिनों बाद मायादेवी ने पाया कि उनकी क़ीमत एक रखैल से ज़्यादा

कुछ भी नहीं है।" अपने उद्वेग पर काबू पाकर सूरजजी ने फिर कहना प्रारम्भ किया—"यों यह भी उनके बहुत नख़रे सहता है—लेकिन वह अपने दो दुर्गुणों पर विजय नहीं पा सकता। औरत और व्यापार। हर जगह यह 'बिज़नैसमैन' है। यह इसका गुण भी हो सकता है। क्योंकि मैंने विकट-से-विकट परिस्थितियों में इसे दिमाग़ी रूप से ख़ूब व्यवस्थित पाया है। ऊपर से ऐक्टिंग चाहे जो करता रहे, लेकिन इसके दिमाग़ में यह बिलकुल साफ़ रहता है कि मुझे यह करना है। और चूँकि बिज़नैसमैन है, इसलिए हमेशा लाभवाला पलड़ा ही चुनता है..."

"हाँ, इसके तो दो-एक उदाहरण मेरे सामने भी हैं।" शरद को अभी कुछ देर पहले की घटना और कल अस्पतालवाली घटना ध्यान हो आई।

"सो, यों तो मायादेवी के लिए ऐसा मरता है कि इसने अपनी पत्नी के लिए कभी चिन्ता नहीं की—वह बेचारी—टी.बी. से तड़प-तड़प कर मरी। यह सब है, लेकिन औरत मात्र के लिए इसके भीतर भयंकर कमज़ोरी है—और यही एक बात है जिसे कोई औरत नहीं सह सकती—ख़ासतौर से वह तो सह ही नहीं सकती जिसने आपके लिए अपनी ज़िन्दगी बिगाड़ ली हो। काफ़ी दिनों तक इस बात पर दोनों में चख़चख़ रही और अब भी जब इस तरह की कोई बात हो जाती है तो भयंकर महाभारत का दृश्य दिखाई देता है, लेकिन देशबन्धुजी के इस रवैए ने मायादेवी के हृदय में एक विद्वेषात्मक प्रतिक्रिया जगा दी है जो अब धीरे-धीरे उसका स्वभाव बन गई है। वह देशबन्धु को चिढ़ाने के लिए ही जैसे हर नए आदमी पर डोरे डालती है। शुरू में शायद उसने इसी तरह की प्रतिक्रिया से प्रेरित कुछ किया होगा, लेकिन पता नहीं, मैं ठीक मुहावरा इस्तेमाल कर रहा हूँ या नहीं—अब उसके मुँह ख़ून लग गया है।"

सूरजजी बातें कहे जा रहे थे और शरद के आगे, पिछले दिनों की घटनाएँ एक-एक करके सामने आती जा रही थीं। वह डूब गया। पहले दिन जब उसने मायादेवी को देखा था और वह ग़ुसलख़ाने में मुँह-हाथ धोने गया था तब मायादेवी का यह कहना—"मैं तुम्हारी नस-नस जानती हूँ"—अब उसके दिमाग़ में जैसे साफ़ होने लगा। उन लोगों के हर व्यवहार की एक-एक बात उसके सामने थी। उसका ध्यान टूटा सूरजजी की बात से तो उसने देखा वे लोग स्टेशन के पास आ गए हैं।

"और देखिए—यह होटल आप देख रहे हैं।—" सूरजजी उँगली उठाकर कह रहे हैं—"उसके बिज़नैस का वह घृणित रूप है जिसे बहुत कम लोग जानते हैं—इसका नाम है 'होटल डी पैरिस'। सैकड़ों उसके एजेंट हैं—गाँवों से, शहरों से, भूले भटके या बहका कर लाए हुए 'शिकार' यहाँ रखते हैं—और जिन दिनों यहाँ शरणार्थियों के कैम्प थे उन दिनों देखते इसका बिज़नैस ! तब तो कैम्प में जाकर सिलाई की मशीन बाँटता था—मुफ़्त। दस्तकारी सिखाने के लिए लड़कियों के स्कूल खोल रखे थे—एक काम थे ? यह सब बातें ऊपर से नहीं दिखाई देतीं शरद बाबू। ऊपर खद्दर का चोग़ा है, जो तिरंगा है। यह सब ठाठ-बाठ, नेतागीरी चलाने को बड़ी अकल और तिकड़में चाहिए।"

"हम-आप जैसे लोगों से तो अच्छा ही है। नीचे से आत्मा कोंचती है, इच्छा और

सपनों की बाढ़ें आती हैं, वलवले उठते हैं—और ऊपर से इस जैसे दैत्य अपने सिंहासनों के पाए हमारी छातियों पर रखकर ठाठ से ऐश कर रहे हैं। दम घुटते हैं, तड़फड़ाते हैं, भटकते हैं और तरह-तरह के दर्शनों से अपने भीतर की उबलती उफनती जीवनी-शक्ति को पुचकारकर सुलाने की कोशिश करते हैं।'' शरद ने कड़वेपन से कहा—''हम उससे लड़ भी पड़ें तो क्या करें ? बताइए भूखे मरेंगे—भटकेंगे और आत्म-हत्याएँ करेंगे—जो मिलों में हो रहा है। और वह ठाठ से अपनी इन्द्रपुरी में बैठा नित नई लड़कियों के गले में बाँहें डालेगा—क़हक़हे उड़ाएगा और पार्टियाँ देगा।''

''नहीं शरदजी, यों मत टूटिए।'' सूरजजी ने समझाने के स्वर में कहा—''हमारी छातियों पर रखे इन राक्षसों के सिंहासनों के पाए, एक दिन हमारे कन्धों पर होंगे और हम इन्हें दफ़न करने ले जा रहे होंगे—और ये इन्द्रपुरियाँ...?''

''हमारे यहाँ जो इन्द्रपुरी की कल्पना है, मैं तो समझता हूँ—वहाँ इसके अलावा और होगा ही क्या ? वही शराब के दौर, डांस—पेरिस सचमुच एक अलकापुरी है... ।'' रजनीकान्त ने एक हीरो की शान से अपने स्तब्ध श्रोताओं को देखा और गैलरी से गुज़रती हुई गुलाबी रेशम की बंगलौरी साड़ी पहने, दुहरे बदन की महिला के हर पड़ते क़दम को देखता रहा। विलायती-सुगन्धि का एक झोंका जैसे गुज़र रहा हो। साड़ी में से चमकता उनका पेटीकोट इतना ऊँचा था कि वे चलते हुए यों लग रही थीं जैसे पानी भरे फ़र्श पर ऊपर-ही-ऊपर चली जा रही हों। हाथ में उनके छः पहलू मख़मली-सुनहरी कढ़ा हुआ 'पाउच' इस तरह मुट्ठी में बन्द लटका था जैसे बिल्ली के बच्चे की गर्दन पकड़कर लटकाए ले जा रही हों। रजनीकान्त देखकर मुस्कराया और बोला—''आप मेरे यहाँ आइए, जो फ़ोटो मैं लाया हूँ, उन्हें अगर आप देखेंगे तो चकित रह जाएँगे। मैं तो पूरा यूरोप घूमा हूँ। पेरिस के मुक़ाबले मुझे तो कोई जगह ही नहीं दीखी...'' अपने प्रभाव की गहनता को अनुभव करता हुआ वह आस-पास श्रोताओं को अपने पेरिस-यात्रा के अनुभव सुना रहा था।

''तो, क्यों साहब, हमने सुना है, वहाँ...'' कांग्रेसी-टोपी और खद्दर के कुर्ते पर पट्टू की जाकेट पहने, गोल काँचों का चश्मा लगाए बाल-साहित्य के प्रसिद्ध लेखक 'सहृदय' जी ने आँखें मिचमिचाते हुए पूछा—वे अगली बात कहने से झिझक रहे थे। आख़िर उन्होंने हिम्मत करके कह ही डाला—''वैसे डांस भी होते हैं...?''

''स्ट्रिप्टीज़ !'' उनकी झिझक पर रजनीकान्त मुस्कराया—''पेरिस में इस तरह के सैकड़ों नाचघर हैं जिन्हें 'कैबरे' कहते हैं।'' वहाँ और खेलों और सिनेमाओं की तरह टिकट लगता है—सबसे छोटा टिकट लगभग साढ़े छः रुपयों का होता है। यह 'कैबरे' अक्सर ज़मीन के नीचे होते हैं और यहाँ नग्न-नृत्य होते हैं। और आप विश्वास कीजिए, यहाँ की तरह वहाँ ऐसी जगहों को इतना बुरा नहीं माना जाता। वहाँ अच्छे-से-अच्छे आदमी जाते हैं। क्या शान और क्या शौक़त कि देखें तो आँखें खुली रह जाएँ। बस,

आपकी जेब में पैसा होना चाहिए। वहाँ मैं साल-भर घूमा—और मैंने कभी किसी को लड़ते ही नहीं देखा। ऐसी जगहें जिस तरह की गुंडागर्दी, छुरे और घूँसेबाज़ी के लिए मशहूर है, वहाँ इसका नाम-निशान भी नहीं होता। हाँ, यह होता है कि हर चीज़ ज़रा तेज़ होती है। बाहर डेढ़ रुपए में मिलनेवाली शराब की बोतल वहाँ कम-से-कम पचास रुपए में मिलती है।" रजनीकान्त ऐसा रस ले-लेकर और सावधानी से बता रहा था जैसे किसी अलौकिक दुनिया का रहस्य खोल रहा हो।

"तो क्यों सा'ब..." प्रसिद्ध पत्रिका 'सदाचार' के सम्पादक विजयनारायण मिश्र ने मुँह में भर आए रस को घूँट भरकर एक साथ एक बार में लीलते हुए पूछा—"उनके शरीर पर एक भी कपड़ा नहीं होता ?"

"एक बस दो-अंगुल का रूमाल समझिए-वर्ना एक भी कपड़ा नहीं।" रजनीकान्त की आँखों में वह सब दृश्य आ रहे थे। उसने लीन भाव से बताया।

"और सा-ब, क्या-क्या शरीर, कि हिन्दुस्तान में हम उनकी कल्पना भी नहीं कर सकते। वहाँ की औरतें अपने शरीर के सौन्दर्य को रखना-सँवारना और प्रदर्शन करना जानती हैं—यहाँ की तरह नहीं, कि है तो भैंस-सी मोटी और मिमिया-मिमियाकर बोलेंगी। गाल पोत लिए, होंठ रंग लिए—ऐसा फूहड़पन आपको पूरे फ्रांस में देखने को नहीं मिलेगा। हँसी और उल्लास तो वहाँ बिखरा पड़ा है। चुम्बन और आलिंगन तो ख़ैर—पूरे यूरोप का आम दृश्य है लेकिन मान लीजिए अगर आपको कोई लड़की पसन्द है—आप जाइए और निहायत-नम्रता से कह दीजिए—'श्रीमतीजी या कुमारी—मादामोज़ेल—मैं आपके साथ घूमना चाहता हूँ।' अगर वह चाहेगी जो ज़रूर आपके साथ चली जाएगी। हो सकता है, कभी वह खुद ही प्रस्ताव कर दे। लेकिन वहाँ इस सबका बुरा ज़रा भी नहीं माना जाता। नुमायश, मेले या बाज़ारों में वहाँ जैसी और जितनी अनुशासित भीड़ रहती है, वह तो किसी भी जगह नहीं मिलेगी। वहाँ के सिनेमा देखिए ! वहाँ सबसे अच्छे सिनेमा हैं, 'रैक्स' और 'गोमा पैलेस'। आपके बम्बई-कलकत्ते के लिबर्टी, लाइट-हाउस और मैट्रो तो उनके थर्ड क्लासों से भी बदतर हैं। मैं तो रैक्स की छत देखकर दंग रह गया। बीच-बीच में रोशनी का इन्तज़ाम करके ऐसा कलर पेंट किया गया है जैसे आप खुले आसमान के नीचे बैठे हों और तारे चमक रहे हों। जितने प्रसन्न और मुक्त हृदय से फ्रांसीसी मिलते, बातचीत करते हैं, ये साले अंग्रेज़ उतने ही रिज़र्व होते हैं। ये तो हिन्दुस्तानियों के साथ घुलना-मिलना भी अच्छा नहीं समझते। बड़ी नीची-दृष्टि से देखते हैं। लेकिन फ्रांस ? फ्रांस की बोल-चाल तहज़ीब, मिलना-जुलना व्यवहार...ओह एक-एक बात मैं क्या बताऊँ...।" फिर सामने रखी ख़ाली प्लेटों की तरफ़ इशारा करके कहा— "वहाँ यह थोड़े ही होता है कि इस तरह लाकर 'रातब' रख दिया। वहाँ बड़े क़ायदे से आपको खाने में पहले सूप मिलेगा, फिर वैजिटेबिल, फिर 'जैम' यानी मुरब्बा और बीफ़, या मुर्ग़ा या ऐसी ही कोई मांस की चीज़ और फिर एकाध स्लाइस और मक्खन या पनीर ! पीने की जगह बढ़िया शराब कि आपकी तबीयत खुश हो जाए ! मैंने बताया न, मज़ा यह, कि न तो मैंने वहाँ कोई शराब पीकर उल्टा होते देखा, न

वाही-तबाही बकते। सब वहाँ होश में रहते हैं। ठगी-चीटिंग नुमा कोई चीज़ नहीं होती। बस यह है कि कोई छोकरी मिल गई, आपके साथ शराब में ख़र्च करा दे, सिनेमा ले जाए—या कैबरे में पहुँच जाए...।" रजनीकान्त को खुद भी ऐसा लग रहा था जैसे वह किसी परीलोक से आया है और शेष लोगों से असाधारण है।

"हमने तो सुना है, वहाँ बहुत 'करप्शन' है ?" दोनों कुहनियाँ मेज़ पर टिकाकर विमलेन्द्र बोला—यह यहीं के कॉलेज में पार्ट-टाइम मैथेमेटिक्स का लेक्चरर था, और हिन्दी में कहानियाँ लिखना अथवा उर्दू में शायरी करना उसका शौक़ था। विदेश जाने की उसकी बड़ी इच्छा थी।

"करप्शन !" रजनीकान्त ने विमलेन्द्र को देखा—"करप्शन और व्यभिचार की परिभाषाएँ हर देश की अलग-अलग हैं। हमें वह व्यभिचार लगता है—वहाँ वह नहीं है। दूसरे, वहाँ जो खुलेआम होता है और कोई बुरा नहीं मानता, उससे ज़्यादा सब कुछ यहीं होता है, और अधिक बुरी तरह होता है। यह सब कुछ यहाँ घुमड़न पैदा करके, घुट-घुटकर आपके दिल दिमाग़ को 'फ्रस्टेट' और 'परवर्ट' करती है। वहाँ यह सब एक आम बात हो गई है—कोई ध्यान भी नहीं देता। मिसाल के तौर पर मैंने वहाँ एक भी रंडियों का बाज़ार नहीं देखा। मैं अच्छी से अच्छी और बुरी से बुरी जगह गया।"

"हाँ, वहाँ फिर इस सबकी ज़रूरत क्या ? वहाँ, वही सब कुछ खुलेआम और सब लोगों में—लार्जस्केल' पर व्याप्त हो गई है।" विमलेन्द्र ने अपनी बात को क़ायम रखा।

सफ़ेद कुर्ते और महीन धोती पर सलेटी चदरा बंगालियों की तरह डाले, ज़रा लम्बे-से चेहरे के प्रसिद्ध उपन्यासकार सहायबाबू अपने भारी-भरकम फ्रेम को बार-बार पीछे सरकाकर साधते, मेज़ पर कुहनी टेक, सिगरेट दो उँगलियों में लटकाकर इस तरह उसे देख रहे थे जैसे पानी में सलाई डुबाकर बूँद टपकती देख रहे हों। याद आने पर उसे पी लेते, नहीं तो उसके लाल गुल और उठते धुएँ को ताकते; रजनीकान्त की बात को ध्यान से सुनते। मुँह में से थोड़ा-थोड़ा धुआँ निकालते हुए उन्होंने पूछा—"बाई द वे, राजनीतिक-स्थिति वहाँ की कैसी है ?"

"वहाँ दो साल में कम्युनिज़्म आ जाएगा।" बड़े दुख से रजनीकान्त बोला—"लोग कम्युनिज़्म को पसन्द नहीं करते; लेकिन ग़रीबी और अन्य तकलीफ़ें इतनी हैं कि लोगों का उधर रुझान बढ़ रहा है।"

"तो इससे तो मेरी बात ठीक निकलती है।" प्रसन्न होकर विमलेन्द्र बोला—"तो वहाँ का सारा आनन्द और मज़े व्यापक वेश्यावृत्ति ही है।"

"अब आप जिस लाइट में लें...।" रजनीकान्त ने दोनों हाथ इस तरह फैला दिए कि 'मैं क्या करूँ।' उसे कन्धे उचकाकर हाथ फैला देने की आदत थी।

"अरे, आप लोग यह सियासत छोड़िए..." मिश्राजी ने ज़रा खिन्न होकर कहा—और रजनीकांत से सरस स्वर में पूछा—"हाँ, कान्त बाबू, एक बात बताइए उन कब्रों में क्या सब लोग साथ नाच सकते हैं ?"

"कब्रों नहीं 'कैबरे'।" रजनीकान्त में उन्हें सुधारा और उसके प्रश्न का जवाब

दिया—"आप तो वहाँ केवल दर्शक की तरह जाते हैं। सिर्फ़ देखिए, और आनन्द लीजिए। हाँ आगे-पीछे बैठने के पैसे घटते-बढ़ते हैं। वैसे कुछ कैबरे ऐसे भी हैं, जहाँ लड़कियाँ शरीर के हिस्सों पर रूमाल लगाए होती हैं और नाचने के दौरान में ही दर्शकों में से वे लोग जो काफ़ी पैसे देते हैं, रूमाल हटा सकते हैं। मैंने ऐसे होटलों में बैठकर शराब पी है, जहाँ बिलकुल ही नंगी जवान लड़कियाँ बैरे का काम करती हैं।"

गहरी साँस लेकर 'सहृदय' जी ने बाटा की चप्पलों में रखी अपनी टाँगे हिलाईं और मुट्ठी में पकड़े हुए मिश्रजी के हाथ को ज़रा ज़ोर से भींचकर महिलाओं की ओर देखा। फिर बोले—"उन नाचों में पुरुष भी तो होते होंगे ?"

"हाँ पुरुष होते हैं लेकिन वे जाँघिया इत्यादि पहने होते हैं।" वहाँ के किसी दृश्य को याद करते फुरहरी लेते हुए रजनीकान्त बोला—"और वे लोग बड़े-बड़े मज़े दिखाते हैं। उनके यहाँ कुछ नीग्रो होते हैं—उन्हें वे रंग देते हैं। उनके खेल देखकर तो हँसते-हँसते पेट में पानी हो जाता है।"

"नीग्रो क्यों ?" विमलेन्द्र पूछ बैठा।

"तभी तो उन नाचती लड़कियों का सौन्दर्य खिलकर आता है। "कन्ट्रास्ट'—यानी विरोध रहता है।" अत्यन्त स्वाभाविकता से रजनीकान्त ने बताया।

"ये है बात।" सहायबाबू ने गहरी साँस लेकर शरीर सीधा किया और उधर से रुचि हटाकर अपने साथियों की ओर मुड़ते हुए विमलेन्द्र से बोले—"यह रंग और रक्त का भेद साला हर कैपिटलिस्ट-कन्ट्री में हैं।"

"यही क्यों, जाति का भेद, ऊँच-नीच, अमीर-ग़रीब और बीसियों भेद इस पूँजीवादी समाज के वरदान ही हैं।" बिखरे और बीच के कढ़े बालों वाले प्रगतिशील साहित्यकार 'आनन्द' ने पास बैठे सजे सँवरे-सुथरे प्रयोगवादी कवि 'विकास' से प्रयोगवाद की निरर्थकता पर बहस करना छोड़कर सहायबाबू की बात का जवाब दिया। दोनों ही इस विषय में एक मत थे कि चम्पकजी जैसे 'भाट' और 'शाहे-वक़्त' के प्रशंसक हर समय हुए हैं और होंगे; और ये लोग कविता के सम्मान में कलंक हैं। इन्हें कवि कहना गुनाह है। लेकिन 'विकास' का कहना था कि नए विषय और नए प्रयोग ही कविता का लक्ष्य हैं और इससे 'आनन्द' सहमत नहीं थे। एक कविता के विषय में टी.एस. इलियट के उद्धरण और विचार बता रहा था दूसरा बार-बार पुश्किन और मायाकोव्स्की का नाम ले रहा था। 'विकास' की इस बात से 'आनन्द' झुंझला उठा था कि मायाकोव्स्की अगर रूस के बाहर कहीं हुआ होता तो 'इलियट' से अच्छा प्रयोगवादी कवि हो गया होता; क्योंकि उसमें इस तरह की प्रतिभा थी। सहायबाबू की बात से दोनों को मुक्ति मिली।

"क्यों जी, जब आप ऊँच-नीच अमीर-ग़रीब के सिद्धान्त को ग़लत मानते हैं तो रक्त की शुद्धता के सिद्धान्त को भी नहीं मानते होंगे ?" स्थानीय संगीत-विद्यालय के आचार्य न.वि. कदम ने झुक्कर एकदम 'आनन्द' के पास मुँह लाकर पूछा।

"बिलकुल-बिलकुल ! रक्त की शुद्धता का सिद्धान्त तो वैज्ञानिक रूप से भी ग़लत साबित हो चुका है।" डॉक्टर चक्रवर्ती ने इस विषय पर अपना अधिकार जमा कर

अपने मुँह का पाइप हाथ में लेकर कहा—"जूलियन हक्सले ने लिखा है कि बच्चे में न माँ का रक्त होता है न बाप का। वह चीज़ ही दूसरी होती है। वीर्य में रक्त होता ही नहीं। आप देखिए, कितनी बड़ी चुनौती है 'रेस' के सिद्धान्त को ! उसका तो कहना है कि माँ के पेट में बच्चे के खाने-पीने का इन्तज़ाम ही बिलकुल अलग है जैसे अंडे के अन्दर बच्चे का विकास होता है। अंडे में बननेवाला बच्चा हर समय माँ-बाप के खाने-पीने के लिए ख़ून की आशा नहीं करता। उसे तो एक विशेष समय और विशेष वातावरण चाहिए। इसलिए पोषण के समय भी उसे माँ के भोजन की ज़रूरत नहीं है। फिर रक्त की बात रही ही कहाँ ?"

"अजब बात है !" मिश्राजी ने इधर मुड़कर डॉक्टर की बात ध्यान से सुनी और चारों ओर ऐसी कातर दृष्टि से देखा जैसे कह रहे हों, 'अरे भाई कोई तो विरोध करो इसका।' लेकिन सबको चुप देखकर खुद ही बोले—"न सही रक्त; जो भी है, वह है तो माँ-बाप का ?"

उनकी बात को विशेष महत्त्व न देकर—पाइप पर अँगूठा रखे हुए चक्रवर्ती कश खींच रहे थे—अब बोले—"और हक्सले का कहना यह है कि हम लोग सफ़ेद रंग, ऊँचे शरीर, तगड़ी गठन इस सबको अंग्रेज़ जाति की शुद्धता मानते हैं। आगे वह प्रश्न करता है—'मैं पूछता हूँ कितने इस श्रेणी में आते हैं ? पिचानवे प्रतिशत अंग्रेज़ इस हिसाब से शुद्ध हैं ही नहीं।' हक्सले के हिसाब से मूलतः तो अंग्रेज़ की खाल काली है—वह तो बाहरी प्रभाव से सफ़ेद पड़ जाती है..."

"सबसे बड़ी बात तो यह है कि यह रक्त के सिद्धान्तवाले लोग अभी तक कोई एक पहचान ही नहीं बता पाते—" 'आनन्द' बोला—"कोई बालों को लेता, कोई नाक की बनावट को, कोई ठोढ़ी को, जबकि इस सबका कारण भौगोलिक है। 'रेस' का सिद्धान्त तो सहायबाबू, वहीं ख़त्म हो जाता है जब हम इतिहास में यह देखते हैं कि पुराने समय में हर जाति ने दूसरी जाति की औरतें भगाई हैं। आप आर्यों की शुद्धता ही लीजिए—लम्बी नाक, वृषभ-स्कन्ध, चौड़ा माथा, ताम्रवर्ण—कितने आ जाएँगे इसमें ? इस हिसाब से तो अनार्य ही ज़्यादा हैं ! बकवास ! मैं तो कहता हूँ जो जाति इस तरह के चक्कर में पड़ जाती है, बहुत जल्दी ख़त्म हो जाती है। आप पारसियों को लीजिए; पारसी मिश्रण न होने देने के बड़े पक्ष में हैं—नतीजा क्या है ? उत्पादन-शक्ति कम होती जाती है—वह लोग कम होते जाते हैं..."

"नहीं, ख़ैर यह तो खाने पर निर्भर है।" डॉक्टर ने बात काटी—"जैसे चावल में उत्पादन-शक्ति बहुत है, बंगाली देखिए कितनी जल्दी उत्पादन बढ़ाते हैं ?"

"तो भी डॉक्टर साहब, आप यह मानेंगे कि धीरे-धीरे अगर मिश्रण—यानी क्रॉस न हो तो शक्ति और उत्पादन-शक्ति दोनों ही कम होती जाती हैं। कृषि के बारे में भी मिचूरिन का सिद्धान्त यही है।" 'आनन्द' ने साँवले माथे पर गिर आए बालों को पीछे हटाकर कहा।

"हाँ, यह तो है ही। फ़र्टिलिटी के लिए क्रॉस ब्रीडिंग तो बड़ी ज़रूरी है।" डॉक्टर

ने मुँह में पाइप दिए ही सिर हिलाया।

"वैसे दुनिया में महान् कार्य उन्हीं लोगों ने अधिक किए हैं जो मिश्रित रक्त से पैदा हुए हैं।" सहायबाबू इतिहास खोजते हुए सोचने लगे, फिर पूछा—"क्यों डॉक्टर, यह फ़ीचर्स या चेहरे-मुहरे का कारण सिर्फ़ भौगोलिक ही है ?"

"इस बारे में 'लाइशेंको' ने बड़ी मज़ेदार खोज की है।" 'आनन्द' बीच में ही बोला—"भौगोलिक के साथ पेशे और विशेष अंगों को कौन जाति कितना प्रयोग करती है इसका भी बहुत असर पड़ता है—यह उसका कहना है और इसी आधार पर कुछ लोगों का कहना है कि चूँकि आजकल दिमाग़ का प्रयोग बहुत बढ़ रहा है, इसलिए डर है कि शीघ्र ही लोगों के सिर अनुपात से बड़े न होने लगें। जैसे जर्मनी के लोग अधिकतर वैज्ञानिक कार्यों में लगे रहे हैं और महीन मशीन-पुर्ज़े देखने के कारण एक आँख को ज़रा भींचकर काम करते रहे हैं—उनमें से अधिकांश की जो सन्तानें हुई हैं उनकी एक आँख इसी तरह चढ़ी हुई है। वैसे ज़्यादातर कारण भौगोलिक ही हैं जैसे चीन इत्यादि का। वहाँ ठंडी हवाएँ चलती हैं, रेत उड़ती है, बरफ़ गिरती है, इसलिए लोगों को आँखें खोलना मुश्किल हो जाता है—धीरे-धीरे वह प्रकृति बन गई है। इस तरह के भौगोलिक कारणों के परिणाम उन जगहों में वास्तव में कभी-कभी बड़ा विचित्र प्रभाव उत्पन्न करते हैं जहाँ दो भौगोलिक सीमाएँ मिली हों, या जहाँ राजनीतिक तथा अन्य कारणों से लोग आएँ, जाएँ—जैसे स्लाव अर्थात् रूसी जाति में मंगोलियनों और तातारों का मिश्रण—कैसे सुन्दर फ़ीचर्स हैं। आसाम तक तो चीनी प्रभाव स्पष्ट दीखता है; लेकिन बंगालियों से मिलते ही देखिए वही मिची-मिची आँखें कैसी सपनों और ख़ुमारी से भरी अजन्ता-कट हो जाती हैं ! बंगाली आँखें तो प्रसिद्ध हैं—" फिर धीरे से भौंह से आनन्द ने चक्रवर्ती की ओर संकेत किया।

"शेफाली रॉय को देख लो न !" विकास ने इतनी देर में कहा।

"ख़ैर, आँखों का जहाँ तक सम्बन्ध है, जस्टिस मलहोत्रा की बड़ी लड़की रूपा मलहोत्रा की आँखों से सब नीचे हैं—देखो वो बैठी न; सिर पर, ठीक ऊपर बड़े सुन्दर ढंग से जूड़ा बाँधकर प्लेन ब्लू-साड़ी और नीला ही ब्लाउज़ पहने जो बैठी है न, कैसी सुराही-सी गर्दन है। आँखों में तो वही प्राइज़ ले जाएगी।" विमलेन्द्र बोला।

"क्यों मिस पुरी की कंजी आँखें पसन्द नहीं हैं ?" व्यंग से आनन्द मुस्कराया।

"आँखें कंजी हैं तो क्या हुआ ?" विकास ने उसका पक्ष लिया—"शरीर तो उस जैसा किसी का है ही नहीं—हर अंग जैसे ढाल-ढालकर बनाया हो। क्या 'स्लिम' बॉडी है। कमबख़्त पर हर कपड़ा खिलता है।"

"जी, डांस करती है तब बॉडी ऐसी है—वर्ना डॉक्टर चक्रवर्ती की तरह थुल-थुल नहीं हो जाती..." सहायबाबू हँस पड़े।

"यार, 'बोर' हो लिए ?" जँभाई लेकर रजनीकान्त बोला—यहाँ क्या शरीर और क्या आँखें ! शरीर तो मैं पेरिस में देखकर आया हूँ ! दर्जन के हिसाब से माल आपके सामने खुला रखा है—आप पसन्द कर लीजिए—" रजनीकान्त ने फ़ैल्ट-हैट को ज़रा

तिरछा झुकाया, चाकलेट-कलर टाई में लगी पिन को उँगलियों से टटोला और लड़कियों की तरफ़ देखकर पतली कटी मूँछों में मुस्कराया।

"मिश्राजी और सहृदयजी, विस्मय, लालसा और उत्सुकता से आँखें फाड़े मुँह में लार भरे रजनीकान्त को इस श्रद्धा से देख रहे थे जैसे क़ाबे में ज़ियारत कर आनेवाले हाजी को इस्लाम का मुरीद देखता है...

तब अचानक तिरंगा पर्दा बीच से खुलने लगा। सब लोगों की निगाहें उधर उठ गईं...

...और बात ख़त्म हो गई।

"किड़तम-ताम-धित-ताम्...किड़तक्-थेई-तत् थेई..." बोल गूँज रहे थे और घुँघरू झन-झन उन्हें दुहरा देते थे...।

"शरद बाबू, भीतर चले जाइए न !" केशव ने शरद को देखकर कहा—शरद ने हाथ उठाकर उसे शान्त कर दिया।

लौटकर शरद हॉल के दरवाज़े पर खड़ा हो गया था। कुछ आड़ की बत्तियों को छोड़, हॉल की प्रायः सभी बत्तियाँ बुझा दी गई थीं और सामने काले चमकदार रेशमी पर्दे की पृष्ठभूमि पर जगमगाते प्रकाश में पद्मा 'भरत-नाट्यम्' नाच रही थी। प्रकाश हलका-हलका फैलता और सिकुड़ जाता—कभी कोई हलका-सा रंग उसमें झिलमिला उठता। पास ही पर्दे की ओट में मृदंग, मंजीर तथा अन्य वाद्य खनक रहे थे। सब कुछ स्तब्ध, शान्त और चुप ! केवल घुँघरुओं की ताल, झमक और काले बादलों में बिजली-सा कौंधता पद्मा का सुन्दर शरीर। रंग-बिरंगे सुन्दर वस्त्रों—राजसी ढंग से बँधी साड़ी, और मुकुट तथा मेकअप में पद्मा सचमुच अप्सरा-सी लग रही थी ! शरद के मन में हर बार प्रश्न उठता—वही सुस्त और बुझी-बुझी-सी पद्मा है यह ? अंग-अंग में मरोड़ लेती हुई लास की यह तरंग, रग-रग में समाई हुई यह उन्मद उल्लसित-स्फूर्ति और हर मुद्रा में झूमती हुई यह विभोर तन्मयता ! क्या सचमुच यह वही पद्मा है ? पुतलियों की गति, भ्रुओं का संचालन और संकेत, और मुस्कराते होंठों की माधुरी देखकर हर बार शरद अपने आपको भूल जाता और उसे ऐसा लगता जैसे वह प्राकृतिक रंगों में ली हुई ऐसी फ़िल्म देख रहा है जिसमें कैमरा घूमता हुआ खिले फूलों की क्यारियों, झूमती हरियालियों से लदे पहाड़ों और सैकड़ों फ़ीट ऊँचे से गिरते-गूँजते झागदार झरनों के विभिन्न कोण दिखाए जा रहे हों ! जैसे रंग-बिरंगे कमलों से भरे तालाब से उसकी पतली-सी नाव सरसराती गुज़रती चली जा रही हो—और ऊपर से सुरमई बादलों की अलस अँगड़ाइयाँ हवा में एक लजीली खुनकी और फ़िज़ाओं में संगीत भर दें—जैसे उसकी कल्पना की परी दोनों पंख फैलाकर सफ़ेद रुई के गालों में ढँकी पहाड़ी चोटियों क़ी बग़ल से उड़ती बगुलों की पंक्तियों के साथ-साथ तैरती चली गई हो; और फिर वह सहसा सम पर चौंककर देखता : पद्मा उसी विभोर तल्लीनता में नाच रही है। जैसे पद्मा नहीं, जलती मशाल से कोई बड़ी तेज़ गति से शून्य में कुछ रेखाएँ और आकार बनाए जा रहा हो; जैसे केवल घुँघरू ही बज रहे हैं, केवल हाथों के कंगन और मणिबन्ध

जया ने अटैची नीचे रख दी थी। उसने शरद की हथेली हाथ में लेकर देखी और बोल उठी—"अरे यह नागफनी का पत्ता है" उसने झटके से पत्ता खींचकर दूर फेंक दिया। शरद के जैसे प्राण खिंच आए। हाथ के भीतर अब भी आग-सी लग रही थी। जब जया ने रूमाल निकालकर उसके हाथ पर बाँधा तो दर्द से उसके होंठ विकृत हो उठे।

अटैची और सूटकेस उठे, और दोनों फिर चल पड़े—जैसे दो क़ैदी जेल से छूटकर भाग रहे हों—बार-बार मुड़कर पीछे देखते थे। दोनों के हृदय बुरी तरह धड़क रहे थे। शरद का एक हाथ दर्द से ऐंठा जा रहा था और एक अटैची के बोझ से उखड़ा आ रहा था। छाती में उत्सुकता और व्यग्रता का ज्वार पछाड़ें मार रहा था। पता नहीं जया के भीतर क्या हो रहा था। दोनों चुपचाप भाग रहे थे।

स्टेशन की बत्तियाँ चमकीं—सन्तोष की साँस ली और चाल कुछ धीमी हुई।

बिना यह पता लगाए या पूछे कि यह गाड़ी कहाँ जाएगी, कब जाएगी—कहीं जाएगी या नहीं, जया आगे-आगे चलती, प्लेटफ़ॉर्म पर लगी गाड़ी के बिलकुल ख़ाली ज़नाने डिब्बे में चढ़ गई। गाड़ी के छूटने में शायद देर थी : इक्का-दुक्का आदमी ही बैठा दीखता था और पूरी गाड़ी में अँधेरा था। शरद ने सूटकेस उसके पास रख दिया। शरीर पसीने से लथपथ हो गया था। चैस्टर वहीं उतारकर वह सुस्ताने के लिए बौखलाया-सा नीचे उतर आया। जया खिड़की में कुहनी रखे बैठी फटी-फटी आँखों से एकटक देखे जा रही थी ! शरद को होश नहीं था—क्या हो रहा है इसका कुछ भी ज्ञान नहीं था ! डिब्बे से उतरते ही प्लेटफ़ॉर्म पर वह जिस आदमी से टकराया—उसने दोनों कन्धे पकड़कर कहा—"देखकर भाई साह..." और फिर वह चौंक पड़ा—"अरे शरद तुम ?" झटके से शरद होश में आ गया—सामने सूरजजी थे।

"सूरजजी, आप यहाँ कैसे ?" शरद के मुँह से निकल गया।

"मैं...मैं तो घूमने आ ही जाता हूँ। अरे जयाजी, आप भी हैं ? मुझे जल्दी बताओ भाई।" सूरजजी बेचैन हो उठे—"यह तुम्हारा हाथ कैसे खून से भींग रहा है भाई ? क्यों, क्या हो गया, कुछ बोलो भी ?"

शरद ने देखा, सचमुच रूमाल के पार खून फूट निकला था; लेकिन तकलीफ अब काफी कम थी। उसने सख़्त गले से कहा—"यह ? यह 'स्वदेश महल' का प्रसाद है। मेंहदी की बाढ़ के पीछे छिपी नागफनी का डंक, जो लगता है तो सारे शरीर में फैलकर ही दम लेता..."

लेकिन उसकी बात बीच में ही रुक गई। आँखें फाड़-फाड़कर अँधेरे में एकटक देखती जया अचानक खिड़की पर रखी बाँह पर माथा पटककर फूट-फूटकर रो पड़ी—'पद्मा जीजी... ।"

शरद बात करना छोड़कर भीतर दौड़ आया। उसके पास बैठकर रूँआसे-स्वर में सिर पर हाथ रखकर बोला—"क्या पद्मा जीजी ? जया कुछ बताओ न...?" फिर नीचे आश्चर्यचकित खड़े सूरजजी की ओर देखकर भर्राए गले से बोला—"देखिए, सूरजजी,

जब से पागलों की तरह कभी रोती है, कभी जोश में आ जाती है, बता कुछ भी नहीं रही है। आप ही बताइए, मैं क्या करूँ ?'' शरद का स्वर हृदय की व्याकुलता और उत्तेजना के गीलेपन में घुट गया।

जया ने खिड़की से सिर उठाकर ज़ोर से शरद की जाँघ पर पटक दिया और फिर और ज़ोर से बिलख उठी...हिचकियों में से बड़ी मुश्किल से स्वर फूट रहे—''पद्मा जीजी गिर पड़ीं...।''

''हैं ? कहाँ से ?'' बिजली की कड़क से आसमान फट गया।

''डांस के बाद थककर वे ऊपर के कमरे में लेटी थीं...तभी उस राक्षस ने शराब पिए हुए आकर किवाड़ बन्द कर लिए...'' जया रोती रही, ''फिर पद्मा जीजी, खिड़की से कूद पड़ीं।...''

दोनों स्तब्ध से एक-दूसरे को देखते रहे ! किंकर्त्तव्यविमूढ़ और मन्त्रजड़ित, अपलक ! और गोद में पड़ी जया का शरीर कभी हिचकियों में बिजली के झटके की तरह काँप जाता था—जैसे कोई भयंकर दृश्य उसकी आँखों में घूम रहा हो...।

एक ज़हर था, जो शरद की नस-नस में फैल रहा था—नागफनी का ज़हर ? बगूले की तरह उसके पेट में कुछ उमड़ा आ रहा था...

एक खिंचाव था जो धनुष की प्रत्यंचा की तरह सूरजजी की नस-नस को खींचे जा रहा था...

●●●